外国文学名著丛书

〔美〕欧·亨利／著

欧·亨利短篇小说选

王永年／译

“外国文学名著丛书”编委会

人民文学出版社
PEOPLE'S LITERATURE PUBLISHING HOUSE

O Henry
SELECTED SHORT STORIES
根据 The Complete Works of O Henry, Garden City Publishing Co. Inc. New York,1937 年版译出。

图书在版编目(CIP)数据

欧·亨利短篇小说选/(美)欧·亨利著;王永年译.—北京:人民文学出版社,2019(2023.3 重印)
(外国文学名著丛书)
ISBN 978-7-02-015063-2

Ⅰ.①欧… Ⅱ.①欧… ②王… Ⅲ.①短篇小说—小说集—美国—近代 Ⅳ.①I712.44

中国版本图书馆 CIP 数据核字(2019)第 031597 号

责任编辑 冯 娅
装帧设计 刘 静
责任印制 王重艺

出版发行 人民文学出版社
社　　址 北京市朝内大街 166 号
邮政编码 100705

印　　刷 河北新华第一印刷有限责任公司
经　　销 全国新华书店等

字　　数 433 千字
开　　本 850 毫米×1168 毫米 1/32
印　　张 20.5 插页 3
印　　数 14001—17000
版　　次 1986 年 4 月北京第 1 版
印　　次 2023 年 3 月第 4 次印刷

书　　号 978-7-02-015063-2
定　　价 75.00 元

欧·亨利

出版说明

人民文学出版社自一九五一年成立起，就承担起向中国读者介绍优秀外国文学作品的重任。一九五八年，中宣部指示中国科学院文学研究所筹组编委会，组织朱光潜、冯至、戈宝权、叶水夫等三十余位外国文学权威专家，编选三套丛书——"马克思主义文艺理论丛书""外国古典文艺理论丛书""外国古典文学名著丛书"。

人民文学出版社与中国科学院文学研究所，根据"一流的原著、一流的译本、一流的译者"的原则进行翻译和出版工作。一九六四年，中国社会科学院外国文学研究所成立，是中国外国文学的最高研究机构。一九七八年，"外国古典文学名著丛书"更名为"外国文学名著丛书"，至二〇〇〇年完成。这是新中国第一套系统介绍外国文学作品的大型丛书，是外国文学名著翻译的奠基性工程，其作品之多、质量之精、跨度之大，至今仍是中国外国文学出版史上之最，体现了中国外国文学研究界、翻译界和出版界的最高水平。

历经半个多世纪，"外国文学名著丛书"在中国读者中依然以系统性、权威性与普及性著称，但由于时代久远，许多图书在市场上已难见踪影，甚至成为收藏对象，稀缺品种更是一书难求。在中国读者阅读力持续增强的二十一世纪，在世界文明交流互鉴空前频繁的新时代，为满足人民日益增长的美好生活的需要，人民文学出版社决定再度与中国社会科学院外国文学研究所合作，以“网罗经典，格高意远，本色传承”为出发点，优中选优，推陈出新，出版新版“外国文学名著丛书”。

值此新版“外国文学名著丛书”面世之际，人民文学出版社与中国社会科学院外国文学研究所谨向为本丛书做出卓越贡献的翻译家们和热爱外国文学名著的广大读者致以崇高敬意！

“外国文学名著丛书”编委会

二〇一九年三月

编委会名单

（以姓氏笔画为序）

目　次

译本序

欧·亨利是美国杰出的小说家,他以新颖的构思、诙谐的语言、悬念突变的手法表现了二十世纪初期的美国社会,开辟了美国式短篇小说的途径。他的作品富于生活情趣,被誉为"美国生活的百科全书"。

欧·亨利的真实姓名是威廉·西德尼·波特,于一八六二年生在美国北卡罗来纳州格林斯伯勒镇一个医师的家庭,十五岁在家乡一家药店当学徒,一八八二年去西部得克萨斯州牧场当了两年牧牛人,后调换过不少职业,做过会计员、土地局办事员、新闻记者和得克萨斯州首府奥斯汀第一国民银行的出纳员。一八八七年他和阿索尔·艾斯蒂斯结婚,生有一女。在银行工作期间,波特曾买下一家名叫《滚石》的周刊,发表了一些讽刺性的幽默小品(其中一部分收在本书题为"滚石"的集子里)。十九世纪末,美国西部银行的工作制度不很规范,波特供职的银行短缺一笔现金,波特为了避免受审,只身离家,流浪到中美洲的洪都拉斯。一八九六年,他获悉妻子病危,冒险回国探视。一八九七年妻子病故,波特本人于次年四月被捕,关进俄亥俄州监狱。

监狱当局考虑到波特具有药剂学的知识和工作经验,便派他担任监狱医务室的药剂师。工作之余,他开始认真写作,以稿酬所得贴补狱外女儿的生活费用。一八九九年,他在当时颇有影响的杂志《麦克卢尔》发表了第一个短篇小说,署名“欧·亨利”。

这个笔名,一说是狱中医务室所用一部法国药典作者的名字,一说是某个监狱看守的名字,不管怎么说,署名“欧·亨利”的作家立刻引起了读者的注意和出版界的兴趣。

一九〇一年,欧·亨利因表现良好,提前获释。一九〇二年,他迁居纽约,专门从事写作,与纽约《世界报》签订合同,每周提供一个短篇,同时还为别的报撰稿。正当他的创作力最为旺盛的时候,健康状况却开始恶化,加上第二次婚姻不幸,他开始酗酒,终于心力交瘁,于一九一〇年六月五日在纽约病逝。

欧·亨利一生创作了将近三百个短篇和一部长篇小说。一九〇四年出版的长篇小说《白菜与皇帝》以虚构的拉丁美洲安楚里亚共和国为背景,揭露了美国冒险家推行殖民主义掠夺政策的行径。小说里的维苏威果品公司影射臭名昭著的美国联合果品公司,是享有无上特权的“国中之国”,为了压低当地的香蕉出口税,攫取超额利润,不惜发动叛乱和军事政变,撤换不俯首听命的政府。作家在这部小说里展开了几条并行的线索,试图描绘出一幅广阔的画卷,但章与章之间的内在联系不很紧密,作为几个短篇也可以单独成立,这正是作家独特的艺术手法的自然流露。除《白菜与皇帝》外,《平均海拔问题》《“醉翁之意”》《双料骗子》等一些短篇,也以拉丁美洲生活为题材,异国情调浓郁,别有风味。

欧·亨利的一部分短篇小说是描写美国西部草原和牧牛人生活的,主要收在以《西部的心》为题的集子里。作家时常引用吉卜林的一句话:“西方是西方,东方是东方,它们永不会相遇。”但他的用意不同于那个美化帝国扩张的英国诗人。欧·亨利所说的西方是指广阔自由、富有浪漫气息的美国西南各州;东方则指以纽约、芝加哥等大城市为中心的工业发达的东北各州。在作家心目中,西部受到的资本主义文明的侵蚀不那么明显,人们纯朴、勤劳、正直、勇敢、充满朝气和活力,还没有沾上资产阶级惟利是图、尔虞我诈的恶习。《索利托牧场的卫生学》写了一个身败名裂的赌徒从声色犬马、纸醉金迷的大城市来到草原,通过劳动和接近大自然,重新获得健康和生活的信心。

在欧·亨利的短篇小说中占有较大比例、值得重视的是描写美国大城市,尤其是纽约生活的作品。作家一生坎坷,常与社会底层失意落魄的小人物相处,对他们怀有深刻的关爱,了解他们的思想感情。在欧·亨利笔下,柏油马路和钢筋混凝土组成的大城市是阴森沉默、冷酷无情的庞然大物,“人们说它铁石心肠,说它没有恻隐之心,人们把它的街道比做蛮荒的丛林和熔岩的沙漠”,但在这高楼大厦的森林里,在不毛的柏油路上,却出乎意料地长出瑰丽的人性花朵,作家寻觅并找到了独特的传奇——描写爱情、友谊、自我牺牲、美丽心灵和崇高感情的传奇。《麦琪的礼物》《警察和赞美诗》《最后的常春藤叶》等篇就是久负盛名、脍炙人口的描写纽约小人物的作品。作家把描写纽约曼哈顿市民生活为主的集子题名为《四百万》,原因在于当时某些作家认为构成纽约社会基础的是四百个“上流人物”,只有他们才举足轻重,欧·亨利却认为应当给予注意的不是四百个利欲熏心的资本家,而是四百万纽约的普通老百姓。

欧·亨利有一部分作品是描写骗子的。他采用说书人的形式，由杰甫·彼得斯用嬉笑怒骂、愤世嫉俗的调侃语气叙说故事，说明资产阶级社会无非是个尔虞我诈、黑吃黑的骗子社会，不少道貌岸然的"上流人物"只不过是成功的高级骗子，政界要人卖官鬻爵，金融巨头巧取豪夺都是常事，甚至一则征婚广告也可用来敛财；创办所谓慈善事业更是设骗搂钱的妙计（《慈善事业数学讲座》）。《我们选择的道路》揭露了资本主义社会"弱肉强食""大鱼吃小鱼"的规律，说明强盗和金融资本家本质上并无不同。拦路打劫的匪徒和操纵投机的资本家都不择手段，不惜置对手于死地。

欧·亨利是位风格独特的作家，他的作品幽默风趣，诙谐机智，文笔简练，描写生动。他善于捕捉生活中令人啼笑皆非而又富于哲理的戏剧性场景，用近似漫画的笔触勾勒人物，从细微之处抓住特点，用形象的语言描绘出来，挥洒自如、左右逢源，使笔下人物有血有肉、栩栩如生。

在处理小说结尾方面，欧·亨利显示了惊人的独创性。"欧·亨利式的结尾"在美国文学中负有盛名。他先在故事情节发展过程中透露一些情况，作为铺垫，埋下伏笔，但对最重要的事实却一直秘而不宣，结尾时峰回路转，豁然开朗，产生了意料不及、画龙点睛的效果，向读者揭示了整个故事的意义和人物性格及行为的全部真实，使读者在惊愕之余，不禁拍案叫绝，不能不承认故事的合情合理，赞叹作者构思的巧妙。

欧·亨利的小说结尾固然精彩，开头也出手不凡。作家的风趣幽默、轻松活泼的开场白多与比喻联想、引经据典、人物刻画、抒情议论交融在一起，特别是能把抒情和阐理加以有机地结合，使读者精神为之一振，急于知道下文。

美国翻译理论家奈达认为译文读者对译文的反应如能与原文读者对原文的反应基本一致,翻译就可以说是成功的,奈达还主张翻译所传达的信息不仅包括思想内容,还应包括语言形式。

在翻译过程中,译者力求做到吃透原文含义,紧扣原作,在不损害汉语习惯的前提下,进行“功能对等”的转换,争取达到形似神似,希望读者一看就能领略原文意蕴,欣赏原著的魅力。

作家经常运用俚语、双关语、讹音、谐音和旧典新意。美国是个多民族的国家,由大量移民组成,欧·亨利的作品中经常出现德语、法语、西班牙语词汇,并引用希腊、罗马神话和《圣经》典故。《供应家具的房间》一篇中提到贫穷的房客们时说:“他们的葡萄藤是攀绕在阔边帽上的装饰;他们的无花果树只是一株橡皮盆景,”这里就引用了《圣经》的典故,《列王纪上》有“所罗门在世的日子……犹太人和以色列人,都在自己的葡萄树下,和无花果树下,安然居住”,葡萄树和无花果树是安定的家庭生活的象征。遇有这类情况,译者作了一些必要的注释,希望有助于读者阅读。

二十世纪五十年代起,人民文学出版社出版了拙译两卷本《欧·亨利小说选》和一卷本《欧·亨利短篇小说选》,颇受读者欢迎,经常再版。近年来,译者重新校订了译文,对篇目进行精选,结成这个选本,谨献给读者。

王 永 年

二〇〇二年一月,北京

麦琪的礼物

一块八毛七分钱。全在这儿了。其中六毛钱还是铜子儿凑起来的。这些铜子儿是每次一个、两个向杂货铺、菜贩和肉店老板那儿死乞白赖地硬扣下来的；人家虽然没有明说，自己总觉得这种掂斤播两的交易未免太吝啬，当时脸都臊红了。德拉数了三遍。数来数去还是一块八毛七分钱，而第二天就是圣诞节了。

除了扑在那张破旧的小榻上号哭之外，显然没有别的办法。德拉就那样做了。这使一种精神上的感慨油然而生，认为人生是由啜泣、抽噎和微笑组成的，而抽噎占了其中绝大部分。

这个家庭的主妇渐渐从第一阶段退到第二阶段，我们不妨抽空儿来看看这个家吧。一套连家具的公寓，房租每星期八块钱。虽不能说是绝对难以形容，其实跟贫民窟也相去不远。

下面门廊里有一个信箱，但是永远不会有信件投进去；还有一个电钮，除非神仙下凡才能把铃按响。那里还贴着一张名片，上面印有"詹姆斯·迪林汉·扬先生"几个字。

"迪林汉"这个名号是主人先前每星期挣三十块钱的时候，一时高兴，加在姓名之间的。现在收入缩减到二十块钱，"迪林汉"几个字看来就有些模糊，仿佛它们正在郑重考虑，是不是缩成一个质朴而谦逊的"迪"字为好。但是每逢詹姆斯·迪林汉·扬先生回家上楼，走进房间的时候，詹姆斯·迪林汉·扬太太——就是刚才已经介绍给各位的德拉——总是管他叫做“吉姆”，总是热烈地拥抱他。那当然是很好的。

德拉哭了之后，在脸颊上扑了些粉。她站在窗子跟前，呆呆地瞅着外面灰蒙蒙的后院里，一只灰猫正在灰色的篱笆上行走。明天就是圣诞节了，她只有一块八毛七分钱来给吉姆买一件礼物。好几个月来，她省吃俭用，能攒起来的都攒了，可结果只有这一点儿。一星期二十块钱的收入是不经用的。支出总比她预算的要多。总是这样的。只有一块八毛七分钱来给吉姆买礼物。她的吉姆。为了买一件好东西送给他，德拉自得其乐地筹划了好些日子。要买一件精致、珍奇而真有价值的东西——够得上为吉姆所有的东西固然很少，可总得有些相称才成呀。

房里两扇窗子中间有一面壁镜。诸位也许见过房租八块钱的公寓里的壁镜。一个非常瘦小灵活的人，从一连串纵的片断的映像里，也许可以对自己的容貌得到一个大致不差的概念。德拉全凭身材苗条，才精通了那种技艺。

她突然从窗口转过身，站到壁镜面前。她的眼睛晶莹明亮，可是她的脸在二十秒钟之内却失色了。她迅速地把头发解开，让它披落下来。

且说，詹姆斯·迪林汉·扬夫妇有两样东西特别引为自豪，一样是吉姆三代祖传的金表，另一样是德拉的头发。如果示巴女王①住在天井对面的公寓里，德拉总有一天会把她的

① 示巴女王，示巴古国在阿拉伯西南，即今之也门。《旧约·列王纪上》载示巴女王带了许多香料、宝石和黄金去觐见所罗门王，用难题考验所罗门的智慧。

头发悬在窗外去晾干，使那位女王的珠宝和礼物相形见绌。如果所罗门王①当了看门人，把他所有的财富都堆在地下室里，吉姆每次经过那儿时准会掏出他的金表看看，好让所罗门妒忌得吹胡子瞪眼睛。

这当儿，德拉美丽的头发披散在身上，像一股褐色的小瀑布，奔泻闪亮。头发一直垂到膝盖底下，仿佛给她铺成了一件衣裳。她又神经质地赶快把头发梳好。她踌躇了一会儿，静静地站着，有一两滴泪水溅落在破旧的红地毯上。

她穿上褐色的旧外套，戴上褐色的旧帽子。她眼睛里还留着晶莹的泪光，裙子一摆，就飘然走出房门，下楼跑到街上。

她走到一块招牌前停住了，招牌上面写着："莎弗朗妮夫人——经营各种头发用品"。德拉跑上一段楼梯，气喘吁吁地让自己定下神来。那位夫人身躯肥硕，肤色白得过分，一副冷冰冰的模样，同"莎弗朗妮"②这个名字不大相称。

"你要买我的头发吗？"德拉问道。

"我买头发，"夫人说，"脱掉帽子，让我看看头发的模样。"

那股褐色的小瀑布泻了下来。

"二十块钱。"夫人用行家的手法抓起头发说。

"赶快把钱给我。"德拉说。

噢，此后的两个钟头仿佛长了玫瑰色翅膀似的飞掠过去。

---

① 所罗门王，公元前10世纪以色列国王，以聪明豪富著称。

② 莎弗朗妮，意大利诗人塔索（1544—1595）以第一次十字军东征为题材的史诗《耶路撒冷的解放》中的人物，她为了拯救耶路撒冷全城的基督徒，承认了并未犯过的罪行，成为舍己救人的典型。详见人民文学出版社《耶路撒冷的解放》第2章第1—54节（1993年版，王永年译）。

诸位不必理会这种杂凑的比喻。总之,德拉正为了送吉姆的礼物在店铺里搜索。

德拉终于把它找到了。它准是专为吉姆,而不是为别人制造的。她把所有店铺都兜底翻过,各家都没有像这样的东西。那是一条白金表链,式样简单朴素,只是以货色来显示它的价值,不凭什么装潢来炫耀——一切好东西都应该是这样的。它甚至配得上那只金表。她一看到就认为非给吉姆买下不可。它简直像他的为人。文静而有价值——这句话拿来形容表链和吉姆本人都恰到好处。店里以二十一块钱的价格卖给了她,她剩下八毛七分钱,匆匆赶回家去。吉姆有了那条链子,在任何场合都可以毫无顾虑地看看钟点了。那只表虽然华贵,可是因为只用一条旧皮带来代替表链,他有时候只是偷偷地瞥一眼。

德拉回家以后,她的陶醉有一小部分被审慎和理智所替代。她拿出卷发铁钳,点着煤气,着手补救由于爱情加上慷慨而造成的灾害。那始终是一件艰巨的工作,亲爱的朋友们——简直是了不起的工作。

不出四十分钟,她头上布满了紧贴着的小发卷,变得活像一个逃课的小学生。她对着镜子小心而苛刻地照了又照。

"如果吉姆看了一眼不把我宰掉才怪呢,"她自言自语地说,"他会说我像是康奈岛游乐场里的卖唱姑娘。我有什么办法呢?——唉!只有一块八毛七分钱,叫我有什么办法呢?"

到了七点钟,咖啡已经煮好,煎锅也放在炉子后面热着,随时可以煎肉排。

吉姆从没有晚回来过。德拉把表链对折着握在手里,在他进来时必经的门口的桌子角上坐下来。接着,她听到楼下梯级上响起了他的脚步声。她脸色白了一忽儿。她有一个习惯,往往为了日常最简单的事情默祷几句,现在她悄声说:"求求上帝,让他认为我还是美丽的。"

门打开了,吉姆走进来,随手把门关上。他很瘦削,非常严肃。可怜的人儿,他只有二十二岁——就负起了家庭的担子!他需要一件新大衣,手套也没有。

吉姆在门内站住,像一条猎狗嗅到鹌鹑气味似的纹丝不动。他的眼睛盯着德拉,所含的神情是她所不能理解的,这使她大为惊慌。那既不是愤怒,也不是惊讶,又不是不满,更不是嫌恶,不是她所预料的任何一种神情。他只带着那种奇特的神情凝视着德拉。

德拉一扭腰,从桌上跳下来,走近他身边。

"吉姆,亲爱的,"她喊道,"别那样盯着我。我把头发剪掉卖了,因为不送你一件礼物,我过不了圣诞节。头发会再长出来的——你不会在意吧,是不是?我非这么做不可。我的头发长得快极啦。说句'恭贺圣诞'吧!吉姆,让我们快快乐乐的。我给你买了一件多么好——多么美丽的好东西,你怎么也猜不到的。"

"你把头发剪掉了吗?"吉姆吃力地问道,仿佛他绞尽脑汁之后,还没有把这个显而易见的事实弄明白似的。

"非但剪了,而且卖了。"德拉说,"不管怎样,你还是同样地喜欢我吗?虽然没有了头发,我还是我,可不是吗?"

吉姆好奇地向房里四下张望。

"你说你的头发没有了吗?"他带着近乎白痴般的神情问道。

"你不用找啦,"德拉说,"我告诉你,已经卖了——卖了,没有了。今天是圣诞前夜,亲爱的。好好地对待我,我剪掉头发为的是你呀。我的头发也许数得清,"她突然非常温柔地接下去说,"但我对你的情爱谁也数不清。我把肉排煎上好吗,吉姆?"

吉姆好像从恍惚中突然醒过来。他把德拉搂在怀里。我们不要冒昧,先花十秒钟工夫瞧瞧另一方面无关紧要的东西吧。每星期八块钱的房租,或是每年一百万元房租——那有什么区别呢?一位数学家或是一位俏皮的人可能会给你不正确的答复。麦琪带来了宝贵的礼物①,但其中没有那件东西。对这句晦涩的话,下文将有所说明。

吉姆从大衣口袋里掏出一包东西,把它扔在桌上。

"别对我有什么误会,德尔。"他说,"不管是剪发、修脸,还是洗头,我对我姑娘的爱情是决不会减低的。但是只消打开那包东西,你就会明白,你刚才为什么使我愣住了。"

白皙的手指敏捷地撕开了绳索和包皮纸。接着是一声狂喜的呼喊;紧接着,哎呀!突然转变成女性神经质的眼泪和号哭,立刻需要公寓的主人用尽办法来安慰她。

因为摆在眼前的是那套插在头发上的梳子——全套的发梳,两鬓用的,后面用的,应有尽有;那原是百老汇路上一个橱窗里德拉渴望了好久的东西。纯玳瑁做的,边上镶着珠宝的美丽的发梳——来配那已经失去的美发,颜色真是再合适也没有了。她知道这套发梳是很贵重的,心向神往了好久,但从来没有存过占有它的希望。现在居然为她所有了,可是佩带

① 麦琪,指基督初生时来送礼物的三贤人。一说是东方的三王:梅尔基奥尔(光明之王)赠送黄金表示尊贵;加斯帕(洁白者)赠送乳香象征神圣;巴尔撒泽赠送没药预示基督后来遭受迫害而死。

这些渴望已久的装饰品的头发却没有了。

但她还是把这套发梳搂在怀里不放，过了好久，她才能抬起迷蒙的泪眼，含笑对吉姆说："我的头发长得很快，吉姆！"

接着，德拉像一只给火烫着的小猫似的跳了起来，叫道："喔！喔！"

吉姆还没有见到他的美丽的礼物呢。她热切地伸出摊开的手掌递给他。那无知觉的贵金属仿佛闪闪反映着她快活和热诚的心情。

"漂亮吗，吉姆？我走遍全市才找到的。现在你每天要把表看上百来遍了。把你的表给我，我要看看它配在表上的样子。"

吉姆并没有照着她的话做，却坐到榻上，双手枕着头，笑了起来。

"德尔，"他说，"我们把圣诞节礼物搁在一边，暂且保存起来。它们实在太好啦，现在用了未免可惜。我是卖掉了金表，换了钱去买你的发梳的。现在请你煎肉排吧。"

那三位麦琪，诸位知道，全是有智慧的人——非常有智慧的人——他们带来礼物，送给生在马槽里的圣子耶稣。他们首创了圣诞节馈赠礼物的风俗。他们既然有智慧，他们的礼物无疑也是聪明的，可能还附带一种碰上收到同样的东西时可以交换的权利。我的拙笔在这里告诉了诸位一个没有曲折、不足为奇的故事；那两个住在一间公寓里的笨孩子，极不聪明地为了对方牺牲了他们一家最宝贵的东西。但是，让我们对目前一般聪明人说最后一句话，在所有馈赠礼物的人当中，那两个人是最聪明的。在一切接受礼物的人当中，像他们这样的人也是最聪明的。无论在什么地方，他们都是最聪明的。他们就是麦琪。

回合之间

五月的月亮明晃晃地照着墨菲太太经营的寄宿舍。查一下历书就可以知道,月亮的光辉同时也洒到一片广大的地区。春天披上了盛装,枯草热紧接着就要猖狂。公园里满是新绿和来自西部与南方的商贾行旅。花在招展。避暑胜地的代理人在招徕顾客;气候和法庭的判决都日趋温和;到处是手风琴声、喷泉和纸牌戏。

墨菲太太寄宿舍的窗户都敞开着。一群房客坐在门口的高石阶上,屁股下面垫着像是德国式煎薄饼的又圆又扁的草编。

麦卡斯基太太倚在二楼前面的一个窗口上,等她丈夫回家。开在桌上的晚饭快凉了。它的火气钻到了麦卡斯基太太的肚子里。

九点钟,麦卡斯基终于来了。他胳臂上搭着外套,嘴里叼着烟斗,一面小心翼翼地在房客们坐的石阶上寻找空隙,以便搁下他那九号长四号宽的大脚,一面因为打扰了他们而不住地道歉。

他推开房门时,碰到的情况却出乎意外。他平日要闪避的不是火炉盖,便是捣土豆泥用的木杵,这次飞来的却只是话语。

麦卡斯基先生推断,温和的五月的月光已经软化了老伴的心。

“我全听到啦,”代替锅碗瓢盆的话语是这样开头的。“你笨手笨脚,踩到了马路上那些不三不四的家伙的衣角倒会赔不是,你自己的老婆伸着脖子在窗口等你,把脖子伸得有晒衣绳那么长,即使你在她脖子上踩过,连一声‘对不起’都不吭;你每星期六晚上在加勒吉的店里喝酒,把工钱几乎统统喝光,剩下一点儿来买吃的,现在又统统搁凉,收煤气账的今天又来过两次啦。”

“婆娘!”麦卡斯基把外套和帽子往椅子上一扔,说道,“你这样聒噪,害得我胃口都倒了。你不讲礼貌,就是拆社会基础的墙脚。太太们挡着道,你打她们中间走过,说声借光也是爷们儿的本分。你这副猪脸能不能别再对着窗口,赶快去弄饭?”

麦卡斯基太太慢吞吞地站起来。她的模样有点不对头,使麦卡斯基先生有了提防。当她的嘴角突然像晴雨计的指针那样往下一沉的时候,往往预告着碗盏锅罐的来临。

“你说是猪脸吗?”麦卡斯基太太一面说,一面猛地把一只盛满咸肉萝卜的炖锅向她丈夫扔去。

麦卡斯基先生是个随机应变的老手。他知道头一道小菜之后该上什么。桌上有一盘配着酢浆草的烤猪肉。他端起这个来回敬,随即招来一个搁在陶器碟子里的面包布丁。丈夫很准确地摔过去的一大块瑞士奶酪打在麦卡斯基太太的眼睛下面。当她用满满一壶又烫又黑、半香半臭的咖啡作为恰当的答复时,根据上菜的规矩,这场战斗照说该结束了。

但是麦卡斯基先生不是那种吃五毛钱客饭的人。让那些低档的波希米亚人把咖啡当做结束吧，假如他们愿意的话。让他们去丢人现眼吧。他可精明得多。他不是没有见识过饭后洗手指的水盂。墨菲寄宿舍虽然没有这种玩意儿，可是它们的代用品就在手边。他得意扬扬地举起那个搪瓷脸盆，朝他欢喜冤家的头上一送。麦卡斯基太太躲过了这一招。她伸手去拿熨斗，打算把它当做提神酒，结束这场可口的决斗。这当儿，楼下传来一声响亮的哀号，使她和麦卡斯基不由自主地停了下来，暂时休战。

警察克利里站在房子犄角的人行道上，竖起耳朵倾听家庭用具的砰嘭声。

“约翰·麦卡斯基同他太太又干上啦。”警察思忖着，“我要不要上楼去劝劝呢？还是不去为好。他们是名正言顺的夫妻，平时又没什么娱乐。不会闹得太久的。当然啦，再闹下去的话，他们要借用人家的碗盏才行。”

正在那时候，楼下响起了那声尖厉的号叫，说明不是出了恐怖的事情，便是情况危急。“那也许是猫叫。”警察克利里说着，匆匆朝相反方向走开。

坐在石阶上的房客们骚动起来。保险公司掮客出身，以问长问短为职业的图米先生，走进屋去打听尖叫的原因。他回来报信说，墨菲太太的小儿子迈克不见了。跟在报信人后面蹦出来的是墨菲太太本人——两百磅的眼泪和歇斯底里，呼天抢地地哀悼失踪的三十磅的雀斑和调皮捣乱。你说这种描写手法大煞风景吗，一点不错；可是图米先生挨在女帽商珀迪小姐的身边坐下，他们的手握在一起表示同情。沃尔什姊妹，那两个整个抱怨过道里太嘈杂的老小姐，立刻探听有没有谁在钟座后面找过。

跟他的胖太太坐在石阶最上面一级的格里格少校站了起来，扣好外套。"小家伙不见了吗?"他嚷道，"我走遍全市去找。"他妻子一向不准他在天黑之后出去，现在却用男中音的嗓门说道："去吧，卢多维克！看到那位母亲如此伤心而坐视不救的人，才叫没有心肝儿呢。""亲爱的，给我三毛——还是给我六毛钱吧，"少校说，"走失的小孩有时遛得很远。我可能要坐车子，身边得备些钱。"

住在四楼后房的丹尼老头，坐在石阶最下面的一级，正借着街灯的亮光在看报纸。他翻过一版，继续看那篇有关木匠罢工的报道。墨菲太太逼紧了嗓子朝月亮喊道："啊，我们的迈克呀，天哪，我的小宝贝儿在哪儿呀?"

"你最后一次见到他是在什么时候?"丹尼老头一面问，一面还在看建筑公会的报告。

"哟，"墨菲太太哀叫着，"也许是昨天，也许是四个钟头以前。我记不清啦。我的小儿子迈克准是走失啦。今天早晨——也许是星期三吧——他还在人行道上玩耍。我实在太忙，连日子也记不清楚。我在屋子里上上下下都找遍了，就是找不着他。哟，老天哪——"

任凭人们怎样谩骂，这座大城市始终是沉默、冷酷和庞大的。人们说它是铁石心肠，说它没有恻隐之心；人们把它的街道比做荒寂的森林和熔岩的沙漠。其实不然，龙虾的硬壳里面还可以找到美味可口的食品呢。这个譬喻也许不很恰当。不过，不至于有谁见怪。我们没有足够的把握是不会随便把人家叫做龙虾的①。

① 美国俚语中把容易受骗的人称做"龙虾"。

小孩的迷失比任何灾害更能引起人们的同情。他们的小脚是那么荏弱无力，世道又是那么崎岖坎坷。

格里格少校匆匆拐过街角，跨进比利的铺子。"来一杯威士忌苏打。"他对伙计说，"你有没有在附近什么地方见到一个六岁左右，罗圈腿，肮脏脸的走失了的小鬼？"

图米先生坐在石阶上，握着珀迪小姐的手不放。"想起那个可爱的小东西，"珀迪小姐说，"失去了母亲的保护——也许已经倒在奔马的铁蹄下面了——哦，太可怕了！"

"可不是吗？"图米先生捏紧她的手，表示同意说，"你看我要不要出去帮着找他呢？"

"也许你应该去，"珀迪小姐说，"可是啊，图米先生，你这样见义勇为——这样不顾一切——假如你出于热心，遭到了什么意外，我怎么——"

丹尼老头用手指顺着行句，继续在看那篇仲裁协定。

二楼前房的麦卡斯基先生和太太走到窗口来喘口气。麦卡斯基先生弯起食指在抠坎肩里面的萝卜，他太太的眼睛被烤猪肉里的盐分搞得很不自在，正在揉擦。他们听到楼下的喧哗，把头伸出窗外。

"小迈克不见了，"麦卡斯基太太压低了嗓门说，"那个可爱的、淘气的、天使般的小东西！"

"那个小家伙走失了吗？"麦卡斯基先生把身子探出窗外说，"哎，那可糟糕。孩子应当另眼相看。换了女人就好了，因为她们一走就天下太平。"

麦卡斯基太太不去理会这句带刺的话，她拽住丈夫的胳臂。

"约翰，"她感情冲动地说，"墨菲太太的小孩儿不见了。

这个城市太大,小孩儿容易走失。他只有六岁呐。约翰,假如我们六年前生个孩子,现在也有这么大了。”

“我们从来没有生过呀。”麦卡斯基先生把事实琢磨了一会儿之后说。

“可是如果我们生过的话,约翰,我们的小费伦今晚在城里迷了路,走不见了,你想我们心里该有多难受呀。”

“你在说废话。”麦卡斯基先生说,“他应该叫做帕特,跟我那住在坎特里的老爸爸一样的名字。”

“你胡扯!”麦卡斯基太太说,声调里倒没有火气。“我哥哥抵得上十打泥腿子麦卡斯基。孩子一定要起他的名字。”她从窗台上探出上身,观看下面的纷扰。

“约翰,”麦卡斯基太太温和地说,“对不起,我对你太急躁了。”

“正如你说的,”她丈夫说,“急躁的布丁,匆忙的萝卜,还有撵人的咖啡。你不妨管它叫做一客快餐,准没错儿。”

麦卡斯基太太伸手勾住丈夫的胳臂,握住他那粗糙的手。

“听听可怜的墨菲太太的哭声,”她说,“一个小不点儿的孩子在这样一个大城市里走失,实在太可怕了。假如换了我们的小费伦,约翰,我的心都要碎啦。”

麦卡斯基先生不自在地抽回了手。但是,他把手搭在慢慢挨近他身边的太太的肩膀上。

“这种说法固然荒唐,”他粗鲁地说,“但是如果我们的小——帕特碰上绑票一类的事,我也要伤心的。不过我们从来没有生过孩子。有时候我太不应该,我对你太粗暴了,朱迪。别搁在心上。”

他们偎依着,望着下面演出的伤感的悲剧。

他们这样坐了很久。人们在人行道上涌来涌去，凑在一起打听消息，传播着许许多多的谣言和毫无根据的揣测。墨菲太太像犁地似的在他们中间穿进穿出，仿佛一座挂着泪水瀑布、哗哗直响的肉山。报信人你来我往，忙个不停。

寄宿舍门前响起一片喧嘈的人声，又闹腾开了。

“又是怎么回事，朱迪？”麦卡斯基先生问道。

“是墨菲太太的声音。”麦卡斯基太太一面倾听，一面说，“她说她在屋里找到了小迈克，他在床底下一卷漆布后面睡着了。”

麦卡斯基先生哈哈大笑。

“你的费伦就是那样。”他讥讽地喊道，“换了帕特，才不会玩那种鬼花样呢。我们那个未曾出生的小孩儿如果走失不见了，尽管叫他费伦好啦，看他像条小癞皮狗那样躲在床底下。”

麦卡斯基太太慢吞吞地站起来，朝碗柜走去，她两个嘴角往下一沉。

人群散开之后，警察克利里才从拐角那儿踱回来。他竖起耳朵听着麦卡斯基家的住屋，不禁大吃一惊：那里铁器瓷器的砰嘭声，投掷厨房用具的哐啷声似乎跟刚才一样响亮。警察克利里掏出挂表。

“好家伙！”他脱口喊道，“照我的表看来，约翰·麦卡斯基同他的太太已经干了一小时又十五分钟。他太太的体重比他多四十磅，希望他加把劲。”

警察克利里慢悠悠地拐过街角走了。

丹尼老头折好报纸，慌慌忙忙地走上石阶，墨菲太太正准备锁上门过夜。

天窗室

首先，帕克太太会领你去看那双开间的客厅。当她滔滔不绝地夸说屋子的优点以及那位住了八年的先生的好处时，你根本不敢打断她的话头。接着，你总算吞吞吐吐地说，你既不是大夫，也不是牙医。帕克太太听取这番话时的神气，准会使你对你的父母大起反感，嗔怪他们当初为什么没有把你培养成为适合帕克太太的客厅的人才。

然后，你走上一溜楼梯，去看看租金每周八块钱的二楼后房。她换了一副二楼的嘴脸，告诉你说，图森贝雷先生没有到佛罗里达去接管他兄弟在棕榈滩附近的柑橘种植园时，就住在这里。房租一直是十二块钱，绝不吃亏。又说住在双开间前房，有独用浴室的麦金太尔太太，每年冬天都要到那个棕榈滩去。你听了一阵之后，支支吾吾地说，你希望看看租金更便宜一点的房间。

如果你没有被帕克太太的鄙夷神情吓倒，你就会给领到三楼去看看斯基德先生的大房间。斯基德先生的房间并没有空出来。他整天待在里面写剧本，抽香烟。可是每一个找房子的人总是给引到他的房间里去欣赏门窗的垂饰。每次参观之后，斯基德先生害怕有勒令搬家的可能，就会付一部分欠租。

接着——啊，接着——假如你仍旧局促不安地站着，滚烫的手插在口袋里，攥紧那三块汗渍渍的钱，嘶哑地说出了你那可耻可恶的贫困，帕克太太就不再替你当向导了。她拉开嗓门，叫一声“克拉拉”，便扭过头，迈开步子下楼去了。于是，那个黑人使女克拉拉会陪你爬上那代替四楼楼梯的、铺着毡毯的梯子，让你看天窗室。它位于房屋中央，有七英尺宽、八英尺长。两边都是黑乎乎的堆放杂物的贮藏室。

屋子里有一张小铁床、一个洗脸架和一把椅子。一个木头架子算是梳妆台。四堵空墙咄咄逼人，仿佛棺材的四壁似的，逼得你透不过气来。你的手不由自主地摸到了喉咙上，你喘着气，仿佛坐在井里似的抬头一望——总算恢复了呼吸。透过小天窗的玻璃望出去，你见到了一方蓝天。

“两块钱，先生。”克拉拉会带着半是轻蔑、半是特斯基吉式①的温和说。

有一天，丽森小姐来找房子。她随身带着一台远不是她这样娇小的人所能带的打字机。她身材非常娇小，在停止发育后，眼睛和头发却长个不停。它们仿佛在说：“天哪！你为什么不跟着我们一块儿长啊？”

帕克太太领着丽森小姐去看双开间的客厅。“这个壁柜里，”她说，“可以放一架骨骼标本，或者麻醉剂，或者煤——”

“我不是大夫，也不是牙医。”丽森小姐打了个寒战说。

帕克太太把她专门用来对付那些不够大夫和牙医资格的人的猜疑、怜悯、轻蔑和冰冷的眼色使了出来，瞪了丽森小姐一眼，然后领她去看二楼后房。

“八块钱吗？”丽森小姐说，“啊呀！我样子虽然年轻，可

① 美国南方阿拉巴马州的城市，黑人居民较多。

不是富家小姐[1]。我只是一个穷苦的打工小姑娘。带我去看看位置高一点儿,租金低一点儿的房间吧。”

斯基德先生听到叩门声,连忙跳起来,把烟蒂撒了一地。

“对不起,斯基德先生。”帕克太太说,看到他大惊失色的模样,便露出一脸奸笑,“我不知道你在家。我请这位小姐来看看你的门窗垂饰。”

“这太美啦。”丽森小姐嫣然一笑说,她的笑容跟天使一般美。

她们走了之后,斯基德先生着实忙了一阵子,把他最近的(没有上演的)剧本里那个高身材、黑头发的女主角全部抹去,换上一个头发浓密光泽、容貌秀丽活泼、娇小顽皮的姑娘。

“安娜·赫尔德[2]准会争着扮演这个角色呐。”斯基德先生自言自语地说。他抬起双脚,踩在窗饰上,然后像一条空中的墨斗鱼一样,消失在香烟雾中了。

不久便响起了一声“克拉拉!”像警钟似的向全世界宣布了丽森小姐的经济情况。一个黑皮肤的小鬼抓住了她,带她爬上阴森森的梯子,把她推进一间顶上透着微光的拱形屋子,吐出了那几个带有威胁和神秘意味的字眼:“两块钱!”

“我租下来!”丽森小姐嘘了一口气,接着便在那张吱嘎作响的铁床上坐了下去。

丽森小姐每天出去工作。晚上她带了一些有字迹的纸张回家,用她那架打字机誊清。逢到没有工作的晚上,她就跟别

① 此处原文为“我可不是赫蒂”,指亨里埃塔·格林(1835—1916)。她是美国金融家,航运及贸易巨头,据说是当时美国最富有的女人,去世时财产已达一亿美元。“格林”在英文中有“绿色”“年轻”等解释。

② 安娜·赫尔德,当时美国著名演员。

的房客一起坐在门口的高台阶上。上帝创造丽森小姐的时候，并没有打算让她住在天窗室里。她心胸豁朗，脑袋里满是微妙的、异想天开的念头。有一次，她甚至让斯基德先生把他那伟大的（没有出版的）喜剧《并非玩笑》（又名《地下铁道的继承人》）念了三幕给她听。

每逢丽森小姐有空在台阶上坐一两个钟头的时候，男房客们都乐开了。可是，那位在公立学校教书的，碰到什么便说“可不是吗！”的高个儿金发的朗纳克小姐，却坐在石阶顶级，嘿嘿冷笑着。那位在百货商店工作，每星期日在康奈岛打活动木鸭的多恩小姐，坐在石阶底级，也嘿嘿冷笑着。丽森小姐坐在石阶中级，男人们马上在她身边围了拢来。

尤其是斯基德先生，他虽然没有说出口，心里却早就把丽森小姐在他现实生活中的私人浪漫剧中派充了主角。还有胡佛先生，那位四十五岁，愣头愣脑，血气旺盛的大胖子。还有那位极年轻的埃文斯先生，他老是吭吭地干咳着，好让丽森小姐来劝他戒烟。男人们一致公认丽森小姐是“最有趣、最快活的人儿”，然而顶级和底级的冷笑却是难以和解的。

我请求诸位允许戏文暂停片刻，让合唱队走到台前，为胡佛先生的肥胖洒一滴哀悼之泪。为哀悼脂肪的凄惨，臃肿的灾害和肥胖的祸殃而唱哀歌吧。情场的得意与否如果取决于脂肪的多寡，那么福斯塔夫可能要远远胜过瘦骨嶙峋的罗密欧①。但是情人不妨叹息，可千万不能喘气。胖子是归莫默斯②发落的。

① 福斯塔夫和罗密欧都是莎士比亚剧本中的主角。福斯塔夫肥胖好色，爱吹牛，爱开玩笑。

② 莫默斯，希腊神话中喜欢嘲弄指摘的小神。

腰围五十二英寸的人,任你心脏跳得多么忠诚,到头来还是白搭。去你的吧,胡佛!四十五岁,愣头愣脑,血气旺盛的胡佛可能把海伦①拐了逃跑;然而四十五岁,愣头愣脑,血气旺盛,脑肥肠满的胡佛,只是一具永不超生的臭皮囊罢了。胡佛,你是永远没有机会的。

一个夏天的傍晚,帕克太太的房客们这样闲坐着,丽森小姐忽然抬头看看天空,爽朗地笑了起来,嚷道:

"哟,那不是比利·杰克逊吗!我在这儿楼下也能见到。"

大伙都抬起头——有的看摩天大楼的窗子,有的东张西望,寻找一艘杰克逊操纵的飞艇。

"那颗星星。"丽森小姐解释道,同时用一个纤细的指头指点着,"不是那颗一闪一闪的大星星,而是它旁边那颗不动的蓝星星。每天晚上我都可以从天窗里望到它。我管它叫比利·杰克逊。"

"可不是吗!"朗纳克小姐说,"我倒不知道你是个天文学家呢,丽森小姐。"

"是啊,"这个观望星象的小人儿说,"我跟任何一个天文学家一样,知道火星居民的秋季服装会是什么新式样。"

"可不是吗!"朗纳克小姐说,"你指的那颗星是仙后星座里的伽马。它的亮度几乎同二等星相当,它的子午线程是——"

"哦,"非常年轻的埃文斯先生说,"我认为比利·杰克逊

① 海伦,希腊传说中斯巴达国王的妻子,艳丽绝伦,被特洛伊王子拐跑,引起特洛伊十年战争。

这个名字好得多。”

“我也同意。”胡佛先生说，呼噜呼噜地喘着气，反对朗纳克小姐，“我认为那些占星的老头儿既然有权利给星星起名字，丽森小姐当然也有权利。”

“可不是吗！”朗纳克小姐说。

“我不知道它是不是流星。”多恩小姐说，“星期日我在康奈岛的游乐场里打枪，十枪当中打中了九次鸭子，一次兔子。”

“从这儿望去还不是顶清楚。”丽森小姐说，“你们应该在我的屋子里看。你们知道，如果坐在井底的话，即使白天也看得见星星。一到晚上，我的屋子就像是煤矿的竖井，比利·杰克逊就像是夜晚女神用来扣住她的睡衣的大钻石别针了。”

之后有一段时期，丽森小姐没有带那些冠冕堂皇的纸张回来打字。她早晨出门并不是去工作，而是挨家挨户地跑事务所，央求傲慢的工友通报，受尽了冷落和拒绝，弄得她垂头丧气。这种情形持续了很久。

有一晚，正是丽森小姐以往在饭店里吃了晚饭回家的时候，她筋疲力尽地爬上了帕克太太的石阶。但她并没有吃过晚饭。

在她踏进门厅的当儿，胡佛先生遇到了她，看中了这个机会。他向她求婚，一身肥肉颤巍巍地挡在她面前，活像一座随时可以崩坍的雪山。丽森小姐闪开了，抓住了楼梯的扶手。他想去抓她的手，她却举起手来，有气没力地给了他一个耳光。她拉着扶手，一步一顿地挨上楼去。她经过斯基德先生的房门口，斯基德先生正在用红墨水修改他那（没有被接受的）喜剧中的舞台说明，指示女主角梅特尔·德洛姆（也就是丽森小姐）应该“从舞台左角一阵风似的跑向子爵身边”。最后，她爬上了铺着毡毯的梯子，打开了天窗室的门。

她没有气力去点灯和换衣服了。她倒在那张铁床上，她那纤弱的身体在老旧的弹簧垫上简直没有留下凹洼。在那个地府般幽暗的屋子里，她慢慢地抬起沉重的眼皮，微微笑了一下。

因为比利·杰克逊正透过天窗，在安详、明亮而不渝地照耀着她。她周围一片空虚。她仿佛坠入一个黑暗的深渊，顶上只是一方嵌着一颗星的、苍白的夜空。她给那颗星起了一个异想天开的名字，可起得并不恰当。朗纳克小姐准是对的：它原是仙后星座的伽马星，不是什么比利·杰克逊。尽管如此，她还是不愿意称它为伽马。

她仰躺着，想抬起胳臂，可是抬了两次都没有成功。第三次，她总算把两只瘦削的手指举到了嘴唇上，从黑暗的深渊中朝比利·杰克逊飞了一吻。她的胳臂软绵绵地落了下来。

“再见啦，比利。”她微弱地咕哝着，“你远在几百万英里之外，甚至不肯眨一眨眼睛。可是当四周漆黑一片，什么也看不见的时候，你多半还待在我能看见的地方，是吗？……几百万英里……再见啦，比利·杰克逊。”

第二天上午十点钟，黑使女克拉拉发觉丽森小姐的房门还锁着，他们把它撞开。擦生醋，打手腕，给她嗅烧焦的羽毛都不见效，有人便跑去打电话叫救护车。

没多久，救护车当啷当啷地开到，倒退着停在门口。那位穿着白亚麻布罩衣的年轻干练的医生跳上了石阶，他的举止沉着、灵活、镇静，他那光洁的脸上显得又潇洒，又严肃。

“四十九号叫的救护车来了。”他简洁地说，“出了什么事?”

“哦,不错,大夫。”帕克太太没好气地说,仿佛她屋子里出了事而引起的麻烦比什么都麻烦,“我不知道她是怎么搞的。我们用尽了各种办法,还是救不醒她。是个年轻的女人,一个叫做埃尔西——是的,埃尔西·丽森小姐。我这里从来没有出过——”

“什么房间?”医生暴喊起来,帕克太太生平没有听到过这种询问房间的口气。

“天窗室。就在——”

救护车的随车医生显然很熟悉天窗室的位置。他四级一跨,已经上了楼。帕克太太惟恐有失尊严,便慢条斯理地跟了上去。

她刚走到第一个楼梯口,就看见医生抱着那个天文学家下来了。他站住后,那训练有素,像解剖刀一般锋利的舌头,就任性地把她数落了一顿,可声音却不高。帕克太太像是一件从钉子上滑落下来的浆硬的衣服,慢慢地皱缩起来。此后,她的身心上永远留下了皱纹。有时,她的好奇的房客们问她,医生究竟对她说了些什么。

“算了吧,”她会这样回答,“如果我听了那番话,就能得到宽恕,我就很满意了。”

救护车的随车医生抱着病人,大踏步穿过那群围在四周看热闹的人,甚至他们也羞愧地退到了人行道上,因为医生的神情像是抱着一个死去的亲人。

他们注意到,医生并没有把他抱着的人安顿在救护车里专用的担架上,他只是对司机说:“拼命快开吧,威尔逊。”

完了。难道这也算是一篇故事吗?第二天早晨,我在报纸上看到一小段消息,其中最后一句话可以帮助诸位(正如帮助了我一样)把一鳞半爪的情况联系起来。

它报道说,贝尔维尤医院收了一个住在东区某街四十九号,因饥饿而引起虚脱的年轻女人。结尾是这样的:

> 负责治疗的随车医生威廉·杰克逊大夫声称,病人定能复元。①

① “比利”(Billy)是英文人名“威廉”(William)的昵称,这里的威廉·杰克逊即是上文的比利·杰克逊。

爱的奉献

当你爱好你的艺术时，就觉得没有什么奉献是难以承受的。

那是我们的前提。这篇故事将从它那里得出一个结论，同时证明前提的谬误。从逻辑学的观点来说，这固然是一件新鲜事，可是从讲故事的观点来说，却是一件比中国的万里长城更为古老的艺术品。

乔·拉腊比来自中西部栎树参天的平原，浑身散发着绘画艺术的天才。他还只六岁时就画了一幅镇上抽水机的风景画，抽水机旁还画了一个匆匆走过的、有声望的居民。这件作品给配上架子，挂在药房的橱窗里，挨着一个留有几排参差不齐的玉米粒的穗棒。他二十岁时背井离乡来到纽约，束着一条飘拂的领带，带着一个更为飘拂的荷包。

迪莉娅·卡拉瑟斯生长在南方一个松林葱茏的小村里，她把六音阶之类的玩意儿搞得那样出色，以致亲戚们替她凑了一笔为数不多的款子，让她去北方"深造"。他们没有看到她成——那就是我们要讲的故事。

乔和迪莉娅在一个画室里相遇了。有许多研究美术和音乐的人经常在那儿聚会，讨论明暗对比，瓦格纳，音乐，伦勃朗，绘画，瓦尔特托费尔，糊墙纸，肖邦，奥朗①。

乔和迪莉娅互相——或者彼此，随你高兴怎么说——一见倾心，短期内就结了婚——因为(参看上文)当你爱好你的艺术时，就觉得没有什么奉献是难以承受的。

拉腊比夫妇租了一套公寓，开始组织家庭。那是一个岑寂的地方——凄怆得像是钢琴键盘左端的升A调。可是他们很幸福；因为他们有了各自的艺术，又有了对方。我对有钱的年轻人的劝告是：为了争取同你的艺术以及你的迪莉娅住在公寓里的权利，赶快把你所有的东西都变卖掉，施舍给穷苦的看门人吧。

公寓生活是惟一真正的快乐，住公寓的人一定都赞成我的论断。家庭只要幸福，房间小又何妨——让梳妆台翻倒作为弹子桌；把火炉架改作练习划船用的器材；让写字桌充当备用的卧室；洗脸架充当竖式钢琴；如果可能，让四堵墙壁挤拢，你同你的迪莉娅仍旧在里面。可是倘若家庭不幸福，随它怎么宽敞——你从金门进去，把帽子挂在哈特拉斯，把披肩挂在合恩角，然后穿过拉布拉多出去②，到头仍旧枉然。

乔在伟大的马吉斯特那儿学画——各位都知道他的声望。他收费高昂，课程轻松——他的高昂轻松给他带来了声望。迪莉娅在罗森斯托克那儿学习，各位也知道他是一位出名的专跟钢琴键盘找麻烦的家伙。

① 瓦格纳(1813—1883)，德国作曲家；伦勃朗(1606—1669)，荷兰画家；瓦尔特托费尔(1837—1915)，法国作曲家；肖邦(1810—1849)，波兰作曲家，钢琴家；奥朗，中国乌龙茶的粤音。

② 金门是美国旧金山湾口的海峡；哈特拉斯是北卡罗来纳州海岸的海峡，与英文中“帽架”谐音；合恩角是南美智利的海峡，与“衣架”谐音；拉布拉多是赫德森湾与大西洋间的半岛，与“边门”谐音。

只要他们的钱没用完,他们的生活是非常美满的。谁都是这样——算了吧,我不愿意说愤世嫉俗的话。他们的目标非常清晰明确。乔很快就能有佳作问世,那些鬓须稀朗而钱袋厚实的老先生就会争先恐后地挤到他的画室里来抢购他的作品。迪莉娅要同音乐搞熟,然后对它满不在乎;如果看到剧院正厅的位置和包厢不满座,她就推托喉咙痛,拒绝登台,在专用的餐室里吃龙虾。

但是依我说,最美满的还是那小公寓里的家庭生活:学习了一天之后的情话絮语;舒适的晚饭和新鲜清淡的早餐;关于志向的交谈——他们不但关心自己的,而且也关心对方的志向,否则就没有意义了——互助和灵感;还有——恕我直言,晚上十一点钟吃的菜裹肉片和奶酪三明治。

可是没多久,艺术动摇了。即使没有人去碰它,有时它自己也会动摇的。俗话说得好,坐吃山空;应该付给马吉斯特和罗森斯托克两位先生的学费也没有着落了。当你爱好你的艺术时,就觉得没有什么奉献是难以承受的。于是,迪莉娅说,她得教授音乐,以免断炊。

她在外面奔走了两三天,兜揽学生。一天晚上,她兴高采烈地回来了。

"乔,亲爱的,"她快活地说,"我有一个学生啦。哟,那家人真好。一位将军——艾·比·平克尼将军的小姐,住在第七十一号街。多么漂亮的房子,乔——你该看看那扇大门!我想就是你所说的那种拜占庭式①。还有屋子里面!喔,乔,

① 拜占庭式,六世纪至十五世纪间,在东罗马帝国风行的建筑式样,特点是圆屋顶,拱形门,细工镶嵌。

我从没见过那样豪华的装修。

“我的学生是他的女儿克莱门蒂娜。我见了她就欢喜极啦。她是个柔弱的小东西——老是穿白衣服;态度又那么朴实可爱！她只有十八岁。我一星期教三次课;你想想看,乔！每课五块钱。数目固然不大,可是我一点也不在乎。等我再找到两三个学生,我又可以到罗森斯托克先生那儿去学习了。现在,别皱眉头啦,亲爱的,让我们美美地吃一顿晚饭吧。”

“你倒不错,迪莉,”乔一面说,一面用斧子和切肉刀凿一个青豆罐头,“可是我该怎么办呢？你认为我能让你忙着挣钱,而我自己却在艺术的领域里追逐吗？我以本范努托·切利尼①的骨头赌咒,绝对不能！我想我能卖卖报纸,运卵石铺马路,多少也挣一两块钱回来。”

迪莉娅走过来,勾住他的脖子。

“乔,亲爱的,你真傻。你一定要坚持学习。我并不是抛弃了音乐去干别的事情。我一面教别人,自己一面也能学一些。我永远跟我的音乐在一起。何况我们一星期有十五块钱,可以过得像百万富翁那般快乐。你千万不要打算脱离马吉斯特先生。”

“好吧。”乔说,一面去拿那个贝壳形的蓝色菜碟子,“可我不愿意让你去教课。那不是艺术。你做出这样的奉献真了不起,真叫人钦佩。”

“当你爱好你的艺术时,就觉得没有什么奉献是难以承受的。”迪莉娅说。

“我在公园里画的那幅素描,马吉斯特说上面的天空很

① 本范努托·切利尼(1500—1571),意大利著名雕刻家。

好。”乔说，“廷克尔答应我在他的橱窗里挂上两幅。如果碰上一个合适的有钱的傻瓜，可能卖掉一幅。”

“我相信一定能卖掉。”迪莉娅亲切地说，“现在让我们先来感谢平克尼将军和这烤羊肉吧。”

下一个星期，拉腊比夫妇每天早餐都吃得很早。乔兴致勃勃地要到中央公园去在晨光下画几张速写。七点钟，迪莉娅在给了他早饭、拥抱、赞美和接吻之后，把他送出了门。艺术是个迷人的情妇。他回家时，多半已是晚上七点钟了。

周末，愉快自豪，但又疲惫不堪的迪莉娅得意洋洋地掏出三张五元的钞票，扔在那八英尺阔十英尺长的公寓客厅里的八英寸阔十英寸长的桌子上。

“有时候，”她有些厌倦地说，“克莱门蒂娜真叫我费劲。我想她大概练习得不充分，我得反反复复地教她。而且她老是穿白的，也叫人觉得单调。不过平克尼将军倒是个顶可爱的老头儿！我希望你能认识他，乔。我和克莱门蒂娜练习钢琴的时候，他偶尔走进来——他是个鳏夫，你知道——站在那儿捋他的白胡子。‘十六分音符和三十二分音符教得怎么样啦？’他老是这样问道。

“我希望你能看到客厅里的护壁镶板，乔！还有那些阿斯特拉罕的呢门帘。克莱门蒂娜老是有点儿咳嗽。我希望她的身体比她外表看来的要结实些。喔，我实在是越来越喜欢她了，她多么温柔，多么有教养。平克尼将军的弟弟当过驻玻利维亚的公使。”

接着，乔带着基度山伯爵的神气，掏出一张十元，一张五元，一张两元和一张一元的钞票——全是合法的货币——把它们摆在迪莉娅挣来的钱旁边。

“那幅方尖碑的水彩画卖给了一个从皮奥里亚①来的人。”他郑重其事地宣布说。

“别跟我开玩笑啦，”迪莉娅说——“不会是皮奥里亚那么远来的吧！”

“确实是那儿来的。我希望你能见到他，迪莉。一个胖子，围着羊毛围巾，衔着一根翮管牙签。他在廷克尔的橱窗里看到了那幅画，起先还以为是座风车呢。他倒很气派，不管三七二十一就把它买下了。他另外还预定了一幅——拉卡瓦纳货运车站的油画——准备带回去。我的画，加上你的音乐课！啊，我想艺术还是有前途的。”

“你坚持了下来，真使我高兴。”迪莉娅热切地说，“你一定会成功的，亲爱的。三十三块钱！我们从来没有过这么多可花的钱。今晚我们买牡蛎吃。”

“加上炸嫩牛排和香菌。”乔说，“肉叉在哪儿？”

下个星期六的晚上，乔先回家。他把他的十八块钱摊在客厅的桌子上，然后把手上许多像是黑色颜料的东西洗掉。

半个钟点之后，迪莉娅来了，她的右手用棉纱和绷带包成一团，简直不成样子。

“这是怎么搞的？”乔照例打了招呼后问道。迪莉娅笑了，可笑得并不十分快活。

“克莱门蒂娜，”她解释说，“上了课以后一定要吃奶酪面包。她真是个古怪的姑娘。下午五点钟还要吃奶酪面包。将军也在场。你该看看他跑去拿烘锅时的样子，乔，仿佛家里没有用人似的。我知道克莱门蒂娜身体不好，神经过敏。她浇

① 皮奥里亚，美国伊利诺斯州中部的城市。

奶酪的时候泼翻了许多,滚烫的,溅在我的手腕上。痛得要命,乔。那可爱的姑娘难过极了!还有平克尼将军!——乔,那老头儿急得几乎要发疯。他冲下楼去叫人——他们说是烧锅炉的或是地下室里的什么人——到药房里去买些油和包扎伤口用的东西。现在倒不十分痛了。”

“这是什么?”乔轻轻地握住那只手,扯扯绷带下面的几根白线,问道。

“那是涂了油的软纱。”迪莉娅说,“喔,乔,你又卖掉了一幅素描吗?”她看到了桌上的钱。

“可不是吗?”乔说,“只消问问那个从皮奥里亚来的人。他今天把他订的车站图取去了;他没有说定,可能还要一幅公园和一幅哈得孙河的风景。你今天下午什么时候烫痛手的,迪莉?”

“大概在五点钟吧。”迪莉娅可怜巴巴地说,“熨斗——我是说奶酪,大概在那时候烧好。你真该看到平克尼将军的样子,乔,他——”

“先坐一会儿,迪莉。”乔说。他把她拉到卧榻上,自己在她身边坐下,用胳臂围住了她的肩膀。

“这两个星期以来,你到底在干些什么,迪莉?”他问道。

她带着充满爱情和固执的眼神熬了一两分钟,含含混混地说着平克尼将军;但终于垂下头,一边哭,一边说出实话来了。

“我找不到学生。”她供认说,“我又不忍心眼看你抛弃你的课程,所以在第二十四号街那家大洗衣店里找了一个熨衬衣的活儿。我以为我把平克尼将军和克莱门蒂娜两个人编造得很好呢,可不是吗,乔?今天下午,洗衣店里一个姑娘的热熨斗烫了我的手，我一路上就编出了那个烘奶酪的故事。你不会生我的气吧，乔？如果我不去做工，你也许不能把你的画卖给那个皮奥里亚来的人。”

“他不是从皮奥里亚来的。”乔慢吞吞地说。

“打哪儿来的都一样。你真行，乔——吻我吧，乔——你怎么会怀疑我不在教克莱门蒂娜的音乐课呢？”

“在今晚以前，我始终没有起疑。”乔说，“今晚本来也不会起疑的，可是今天下午，我替楼上一个给熨斗烫坏手的姑娘找了一些机器房的油和废纱头。两星期来，我就在那家洗衣店的锅炉房烧火。”

“那你并没有——”

“我的皮奥里亚来的主顾，”乔说，“和平克尼将军都是同一艺术的产物——只是你不会把那门艺术叫做绘画或音乐罢了。”

他们两个都笑了。乔开口说：

“当你爱好你的艺术时，就觉得没有什么奉献是——”

可是迪莉娅用手掩住了他的嘴。“别说啦，”她说——“只消说‘当你爱的时候’。”

警察和赞美诗

苏贝躺在麦迪逊广场的长凳上,辗转反侧。当夜晚雁群引吭高鸣,当没有海豹皮大衣的女人对她们的丈夫亲热起来,或者当苏贝躺在广场的长凳上辗转反侧的时候,你就知道冬季已经逼近了。

一片枯叶飘落到苏贝的膝头。那是杰克·弗罗斯特①的名片。杰克对麦迪逊广场的老房客倒是体贴入微的,每年要来之前,总是预先通知。他在十字街头把他的名片交给"北风"——"幕天席地别墅"的门房——这样露天的居民就可以有所准备。

苏贝理会到,为了应付即将来临的严冬,由他来组织一个单人筹备委员会的时候已经到了。因此,他在长凳上转侧不安。

苏贝对于在冬季蛰居方面并没有什么奢望。他根本没有想到地中海的游弋,或南方催人欲眠的风光,更没有想到在维苏威海湾②的游泳。他心向神往的只是到岛上③去住上三个

① 杰克·弗罗斯特,原文是"Jack Frost",是英文里对"寒霜"的拟人称呼。

② 维苏威海湾为位于意大利那不勒斯东南的海湾,气候温和。

③ 指在纽约和布鲁克林之间海峡中的布莱克韦尔岛,上有监狱和疯人院等。

月。三个月不愁食宿，既能摆脱玻瑞阿斯[①]和巡警的干扰，又有意气相投的朋友共处，在苏贝的心目中，再没有比这更美满的事了。

多年来，好客的布莱克韦尔监狱成了他的冬季寓所。正如那些比他幸运得多的纽约人每年冬天买了车票到棕榈滩和里维埃拉[②]去消寒一样，苏贝也为他一年一度去岛上的避难作了最低限度的准备。现在是时候了。昨晚，他在那古老的广场里，睡在喷泉池旁边的长凳上，用了三份星期日的厚报纸，衬在衣服里，遮着脚踝和膝盖，还是抵挡不住寒冷的侵袭。因此，布莱克韦尔岛在苏贝心中及时涌现出来。他瞧不起那些以慈悲为名替地方上寄食者准备的布施。在苏贝看来，法律比慈善更为仁慈。他可以去的场所多的是，有的是市政府办的，有的是慈善机关办的，在哪儿他都可以谋得食宿，满足简单的生活要求。可是对苏贝这种性格高傲的人来说，慈善的恩赐是行不通的。从慈善家手里得到一点好处，固然不要你破费，却要你承担精神上的屈辱。凡事有利必有弊[③]，要睡慈善机关的床铺，就先得被迫洗个澡；要吃一块面包，你个人的私事也就得给打破砂锅问到底。因此，还是做做法律的客人来得痛快，法律虽然铁面无私，照章办事，究竟不会过分干涉一位大爷的私事。

既然打定了去岛上的主意，苏贝立刻准备实现他的愿望。轻而易举的办法倒有不少。最愉快的莫如在一家豪华的饭店

① 玻瑞阿斯，希腊神话中的北风神。

② 棕榈滩和里维埃拉均系美国南部城市，气候温和。

③ 此处原文是“有了恺撒，就有他的布鲁特斯”。恺撒（公元前100—前44）是罗马皇帝，为其好友布鲁特斯（公元前84—前42）所暗杀。

里大模大样地吃上一顿;然后声明自己不名一文,就可以安安静静,不吵不闹地给交到警察手里。其余的事,自有一个知趣的地方法官来安排。

苏贝离开长凳,踱出广场,穿过了百老汇路和五马路交叉处的一片平坦的柏油路面。他拐到百老汇路上,在一家灯火辉煌的饭馆前停下来,那里每晚汇集着上好的美酒、华丽的衣服和有地位的人物。

苏贝对自己上半身的打扮颇有信心。他刮过脸,上衣还算体面,感恩节时一位女教士送给他的那个有活扣的黑领结也挺干净。只要他能走到饭馆里桌子边上而不引起别人的疑心,一切就可以如愿以偿了。他暴露在桌面以上的部分不至于使侍者起疑。一只烤野鸭,苏贝想道,也就够意思了——再加一瓶夏勃立酒,坎曼贝乳酪①——一小杯咖啡和一支雪茄。雪茄要一块钱一支的就行了。账单上的总数不要大得会引起饭馆掌柜的狠心报复;同时野鸭肉却能让他在去冬季避难所的路上感到饱食的快乐。

可是,苏贝刚踏进饭馆门口,侍者领班的眼光就落到了他的旧裤子和破皮鞋上。粗壮而利索的手把他推了一个转身,沉默而迅速地被撵到人行道上,从而改变了那只险遭暗算的野鸭的不体面的命运。

苏贝离开了百老汇路。到那想望之岛去,要采取满足口腹之欲的路线看来是行不通了。要进监狱,还得另想办法。

六马路的拐角上有一家铺子,玻璃橱窗里陈设巧妙的商

① 夏勃立是法国以生产白葡萄酒而著名的地区。坎曼贝是法国奥尼尔省地名,那里制作一种松软的干酪,享有盛名。

品和灿烂的灯光很引人注目。苏贝捡起一块大圆石,砸穿了那块玻璃。人们从拐角上跑来,为首的正是一个警察。苏贝站定不动,双手插在口袋里,看到警察的铜纽扣时不禁笑了。

“砸玻璃的人在哪儿?”警察气急败坏地问道。

“难道你看不出我可能跟这事有关吗?”苏贝说,口气虽然带些讥讽,态度却很和善,仿佛是一个交上好运的人似的。

警察心里根本没把苏贝当做嫌疑犯。砸橱窗的人总是拔腿就跑,不会傻站在那儿跟法律的走卒打交道的。警察看到半条街前面有一个人跑着去赶搭一辆街车。他抽出警棍,追了上去。苏贝大失所望,垂头丧气地走开了。两次都不顺利。

对街有一家不怎么堂皇的饭馆。它迎合胃口大而钱包小的吃客。它的盘碟和气氛都很粗厚;它的汤和餐巾却很稀薄。苏贝跨进这家饭馆,他那罪孽深重的鞋子和暴露隐秘的裤子倒没有被人注意到。他挑了个位子坐下,吃了牛排、煎饼、炸面饼圈和馅饼。然后他向侍者透露真相,说他一个子儿都没有。

“现在快去找警察来,”苏贝说,“别让大爷久等。”

“对你这种人不用找警察。”侍者的声音像奶油蛋糕,眼睛像曼哈顿鸡尾酒①里的红樱桃。他只嚷了一声:“嗨,阿康!”

两个侍者干净利落地把苏贝叉出门外,他左耳贴地摔在坚硬的人行道上。像打开一根木工曲尺似的,他一节一节地撑了起来,掸去衣服上的尘土。被捕似乎只是一个美妙的梦想。那个岛仿佛非常遥远。站在隔了两家店铺远的药房门口

① 用威士忌、苦艾酒调成的混合酒,一般加一点苦味酒和一颗野樱桃。

的警察，笑了一笑，走到街上去了。

苏贝走过了五个街口之后，才有勇气再去追求被逮捕。他天真地暗忖着，这次是十拿九稳，不会再有闪失的了。一个衣着朴实，风姿可人的少妇站在一家店铺的橱窗前，出神地瞅着刮胡子用的杯子和墨水缸。离橱窗两码远的地方，一个大个子警察神气十足地靠在消防水龙头上。

苏贝打算扮演一个下流惹厌、调戏妇女的浪子。他的受害者外表娴静文雅，而忠于职守的警察又近在咫尺；他有理由相信，马上就能痛痛快快地给逮住，保证可以在岛上的小安乐窝里逍遥过冬。

苏贝把女教士送给他的活扣领结拉拉挺，又把皱缩在衣服里面的衬衫袖管拖出来，风流自赏地把帽子歪戴在额头，向那少妇身边挨过去。他对她挤眉弄眼，嘴里哼哼哈哈，嬉皮笑脸地摆出浪子那色胆包天，叫人恶心的架势。苏贝从眼角里看到警察正牢牢地盯着他。少妇让开了一步，仍旧全神贯注地瞅着那些刮胡子用的杯子。苏贝凑上去，大胆地走近她身边，掀起帽子说：

"啊喂，美人儿！要不要跟我一起去逛逛？"

警察仍旧盯着。受到纠缠的少妇只消举手一招，苏贝就可以毫无疑问地被送到他的安身之岛去了。他在想象中已经感到了警察局的舒适温暖。少妇扭过头来望着他，伸出手，抓住了苏贝的衣袖。

"当然啦，朋友，"她高兴地说，"只要你肯请我喝啤酒。不是警察望着的话，我早就招呼你了。"

少妇像常春藤攀住橡树般地偎依在苏贝身旁。苏贝心情阴郁，走过警察身边。他似乎注定是自由的。

一拐弯，他甩掉了同伴，撒腿就跑。他一口气跑到一个地方，那儿晚上有最明亮的街道，最愉快的心情，最轻率的盟誓和最轻松的歌声。披裘皮的女人和穿厚大衣的男人兴高采烈地冒着寒气走动。苏贝突然感到一阵恐惧，是不是一种可怕的魔力使他永远不会遭到逮捕了呢？这个念头带来了一些惊惶。当他再见到另一个警察神气活现地在一家灯火辉煌的戏院门前巡逻时，他忽然想起了那个穷极无聊的办法——扰乱治安。

在人行道上，苏贝开始憋足劲尖声叫喊一些乱七八糟的醉话。他手舞足蹈，吆喝胡闹，想尽办法搅得天翻地覆。

警察挥旋着警棍，掉过身去，背对着苏贝，向一个市民解释说：

"那是耶鲁大学的学生，他在庆祝他们在赛球时给哈特福德学院吃了一个鸭蛋。虽然闹得凶，可是不碍事。我们接到指示，不必干涉。"

苏贝怏怏地停止了他那白费气力的嚷嚷。警察永远不来碰他了吗？在他的想象中，那个岛简直像是可望而不可即的世外桃源①了。他扣好单薄的上衣来抵挡刺骨的寒风。

在一家雪茄烟铺里，他看到一个衣冠楚楚的人正在摇曳的火上点雪茄。那人进去时将一把绸伞倚在门口。苏贝跨进门，拿起伞，不慌不忙地扬长而去。点烟的人赶忙追出来。

"那是我的伞。"他厉声说。

"呵，是吗？"苏贝冷笑着说，在小偷的罪名上又加上侮辱，"那么，你干吗不叫警察呢？不错，是我拿的。你的伞！

① 此处原文为阿卡狄亚，是古希腊一个人情淳朴、风光明媚的理想乡。

你干吗不叫警察？拐角上就有一个。”

伞主人放慢了脚步。苏贝也走慢了，预感到命运会再度跟他作对。拐角上的警察好奇地望着他们俩。

“当然，”伞主人说——“说起来——嗯，你知道这一类误会是怎么发生的——我——如果这把伞是你的，请你别见怪——我是今天早晨在一家饭馆里捡到的——如果你认出是你的，那么——请你——”

“当然是我的。”苏贝恶狠狠地说。

伞的前任主人退了下去。警察赶过去搀扶一个穿晚礼服的高身材的金发女郎，陪她穿过街道，以免一辆还在两个街口以外的车子碰上她。

苏贝往东走过一条因为修路而翻掘开来的街道。他愤愤地把伞扔进一个坑里。他咒骂那些头戴铜盔，手持警棍的人。他一心指望他们来逮捕他，他们却把他当做一贯正确的帝王。

最后，苏贝走到一条通向东区的路上，那里灯光黯淡，嘈杂声也低一些。他的方向是麦迪逊广场，因为他不知不觉地还是想回家，尽管这个家只是广场里的一条长凳。

但是当苏贝走到一个异常幽静的路角上时，就站了下来。这儿有一座不很整齐的，砌着三角墙的，古色古香的老教堂。一丝柔和的灯火从紫罗兰色的玻璃窗里透露出来。无疑，里面的风琴师为了给星期日唱赞美诗伴奏正在反复练习。悠扬的乐声飘进了苏贝的耳朵，使他倚着螺旋形的铁栏杆而心醉神迷。

天上的月亮皎洁肃穆；车辆和行人都很稀少；冻雀在屋檐下睡迷迷地啁啾——这种境界使人不禁想起了乡村教堂的墓地。风琴师弹奏的赞美诗音乐把苏贝胶在铁栏杆上了，因为当他的生活中还有母爱、玫瑰、雄心、朋友、纯洁的思想和体面的衣着这类事物的时候，他对赞美诗的曲调曾是很熟悉的。

苏贝这时敏感的心情和老教堂环境的影响，使他的灵魂突然起了奇妙的变化。他突然憎恶起他所坠入的深渊，堕落的生活，卑鄙的欲望，破灭了的希望，受到损害的才智和支持他生存的低下的动机。

一刹那间，他的内心对这种新的感受起了深切的反应。一股迅疾而强有力的冲动促使他要向坎坷的命运抗争。他要把自己拔出泥淖；他要重新做人；他要征服那已经控制了他的邪恶。时候还不晚；他算来还年轻；他要唤起当年那热切的志向，不含糊地努力追求。庄严而亲切的风琴乐调使他内心有了转变。明天他要到热闹的市区里去找工作。有个皮货进口商曾经叫他去当赶车的。明天他要去找那个商人，申请那个职务。他要做一个顶天立地的男子汉。他要——

苏贝觉得有一只手按在他的胳臂上。他霍地扭过头，看到了一个警察的阔脸。

“你在这儿干什么？”警察责问道。

“没干什么。”苏贝回答说。

“那么跟我来。”警察说。

第二天早晨，警庭的法官宣判说：“在布莱克韦尔岛上监禁三个月。”

财神与爱神

退休的洛氏尤列加肥皂制造商和专利人，老安东尼·洛克沃尔，在五马路私邸的书房里望着窗外，咧开嘴笑了一笑。他右邻的贵族兼俱乐部会员，乔·范·舒莱特·萨福克-琼斯，正从家里出来，朝等在门口的小轿车走去；萨福克-琼斯跟往常一样，向这座肥皂大厦正面的文艺复兴式的雕塑轻蔑而傲慢地扇了扇鼻翅儿。

“倔老头，看你的架子端得了多久！”前任肥皂大王说，“你这个僵老的纳斯尔罗德①，如果不留神，你得光着身子，打赤脚滚蛋呢。今年夏天，我要把这座房子漆得五光十色，看你那荷兰鼻子还能翘多高。”

召唤用人时一向不喜欢摇铃的安东尼·洛克沃尔走到房门口，喊了声“迈克！”他那嗓子一度震破过堪萨斯大草原上的天空，如今声势仍不减当年。

“关照少爷一声，”安东尼吩咐进来侍候的用人说，“叫他出去之前到我这儿来一次。”

小洛克沃尔走进书房时，老头儿撂开报纸，打量着他，那

① 纳斯尔罗德（1780—1862），德籍俄罗斯政治家，安东尼借用来讽刺外籍移民萨福克-琼斯。

张光滑红润的大脸上透出了又慈爱又严肃的神情。他一只手把自己的白头发揉得乱蓬蓬的，另一只手在口袋里把钥匙弄得咔哒咔哒直响。

"理查德，"安东尼·洛克沃尔说，"你用的肥皂是花多少钱买的？"

理查德离开学校后，在家里只待了六个月，听了这话稍微有些吃惊。他还没有摸透他老子的脾气，那老头儿活像一个初次交际的姑娘，总是提出一些叫人意想不到的问题。

"大概是六块钱一打的，爸。"

"那么你的衣服呢？"

"一般在六十块钱上下。"

"你是个上流人物。"安东尼斩钉截铁地说，"我听说，现今这些年轻的公子哥儿都用二十四块钱一打的肥皂，做一套衣服往往超过一百元大关。你有的是钱，尽可以像他们那样胡花乱用，但是你仍旧规规矩矩，很有分寸。我自己也用老牌尤列加肥皂——不仅是出于感情关系，还因为它是市面上最纯粹的肥皂。你买一块肥皂，实际上只得到一毛钱的货色，其余的无非是蹩脚香料和商标装潢罢了。像你这种年纪、地位和身份的年轻人，用五毛钱一块的肥皂已经够好了。我刚才说过，你是个上流人物。有人说，三代才能造就一个上流人物。他们的话不对头。有了钱就好办，并且办得跟肥皂油脂一般滑溜。它在你身上已经见效啦。天哪！它几乎使我也成了上流人物。我差不多同我左邻右舍的那两个荷兰老爷一样言语无味、面目可憎。他们晚上睡不着觉，只因为我在他们的住宅中间置下了房产。"

"某些事情哪怕有了钱也办不到。"小洛克沃尔有点忧郁地说。

“慢着,别那么说。”老安东尼错愕地说道,“我始终认为钱能通神。我已经把百科全书翻到了 Y 字,还没有发现金钱所办不到的东西;下星期我打算翻翻补遗。我是彻头彻尾拥护金钱的。你倒说说,世界上有什么是金钱买不到的。”

“举个例子吧,”理查德有点不服气地答道,“花了钱也挤不进最高级的上流社会呀。”

“啊哈!是吗?”这个拥护万恶之根①的人暴喊道,“你说给我听听,假如阿斯特②的老祖宗没有钱买统舱船票到美国来,你所谓的上流社会又打哪儿来呢?”

理查德叹了一口气。

“我要谈的正是那件事。”老头儿说,声音低了一点,“我把你找来就为了那个缘故。你最近有点不对劲,孩子。我注意了有两个星期啦。讲出来吧。我想我在二十四小时以内可以调度一千一百万元现款,房地产还不算在内。如果你的肝气毛病又犯了,‘逍遥号’就停泊在海湾里,上足了煤,两天之内就可以开到巴哈马群岛③。”

“猜得不坏,爸;相差不远啦。”

“啊,”安东尼热切地说,“她叫什么名字呀?”

理查德开始在书房里踱来踱去。这位粗鲁的老爸爸这般关心同情,不由他不说真心话。

---

① 典出《新约·提摩太前书》第 6 章第 10 节:“贪财是万恶之根。”

② 阿斯特,美国毛皮富商及金融家约翰·阿斯特家族;约翰·阿斯特(1763—1848),出生于德国海德堡附近的沃尔道夫村,于一七八三年移居美国。纽约的豪华旅馆“沃尔道夫·阿斯托里亚”就是他创办的。

③ 巴哈马群岛,加勒比海上的岛屿,是旅游胜地,一七八三年沦为英国殖民地,一九七三年七月十日正式独立。

"你干吗不向她求婚呢?"老安东尼追问道,"她一定会忙不迭地扑进你怀里。你有钱,相貌漂亮,又是个正派的小伙子。你一身清清白白,没有沾上尤列加肥皂。你固然进过大学,但是那一点她不至于挑眼的。"

"我始终没有机会。"理查德说。

"造机会呀。"安东尼说,"带她去公园散步,或者带她去野餐,再不然做了礼拜后陪她回家。机会!啐!"

"你不了解社交界的情况,爸。她是推动社交界的头面人物之一。她的每一小时、每一分钟,早在几天之前就安排好了。我非得到那个姑娘不可,爸,否则这个城市简直成了一片腐臭的沼泽,使我抱恨终身。我又不能写信表白——我不能那么做。"

"咄!"老头儿说,"难道你想对我说,拿我的全部财产做后盾,你还不能让一个姑娘陪你一两个小时吗?"

"我发动得太迟了。后天中午,她就要乘船去欧洲,在那儿待两年。明天傍晚,我可以单独同她待上几分钟。眼前她在拉奇蒙特她姨妈家。我不能到那儿去。但是她答应我明天傍晚乘马车到中央火车站去接她,她搭八点三十分那班火车来。我们一起乘马车赶到百老汇路的沃拉克剧院①,她母亲和别的亲友在剧院休息室等着我们,一起看戏。你认为在那种情况下,只有六分钟或者八分钟的时间,她会听我表白心意吗?不会的。在剧院里或者散戏之后,我还能有什么机会呢?绝对没有。不,爸爸,这就是你的金钱所不能解决的难题。金

① 沃拉克剧院,英国剧作家和演出人莱斯特·沃拉克(1820—1888)于一八六一至一八八七年间在纽约经营的剧院。

钱连一分钟的时间都买不到；如果能买到，有钱人的寿命就可以长些啦。在兰特里小姐启程之前，要同她好好谈一谈是没有希望的了。”

“好吧，理查德，我的孩子，”老安东尼快活地说，“你现在可以到你的俱乐部去啦。我很高兴，你并没有犯肝气病。可是你别忘了时常去庙里烧烧香，敬敬伟大的财神。你说金钱买不到时间吗？唔，你当然不能出一个价钱，叫人把‘永恒’包扎得好好的，送货上门；但是我看到时间老人走过金矿的时候，脚踝给磕得满是伤痕。”

那晚，正当安东尼在看晚报时，那位温柔善感，满脸皱纹，给财富压得郁郁不乐，老是长吁短叹的埃伦姑妈来看她的弟弟了。他们开始拿情人的烦恼当做话题。

“他已经完全告诉我啦。”安东尼说着打了一个哈欠，“我对他说，我的银行存款全部听他支配。他却开始诋毁金钱。说是有了钱也不中用。又说十个百万富翁凑在一起也不能把社会规则拖动一步。”

“哦，安东尼，”埃伦姑妈叹息说，“我希望你别把金钱看得太了不起。牵涉到真实感情的时候，财富就不管用了。爱情才是万能的。他如果早一点开口就好啦！那个姑娘不可能拒绝我们的理查德。但是我怕现在已经太迟了。他没有向她求爱的机会。你的全部金钱并不能替你的儿子带来幸福。”

第二天晚上八点钟，埃伦姑妈从一个蛀痕斑驳的盒子里取出一枚古雅的金戒指，把它交给理查德。

“孩子，今晚戴上它吧。”姑妈央求道，“这枚戒指是你母亲托付给我的。她说它能替情人带来幸福。她嘱咐我等你找到了意中人时，就把它交给你。”

小洛克沃尔郑重其事地接过戒指,套在小手指上试试。戒指滑到第二个指节就停住了。他把它勒下来,照男人的习惯,往坎肩口袋里一塞。接着,他打电话叫马车。

八点三十二分,他在火车站嘈杂的人群中接到了兰特里小姐。

"我们别让妈妈和别人久等。"她说。

"去沃拉克剧院,越快越好!"理查德惟命是从地吩咐马车夫说。

他们飞快地向百老汇路驶去,先取道第四十二号街,然后沿着一条街灯像璀璨星光的小道,从宁谧的西区奔向高楼耸立的东区。

到了第三十四号街的时候,小理查德迅速推开车窗,吩咐马车夫停住。

"我掉了一枚戒指。"他一面道歉似的解释说,一面跨出车门,"那是我母亲的遗物,我不愿意把它弄丢。我耽误不了一分钟——我看到了它掉在什么地方。"

不出一分钟,他找到了戒指,重新坐上马车。

可是就在那一分钟里,一辆市区汽车在马路的正前方停住了。马车夫想往左拐,然而一辆笨重的快运货车挡住了他的去路。他向右面试试,又不得不退回来,避让一辆莫名其妙地出现在那儿的装载家具的马车。他企图倒退,但也不成,便只好扔下缰绳,聊尽本分地咒骂起来。他给封锁在一批纠缠不清的车辆和马匹中间了。

交通阻塞了。在大城市里,有时会相当突然地发生这种情况,断绝交通往来。

"为什么不赶路呀?"兰特里小姐不耐烦地问道,"我们要迟啦。”

理查德在车子里站起身，朝四周扫了一眼。他看到百老汇路、六马路和第三十四号街广阔的交叉路口给各式各样的货车、卡车、马车、搬运车和街车挤得水泄不通，正像一个腰围二十六英寸的姑娘硬要束二十二英寸的腰带那样。所有交叉的街道上，还有车辆在飞快地、咔哒咔哒地朝着这个混乱的中心赶来，投入这一批难解难分、轮毂交错的车辆和马匹中，在原有的喧嚣声中又加上了它们的车夫的诅咒声。曼哈顿所有的车辆似乎都充塞在它们周围。挤在人行道上看热闹的纽约人成千上万，他们中间连资格最老的都记不清哪一次交通阻塞的规模可以同这一次的相比。

“真对不起，”理查德坐下来说，“看情形我们给卡住了。在一个小时之内，这场混乱不可能松动。这要怪我不好。假如我没有掉落那枚戒指，我们——”

“给我瞧瞧那枚戒指吧。”兰特里小姐说，“现在既然已无法挽救，我也无所谓了。说起来，我一向认为看戏是顶无聊的事。”

当天夜里十一点钟，有人轻轻叩安东尼·洛克沃尔的房门。

“进来。”安东尼喊道，他穿着一件红色的袍子，正在看一本海盗冒险小说。

进来的是埃伦姑妈，她的模样活像是一个头发灰白，错留在人间的天使。

“他们订婚啦，安东尼。”她温柔地说，“她答应跟我们的理查德结婚。他们在去剧院的路上碰到了一次交通阻塞，他们的马车过了两个小时才脱身出来。

“哦,安东尼弟弟,你别再替金钱的力量吹嘘啦。一件表示真实爱情的小小信物——一枚象征海枯石烂永不变,金钱买不到的爱情的小戒指——是我们的理查德获得幸福的根由。他半路上掉落了那个戒指,下车去捡。他们重新上路之前,街道给堵住了。马车给卡在中间的时候,他向心上人表明了态度,赢得了她。同真实的爱情比较起来,金钱简直成了粪土,安东尼。”

“好吧,”老安东尼说,“我很高兴,那孩子总算实现了他的愿望。我早对他说过,在这件事上,我不惜付出任何代价,只要——”

“可是,安东尼弟弟,在这件事上,你的金钱起了什么作用呢?”

“姊姊,”安东尼·洛克沃尔说,“我的海盗正处于万分危急的关头。他的船刚给凿穿,他有钱,重视金钱的价值,决不会让自己给淹死的。我希望你别来打扰,让我看完这一章吧。”

故事原该在这儿收场了。我跟各位一样,也热切地希望如此。但是为了弄清事实真相,我们非刨根问底不可。

第二天,一个双手通红,打着蓝点子领带,自称是凯利的人来找安东尼·洛克沃尔,立刻给让进了书房。

“唔,”安东尼一面伸手去拿支票簿,一面说道,“这一锅肥皂熬得可不坏。我们瞧瞧——你已经支了五千元现钞。”

“我自己还垫了三百块。”凯利说,“预算不得不超过一些。快运货车和马车大多付了五块;可是卡车和两匹马拉的车子多半要我付十块。汽车夫要十块,几辆满载的车子要二十块。警察敲得我最凶——其中有两个,我每人给了五十,其余有的二十,有的二十五。不过表演得真精彩,可不是吗,洛克沃尔先生?幸好威廉·阿·布雷迪①没有看到那场小小的车辆外景。我不希望威廉妒忌得伤心。并且我们根本没有经过排练!伙计们都准时赶到,一秒钟也不差。足足两小时,堵得水泄不通,格里利②的塑像底下连一条蛇都钻不过去。”

“一千三百元——喏,凯利。”安东尼撕下一张支票,递给凯利说,“一千元是酬劳你的,三百元是还你垫付的钱。你不至于瞧不起金钱吧,凯利?”

“我吗?”凯利说,“我真想揍那个发明贫穷的人呐。”

凯利走到门口时,安东尼又叫住了他。

“你有没有注意到,”他说,“在那交通断绝的地点,有一个一丝不挂,拿着弓箭乱射的胖娃儿③?”

“啊,没有呀。”凯利给弄得莫名其妙,“我没有见到。即使他像你所说的也到过那儿,警察在我到场之前早该把他抓走啦。”

“我原想那个小流氓是不会在场的。”安东尼咯咯笑道,“再见,凯利。”

① 威廉·阿·布雷迪(1863—1950),美国著名的剧院经理,纽约康奈岛游乐场的倡办人。

② 格里利(1811—1872),美国新闻记者,作家,政治家,纽约《论坛报》的创办人。他是纽约州选出的众议员,一八七二年竞选总统失败。纽约市有一个以他命名的广场。

③ 指罗马神话中的爱神丘比特,他的形象通常被描绘成裸体,有双翅,手持弓箭,蒙住眼睛的小男孩。

没有完的故事

如今人们提到地狱的火焰时，我们不再唉声叹气，把灰涂在自己头上了①。因为连传教的牧师也开始告诉我们说，上帝是镭锭，或是以太，或是某种科学的化合物；因此我们这伙坏人可能遭到的最恶的报应，无非只是个化学反应。这倒是一个可喜的假设；但是正教所启示的古老而巨大的恐怖，还有一部分依然存在。

你能海阔天空地信口开河，而不至于遭到驳斥的只有两种话题。你可以叙说你梦见的东西；还可以谈谈从鹦哥那儿听来的话。摩非斯②和鹦哥都不够证人资格，别人听到了你的高谈阔论也不敢指摘。我不在美丽的鹦哥的絮语中寻找素材，而挑了一个毫无根据的梦象作为主题，因为鹦哥说话的范围比较狭窄；那是我深感抱歉和遗憾的。

我做了一个梦，这个梦同《圣经》考证绝无关系，它只牵涉到那个历史悠久、值得敬畏、令人悲叹的末日审判问题。

加百列摊出了他的王牌；我们之中无法跟进的人只得被

① 犹太风俗，悲切忏悔时，身穿麻衣，须发涂灰。

② 摩非斯，罗马神话中的梦神，为睡神之子。

提去受审①。我看到一边是些穿着庄严的黑袍,反扣着硬领的职业保人②,但是他们自己的职权似乎出了一些问题,所以他们不像是保得了我们中间任何一个人的样子。

一个包探——也就是充当警察的天使——向我飞过来,挟了我的左臂就走。附近候审的是一群看上去境况极好的鬼灵。

“你是那一拨人里面的吗?”警察问道。

“他们是谁呀?”我反问说。

“嘿,”他说,“他们是——”

这些题外的闲话已经占去正文应有的篇幅,我暂且不谈它了。

达尔西在一家百货公司工作。她经售的可能是汉堡的花边,或是呢绒,或是汽车,或是百货公司常备的小饰物之类的商品。达尔西在她所创造的财富中,每星期只领到六块钱。其余的在上帝经管的总账上——哦,牧师先生,你说那叫“原始能量”吗?好吧,就算“原始能量总账”吧——记在某一个人名下的贷方,达尔西名下的借方。

达尔西进公司后的第一年,每星期只有五块钱工资。要研究她怎样靠那个数目来维持生活,倒是一件给人以启发的事。你不感兴趣吗?好吧,也许你对大一些的数目才感兴趣。六块钱是个较大的数目。我来告诉你,她怎样用六块钱来维持一星期的生活吧。

一天下午六点钟,达尔西在距离延髓八分之一英寸的地

① 加百列,希伯来神话中最高级的天使之一,上帝的主要传达吏,据说末日审判时的号角将由他吹响。原文中“王牌”与“号声”相同,原意是“天堂门开,天使吹响了他的号角”。

② 指教会的神职人员。

方插帽针时，对她的好友——老是侧着左身接待主顾的姑娘——萨迪说：

“喂，萨迪，今晚我跟皮吉约好了去吃饭。”

“真的吗！”萨迪羡慕地嚷道，“唷，你真运气。皮吉是个大阔佬；他总是带着姑娘上阔气的地方去。有一晚，他带了布兰奇上霍夫曼大饭店，那儿的音乐真棒，还可以看到许多阔佬。你准会玩得痛快的，达尔西。”

达尔西急急忙忙地赶回家去。她的眼睛闪闪发亮，她的脸颊泛出了生命的娇红——真正的生命的曙光。那天是星期五；她上星期的工资还剩下五毛钱。

街道上挤满了潮水般下班回家的人们。百老汇路的电灯光亮夺目，招致几英里、几里格①，甚至几百里格以外的飞蛾从黑暗中扑来，参加焦头烂额的锻炼。衣冠楚楚，面目模糊不清，像是海员养老院里的老水手在樱桃核上刻出来的男人们，扭过头来凝视着一意奔跑，打他们身边经过的达尔西。曼哈顿，这朵晚上开放的仙人掌花，开始舒展它那颜色死白，气味浓烈的花瓣了。

达尔西在一家卖便宜货的商店里停了一下，用她的五毛钱买了一条仿花边的纸衣领。那笔款子本来另有用途——晚饭一毛五，早饭一毛，中饭一毛。另外一毛是准备加进她那寒酸的储蓄里的；五分钱准备浪费在甘草糖上——那种糖能使你的脸颊鼓得像牙痛似的，含化的时间也像牙痛那么长。吃甘草糖是一种奢侈——几乎是狂欢——可是没有乐趣的生活又算是什么呢？

① 里格，长度名，约合3英里。

达尔西住的是一间连家具出租的房间。这种房间同包伙食的寄宿舍是有区别的。住在这种屋子里，挨饿的时候别人是不会知道的。

达尔西上楼到她的房间里去——西区一座褐石房屋的三楼后房。她点上煤气灯。科学家告诉我们，金刚石是世界上最坚硬的物质。他们错了。房东太太掌握了一种化合物，同它一比，连金刚石都软得像油灰了。她们把这种东西塞在煤气灯灯头上，任你站在椅子上挖得手指发红起泡，仍旧白搭。发针不能动它分毫，所以我们姑且管它叫做“牢不可移的”吧。

达尔西点燃了煤气灯。在那相当于四分之一支烛光的灯光下，我们来看看这个房间。

榻床，梳妆台，桌子，洗脸架，椅子——造孽的房东太太所提供的全在这儿了。其余是达尔西自己的。她的宝贝摆在梳妆台上：萨迪送给她的一个描金瓷瓶，腌菜作坊送的一组日历，一本详梦的书，一些盛在玻璃碟子里的扑粉，以及一束扎着粉红色缎带的假樱桃。

那面起皱的镜子前靠着基钦纳将军、威廉·马尔登、马尔巴勒公爵夫人①和本范努托·切利尼的相片。一面墙上挂着一个戴罗马式头盔的爱尔兰人的石膏像饰板，旁边有一幅色彩强烈的石印油画，画的是一个淡黄色的孩子在捉弄一只火红色的蝴蝶。达尔西认为那是登峰造极的艺术作品；也没有人对此提出反对意见。从没有人私下议论这幅画的真赝而使

① 基钦纳将军(1850—1916)，第一次世界大战中英国的名将，曾任陆军元帅和陆军大臣。马尔巴勒公爵夫人，马尔巴勒系英国世袭公爵的称号，第一任约翰·丘吉尔(1650—1722)为第二次世界大战期间英国首相温斯顿·丘吉尔的祖先。

她心中不安，也从没有批评家来奚落她的幼年昆虫学家。

皮吉说好七点钟来邀她。她正在迅速地打扮准备，我们不要冒昧，且掉过脸去，随便聊聊。

达尔西这个房间的租金是每星期两块钱。平日，她早饭花一毛钱。她一面穿衣服，一面在煤气灯上煮咖啡，煎一只蛋。星期日早晨，她花上两毛五分钱在比利饭馆阔气地大吃小牛肉排和菠萝油煎饼——还给女侍者一毛钱的小账。纽约市有这么多的诱惑，很容易使人趋于奢华。她在百货公司的餐室里包了饭；每星期中饭是六毛钱，晚饭是一块零五分。那些晚报——你说有哪个纽约人不看报纸的！——要花六分钱；两份星期日的报纸——一份是买来看招聘广告栏的，另一份是预备细读的——要一毛钱。总数是四块七毛六分。然而，你总得添置些衣服，还有……

我没法算下去了。我常听说有便宜得惊人的衣料和针线做出来的奇迹；但是我始终表示怀疑。我很想在达尔西的生活里加上一些根据那神圣、自然、既无明文规定又不生效的天理的法令而应该是属于女人的乐趣，可是我搁笔长叹，没法写了。她去过两次康奈岛，骑过轮转木马。一个人盼望乐趣要以年份而不是以钟点为期，也未免太乏味了。

形容皮吉只要一个词儿。姑娘们提到他时，高贵的猪族就蒙上了不应有的污名。在那本蓝封皮的老拼音读本中，有三个字母拼成生字的一课就是皮吉的外传。他长得肥胖，有着耗子的心灵，蝙蝠的习性和狸猫那爱戏弄捕获物的脾气①……他衣

① “肥胖”，“耗子”，“蝙蝠”，“狸猫”（fat，rat，bat，cat）在英语中都由三个字母组成。“皮吉”（Piggy）意为“小猪”。

著华贵，是鉴别饥饿的专家。他只要朝一个女店员瞅上一眼，就能告诉你，她多久没有吃到比茶和棉花糖更有营养的东西了，并且误差不会超出一小时。他老是在商业区徘徊，在百货公司里打转，相机邀请女店员们下馆子。连街上牵着绳子遛狗的人都瞧不起他。他是个典型；我不能再写他了；我的笔不是为他服务的；我不是木匠。

七点差十分的时候，达尔西准备停当了。她在那面起皱的镜子里照了一下。照出来的形象很称心。那套深蓝色的衣服非常合身，带着飘拂的黑羽毛的帽子，稍微有点脏的手套——这一切都代表苦苦地省吃俭用——都非常漂亮。

达尔西暂时忘了一切，只觉得自己是美丽的，生活就要把它神秘的帷幕揭开一角，让她欣赏它的神奇。以前从没有男人邀请她出去过。现在她居然就要投入那种绚烂夺目的高贵生活中去，在里面逗留片刻了。

姑娘们说，皮吉是舍得花钱的。一定会有一顿丰盛的大餐，音乐，还有服饰华丽的女人可以看，有姑娘们讲得下巴都要掉下来的好东西可以吃。无疑的，她下次还会被邀请出去。

在她所熟悉的一个橱窗里，有一件蓝色的柞蚕丝绸衣服——如果每星期的储蓄从一毛钱增加到两毛，在——让我们算算看——喔，得积上好几年呢！但是七马路有一家旧货商店，那儿……

有人敲门。达尔西把门打开。房东太太站在那儿，脸上堆着假笑，嗅嗅有没有偷用煤气烧食物的气味。

“楼下有一位先生要见你，”她说，“姓威金斯。”

对于那些把皮吉当做一回事的倒霉女人，皮吉总是用那个姓出面。

达尔西转向梳妆台去拿手帕；她突然停住了，使劲咬着下唇。先前她照镜子的时候，只看到仙境里的自己，仿佛刚从大梦中醒过来的公主。她忘了有一个人带着忧郁、美妙而严肃的眼神在瞅她——只有这个人关心她的行为，或是赞成，或是反对。他的身材颀长笔挺，他那英俊而忧郁的脸上带着伤心和谴责的神情，那是基钦纳将军从梳妆台上的描金镜框里用他奇妙的眼睛在瞪着她。

达尔西像一个自动玩偶似的转过身来向着房东太太。

“对他说我不能去了。”她呆呆地说，“对他说我病了，或者随便找些理由。对他说我不出去了。”

等房门关上锁好之后，达尔西扑在床上，压坏了黑帽饰，哭了十分钟。基钦纳将军是她惟一的朋友。他是达尔西理想中的英武的男子汉。他好像怀有隐痛，他的胡髭美妙得难以形容，他眼睛里那严肃而温存的神色使她有些畏惧。她私下里常常幻想，但愿有一天他佩着碰在长靴上铿锵作响的宝剑，专诚降临这所房屋来看她。有一次，一个小孩用一段铁链把灯柱刮得嘎嘎发响，她竟然打开窗子，伸出头去看看。可是大失所望。据她所知，基钦纳将军远在日本①，正率领大军同野蛮的土耳其人作战；他绝不会为了她从那描金镜框里踱出来的。可是那天晚上，基钦纳的一瞥却把皮吉打垮了。是的，至少在那一晚是这样的。

达尔西哭过之后站起来，把身上那套外出时穿的衣服脱掉，换上蓝色的旧睡袍。她不想吃饭了。她唱了两节《萨美》

① 基钦纳于一九一〇年前后去澳大利亚及新西兰视察，先此，曾前往日本游历。

歌曲。接着，她对鼻子旁边的一个小粉刺产生了强烈的兴趣。那桩事做完后，她把椅子拖到那张站不稳的桌子边，用一副旧纸牌替自己算命。

“可恶无礼的家伙！”她脱口说道，“我的谈吐和举止有哪些使他起意的地方！”

九点钟，达尔西从箱子里取出一盒饼干和一小罐木莓果酱，大吃了一顿。她敬了基钦纳将军一块涂好果酱的饼干；但是基钦纳却像斯芬克斯[1]望蝴蝶飞舞似的望着她——如果沙漠里也有蝴蝶的话。

“你不爱吃就别吃好啦。”达尔西说，“何必这样神气活现地瞪着眼责备我。如果你每星期也靠六块钱来维持生活，我倒想知道，你是不是仍旧这样优越，这样神气。”

达尔西对基钦纳将军不敬并不是个好现象。接着，她用严厉的姿态把本范努托·切利尼的脸翻了过去。那倒不是不可原谅的；因为她总把他当做亨利八世[2]，对他很不满意。

九点半钟，达尔西对梳妆台上的相片看了最后一眼，便熄了灯，跳上床去。临睡前还向基钦纳将军、威廉·马尔登、马尔巴勒公爵夫人和本范努托·切利尼行了一个晚安注目礼，真是不痛快的事情。

到这里为止，这个故事并不说明问题。其余的情节是后来发生的——有一次，皮吉再请达尔西一起下馆子，她比平时更感到寂寞，而基钦纳将军的眼光碰巧又望着别处；于是——

① 斯芬克斯，希腊的斯芬克斯是女首狮身展翅的石像；在埃及的是男首狮身无翼的石像，在大金字塔附近。

② 亨利八世（1491—1547），英国国王，他曾多次离婚，并处决过第二个妻子。

我在前面说过，我梦见自己站在一群境况很好的鬼灵旁边，一个警察挟着我的胳臂，问我是不是同那群人一起的。

“他们是谁呀？”我问。

“唷，”他说，“他们是那种雇用女工，每星期给她们五六块钱维持生活的老板。你是那群人里面的吗？”

“对天起誓，我绝对不是。”我说，“我的罪孽没有那么重，我只不过放火烧了一所孤儿院，为了少许钱财谋害了一个瞎子的性命。”

忙碌经纪人的浪漫史

证券经纪人哈维·麦克斯韦尔事务所的机要秘书皮彻，在上午九点半的时候，看到他的老板和那个年轻的女速记员一起匆匆进来，他那往常毫无表情的脸上不禁露出了一丝诧异和好奇。麦克斯韦尔飞快地说了声“早上好，皮彻”，就朝他的办公桌冲去，仿佛要跳过它似的。接着，他就埋头在一大堆等着他处理的信件和电报里。

那个年轻姑娘已经替麦克斯韦尔当了一年速记员。她的美丽是一般速记员所没有的。她并不采用那种华丽诱人的庞巴杜式①的发型，也不戴什么项链、手镯、鸡心之类的东西。她根本没有准备接受人家邀请去吃饭的神气。她的灰色衣服虽然很朴素，但穿在她身上非但合适，而且文雅。她那俊俏的黑头巾帽上插了一支金绿色的鹦鹉羽毛。今天上午，她身上有一种温柔而羞怯的光辉。她的眼睛梦也似的晶莹，她的脸颊桃花般的娇艳，脸上还带着幸福的神色和追怀的情调。

皮彻仍旧有点好奇，注意到她今天早晨的举止有些异样。她不像往常那样，径直走进她办公桌所在的套间，却有点踌躇

① 庞巴杜式，十八世纪盛行的一种从四面往上梳拢，松而高的头发式样，为法国国王路易十五的情妇庞巴杜首创。

不决地逗留在外面的办公室里。有一次,她挨近麦克斯韦尔的办公桌,近得仿佛要让他知道自己在场。

坐在办公桌前的人简直成了一部机器;它是一个忙碌的纽约市的经纪人,由好些营营作响的齿轮和正在展开的发条推动着。

“哦——怎么?有事吗?”麦克斯韦尔粗声粗气地问道。他那些拆开了的信件堆在那张杂乱的办公桌上,好像舞台上的假雪。他那锐利的灰色眼睛唐突而不近人情,有点不耐烦地扫了她一下。

“没事。”速记员回道,微笑着走开了。

“皮彻先生,”她对机要秘书说,“麦克斯韦尔先生昨天有没有对你说起另请一个速记员?”

“说过。”皮彻回道,“他吩咐我另找一位。昨天下午我就通知了介绍所,让他们今早送几个来看看。现在已经九点四十五分了,可是还没有哪一个戴花哨帽子或者嚼菠萝口香糖的来过。”

“那么,在有人顶替之前,”那年轻女人说,“我照常工作好啦。”她说罢走到自己的办公桌前,把那顶插着金绿色鹦鹉毛的黑头巾帽挂在老地方。

谁没见过一个生意大忙时的纽约经纪人,谁就没有资格当人类学家。诗人歌颂了“灿烂的生命中一个忙碌的时辰”①。对经纪人来说,不但时辰是忙碌的,他的每一分每一秒也都忙碌不堪,仿佛挤满了乘客的车厢,前后站台都没有插

① 诗人指托马斯·莫当特(1730—1809)。他的《蜜蜂》一诗中有“灿烂的生命中一个忙碌的时辰,抵得上一世纪的默默无闻”句。

足的余地。

今天正是哈维·麦克斯韦尔的忙日。股票行情自动收录器开始痉挛地吐出一卷卷的纸条,电话机犯了不断营营发响的毛病。人们开始拥进事务所,在栏杆外探进身来向他呼唤,有的高兴,有的慌张,有的疾言厉色,有的刻薄狠毒。送信的小厮捧着信件和电报奔进奔出。事务所里的办事员跳来跳去,活像风暴发作时船上的水手。连皮彻那不露声色的脸上也泛起了近似有生气的神态。

交易所里有了飓风,山崩,暴风雪,冰川移动和火山爆发;自然界的剧变在经纪人的事务所里小规模地重演了。麦克斯韦尔把椅子往墙边一推,腾出身子来处理业务,忙得仿佛在跳脚尖舞。他从股票行情自动收录器跳到电话机旁,从办公桌边跳到门口,灵活得像是一个训练有素的小丑。

正在这个忙得不可开交,愈来愈紧张的当口,经纪人忽然瞥见一堆高耸的金黄色头发,上面是一顶颤动的丝绒帽子和驼毛帽饰,一件充海豹皮的短外衣,一串几乎垂到地板、胡桃大的珠项链和一个银鸡心。同这些附属品有关联的是一个从容不迫的年轻姑娘,皮彻正准备介绍。

"速记员介绍所派来的小姐,来应聘的。"皮彻说。

麦克斯韦尔打了半个转身,双手还捧着一堆纸张和股票行情的纸条。

"应什么聘?"他皱皱眉头说。

"应聘当速记员。"皮彻说,"昨天你吩咐我打电话,叫他们今早晨派一个来。"

"你头脑搞糊涂了,皮彻。"麦克斯韦尔说,"我干吗要这样吩咐你?莱斯利小姐在这儿的一年里工作令人十分满意。

只要她愿意继续干下去，这个职位永远是她的。对不起，小姐，这儿并没有空位置。皮彻，赶快向介绍所取消要人的话，别再引谁进来啦。”

那个银鸡心晃晃荡荡，不听指挥地在办公室的家具上磕磕碰碰，愤愤离去。皮彻在百忙中对簿记员说，老板近来好像越发心不在焉，越发容易忘事了。

业务越来越忙，节奏越来越快。麦克斯韦尔的顾客投资很多的股票有五六种在市场上受到严重打击。买进卖出的单据像飞燕穿帘般地递来递去。他自己持有的股票有几种也遭到了危险，他像一部高速运转、精巧坚固的机器——紧张万分，开足马力，正确精密，从不犹豫，言语、动作和决断都像钟表的机件那样恰当而迅速。证券和公债，借款和抵押，保证金和担保品——这是一个金融的世界，其中没有容纳人类世界或是自然界的丝毫空隙。

将近午餐时间，喧嚣暂时平静下来。

麦克斯韦尔站在办公桌边，手里满是电报和备忘便条，右耳上夹着一支自来水笔，一绺绺的头发凌乱地垂在前额上。他的窗子是打开的，因为可爱的女门房，春天姑娘，已经在大地的暖气管里添了一些热气。

窗口飘进了一股迷惘的气息——或许是失落了的气息——一股紫丁香优雅的甜香，刹那间使经纪人动弹不得。因为这种气息是属于莱斯利小姐的；是她的，只是她一个人的。

那股气息使她的容貌栩栩如生地，几乎是触摸得到地显现在他眼前。金融的世界突然缩成一个遥远的小黑点。她就在隔壁房间里——相去不出二十步远。

“天哪,我现在就去。”麦克斯韦尔脱口说了出来,“我现在就去要求她。我不明白为什么早不去做。”

他一股劲儿冲进里面的办公室,像一个做空头的人急于补进一样[①]。他向速记员的办公桌冲过去。

“莱斯利小姐,”他匆匆开口说,“我只有一点空闲。我利用它来说几句话。你愿意做我的妻子吗?我实在没有时间用普通的方式跟你谈情说爱,但是我确实爱你。请你快回答吧——那帮人正在抢购太平洋铁路的股票呢。”

“喔,你说什么?”年轻女人嚷道。她站了起来,眼睛睁得大大地盯着他。

“你不明白吗?”麦克斯韦尔着急地说,“我要求你跟我结婚。我爱你,莱斯利小姐。我早就想对你说了。所以事情稍微少一点时就抽空跑来。他们又打电话找我了。皮彻,让他们等一会儿。你肯不肯,莱斯利小姐?”

速记员的举动非常蹊跷。起先她似乎诧异得愣住了;接着,泪水从她惊讶的眼睛里流下来;之后,她泪花晶莹地愉快地笑了,一条胳臂温柔地勾住经纪人的脖子。

“我现在懂得啦,”她柔声说,“这种生意经使你把什么都忘了。起初我吓了一跳。难道你不记得了吗,哈维?我们昨晚八点钟在街角的小教堂里举行过婚礼啦。”

① 在证券交易中,行情看跌时,投机商大量抛出期货,等价格下落时再购进,从中盈利;与“多头”相反。

华而不实

托尔斯·钱德勒先生在他那间在过道上隔成的卧室里熨晚礼服。一只熨斗烧在小煤气炉上,另一只熨斗拿在手里,使劲地来回推动,以便压出一道合意的褶子,待会儿从钱德勒先生的漆皮鞋到低领坎肩的下摆就可以看到两条笔挺的裤线了。关于这位主角的修饰,我们所能了解的只以此为限。其余的事情让那些既落魄又讲究气派,不得不想些寒酸的变通办法的人去猜测吧。我们再看到他的时候,他已经打扮得整整齐齐,一丝不苟,安详、大方、潇洒地走下寄宿舍的台阶——正如典型的纽约公子哥儿那样,略带厌烦的神情,出去寻求晚间的消遣。

钱德勒的酬劳是每周十八块钱。他在一位建筑师的事务所里工作。他只有二十二岁;他认为建筑是一门真正的艺术;并且确实相信——虽然不敢在纽约说这句话——钢筋水泥的弗拉特艾荣大厦的设计要比米兰大教堂①的差劲。

钱德勒从每星期的收入中留出一块钱。凑满十星期以后,他用这笔累积起来的额外资金在吝啬的时间老人的廉价

① 米兰是意大利北部伦巴第区的首府,十四世纪时建立的哥特式大教堂闻名于世。

物品部购买一个绅士排场的夜晚。他把自己打扮成百万富翁或总经理的样子,到生活十分绚丽辉煌的场所去一次,在那儿吃一顿精致豪华的晚饭。一个人有了十块钱,就可以周周全全地充当几小时富裕的有闲阶级。这笔钱足够应付一顿经过仔细斟酌的饭菜,一瓶像样的酒,适当的小账,一支雪茄,车费,以及一般杂费。

从每七十个沉闷的夜晚撷取一个愉快的晚上,对钱德勒来说,是终古常新的幸福的源泉。名门闺秀首次进入社交界,一辈子中只有刚成年时的那一次;即使到了白发苍苍的年岁,她们仍旧把第一次的旖旎风光当做惟一值得回忆的往事。可是对于钱德勒来说,每十星期带来的欢乐仍旧同第一次那样强烈、激动和新鲜。同讲究饮食的人一起,坐在棕榈掩映、乐声悠扬的环境里,望着这样一个人间天堂的老主顾们,同时让自己成为他们观看的对象,相比之下,一个少女的初次跳舞和短袖的薄纱衣服又算得上什么呢?

钱德勒走在百老汇路上,仿佛加入了晚间穿正式礼服的阅兵式。今晚,他不仅是旁观者,还是供人观看的人物。在以后的六十九个晚上,他将穿着粗呢裤和毛线衫,在低档饭馆里吃吃客饭,或是在小饭摊上来一客快餐,或是在自己的卧室里啃三明治、喝啤酒。他愿意这样做,因为他是这个夜夜元宵的大城市的真正的儿子。对于他,出一夜风头就足以弥补许多暗淡的日子。

钱德勒放慢了脚步,一直走到第四十几号街开始同那条灯光辉耀的欢乐大街①相衔接的地方。时间还早呢,每七十

① 指百老汇路。

天只在时髦社会里待上一天的人，总爱延长他的欢乐。各种眼光，明亮的、阴险的、好奇的、欣羡的、挑逗的和迷人的，纷纷向他投来，因为他的衣着和气派说明他是拥护及时行乐的信徒。

他在一个拐角上站住，心里盘算着，是不是要折回到他在特别挥霍的夜晚往往要照顾的豪华时髦的饭馆去。那当儿，一个姑娘轻快地跑过拐角，在一块冻硬的雪上滑了一下，咕咚一声摔倒在人行道上。

钱德勒连忙关切而彬彬有礼地扶她起来。姑娘一瘸一拐地向一幢房屋走去，靠在墙上，端庄地向他道了谢。

“我的脚踝大概扭伤了。”她说，“摔倒时崴了一下。”

“疼得厉害吗?”钱德勒问道。

“只在着力的时候才疼。我想过一小会儿就能走路的。”

“假如还有什么地方要我帮忙，”年轻人建议道，“比如说，雇一辆车子，或者——”

“谢谢你。”姑娘恳切地轻声说，“你千万别再费心啦。只怪我自己不小心。我的鞋子再实用也没有了，不能怪我的鞋跟。”

钱德勒打量了那姑娘一下，发觉自己很快就对她有了好感。她有一种娴雅的美；她的眼光又愉快又和善。她穿一身朴素的黑衣服，像是一般女店员的打扮。她那顶便宜的黑草帽底下露出了光泽的深褐色发卷，草帽上没有别的装饰，只有一条丝绒带打成的蝴蝶结。她很可以成为自食其力的职业妇女中最优秀的典型。

年轻的建筑师突然萌生了一个念头。他要请这个姑娘同他一起去吃饭。他的周期性的壮举固然痛快，但缺少一个因素，总令人感到枯寂；如今这个因素就在眼前。倘若能有一位有教养的小姐做伴，他那短暂的豪兴就加倍有劲了。他敢肯定这个姑娘是有教养的——她的态度和谈吐已经说明了这一点。尽管她打扮得十分朴素，钱德勒觉得能跟她一起吃饭还是愉快的。

这些想法飞快地掠过脑际，他决定邀请她。不错，这种做法不很礼貌，但是职业妇女在这类事情上往往不拘泥于形式。在判断男人方面，她们一般都很精明；并且把自己的判断能力看得比那些无聊的习俗更重。他的十块钱，如果用得恰当，也够他们两人美美地吃一顿。毫无疑问，在这个姑娘沉闷刻板的生活中，这顿饭准能成为一个意想不到的经历；她因这顿饭而产生的深切感激也准能增加他的得意和快乐。

"我认为，"他坦率而庄重地对她说，"你的脚需要休息的时间，比你想象的要长些。现在我提出一个两全其美的办法，你既可以让它休息一下，又可以赏我一个脸。你刚才跑过拐角摔跤的时候，我独自一个人正要去吃饭。你同我一起去吧，让我们舒舒服服地吃顿饭，愉快地聊聊。吃完饭后，我想你那扭伤的脚踝就能愉快地带你回家了。"

姑娘飞快地抬起头，对钱德勒清秀和蔼的面孔瞅了一眼。她的眼睛非常明亮地闪了一下，天真地笑了起来。

"可是我们互相并不认识呀——这样不太合适吧，是吗？"她迟疑地说。

"没有什么不合适。"年轻人直率地说，"请允许我介绍一下自己——托尔斯·钱德勒。我一定尽可能使我们这顿饭吃得满意，之后我就跟你分手告别，或者伴送你回家，你爱怎么办就怎么办。"

"哎呀!"姑娘朝钱德勒那一丝不苟的衣服瞟了一眼,说道,"我穿着这套旧衣服,戴着这顶旧帽子去吃饭吗!"

"那有什么关系。"钱德勒爽快地说,"我敢说,你就这样打扮,要比我们将看到的任何一个穿最讲究的宴会服的人更有风度。"

"我的脚踝确实还疼。"姑娘试了一步,承认说,"我想我愿意接受你的邀请,钱德勒先生。你不妨称呼我——玛丽安小姐。"

"那么来吧,玛丽安小姐,"年轻的建筑师兴致勃勃然而非常有礼貌地说,"你不用走很多路。再过一个街口就有一家很不错的饭馆。你恐怕要扶着我的胳臂——对啦——慢慢地走。独自一个人吃饭实在太无聊了。你在冰上滑了一跤,倒有点成全我呢。"

他们两人在一张摆设齐全的桌子旁就座,一个能干的侍者在附近殷勤伺候。这时,钱德勒开始感到了他的定期外出一向会带给他的真正的快乐。

这家饭馆的华丽阔气不及他一向喜欢的,在百老汇路上再过去一点的那一家,但是也相差无几。饭馆里满是衣冠楚楚的顾客,还有一个很好的乐队,演奏着轻柔的音乐,足以使谈话成为乐事;此外,烹调和招待也都是无可挑剔的。他的同伴,尽管穿戴得并不讲究,但自有一种风韵,把她容貌和身段的天然妩媚衬托得格外出色。可以肯定地说,在她望着钱德勒那生气勃勃而又沉着的态度,以及灼热而又坦率的蓝眼睛时,她自己秀丽的脸上也流露出一种近似爱慕的神情。

接着,曼哈顿的疯狂,庸人自扰和沾沾自喜的骚乱,吹牛夸口的杆菌,装模作样的疫病感染了托尔斯·钱德勒。此时此刻，他在百老汇路上，周围一派繁华，何况还有许多眼睛在注视着他。在那个喜剧舞台上，他假想自己当晚的角色是一个时髦的纨绔子弟和家拥巨资，趣味高雅的有闲阶级。他已经穿上这个角色的服装，非演出不可了；所有守护天使都拦不住他了。

于是，他开始向玛丽安小姐夸说俱乐部，茶会，高尔夫球，骑马，狩猎，交谊舞，国外旅游等等，同时还隐隐约约地提起停泊在拉奇蒙特港口的私人游艇。他发现这种没边没际的谈话深深地打动了她，所以又信口诌了一些暗示巨富的话，亲昵地提出几个无产阶级听了就头痛的姓名，来加强演出效果。这是钱德勒的短暂而难得的机会，他抓紧时机，尽量榨取最大限度的乐趣。他的自我陶醉在他与一切事物之间撒下了一张雾网，然而有一两次，他还是看到了这位姑娘的纯真从雾网中透射出来。

"你讲的这种生活方式，"她说，"听来是多么空虚，多么没有意义啊。难道你在世上就没有别的工作可做，使你更感到兴趣吗？"

"我亲爱的玛丽安小姐，"他嚷了起来，"工作！你想想看，每天吃饭都要换礼服，一个下午走五六家串门——每个街角上都有警察注意着你，只要你的汽车开得比驴车快一点儿，他就跳上车来，把你带到警察局去。我们这种闲人是世界上工作得最辛苦的人了。"

晚饭结束，慷慨地打发了侍者，他们两人来到刚才见面的拐角上。这会儿，玛丽安小姐已经走得很好了，简直看不出步履有什么不便。

"谢谢你的款待，"她真诚地说，"现在我得赶快回家了。

我非常欣赏这顿饭，钱德勒先生。”

他亲切地微笑着，跟她握手道别，提到他在俱乐部里还有一场桥牌戏。他朝她的背影望了一会儿，飞快地向东走去，然后雇了一辆马车，慢慢回家。

在他那寒冷的卧室里，钱德勒收藏好晚礼服，让它休息六十九天。他沉思地做着这件事。

“一位了不起的姑娘。”他自言自语地说，“即使她为了生活非干活不可，我敢赌咒说，她还是够格的。假如我不那样胡吹乱扯，把真话告诉她，我们也许——可是，去它的！我讲的话总得跟我的衣服相称呀。”

这是在曼哈顿部落的小屋里成长起来的勇士所说的一番话。

那位姑娘同请她吃饭的人分手后，迅疾地穿过市区，来到一座漂亮而宁静的邸宅前面。那座邸宅离东区有两个广场，面临那条财神和其余副神时常出没的马路①。她急急忙忙地进去，跑到楼上的一间屋子里，有一个穿着雅致的便服的年轻妍丽的女人正焦急地望着窗外。

“唷，你这个疯丫头！”她进去时，那个年纪比她稍大的女人嚷道，“你老是这样叫我们担惊受吓，什么时候才能改呀？你穿了那身又破又旧的衣服，戴了玛丽的帽子，到处乱跑，已经有两个小时啦。妈妈吓坏了。她吩咐路易斯坐了汽车去找你。你真是个没有头脑的坏姑娘。”

那个年纪比较大的姑娘按按电钮，立刻来了一个使女。

“玛丽，告诉太太，玛丽安小姐已经回来了。”

① 指五马路。

“别派我的不是了，姊姊。我只不过到西奥夫人的店里去了一次，通知她不要粉红色的嵌饰，要用紫红色的。我那套旧衣服和玛丽的帽子很合适。我相信谁都以为我是个女店员呢。”

“亲爱的，晚饭已经开过了；你在外面待得太久啦。”

“我知道，我在人行道上滑了一下，扭伤了脚踝。我不能走了，便到一家饭馆坐坐，等到好一些才回来，所以耽搁了那么久。”

两个姑娘坐在窗口前，望着外面灯火辉煌和车水马龙的大街。年轻的那个把头偎在她姊姊的膝上。

“我们两人总有一天都得结婚，”她浮想联翩地说，“我们这样有钱，社会上的人都在看着我们，我们可不能让大家失望。要我告诉你，我会爱上哪一种人吗，姊姊？”

“说吧，你这傻丫头。”另一个微笑着说。

“我会爱上一个有着和善的深蓝色眼睛的人，他体贴和尊重穷苦的姑娘，人又漂亮，又和气，又不卖弄风情。但他活在世上总得有志向，有目标，有工作可做，我才能爱他。只要我能帮助他建立一个事业，我不在乎他多么穷。可是，亲爱的姊姊，我们老是碰到那种人——那种在交际界和俱乐部里庸庸碌碌地混日子的人——我可不能爱上那种人，即使他的眼睛是蓝的，即使他对在街上碰到的穷姑娘是那么和气。”

供应家具的房间

下西区那个全是红砖建筑物的地区，有一大批人像时间那样动荡不安，难以捉摸。说他们无家可归吧，他们又有几十、几百个家。他们从一个供应家具的房间搬到另一个供应家具的房间，永远是短暂的过客——在住家方面如此，在思想意识方面也是如此。他们用快拍子唱着《甜蜜的家庭》；他们把门神装在帽盒里随身携带；他们的葡萄藤是攀绕在阔边帽上的装饰；他们的无花果树只是一株橡皮盆景①。

这个地区的房屋既然有成千的住客，当然应该有成千的故事传奇。毫无疑问，这些故事大多是乏味的，不过在这许多飘零人的身后，如果找不出一两个幽灵来，那才叫怪呢。

某天晚上断黑的时候，有一个年轻人在这些摇摇欲坠的红砖房屋中间徘徊着，挨家挨户地拉门铃。到了第十二家的门口，他把他那寒酸的手提包放在台阶上，脱下帽子，擦擦帽圈和额头上的灰尘。铃声在冷静空洞的深处响了起来，显得微弱遥远。

他在第十二家的门口拉了铃，来了一个女房东，她的模样

① 葡萄藤和无花果是安定的家庭生活的象征，典出《旧约·列王纪上》第4章第25节："所罗门在世的日子，从但到别是巴的犹太人和以色列人，都在自己的葡萄树下，和无花果树下，安然居住。"

使他联想到一条不健康的，吃得太饱的蠕虫；蠕虫吃空了果仁，只留下一层空壳，现在想找一些可以充饥的房客来填满这个空间。

他打听有没有房间出租。

“进来。”女房东说，她的声音来自喉头，而喉头也仿佛长遍了舌苔，“我有一间三楼后房，刚空了一个星期。你想看看吗？”

年轻人跟她上楼。不知从哪儿来的一道微弱的光线冲淡了过道里的阴影。他们悄没声儿地踩在楼梯的毡毯上。那条毡毯已经完全走了样，就连原先制造它的织机也认不出它了。它仿佛变成了植物，在那腐臭阴暗的空气里化为一块块腻滑的地衣或是蔓延的苔藓，附着在楼梯上，踩在脚下活像是黏糊糊的有机体。楼梯拐角的墙上都有空着的壁龛。以前，这里面也许搁过花草。果真这样的话，那些花草准是在污浊腐臭的空气中枯萎死去了。这里面也许搁过圣徒的塑像，但是不难想象，妖魔鬼怪早就在黑暗中把它们拉下来，拖到底下某个供应家具的地窖里，让它们待在邪恶的深渊里了。

“就是这间。”女房东的长满舌苔的喉咙里发出声音说，“很好的房间。难得空出来的。夏天，这里住过几个非常上等的客人——从来没有麻烦，总是先付后住，从不拖欠房租。过道尽头就有自来水龙头。斯普罗尔斯和穆尼租了三个月。她们是演歌舞杂耍的。布雷塔·斯普罗尔斯小姐——你也许听人家说起过她——哦，那不过是艺名罢了——她的结婚证就是配好镜框挂在那儿的梳妆台上的。煤气灯在这儿，你瞧壁柜有多大。这个房间人人喜欢。从来没有空过很久。”

“你这里常有演艺界的人来租房间吗？”年轻人问道。

“他们来来往往。我的房客中许多人同剧院有关系。是啊，先生，这里是剧院区。当演员的人不会在一个地方待上很久。有许多就在我这里住过。是啊，他们是来来去去的。”

他租下这个房间，预付了一星期的租金。他说他累了，立刻就住下来，同时数出了钱。女房东说这个房间的一切早已准备就绪，连毛巾和洗脸水都是现成的。她要出去的时候，年轻人把那个带在舌尖，问了千百次的话说了出来。

“你可记得，你的房客中间有没有一个年轻的姑娘——瓦许纳小姐——埃洛伊丝·瓦许纳小姐？她多半会在剧院里唱歌。一个漂亮姑娘，个子不高不矮，细腰身，金红色头发，左眉毛旁边有颗黑痣。”

“不，我记不得那个姓名。演艺界的人常常改名换姓，正像换房间一样。他们一会儿来一会儿去。不，我想不起那样一个人了。”

不。问来问去老是“不”。五个月来不断打听，结果总是落空。五个月来，白天在剧院经理、代理人、戏剧学校和歌唱团那儿打听，晚上混在观众里，从阵容坚强的剧院看起，直到那些低级得不能再低的，连他自己都害怕在那里找到心上人的游乐场为止。他对她一往情深，千方百计要找到她。自从她离家出走之后，他知道准是这个滨水的大城市留住了她，把她藏在什么地方；可这个城市像是一片无底的大流沙，不断地移动着它的沙粒，今天还在上层的沙粒，明天就沉沦到黏土污泥里去了。

这间屋子带着初次见面的假客气迎接了刚来到的客人，它那种强颜为欢，虚与委蛇的迎接像是妓女的假笑。破旧的家具反射出淡淡的光线，给人一种似是而非的慰藉；屋里有一张破旧的锦缎面睡榻和两把椅子,两扇窗户之间有一面尺把宽的廉价壁镜,墙上有一两只描金镜框,角落里放着一张铜床。

客人有气无力地往椅子上一坐。这时,屋子像通天塔①里的一个房间似的,讷讷地想把以前各式各样住户的情况告诉他。

肮脏的地席上有一块杂色斑驳的毯子,仿佛波涛汹涌的海洋中一个长方形的、鲜花盛开的热带岛屿。花花绿绿的墙纸上贴着无家可归的人从东到西都能看见的画片:"法国新教徒的情侣","第一次口角","新婚的早餐"和"泉边的普赛克"。歪歪斜斜、不成体统的布帘,像歌剧里亚马逊妇女的腰带,遮住了壁炉架那道貌岸然的轮廓。壁炉架上有一些冷冷清清的零碎东西——一两只不值钱的花瓶,几张女艺人的相片,一只药瓶,几张不成套的纸牌。房间的住户有如船只失事后被困在孤岛上的旅客,侥幸遇到别的船而被搭救上来带往另一个港口,便把这些漂货给扔下了。

先前的住户们遗留下来的痕迹渐趋明朗,正如密码被逐一破译一样。梳妆台前地毯上那块磨秃的地方说明有许多漂亮女人在上面踩过。墙上的小手印表示小囚徒们曾经摸索着寻求阳光与空气。一块像开花弹影子似的四散迸射的痕迹,证实有过玻璃杯或瓶子连同它所盛的东西给扔在了墙上。壁镜上被人用金刚钻歪歪扭扭地刻出了"玛丽"这个名字。看情形,这个供应家具的房间里的住户们,不论先后,总是怨气

① 《旧约·创世记》第11章:巴比伦人要建造一座城和一座通天高塔,耶和华怒其狂妄,变乱了他们的口音,使他们彼此言语不通,无法取得协调,只得辍工。

冲天——也许是被它的过分冷漠激惹得忍无可忍——便拿它来出气。家具给搞得支离破碎，伤痕累累；弹簧已经脱颖而出的睡榻，活像一只在极度的痉挛中被杀死的可怕的怪物。大理石的壁炉架，由于某种猛烈得多的骚动，被砍落了一大块。地板上的每一块凹痕和每一条裂纹，都是一次特殊的痛苦的后果。强加于这间屋子的一切怨恨和伤害，都是那些在某一时期称它为“家”的人所干的，这种情况说来几乎难以使人相信；但是燃起他们的怒火的也许正是那种始终存在而不自觉的，无法满足的恋家的本能，是那种对于冒牌的家庭守护神的愤恨。如果是我们自己的家，即使换了一间茅舍，我们也会加以打扫、装饰和爱护的。

坐在椅子上的年轻住客让这些念头恍恍惚惚地掠过心头。这时，别的房间里飘来了各种声音和气息。他听到一间屋子里传来淫荡无力的吃吃笑声；另外的屋子里传来独自的咒骂，掷骰子声，催眠曲和啜泣抽噎；楼上却有起劲的五弦琴声。不知哪里在砰砰嘭嘭地关门；架空电车间歇地隆隆驶过；后院的篱笆上有一只猫在哀叫。他呼吸着屋子里的气息——与其说是气息，不如说是一股潮味儿——仿佛地窖里的油布和腐烂木头散发出来的那种冷冰冰的，发霉的气味。

他正歇着的时候，屋里突然有了一阵浓烈、甜蜜的木犀草香味。它像是随着一股轻风飘来的，是那样确切、浓郁和强烈，以至像是一个有血有肉的来客。年轻人似乎听到有人在招呼他，便脱口嚷道：“什么事，亲爱的？”并且跳了起来，四下张望着。那阵浓郁的香味依附在他身上，把他团团包围起来。他伸手去摸索，因为这时他所有的感觉都混杂紊乱了。气味怎么能断然招呼一个人呢？一定是声音。不过，刚才触摸他的，抚摩他的竟会是声音吗？

“她在这间屋子里待过。”他嚷道，立刻想在屋里找出一个证据。因为他知道，凡是属于她的或者经她触摸过的东西，无论怎样细小，他一看就认识。这股缭绕不散的木犀草香味，她所偏爱并已成为她个人特征的香味，究竟是从哪儿来的呢？

这间屋子收拾得很马虎。梳妆台那薄薄的台布上零乱地放着五六只发夹——一般女人的无声无息，无从区别的朋友，拿语法术语来说，就是阴性，不定式，不说明时间。他知道从这些发夹上是找不到线索的，便不加理会。搜寻梳妆台的抽屉时，他发现一方被抛弃的，破烂的小手帕。他拿起手帕，往脸上一按。一股金盏草的香气直刺鼻子；他使劲把手帕摔在地上。在另一个抽屉里，他发现几枚零星的纽扣，一份剧院节目单，一张当铺的卡片，两颗遗漏的棉花糖和一本详梦的书。在最后一个抽屉里，有一个妇女用的黑缎子发结，使他一阵冷一阵热的踌躇了好一会儿。但是黑缎子发结只是妇女的一本正经、没有个性的普普通通的装饰品，并不说明问题。

接着，他像猎狗追踪臭迹似的在屋子里逡巡徘徊，扫视着墙壁，趴在地上察看角落里地席拱起的地方，搜索着壁炉架，桌子，窗帘，帷幔和屋角那只东倒西歪的柜子。他想找一个明显的迹象，却不理解她就在他身边，在他周围，在他心头，在他上空，偎依着他，追求着他，并且通过微妙的感觉在辛酸地呼唤他，以至他那迟钝的感觉也觉察到了这种呼唤。他又一次高声回答：“哎，亲爱的！”同时回过头来，干瞪着眼，凝视着空间。因为到目前为止，他还不能从木犀草香味中辨明形象、色彩、爱情和伸出来迎接他的胳臂。啊，老天哪！那股香味是从哪里来的呢？从什么时候开始，气味竟能发出声音呼唤呢？

因此，他继续摸索着。

他在裂罅和角落里探查，找到了瓶塞和烟蒂。这些东西他都鄙夷而默不作声地放过了。可是当在地席的皱褶里找到半支抽过的雪茄时，他狠狠地咒骂了一句，把它踩得粉碎。他把这间屋子从头到尾细细搜查了一遍。他发现了许多飘零的住户那凄凉的微细痕迹；可是关于他所寻找的，可能在这儿住过的，灵魂仿佛在这儿徘徊不散的她，却毫无端倪。

这时，他才想起了房东。

他从这间阴森森的屋子跑下楼，来到一扇微露灯光的门口。女房东听到敲门声，便出来了。他尽可能控制自己的激动。

“请问你，太太，”他恳求地说，“在我没来之前，谁住过这间屋子？”

“哎，先生。我可以再告诉你一遍。我早就说过，先前住在这儿的是斯普罗尔斯和穆尼。布雷塔·斯普罗尔斯小姐是剧院里的姓名，穆尼太太是真名。我的房子的正派是有名的。配了镜框的结婚证就挂在——”

“斯普罗尔斯小姐是什么样的——我是说长相怎么样？”

“唔，先生，黑头发，矮胖身段，一脸滑稽相。她们上星期二走的，已经一个星期了。”

“她们之前的房客是谁呢？”

“唔，一个做运货车生意的单身男人。他欠了我一星期的房租就走了。他之前是克劳德太太和她的两个孩子，他们住了四个月。再之前是多伊尔老先生，他的房钱是由他几个儿子付的。他住了六个月。这样已经推算到一年前了，再前面的我可记不清啦。”

他向她道了谢,垂头丧气地回到自己的屋子里。屋子里死气沉沉的。赋予它生命的要素已经消失了。木犀草的香味已经没有了。代替它的是发霉家具的腐臭的味道,是停滞的气氛。

希望的幻灭耗尽了他的信心。他坐在那儿,呆看着嗞嗞发响的煤气灯的黄光。过了片刻,他走到床边,把床单撕成一长条一长条的。他用小刀把这些布条结结实实地堵塞进窗框和门框的罅隙。安排停当后,他关掉煤气灯,再把它开足,却不去点火,然后死心塌地往床上一躺。

* * *

这晚轮到麦库尔太太去打啤酒。她去打了酒来,同珀迪太太一起坐在地下室里。那种地下室是房东太太们聚集的地方,也是蠕虫不会死的地方。①

"今晚我把三楼后房租出去了,"珀迪太太对着一圈薄薄的泡沫说,"房客是个年轻人。他上床已经两个钟头了。"

"真的吗,珀迪太太?"麦库尔太太极其羡慕地说,"你能把那种房间租出去,真不简单。那你有没有告诉他呢?"她非常神秘地哑着嗓子低声说了一些话。

"房间嘛,"珀迪太太用舌苔非常腻厚的音调说,"本来是备好家具出租的。我没有告诉他,麦库尔太太。"

"你做得对,太太;我们是靠房租过活的。你真有生意头脑,太太。人们如果知道床上有人自杀过,多半就不愿意租那

① 参见《新约·马可福音》第9章第48节:"在那里(地狱)虫是不死的,火是不灭的。"

间屋子。”

“就是嘛，我们要靠房租过活呀。”珀迪太太说。

“是啊，太太，一点不错。就是上星期的今天，我还帮你收拾三楼后房来着。这么漂亮的一个姑娘，想不到竟用煤气自杀——她那张小脸真惹人爱，珀迪太太。”

“就是嘛，她称得上漂亮，”珀迪太太表示同意，可又有点儿吹毛求疵地说，“可惜左眉毛旁边长了那么一颗黑痣。你把杯子再满上吧，麦库尔太太。”

刎颈之交

我狩猎归来，在新墨西哥州的洛斯比尼奥斯小镇等候南下的火车。火车误点，迟了一小时。我便坐在“顶点”客栈的阳台上，同客栈老板泰勒马格斯·希克斯闲聊，议论生活的意义。

我发现他的性情并不乖戾，不像是爱打架斗殴的人，便问他是哪种野兽伤残了他的左耳。作为猎人，我认为狩猎时很容易遭到这类不幸的事件。

“那只耳朵，”希克斯说，“是真挚友情的纪念。”

“一件意外吗？”我追问道。

“友情怎么能说是意外呢？”泰勒马格斯反问道，这下子可把我问住了。

“我所知道的仅有的一对亲密无间、真心实意的朋友，”客栈老板接着说，“要算是一个康涅狄格州人和一只猴子了。猴子在巴兰基亚①爬椰子树，把椰子摘下来扔给那个人。那个人把椰子锯成两半，做成水勺，每只卖两个雷阿尔②，换了钱来沽酒。椰子汁归猴子喝。他们两个坐地分赃，各得其所，

① 巴兰基亚，哥伦比亚北部马格达莱纳河口的港市。

② 雷阿尔，旧时西班牙和拉丁美洲某些国家用的辅币，有银质的，也有镍质的。

像兄弟一般，生活得非常和睦。

“换了人类，情况就不同了；友情变幻无常，随时可以宣告失效，不再另行通知。

“以前我有个朋友，名叫佩斯利·菲什，我认为我同他的交情是地久天长，牢不可破的。有七年了，我们一起挖矿，办牧场，兜销专利的搅乳器，放羊，摄影，打桩拉铁丝网，摘水果当临时工，碰到什么就干什么。我想，我同佩斯利两人的感情是什么都离间不了的，不管是凶杀，谄谀，财富，诡辩还是老酒。我们交情之深简直使你难以想象。干事业的时候，我们是朋友；休息娱乐的时候，我们也让这种和睦相好的特色持续下去，给我们的生活增添了不少乐趣。不论白天黑夜，我们都难舍难分，好比达蒙和派西斯①。

“有一年夏天，我和佩斯利两人打扮得整整齐齐，骑马来到这圣安德烈斯山区，打算休养一个月，消遣消遣。我们到了这个洛斯比尼奥斯小镇，这里简直算得上是世界的屋顶花园，是流炼乳和蜂蜜之地②。这里空气新鲜，有一两条街道，有鸡可吃，有客栈可住；我们需要的也就是这些东西。

“我们进镇时，天色已晚，便决定在铁路旁边的这家客栈里歇歇脚，尝尝它所能供应的任何东西。我们刚坐定，用刀把粘在红油布上的盘子撬起来，寡妇杰塞普就端着刚出炉的热面包和炸肝进来了。

① 达蒙和派西斯，公元前4世纪锡拉丘兹的两个朋友。派西斯被暴君狄奥尼西斯判处死刑，要求回家料理后事，由达蒙代受监禁。执行死刑之日，派西斯及时赶回，狄奥尼西斯为他们崇高的友谊所感动，便赦免了他们。

② 《旧约》记载，上帝遣摩西率领以色列人出埃及，前往丰饶的迦南，即流奶与蜜之地。

“哎呀，这个女人叫章鱼看了都会动心。她长得不肥不瘦，不高不矮；一副和蔼的样子，使人觉得分外可亲。红润的脸颊是她喜爱烹调和为人热情的标志，她的微笑令山茱萸在寒冬腊月都会开花。

“寡妇杰塞普谈风很健地同我们扯了起来，聊着天气，历史，丁尼生①，梅干，以及不容易买到羊肉等等，最后才问我们是从哪儿来的。

“‘春谷。’我回答说。

“‘大春谷。’佩斯利嘴里塞满了土豆和火腿骨头，突然插进来说。

“我注意到，这件事的发生标志着我同佩斯利·菲什的忠诚友谊的结束。他明知我最恨多嘴的人，可还是冒冒失失地插了嘴，替我作了一些措辞上的修正和补充。地图上的名称固然是大春谷；然而佩斯利自己也管它叫春谷，我听了不下一千遍。

“我们也不多话，吃了晚饭便走出客栈，在铁轨上坐定。我们合伙的时间太长了，不可能不了解彼此的心情。

“‘我想你总该明白，’佩斯利说，‘我已经打定主意，要让那位寡妇太太永远成为我的不动产的主要部分，在家庭、社会、法律等等方面都是如此，到死为止。’

“‘当然啦，’我说，‘你虽然只说了一句话，我已经听到了弦外之音。不过我想你也该明白，’我说，‘我准备采取步骤，让那位寡妇改姓希克斯，我劝你还是等着写信给报纸的社会新闻栏，问问举行婚礼时，男傧相是不是在纽扣孔里插了山茶

① 丁尼生(1809—1892)，英国桂冠诗人。

花,穿了无缝丝袜!’

“‘你的如意算盘打错了。’佩斯利嚼着一片铁路枕木屑说。‘遇到世俗的事情,’他说,‘我几乎任什么都可以让步,这件事可不行。女人的笑靥,’佩斯利继续说,‘是海葱和含铁矿泉的漩涡①,友谊之船虽然结实,碰上它也往往要撞碎沉没。我像以前一样,’佩斯利说,‘愿意同一头招惹你的狗熊拼命,替你的借据担保,用肥皂樟脑搽剂替你擦脊梁;但是在这件事情上,我可不能讲客气。在同杰塞普太太打交道这件事上,我们只能各干各的了。我丑话说在前头,先跟你讲清楚。’

“于是,我暗自寻思一番,提出了下面的结论和附则:

“‘男人与男人的友谊,’我说,‘是一种古老的,具有历史意义的美德。当男人们互相保护,共同对抗尾巴有八十英尺长的蜥蜴和会飞的海鳖时,这种美德就已经制定了。他们把这种习惯一直保留到今天,一直在互相支持,直到旅馆侍者跑来告诉他们说,这种动物实际上并不存在。我常听人说,女人牵涉进来之后,男人之间的交情就破裂了。为什么要这样呢?我告诉你吧,佩斯利,杰塞普太太的出现和她的热面包,仿佛使我们两人的心都怦然跳动了。让我们中间更棒的一个赢得她吧。我要跟你公平交易,绝不搞不光明正大的小动作。我追求她的时候,一举一动都要当着你的面,那你的机会也就均

① “海葱和含铁矿泉”原文是“the whirlpool of Squills and Chalybeates”。英文成语有“between Scylla and Charybdis”,意为危险之地。“Scylla”是意大利墨西那海峡的岩礁,读音与海葱的拉丁名“Scilla”相近;“Charybdis”是它对面的大漩涡,读音与含铁矿泉“Chalybeate”相近,作者故意混淆了这两个字。

等了。这样安排,无论哪一个得手,我想我们的友谊大轮船决不至于翻在你所说的药水气味十足的漩涡里了。'

"'这才够朋友!'佩斯利握握我的手说。'我一定照样行事。'他说,'我们齐头并进,同时追求那位太太,不让通常那种虚假和流血的事情发生。无论成败,我们仍是朋友。'

"杰塞普太太客栈旁的几株树下有一条长凳,等南行火车上的乘客打过尖,离开之后,她就坐在那里乘凉。晚饭后,我和佩斯利在那里集合,分头向我们的意中人献殷勤。我们追求的方式很光明正大,瞻前顾后,如果一个先到,非得等另一个也来了之后才开始调情。

"杰塞普太太知道我们的安排后的第一晚,我比佩斯利先到了长凳那儿。晚饭刚开过,杰塞普太太换了一套干净的粉红色的衣服在那儿乘凉,并且凉得几乎可以对付了。

"我在她身边坐下,稍稍发表了一些意见,谈到自然界通过近景和远景所表现出来的精神面貌。那晚确实是一个典型的环境。月亮升到空中应有的地方来应景凑趣,树木根据科学原理和自然规律把影子洒在地上,灌木丛中的蚊母鸟、金莺、长耳兔和别的有羽毛的昆虫此起彼伏地发出一片喧嘈声。山间吹来的微风,掠过铁轨旁边一堆旧番茄酱罐头,发出了小口琴似的声音。

"我觉得左边有什么东西在蠢蠢欲动——正如火炉旁瓦罐里的面团在发酵。原来是杰塞普太太挨近了一些。

"'哦,希克斯先生,'她说,'一个举目无亲、孤独寂寞的人,在这样一个美丽的夜晚,是不是更会感到凄凉?'

"我赶紧从长凳上站起来。

"'对不起,夫人,'我说,'对于这样一个富于诱导性的问

题，我得等佩斯利来了以后，才能公开答复。’

“接着，我向她解释，我和佩斯利·菲什是老朋友，多年的甘苦与共、浪迹江湖和同谋关系，已经使我们的友谊牢不可破；如今我们正处在生活的缠绵阶段，我们商妥绝不乘一时感情冲动和近水楼台的机会互相钻空子。杰塞普太太仿佛郑重其事地把这件事考虑了一会儿，忽然哈哈大笑，周围的林子都响起了回声。

“没几分钟，佩斯利也来了，他头上抹了香柠檬油，在杰塞普太太的另一边坐下，开始讲一段悲惨的冒险事迹：一八九五年圣丽塔山谷连旱了九个月，牛群一批批地死去，他同扁脸拉姆利比赛剥牛皮，赌一只镶银的马鞍。

“那场追求一开头，我就比垮了佩斯利·菲什，弄得他束手无策。我们两人各有一套打动女人内心弱点的办法。佩斯利的办法是讲一些他亲身体验的，或是从通俗书刊里看来的惊险事迹，吓唬女人。我猜想，他准是从莎士比亚的一出戏里学到那种慑服女人的主意的。那出戏叫《奥赛罗》，我以前也看过，里面是说一个黑人，把赖德·哈格德、卢·多克斯塔德和帕克赫斯特博士①三个人的话语混杂起来，讲给一位公爵的女儿听，把她弄到了手。可是那种求爱方式下了舞台就不中用了。

“现在，我告诉你，我自己是怎样迷住一个女人，使她落到改姓的地步的。你只要懂得怎么抓起她的手，把它握住，她就成了你的人。讲讲固然容易，做起来并不简单。有的男人

① 赖德·哈格德(1856—1925)，英国小说家，作品多以南非蛮荒为背景；帕克赫斯特博士(1842—1933)，美国长老会牧师，攻击纽约腐败的市政甚力，促使市长改选。

使劲拉住女人的手，仿佛要把脱臼的肩胛骨复位一样，简直叫你可以闻到山金车酊剂的气味，听到撕绷带的声音了。有的男人像拿一块烧烫的马蹄铁那样握着女人的手，又像药剂师把阿魏酊往瓶里灌时那样，伸直手臂，隔得远远的。大多数男人握到了女人的手，便把它拉到她眼皮下面，像小孩在草里寻找棒球似的，不让她忘掉她的手长在胳臂上。这种种方式都是错误的。

"我把正确的方式告诉你吧。你可曾见过一个人偷偷地溜进后院，捡起一块石头，想投向一只蹲在篱笆上盯着他瞧的公猫？他假装手里没有东西，假装猫没有看见他，他也没有看见猫。就是那么一回事。千万别把她的手拉到她自己注意得到的地方。你虽然清楚她知道你握着她的手，可是你得装出没事的样子，别露痕迹。那就是我的策略。至于佩斯利用战争和灾祸的故事来博得她的欢心，正像把星期日的火车时刻表念给她听一样。那天的火车连新泽西州欧欣格罗夫①之类的小地方也要停站的。

"有一晚，我先到长凳那儿，比佩斯利早了一袋烟的工夫。我的友谊出了一会儿毛病，我竟然问杰塞普太太是不是认为'希'字要比'杰'字好写一点。她的头立刻压坏了我纽扣孔里的夹竹桃，我也凑了过去——可是我没有干。

"'假如你不在意的话，'我站起来说，'我们等佩斯利来了之后再完成这件事吧。到目前为止，我还没有干过对不起我们朋友交情的事，这样不很光明。'

"'希克斯先生，'杰塞普太太说，她在黑暗里瞅着我，神

① 欧欣格罗夫，新泽西州的滨海小镇，当时人口只有三千左右。

情有点异样，‘如果不是另有原因的话，我早就请你走下山谷，永远别来见我啦。’

“‘请问是什么原因呢，夫人？’我问道。

“‘你既然是这样忠诚的朋友，当然也能成为忠诚的丈夫。’她说。

“五分钟之后，佩斯利也坐在杰塞普太太身边了。

“‘一八九八年夏天，’他开始说，‘我在锡尔弗城见到吉姆·巴塞洛缪在蓝光沙龙里咬掉了一个中国人的耳朵，起因只是一件横条花纹的平布衬衫——那是什么声音呀？’

“我跟杰塞普太太重新做起了刚才中断的事。

“‘杰塞普太太已经答应改姓希克斯了。’我说，‘这只不过是再证实一下而已。’

“佩斯利把他的两条腿盘在长凳脚上，呻吟起来。

“‘勒姆，’他说，‘我们已经交了七年朋友。你能不能别跟杰塞普太太吻得这么响？以后我也保证不这么响。’

“‘好吧，’我说，‘轻一点也可以。’

“‘这个中国人，’佩斯利继续说，‘在一八九七年春天枪杀了一个名叫马林的人，那是——’

“佩斯利又打断了他自己的故事。

“‘勒姆，’他说，‘假如你真是个仗义的朋友，你就不该把杰塞普太太搂得这么紧。刚才我觉得整个长凳都在晃。你明白，你对我说过，只要还有机会，你总是同我平分秋色的。’

“‘你这个家伙，’杰塞普太太转身向佩斯利说，‘再过二十五年，假如你来参加我和希克斯先生的银婚纪念，你那个南瓜脑袋还认为你在这件事上有希望吗？只因为你是希克斯先生的朋友，我才忍了好久；不过我认为现在你该死了这条心，

下山去啦。’

“‘杰塞普太太，’我说，不过我并没有丧失未婚夫的立场，‘佩斯利先生是我的朋友，只要有机会，我总是同他公平交易，利益均等的。’

“‘机会！’她说，‘好吧，让他自以为还有机会吧；今晚他在旁边看到了这一切，我希望他别自以为还有把握。’

“一个月之后，我和杰塞普太太在洛斯比尼奥斯的卫理公会教堂结婚了；全镇的人都跑来看结婚仪式。

“当我们并排站在最前面，牧师开始替我们主持婚礼的时候，我四下里扫了一眼，没找到佩斯利。我请牧师等一会儿。‘佩斯利不在这儿。’我说，‘我们非等佩斯利不可。交朋友要交到老——泰勒马格斯·希克斯就是这种人。’我说。杰塞普太太的眼睛里有点冒火；但是牧师根据我的吩咐，没立即诵读经文。

“过了几分钟，佩斯利飞快地跑进过道，一边跑，一边还在安上一只硬袖口。他说镇上惟一卖服装的铺子关了门来看婚礼，他搞不到他所喜欢的上过浆的衬衫，只得撬开铺子的后窗，自己取了一件。接着，他站到新娘的那一边去，婚礼在继续进行。我一直在琢磨，佩斯利还在等最后一个机会，盼望牧师万一搞错，叫他同寡妇成亲呢。

“婚礼结束后，我们吃了茶、羚羊肉干和罐头杏子，镇上的居民便纷纷散去。最后同我握手的是佩斯利，他说我为人光明磊落，同我交朋友脸上有光。

“牧师在街边有一幢专门出租的小房子；他让我和希克斯太太占用到第二天早晨十点四十分，那时候，我们就乘火车去埃尔帕索度蜜月旅行。牧师太太用蜀葵和毒藤把那幢房子打扮起来，看上去喜气洋洋的，并且有凉亭的风味。

“那晚十点钟左右，我在门口坐下，脱掉靴子凉快凉快，希克斯太太在屋里张罗。没有多久，里面的灯熄了；我还坐在那儿，回想以前的时光和情景。我听到希克斯太太招呼说：‘你就进来吗，勒姆？’

“‘哎，哎！’我仿佛惊醒似的说，‘我刚才在等老佩斯利——’

“可是这句话还没说完，”泰勒马格斯·希克斯结束他的故事说，“我觉得仿佛有人用四五口径的手枪把我这只左耳朵打掉了。后来我才知道，那只是希克斯太太用扫帚把揍了一下。”

婚姻手册

本篇作者桑德森·普拉特认为合众国的教育系统应该划归气象局管理。我这种提法有充分根据;你却没有理由不主张把我们的院校教授调到气象部门去。他们都读书识字,可以毫不费劲地看看晨报,然后打电报把气象预报通知总局。不过这是问题的另一方面了。我现在要告诉你的是,气象如何向我和艾达荷·格林提供了良好的教育。

我们在蒙塔纳一带勘探金矿,来到苦根山脉。沃拉沃拉城有一个长络腮胡子的人,已经把发现矿苗的希望当做超重行李,准备放弃了。他把自己的粮食配备转让给了我们;我们便在山脚下慢慢勘探,手头的粮食足够维持在和平谈判期间的一支军队。

一天,卡洛斯城来了一个骑马的邮递员。路过山地时他歇歇脚,吃了三个青梅罐头,给我们留下一份近期的报纸。报上有一栏气象预报,它替苦根山脉地区翻出来的底牌是:“晴朗转暖,有轻微西风。”

那晚上开始下雪,刮起了强烈的东风。我和艾达荷转移到山上高一点的地方去,住在一幢空着的旧木屋里,认为这场十一月的风雪只是暂时的。但是雪下了三英尺深还不见有停的迹象,我们才知道这下要被雪困住了。雪还不太深的时候,我们已经弄来了大量的柴火,我们的粮食又足以维持两个月,因此并不担心,让它刮风下雪,爱怎么封山就怎么封吧。

假如你想教唆杀人,只消把两个人在一间十八英尺宽、二十英尺长的小屋子里关上一个月就行了。人类的天性忍受不了这种情况。

初下雪时,我同艾达荷·格林两人说说笑话,互相逗趣,并且赞美我们从锅子里倒出来、管它叫面包的东西。到了第三个星期的末尾,艾达荷向我发表了如下公告。他说:

"我从没听到酸牛奶从玻璃瓶里滴到铁皮锅底时的声音是什么样的,但是同你谈话器官里发出来的这种越来越没劲的滞涩的思想相比,滴酸奶的声音肯定可以算是仙乐了。你每天发出的这种叽里咕噜的声音,叫我想起了牛的反刍。不同的只是牛比你知趣,不打扰别人,你却不然。"

"格林先生,"我说道,"你一度是我的朋友,我有点儿不好意思向你声明,如果我可以随自己的心意在你和一条普通的三条腿的小黄狗之间选择一个伙伴,那么这间小屋子里眼下就有一个居民在摇尾巴了。"

我们这样过了两三天,然后根本不交谈了。我们分了烹饪用具,艾达荷在火炉一边做饭,我在另一边做。外面的雪已经积到窗口,我们整天生着火。

你明白,我和艾达荷除了识字和在石板上做过"约翰有三只苹果,詹姆斯有五只苹果"之类的玩意儿以外,没有受过别的教育。我们浪迹江湖的时候,逐渐获得了一种可以应急的真实本领,因此对大学学位也就不感到特别需要。可是在被大雪封在苦根山脉那幢小屋里的时候,我们初次感到,如果我们以前研究过荷马的作品、希腊文、教学中的分数以及比较高深的学问，那我们在沉思默想方面也许就能应付自如了。我在西部各地看到东部大学里出来的小伙子在牧场营地干活，我注意到教育对于他们却成了意想不到的累赘。举个例子说吧，有一次在蛇河边，安德鲁·麦克威廉斯的坐骑得了马蝇幼虫寄生虫病，他派辆四轮马车把十英里外一个据说是植物学家的陌生人请来①。但那匹马仍旧死了。

一天早晨，艾达荷用木棍在一个小木架的顶上拨什么东西，那个架子高了些，手够不着。有两本书落到地上。我跳起来想去拿，但是看到了艾达荷的眼色。这一星期来，他还是第一次开口。

"不准碰。"他说，"尽管你只配做休眠的泥乌龟的伙伴，我还是跟你公平交易。你爹妈养了你这样一个响尾蛇脾气、冻萝卜睡相的东西，他们给你的恩惠都比不上我给你的大。我同你打一副七分纸牌，赢的人先挑一本，输的人拿剩下的一本。"

我们打了牌；赢的是艾达荷。他先挑了他要的书；我拿了我的。我们两人回到各自的地方，开始看书。

我看到那本书时比看到一块十盎司重的天然金矿石还要快活。艾达荷看他那本书的时候，也像小孩看到棒棒糖那样高兴。

我那本书有五英寸宽、六英寸长，书名是《赫基默氏必要知识手册》。我的看法也许不正确，不过我认为那本书伟大得空前绝后。今天这本书还在我手头。我把书里的东西搬一点儿出来，在五分钟之内就可以把你或者随便什么人难倒五

① 马蝇幼虫病(botts)和植物学家(botanist)原文字首相同，安德鲁以为二者有关。

十次。别提所罗门或《纽约论坛报》了！赫基默比他们两个都强。那个人准是花了五十年时间，走了一百万里路，才收集到这许多材料。里面有各个城市的人口数，判断女人年龄的方法，和骆驼的牙齿数目。他告诉你世界上哪一条隧道最长，天上有多少星星，水痘要潜伏几天之后才发出来，上流女人的脖子该有多么粗细，州长怎样行使否决权，罗马人的引水渠是什么时候铺设的，每天喝三杯啤酒可以顶几磅大米的营养，缅因州奥古斯塔城的年平均温度是多少，用条播机播一英亩胡萝卜需要多少种子，各种中毒的解救法，一个金发女人有多少根头发，如何储存鲜蛋，全世界所有大山的高度，所有战争战役的年代，如何抢救溺毙的人，如何抢救中暑病人，一磅平头钉有几只，如何制造炸药，如何种花，如何铺床，医生尚未来到之前如何救护病人——此外还有许许多多东西。赫基默也许有他所不知道的事情，不过我在那本书里没有发现。

我坐着，把那本书一连看了四个小时。教育的全部奇迹全压缩在那本书里了。我忘了雪，忘了我同老艾达荷之间的别扭。他一动不动地坐在凳子上，看得出了神，他那黄褐色的胡子里透出一种半是温柔半是神秘的模样。

"艾达荷，"我说，"你那本是什么书啊？"

艾达荷一定也忘了我们的芥蒂，因为他回答的口气很客气，既不顶撞人，也没有恶意。

"唔，"他说，"这本书大概是一个叫荷马·伽·谟[①]的人

① 指波斯哲学家、天文学家、诗人欧玛尔·海亚姆（1048—1122），生前不以诗闻名。1857 年英国诗人菲茨杰拉尔德把他的四行诗集译成英文出版，在欧美开始流传。1928 年郭沫若从英文转译了该集，中译名为《鲁拜集》。这里艾达荷将"欧玛尔"误作为"荷马"。

写的。”

“荷马·伽·谟后面的姓是什么？”我问道。

“唔，就只有荷马·伽·谟。”他说。

“你胡扯。”我说，我认为艾达荷在蒙人，不禁有点冒火，“写书的人哪有用缩写署名的。总得有个姓呀，不是荷马·伽·谟·斯庞彭戴克，就是荷马·伽·谟·麦克斯温尼，或者是荷马·伽·谟·琼斯。你干吗不学人样，偏要像小牛啃晾衣绳上挂着的衬衫下摆那样，把他姓名的下半截啃掉？”

“我说的是实话，桑德。”艾达荷心平气和地说，“这是一本诗集，”他说，“荷马·伽·谟写的。起初我还看不出什么苗头，但是看下去却像找到了矿脉。即使拿两条红毯子来和我换这本书，我都不愿意。”

“那你请便吧。”我说，“我需要的是可以让我动动脑筋的开门见山的事实。我抽到的这本书里好像就有这种玩意儿。”

“你得到的只是统计数字，”艾达荷说，“世界上最起码的东西。它们会使你脑筋中毒。我喜欢老伽·谟的推测方式。他似乎是个酒类代理商。他干杯时的祝辞总是‘万般皆空’，并且他好像牢骚满腹，只不过他用酒把牢骚浇得那么滋润，即使他抱怨得最厉害的时候，也像是在请人一起喝上一夸脱。总之，太有诗意了。”艾达荷说，“你看的那本胡说八道的书，想用尺寸来衡量智慧，真叫我讨厌。凡是在用自然的艺术来解释哲理的时候，老伽·谟在任何一方面都打垮了你那个人——不论是条播机，一栏栏的数字，一段段的事实，胸围尺寸，或是年平均降雨量。”

我和艾达荷就这么混日子。不论白天黑夜，我们惟一的乐趣就是看书。那次雪封无疑使我们两人都长了不少学问。到了融雪的时候,假如你突然走到我面前问我说:“桑德森·普拉特,用九块五毛钱一箱的铁皮来铺屋顶,铁皮的尺寸是二十乘二十八,每平方英尺要派到多少钱?”我便会飞快地回答你,正如闪电每秒钟能在铁铲把上走十九万两千英里那么快。世界上有多少人能这样?如果你在半夜里叫醒你所认识的任何一个人,让他马上回答,人的骨骼除了牙齿之外一共有多少块,或者内布拉斯加州议会的投票要达到什么百分比才能推翻一项否决,他能回答你吗?试试吧。

至于艾达荷从他那本诗集里得到了什么好处,那我可不清楚了。艾达荷一开口就替那个酒类代理商吹嘘;不过我认为他获益不多。

从艾达荷嘴里透露出来的那个荷马·伽·谟的诗歌看来,我觉得那家伙像是一条狗,把生活当做缚在尾巴上的铁皮罐子。它跑得半死之后,坐了下来,拖出舌头,看看酒罐说:

“唔,好吧,我们既然甩不掉这只酒罐,不如到街角的酒店里去沽满它,大家为我干一杯吧。”

此外,他仿佛还是波斯人;我从没听说波斯有什么值得一提的名产,除了土耳其毡毯和马耳他猫。

那年春天,我和艾达荷找到了有利可图的矿苗。我们有个习惯,就是出手快,周转快。我们出让了矿权,每人分到八千元;然后漫无目的地来到萨蒙河畔的罗萨小城,打算休息一个时期,吃些人吃的东西,刮掉胡子。

罗萨不是矿镇。它坐落在山谷里,正如乡间小城一样,没有喧嚣和疫病。近郊有一条三英里长的电车线;我和艾达荷坐在咔哒咔哒直响的车厢里兜了一个星期,每天到晚上才回夕照旅馆休息。如今我们见多识广,又读过书,自然就参加了罗萨城里最上流的社交活动,经常被邀请出席最隆重、最时髦的招待会。有一次,市政厅举行为消防队募捐的钢琴独奏会和吃鹌鹑比赛,我和艾达荷初次认识了罗萨社交界的皇后,德·奥蒙德·桑普森夫人。

桑普森夫人是个寡妇,城里惟一的一幢二层楼房就是她的。房子漆成黄色,不管从哪一个方向都看得清清楚楚,正如星期五斋戒日爱尔兰人胡子上沾的蛋黄那样引人注目。除了我和艾达荷之外,罗萨城还有二十二个男人想把那幢黄房子归为己有。

乐谱和鹌鹑骨头扫出市政厅后,举行了舞会。二十三个人都拥上去请桑普森夫人跳舞。我避开了两步舞,请她允许我伴送她回家。在那一点上,我获得了成功。

在回家的路上,她说:

"今晚的星星是不是又亮又美,普拉特先生?"

"就拿你看到的这些亮光来说,"我说道,"它们已经卖足了力气。你看到的那颗大星离这儿有六百六十亿英里远。它的光线传到我们这儿要花三十六年。你用十八英尺长的望远镜可以看到四千三百万颗星,包括十三等星。假如有一颗十三等星现在陨灭了,在今后二千七百年内,你仍旧可以看到它的亮光。"

"哎呀!"桑普森夫人说,"我以前从不知道这种事情。天气多热呀!我跳舞跳得太多了,浑身都汗湿了。"

"这个问题很容易解释,"我说,"要知道,你身上有两百万根汗腺在同时分泌汗液。每根汗腺有四分之一英寸长。假如把身上所有的汗腺首尾相接,全长就有七英里。"

“天哪!”桑普森夫人说,“听你说的,人身上的汗腺简直像是灌溉水渠啦,普拉特先生。你怎么会懂得这许多事情?”

“观察来的,桑普森夫人。”我对她说,“我周游世界的时候总是注意观察。”

“普拉特先生,”她说,“我一向敬重有学问的人。在这个城里的傻瓜恶棍中有学问的人实在太缺啦。同一位有修养的先生谈话真是愉快。你高兴的话,请随时到我家来坐坐,我非常欢迎。”

这么一来,我就赢得了黄房子夫人的好感。每星期二、五的晚上,我去她家,把赫基默发现、编制和引用的宇宙间的神秘讲给她听。艾达荷和城里其余主张寡妇再醮的人在尽量争取其余几天的每一分钟。

我从没想到艾达荷竟会把老伽·谟追求女人的方式应用到桑普森夫人身上;这是在一天下午,我提了一篮野李子给她送去时才发现的。我碰见那位太太走在一条通向她家的小径上。她眼睛直冒火,帽子斜遮在一只眼睛上,像是要找人吵架似的。

“普拉特先生,”她开口说,“我想那位格林先生大概是你的朋友吧。”

“有九年交情啦。”我说。

“同他绝交。”她说,“他不是正派人!”

“怎么啦,夫人,”我说,“他是个普通的山地人,具有浪子和骗子的粗暴和一般缺点,然而即使在最严重的关头,我也不忍心说他是不正派的人。拿服饰、傲慢和卖弄来说,艾达荷也许叫人看不顺眼,可是夫人,我知道他不会存心干出下流或出格的事情。我同艾达荷交了九年朋友,桑普森夫人,”我在结尾时说，“我不愿意说他的坏话，也不愿意听到人家说他的坏话。”

“普拉特先生，”桑普森夫人说，“你这样维护朋友固然是好事；但是他对我打了非常可恨的主意，任何一位有身份的女人都会觉得这是受了侮辱，这个事实你抹煞不了。”

“哎呀呀！”我说，“老艾达荷竟会干出这种事来！我怎么也想不到。我知道有一件事在他心里捣鬼；那是由于一场风雪的缘故。有一次，我们被雪封在山里，他被一种胡说八道的歪诗给迷住了，那也许就败坏了他的道德。”

“准是那样。”桑普森夫人说，“我一认识他，他就老是念一些亵渎神明的诗句给我听。他说那是一个叫鲁碧·奥特的人写的，你从她的诗来判断，那个女人肯定不是好东西。”

“那么说，艾达荷又弄到一本新书了，”我说，“据我所知，他那本是一个笔名叫伽·谟的男人写的。”

“不管什么书，”桑普森夫人说，“他还是守住一本为好。今天他简直无法无天了。他送给我一束花，上面附着一张纸条。普拉特先生，你总能分辨出上流女人的；并且你也了解我在罗萨城的名声。请你想想看，我会不会带着一大壶酒、一个面包，跟着一个男人溜到外面树林子里，同他在树阴底下唱歌，跳来跳去的？我吃饭的时候固然也喝一点葡萄酒，但是我决不会像他说的那样，带上一大壶到树林里去胡闹一通的。当然啦，他还要带上他那卷诗章。他这么说来着。让他一个人去吃那种丢人现眼的野餐吧！不然的话，让他带了他的鲁碧·奥特一起去。我想她是不会反对的。除非带的面包太多而酒太少。你现在对你的规矩朋友有什么看法呢，普拉特先生？”

“唔，夫人，”我说，“艾达荷的邀请也许只是诗情，并没有恶意。也许属于他们称之为比喻的诗。它们固然触犯法律和秩序，但还是允许邮递的，因为写的和想的不是一回事。如果你不见怪，我就代艾达荷表示感谢了，”我说，“现在让我们的心灵从低级的诗歌里解脱出来，到高级的事实和想象中去吧。像这样一个美丽的下午，桑普森夫人，”我接下去说，“我们的思想也应该与之相适应。这里虽然暖和，可我们应该知道，赤道上海拔一万五千英尺的地方还是终年积雪的。纬度四十至四十九度之间的地区，雪线就只有四千至九千英尺高了。”

“哦，普拉特先生，”桑普森夫人说，“听了鲁碧·奥特那个疯丫头的叫人不痛快的诗以后，再听你讲这种美妙的事实可真开心！”

“我们在路边这段木头上坐坐吧，”我说，“别去想诗人不近人情的撒野的话。只有在铁一般的事实和合法的度量衡的辉煌数字里，才能找到美妙的东西。在我们所坐的这段木头里，桑普森夫人，”我说，“就有比诗更神奇的统计数字。木头的年轮说明这棵树有六十岁。在两千英尺深的地底，经过三千年，它就会变成煤。世界上最深的煤矿在纽卡斯尔附近的基林沃斯。一只四英尺长、三英尺宽、二点八英尺高的箱子可以装一吨煤。假如动脉割破了，要按住伤口的上方。人的腿有三十根骨头。伦敦塔①一八四一年曾遭火灾。”

“说下去，普拉特先生，”桑普森夫人说，“这种话真有创造性，听了真舒服。我想再没有什么比统计数字更可爱了。”

可是两星期后，我才得到了赫基默给我的全部好处。

① 伦敦塔，伦敦东部俯临泰晤士河的堡垒，原是皇宫，曾改做监狱，囚禁过好几个国王、王后等著名人物，现是文物保存处。

有一夜，我被人们到处叫嚷"失火啦！"的声音惊醒。我跳下床，穿好衣服，跑出旅馆去看热闹。我发现失火的正是桑普森夫人的房屋，我大叫一声，两分钟之内就赶到了现场。

那幢黄房子的底层全部着火了，罗萨城的每一个男性、女性和狗性都在那里号叫，碍消防队员的事。我见到艾达荷想从拽住他的六名消防队员手里挣脱出来。他们对他说，楼下一片火海，谁冲进去休想活着出来。

"桑普森夫人呢？"我问道。

"没见到她。"一个消防队员说，"她睡在楼上。我们想进去，可是不成，我们队里还没有云梯。"

我跑近大火旁边光亮的地方，从里面的口袋里掏出《手册》。我拿着这本书的时候差点没笑出来——我想大概是紧张过度，昏了头。

"赫基，老朋友，"我一面拼命翻，一面对书本说，"你还没有骗过我，你还没有使我失望过。告诉我该怎么办，老朋友，告诉我该怎么办！"我说。

我翻到一百一十七页，"遇到意外事件该怎么办。"我用手指顺着找下去，果然找到了。老赫基默真了不起，他从没有疏漏！书上说：

> 吸入烟气或煤气而引起的窒息——用亚麻籽最佳。取数粒置外眼角内。

我把《手册》塞回口袋，抓住一个正跑过去的小孩。

"喂，"我给了他一些钱，说道，"赶快到药房里去买一块钱的亚麻籽。要快，另一块钱给你。喂，"我对人群嚷道，"我们救桑普森夫人呀！"接着，我脱掉了上衣和帽子。

消防队和老百姓中有四个人拖住了我。他们说，进去准会送命，因为楼板就要烧坍了。

“该死！”我嚷起来，有点像是在笑，可是笑不出来，“没有眼睛叫我把亚麻籽放到哪儿去呀？”

我用胳臂肘撞在两个消防队员的脸上，用脚踢破了一个老百姓的脚胫皮，又使一个绊子，把另一个摔倒在地。紧接着，我冲进屋里。假如我比你们先死，我一准写信告诉你们，地狱里是不是比那幢黄房子里更不受用；现在你们可别相信我的话。总之，我比饭馆里特别加快的烤鸡烤得更煳。烟和火把我熏倒了两次，几乎丢了赫基默的脸；幸好消防队员用他们的细水龙杀了一点火气，帮了我的忙，总算到了桑普森夫人的房间里。她已经被烟熏得失去了羞耻心，于是我用被单把她一裹，往肩上一扛。楼板并不像他们所说的那样糟，不然我也干不了——想都不用想。

我扛着她，一口气跑到离房子五十码远的地方，然后把她放在草地上。接着，另外二十二个追求这位夫人的原告当然也拿着铁皮水勺挤拢来，准备救她了。这时候，去买亚麻籽的小孩也跑来了。

我揭开包在桑普森夫人头上的被单。她睁开眼睛说：

“是你吗，普拉特先生？”

“嘘——嘘，”我说，“别出声，我先给你上药。”

我用胳臂轻轻托住她的脖子，扶起她的头，用另一只手扯破亚麻籽口袋，慢慢弯下身子，在她外眼角里放了三四粒亚麻籽。

这时，城里的医生也赶来了，他喷着鼻子，抓住桑普森太太的腕子试脉搏，并且问我这样胡搞是什么意思。

“嗯，老球根药喇叭和耶路撒冷橡树籽①，”我说，“我不是正式医师，不过我可以给你看看我的根据。”

他们拿来了我的上衣，我掏出了《手册》。

“请看一百一十七页，”我说，“那上面就讲到如何解救因烟或煤气而引起的窒息。书上说，把亚麻籽放在外眼角里。我不知亚麻籽的作用是解烟毒呢，还是促进复合胃神经的机能，不过赫基默是这样说的，并且先给请来诊治的是他。假如你要会诊，我也不反对。”

老医生拿起《手册》，戴上眼镜，凑着消防队员的提灯看看。

“哎，普拉特先生，”他说，“你诊断的时候显然看串了行。解救窒息的办法是：‘尽快将病人移至新鲜空气中，置于卧位。’用亚麻籽的地方在上面一行，‘尘灰入眼’。不过，说到头——”

“听我说，”桑普森太太插嘴说，“在这次会诊中，我想我也有话要说。那些亚麻籽给我的益处比我试过的任何东西都大。”她抬起头，又枕在我的手臂上，说道，“在另一个眼睛里也放一点，亲爱的桑德。”

因此，假如你明天或者随便哪一天在罗萨城歇歇脚的话，你会看到一幢新盖的精致的黄房子，有普拉特夫人——也就是以前的桑普森夫人——在收拾它，装点它。假如你走进屋子，你还会看到客厅当中大理石面的桌子上有一本《赫基默氏必要知识手册》，重新用红色摩洛哥皮装订过了，准备让人随时查考有关人类幸福和智慧的任何事物。

① 药喇叭可做泻剂，橡树籽有收敛作用。

比绵塔薄饼

当我们在弗里奥山麓，骑着马把一群烙有圆圈三角印记的牛赶拢在一起时，一株枯死的牧豆树的枝丫勾住了我的木马镫，害得我扭伤了脚踝，在营地里躺了一个星期。

被迫休息的第三天，我一拐一拐地挨到炊事车旁，在营地厨师贾德森·奥多姆的连珠炮似的谈话下一筹莫展地躺着。贾德天生爱说话，说起来没完没了，可是造化作弄人，让他当了厨师，害得他在大部分时间里找不到听他说话的人。

因此，在贾德一声不吭的沙漠里，我便成了他的灵食①。

不多一会儿，我起了一阵病人的贪馋，想吃一些不在“伙食”项下的东西。我想起了母亲的食柜，不由得“情深如初恋，惆怅复黯然”。② 于是我问道：

“贾德，你会做薄饼吗？”

贾德放下刚准备用来捣羚羊肉排的六响手枪，带着我认为是威胁的态度，走到我面前。他那双浅蓝色的眼睛猜疑地瞪着我，更叫我感到了他的愤恨。

① 《旧约·出埃及记》第16章第14—35节：摩西率领以色列人逃出埃及，在荒野中漂泊了四十年，饥饿时，上帝便撒下灵食。

② 引自英国诗人丁尼生的叙事诗《公主》中的歌曲：“情深如初恋，惆怅复黯然；人生如流云，往日不再回。”

“喂，”他说，虽然怒形于色，但还没有出格，“你是真心问我，还是想挖苦我？是不是有人把我和薄饼的底细告诉了你？”

“不，贾德，”我诚恳地说，“绝没有别的用意。我只不过很想吃一些用黄油烙得黄黄的薄饼，上面还浇着新上市的、大铁皮桶装的新奥尔良蜂蜜。我愿意拿我的小马和马鞍来换一叠这样的薄饼。说起薄饼，难道还有什么故事吗？”

贾德明白了我不是含沙射影之后，神色马上和缓了。他从炊事车里取出一些神秘的口袋和铁皮盒子，放在我倚靠的那株树下。我看他不慌不忙地张罗起来，解开拴口袋的绳子。

“其实也算不上是什么故事，”贾德一面干活，一面说，“只是我同陷骡山谷来的那个粉红眼睛的牧羊人以及威莱拉·利赖特小姐之间一桩事情的合乎逻辑的结局罢了。告诉你也不妨。”

“那时候，我在圣米格尔牧场替老比尔·图米赶牛。有一天，我一心想吃些罐头食品，只要不哞，不咩，不哼或者不啄的东西都行。① 于是我跨上我那匹还未调教好的小野马，飞快地直奔纽西斯河比绵塔渡口埃姆斯利·特尔费尔大叔的店铺。

“下午三点钟左右，我把缰绳往一根牧豆树枝上一套，下马走了二十码，来到埃姆斯利大叔的铺子。我登上柜台，对埃姆斯利大叔说，看情况全世界的水果收成都要受灾了。不出一分钟，我拿着一袋饼干和一把长匙，身边摆着一个个打开的杏子、菠萝、樱桃和青梅罐头，埃姆斯利还在手忙脚乱地用斧头砍开罐头的黄色铁皮箍。我快活得像是没闹苹果乱子以前

① 指牛、羊、猪和家禽。

的亚当。我把靴子上的踢马刺往柜台板壁里插，手里挥弄着那把二十四英寸的匙子；这当儿，我偶然抬头一望，从窗口里看到铺子隔壁埃姆斯利大叔家的后院。

"有个姑娘站在那儿——一个打扮得漂漂亮亮的外路来的姑娘——她一面玩弄着槌球棍，一面看着我那促进水果罐头工业的劲头，在那里暗自发笑。

"我从柜台上滑下来，把手里的匙子交给埃姆斯利大叔。

"'那是我的外甥女儿，'他说，'威莱拉·利赖特小姐，从巴勒斯坦[①]来做客。要不要我替你们介绍介绍？'

"'圣地哪。'我暗忖道，我的思想像牛群一样，我要把它们赶进栅栏里去，它们却乱兜圈子。'怎么不是呢？天使们当然在巴勒——当然啦，埃姆斯利大叔，'我高声说，'我非常高兴见见利赖特小姐。'

"于是，埃姆斯利大叔把我引到后院，替我们介绍了一下。

"我在女人面前从不腼腆。我一直弄不明白，有的男人没吃早饭都能制服一匹野马，在漆黑的地方都能刮胡子，为什么一见到穿花衣裳的大姑娘却变得缩手缩脚，汗流浃背，连话都说不上来了。不出八分钟，我同利赖特小姐已经在作弄槌球，混得像表兄妹那般亲热了。她取笑我，说我吃了那么多罐头水果。我马上回敬她，说水果乱子是一位叫夏娃的太太在第一个天然牧场里闹出来的——'在巴勒斯坦那面，对吗？'我随机应变地说，正像用套索捕捉一头一岁的小马那样轻松。

① 巴勒斯坦在亚洲西南，原为《圣经》中的迦南古国，是基督教的圣地；这里是指美国得克萨斯州东部一城市，原文相同。

“就那样,我获得了接近威莱拉·利赖特小姐的机会;日子一久,关系逐渐密切。她待在比绵塔渡口是为了她的健康和比绵塔的气候,其实她的健康情况非常好,而比绵塔的气候要比巴勒斯坦热百分之四十。开始时,我每星期骑马到她那里去一次;后来我盘算了一下,如果我把去的次数加一倍,我见到她的次数也会增加一倍了。

“有一星期,我去了三次;就在那第三次里,薄饼和淡红眼睛的牧羊人插进来了。

“那晚,我坐在柜台上,嘴里含着一只桃子和两只李子,一边问埃姆斯利大叔,威莱拉小姐可好。

“‘哟,’埃姆斯利大叔说,‘她同陷骡山谷里的那个牧羊人杰克逊·伯德出去骑马了。’

“我把一颗桃核、两颗李核囫囵吞了下去。我跳下柜台时,大概有人抓住了柜台,不然它早就翻了。接着,我两眼发直地跑出去,直到撞在我拴那匹杂毛马的牧豆树上才停住。

“‘她出去骑马了,’我凑在那头小野马耳朵旁边说,‘同伯德斯通·杰克,牧羊人山谷那头驮骡一起去的。明白了吗,你这个挨鞭子才跑的老家伙?’

“我那匹小马以它自己的方式哭了一通。它是从小就给驯养来牧牛的,它才不关心牧羊人呢。

“我又回到埃姆斯利大叔那儿,问他:‘你说的是牧羊人吗?’

“‘是牧羊人。’大叔又说了一遍,‘你一定听人家谈起过杰克逊·伯德。他有八个牧场和四千头在北冰洋以南数最好的美利奴绵羊。’

“我走进来,在店铺背阳的一边坐下,往一株带刺的霸王树上一靠。我自言自语，说了许多关于这个名叫杰克逊的恶鸟①的话，两手不知不觉地抓起沙子往靴筒里灌。

“我一向不愿意欺侮牧羊人。有一次，我看到一个牧羊人坐在马背上读拉丁文法，我连碰都没有碰他！我不像大多数牧牛人那样，看见他们就有气。牧羊人都在桌上吃饭，穿着小尺码的鞋子，同你有说有笑，难道你能跟他们动粗，整治他们，害得他们破相吗？我总是抬抬手放他们过去，正如放兔子过去那样；最多讲一两句客套话，寒暄寒暄，从来不停下来同他们喝两杯。我认为根本犯不着同一个牧羊人过不去。正因为我宽大为怀，网开一面，现在居然有个牧羊人跑来同威莱拉·利赖特小姐骑马了！

“太阳下山前一小时，他们骑着马缓缓而来，在埃姆斯利大叔家门口停住了。牧羊人扶她下了马。他们站着，兴致勃勃，风趣横生地交谈了一会儿。随后，这个有羽毛的杰克逊跃上马鞍，掀掀他那顶小炖锅似的帽子，朝他的羊肉牧场那方向跑去。这时候，我把靴子里的沙子抖搂了出来，挣脱了霸王树上的刺；在离比绵塔半英里光景的地方，我策马赶上了他。

“我先前说过，牧羊人的眼睛是粉红色的，其实不然。他那看东西的家什倒是灰色的，只不过睫毛泛红，头发又是沙黄色，因此给人一种错觉。那个牧羊人——其实只能算是牧羔人——身材瘦小，脖子上围着一条黄绸巾，鞋带打成蝴蝶结。

“‘借光。’我对他说，‘现在骑马同你一道走的是素有“百发百中”之称的贾德森，那是由于我打枪的路数。每当我要让一个陌生人知道我时，我拔枪之前总是要自我介绍一下，因

① 杰克逊·伯德的姓原文是Bird，有“鸟”的含义。

为我向来不喜欢同死鬼握手。'

"'啊,'他说,说话时就是那副神气——'啊,幸会幸会,贾德森先生。我是陷骡牧场那儿的杰克逊·伯德。'

"这时,我一眼见到一只槲鸡叼着一只毒蜘蛛从山上跳下来,另一眼见到一只猎兔鹰栖息在水榆的枯枝上。我拔出四五口径的手枪,砰砰两响,把它们先后打翻,给杰克逊·伯德看看我的枪法。'不管在哪儿,'我说,'我见到鸟儿就想打,三回当中有两回是这样。'

"'枪法不坏。'牧羊人不动声色地说,'不过你第三回打的时候会不会偶尔失准呢?上星期的那场雨水对新草大有好处,是吗,贾德森先生?'他说。

"'威利,'我靠近他那匹小马说,'宠你的爹妈也许管你叫杰克逊,可是你换了羽毛之后却成了一个嘁嘁喳喳的威利——我们不必研究雨水和气候,还是用鹦哥词汇以外的言语来谈谈吧。你同比绵塔的年轻姑娘一起骑马,这个习惯可不好。我知道有些鸟儿,'我说,'还没有坏到那个地步就给烤来吃了。威莱拉小姐,'我说,'并不需要鸟族杰克逊科的山雀替她用羊毛筑一个窝。现在,你打算撒手呢,还是想试试我这包办丧事的百发百中的诨名?'

"杰克逊·伯德脸有点红,接着却呵呵笑了。

"'哎,贾德森先生'他说,'你误会啦。我确实去看过几次利赖特小姐;但是绝没有你所说的那种动机。我的目的纯粹是胃口方面的。'

"我伸手去摸枪。

"'哪个浑蛋,'我说,'胆敢无耻——'

"'慢着,'这个伯德赶紧说,'让我解释一下。我要了老婆该怎么办呢？你只要见过我的牧场就明白了！我自己做饭，自己补衣服。我牧羊的惟一乐趣就是吃。贾德森先生，你可尝过利赖特小姐做的薄饼？'

"'我？这倒没有。'我对他说，'我从没有听说，她在烹调方面还有几手。'

"'那些薄饼简直像是金黄色的阳光，'他说，'是用伊壁鸠鲁①天厨神火烤出来的黄澄澄、甜蜜蜜的好东西。我如果搞到那种薄饼的配方，即使少活两年也心甘情愿。我去看利赖特小姐就是为这个原因，'杰克逊·伯德说，'可是直到现在还搞不到。那个老配方在他们家里传了七十五年。他们世代相传，从不透露给外人。假如我能搞到那个配方，在牧场上自己做薄饼吃，那我就幸福了。'伯德说。

"'你敢担保，'我对他说，'你追求的不是调制薄饼的手吗？'

"'当然。'杰克逊说，'利赖特小姐是个极好的姑娘，但是我可以向你保证，我的目的只限于胃口——'他见到我的手又去摸枪套，立即改口——'只限于设法弄一张调制配方。'他结束说。

"'你这小子还不算顶坏。'我装得很大方地说，'我本来打算让你的羊儿再也见不到爹娘，这次姑且放你飞掉。但是你最多守住薄饼，千万别出格，并且别把感情错当糖浆，否则你再也听不到你牧场里的歌声了。'

"'为了让你相信我的诚意，'牧羊人说，'我还要请你帮

① 伊壁鸠鲁（前342—前270），古希腊哲学家，主张幸福是生活的至善，后人歪曲为享乐主义和美食主义。

个忙。利赖特小姐和你是好朋友,她不愿意替我做的事,也许愿意替你做。假如你能代我搞到那个配方,我向你担保,我以后再也不去找她了。'

"'那倒也合情合理。'我说罢同杰克逊·伯德握握手,'只要办得到,我一定替你去搞来,我乐于替你效劳。'于是,他掉头走下皮德拉的大梨树平地,往陷骡山谷去了;我策马朝西北方向回到老比尔·图米的牧场。

"五天之后,我才有机会去比绵塔。威莱拉小姐和我在埃姆斯利大叔家过了一个愉快的傍晚。她唱了几支歌,砰砰嘭嘭地在钢琴上弹了许多歌剧的调子。我学响尾蛇的模样,告诉她'长虫'麦克菲剥牛皮的新法子,还告诉她有一次我去圣路易斯的情况。我们两个处得很投机。我想,如果现在能叫杰克逊·伯德转移牧场,我就赢了。我记起他说搞到薄饼调制配方就离开的保证,便打算劝威莱拉小姐交出来给他;以后我再在陷骡山谷以外的地方见到他,就要他的命。

"因此,十点钟左右,我脸上堆着哄人的笑容,对威莱拉小姐说:'如果现在有什么东西比青草地上的红马更叫我高兴的话,那就是涂着糖浆的好吃的薄饼了。'

"威莱拉小姐在钢琴凳上微微一震,吃惊地瞅着我。

"'是啊,'她说,'薄饼的味道确实不错。奥多姆先生,刚才你说你在圣路易斯掉帽子的那条街叫什么来着?'

"'薄饼街。'我眨眨眼睛说,表示我拿定主意要搞到她的家传秘方,不会轻易给岔开去的。'喂,威莱拉小姐,'我说,'谈谈你怎么做薄饼的吧。薄饼像车轮似的在我脑袋里打转。说吧——一磅面粉,八打鸡蛋,等等。配料的成分是怎么样的?'

“‘对不起,我出去一会儿。’威莱拉小姐说。她斜着眼睛飞快地瞟我一下,溜下凳子,慢慢地退到隔壁的房里去。紧接着,埃姆斯利大叔拿了一罐水,连上衣也没穿就进来了。他转过身去拿桌子上的玻璃杯时,我发现他裤袋里揣着一把四五口径的手枪。‘好家伙!’我想道,‘这个人家把食谱配方看得这么重,竟然要用火器来保护它。有的人家即使有世仇宿怨也不至于这样。’

“‘喝下去。’埃姆斯利大叔递给我一杯水说,‘你今天骑马赶路累了,贾德,搞得太兴奋了。还是想些别的事情吧。’

“‘你知道怎么做那种薄饼吗,埃姆斯利大叔?’我问道。

“‘嗯,在做薄饼方面,我不像某些人那样高明,’埃姆斯利大叔回答说,‘不过我想,你可以按照通常的办法,拿一筛子石膏粉,一小点儿生面、小苏打和玉米面,用鸡蛋和全脂牛奶搅和起来就成了。今年春天老比尔是不是又要把牛群赶到堪萨斯城去,贾德?’

“那晚上,我所能打听到的有关薄饼的细节只有这么些。难怪杰克逊·伯德觉得棘手。于是我撇开这个话题不谈,和埃姆斯利大叔聊聊羊角风和旋风之类的事。没多久,威莱拉小姐进来道了晚安,我便骑马回牧场。

“约莫一个星期后,我骑马去比绵塔,正遇到杰克逊·伯德从那里回来,我们便停在路上,随便聊聊。

“‘你搞到薄饼的详细说明了吗?’我问他。

“‘没有哪。’杰克逊说,‘看样子,我没有希望了。你试过没有?’

“‘试过,’我说,‘可是毫无结果,正像要用花生壳把草原土拨鼠从洞里挖出来一样。看他们死抱住不放的样子,那个

薄饼配方准是好宝贝。'

"'我几乎准备放弃啦,'杰克逊说,他的口气是那么失望,连我也替他难过;'可是我一心只想知道那种薄饼的调制方法,以便在我那寂寞的牧场上自己做来吃。'他说,'我晚上睡不着觉,光捉摸薄饼的好滋味。'

"'你还是尽力想想办法,'我对他说,'我也同时进行。用不了多久,我们中间总有一个能用套索把它兜住的。好吧,再见,杰克逊。'

"你瞧,这会儿我们已经水乳交融,相得无间了。当我发现那个沙黄头发的牧羊人并不在追求威莱拉小姐时,我对他也就比较宽容了。为了帮助他达到满足口腹之欲的雄心,我一直在想办法把威莱拉小姐的配方弄到手。但是每当我提起'薄饼'时,她眼睛里总流露出疏远和不安的神色,并设法岔开话题。假如我坚持下去的话,她就溜出去,换了手里拿着水壶、裤袋里揣着山炮的埃姆斯利大叔进来。

"一天,我在毒狗草原的野花丛中摘了一束美丽的蓝马鞭草,驰马来到那家铺子。埃姆斯利大叔眯起一只眼睛,看着马鞭草说:

"'你没听到那个消息吗?'

"'牛价上涨了吗?'我问道。

"'威莱拉和杰克逊·伯德昨天在巴勒斯坦结婚啦。'他说,'今天早晨刚收到信。'

"我把那束马鞭草扔进饼干桶,让那个消息慢慢灌进我耳朵,流到左边衬衫口袋①,再流到脚底。

① 指心。

“‘请你再说一遍好不好,埃姆斯利大叔?’我说,‘也许我的耳朵出了毛病,你刚才说的只是活的甲级小母牛每头四块八毛钱,或者别的类似的话。’

“‘昨天结的婚,’埃姆斯利大叔说,‘到韦科和尼亚加拉大瀑布去度蜜月了。怎么,难道你一直没有看出苗头吗?杰克逊·伯德带威莱拉出去骑马那天,就开始追求她了。’

“‘那么,’我几乎嚷了起来,‘他对我讲的有关薄饼的那套话,究竟是什么意思?你倒说说看。’

“我一提起薄饼,埃姆斯利大叔立即闪开,后退了几步。

“‘有人用薄饼来欺骗我,’我说,‘我要弄弄清楚。我相信你是知道的。讲出来,’我说,‘不然我跟你没完。’

“我翻过柜台去抓埃姆斯利大叔。他去抓枪,可是枪在抽屉里,差两英寸没够着。我揪住他的前襟,把他推到角落里。

“‘说说薄饼的事,’我说,‘不然我就把你挤成薄饼。威莱拉小姐会不会做薄饼?’

“‘她一辈子没有做过一张薄饼,我也没有见她做过。’埃姆斯利大叔安慰我说,‘安静一些,贾德——安静一些。你太激动啦,你头上的老伤使你神志不清。别去想薄饼。’

“‘埃姆斯利大叔,’我说,‘我的头没有受过伤,最多只是天生的思考本能不太高明。杰克逊·伯德对我说,他来看威莱拉小姐的目的是为了打听她做薄饼的法子,他还请我帮他弄一份配料的清单。我照办了,结果你也看到了。我是被一个粉红眼睛的牧羊人用约翰逊青草给蒙住了,还是怎么的?’

“‘你先放松我的衬衫,’埃姆斯利大叔说,‘我再告诉你。哎,看情形杰克逊·伯德骗了你,自己跑了。他同威莱拉小姐出去骑马的第二天，又来通知我和威莱拉，赶上你提起薄饼的时候，就要加意提防。他说，有一次你们营地里在烙薄饼，有个人用平底锅砸破了你的头。杰克逊说，你一激动或紧张，老伤就要复发，使你有点儿疯癫，胡言乱语念叨着薄饼。他告诉我们，只要把你从这个话题上岔开，让你安静下来，就没有危险。因此我和威莱拉尽我们的力量帮助了你。哎，哎，'埃姆斯利大叔说，'像杰克逊·伯德这样的牧羊人倒是少见的。'"

贾德讲故事的时候，已经不慌不忙、十分熟练地把那些口袋和铁皮罐里的东西调和起来。快讲完时，他把完成的产品端到我面前——两张搁在铁皮碟子上的、滚烫的、深黄色的薄饼。他又从某些秘密的贮藏处取出一块上好的黄油和一瓶金黄色的糖浆。

"这是多久以前的事啦？"我问他说。

"有三年了。"贾德答道，"如今他们住在陷骡山谷。可是我以后一直没有见过他们。有人说，当杰克逊·伯德用薄饼计把我骗得走投无路的时候，他一直在布置他的牧场，摇椅啦，窗帘啦，摆设得漂漂亮亮。喔，过一阵子，我就把这件事抛开了，可是弟兄们还闹个不休。"

"这些薄饼，你是不是按照那个著名的配方做的呢？"我问道。

"我不是早就说过，配方是根本不存在的吗？"贾德说，"弟兄们老是拿薄饼来取笑我，后来搞得想吃薄饼了，于是我从报上剪下了这个调制方法。这玩意儿的味道怎么样？"

"好吃得很。"我回答说，"你自己干吗不吃一点，贾德？"我清晰地听到一声叹息。

"我吗？"贾德说，"我一向不吃薄饼。"

索利托牧场的卫生学

假如你很熟悉拳击界的纪录，你大概记得九十年代初期有过这么一件事：在一条国境河流的彼岸，一个拳击冠军同一个想当冠军的选手对峙了短短的一分零几秒钟。观众指望多少看到一点货真价实的玩意儿，万万没料到这次交锋竟然这么短暂。新闻记者们卖足力气，可是巧妇难为无米之炊，他们报道的消息仍旧干巴得可怜。冠军轻易地击倒了对手，回过身说："我知道我一拳已经够那家伙受用了。"接着便把胳臂伸得像船桅似的，让助手替他脱掉手套。

由于这件事，第二天一清早，一列车穿着花哨的坎肩、打着漂亮的领结、大为扫兴的先生们从普尔门卧车下到圣安东尼奥车站。也由于这件事，"蟋蟀"麦圭尔跌跌撞撞地从车厢里出来，坐在车站月台上，发作了一阵圣安东尼奥人非常耳熟的剧烈干咳。那当儿，在熹微的晨光中，纽西斯郡的牧场主，身高六英尺二英寸的柯蒂斯·雷德勒碰巧走过。

牧场主这么早出来，是赶南行的火车回牧场去的。他在这个倒霉的拳击迷身边站停，用拖长的本地口音和善地问道："病得很厉害吗，老弟？"

"蟋蟀"麦圭尔听到"老弟"这个不客气的称呼，立刻寻衅似的抬起了眼睛。他以前是次轻量级的拳击家，又是赛马预测人，骑师，赛马场的常客，全能的赌徒和各种骗局的行家。

"你走你的路吧，"他嘶哑地说，"电线杆。我没有吩咐你来。"

他又剧烈地咳了一阵，软弱无力地往近便的一只衣箱上一靠。雷德勒耐心地等着，打量着月台上那些白礼帽、短大衣和粗雪茄。"你是从北方来的，是吗，老弟？"等对方缓过气来时，他问道，"是来看拳赛的吗？"

"拳赛！"麦圭尔冒火说，"只能算是抢壁角游戏！简直像是一针皮下注射。他挨了一拳，就像是打了一针麻醉药似的，躺在地下不醒了，门口连墓碑都不用竖。这算是哪门子拳赛！"他喉咙里咯咯响了一阵，咳了几声，又往下说；他的话不一定是对牧场主而发，只是把心头的烦恼讲出来，觉得轻松一点罢了。"其实我对这件事是完全有把握的。换了拉塞·塞奇①也会抓住这么个机会。我认定那个从科克来的家伙能支持三个回合。我以五比一的赌注打赌，把所有的钱都押上去了。我本来打算把第三十七号街上杰米·德莱尼的那家通宵咖啡馆买下来，以为准能到手，几乎已经闻到充填酒瓶箱的锯木屑的气味了。可是——喂，电线杆，一个人把他所有的钱一次下注是多么傻呀！"

"说得对，"大个子牧场主说，"赌输之后说的话尤其对。老弟，你还是起来去找一家旅馆吧。你咳得很厉害。病得很久了吗？"

"我害的是肺病。"麦圭尔很有自知之明地说，"大夫说我还能活六个月——慢一点也许还能活一年。我要安顿下来，

① 指拉塞尔·塞奇（1816—1906），美国金融家，股票大王。

保养保养。那也许就是我为什么要以五比一的赌注来搏一下的缘故。我攒了一千块现钱。假如赢的话,我就把德莱尼的咖啡馆买下来。谁料到那家伙在第一个回合就打瞌睡了呢——你倒说说看?”

“运气不好。”雷德勒说,同时看看麦圭尔靠在衣箱上的蜷缩消瘦的身体,“你还是去旅馆休息吧。这儿有门杰旅馆,马弗里克旅馆,还有——”

“还有五马路旅馆,沃尔多夫·阿斯托里亚旅馆①。”麦圭尔揶揄地学着说,“我对你讲过,我已经破产啦。我现在跟叫花子差不多。我只剩下一毛钱。也许到欧洲去旅行一次,或者乘私人游艇去航行航行,对我的身体有好处——喂,报纸!”

他把那一毛钱扔给了报童,买了一份《快报》,背靠着衣箱,立即全神贯注地阅读富于创造天才的报馆所渲染的关于他的惨败的报道了。

柯蒂斯·雷德勒看了看他那硕大的金表,把手按在了麦圭尔的肩膀上。

“来吧,老弟。”他说,“再过三分钟,火车就要开了。”

麦圭尔生性就喜欢挖苦人。

“一分钟之前,我对你说过我已经破产了。在这期间,你没有看见我捞进筹码,也没有发现我时来运转,是不是?朋友,你自己赶快上车吧。”

“你到我的牧场去,”牧场主说,“一直待到恢复。不出六个月,准保你换一个人。”他一把抓起麦圭尔,拖他朝火车

① 沃尔多夫·阿斯托里亚,纽约的豪华旅馆。

走去。

“费用怎么办?”麦圭尔说,想挣脱可又挣脱不掉。

“什么费用?”雷德勒莫名其妙地说。他们你看着我,我看着你,可是互相并不了解,因为他们的接触只像是格格不入的斜齿轮,在不同方向的轴上转动。

南行火车上的乘客们,看见这两个截然不同的类型凑在一起,不禁暗暗纳罕。麦圭尔只有五英尺一英寸高,容貌既不像横滨人,也不像都柏林①人。他的眼睛又亮又圆,面颊和下巴瘦骨嶙峋,脸上满是打破后缝起来的伤痕,神气显得又可怕,又不屈不挠,像大黄蜂那样好勇斗狠。他这种类型既不新奇,也不陌生。雷德勒却是不同土壤上的产物。他身高六英尺二英寸,肩膀宽阔,但是像清澈的小溪那样,一眼就望得到底。他这种类型可以代表西部同南部的结合。能够正确地描绘他这种人的画像非常少,因为艺术馆是那么小,而得克萨斯还没有电影院。总之,要描绘雷德勒这种类型只有用壁画——用某种崇高、朴实、冷静和不配镜框的图画。

他们坐在国际铁路公司的火车上驶向南方。在一望无际的绿色大草原上,远处的树木汇成一簇簇青葱茂密的小丛林。这就是牧场所在的地方;是统治牛群的帝王的领土。

麦圭尔有气无力地坐在座位角落里,猜疑地同牧场主谈着话。这个大家伙把他带走,究竟是在玩什么把戏?麦圭尔怎么也不会想到利他主义上去。“他不是农人,”这个俘虏想道,“他也绝对不是骗子。他是干什么的呢?走着瞧吧,蟋蟀,看他还有些什么花招。反正你现在不名一文。你有的只

① 横滨是日本商埠;都柏林是爱尔兰共和国首都。

是五分钱和奔马性肺结核，你还是静静等着。静等着，看他要什么把戏。”

到了离圣安东尼奥一百英里的林康，他们下了火车，乘上在那儿等候雷德勒的四轮马车。从火车站到他们的目的地还有三十英里，就是坐马车去的。如果有什么事能使麦圭尔觉得像是被绑架的话，那就是坐上这辆马车了。他们的马车轻捷地穿过一片令人赏心悦目的大草原。那一对西班牙种的小马轻快地、不停地小跑着，间或任性地飞跑一阵子。他们呼吸的空气中有一股草原花朵的芳香，像美酒和矿泉水那般沁人心脾。道路消失了，四轮马车在一片航海图上没有标出的青草的海洋中游弋，由老练的雷德勒掌舵；对他来说，每一簇遥远的小丛林都是一个路标，每一片起伏的小山都代表方向和里程。但是麦圭尔仰天靠着，他看到的只是一片荒野。他随着牧场主行进，心里既不高兴，也不信任。“他打算干什么？”这个想法成了他的包袱；“这个大家伙葫芦里卖的是什么药？”麦圭尔只能用他熟悉的城市里的尺度来衡量这个以地平线和玄想为界限的牧场。

一星期以前，雷德勒在草原上驰骋时，发现一头被遗弃的病小牛在哞哞叫唤。他没下马就抓起那头可怜的小牛，往鞍头一搭，带回牧场，让手下人去照顾。麦圭尔不可能知道，也不可能理解，在牧场主看来，他的情况同那头小牛完全一样，都需要帮助。一个动物害了病，无依无靠；而雷德勒又有能力提供帮助——他单凭这些条件就采取了行动。这些条件组成了他的逻辑体系和行为准则。据说，圣安东尼奥狭窄的街道上弥漫着臭氧，成千害肺病的人便去那儿疗养。在雷德勒凑巧碰到并带回牧场的病人中间，麦圭尔已经是第七个了。在索利托牧场做客的五个病人，先后恢复了健康或者明显好转，感激涕零地离开了牧场。一个来得太迟了，但终于非常舒适地安息在园子里一株枝叶披覆的树下。

因此，当四轮马车飞驰到门口，雷德勒把那个虚弱的被保护人像一团破布似的提起来，放到回廊上的时候，牧场上的人并不觉得奇怪。

麦圭尔打量着陌生的环境。这个牧场的庄院是当地最好的。砌房的砖是从一百英里以外运来的。不过房子只有一层，四间屋子外面围着一道泥地的回廊。杂乱的马具、狗具、马鞍、大车、枪支，以及牧童的装备，叫那个过惯城市生活、如今落魄的运动家看了怪不顺眼。

"好啦，我们到家啦。"雷德勒快活地说。

"这个鬼地方。"麦圭尔马上接口说，他突然一阵咳嗽，憋得上气不接下气，在回廊的泥地上打滚。

"我们会想办法让你舒服些，老弟。"牧场主和气地说，"屋子里面并不精致；不过对你最有好处的倒是室外。里面的一间归你住。只要是我们有的东西，你尽管要好啦。"

他把麦圭尔领到东面的屋子里。地上很干净，没有地毯。打开的窗户里吹来一阵阵海湾风，拂动着白色的窗帘。屋子当中有一张柳条大摇椅，两把直背椅子，一张长桌，桌子上满是报纸、烟斗、烟草、马刺和子弹。墙壁上安着几只剥制得很好的鹿头和一个硕大的黑野猪头。屋角有一张宽阔而凉爽的帆布床。纽西斯郡的人认为这间客房给王子住都合适。麦圭尔却朝它撇撇嘴。他掏出他那五分钱的镍币，往天花板上一扔。

"你以为我说没钱是撒谎吗？你高兴的话，不妨搜我口袋。那是库房里最后一枚钱币啦。谁来付钱呀?"

牧场主那清澈的灰色眼睛,从灰色的眉毛底下坚定地瞅着他客人那黑珠子般的眼睛。歇了一会儿,他直截了当,然而并不失礼地说:"老弟,假如你不再提钱,我就很领你的情。一次已经足够啦。被我请到牧场上来的人一个钱也不用花,他们也很少提起要付钱。再过半小时就可以吃晚饭了。壶里有水,挂在回廊里的红瓦罐里的水比较凉,可以喝。"

"铃在哪儿?"麦圭尔打量着周围说。

"什么铃?"

"召唤用人拿东西的铃。我可不能——喂,"他突然软弱无力地发起火来,"我根本没请你把我带来。我根本没有拦住你,向你要过一分钱。我根本没有先开口把我的不幸告诉你,你问了我才说的。现在我落到这里,离侍者和鸡尾酒有五十英里远。我有病,不能动。哟!可是我一个钱也没有!"麦圭尔扑到床上,抽抽噎噎地哭了起来。

雷德勒走到门口喊了一声。一个二十来岁、身材瘦长、面色红润的墨西哥小伙子很快就来了。雷德勒对他讲西班牙语。

"伊拉里奥,我记得我答应过你,到秋季赶牲口的时候让你去圣卡洛斯牧场当牧童。"

"是的,先生,承蒙你的好意。"

"听着,这位小先生是我的朋友。他病得很厉害。你待在他身边。随时伺候他。耐心照顾他。等他好了,或者——唔,等他好了,我就让你当多石牧场的总管,比牧童更强,好吗?"

"那敢情好——多谢你,先生。"伊拉里奥感激得几乎要跪下去，但是牧场主善意地踹了他一脚，喝道："别演滑稽戏啦。"

十分钟后，伊拉里奥从麦圭尔的屋子里出来，站到雷德勒面前。

"那位小先生，"他说，"向你致意，"（这是雷德勒教给伊拉里奥的规矩）"他要一些碎冰，洗个热水浴，喝掺有柠檬汽水的杜松子酒，把所有的窗子都关严，还要烤面包，修脸，一份《纽约先驱报》，香烟，再要发一个电报。"

雷德勒从药品柜里取出一夸脱容量的威士忌酒瓶。"把这给他。"他说。

索利托牧场上的恐怖统治就是这样开始的。最初几个星期，各处的牧童骑着马赶了好几英里路来看雷德勒新弄来的客人；麦圭尔则在他们面前吆喝，吹牛，大摆架子。在他们眼里，他完全是个新奇的人物。他把拳击的错综复杂的奥妙和腾挪闪躲的诀窍解释给他们听。他让他们了解到靠运动吃饭的人的不规矩的生活方式。他的切口和俚语老是引起他们发笑和诧异。他的手势、特别的姿态、赤裸裸的下流话和下流想法，把他们迷住了。他好像是从一个新世界来的人物。

说来奇怪，他所进入的这个新环境对他毫无影响。他是个彻头彻尾、顽固不化的自私的人。他觉得自己仿佛暂时退居到一个空间，这个空间里只有听他回忆往事的人。无论是草原上白天的无边自由也好，还是夜晚的星光灿烂、庄严肃穆也好，都不能触动他。曙光的色彩并不能把他的注意力从粉红色的运动报刊上转移过来。"不劳而获"是他毕生的目标；第三十七号街上的咖啡馆是他奋斗的方向。

他来了将近两个月后，便开始抱怨说，他觉得身体更糟了。从那时起，他就成了牧场上的负担、贪鬼和梦魇①。他像一个恶毒的妖精或长舌妇，独自关在屋子里，整天发牢骚，抱怨，詈骂，责备。他抱怨说，他被人家不由分说地骗到了地狱里；他就要因为缺乏照顾和舒适而死了。尽管他威胁说他的病越来越重，在别人眼里，他却没有变。他那双葡萄干似的眼睛仍旧那么亮，那么可怕；他的嗓音仍旧那么刺耳；他那皮肤绷得像鼓面一般紧；起老茧的脸并没有消瘦。他那高耸的颧骨每天下午泛起两片潮红，说明一支体温计也许可以揭露某种征状。胸部叩诊也许可以证实麦圭尔只有半边的肺在呼吸，不过他的外表仍跟以前一样。

经常伺候他的是伊拉里奥。指日可待的总管职位的许诺肯定给了他极大的激励，因为服侍麦圭尔的差使简直是活受罪。麦圭尔吩咐关上窗子，拉下窗帘，不让他惟一的救星新鲜空气进来。屋子里整天弥漫着污浊的蓝色烟雾；谁走进这间叫人透不过气来的屋子，谁就得坐着听那小妖精无休无止地吹嘘他那不光彩的经历。

最叫人纳闷的是麦圭尔同他恩人之间的关系。这个病人对牧场主的态度，正如一个倔强乖张的小孩儿对待溺爱他的父母。雷德勒离开牧场的时候，麦圭尔就不怀好意地闷声不响，发着脾气。雷德勒一回来，麦圭尔就激烈地、刻毒地把他骂得狗血喷头。雷德勒对他客人的态度也相当费解。牧场主仿佛真的承认并且觉得自己正是麦圭尔所猛烈攻击的人物——专制暴君和万恶的压迫者。他仿佛认为那家伙的情况

① “梦魇”的原文是“the Old Man of the Sea”，典出《天方夜谭》故事中骑在水手辛巴德肩上不肯下来，老是驱使辛巴德涉水的海边老人。

应该由他负责，不管对方怎样谩骂，他总是心平气和，甚至觉得抱歉。

一天，雷德勒对他说："你不妨多呼吸些新鲜空气，老弟。假如你愿意到外面跑跑，每天都可以用我的马车，我还可以派一个车夫供你使唤。到一个营地里去试一两个星期。我准替你安排得舒舒服服。土地和外面的空气——这些东西才能治好你的病。我知道有一个费城的人，比你病得凶，在瓜达卢佩迷了路，随着牧羊营里的人在草地上睡了两个星期。哎，先生，这使他的病情有了好转，后来果然完全恢复。接近土地——那里有自然界的医药。从现在开始不妨骑骑马。有一匹驯顺的小马——"

"我什么地方跟你过不去？"麦圭尔嚷道，"我几时坑害过你？我有没有求你带我上这儿来？你高兴的话，把我赶到你的营地里去好啦；或者一刀把我捅死，省却麻烦。叫我骑马！我连抬腿的力气都没有呢。即使一个五岁的娃娃来揍我，我也没法招架。全是你这该死的牧场害我的。这里没有吃的，没有看的，没有可以交谈的人，有的只是一批连练拳的沙袋和龙虾肉色拉都分不清的乡巴佬。"

"不错，这个地方很荒凉。"雷德勒不好意思地道歉说，"我们这儿很丰饶，但是很简朴。你想要什么，弟兄们可以骑马到外面去替你弄来。"

查德·默奇森最先认为麦圭尔是诈病。查德是圆圈横杠牛队①里的牧童，他赶了三十英里，并且绕了四英里的冤枉路，替麦圭尔弄来一篮子葡萄。在那烟气弥漫的屋子里待了

① 指那队牛都以㊀形烙印为记号。

一会儿后，他跑出来，直言不讳地把他的猜疑告诉了雷德勒。

“他的胳臂，”查德说，“比金刚石还要硬。他教我怎么打人家的大洋神经丛①，挨他一拳简直像给野马连踢两下。他在诓你呢，老柯。他不会比我病得更凶。我本来不愿意讲出来，可是那小子在你这儿蒙吃蒙住，我不得不讲了。”

牧场主是个实在人，不愿意接受查德对这件事的看法。后来，当他替麦圭尔检查身体时，动机也不是怀疑。

一天中午时分，有两个人来到牧场，下了马，把它们拴好，然后进去吃饭；这地方的风俗是好客的。其中一个人是圣安东尼奥著名的收费高昂的医师，因为一个富有的牧场主给走火的枪打伤了，请他去医治。现在他被伴送到火车站，搭车回城里。饭后，雷德勒把他拉到一边，塞了一张二十元的钞票给他，说道：

“大夫，那间屋子里有个小伙子，大概害着很严重的肺病。我希望你去给他检查一下，看他病到什么程度，有没有办法治治。”

“我刚才吃的那顿饭要多少钱呢，雷德勒先生？”医师从眼镜上缘看出来，直率地说。雷德勒把钞票放回口袋。医师立即走进麦圭尔的房间，牧场主在回廊里的一堆马鞍上坐着，假如诊断结果不妙，他真要埋怨自己了。

不出十分钟，医师大踏步走了出来。“你那个病人，”他马上说，“跟一枚新铸的钱币那么健全。他的肺比我的还好。呼吸、体温和脉搏都正常。胸围扩张有四英寸。浑身找不到

① 原文是“shore-perplexus”，应作“Solar plexus”（胃部的太阳神经丛），查德听不懂，搞错了。

衰弱的迹象。当然啦，我没有检验结核杆菌，不过不可能有。这个诊断，我完全负责。即使拼命抽烟，关紧窗子，把屋子里的空气弄得污浊不堪，对他也没有妨碍。有点咳嗽，是吗？你告诉他完全没有必要。你刚才问有没有办法替他治治。唔，我劝你让他去打木桩，或者去驯服野马。我们要上路啦。再见，先生。”医师像一股清新的劲风那样，飞也似的走了。

雷德勒伸手摘了一片栏杆旁边的牧豆树的叶子，沉思地嚼着。

替牛群打烙印的季节快要到了。第二天早晨，牛队的头目，罗斯·哈吉斯在牧场上召集了二十五个人，准备到即将开始打烙印的圣卡洛斯牧场去。六点钟，马都备了鞍，装粮食的大车也安排就绪，牧童们陆续上马，这当儿，雷德勒叫他们稍等片刻。一个小厮牵了一匹鞍辔齐全的小马来到门口。雷德勒走进麦圭尔的房间，猛地打开门。麦圭尔正躺在床上抽烟，衣服也没有穿好。

“起来。”牧场主说，他的声音像号角那样响亮。

“怎么回事？”麦圭尔有点吃惊地问道。

“起来穿好衣服。我可以容忍一条响尾蛇，可是我讨厌骗子。还要我再对你说一遍吗？”他揪住麦圭尔的脖子，把他拖到地上。

“喂，朋友，”麦圭尔狂叫说，“你疯了吗？我有病——明白吗？我多动就会送命。我什么地方跟你过不去？”——他又搬出他那套牢骚来了——“我从没有求你——”

“穿好衣服。”雷德勒的嗓音越来越响了。

麦圭尔咒骂，踉跄，哆嗦，同时用吃惊的亮眼睛盯着激怒的牧场主那吓人的模样，终于拖泥带水地穿上了衣服。雷德勒揪住他的衣领，走出房间，穿过院子，把他一直推到拴在门口的那匹另备的小马旁边。牧童们张着嘴，懒洋洋地坐在马鞍上。

“把这个人带走，”雷德勒对罗斯·哈吉斯说，“叫他干活。叫他多干，多睡，多吃。你们知道我已经尽力照顾了他，并且是真心实意的。昨天，圣安东尼奥最好的医师替他检查身体，说他的肺跟驴子一样健全，体质跟公牛一样结实。你知道该怎么对付他，罗斯。”

罗斯·哈吉斯没有回答，只是阴沉地笑了笑。

“噢，”麦圭尔凝视着雷德勒说，神情有点特别，“那个大夫说我没病，是吗？说我装假，是吗？你找他来看我的。你以为我没病。你说我是骗子。喂，朋友，我知道自己说话粗暴，可是我多半不是存心的。假如你到了我的地步——噢，我忘啦——那个大夫说我没病。好吧，朋友，现在我去替你干活。这才是公平交易。”

他像鸟一样轻快地飞身上马，从鞍头取下鞭子，往小马身上一抽。曾在霍索恩骑着“好孩子”[1]跑了第一名（当时的赌注是十比一）的“蟋蟀”麦圭尔，现在又踩上了马镫。

这队人马向圣卡洛斯驰去时，麦圭尔一马当先，牧童们落在后面，不由得齐声喝彩。

但是，不出一英里，他慢慢地落后了。当他们驰过牧马地，来到那片高栎树林时，他是最后的一个。他在几株栎树后面勒住马，把手帕按在嘴上。手帕拿下来时，已经浸透了鲜红的动脉血。他小心地把它扔在一簇仙人掌里面。接着，他又

① 霍索恩是加利福尼亚州西南部的一个城市；“好孩子”是马名。

扬起鞭子，嘶哑地对那匹吃惊的小马说“走吧”，快跑着向队伍赶去。

那晚，雷德勒接到阿拉巴马老家捎来的信。他家里死了人；要分一宗产业，叫他回去一次。第二天，他坐着四轮马车，穿过草原，直奔车站。他在阿拉巴马待了两个月才回来。回到牧场时，他发现除了伊拉里奥以外，庄院里的人几乎都不在。伊拉里奥在他离家期间，权且充当了总管。这个小伙子点点滴滴地把这段时间里的工作向他做了汇报。他得悉打烙印的营地还在干活。由于多次严重的风暴，牛群分散得很远，因此工作进行得很慢。营地现在扎在二十英里外的瓜达卢佩山谷。

“说起来，”雷德勒突然想到说，“我让他们带去的那个家伙——麦圭尔——他还在干活吗？”

“我不清楚。”伊拉里奥说，“营地里的人难得来牧场。小牛身上有许多活要干。他们没提起。哦，我想那个麦圭尔早就死啦。”

“死啦！”雷德勒嚷道，“你说什么？”

“病得很重，麦圭尔。”伊拉里奥耸耸肩膀说，“他走的时候，我就认为他活不了一两个月。”

“废话！”雷德勒说，“他把你也给蒙住了，对不对？医师替他检查过，说他像牧豆树疙瘩一样结实。”

“那个医师，”伊拉里奥笑着说，“他是这样告诉你的吗？那个医师没有看过麦圭尔。”

“讲讲清楚。”雷德勒命令说，“你到底是什么意思？”

“医师进来的时候，”那小伙子平静地说，“麦圭尔正好到外面去取水喝了。医师拖住我，用手指在我这儿乱敲，”——

他把手放在胸口——“我不知道为什么。他把耳朵贴在这儿,这儿,这儿,听了听——我不知道为什么。他把一支小玻璃棒插在我嘴里。他按我手臂这个地方。他叫我轻轻地这样数——二十、三十、四十。谁知道,”伊拉里奥无可奈何地摊开双手,结束道,“那个医师干吗要做这许多滑稽的事情?”

“家里有什么马?”雷德勒简洁地问道。

“‘乡巴佬’在外面的小栅栏里吃草,先生。”

“立刻替我备鞍。”

短短几分钟内,牧场主上马走了。“乡巴佬”的模样并不好看,可是跑得快,跟它的名字很相称;它大步慢跑着,脚下的道路像一根通心面条给吞掉时那样,飞快地消失了。过了两小时十五分钟,雷德勒从一个隆起的小山冈上望到打烙印的营帐扎在瓜达卢佩的干河床里的一个水坑旁边。他急切地想听听他所担心的消息,来到营帐前面,翻身下马,放下“乡巴佬”的缰绳。他的心地是那样善良,当时他甚至会承认自己有罪,害死了麦圭尔。

营地上只有厨师一个人,他正在张罗晚饭,把大块大块的烤牛肉和盛咖啡的铁皮杯摆好。雷德勒不愿意开门见山地问到他最关心的那个问题。

“营地里一切都好吗,彼得?”他转弯抹角地问道。

“马马虎虎。”彼得谨慎地说,“粮食断了两次。大风把牛群给吹散了,我们只得在方圆四十英里内细细搜索。我需要一个新的咖啡壶。这里的蚊子比普通的凶。”

“弟兄们——都好吗?”

彼得不是生性乐观的人。此外,问起牧童们的健康不仅是多余,而且近乎婆婆妈妈。问这种话的不像是头儿。

"剩下来的人不会错过一顿饭。"厨师说。

"剩下来的人?"雷德勒嗄声学了一遍。他不由自主地开始四下找寻麦圭尔的坟墓。他以为这儿也有像他在阿拉巴马墓地看到的那样一块白色墓碑。但是他随即觉得这种想法太傻了。

"不错,"彼得说,"剩下来的人。两个月来,营地常常移动。有的走了。"

雷德勒鼓起勇气问道:

"我派来的——那个——麦圭尔——他有没有——"

"嘿,"彼得双手各拿着一只玉米面包站了起来,打断了他的话,"太丢人啦,把那个可怜的、害病的小伙子派到牧牛营来。那个医师竟看不出他一只脚已经踏进棺材里,真应该用马肚带的扣子剥他的皮。他也真是那么倔强——说来真丢人——让我告诉你他干了些什么。第一晚,营地里的弟兄们着手教他牧童的规矩。罗斯·哈吉斯抽了他一下屁股,你知道那可怜的孩子怎么啦?那小子站起来,揍了罗斯。揍了罗斯·哈吉斯。狠狠地揍了他。揍得他又凶又狠,浑身都揍遍了。罗斯只不过是爬起来,换个地方又躺下罢了。

"接着,麦圭尔自己也倒在地上,脸埋在草里,不停地咯血。他们说是内出血。他一躺就是十八个钟头,怎么也不能动他一动。罗斯·哈吉斯喜欢能揍他的人,他把格陵兰到波兰支那的医师都骂遍了,又着手想办法;他同'绿枝'约翰逊把麦圭尔抬到一个营帐里,轮流喂他吃剁碎的生牛肉和威士忌。

"但是,那个孩子仿佛不想活了,晚上他溜出营帐,躺在草地里,那时候还下着细雨。'走啦,'他说,'让我称自己的

心意死吧。他说我撒谎，说我是骗子，说我诈病。别来理睬我。'

"他就这么躺了两个星期，"厨师说，"连人都认不清，于是——"

突然响起一阵雷鸣似的声音，二十来个骑手风驰电掣地闯过丛林，来到营地。

"天哪！"彼得嚷道，立刻手忙脚乱起来，"弟兄们来啦，晚饭不在三分钟之内弄好，他们就会宰了我。"

但是雷德勒只注意到一件事。一个矮小的、棕色脸盘、笑嘻嘻的家伙翻下马鞍，站在火光前面。他样子不像麦圭尔，可是——

转眼之间，牧场主已经拉住他的手和肩膀。

"老弟，老弟，你怎么啦？"他只说出了这么一句话。

"你叫我接近土地，"麦圭尔响亮地说，他那钢钳一般的手几乎把雷德勒的指头都捏碎了，"我就在那儿找到了健康和力量，并且领悟到我过去是多么卑鄙。多谢你把我赶出去，老兄。还有——喂！这个笑话是那大夫闹的，是吗？我在窗外看见他在那个南欧人的太阳神经丛上乱敲。"

"你这小子，"牧场主嚷道，"当时你干吗不说医师根本没有替你检查过？"

"噢——算了吧！"麦圭尔以前那种粗鲁的态度又冒出来一会儿，"谁也唬不了我。你从来没有问过我。你既然话已出口，把我赶了出去，我也就认了。喂，朋友，赶牛的玩意儿真够意思。我生平交的朋友当中，要算营地上的这批人最好了。你会让我待下去的，是吗，老兄？"

雷德勒询问似的看看罗斯·哈吉斯。

“那个浑小子，”罗斯亲切地说，“是任何一个牧牛营地里最大胆、最起劲的人——打起架来也最厉害。”

饕餮姻缘

“女人的脾气，”有关这个话题的各种意见都提出来以后，杰夫·彼得斯开口说，“简直捉摸不定。女人要的东西正是你所没有的。越是稀罕的东西，她越是想要。她最喜欢收藏一些她从没听说过的玩意儿。按照性格来说，女人对事物的看法倒不是片面的。

“一则由于天性，二则由于多闯了码头，我犯了这样一个毛病，”杰夫沉思地从架高的双脚中间望着炉子，接下去说，“就是我对某些事情的看法比一般人来得深刻。我几乎到过合众国所有的城市，一面闻着汽车废气，一面同街上的人们谈话。我用音乐、口才、戏法和花言巧语搞得他们目瞪口呆，同时向他们推销首饰、药品、肥皂、生发油和各种各样别的玩意儿。我在游历期间，为了消遣和安慰自己的良心，便对女人的性格做了一番研究。要彻底了解一个女人，非得下一辈子功夫不可。不过假如花十年时间，勤学好问，那么对女性的基本情况也可以知道一个大概。有一次，我刚从萨凡纳①经过棉花种植地带推销多尔比灯油防爆粉回来，在西部做巴西钻石和一种专利引火剂买卖的时候，就得到了一些教益。当时，俄

① 萨凡纳，美国乔治亚州东南的棉花集散港市。

克拉何马这一带刚开始发展。格思里在它中间像一块自动发酵的面团那样日见长大。这十足是座新兴的市镇——你要洗脸先得排队;吃饭的时间如果超过十分钟,就得另付住宿费;在木板上睡了一夜,第二天早晨就要你付伙食费①。

“由于天性和原则,我养成了一个习惯,专爱发掘吃饭的好去处。于是我四下寻找,终于发现了一个完全符合要求的地方。我看到一家开张不久的饭摊,经营它的是一个随着小城的兴旺搬来想发利市的人家。他们草草搭起一座木板房子,作为住家和烹调之用,房子旁边再支起一个帐篷,在那里面卖饭。帐篷里张贴着花花绿绿的标语,打算把劳顿的旅客从寄宿所和供应烈酒的旅馆的罪孽中超度出来。‘尝尝妈妈亲手做的软饼’,‘你觉得我们的苹果布丁和甜奶油汁怎么样?’,‘热烙饼和槭糖浆同你小时候吃的一模一样’,‘我们的炸鸡从没有打过鸣’——真是开胃解馋的绝妙文章!我对自己说,妈妈的游子今晚一定去那儿吃饭。结果去了。我就在那儿结识了玛米·杜根姑娘。

“杜根老头是个六英尺高、一英尺宽的印第安纳州人,他什么事都不干,整天躺在小屋子里的摇椅上,回忆一八八六年的玉米大歉收。杜根大妈掌勺,玛米跑堂招待。

“我一见到玛米,就知道人口普查报告有了差错。合众国里总共只有一个姑娘。要细细形容她可不容易。她的身段同天仙差不多,眼睛和风韵都是说不出的美。如果你想知道她是怎么样的姑娘,从布鲁克林桥往西直到衣阿华州的康斯尔布拉夫斯的县政府,都找得到类似她的人。她们在商店、饭

① 原文“board”有双关意义,可作“伙食”及“木板”解。

馆、工厂和办公室里工作，自食其力。她们是夏娃的嫡系后裔，她们这一伙才有女权。假如男人对此表示怀疑，少不了挨一记耳刮子。她们和蔼可亲，诚实温柔，不受约束，敢说敢言，勇敢地面对人生。她们同男人打过交道，发现男人是可怜的生物。她们认为海滨图书馆里说男人是神话中的王子的报告，是缺乏根据的。

“玛米就是那种人。她活泼风趣，有说有笑，应付吃饭的客人时巧妙而敏捷，不容你嬉皮笑脸。我不愿意挖掘个人情感的深处。我抱定一个主张：所谓爱情那种毛病的变化和矛盾，正像用牙刷一样，应该是私人的感情。我还认为，心的传记应该同肝的历史传奇一起，只能局限于杂志的广告栏。[①]因此，我对玛米的感情，恕我不在这里开列清单了。

“不久，我养成了一个有规律的习惯，就是在没有规律的时间里，只要帐篷里主顾不多，就逛进去吃些东西。玛米穿着黑衣服和白围裙，微笑着走过来说：‘喂，杰夫——你为什么不在开饭的时间来。你总是想看看能给人家添多少麻烦。今天有炸鸡牛排猪排火腿蛋菜肉馅饼’——以及诸如此类的话。她管我叫杰夫，可是并没有特别的用意。只不过是便于称呼而已。为了方便起见，她总是直呼我们的名字。我要吃过两客饭菜才离开，并且像参加社交宴会似的拖延时间。在那种宴会上，人们不断掉换盘子和妻子，一面吃，一面兴高采烈地互相戏谑。玛米脸上堆着笑，耐心伺候，因为既然开了饭店，总不能因为过了开饭时间而不做生意呀。

“没多久，另一个名叫埃德·科利尔的家伙也犯了吃饭

① 心的传记指爱情小说，肝的历史传奇指药品广告。

不上顿的毛病。他和我两个人在早饭与中饭、中饭与晚饭之间架起了桥梁，使饭摊成了连轴转的马戏团，玛米的工作则成了连续不断的演出。科利尔那家伙一肚子都是阴谋诡计。他干的大概是钻井、保险、强占土地，或者别的什么行当——我记不清了。他对人非常圆滑客气，说的话叫你听了服服帖帖。科利尔和我就这样又谨慎又活跃地同那个饭摊泡上了。玛米不偏不倚，一视同仁。她分施恩泽就像发纸牌一样——一张给科利尔，一张给我，一张留在桌上，绝不作弊。

"我同科利尔自然互相认识了，在外面也常常一起消磨时光。抛开他的狡诈不谈，他仿佛还讨人喜欢，尽管含有敌意，却很和蔼可亲。

"'我注意到，你喜欢等顾客跑光之后才去饭馆吃饭。'有一天我对他这么说，想要探探他的口气。

"'嗯，不错，'科利尔沉思地说，'挤满了人的饭桌太嘈杂，叫我那敏感的神经受不了。'

"'是啊，我也有同感。'我说，'小妞儿真不赖，是吗？'

"'原来如此。'科利尔笑着说，'嗯，经你一提，倒叫我想起她确实叫人眼目清凉。'

"'她叫我看了欢喜，'我说，'我打算追她。特此通知。'

"'我跟你一样说老实话吧，'科利尔坦白说，'只要药房里的胃蛋白酶不缺货，我打算同你比赛一场，到头来你恐怕要害消化不良。'

"于是，科利尔同我开始了比赛。饭馆增添了供应。玛米愉快而和气地伺候我们，一时难分高低，害得爱神丘比特和厨师在杜根饭馆里加班加点，忙得不可开交。

"九月里的一个晚上，吃过晚饭，店堂收拾干净之后，我邀玛米出去散步。我们走了一段路，在镇边一堆木料上坐下。这种机会难得，我便把心里话都掏了出来，向她解释，巴西钻石和引火剂累积的财富已经足以保证两个人的幸福生活，还说这两样东西加起来的光亮也抵不上某人的一对眼睛，还说杜根的姓应该改作彼得斯，如果不同意，请说明理由。

“玛米没有马上开口。一会儿，她似乎打了个哆嗦，我觉得情况不妙。

“‘杰夫，’她说，‘你开了口，叫我很为难。我喜欢你，同喜欢别人的情况一样，可是世界上根本没有我愿意嫁的男人，也永远不会有。你可知道，男人在我心目中是什么？是一座坟墓。一具埋葬牛排猪排炸肝拼咸肉火腿蛋的石棺材①。不是别的，就是这么一个东西。两年来，我一直看男人们吃呀吃的，最后他们在我印象中成了只会贪嘴的两脚动物。他们只是在饭桌上操使刀叉盘碟之类的东西，此外一无可取。在我的心目和印象中，这种想法已经不可磨灭了。我也曾想克服它，可是不成。我听到别的姑娘们把她们的情人吹得天花乱坠，我真弄不明白。男人在我心里唤起的感情同绞肉机和食品室所唤起的一模一样。有一次，我去看日场戏，特地看看姑娘们一致吹捧的一个男演员。当时我的兴趣只在于琢磨他要的牛排是喜欢煎得生一点，适中，还是老一点，琢磨他吃鸡蛋是喜欢老一点，还是嫩一点。就是这么回事。杰夫，我根本不愿意同男人结婚，看他吃完早饭，再回来吃中饭，又回来吃晚饭，吃呀吃的，吃个没完。’

① 原文“sacrophagus”是古代一种石棺，据说能分解吸收尸体。

“‘不过，玛米，’我说，‘日子一长，这种想法会消退的。这是因为你看腻了的缘故。你总有一天要结婚的。男人也不是一天到晚吃个不停。’

“‘据我观察，男人就是一天到晚吃个不停的。不行，让我把我的打算告诉你吧。’玛米突然精神一振，眼睛明亮地说，‘我在特雷霍特①有一个要好的女朋友，名叫苏西·福斯特。她在铁路食堂里做女侍。我在那个城的一家饭馆里干过两年活。苏西比我更厌烦男人，因为在铁路食堂里吃饭的人更穷凶极恶。他们为了抢时间，一面狼吞虎咽，一面还要调情。呸！苏西和我做了一个通盘计划。我们打算积攒一点钱，差不多的时候，就把我们看中的一幢小平房和五英亩地买下来，我们住在一起，种些紫罗兰，卖给东部的市场。好吃的男人休想走近那个地方。’

“‘难道女人从来不——’我刚开口，玛米立刻打断了我的话。

“‘不，她们从来不。有时候，稍微秀里秀气地吃一点；就是这么一回事。’

“‘我原以为糖果——’

“‘看在老天分上，谈些别的吧。’玛米说。

“我刚才说过，这番经历使我了解到，女人天性喜欢追求空幻虚假的东西。拿英国来说，使它有所成就的是牛排；日耳曼的光荣应该归于香肠；山姆叔叔的伟大则得力于炸鸡和馅饼。但是，那些自说自话的年轻小姐，她们死也不肯相信。她们认为，这三个国家的赫赫名声是莎士比亚、鲁宾斯坦和义勇

① 特雷霍特，美国印第安纳州西部的城市。

骑兵团①造成的。

“这种局面叫谁碰到都要伤脑筋。我舍不得放弃玛米；但是要我放弃吃东西的习惯，想起来都心痛，别说付诸实现了。这个习惯，我得来已久。二十七年来，我瞎打瞎撞，同命运挣扎，可总是屈服在那可怕的怪物——食物——的诱惑之下。太晚啦。我一辈子要做贪嘴的两脚动物了。从一餐饭开头的龙虾色拉到收尾的炸面饼圈，我一辈子从头到尾都要受口腹之累。

“我照旧在杜根的饭摊上吃饭，希望玛米能回心转意。我对真正的爱情有足够的信心，认为爱情既然能够经受住饥饿的考验，当然也能逐渐克服饱食的拖累。我继续侍奉我的恶习。虽然每当我在玛米面前把一块土豆塞进嘴里的时候，我总觉得自己在葬送最美好的希望。

“我想科利尔一定也同玛米谈过，得到了同样的答复。因为有一天他只要了一杯咖啡和一块饼干，坐在那里细嚼慢咽，正像一个姑娘先在厨房里吃足了冷烤肉和煎白菜，再到客厅里去充秀气那样。我灵机一动，如法炮制。我们还以为自己找到了窍门呢！第二天，我们又试了一次，杜根老头端着神仙的美食出来了。

“‘两位先生胃口不好，是不是？’他像长辈似的，然而有点讽刺地问道，‘我看活儿不重，我的风湿病也对付得了，所

① 鲁宾斯坦（1830—1894），俄罗斯作曲家、钢琴家。“鲁宾斯坦”是德语中常见的姓，杰夫·彼得斯误以为他是德国人。义勇骑兵团是在一八九八年美国—西班牙战争中，西奥多·罗斯福和伦纳德·伍德指挥的在古巴作战的美国第一义勇骑兵团，这个番号沿用至今，但装备已不是战马，换了直升机。

以代玛米干些活。'

"于是,我和科利尔又暴饮暴食起来。那一阵子,我发现我的胃口好得异乎寻常。我的吃相一定会叫玛米一见我进门就头痛。后来我才查明,我中了埃德·科利尔第一次施展在我身上的毒辣的阴谋诡计。原先他和我两人经常在镇里喝酒,想杀杀肚饥。那家伙贿赂了十来个酒吧侍者,在我喝的每一杯酒里下了大剂量的阿普尔特里蟒蛇开胃药。但是他最后作弄我的那一次,更叫人难以忘怀。

"一天,科利尔没有到饭摊来。有人告诉我,他当天早晨离开了镇里。现在我惟一的情敌只有菜单了。科利尔离开的前几天,送给我一桶两加仑装的上好威士忌,据他说这是一个在肯塔基的表亲送给他的。现在我确信,那里面几乎全是阿普尔特里蟒蛇开胃药。我继续吞咽大量的食物。在玛米看来,我仍旧是个两脚动物,并且比以前更贪嘴了。

"科利尔动身之后约莫过了一星期,镇上来了一个露天游艺团,在铁路旁边扎起了帐篷。我断定准是卖野人头的展览会和一些稀奇古怪的玩意儿。有一晚,我去找玛米,杜根大妈说,她带了小弟弟托马斯去看展览了。那一星期,同样的情况发生了三次。星期六晚上,我在她回家的路上截住她,在台阶上坐了一会儿,同她谈谈。我发现她的神情有点异样。她的眼睛柔和了一些,闪闪发亮。她非但不像要逃避贪吃男人,去种紫罗兰的玛米·杜根,反倒像是上帝着意创造的玛米·杜根,容易亲近,适于在巴西钻石和引火剂的光亮下安身立命了。

"'那个"举世无双奇珍异物展览会"似乎把你给迷住了。'我说。

“‘只是换换环境罢了。’玛米说。

“‘假如你每晚都去的话，’我说，‘你会需要再换一个环境的。’

“‘别那样别扭，杰夫，’她说，‘我只不过是换换耳目，免得老惦记着生意买卖。’

“‘那些奇珍异物吃不吃东西？’我问道。

“‘不全是吃东西的。有些是蜡制的。’

“‘那你得留神，别被它们粘住。’我冒冒失失地说。

“玛米涨红了脸。我不清楚她的想法。我的希望又抬了头，以为我的殷勤或许减轻了男人们狼吞虎咽的罪孽。她说了一些关于星星的话，对它们的态度恭敬而客气，我却说了许多痴话，什么心心相印啦，真正的爱情和引火剂所照耀的家庭啦，等等。玛米静静地听着，并没有奚落的神气。我暗忖道：‘杰夫，老弟，你快要摆脱依附在食品消费者身上的晦气了；你快要踩住潜伏在肉汁里的蛇了。’

“星期一晚上我又去了。玛米带着托马斯又在‘举世无双珍奇异物展览会’里。

“‘但愿四十一个烂水手的咒骂，’我说，‘和九只顽固不化的蝗虫的厄运立即降临到这个展览会上，让它永世不得翻身。阿门。明晚我要亲自去一趟，调查调查它那可恶的魅力。难道一个顶天立地的大丈夫竟能先因刀叉，再因一个三流马戏团而丧失他的情人吗？’

“第二天晚上，去展览会之前，我打听了一下，知道玛米不在家。这时候，她也没有同托马斯一起在展览会，因为托马斯在饭摊外面的草地上拦住了我，没让我吃饭，就先提出了他的小打算。

“‘假如我告诉你一个情报，杰夫，’他说，‘你给我什么？’

“‘值多少，给多少，小家伙。’我说。

“‘姊姊看上了一个怪物，’托马斯说，‘展览会里的一个怪物。我不喜欢他。她喜欢。我偷听到他们的谈话。你也许愿意知道这件事。喂，杰夫，你看这值不值两块钱？镇上有一支练靶用的来复枪——’

“我搜遍了口袋，把五毛的、两毛五的银币叮叮当当地扔进托马斯的帽子里。这情报好像是一记闷棍，害得我一时没了主意。我一面把钱币扔进帽子，脸上堆着傻笑，心里七上八下，一面像白痴似的快活地说：

“‘谢谢你，托马斯——谢谢你——呃——你说是一个怪物，托马斯。能不能请你把那个怪物的名字讲得稍微清楚一些，托马斯？’

“‘就是这个家伙。’托马斯说着从口袋里掏出一张黄颜色的传单，塞到我面前。‘他是寰球绝食冠军。我想姊姊就是为了这个道理才对他有了好感。他一点东西都不吃。他要绝食四十九天。今天是第六天。就是这个人。’

“我看看托马斯指出的名字——‘埃德华多·科利埃利教授’。‘啊！’我钦佩地说，‘那主意倒不坏，埃德·科利尔。这一招我输给了你。可是只要那姑娘一天不成为怪物太太，我就一天不罢休。’

“我直奔展览会。我刚到帐篷后面，一个人正从帆布帐篷底下像蛇那样钻出来，踉踉跄跄地站直，仿佛是吃错了疯草的小马似的，同我撞个满怀。我一把揪住他的脖子，借着星光仔细打量了一番。原来是埃德华多·科利埃利教授，穿着人类的服装，一只眼睛露出铤而走险的凶光，另一只眼睛显得迫不及待。

“‘喂,怪物。’我说,‘你先站站稳,让我看看你怪在什么地方。你当了威洛帕斯-沃洛帕斯,或者婆罗洲来的平彭,或者展览会称呼你的任何别的东西,感觉怎么样?’

“‘杰夫·彼得斯,’科利尔有气无力地说,‘放开我,不然我要揍你了。我有十万火急的事。松手!’

“‘慢着,慢着,埃德,’我回答说,把他揪得更紧了,‘让老朋友看看你的怪异表演。老弟,你玩的把戏真出色。可是别提揍人的话,因为你现在气力不济。你充其量只有一股虚火和一个空瘪的肚子。’事实也确实如此。这家伙虚弱得像头吃素的猫。

“‘我只要有半小时的锻炼,和一块两英尺见方的牛排作为锻炼对象,’他忧伤地说,‘我就可以同你争个高低,奉陪到底。我说,发明绝食的家伙真是罪该万死。但愿他的灵魂永生永世被锁起来,同一个满是滚烫的肉丁烤菜的无底坑相距两英尺。我放弃斗争,杰夫;我要倒戈投敌了。你到里面去找杜根小姐吧,她在注视独一无二的活木乃伊和博学多才的公猪。她是个好姑娘,杰夫。只要我能把不吃东西的习惯再维持一个时期,我就能比垮你。你得承认,绝食的一招在短期内是很高明的。我原是这么想的。喂,杰夫,常言道,爱情是世界的动力。我来告诉你吧,这句话不符合实际。推动世界的是开饭的号角声。我爱玛米·杜根。我六天不吃东西,就是为了讨她的欢心。我只吃过一口。我用大棒把一个浑身刺花的汉子打蒙了,夺了他嘴里的三明治。经理扣光了我的工资;可是我要的并不是工资,而是那个姑娘。我愿意为她献出生命,然而为了一盆炖牛肉,我宁愿出卖我永生的灵魂。饥饿是最可怕的东西,杰夫。一个人饿饭的时候,爱情、事业、家庭、

宗教、艺术和爱国等等，对他只是空虚的字眼！'

"埃德·科利尔可怜巴巴地对我说了这番话。我经过分析，知道他的爱情和消化起了冲突，而粮食部门却赢得了胜利。我一向并不讨厌埃德·科利尔。我把肚子里合乎礼节的言语搜索了一番，想找一句安慰他的话，可是找不到凑手的。

"'现在，只要你放我走路，'埃德说，'我就感激不尽啦。我遭受了严重打击，现在我准备更严重地打击粮食供应。我准备把镇上所有的饭馆都吃个精光。我要在齐腰深的牛腰肉里蹚过去，在火腿蛋里游泳。人落到这个地步，杰夫·彼得斯，可够惨的——竟然为了一点吃食而放弃他的姑娘——比那个为了一只松鸡而出卖继承权的以扫更为可耻①——不过话又说回来，饥饿实在太可怕啦。恕我少陪了，杰夫，我闻到老远有煎火腿的香味，我的腿想直奔那个方向。'

"突然间，风中飘来一股浓烈的煎火腿的气息；这位绝食冠军喷了喷鼻子，在黑暗中朝食料奔去。

"那些有修养的人老是宣扬爱情和浪漫史可以缓和一切，我希望他们当时也在场看看。埃德·科利尔是个堂堂的男子汉，诡计多端，善于调情，居然放弃了他心中的姑娘，逃窜到胃的领域去追求俗不可耐的食物。这是对诗人的一个讽刺，对最走红的小说题材的一记耳光。空虚的胃，对于充满爱情的心，是一剂百试不爽的解药。

"我当然急于知道，玛米被科利尔和他的计谋迷惑到了什么程度。我走进'举世无双展览会'，她还在那儿。她见到

① 《旧约·创世记》第25章：以扫是以撒的长子、雅各之兄，他看不起长子继承权，把它卖给了雅各，换了一膳之羹汤。原文"羹汤"（pottage）与"松鸡"（partridge）读音相近，埃德·科利尔说错了。

我时有点吃惊,但并没有惭愧的表示。

"'外面的夜色很美。'我说,'夜气凉爽宜人,星星端端正正地排在应在的地方。你肯不肯暂时抛开这些动物世界里的副产品,同一个生平没有上过节目单的普通人类去散散步?'

"玛米偷偷地四下扫了一眼,我明白她的心思。

"'哦,'我说,'我不忍心告诉你;不过那个靠喝风活命的怪物已经逃出牢笼。他刚从帐篷底下爬出去。这时候,他已经同镇上半数的饮食摊泡上啦。'

"'你是指埃德·科利尔?'玛米问道。

"'正是,'我回答说,'遗憾的是他又坠入罪恶的深渊了。我在帐篷外面碰上他,他表示要把全世界的粮食收成掳掠一空。一个人的理想从座架上摔下来,使自己成为一只十七岁的蝗虫时,可真叫人伤心。'

"玛米直瞅着我,看透了我的心思。

"'杰夫,'她说,'你说出那种话很不像你平时的为人。埃德·科利尔被人取笑,我可不在意。男人也许会干出可笑的事来,如果是为一个女人干的,在那个女人看来就没有什么可笑的。这样的男人简直是百里挑一都难找到的。他不吃东西,完全是为了讨我欢喜。假如我对他没有好感,那就未免太狠心、太忘恩负义了。他干的事,你办得到吗?'

"'我知道,'我明白了她的意思后说,'我错了,但是我没办法。我的额头已经盖上了吃客的烙印。夏娃太太同灵蛇打交道的时候,就决定了我的命运。我跳出火坑又入油锅①。

① 英文成语有"out of the frying pan into the fire"(跳出油锅又入火坑),意谓"逃脱小难又遭大难";这里颠倒了两字的次序,有"投入人世又贪口腹"之意。

我想我恐怕要算得上寰球吃食冠军了。'我的口气很温顺,玛米稍微心平气和了一些。

"'埃德·科利尔和我是好朋友,'她说,'正像你和我一样。我回答他的话也同回答你的一样——我可不打算结婚。我喜欢跟埃德一起,同他聊聊。居然有一个男人永远不碰刀叉,并且完全是为了我,叫我想起来就非常高兴。'

"'你有没有爱上他?'我很不明智地问道,'你有没有达成协议,做怪物太太?'

"我们有时候都犯这种毛病。我们都会说溜嘴,自讨没趣。玛米带着那种又冷又甜的柠檬冻似的微笑,使人过于愉快地说:'你没有资格问这种话,彼得斯先生,假如你先绝食四十九天,取得了立足点,我或许可以回答你。'

"这一来,即使科利尔由于胃口的反叛被迫退出以后,我对玛米的指望也没有什么改善。此外,我在格思里的买卖也没有多大盼头了。

"我在那里逗留得太久了。我卖出去的巴西钻石开始出现磨损的迹象,每逢潮湿的早晨,引火剂也不肯烧旺。在我干的这一门行业里,总有一个时候,那颗指点成功的星辰会说:'换个城镇,另开码头吧。'那时,为了不错过任何一个小镇,我出门时总是赶着一辆四轮马车;几天之后,我套好车,到玛米那里去辞行。我并没有死心,只不过打算去俄克拉何马市做一两个星期的买卖,然后再回来,重整旗鼓,同玛米蘑菇。

"我一到杜根家,只见玛米穿着一套蓝色的旅行服,门口放着一只小手提箱。据说,她一个在特雷霍特当打字员的小姊妹,洛蒂·贝尔下星期四结婚,玛米去那儿做一星期客,举行婚礼时帮帮忙。玛米准备搭驶往俄克拉何马的货车。我立即鄙夷地否定了货车，自告奋勇地送她去。杜根大妈认为没有反对的理由，因为货车是要取费的；于是半小时后，玛米和我乘着我那辆有白帆布篷和弹簧的轻便马车，向南进发。

“那天早晨真值得赞美。微风习习，花草的清香十分可人，白尾巴的小灰兔在路上穿来穿去。我那两匹肯塔基的栗色马撒开蹄子，往前直奔，以至地平线飞快地迎面扑来，仿佛是拦在前头的晾衣服绳子似的，害得你直想躲闪。玛米谈风很健，像孩子一般喋喋不休，谈她在印第安纳州的老家，学校里的恶作剧，她爱好的东西和对街约翰逊家几个姑娘的可恶行为。没有一句话提到埃德·科利尔，食物，或者类似的重大事情。中午时分，玛米检查一下，发现她装午餐的篮子忘了带来。我很有吃些零食的胃口，不过玛米仿佛并不因为没有吃的而发愁，因此我也不便表示。这对我是个痛心的问题，我在谈话中尽量避免。

“我不打算多解释我怎么会迷路的。道路灰溜溜的，长满了野草；又有玛米坐在我身边，害得我心不在焉。理由充分不充分，全凭你是怎么想的了。总之，我迷了路，那天薄暮时，我们本应到达俄克拉何马市，却在一条不知名的河床旁边乱兜乱转。天又下起大雨来，把我们淋得湿漉漉的。在沼地那面，我们看到比较高的小山岗上有一所木头小房子。房子周围尽是野草、荆棘和几株孤零零的树。这所凄凉的小房子，叫人看了都会替它伤心。我认为只有在那里过夜了。我向玛米解释，她没有什么意见，让我决定。她不像大多数女人那样急躁埋怨，反而说没有问题；她知道我不是存心这样的。

“我们发现这所房子里没人住。有两间空屋子。院子里还有一个圈过牲口的小棚子。棚子里的阁楼上有许多陈干草。我把马牵了进去，给它们吃些干草，它们悲哀地看着我，指望我说些道歉的话。其余的干草，我一抱一抱地搬进屋里，准备铺陈。我把专利引火剂和巴西钻石也搬了进屋，因为这两样东西碰到水都不保险。

“玛米和我把马车垫搬了进来，放在地上当座椅。夜气很冷，我在炉子里烧了不少引火剂。假如我判断不错的话，我认为那姑娘很高兴。这对她是换换环境，使她有一种不同的观点。她有说有笑，眼睛放光，把引火剂的光焰都比得黯然失色了。我身边有满满一口袋的雪茄烟，拿我个人来说，人类堕落的事是根本没有的[1]，我们仍旧在伊甸园里。外面大雨滂沱，漆黑一片的某个地方就是天堂的河流，擎着火剑的天使还没有竖起‘不准走近草坪’的告示。我打开一两罗[2]巴西钻石，让玛米戴上——戒指、胸针、项链、耳坠、手镯、腰带、鸡心等等都齐全。她浑身光彩夺目，脸上泛起了红晕，几乎想要一面镜子来照照自己了。

“天晚时，我用干草和马车里的毯子替玛米打了一个舒适的地铺，劝她躺下去。我坐在另一间屋子里抽烟，听着倾盆雨声，思忖着人生在世的七十来年中，在葬礼之前，有多少变幻莫测的事情。

“黎明前，我一定阖上眼睛打了一会儿盹，因为等我睁开眼睛的时候，天色已亮。玛米站在我面前，头发梳得整整齐齐，眼睛里闪着歌颂生命的光芒。

“‘哎呀，杰夫！’她嚷道，‘我饿啦。我简直吃得下——’

① 指《圣经》中亚当和夏娃吃了禁果，被上帝逐出伊甸园的故事。

② 罗是商业用的量词，每罗 12 打，144 件。

“我抬起头，看到了她的眼色。她收敛笑容，冷冷地、心怀戒意地瞥了我一眼。接着，我哈哈大笑，并且躺在地上，以便笑得更舒畅些。我觉得太逗趣了。出于天性和亲切，我是个喜欢大笑的人，这时我尽情笑了。等我恢复过来时，玛米背朝我坐着，一副凛然不可侵犯的样子。

“‘别生气，玛米，’我说，‘我实在控制不住。你的头发梳成那种样子太逗笑啦。你自己能看到就好啦！’

“‘你不必说假话了，先生。’玛米冷静而有自知之明地说，‘我的头发梳得没错儿。我知道你在笑什么。喂，杰夫，你瞧外面。’她打住话头，从木板的罅隙里望出去。我打开小木窗，往外一看。整个河床泛滥了，房子所在的小山岗成了一个岛屿，孤立在一条百米码宽的湍急的黄水河中。瓢泼大雨还是下个不停。我们毫无办法，只能待在那里，等鸽子衔橄榄枝来①。

“我不得不承认，当天的谈话和消遣都索然无味。我知道玛米又对事物过于坚持片面的看法了，但是我没法使她改变。拿我自己来说，我一心只想吃东西。我产生了肉丁烤菜和火腿的幻觉，一直问自己说：‘你打算吃什么，杰夫？——等侍者来的时候，你准备点什么菜，老弟？’我心里在菜单子上挑选各式各样好吃的东西，想象它们给端上来时的情景。我猜想，肚子饿透了的人都是这样做的。他们的思想除了放在食物上之外，不可能集中在别的地方。那说明，摆着缺胳膊断腿的五味瓶架和冒牌的伍斯特辣酱油、用餐布掩盖咖啡污

① 《圣经》故事，大洪水四十天后，挪亚在方舟里放出鸽子，鸽子衔回一枝橄榄枝，表示洪水已退。

迹的小餐桌，毕竟是头等大事，人的永生或者国与国的和平问题都在其次。

“我坐着沉思冥想，同自己争论得相当激烈：我究竟要蘑菇配牛排呢，还是克里奥耳式牛排。玛米坐在另一个座垫上，手托着脑袋，也在想心思。‘土豆要油炸的，’我在心里说，‘肉丁烤菜要煎得黄些，旁边再煎九个荷包蛋。’我在口袋里仔细摸索，试试能不能找到一颗遗忘在里面的花生米或者一两颗爆玉米花。

“夜晚又来了，河水继续上涨，雨不住地下着。我看看玛米，注意到她脸上带着姑娘们走过冰淇淋店时的绝望神情①。我知道那可怜的姑娘也饿了——她这辈子恐怕还是头一回呢。她的眼色显得心事重重。女人们只有在错过一顿饭，或者觉得裙子没有束好，要坠下来的时候，才有这种眼色。

“第二天晚上十一点左右，我们还是闷闷地坐在那所像失事船只一样的小屋里。我尽力把自己的念头从食物上拉开，可是还没有把它拴在别的地方，它又猛扑回来。凡是我听到过的好吃的东西，我全想到了。我追溯到童年时代，想起我最喜欢、最珍视的热软饼蘸玉米炖咸肉卤汁。接着，我一年年地往后推想，回味着蘸盐巴的青苹果，槭糖烙饼，玉米粥，弗吉尼亚老式炸鸡，玉米棒子，小排骨和甜薯馅饼，最后是乔治亚式的什锦砂锅，那是好吃东西中的头儿脑儿，因为它包罗万象。

“有人说，落水的人将要溺死时，会看到他一生的经历在眼前重演一遍。好吧，一个人挨饿时，却看到他生平吃过的每

① 指姑娘们又想吃冰淇淋，又怕吃了发胖。

一样东西都像幽灵似的浮现出来，并且还能凭空想象，创造出能叫厨师走红的新菜。如果有谁能收集饿死的人的遗言，虽然要做一番细致的分析工作才能发现他的思绪，但是可以根据这些材料汇编成一本畅销几百万册的食谱。

“我猜想，我一定在吃食问题上想昏了头，因为我突然不由自主地对想象中的侍者高声喊道：‘肉排要厚，煎得嫩一点，加法式炸土豆，炒六个蛋摊在烤面包上。’

“玛米飞快地扭过头来，她眼睛闪闪发亮，突然笑了。

“‘我的肉排要煎得适中，’她连珠似的说下去，‘还要肉汁菜丝汤，三只煎得嫩一点的蛋，一杯咖啡，麦片饼要煎得黄一些，每样都来双份。啊，杰夫，那有多好啊！我再要半只炸鸡，一点咖喱鸡饭，牛奶蛋冻加冰淇淋，还有——’

“‘慢着，’我抢着说，‘别忘了鸡肝馅饼，嫩煎腰子配烤面包，烤羊肉和——’

“‘哦，’玛米兴奋地插嘴说，‘加上薄荷酱，火鸡色拉，菜肉卷，木莓果酱小烘饼和——’

“‘点下去呀。’我说，‘赶快点炸南瓜，热玉米饼配甜牛奶，别忘了苹果布丁和甜奶油汁，还有悬钩子果馅饼——’

“是啊，我们把那种饭店里的应答搞了十分钟。我们在饮食问题的枝节上前前后后、上上下下全摸索遍了。玛米带头领先，因为她熟悉饭店的情况，她点出的菜名使我馋涎欲滴。照当时的气氛看来，玛米仿佛要同食物言归于好了。她仿佛不像以前那样鄙薄那门可憎的饮食学了。

“第三天早晨，我们发现洪水退了。我套好马，我们拖泥带水地驶了出去，担了一点风险，终于找到了正路。我们先前只走岔了几英里路。两小时后，我们到达了俄克拉何马市。

我们首先注意到的是一家饭馆的大招牌，便急忙赶去。我同玛米坐一张桌子，中间摆着刀叉盘碟。她非但没有奚落的神气，反而带着饥饿和甜蜜的笑容。

“那家饭馆开张不久，备货充足。我从菜单上点了一大堆菜，弄得侍者一再看外面的马车，以为还有多少人没下来呢。

“我们坐着，点的菜一道道地端了上来。那些东西足够十来个人吃的，可是我们觉得我们的胃口足能抵上十来个人。我瞅着桌子对面的玛米，不禁笑了，因为我还记着以前的事。玛米望着桌子，正像一个孩子望着她生平初次得到的转柄表。接着，她直勾勾地看着我，眼里噙着两颗大泪珠。侍者已经走开去端菜了。

“‘杰夫，’她脉脉含情地说，‘我以前是个傻姑娘。我总是从错误的角度来看问题。我以前从没有这种想法。男人们每天都是这样饿，可不是吗？他们长得又大又结实，承担着世上的艰难，他们吃东西，并不是为了刁难饭馆里傻气的女侍者，对吗，杰夫？你曾经提过——就是，你向我——你要我——呃，杰夫，假如你仍旧有这种意思——我很高兴，并且愿意永远和你面对面地同坐在一张桌子上。现在，赶快替我弄点吃的吧。’

“所以，我已经说过，女人需要偶尔换换她们的观点。日子一久，同样的东西会使她们腻烦——饭桌、洗衣盆、缝纫机，都是这样。总要给她们一点变化——一点旅行和休息，掺杂在家务烦恼中的一点儿戏，吵架之后的一点安抚，一点捣乱和激惹——那么一来，玩这场把戏的人就皆大欢喜了。”

苹果之谜

出了乐园城二十英里，离日出城还有十五英里时，马车夫比尔达·罗斯勒住了马。鹅毛大雪下了一整天。平地上的积雪已有八英寸厚。剩下的路程都是狭隘崎岖的山脊，即使白天行车都难免不出危险。现在大雪和夜色掩盖了险情，再往前赶路根本不能考虑，比尔达·罗斯这样说。因此，他勒住了四匹健壮的马，把他那明智的推论传达给五位乘客。

法官梅尼菲立刻跳下马车。他在人们的心目中好像茶具中的银盘子一样，总是处于领导的和首要的地位。在他的启发下，三个同车的乘客也下了车，准备随时去探路，谴责，反对，屈服，或者继续上路，全凭他们头子高兴怎样去支配了。第五个乘客是位年轻妇女，她留在车子里没有下来。

比尔达把马车停在第一道山脊的隆起部。路边是两道参差不齐的黑色木栅栏。离那道较高的栅栏五十码远，有一幢小房子，在白茫茫的积雪中像是一块黑斑。法官梅尼菲和他的部下由于下雪和紧张，仿佛孩子似的闹闹嚷嚷地向那座房子跑去。他们呼喊，敲打门窗。屋里不好客的阒寂使他们感到不耐烦；他们便向不牢固的障碍物发动进攻，硬闯了进去。

待在马车上的人听到那座遭到入侵的房子里传出碰撞声和叫喊声。没多久，里面透出了颤动的火光，越来越旺，烧得明亮欢快。接着，兴高采烈的探索者们冒着大雪跑回来。法官梅尼菲宣布他们的困境有了解救，他的声音比号角还要响亮，几乎可以和管弦乐队的音量相比。他说，那座屋子只有一个房间，没人住，也没有家具；可是有个大壁炉；他们还在后面的披屋里找到许多砍好的木柴。这一来，躲避寒夜的宿处和取暖就有了保证。让比尔达安心的是，房子附近还有一个马厩，虽然年久失修，但还能凑合使用，阁楼上还有干草。

"先生们，"在赶车座位上把大衣和车毯裹得严严的比尔达嚷道，"替我把栅栏上的木板卸下两块，我就可以把马车赶进去了。那是雷德鲁斯的小房子。我原想我们准在它附近。雷德鲁斯八月份给送进了疯人院。"

四个乘客向顶上积雪的栅栏扑去。马匹在吆喝声下把车子拖上斜坡，到了那座被仲夏的疯狂夺去主人的建筑物的门口。车夫和两个乘客开始卸马。法官梅尼菲打开车门，脱掉帽子。

"加兰小姐，我必须声明，"他说，"我们不得不中止旅行。车夫断言，晚上走山路的风险太大，简直不容考虑。形势要求我们在这座房子里宿一晚。除了暂时不便外，我希望你不必有所顾虑。我亲自检查了那座房屋，发现至少有避寒的条件。我们一定尽可能地照料你，让你舒服。现在允许我扶你下车。"

这时，另一个乘客走到法官身边来。他是在小巨人风车公司里工作的，姓邓武迪；不过那没有多大关系。在从乐园城到日出城的短短路程中，旅客们不需要十分清楚彼此的姓名，即使完全不知道也无所谓。不过，想同法官麦迪逊勒·梅尼菲分庭抗礼的人理应有一个姓名的钉子，好让名誉之神挂上

花环。因此,这个靠风吃饭的人轻快地高声说:

“看情形你得下车啦,麦克法兰太太。这座小房子固然抵不上帕尔默大旅店,不过可以避风雪,走的时候也没有人搜查你的手提箱,看你有没有把他们的匙子带走当做纪念品。我们已经生了火;我们会替你安排得舒舒服服,不让你的脚受潮,我们会把耗子赶跑,总之,没问题,没问题。”

有两个乘客被马匹、马具、大雪和比尔达·罗斯的讽刺的命令搞得晕头转向,其中一个在混乱的义务劳动中高声嚷道:“喂!你们把所罗门小姐送进屋里去,好吗?嗨,喂!该死的畜生!”

这里还得啰唆几句:从乐园城到日出城这么短的旅程中,正确的姓名完全是多余的。当法官梅尼菲向那位女乘客自我介绍时(他的年龄和声望允许他这样做),她甜蜜地轻声报了一个姓,其余的男乘客根据各人不同的听法,有了不同的理解。在当时必然发生的不无妒忌的竞争状态下,各人固执地坚持自己的意见。在女乘客那方面来说,如果重新声明或更正,即使不被人误认为她想获得更深一步的交情,也显得斤斤计较。因此,她一视同仁地让人家称呼她加兰,麦克法兰,或者所罗门,并没有表示不满。从乐园城到日落城总共不过三十五英里。在这么短的旅程中,凭“流浪的犹太人”①的手提包起誓,“旅伴”这个称呼也就够了。

没多久,这一小群旅客在熊熊的炉火前快活地围坐成一道弧线。马车上的毯子、坐垫和能取下的东西都被搬来用上

① “流浪的犹太人”,传说中的人物,据说他侮辱了被押赴刑场的耶稣,被罚永世流浪。

了。女乘客在壁炉侧边、弧线的一端就座。她雍容华贵地坐在那儿，仿佛登上了臣民们替她准备的宝座。她身下是马车坐垫，背靠空木箱和空木桶，那上面蒙了毯子，挡住门窗缝里钻进来的寒风。她那双穿着暖和的鞋袜的脚伸向可亲的炉火。她的手套已经脱去，但仍旧裹着一条毛皮的长围脖。摇曳的火光照亮了她那半掩在围脖里的脸——一张年轻的、充满女性妩媚的脸蛋，眉清目秀，安详宁谧，流露着对无懈可击的美貌的自信。骑士精神和男子气概竞争着讨她的欢心，使她舒适。她仿佛也接受了他们奉献的殷勤——不像一个受到追求和照顾的女人那样轻佻；不像许多受宠若惊的女人那样顾影自怜；也不像牛接受干草时那样漠然无动于衷；而同自然界固有的计划完全一致——有如百合花摄取那注定要使它清新的露珠时的情形。

外面狂风怒号，细雪从罅隙里钻进来，寒气围攻着六个落难者的背脊；尽管如此，那晚的风雪却不缺乏拥护人。法官梅尼菲是暴风雪的律师。气候委托他陈述，他特别卖力地进行辩护，要让那些待在寒冷的陪审席上的伙伴相信，他们所处的地方是一个遍地玫瑰，和风徐来的凉亭。他找出许多俏皮风趣的奇闻轶事，虽然不够庄重，可是很受欢迎。他的兴致不可抗拒地感染了别人。大伙赶紧各尽所能，来促进欢乐的气氛。甚至那位女乘客也被打动了。

“我认为这样相当可爱。”她说，声调徐缓而清脆。

每隔一个时候，总会有一个乘客站起来，诙谐地探索这间屋子。可是雷德鲁斯居住过的迹象已经找不到了。

大伙七嘴八舌地要求比尔达·罗斯讲讲这个曾经隐居在这儿的老头的故事。现在，车夫的马匹已经安置好了，他的乘客们仿佛也定了心，他自己便恢复了平静与礼貌。

“那个老家伙，”他很不尊敬地开始说，“把这座房子糟蹋了二十年光景。他从来不许人家走近。每逢马车经过时，他总是缩回头，砰地把门关上。毫无疑问，他脑瓜子里出了毛病。他一向在小泥口的山姆·蒂利的铺子里买食品和烟草。八月里，他披了一条红被子跑到那儿，对老山姆说，他是所罗门国王，还说示巴王后要来看他。他把所有的钱都带了去——满满一袋子银币——把它扔进山姆的水井。‘如果她知道我有钱，’雷德鲁斯老头对山姆说，‘她就不来啦。’

“人们一听到他对女人和银钱有了那种看法，就知道他发疯了；因此把他送进了疯人院。”

“他生平有没有什么浪漫史，促使他过这种孤独的生活呢？”一个开代理行的年轻乘客问道。

“没有，”比尔达说，“我可没有听说过。只不过是普通的小麻烦。据说他年轻时，在他犯红被子病，取消自己的经济资格之前，他同一位年轻小姐有过爱情之类不幸的事儿。浪漫史我可从来没有听说过。”

“啊！”法官梅尼菲声情并茂地说，“毫无疑问，一件单相思的案子。”

“不，先生，”比尔达接口说，“不尽然。她根本没有同他结婚。乐园城的马默杜克·马林根有一次碰到从雷德鲁斯老头家乡来的人。他说雷德鲁斯原是一个很不错的小伙子，不过如果你踢踢他的口袋，你听到的不会是钱币声，而只是一副袖扣和一串钥匙的金属声。他同那位年轻小姐订过婚——她大概叫艾丽斯吧——我记不清了。据说她是人们会抢着替她付车钱的那种姑娘。唔，后来镇上来了一个有钱而大方的小伙子，他有马车、矿山股票和空闲。艾丽斯小姐虽然已经有了主，可是和那新来的家伙往来频繁。他们互相拜访，还碰巧一起去邮政局，产生了一些往往会促使姑娘们退还订婚戒指和别的礼物的事——正如诗人所说，造成了‘赃物上的裂缝’。①

“一天，人们见到雷德鲁斯同艾丽斯小姐站在门口谈话。接着，他抬帽行礼后走开了。据雷德鲁斯家乡来的人所知，镇上的人此后再也没有见过他。”

“那位年轻小姐怎么样了呢？”开代理行的年轻人问道。

“没听说。”比尔达回答说，“我听到的故事就到此为止，像匹瘸腿的老驽马，任你怎么鞭策，它再也不往前走了。”

“一件非常悲惨的——”法官梅尼菲正要评论，他的话却被更高的权威给打断了。

“一个多么可爱的故事！”女乘客说，音调像笛子一般悦耳。

屋子里静默了好一会儿，只听得外面的风声和炉火的劈啪声。

男人们都坐在地上，只垫了一些零碎的木板和膝毯，使地板那不好客的表面稍稍缓和一点。在小巨人风车公司干活的人站起来，走了几圈，遛遛腿，舒散舒散酸痛的筋骨。

突然间，他发出一声得意的呼喊。他手里高举着什么东西，从屋子一个满布尘埃的角落奔回来。他手里是一只苹果——一只漂亮的、有红色斑点的、茁壮的大苹果。那是在角

① 英国诗人丁尼生的长诗《默林与维维恩》中有“琵琶上的小裂缝”句，指在小事上的不忠实能发展成为在大事方面的不忠实，正如琵琶上的小裂缝延伸后能使整个乐器失音一样。比尔达在这里把“琵琶”说成在英文里同音的“赃物”了。

落里一个高木架上的纸口袋里找到的。不可能是那个被爱情毁掉的雷德鲁斯的遗物,因为它还是那样新鲜完好,说它从八月份起一直就搁在那个霉臭的架子上的假设根本不能成立。准是最近有什么露营的人在这所荒废的房子里吃饭,遗忘在这里的。

邓武迪——他的功绩给了他再次扬名的资格——在落难的伙伴面前夸示那只苹果。“瞧我找到了什么,麦克法兰太太!”他自负地嚷道。他在火光前面高举着那只苹果,使它显得更其红润。女乘客平静地笑了一笑——她总是那么平静。

“多么可爱的苹果!”她清晰地喃喃说道。

片刻之间,法官梅尼菲觉得自己被打垮了,受了屈辱和贬谪。低人一等的处境使他不胜恼怒。为什么命运之神偏偏挑了这个闹闹嚷嚷、粗鲁冒失的做风车生意的家伙,而不挑他去发现这只激动人心的苹果呢?否则他就可以使这件事成为一篇风趣横生的即席演说或者一幕喜剧的场景、仪式或背景——从而永远保持令人瞩目的地位。事实上,那位女乘客正带着羡慕的微笑在看着这个可笑的邓博迪或者武邦迪,仿佛认为这家伙干了一件了不起的事呢!这个做风车买卖的人像他自己的货物样品一般,被尘世吹向太空的风刮得胀鼓鼓的,转个不停。

踌躇满志的邓武迪拿着那只宝贝苹果,陶醉在大伙趋炎附势的注意中,这时,足智多谋的法学家已经想出了一个恢复名誉的计策。

法官梅尼菲那肥胖然而典雅的脸上堆着最有礼貌的笑容,走上前去,从邓武迪手里拿过那只苹果,像是要审查它似的。在他手里,苹果成了第一号物证。

“好漂亮的苹果。”他赞许地说，“不错，我亲爱的邓武迪先生，作为粮秣征收员，你使我们黯然失色。不过我有一个主意。这只苹果将成为美的心灵授予最合适的人选的标志、象征、奖品和纪念。”

除了一个人之外，大伙都喝彩赞同。“嘴皮子真能说，可不是吗？”一个乘客说，同那个开代理行的年轻人相比，他是无足轻重的。

不表态的就是那个做风车生意的人。他发现自己被贬低到一般人的地位上了。他做梦也没想到他的苹果竟被充公作为标志。他原打算把苹果分开吃掉，然后来个余兴节目，把苹果籽贴在前额上，每一颗代表他所认识的一位年轻小姐。他还打算把其中一颗代表麦克法兰太太。哪一颗苹果籽先掉下来就表示——但是现在已经太晚了。

“苹果这样东西，”法官梅尼菲继续对他的陪审团说，“近代受了委屈，在人们心目中所占的地位不高。事实上，它经常同烹调和商业沾边，以致很难被列为高等水果。古时的情况就不同了。《圣经》、历史和神话中有许多事实可以证明，苹果是水果中的贵族。我们想形容一件特别珍贵的东西时，仍旧说‘眼中的苹果’。我们在成语里可以找到‘银苹果’这个比喻。任何别的果实，无论是树上长的，还是藤上结的，在比喻用法中都没有苹果这么广泛。谁没有听说过和向往过‘赫斯珀里得斯的金苹果’①？至于苹果的古老声誉的最重要、最有意义的例子，我想不用我说诸位也已知道了。我们的始祖吃了它，才从善良完美的境界堕落到人间。”

① 赫斯珀里得斯，希腊神话中看守金苹果园的三仙女。

“像这样的苹果，”做风车生意的人说，他还是跳不出具体事物的圈子，“在芝加哥市场上卖三块五毛钱一桶。”

“我现在要建议的是，”法官梅尼菲对打断他的话的人宽容地笑笑，接着往下说，“我们不得不守在这里，直到明天早晨。我们有了足以取暖的柴火。其次需要的就是要尽可能找些消遣，以打发时间。我提议把这只苹果交给加兰小姐保管。它不再是一个水果，而是像我刚才所说的，成了一个悬而未决的奖品，代表人类的一个伟大思想。加兰小姐也不再代表她个人——当然是暂时的，请允许我补充一句，”——(他深深地一鞠躬，完全是古时候那温文尔雅的气派。)“她将代表整个女性；将体现和概括女性——也许还可以说，在感性和理性上代表上帝的杰作。她将以这一身份来判断和决定下面的问题：

“几分钟之前，承我们的朋友罗斯先生把这所房子的前任主人的浪漫史讲了一个有趣然而不完整的故事。在我看来，我们听到的少数事实展开了一个美妙的境界，可以由我们去推测、研究人类的心理，发挥想象——简言之，就是讲故事。让我们利用这个机会。我们每个人把隐士雷德鲁斯和他情人的故事按照自己的想法讲下去，从罗斯先生讲完的地方接着往下讲——也就是那对情人在门口分手之后的情形。有一个原则应该得到确定和承认——雷德鲁斯之所以变成精神错乱、愤世嫉俗的隐士，不能归罪于那位年轻小姐。我们讲完之后，再请加兰小姐做出女人的判断。她将根据女人的精神和见解来决定，哪一个故事最好，最真实地描绘了人类和爱情的实质，最确切地判断了雷德鲁斯的未婚妻的性格和行为。她认为谁的故事最好，这个苹果就给谁。如果各位都同意，我们乐于听邓武迪先生讲第一个故事。”

最后一句话把那个做风车生意的人将了一军。不过他可不是容易沮丧的人。

“那倒是第一流的计划，法官。”他兴致勃勃地说，“一个绝妙的故事会，可不是吗？我一向是斯普林菲尔德一家报馆的通讯员，新闻不够的时候，我就捏造。我想这件事我办得了。”

“我觉得这个主意很可爱，”女乘客伶俐地说，“几乎像是游戏啦。”

法官梅尼菲走上前去，做作地把苹果放到她手上。

“在古时候，”他意味深长地说，“帕里斯曾把金苹果赠给了最美的人①。”

“我参加过巴黎的博览会，”做风车生意的人插嘴说，他现在又很高兴了，“我不在机械馆的时候，就老是待在博览会的娱乐场里。我可从没有听说过这件事呀。”

“现在，”法官接下去说，“这个苹果将把女性心理的神秘和智慧传达给我们。把苹果拿着，加兰小姐。听听我们浅薄的传奇故事，然后根据你的判断，奖给当之无愧的人。”

女乘客甜蜜地笑笑。苹果搁在她膝头上毯子的下面。她懒洋洋地靠在她的堡垒上，又愉快又惬意。如果没有人声和风声，也许可以听到她在像小猫似的打呼噜呢。有人在壁炉

① 据古希腊神话，赫拉、雅典娜和阿佛洛狄忒三女神争夺金苹果，特洛伊王子帕里斯把金苹果断给了最美丽的爱神阿佛洛狄忒，引起了赫拉和雅典娜的嫉恨。她们在特洛伊十年战争中帮助帕里斯的敌人打败了他的国家。帕里斯（Paris）的原文与法国首都巴黎的拼法相同，因而有了下文的误会。

里添了木柴。法官梅尼菲文雅地点点头。“请你先开场讲吧。”他说。

做风车生意的人像土耳其人那样盘膝而坐，为了挡风，把帽子推到了后脑勺上。

“呃，”他毫不忸怩地开始说，“我对这个难题的估计大概是这样的：当然啦，雷德鲁斯被那个有钱挥霍，想夺掉他的姑娘的小子惹急了。他自然要跑去，责问姑娘讲过的话算不算数。唔，不管是谁，挑中一位姑娘的时候，总不希望另一个有马车和金矿股票的家伙插进来。呃，他跑去找她。唔，也许他火气大了一些，说话的口气像老板似的，忘了订婚并不是永远肯定可靠的。呃，我猜想那一来叫艾丽斯也冒火了。唔，她就顶了两句嘴。呃，他——”

“喂！”那个无足轻重的乘客插嘴说，“假如你能在你说的每一个‘唔’呀‘呃’呀的上面安装一台风车，那你就可以发财退休了，是吗？”

做风车生意的人和气地咧嘴笑笑。

“呃，我本来就不是什么莫泊桑。”他快活地说，“我讲的是地道的美国话。唔，她这样说：‘金股先生同我无非是朋友关系，’她说，‘但是他带我乘车兜风，请我看戏，你却从来没这样做过。我能找快活的时候，难道叫我永远不去找吗？’‘别啰里啰唆，’雷德鲁斯说，——‘只要你一句话，你不同那家伙一刀两断，就别想把你的拖鞋搁在我的衣橱里。’

“那种盛气凌人的话对一个有个性的姑娘来说是不合适的。我敢打赌，那姑娘始终爱她的未婚夫。也许她像一般姑娘那样，在安下心来，替乔治补补袜子，成为一个好妻子之前，也想找找快活，寻寻开心。但乔治下不了台阶。唔，姑娘把戒指退还给他；乔治同她分手后就喝上了酒。是啊。准是这样的。我敢打赌，他走了两天，那姑娘就和那个打扮得花里胡哨的有钱家伙断绝了往来。乔治带了一点行李，搭上一辆货车，不知到什么地方去了。他喝了好几年酒；阿尼林[1]和酒精替他做出了决定。'我要隐居去了，'乔治说，'我要留起长胡子，守着一罐并不存在的埋在地下的钱。'

"至于艾丽斯呢，照我的看法，她倒是公平交易的。她再也不结婚，一等脸上起了皱纹便去做打字员，养了一只猫，只要你对它说'咪咪——咪咪——咪咪！'它便跑过来。我对善良的女人有足够的信心，不相信她们会为了钱而抛弃心上人。"做风车生意的人结束了他的话。

"我认为，"女乘客在她那简陋的宝座上挪动了一下说道，"这个故事很可——"

"喔，加兰小姐！"法官梅尼菲举起手，打断了她的话，"我请求你暂时别发表意见！否则对其余参加比赛的人就不公平了。这位——呃——请你接着讲，好不好？"法官对那个开代理行的年轻人说。

"我对这个爱情故事的看法是这样的，"年轻人腼腆地合抱着手说，"他们分手的时候并没有闹翻。雷德鲁斯先生向她道别，到世上去寻求财富了。他知道他的情人始终会对他忠实的。他根本不信他的情敌能打动这样一颗温柔纯真的心。我要说，雷德鲁斯先生到怀俄明的落矶山脉去找金矿了。一天，一群海盗上了岸，在他干活的时候抓住了他，于是——"

① 阿尼林，既苯胺，油状液体，有毒性，化学工业上用以制染料，劣质酒用它来上色。

"嗨！你说什么?"那个无足轻重的乘客突然嚷道——"一群海盗在落基山脉上岸！请问,他们是怎么乘船——"

"乘火车去的。"讲故事的人镇静地、并非毫无准备地说,"他们把他幽禁在一个山洞里,过了几个月又把他带到几百英里远的阿拉斯加的森林里。在那里,一个美丽的印第安姑娘爱上了他,但他仍旧忠于艾丽斯。他在森林里流浪了一年,然后带着许多钻石出发——"

"什么钻石?"那个无足轻重的乘客又问道,口气近乎刻薄了。

"马鞍匠在秘鲁庙堂给他看的钻石。"对方含混地说,"他一到家乡,艾丽斯的母亲便哭哭啼啼地带他到柳树底下一个新坟那儿。'你走了之后,她心就碎了。'她母亲说。'我的情敌——切斯特·麦金托什——怎么样啦?'雷德鲁斯先生悲伤地跪在艾丽斯的坟墓前,问道。'等他发现,'她母亲说,'艾丽斯的心是属于你的之后,他也一天天地憔悴下去,终于在大拉皮兹开了一家木器店。后来我们听说,他到印第安纳州去,想忘掉文明社会,结果在南本德附近被一头惹怒了的麋鹿咬死了。'后来,雷德鲁斯先生就避不见人,像我们已经知道的那样,成了一个隐士。

"我的故事,"开代理行的年轻人结束说,"可能缺少文艺气息;不过我要说明那位年轻小姐始终是忠实的。在她眼里,财富绝不能同真正的爱情相比。我非常景慕和信任女性,因此不可能有另外的看法。"

讲故事的人说完后,朝女乘客坐着的角落瞟了一眼。

接下来,法官梅尼菲请比尔达·罗斯提出他的故事,参加争夺苹果的比赛。马车夫讲的故事很短。

“我不是那种把种种不幸都归罪于女人的家伙,”他说,“关于你要我说的故事,法官,我的看法是这样的:雷德鲁斯的毛病全出在懒惰上。这个珀西瓦尔·德莱西既然想把他挤到外档去,想给艾丽斯蒙上眼罩笼头,哄得她晕头转向,雷德鲁斯就该振作起来,狠狠地揍他一顿,也就太平无事了。你要一个女人当然得花些力气。

“‘再需要我的时候,你来找我好啦。’雷德鲁斯掀掀他的斯特森呢帽走开了。他管这叫做自尊,其实是懒惰。没有哪个女人愿意主动去追男人的。‘让他自己回来吧。’那姑娘说;她准保同那个有钱的家伙断绝了往来,然后整天待在窗口前,等候那个空荷包、小胡子的人。

“我想雷德鲁斯等了九年光景,指望她派个黑人送信来,请求他原谅。但是没有动静。‘这一套行不通了,’雷德鲁斯说,‘我也不干啦。’于是他就隐居起来,留起胡子。是啊,毛病就出在懒惰和胡子上。它们是一起来的。你可曾听说过哪一个走运的人留长头发和长胡子?没有。你不妨看看马尔巴勒公爵和经营美孚石油公司的骗子。他们有没有留长头发和长胡子?

“再说,这个艾丽斯再也没有结婚,我可以拿一匹马来打赌。如果雷德鲁斯同别人结了婚,她也许会嫁人的。但是他就此没有露脸。艾丽斯珍藏着所谓爱情的纪念品,也许是一绺头发,也许是他弄断的胸衣里的钢丝。对某些女人来说,这种东西跟丈夫差不多。我要说,她孤单单地守了一辈子。雷德鲁斯老头不同理发铺和干净衬衫打交道的事,我可不责怪女人。”

下面轮到了那个无足轻重的乘客。我们不知道他的姓名，只知道他是从乐园城到日出城的旅客。

当他答应法官时，如果火光不太暗淡，你们倒可以看清他的模样。

瘦削的身材，锈褐色的衣服，胳臂抱着脚，下巴搁在膝盖上，像青蛙似的坐着。麻絮似的光滑的头发，长鼻子，萨蒂尔①式的嘴巴，被烟叶染污的往上翘的嘴角。鱼目一般的眼睛，用一只马蹄形别针扣住的红领带。他没开口，先咯咯地干笑一阵子，慢慢地形成了话语。

“到现在为止，大伙说的都不对头。嘿！没有香橙花来点缀的爱情故事！啧，啧！我支持那个打蝴蝶结领带，口袋里揣着保付支票的小伙子。

“从他们在门口分手的时候讲起吗？好吧。‘你从没有真心爱过我，’雷德鲁斯莽撞地说，‘不然你不会同一个请你吃冰淇淋的男人谈话的。’‘我恨他。’艾丽斯说，‘我讨厌他的蹩脚马车；我瞧不起他送给我的高级奶油糖，尽管装在金色的盒子里，还用真正的花边织品包扎；他送我一只有蓝宝石和珍珠镶边、刻出浮雕的足金鸡心时，我真想把他一刀捅死。去他的！我爱的只是你。’‘别假惺惺啦！’雷德鲁斯说，‘难道我是那种东部的冤大头吗？别哄人啦，对不起。我可不上当。你去恨你的朋友吧。我可要去找乙马路上的尼克森家的姑娘，嚼口香糖，乘电车去了。’

“那晚上，约翰·伍·克里塞斯来了。‘怎么！在哭吗？’他整整珍珠领带别针说。‘你把我的情人给轰走了，’小艾丽斯抽噎着说，‘我不喜欢见到你。’‘那么跟我结婚吧。’约翰·

① 萨蒂尔，希腊神话中半人半羊的森林神。

伍点燃一支亨利·克莱牌的雪茄说。‘什么!’她怒冲冲地嚷道,‘跟你结婚!休想,’她说,‘除非等我气顺下来,能上街去买点东西,你去办结婚证的时候。隔壁有电话,你要找县里的教会文书办结婚证,可以去啦。”

讲故事的人停下来,又讪讽地干笑一阵子。

“他们结婚没有?”他接着说,“那还用问,哪有猫儿不爱荤的?我还要谈谈雷德鲁斯老头的事。照我的理论说来,你们的看法又都错了。他为什么隐居?一个说是懒惰;一个说是伤心;另一个说是酗酒。我说这是女人害的。这个老头现在有多大年纪啦?”他转向比尔达·罗斯问道。

“我想大概有六十五岁左右吧。”

“好。他在这里隐居了二十年。他在门口脱帽离开时,假定算他是二十五岁。那么还应该有二十年,否则凑不齐数。那二十年是怎么过的呢?我把我的看法告诉你们吧。因为犯了重婚罪,坐了二十年牢。假定说,他在圣乔有个金发的胖婆娘,在煎锅山有个黑发的瘦女人,在考谷有个镶金牙的姑娘。雷德鲁斯把事情弄僵了,被关进监狱。刑满释放后,他说:‘除了在裙边讨生活之外,我什么都可以干。隐士的买卖还不太兴隆,从没有速记员去他们那儿找工作。我还是过过快活的隐士生活吧。梳齿里不会再有女人的长头发,雪茄烟灰缸里也不会再有腌菜用的大茴香了。你对我说老雷德鲁斯自以为是所罗门王,便给送进了疯人院,是吗?无聊!他本来就是所罗门。我的故事到此为止。我猜我是得不到苹果的。附上退稿邮资。这个故事不像是能得奖的。”

法官梅尼菲早就声明过,不希望事先对故事发表评论,等那无足轻重的乘客讲完之后,大家惟恐法官责难,也就不言语。接着，竞赛会的天才的发起人清了清嗓子，开始讲最后一个参加评比的故事，法官梅尼菲坐在地上虽然很不舒服，可是你在他身上找不到丝毫有损尊严的迹象。逐渐暗下去的火光柔和地映照着他那像古币上罗马帝王浮雕那样轮廓分明的脸，映照着他那一头浓密的令人肃然起敬的银发。

“女人的心！”他用平稳而动人的声调说——“有谁能够揣摩？男人的作风和欲望各各不同。我认为普天之下女人的心都按同一个节奏跳动，都和同一的爱情的旋律协调。对女人来说，爱情就意味着牺牲。只要她不辜负女人这个称号，对于她，金钱或地位都无法同真实的情感相比。

“各位陪审——呃——我该说，各位朋友，雷德鲁斯对爱情一案已经进行了审理。可是，谁在受审呢？不是雷德鲁斯，因为他已经受到了惩罚。也不是那些使我们生命充满天使的欢乐的不朽的情感。那么是谁呢？是我们。今晚，我们每一个人都站在法庭里，从我们的回答中就可以知道我们的心灵是崇高的还是愚昧的。女性通过一位最秀丽的代表坐在这儿来审判我们。她手里拿着那个奖品，价值虽然不大，但是值得我们努力争取，因为它是那位体现女性判断和鉴赏的可敬代表表示赞许的酬报。

“在叙述雷德鲁斯和他所倾心的美人的假想的故事之前，我必须大声疾呼地反对那种卑鄙的想法，也就是把雷德鲁斯看破红尘的原因归诸女人的自私、不忠或是爱慕虚荣。我从不认为女人会如此庸俗，会如此崇拜金钱。我们要在别的地方，在男人的比较卑劣的天性和比较低下的动机中，才找得到原因。

“在那个值得纪念的日子里，当他们站在门口的时候，很可能发生了一场情人之间常有的口角。年轻的雷德鲁斯受到妒忌的折磨，就此背井离乡。他这种行为有没有充分的理由？正反两方面的证据都不足。但是有高于证据的东西：那就是对女人的善良、不受诱惑、不为金钱所动的伟大而永恒的信心。

“我能想象那个鲁莽的情人自怨自艾到处流浪的情景。我能想象他逐渐消沉，最后领悟到失去了生活所给他的最可贵的礼物时完全绝望的模样。他之所以退出这个悲惨的尘世，以及后来的神经错乱，都是可以理解的了。

“我对另一方的看法是怎样的呢？一个孤独的女人随着年华的消逝而憔悴；但是依然忠实，依然在等待，依然期望着一个不会再见到的形象和不会再听到的脚步声。现在她已经老了。她的头发已经雪白，扎得整整齐齐。她每天坐在门口，满怀希望地瞅着尘土飞扬的大路。在精神上，她等在门口，等在他们分手的地点——她永远属于他，只是不在这个世界罢了。是的；我对女人的信心使我有了这种看法。人间诀别，但仍在等候！她企望在极乐世界重新聚首；他企望在失望的泥沼里再次相会。”

“我原以为他在疯人院里呢。”那个无足轻重的乘客说。

法官梅尼菲有点不耐烦地动了一下。男人们都垂头丧气，怪模怪样地坐着。风势小了一些，断断续续地吹着。炉火烧剩了一堆红炭，散发出暗淡的光线。女乘客坐着的那个舒适的角落里，只有一堆不成形的黑魆魆的东西，一头盘绕的、光滑的头发，皮围脖中间只露出一小块雪白的前额。

法官梅尼菲僵直地站了起来。

“现在，加兰小姐，”他说，“我们已经结束了。我们中间哪一个人讲的故事——特别是对真正的女性的估计——最接近你自己的想法，该由你颁发奖品了。”

女乘客没有回答。法官梅尼菲关切地弯下身子。那个无足轻重的乘客刺耳地低声笑起来。原来女乘客睡得正香。法官梅尼菲想拉她的手，叫醒她。他伸手过去时，在她膝头上碰到一个冰凉的、不规则的圆形小东西。

“她把苹果吃掉了。”法官梅尼菲吃惊地说，同时捡起苹果核给大家看。

活期贷款

在那年月，牧牛人都是天之骄子。他们是草原的大公，牛群的帝王，牧地的君主，牛肉和牛骨的大王。只要高兴，他们有条件乘坐镀金的马车。金钱劈头盖脑地落到牧牛人身上，他似乎觉得自己钱多得邪门。但是，除了买一只表盖上镶着许多大宝石、硌得肋骨生痛的金表，买一具嵌着银钉、配着安哥拉皮垫的马鞍，和在酒吧间请大伙喝威士忌之外，他还有什么地方可以花钱呢？

至于那些有女眷的牧场主，他们减少超额财富的门路就不那么局限了。在境况不如意的时候，夏娃后裔减轻钱包的本领也许会沉睡多年，可是，弟兄们哪，这种本领是永远不会灭绝的。

因此，为妻子所迫的"高个儿"比尔·朗利，离开了弗里奥河畔栎树丛生的圆圈横杠牧场，到城里去享受成功的乐趣了。他的财产有五十来万元，收入还在不断增加。

"高个儿"比尔是在营地和草原上磨练出来的。幸运和节俭，冷静的头脑，寻找无主小牛的锐利目光，这种种因素加起来，使他从牧牛人变成了牧场主。后来，牛的买卖突然兴旺，幸运女神小心翼翼地穿过仙人掌刺丛来了，把她的丰饶之角①倾注在牧场庄屋的门口。

朗利在边疆小城查帕罗萨盖了一幢豪华的住宅。他成了俘虏，被套在社会生活的马车上。他注定要成为当地的头面人物。一开头，他像野马初次被关进栅栏里那样，挣扎了一阵子，接着也就把马鞭和马刺挂起，安于现状了。他无所事事，日子不好打发，便创办了查帕罗萨第一国民银行，被选为总经理。

一天，有个戴着镜片像放大镜那么厚的眼镜、害消化不良症的人，来到第一国民银行，在出纳员窗口递进一张气派十足的名片。五分钟后，银行全体职员在查账稽核的指使下忙开了。

这位稽核，杰·埃德加·托德先生，竟然非常认真。

查完账目以后，稽核戴上帽子，请总经理威廉·雷·朗利先生到小办公室去。

"唔，你觉得怎么样？"朗利音调深沉缓慢地问道，"牛群中有没有你看不顺眼的印记？"

"账目都很清楚，朗利先生，"托德说，"我发现你的贷款也都符合手续——不过有一笔例外。有一张借据很糟糕——糟到这种程度，我猜想你一定还不了解情况的严重性。我指的是那笔借给托马斯·默温的一万元活期贷款②。问题不仅在于数目超过了银行发放私人贷款的最高限额，而且既无担

① 丰饶之角，希腊神话中的主神宙斯年幼时从亚马尔泰亚羊人的头上拗下一只角，使它具有了魔力，拿这只角的人心里想要什么，角里立刻就有什么。

② 亦称"通知贷款"，指商业银行未规定期限的并可随时索还的贷款。借款人应在得到通知后二十四小时内归还。

保，又无抵押。因此，你在两方面都违犯了国民银行法，政府随时都可以向你提出刑事诉讼。假如把这件事报告货币审计处——我有责任这么做——我相信一定会移交司法部执行。你该明白情况有多么严重了吧。”

比尔·朗利坐在转椅上，颀长的身躯慢慢向后靠去。他双手合抱，托着后脑，略微侧过头，望着稽核。稽核看到银行家果断的嘴角上泛起一丝笑容，浅蓝色的眼睛里闪着和善的亮光，不禁有点纳闷。等到朗利了解了这件事的严重性时，他的脸色就不会这样了。

“当然，这也难怪，你根本不认识汤姆·默温。”朗利几乎是亲切地说，“不错，我知道这笔贷款。除了汤姆·默温一句话以外，没有任何抵押品。不过我一向认为，一个人只要讲信用，他的话就是最好的抵押品。哦，是呀，我知道政府不是这样想的。看来我还是为这笔贷款去找一次汤姆吧。”

托德先生的消化不良症仿佛突然恶化了。他从放大镜似的眼镜后面惊讶地瞅着这位牧牛人出身的银行家。

“你明白，”朗利轻松地解释说，想了结这件事，“汤姆听说里奥格朗德岩石津那里有两千头两岁的小牛出售，每头八块钱就可以成交。我猜想那大概是老莱恩德罗·加尔西亚私运进来的牛队，急于脱手。那群牛到堪萨斯城可以卖十五元一头。汤姆清楚，我也清楚。他有六千元现款，我就把这笔交易的不足之数一万元借给了他。他弟弟埃德三星期前把牛赶去卖了。这几天里，他随时可能带着贷款回来。他一来，汤姆就会归还借款的。”

稽核吓坏了。他也许有责任立即去电报局，把这个情形报告审计处。但他没有这么做。他直截了当地同朗利谈了三分钟。他终于使这位银行家了解到自己已站在灾难的边缘。之后，他提供了一线希望。

“今晚我要去希尔台尔，”他对朗利说，“查对那里的一家银行的账目。回来时，我路经查帕罗萨。明天十二点，我再来这儿。到时候，如果这笔贷款已经清理，我在报告里就不提这件事。否则——我不得不尽我的职责。”

说罢，稽核鞠了一躬就走了。

第一国民银行的总经理在椅子上继续坐了半小时，然后点燃一支醇和的雪茄，到汤姆·默温家去了。默温，一个穿着棕色粗布裤子、神情显得深思熟虑的牧场主，正把脚搁在桌子上，坐在那儿编一条生皮马鞭。

“汤姆，”朗利靠在桌子上说，“有没有埃德的消息？”

“还没有。”默温继续编着鞭子，回答说，“我想这几天里埃德总该回来了。”

“有一个银行稽核，”朗利说，“今天去我们那里探头探脑，发现了你那张借据。你知道我认为没有问题，可是这样做是违犯银行法的。我本来断定在银行查账之前你能归还那笔借款的，但是那家伙出乎意外地来了，汤姆。眼前我自己手头现款短缺，不然我可以垫一垫，替你兑付这张借据。他限我明天十二点以前解决，那时候我得拿出现款来抵账，不然——”

“不然怎么啦，比尔？”默温看到朗利吞吞吐吐，便问道。

“唔，我猜想大概是被山姆大叔兜屁股踢出去吧。”

“我试试，把你那笔款子及时筹出来。”默温说，仍旧专心致志地在编马鞭。

“好吧，汤姆，”朗利转身向门口走去时说，“我知道你只要有办法就一定会做到的。”

默温扔开鞭子,到城里仅有的第二家银行去,那是库珀和克雷格合伙开的私营银行。

“库珀,”他对那个姓库珀的合伙股东说,“今天或者明天,我非筹到一万元不可。我这儿有一幢房子和地皮,大概值六千元,实际的担保品就这么些。不过我正在做一笔牛交易,几天之内,它给我带来的赚头就不止这个数目。”

库珀开始咳嗽起来。

“喂,看在老天分上,别拒绝。”默温说,“我欠人家一笔活期贷款,数目是一万元。现在要求归还了,要求归还的人同我在牧牛营地和守林营地一起待过十年。他可以要我所有的东西。他要我脉管里的血,我一定也会给他。他非搞到那笔钱不可,非常迫切——唔,他需要那笔钱,我有责任替他筹措。你知道我是有信用的,库珀。”

“那还用说吗,”库珀老于世故地同意说,“但是你知道,我有一个合伙人。我不能独断独行,私自放款。即使你手头有最可靠的担保品,我们也不可能在一星期之内贷给你。我们正要运一万五千元现款到罗克台尔,委托迈尔兄弟公司收购棉花。今晚就由窄轨火车运走。这一来,我们手头的现款也不多了。我们不能替你解决,非常抱歉。”

默温回到家里,重新编织马鞭。下午四点钟光景,他到了第一国民银行,隔着朗利办公桌的栅栏,凑过去说:

“我想办法在今晚——我是说明天——替你搞到那笔钱,比尔。”

“好吧,汤姆。”朗利平静地说。

那晚九点钟,汤姆·默温谨慎地走出他住的木头小房子。房子坐落在城郊,这时候附近行人很少。默温的腰带里插着两支六响手枪，头上戴一顶垂边帽子。他迅速地沿着一条冷落的小街走去，到了同窄轨铁路平行的沙路上，最后来到离城两英里的水塔旁。汤姆·默温在这儿停住，用一条黑绸手帕蒙住面孔下部，拉下帽檐。

十分钟后，从查帕罗萨开往罗克台尔的夜班火车在水塔旁边停住了。

默温双手各握一支手枪，从一丛栎树后面站起身，向机车走去。他还没走上三步，两条有力的长胳臂突然从背后把他拦腰抱起，合扑摔在草地上。一个沉重的膝头抵住他的脊背，钢钳一般的手捉住了他的手腕。他就这样像小孩似的被制服了，直到机车加了水，重新起步，逐渐增加速度，开得看不见了为止。这时候，他才被松开，站了起来，发现抓他的人竟是比尔·朗利。

"这事绝不能这么解决，汤姆。"朗利说，"今天下午我见到了库珀，他把你同他谈的事告诉了我。晚上我去你家，见你带了枪出来，于是我一直尾随你到这儿。我们回去吧，汤姆。"

两人并肩走了。

"这是我惟一的机会。"过一会儿，默温开口说，"你要求归还贷款，我总得想办法清偿。比尔，假如他们为难你的话，你怎么办呢？"

"假如他们为难你的话，你又怎么办呢？"朗利反问道。

"我从没想到自己竟会埋伏起来拦劫火车，"默温说，"不过一笔活期贷款只能另当别论。我向来说一是一，说二是二。我们还剩下十二个小时，比尔，过后那个探子又要来找你麻烦了。我们总得想办法把这笔款子筹措到手。我们也许可以——了不起的山姆·豪斯顿①啊！你听到了没有？”

默温突然奔跑起来，朗利跟了上去，只听得黑夜中有一个悦耳的口哨声，吹着《牧童悲歌》的凄凉的调子。

“他只会这一支歌。”默温一面跑，一面嚷道，“准保是——”

他们跑到了默温家。默温一脚把门踹开，冲进去，被屋子中间一只旧手提箱绊了一跤。一个风尘仆仆、皮肤黧黑、宽下巴的小伙子躺在床上抽着褐色的香烟。

“怎么样，埃德？”默温上气不接下气地说。

“马马虎虎。”那个干练的小伙子懒洋洋地说，“刚乘了九点三十分那班火车回来。那批牛卖了，十五元一头，一个钱也不少。喂，老哥，别把那只手提箱踢来踢去啦，里面装着两万九千元现款呢。”

① 山姆·豪斯顿（1793—1863），美国军人，政治家，一八五九至一八六一年间任得克萨斯州州长。此处用作惊叹语。

公主与美洲狮

当然，这篇故事里少不了皇帝与皇后。皇帝是个可怕的老头儿，身上佩着几支六响手枪，靴子上安着踢马刺，嗓门是那么洪亮，连草原上的响尾蛇都会吓得往霸王树下的蛇洞里直钻。在皇室还没有建立之前，人们管他叫“悄声本恩”。当他拥有五万英亩土地和数不清的牛群时，人们便改口叫他“牛皇帝”奥唐奈了。

皇后本是拉雷多①来的一个墨西哥姑娘。可是她成了善良、温柔、地道的科罗拉多主妇，甚至劝服了本恩在家里尽量压低嗓门，以免震破碗盏。本恩尚未当皇帝时，她坐在刺头牧场正宅的回廊上编织草席。等到抵挡不住的财富源源涌来，用马车从圣安东尼运来了软垫椅子和大圆桌之后，她只得低下乌发光泽的头，分担达纳埃②的命运了。

为了避免欺君罪，我先向你们介绍了皇帝和皇后。在这篇故事里，他们并不出场；其实这篇故事的题目很可以叫做“公主、妙想和大煞风景的狮子”。

约瑟法·奥唐奈是仅存的女儿，也就是公主。她从母亲

① 拉雷多，美国得克萨斯州南端的城市，在里奥格朗德河畔，对岸即是墨西哥。

② 达纳埃，希腊神话中阿耳戈斯王的女儿，被幽禁在高塔内。

那儿秉承了热情的性格和亚热带的那种皮肤微黑的美。她从本恩·奥唐奈皇上那儿获得了大量的魄力、常识和统治才能。要瞻仰这样结合起来的人物,即使跑上许多路都值得。约瑟法骑马疾驰的时候,能够瞄准一只拴在绳上的番茄铁皮罐,六枪之中可以打中五枪。她同自己的一只小白猫可以一连玩上好几个钟头,给它穿上各式各样可笑的衣服。她不用铅笔,光凭心算,很快就能告诉你:一千五百四十五头两岁的小牛,每头八块五毛,总共可以卖多少钱。大致说来,多刺牧场面积有四十英里长、三十英里宽——不过大部分是租来的土地。约瑟法骑着马儿,踏勘了牧场的每一块土地。牧场上的每一个牧童都认识她,都对她忠心耿耿。里普利·吉文斯是刺头牧场上一个牛队的头目,有一天见到了她,便打定主意要同皇室联姻。僭妄吗?不见得。那时候,纽西斯一带的男子都是顶天立地的大丈夫。并且说到头,牛皇帝的称号并不代表皇室的血统。它多半只说明拥有这种称号的人在偷牛方面特别高明而已。

一天,里普利·吉文斯到双榆牧场去打听有关一群走失的小牛的消息。他回程时动身晚了些,当到达纽西斯河的白马渡口时,太阳已经落山了。从那儿到他自己的营地有十六英里。到刺头牧场有十二英里。吉文斯已经很累了,便决定在渡口过夜。

河床上有个水坑,水很清洁。两岸长满了茂密的大树和灌木。离水坑五十码远有一片卷曲的牧豆草地——为他的坐骑提供了晚餐,为他自己准备了床铺。吉文斯拴好马,摊开鞍毯,让它晾晾干。他靠着树坐下,卷了一支纸烟。河边的密林里突然传来一声发威而震撼人心的吼叫。拴着的小马腾跃起来。害怕地喷着鼻息。吉文斯抽着烟，不慌不忙地伸手去拿放在草地上的枪套皮带，拔出枪，转转弹膛试试。一尾大鱼扑通一声窜进水坑。一只棕色的小兔子绕过一丛猫爪草，坐下来，胡子牵动着，滑稽地瞅着吉文斯。小马继续吃草。

黄昏时分，当一头墨西哥狮子在干涸的河道旁边唱起女高音的时候，小心提防是没错的。它歌子的主题可能是：小牛和肥羊不好找，光吃荤食的它很想同你打打交道。

草丛里有一只空水果罐头，是以前过路人扔在那儿的。吉文斯看到它，满意地哼了一声。在他那件缚在马鞍后面的上衣口袋里，有一些碾碎的咖啡豆。清咖啡和纸烟！牧牛人有了这两样东西，还指望别的什么呢？

不出两分钟，他生起了一小堆明快的篝火。他拿着罐头朝水坑走去。在离水坑十五码时，他从灌木枝叶的空隙中看到左边不远处有一匹备女鞍的小马，搭拉着缰绳在啃草。约瑟法·奥唐奈趴在水坑旁边喝了水，站了起来，正在擦去掌心的泥沙。吉文斯还看到在她右边十来码远的荆棘丛中，有一头蹲着的墨西哥狮子。它的琥珀色的眼睛射出饥饿的光芒，眼睛后面六英尺的地方是像猎狗猛扑前那样伸得笔直的尾巴。它挪动后腿，那是猫科动物跳跃前的常态。

吉文斯做了他力所能及的事。他的六响手枪在三十五码以外的草地上。他暴喊一声，窜到狮子和公主中间。

吉文斯事后所说的这场“格斗”是短暂而有点混乱的。当他冲到战线上时，他看见空中掠过一道模糊的影子，又听到两声隐约的枪响。紧接着，百来磅重的墨西哥狮子落到了他头上，噗的一声重重地把他压倒在地。他还记得自己喊道：“让我起来——这种打法不公道！”然后，他像毛虫似的从狮子身下爬出来,满嘴的青草和污泥,后脑勺磕在水榆树根上,鼓了一个大包。狮子一动不动地瘫在地上。吉文斯大为不满,并且觉得受了骗。他对狮子晃晃拳头,嚷道:“我跟你再来二十回合——”可他立即省悟过来。

约瑟法站在原来的地方,若无其事地在重新填装她那把镶银把柄的三八口径手枪。这种射击并不困难。狮子脑袋同悬在绳子上的番茄罐头相比,目标要大多了。她嘴角和黑眼睛里带着一丝挑逗、嘲弄和叫人恼火的笑意。这位救人未遂的侠士觉得丢脸的火焰一直烧到他的灵魂。这本来是他的大好机会,梦寐以求的机会;可是成全他的不是爱神丘比特,而是嘲弄之神摩摩斯。毫无疑问,森林中的精灵们一定在捧着肚子窃窃暗笑。这简直成了一出滑稽戏——吉文斯先生同剥制狮子一起演出的滑稽闹剧。

“是你吗,吉文斯先生?”约瑟法说,她的声调徐缓低沉,像糖精一般甜,“你那一声叫喊几乎害得我脱靶。你摔倒时有没有砸伤头?”

“哦,没什么,”吉文斯平静地说,“摔得不重。”他屈辱地弯下腰,把他那顶最好的斯特森帽子从狮子身下抽出来。帽子压得一团糟,很有喜剧效果。接着,他跪下去,轻轻地抚摸着死狮子那张着大嘴、好不吓人的脑袋。

“可怜的老比尔!”他伤心地说。

“那是怎么回事?”约瑟法敏捷地问道。

“你当然不明白,约瑟法小姐,”吉文斯说,同时露出让宽恕胜过悲哀的神情,“谁也不能怪你。我想救它,但是无法及时让你知道。”

“救谁呀?”

“还不是老比尔！我找了它一整天。你明白，两年来它一直是我们营地里的宠物。可怜的老东西，它连一只白尾灰兔都不会伤害的。营地里的弟兄们知道这件事后，都会伤心的。不过你当然不知道比尔只不过是同你闹着玩。”

约瑟法的黑眼睛炯炯有神地盯着他。里普利·吉文斯顺利地混过了这一关。他沉思地站着，把他那黄褐色的头发揉得乱蓬蓬的。他眼睛里露出懊丧的样子，还掺杂着一些温和的责怪。他那清秀的脸上显出一种无可非议的哀伤。约瑟法倒有点拿不准了。

“那你们的宠物跑到这儿来干吗？”她负隅顽抗地问道，“白马渡口附近又没有营地。”

“这个老家伙昨天从营地里逃了出来。”吉文斯胸有成竹地说，“郊狼没把它吓坏可真奇怪。你明白，吉姆·韦伯斯特，我们营地里管坐骑的牧人，上星期弄了一头小猎狗到营地里来。那头小狗真叫比尔受罪——它一连好几个小时钉在比尔背后，咬它的后腿。每晚休息时，比尔总是钻在一个弟兄的毯子底下睡觉，不让小狗找到它。我猜想它一定是愁得走投无路了，否则是不会逃跑的。它一向是离开了营地就害怕。”

约瑟法看看那只猛兽的尸体。吉文斯轻轻拍了拍狮子的一只可怕的脚爪，这只脚爪平时一下子就可能送掉一条小牛的命。那姑娘深橄榄色的脸上慢慢泛起一片红晕。这是不是真正的猎人打到不应该打的猎物时，感到羞愧的表示呢？她的眼色柔和了些，垂下来的眼睑把先前那种明显的取笑的光芒全赶跑了。

“我很抱歉，”她低声下气地说，“不过它看上去是那么大，又跳得那么高，所以——”

“可怜的老比尔肚子饿啦，”吉文斯立即替死去的狮子辩护说，“我们在营地里总是叫它跳起来，才给它吃的。它为了一块肉还躺在地下打滚呢。它看到你时，以为你会给它一点儿吃的东西。”

约瑟法的眼睛突然睁得大大的。

“刚才我可能会打着你！”她嚷道，“你已经跑到了中间。你为了救你那心爱的狮子，甚至冒了生命危险！那太好啦，吉文斯先生。我喜欢对动物仁慈的人。”

不错，现在她的眼色里甚至有了爱慕的成分。总之，在一败涂地的废墟中出现了一个英雄。吉文斯脸上的神情很可以替他在“防止虐待动物协会”里谋一个重要的位置。

“我一向喜欢动物，”他说，“马呀，狗呀，墨西哥狮子呀，牛呀，鳄鱼呀——”

“我讨厌鳄鱼，”约瑟法马上反对说，“拖泥带水的，叫人看了起鸡皮疙瘩的东西！”

“我说过鳄鱼吗？”吉文斯说，“我想说的准是羚羊。”

约瑟法的良心促使她再想出一些补救的办法。她忏悔似的伸出了手。她的眼睛里噙着两颗晶莹的泪珠。

“请原谅我，吉文斯先生，好吗？你明白，我只不过是个小姑娘，一开头我很害怕。我打死了比尔，感到非常难过。你不了解我觉得多么难为情。我早知道的话，绝不会这么做的。”

吉文斯握住她伸出来的手。他握了一会儿，让他的宽恕去克制因比尔的死而引起的悲伤。最后，他显然原谅了约瑟法。

“请你别再提这件事啦。约瑟法小姐。比尔的模样叫哪一位年轻小姐见了都会害怕的。我会向弟兄们好好解释的。”

“你真的不恨我吗?”约瑟法冲动地向他挨近了些。她的眼神很甜蜜——啊,甜蜜和恳求之中带着优雅的悔罪的神色。“谁要是杀了我的小猫,我真会恨死他呢。你冒了中流弹的危险去救它,又是多么勇敢,多么仁慈啊!这样做的人实在太少啦!”从失败中夺得了胜利!滑稽戏变成了正剧!好样的,里普利·吉文斯!

现在天色已经黑了。当然不能让约瑟法小姐独个儿骑马回家。尽管吉文斯的坐骑露出不情愿的样子,他还是重新上鞍,陪她一同回去。公主和爱护动物的人——他们并辔驰过柔软的草地。周围弥漫着草原上丰饶的泥土气息和美妙的花香。郊狼在远处小山上嗥叫!没有什么可怕的。可是——

约瑟法策马靠拢一些。一只小手似乎在摸索。吉文斯的手找着了它。两匹小马齐步走着。两只手握住不放,一只手的主人说:

“以前我从没有害怕过,可是你想想看!如果碰上一头真正的野狮子,那怎么得了!可怜的比尔!你陪着我真叫我高兴!”

奥唐奈坐在房屋的回廊上。

“喂,里普!”他嚷道——“是你吗?”

“他陪我来的。”约瑟法说,“我迷了路,耽误了很久。”

“多谢你。”牛皇帝喊道,“在这儿过夜吧,里普,明天早晨再回营地。”

但是吉文斯不肯。他要赶回营地去。一清早有批阉牛要上路。他道了晚安,策马走了。

一小时后，熄了灯，约瑟法穿着睡衣，走到她卧室门口，隔着砖铺的过道，向屋里的牛皇帝招呼说：

“喂，爸爸，你知道那只叫做‘缺耳魔鬼’的墨西哥老狮子吗？——就是害死了马丁先生的牧羊人冈萨勒斯，在萨拉达牧场捕杀了五十来头小牛的那只。嘿，今天下午我在白马渡口结果了它的性命。它正要跳起来时，我用三八口径往它脑袋开了两枪。它的左耳朵被老冈萨勒斯用砍刀削去一片，所以我一看到就认识。你自己也不见得打得这么准，爸爸。”

“真有你的！”“悄声本恩”在熄了灯的寝宫里打雷似的说道。

托拉斯的破产

“托拉斯是它本身最大的弱点。”杰甫·彼得斯说。

“你那句话简直莫名其妙，”我说，“就像是说‘为什么是警察？’一样。”

“不见得。”杰甫说，“托拉斯和警察之间并没有联系。我的话是提纲挈领——是轴心——是一种小而全①。它的意思是说托拉斯既像一枚鸡蛋，又不像鸡蛋。打碎鸡蛋的时候，你得施加外力。要瓦解托拉斯，只能由里及外。像抱窝似的，等它孵出小鸡来。不妨看看在全国各地学院和图书馆里孵出来的那些啁啁啾啾、东张西望的毛头小伙子。不错，先生，每一个托拉斯本身就包含着毁灭的苗头，正如在佐治亚州卫理公会的黑人教徒举行野外布道会时，旁边一只喔喔啼叫的公鸡，或是在得克萨斯州竞选州长的一个共和党候选人。”

我开玩笑似的问杰甫，在他那变化无常、纷纭复杂、纠缠紊乱的生涯里，他有没有经营过那种被称为“托拉斯”的事业。使我吃惊的是，他居然直言不讳地承认了。

“干过一次。”他说，“即使是具备新泽西州颁发的执照的

① 拉丁文短语 multum in parvo，意谓“小中见大”、“言简意赅”，杰甫把 multum 说成 mulctem（挤奶）。

任何合法的垄断事业,都不如我们那次干得稳妥可靠。所有条件都对我们有利:风水,警察,胆量;再说,我们垄断的商品又是大众不可或缺的。世界上任何一个专和托拉斯过不去的人都挑不出我们的计划有什么毛病。相比之下,洛克菲勒的煤油小买卖简直像是没本钱的投机生意了。但结果我们一败涂地。"

"大概是遇到了未曾预料的阻力吧。"我说。

"不,先生,只是由于我刚才说过的原因。我们是作茧自缚。是一个自我遏止的事例。正如艾伯特·丁尼生所说的,投机倒把里出现了裂罅①。

"你总记得,我对你说过,我和安岱·塔克是多年的老搭档了。那人是我生平所见过的最有天才的策略家。他只要看到人家手里有一块钱,如果不能把它弄过来,就认为是奇耻大辱。安岱除了具有许多实用的常识之外,还受过教育。他从书本上获得了大量的经验,在任何与思想推理有关的题目上,他都能如数家珍,一谈就是几个小时。各式各样的把戏他都玩过,上至在作介绍巴勒斯坦风光的报告时,放映大西洋城②定制服装师联合会年会的幻灯片;下至在康涅狄格州倾销用肉豆蔻木蒸馏的冒牌烧酒③。

"一年春天,我和安岱在墨西哥作一次短暂的旅行,在逗留期间,费城的一个资本家付给我们二千五百元,收买了奇瓦瓦州一个银矿的一半股权。哎,银矿倒是确实存在。其余的一半股权至少值二三十万元。不过我时常纳闷,不知那个银

① 丁尼生的原诗是"琵琶上的小裂缝",意谓"破裂的先兆"。

② 大西洋城,美国新泽西州西南的海滨避暑城市。

③ 美国康涅狄格州的别名是"肉豆蔻州"。

矿的主人是谁。

“回美国时，我们在里奥格朗德河畔得克萨斯州的一个小镇上歇歇脚。小镇的名字叫鸟城；其实不然。镇上有两千来个居民，大多数是男人。据我观察，他们的生活来源主要是靠同高栎树打交道。有些是牧人，有些是赌棍，有些是盗马贼，还有不少是干走私买卖的。我和安岱在一家既像屋顶花园，又像分格书柜的旅店住下。我们到达那天下起雨来。雨势之大，正如俗话所说的，水刺柏在安菲比斯山上拧开了水龙头①。

“且说鸟城有三家酒店。安岱和我虽然都不喝酒，但我们可以看到镇上的人整天在这几家酒店之间作三角形的穿梭运动，晚上半宿也是这样。大家仿佛都懂得该怎样去支配他们所有的钱。

“第三天下午，雨暂时停了一会儿，我和安岱便到镇边去看看泥景。鸟城坐落在里奥格朗德河与它的旧河道之间，如今旧河道成了一条又宽又深的旱谷。淫雨引起水位骤涨，河流和旱谷沿岸的土块开始松动坍塌。安岱看了很久。那个人的脑筋是永远不停的。接着，他把他灵机一动想出来的主意告诉了我。当场就组织了一个托拉斯；我们回到镇上，立即把它推到市场上。

“首先，我们到那家字号叫蓝蛇的鸟城最大的酒店里，花了一千二百元把它盘下来。然后我们装作很随便的样子，逛到墨西哥佬乔的酒店里，聊聊下雨的天气，又用五百元买下了

① 水刺柏(Juniper Aquarius)和谑称的水神(Jupiter Aquarius)的读音相近，安菲比斯山(Mount Amphibious)和希腊神话中众神居住之地奥林匹斯山(Mount Olympus)读音相近。

他的店。第三家花了四百元,很顺利就成交了。

“第二天早上,鸟城的人醒来,发现这个镇成了一个孤岛。河水冲进了旧河道,小镇被汹涌的激流围困住了。雨还下个不停,西北方乌云满布,预示未来的两星期内还有六个年平均降雨量。可更糟糕的事还在后面。

“鸟城从它的窝里跳出来,抖擞一下羽毛,摇摇摆摆地去过它早晨的酒瘾了。可是瞧呀!墨西哥佬乔的酒店上着门板,另一个土砖盖的小救命站也关着门。镇上的成员自然而然地发出惊异口渴的呼喊,掉过头来直奔蓝蛇酒店。他们在那里看到了什么?

“酒吧柜台后面坐着垄断家杰甫阁下彼得斯,腰两边各插一支六响左轮,准备见机行事,或是收款找钱,或是行凶杀人。店里有三个侍者,墙上有一幅十英尺长的通告:‘各种酒类,一律一元。’安岱穿一身整洁的蓝色衣服,叼着一支金纸箍的雪茄,坐在保险箱上,准备应付非常事件。镇上的警察局长带着两名警察在维持治安,因为托拉斯答应免费供应他们喝酒。

“不出十分钟,鸟城便明白自己已落进笼中。我们本来担心会闹事;结果并没有。镇民们发现我们占了上风。最近的铁路线离这儿有三十英里;再说至少要等两星期,河水才能减退,人才能蹚过去。因此,他们只能和颜悦色地咒骂几句,开始往酒吧上扔银币,那丁冬的声响真像是一支木琴选曲。

“鸟城约有一千五百个到了荒唐年龄的成年人;其中大多数每天要喝三次至二十次酒,日子才能过下去。在洪水退去之前,蓝蛇酒店是他们能买到酒的惟一场所。这件事像一切真正伟大的骗局一样,干得又漂亮,又利索。

“十点左右，银元落在酒吧上的速度放慢了，从快步舞曲变成了两步舞曲和进行曲。我朝窗外望去，只见我们的顾客在鸟城储蓄信托公司门口排队，有一二百人之多。我知道他们是在借款，好供托拉斯章鱼那又冷又黏的触手来攫取。

“中午时分，大家都按规矩回家吃饭了。我们吩咐侍者利用空闲也去吃饭。我和安岱清点了一下收入，竟有一千三百元之多。照我们估计，只要鸟城再被洪水围困两星期，托拉斯就有条件捐赠一幢有垫衬墙壁的宿舍①给芝加哥大学的教职员，还可以向得克萨斯州所有正派的穷人各赠一个农场，只要他能提供农场的地皮。

“我们的成功使安岱觉得自己不可一世，因为这个计划的草案来自他的推测和预感。他从保险箱上跳下来，点燃了店里最大的一支雪茄。

“‘杰甫，’他说，‘我想你走遍天下都找不到有哪三个贪心汉能想出比彼得斯-撒旦-塔克股份有限公司更聪明的压制无产阶级的主意了。我们确实在小消费者的中风神经中枢②重重地打击了一下，可不是吗？’

“‘哎，’我说，‘不管我们愿不愿意，看样子我们要像富翁那样闹闹胃气痛，玩玩高尔夫球，穿着苏格兰式的短裙去打猎啦。这场威士忌的小把戏确实非常成功。我很满意。’我说，‘我宁愿自肥，不愿减瘦。’

“安岱把我们最好的黑麦威士忌斟了一大杯，派了它应有的用场。据我记忆，他生平从不喝酒。

① 有垫衬墙壁的房间是给疯子或企图自杀的犯人居住的。

② 原文是 sole apoplectic，与太阳神经丛（solar plexus）读音近似。

“‘这一杯祝贺神道的解放。’他说。

“他这样招惹了歪门邪道的神道之后，又为我们的成功干了一杯。然后，他开始为垄断事业祝酒，上至赖苏利①和北太平洋铁路公司，下至规模比较小的企业，诸如教科书联营书店，人造黄油专卖公司，利哈伊山谷无烟煤矿和大苏格兰联合煤矿公司。

“‘安岱，’我说，‘为我们的垄断业同行的健康干杯，固然没有什么不好，但是饮酒不宜过度。你总知道，我们最出名、最惹厌的亿万富翁都是靠清茶和狗饼干过日子的。’

“安岱到后房去了一会儿，出来时已换上他最好的衣服。在他那双温和而骚乱的眼睛里，有一种穷凶极恶而又深情热烈的神情，叫我看了很不自在。我密切注视着，看他肚子里的威士忌会起什么作用。在两种情况下，你是无法预计后果的。一是男人喝了第一杯酒，二是女人喝了最后一杯。

“不出一小时，安岱的微醺变成了酩酊大醉。他外表仍旧很庄重，还能保持平静，但是内心却充满了意想不到的东西，一触即发。

“‘杰甫，’他说，‘你可知道我是山口——活山口？’

“‘那原是一个不说自明的假设。’我说，‘但你又不是爱尔兰人。你为什么不按照美国的语法规则和修辞说“人口”呢？’

“‘我是一个火山的山口。’他说，‘我浑身火辣辣的，肚子里填满了各式各样的字句，非找一个出口不可。我觉得千千

① 赖苏利（1875？—1925），摩洛哥土匪，绑架了三个英美人，摩洛哥苏丹为了避免引起国际纠纷，防止英、美借故宣战，便用大量金钱赎出肉票。

万万的同义字和词类在我身体里翻腾，’他说，‘我非发表一次演说不可。喝了酒之后，’安岱说，‘我总是有发表演说的倾向。’

“‘那可不妙。’我说。

“‘据我记忆所及，’他说，‘酒精仿佛能激励我的朗诵和修辞意识。可不是吗，布赖恩①第二次竞选的时候，’安岱说，‘他们总是给我喝三杯杜松子酒汽水。在银本位的问题上，我比比利本人还能多讲两小时。不过最后人家让我相信还是金本位好。’

“‘既然你非把过剩的话发泄出来不可，’我说，‘你干吗不到河岸上去说一通呢？我记得好像有个名叫坎塔里德斯②的老演说家，时常跑到海边上去发泄他肚子里的废气。’

“‘不行，’安岱说，‘我非得有听众不可。我觉得，如果我滔滔不绝地讲起来，人们就会把贝弗里奇参议员③称作沃巴什的伟大的小斯芬克斯石像。我一定要召集一批听众，杰甫，让我这个话语膨胀病缓解一下，不然它会往里发展，害得我觉得自己像是索思沃思夫人④的毛边精装本。’

“‘你想做的演讲是不是牵涉到某些特殊的定理和主题？’我问道。

---

① 布赖恩(1860—1925)，美国律师，一八九六、一九〇〇和一九〇八年三次竞选总统，均失败。他的竞选纲领之一是主张货币银本位制。

② 坎塔里德斯(cantharides)是鞘翅目昆虫斑蝥，它的干燥虫体内有剧毒，皮肤接触可致水泡。杰夫说的老演说家应是希腊的德莫斯特尼斯(前385？—前322)。

③ 贝弗里奇(1862—1927)，美国历史学家，政治家。

④ 索思沃思夫人(1819—1899)，美国通俗小说家，作品以情节取胜，一度甚受欢迎。

“‘我没有什么偏爱。’安岱说，‘无论什么题材，我都能高谈阔论，曲尽其妙。我可以谈俄罗斯移民，约翰·济慈的诗歌，关税，卡比利亚①文学，或者排涝，并且能够轮番使我的听众啜泣，号哭，呜咽，流泪。’

“‘好吧，安岱，’我说，‘假如你非让郁结的话出笼不可，那你就到镇上去，找些厚道的居民发挥一通吧。我和弟兄们来照看这里的买卖。人们马上就要吃完中饭了，咸肉和豆子总会使人口渴的。午夜之前，我们至少还应该捞它一千五百块钱。’

“于是安岱走出了蓝蛇酒店。我看到他拦住街上的行人，同他们说话。没多久，就有五六个人围在一起听他的；再过一会儿，只见他在街角上正向一大群人指手画脚，大发议论。他走开时，人们一个个都跟着他。他嘴一直没有闲，把人们领到鸟城的大街上。路上还有许多人纷纷跟上。这情形叫我想起以前在书上看到的，海德西克的彩衣风琴手把镇上的孩子都拐跑的老骗术。②

“一点钟到了；接着是两点，三点也跑到了终点线；可是鸟城的居民没有一个进来喝酒。街上冷冷清清的，只有几只鸭子和几个去铺子买东西的妇女。那时候也只下着细雨。

“一个孤零零的男人走来，停在蓝蛇酒店门口，把靴子上的泥刮掉。

“‘朋友，’我说，‘出了什么事啦？今天上午，大家还欢欢腾腾的，现在全镇却像是蒂尔和锡丰的废墟，只有一只蜥蜴在

① 卡比利亚是北非阿尔及利亚一个区域。

② 传说一二八四年德国哈默尔恩小镇有鼠患，一个神秘的彩衣风琴手把老鼠全引走后，居民没有履约给他酬劳，他便把镇上的儿童都引走了。

城门的吊闸上孤零零地爬着。’

“‘镇上的人，’那个身上带泥的人说，‘全到斯佩里的羊毛仓库去听你那搭档的演讲啦。在主题和结论方面，他发表的议论倒很出色。’那人说。

“‘我希望他快点休会，’我说，‘生意疲软，不休会也不行啦。’

“当天下午，没有一个顾客上门。六点钟，两个墨西哥人把搭在驴子背上的安岱送回酒店。我们把他抬到床上时，他仍旧手舞足蹈，喋喋不休。

“我把现金锁好，上街去看看究竟是怎么一回事。有个人原原本本地告诉了我。他说安岱做了两小时的演讲，精彩万分，无论在得克萨斯或是世上任何别的地方都难得听到。

“‘他讲的什么呀？’我问道。

“‘戒酒。’他说，‘演讲结束后，鸟城每一个人都具结保证，一年之内绝不喝酒。’”

催眠术家杰甫·彼得斯

杰甫·彼得斯挣钱的旁门邪道多得像是南卡罗来纳州查尔斯顿煮米饭的方法。

我最爱听他叙说早年的事情,那时候他在街头卖膏药和咳嗽药水,勉强餬口,并跟各种各样的人打交道,拿最后的一枚钱币同命运打赌。

“我到了阿肯色的费希尔山,”他说道,“身穿鹿皮衣,脚登鹿皮靴,头发留得长长的,手上戴着从特克萨卡纳一个演员那里弄来的三十克拉重的金刚钻戒指。我不明白他用戒指换了我的折刀去干什么。

“我当时的身份是著名的印第安巫医沃胡大夫。我只带着一件最好的赌本,那就是用延年益寿的植物和草药浸制的回春药酒。乔克陶族酋长的美貌的妻子塔夸拉在替玉米跳舞会[①]煮狗肉时,想找一些蔬菜搭配,无意中发现了那种草药。

“我在前一站镇上的买卖不很顺手,因此身边只有五块钱。我找到费希尔山的药剂师,向他赊了六打八盎司容量的玻璃瓶和软木塞。我的手提箱里还有前一站用剩的标签和原料。我住进旅馆后,就拧开自来水龙头兑好回春药酒,一打一

① 印第安人在播种或收获玉米时跳的舞蹈。

打地排在桌子上，这时候生活仿佛又很美好了。

“你说是假药吗？不，先生。那六打药酒里面有值两元的金鸡纳皮浸膏和一毛钱的阿尼林。几年以后，我路过那些小镇，人们还问我买呢。

“当晚我就雇了一辆大车，开始在大街上推销药酒。费希尔山是个疟疾流行的卑隰的小镇；据我诊断，镇上的居民正需要一种润肺强心、补血养气的十全大补剂。药酒的销路好得像是吃素的人见到了鱼翅海参。我以每瓶半元的价钱卖掉了两打，这时觉得有人在扯我衣服的下摆。我明白那是什么意思；于是我爬下来，把一张五元的钞票偷偷地塞在一个胸襟上佩着充银星章的人的手里。

“‘警官，’我说道，‘今晚天气不坏。’

“‘你推销你称之为药的这种非法假货，’他问道，‘可有本市的执照？’

“‘没有。’我说，‘我不知道你们这里算是城市。明天如果我发现确实有城市的意思，必要的话，我可以领一张。’

“‘在你没有领到之前，我得勒令你停业。’警察说。

“我收掉摊子，回到旅馆。我把经过情形告诉了旅馆老板。

“‘哦，你这行买卖在费希尔山是吃不开的。’他说，‘霍斯金斯大夫是这里惟一的医师，又是镇长的小舅子，他们不允许江湖郎中在这个镇上行医。’

“‘我并没有行医啊，’我说，‘我有一张州颁的小贩执照，必要的话，我可以领一张市里的执照。’

“第二天早晨，我去到镇长办公室，他们说镇长还没有来，什么时候来可说不准。于是沃胡大夫只好再回到旅馆，在椅子上蜷坐着，点起一支雪茄烟干等。

“没多久，一个打蓝色领带的年轻人挨挨蹭蹭地坐到我旁边的椅子上，问我有几点钟了。

“‘十点半，’我说，‘你不是安岱·塔克吗？我见过你玩的把戏。你不是在南方各州推销‘丘比特什锦大礼盒’吗？让我想想，那里面有一枚智利钻石订婚戒指，一枚结婚戒指，一个土豆捣碎器，一瓶镇静糖浆和一张多乐西·弗农的照片——一共只卖五毛钱。’

“安岱听说我还记得他，觉得十分高兴。他是一个出色的街头推销员；不仅如此——他还尊重自己的行业，赚到百分之三百的利润就已满足了。人家一再拉他去干非法的贩卖假药的勾当；可是怎么也不能引他离开康庄大道。

“我正需要一个搭档，安岱同我便谈妥了合伙。我向他分析了费希尔山的情况，告诉他由于当地的政治同泻药纠缠在一起，买卖不很顺利。安岱是坐当天早班火车到这里的。他自己手头也不宽裕，打算在镇上募集一些钱，到尤里加喷泉①去造一艘新的兵舰。我们便出去，坐在门廊上从长计议。

“第二天上午十一点钟，当我独自坐着时，一个黑人慢吞吞地走进旅馆，请大夫去瞧瞧班克斯法官，也就是那位镇长，据说他病得很凶。

“‘我不是替人瞧病的。’我说，‘你干吗不去请那位大夫？’

“‘先生，’他说，‘霍斯金斯大夫到二十英里外的乡下地方去替人治病啦。镇上只有他一位大夫，班克斯老爷病得很

① 尤里加喷泉，阿肯色州西北部的一旅游休养地。

厉害。他吩咐我来请你,先生。’

“‘出于同胞的情谊,’我说,‘我不妨去看看他。’我拿起一瓶回春药酒,往口袋里一塞,去到山上的镇长公馆,那是镇上最讲究的房子,斜屋顶,门口草坪上有两只铁铸的狗。

“班克斯镇长除了胡子和脚尖之外,全身都摆平在床上。他肚子里发出的响声,如果在旧金山的话,会让人误认为是地震,听了就要夺路往空旷的地方逃跑。一个年轻人拿着一杯水,站在床边。

“‘大夫,’镇长说,‘我病得很厉害。我快死了。你能不能想想办法救救我?’

“‘镇长先生,’我说,‘我没有福气做艾斯·库·拉比乌斯①的正式门徒,我从来没有在医科大学里念过书。’我说,‘我只不过是以同胞的身份来看看有什么地方可以效劳。’

“‘非常感激。’他说,‘沃胡大夫,这一位是我的外甥,比德尔先生。他想减轻我的痛苦,可是不行。哦,天哪!哦——哦——哦!’他呻吟起来。

“我招呼了比德尔先生,然后坐在床沿上,试试镇长的脉搏。‘让我看看你的肝——我是说舌苔。’我说道。接着,我翻起他的眼睑,仔细看看瞳孔。

“‘你病了多久啦?’我问。

“‘我这病是——哦——哎呀——昨晚发作的。’镇长说,‘给我开点儿药,大夫,好不好?’

“‘飞德尔先生,’我说,‘请你把窗帘拉开一点,好吗?’

① 原文是S. Q. Lapius。希腊神话中日神之子和医药之神,名为艾斯库拉比乌斯(Aesculapius),作者按照现代英语国家人的姓名把前两个音节换成了缩写字母。

“‘比德尔。’年轻人纠正我说，‘你不想吃点火腿蛋吗，詹姆斯舅舅？’

“我把耳朵贴在他的右肩胛上，听了一会儿后说：‘镇长先生，你害的病是非常凶险的喙突右锁骨的超急性炎症！’

“‘老天爷！’他呻吟着说，‘你能不能在上面抹点什么，或者正一正骨，或者想点什么别的办法？’

“我拿起帽子，朝门口走去。

“‘你不见得要走吧，大夫？’镇长带着哭音说，‘你总不见得要离开这儿，让我害着这种——灰秃锁骨的超急性癌症，见死不救吧？’

“‘你如果有恻隐之心，哇哈大夫，’比德尔先生开口说，‘就不应该眼看一个同胞受苦而撒手不管。’

“‘我的名字是沃胡大夫，别像吆喝牲口那样哇哈哇哈的。’我说。接着我回到床边，把我的长头发往后一甩。

“‘镇长先生，’我说，‘你只有一个希望。药物对你已经起不了作用了。药物的效力固然很大，不过还有一样效力更大的东西。’我说。

“‘是什么呀？’他问道。

“‘科学的论证。’我说，‘意志战胜菝葜①。要相信痛苦和疾病是不存在的，只不过是我们不舒服时的感觉罢了。诚则灵。试试看吧。’

“‘你讲的是什么把戏，大夫？’镇长说，‘你不是社会主义者吧？’

① 菝葜（sarsaparilla）是百合科植物，根有清血、解毒和发汗作用，可制清凉饮料。镇长听成是“paraphernalia”（用具、配备）。

"'我讲的是,'我说,'那种叫做催眠术的精神筹资的伟大学说——以远距离、潜意识来治疗谵妄和脑膜炎的启蒙学派——奇妙的室内运动。'

"'你能行施那种法术吗,大夫?'镇长问道。

"'我是最高长老院的大祭司和内殿法师之一。'我说,'我一施展催眠术,瘸子就能走路,瞎子就能重明。我是灵媒,是花腔催眠术家,是灵魂的主宰。最近在安阿伯①的降神会上,全靠我的法力,已故的酒醋公司经理才能重归世间,同他的妹妹简交谈。你看到我在街上卖药给穷苦人,'我说,'我不在他们身上行施催眠术。我不降格以求,'我说,'因为他们袋中无银。'

"'那你肯不肯替我做做呢?'镇长问道。

"'听着,'我说,'我不论到什么地方,医药学会总是跟我找麻烦。我并不行医。但是为了救你一命,我可以替你做精神治疗,只要你以镇长的身份保证不追究执照的事。'

"'当然可以。'他说,'请你赶快做吧,大夫,因为疼痛又发作了。'

"'我的费用是二百五十块钱,治疗两次包好。'我说。

"'好吧,'镇长说,'我付。我想我这条命还值二百五十块。'

"'现在,'我说,'你不要把心思放在病痛上。你没有生病。你根本没有心脏、锁骨、尺骨端、头脑,什么也没有。你没有任何疼痛。否定一切。现在你觉得本来就不存在的疼痛逐渐消失了,是吗?'

① 安阿伯,密执安州东南部的城市。

“‘我确实觉得好了些,大夫,’镇长说,‘的确如此。现在请你再撒几句谎,说我左面没有肿胀,我想我就可以跳起来吃些香肠和荞麦饼了。’

“我用手按摩了几下。

“‘现在,’我说,‘炎症已经好了。近日点的右叶已经消退了。你觉得睡迷迷的了。你的眼睛睁不开了。目前毛病已经止住。现在你睡着了。’

“镇长慢慢闭上眼睛,打起鼾来。

“‘铁德尔先生,’我说,‘你亲眼看到了现代科学的奇迹。’

“‘比德尔,’他说,‘其余的治疗你什么时候替舅舅做呀,波波大夫?’

“‘沃胡。’我纠正说,‘我明天上午十一点钟再来。他醒后,给他吃八滴松节油和三磅肉排。再见。’

“第二天上午我准时到了那里。‘好啊,立德尔先生,’他打开卧室房门时,我说,‘你舅舅今早晨怎么样?’

“‘他仿佛好多啦。’那个年轻人说。

“镇长的气色和脉搏都很好。我再替他做了一次治疗,他说疼痛完全没有了。

“‘现在,’我说,‘你最好在床上躺一两天,就没事啦。我碰巧到了费希尔山,也是你的运气,镇长先生,’我说,‘因为正规医师所用的一切药都救不了你。现在毛病既然好了,疼痛也没有了,不妨让我们来谈谈比较愉快的话题——也就是那二百五十块钱的费用。不要支票,对不起,我不喜欢在反面签背书,正如不喜欢在正面签支票一样。’

“‘我这儿有现钞。’镇长从枕头底下摸出一只皮夹子,说道。

“他数出五张五十元的钞票，捏在手里。

“‘把收据拿来。’他对比德尔说。

“我签了收据，镇长把钱交给了我。我小心翼翼地把它们放在贴身的口袋里。

“‘现在你可以执行你的职务啦，警官。’镇长笑嘻嘻地说，一点不像是害病的人。

“比德尔先生攥住我的胳臂。

“‘你被捕了，沃胡大夫，别名彼得斯，’他说，‘罪名是违犯本州法律，无照行医。’

“‘你是谁呀？’我问。

“‘我告诉你他是谁。’镇长在床上坐起来说，‘他是州医药学会雇用的侦探。他跟踪你，走了五个县。昨天他来找我，我们定下这个计谋来抓你。我想你不能在这一带行医了，骗子先生。你说我害的是什么病呀，大夫？’镇长哈哈大笑说，‘灰秃——总之我想不是大脑软化吧。’

“‘侦探。’我说。

“‘不错，’比德尔说，‘我得把你移交给司法官。’

“‘你敢。’我说着突然卡住比德尔的脖子，几乎要把他扔出窗外。但是他掏出一把手枪，抵着我的下巴，我便放老实了，一动不动。他铐住我的手，从我口袋里抄出了那笔钱。

“‘我证明，’他说，‘这就是你我做过记号的钞票，班克斯法官。我把他押到司法官的办公室时，把这钱交给司法官，由他出一张收据给你。审理本案时，要用它作物证。’

“‘没关系，比德尔先生。’镇长说，‘现在，沃胡大夫，’他接着说，‘你干吗不施展法力呀？你干吗不施出你的催眠术，

把手铐催开呀?'

"'走吧,警官。'我大大咧咧地说,'我认栽啦。'接着我咬牙切齿地转向老班克斯。

"'镇长先生,'我说,'用不了多久,你就会发现催眠术是成功的。你应当知道,在这件事上也是成功的。'

"我想事情确实如此。

"我们走到大门口时,我说:'现在我们也许会碰到什么人,安岱。我想你还是把手铐解掉的好——'呃?当然啦,比德尔就是安岱·塔克。那是他出的主意;我们就这样搞到了合伙做买卖的本钱。"

慈善事业数学讲座

“我注意到教育事业方面收到了五千多万元的巨额捐款。”我说。

我在翻阅晚报上的花絮新闻，杰甫·彼得斯正在把板烟丝塞进他那只欧石南根烟斗。

“提起这件事，”杰甫说，“我大有文章可做，并且可以发表一篇讲演，供慈善事业数学班全体参考。”

“你是不是有所指？”我问道。

“正是。”杰甫说，“我从没有告诉过你，我和安岱·塔克做过慈善家，是不是？那是八年前在亚利桑那州时的事了。安岱和我驾了一辆双马货车，在基拉①流域的山岭里踏勘银矿。我们发现了矿苗，把它卖给塔克森②方面的人，换得两万五千元钱。我们把支票在银行里兑了银币——一千元装一袋。我们把银币装上货车，晕头晕脑地往东赶了百来里路，神志才恢复清醒。你看宾夕法尼亚铁路公司的业务年报，或是听一位演员说他的薪金时，两万五千元好像并不多，可是当你掀开货车篷布，用靴跟踢踢钱袋，听到每一块银币碰撞得叮当

① 基拉，亚利桑那州南部的河流。

② 塔克森，亚利桑那州南部的城市。

发响时,你就会觉得自己仿佛是十二点整的通宵营业的银行。

“第三天,我们到了一个小镇上,镇容美丽整洁,可算是自然界或者兰德-麦克内莱①的精心杰作。它坐落在山脚下,四周花木扶疏,居民有两千左右,都是诚恳老实、慢条斯理的。小镇的名字好像是百花村,那里还没有被铁路、跳蚤或者东部的游客所污染。

“我和安岱把钱存进当地的希望储蓄银行,联名开了一个户头,然后到天景旅馆开了房间。晚饭过后,我们点上烟斗,坐在走廊上抽烟。就在那当儿,我灵机一动,想起了慈善事业。我想每一个当过骗子的人迟早总会转到那个念头上去的。

“当一个人从大伙身上诈骗了相当可观的数目时,他就不免有点胆怯,总想吐出一部分。如果你仔细观察,注意他行善的方式,你就会发现他是在设法把钱归还给受过他坑害的人。拿某甲来做例子吧。他靠卖油给那些焚膏继晷攻读政治经济学,研究托拉斯企业管理的穷学生而敛聚了百万家财,就把他的昧心钱捐给大学和专科学校。

“再说某乙吧,他的财富是从那些靠劳力和工具换饭吃的普通工人身上刮来的。他怎么把那笔昧心钱退一部分给他们呢?

“‘啊哈,’某乙说,‘我还是借教育的名义来干吧。我剥劳动人民的皮,’他对自己说,‘但是俗话说得好,一好遮百丑,慈善能遮掩许多皮。’②

① 兰德-麦克内莱,十九世纪美国一家旅行指南和画片的出版公司。

② 英文成语中有“慈善能遮掩许多罪孽”。“罪孽”(sins)和“皮”(skins)读音近似,作者故意窜改一字,与上文“剥皮”相呼应。

“于是他捐了八千万块钱，指定用于建立图书馆，那批带了饭盒来盖图书馆的工人便得到了一点好处。

“‘有了图书馆，图书在哪儿呢？’读者纷纷发问。

“‘我才不管呢。’某乙说，‘我捐赠图书馆给你们；图书馆不是盖好了吗？这么说，如果我捐赠的是钢铁托拉斯的优先股票，难道你们还指望我把股票的水分①也盛在刻花玻璃瓶里一起端给你们吗？去你们的吧！’

“且不谈这些，我刚才说过，有了那许多钱，叫我也想玩玩慈善事业了。我和安岱生平第一次搞到那么一大堆钱，终于停下来想想是怎么得来的。

“‘安岱，’我说，‘我们很有钱了——虽说没有超出一般人的梦想之外；但是以我们要求不高的标准来说，我们可以算是像格里塞斯②一般富有了。我觉得似乎应该为人类，对人类做些事情。’

“‘我也有同感，杰甫。’安岱回答说，‘我们以前一直用种种小计谋欺骗大众，从兜卖自燃的赛璐珞硬领，到在佐治亚州倾销霍克·史密斯③的竞选总统纪念章。如果我能做些慈善事业，而不必亲自在救世军④里敲钹打铙，或者用伯蒂雄⑤的体系来教圣经班，我倒愿意试试那个玩意儿。’

---

① 西方国家的企业发行的股票金额超过实际投人企业的资本额，为了骗取更多利润，往往高估资产，按夸大了的资本总额发行股票，是为“掺水股票”。

② 格里塞斯，是北美人对拉丁美洲，尤其是对墨西哥人的蔑称。彼得斯想说的是克里塞斯，为公元前六世纪小亚细亚利地亚的豪富的国王。

③ 霍克·史密斯(1855—1931)，美国律师、参议员，曾任佐治亚州州长。

④ 救世军：基督教新教的一个社会活动组织，着重在下层群众中举办慈善事业。主要分布在英美等国。

⑤ 伯蒂雄(1853—1914)，法国人类学家。

“‘我们做些什么呢?’安岱说,‘施粥舍饭给穷人呢,还是寄一两千块钱给乔治·科特柳①?’

“‘都不成。’我说,‘我们的钱用来做普通的慈善事业未免太多;要补偿以往的骗局又不够。所以我们还是找些折中的事情做做吧。’

“第二天,我们在百花村溜达的时候,看见小山上有一座红砖砌的大房子,好像没有住人。居民告诉我们,几年前那是一个矿主的住宅。等到新屋落成,矿主发觉只剩下两块八毛钱来装修内部,伤心之余,便把那点钱买了威士忌,然后从屋顶上跳了下来。他的残肢遗骸就安葬在跳下来的地方。

“我和安岱一见到那座房子,就都有了同样的念头。我们可以安上电灯,采办一些擦笔布,聘请几位教授,再在草地上立一只铸铁狗以及赫拉克勒斯和约翰教父的塑像,就在那里开办一所世界上最好的免费教育机构。

“我们同百花村的一些知名人士商谈,他们极表赞成。他们在消防队为我们举行了一个宴会;我们破题儿第一遭以文明和进步事业的施主的姿态出现。安岱就下埃及的灌溉问题做了一个半小时的演讲,宴会上的留声机和菠萝汁都沾上了我们的道德气息。

“安岱和我立即着手办这件慈善事业。镇上的人,凡是能够辨别锤子和梯子的,都被我们请来担任修葺房屋的工作,把它隔成许多教室和演讲厅。我们打电报给旧金山订购了一车皮的书桌、足球、算术书、钢笔杆、字典、教授座、石板、人体骨骼模型、海绵、二十七套四年级学生穿的防雨布学士服和学

① 乔治·科特柳(1862—1940),美国律师,曾任财政部长。

士帽等等，另外还开了一张不列品名的订单，凡是第一流大学所需要的零星杂物一概都要。我自作主张在订货单上添了‘校园’和‘课程设置’两项，但是不学无术的电报员一定搞错了，因为货物运到的时候，我们在其中找到了一听青豆和一把马梳①。

“当那些周报刊出我和安岱的铜版照片时，我们又打电报给芝加哥的一家职业介绍所，吩咐他们立即装运六名教授，车上交货——英国文学一名，现代废弃语言学一名，化学一名，政治经济学一名（最好是民主党党员），逻辑学一名，还要一名懂绘画、意大利语和音乐，并有工会证的人。由希望银行担保发薪，薪额从八百元起到八百零五毛为止。

“好啦，我们终于布置就绪了。大门上刻了如下的字样：‘世界大学——赞助人与业主：彼得斯及塔克’。日历上的九月一日被划去之后，来者源源不绝。第一批是从塔克森搭了每周三班的快车来到的教授们。他们多半年纪轻轻，戴着眼镜，一头红发，带着一半为了前途，一半为了混饭吃的心情。安岱和我把他们安置在百花村的居民家里住下，然后等学生们来到。

“他们一群群地来了。我们先前在各州的报纸上刊登了招生广告，现在看到各方面的反应如此迅速，觉得非常高兴。响应免费教育号召的，一共有二百一十九个精壮的家伙，年纪最轻的十八岁，最大的长满了络腮胡子。他们把那个小镇搞得乌烟瘴气，面目全非；你简直分不清它是哈佛呢，还是三月

① “校园”和“课程设置”的原文是“campus”和“curriculum”，同“青豆罐头”（can of peas）和“马梳”（curry-comb）读音相近。

开庭的戈德菲尔兹①。

“他们在街上来来往往，挥舞着世界大学的校旗——深蓝和浅蓝两色——别的不谈，他们确实把百花村搞成了一个热热闹闹的地方。安岱在天景旅馆的阳台上向他们演说了一番，全镇的居民万人空巷，都上街庆祝。

“约莫过了两星期，教授们把那帮学生解除了武装，赶进课堂。我真不信还有比做慈善事业更愉快的事情。我和安岱买了高筒大礼帽，假装闪避着《百花村公报》的两个记者。那家报馆还派了专人，等我们一上街就摄影，每星期在‘教育新闻’栏里刊登我们的照片。安岱每星期在大学里演讲两次；等他说完，我就站起来讲一个笑话。有一次，公报居然把我的照片登在亚伯·林肯和马歇尔·皮·怀尔德②之间。

“安岱对慈善事业的兴趣之大不亚于我。为了使大学兴旺发达，我们每每在夜里醒来，交换新的想法。

“‘安岱，’有一次我对他说，‘我们忽略了一件事。孩子们该有舒适③。’

“‘那是什么呀？’安岱问道。

“‘呃，当然是可以在里面睡觉的东西。’我说，‘各个学校都有的。’

“‘哦，你指的大概是睡衫。’安岱说。

“‘不是睡衫。’我说，‘我指的是舒适。’但我始终没法让

① 戈德菲尔兹，内华达州西南部的矿镇，时有罢工。

② 怀尔德（1798—1886），美国商人，马萨诸塞州工艺学院及农学院的创办人之一。

③ 彼得斯原想说“宿舍”（dormitories），但说成了读音相近的“独峰驼”（dromedaries）。这里译成与“宿舍”读音相近的“舒适”。

安岱明白;因此我们也始终没有订购。当然,我指的是各个学校都有的,学生们可以一排排地睡在里面的长卧室。

"嘿,先生,世界大学可真了不起。我们有了来自五个州和准州地区的学生,百花村突然兴旺了起来。一个新的打靶游乐场、一家当铺和两家酒店开了张;孩子们编了一支校歌,歌词是这样的:

劳、劳、劳,
顿、顿、顿,
彼得斯、塔克,
真带劲。
波——喔——喔,
霍——嘻——霍,
世界大学
嘻普呼啦!

"学生们是一批好青年,我和安岱都为他们感到骄傲,仿佛他们是我们家里人似的。

"十月底的一天,安岱跑来问我知不知道我们银行里的存款还有多少。我猜还有一万六千左右。'我们的结存,'安岱说,'只有八百二十一元六角二分了。'

"'什么!'我不禁大叫一声,'难道你是告诉我,那些盗马贼的崽子,那些无法无天,土头土脑,傻里傻气,狗子脸,兔子耳,偷门板的家伙竟然害得我们花了那么多钱?'

"'一点不错。'安岱说。

"'那么,去他妈的慈善事业吧。'我说。

"'那也不必。'安岱说,'慈善事业,如果经营得法,是招

摇撞骗的行道中最有出息的一门。我来筹划筹划,看看能不能补救一下。'

"下一个星期,我在翻阅我们教职员工的薪金单时,忽然发现了一个新的名字——詹姆斯·达恩利·麦科克尔教授,数学讲座,周薪一百元。我一气之下大嚷一声,安岱赶忙跑了进来。

"'这是怎么回事?'我说,'年薪五千多元的数学教授?怎么搞的?他是从窗户里爬进来,自己委任的吗?'

"'一星期前,我打电报去旧金山把他请来的。'安岱说,'我们订购教授的时候,似乎遗漏了数学讲座。'

"'幸好遗漏了。'我说,'付他两星期薪金后,我们的慈善事业就要像斯基波高尔夫球场的第九个球洞一样糟啦。'

"'别着急,'安岱说,'先看看情况如何发展。我们从事的事业太高尚了,现在不能随便退却。何况我对这种零售的慈善事业越看越有希望。以前我从没有想到要加以认真研究。现在想想看,'安岱往下说,'我所知道的慈善家都有许多钱。我早就应该注意到这一点,确定什么是因,什么是果。'

"我对安岱在经济事务上的足智多谋是信得过的,所以让他掌握大局。大学十分发达,我和安岱的大礼帽仍旧锃亮,百花村的居民接二连三地把荣誉加在我们身上,把我们当做百万富翁看待,其实我们这种慈善家差不多要破产了。

"学生们把镇上搞得生气勃勃。有一个陌生人到镇上来,在红墙马房楼上开了一家法罗赌场①,收入着实可观。有

① 法罗,一种同中国牌九相似的赌博,与庄家赌输赢,用的是纸牌。

一晚，我和安岱随便过去逛逛，出于社交礼貌，下了一两块钱的注。赌客中有五十来个是我们的学生，他们一面喝五味酒，一面用一摞摞的红蓝筹码下注，等庄家亮出牌来。

“‘岂有此理，安岱，’我说，‘这批敲诈勒索的笨头笨脑的纨绔子弟来这儿找免费教育的小便宜，可是他们的钱比你我两人任何时候所有的钱都多。你看见他们从腰包里掏出来的一卷卷钞票吗？’

“‘看见了，’安岱说，‘他们中间有许多是有钱矿主和牧场主的子弟。眼看他们这样荒废机会，真叫人伤心。’

“到了圣诞节，学生全部回家度假了。我们在大学里举行了一个惜别会，安岱以‘爱琴群岛的现代音乐和史前文学’为题，做了一次演讲。每一位教授都举杯回敬我们，把我和安岱比做洛克菲勒和马库斯·奥托里格斯皇帝①。我捶着桌子，高声要向麦科克尔教授敬酒；但是他似乎没有躬与盛会。我很想见见安岱认为在这个快要招盘的慈善事业里还可以挣一百元周薪的人物。

“学生都搭夜车走了；镇上静得像是函授学校午夜时的校园。我回旅馆的时候，看到安岱的房间里还有灯光，便推门进去。

“安岱和那个法罗庄家坐在桌前，正在分配一叠两英尺高的一千元一扎的钞票。

“‘一点不错，’安岱说，‘每人三万一千元。进来，杰甫。’他对我说，‘这是我们合伙的慈善组织，世界大学，上学期应

① 马库斯·奥托里格斯应作马库斯·奥里利厄斯（121—180），系罗马皇帝。

得的一份利润。现在你总信服了吧。'安岱说,'慈善事业如果当成生意来做,也是一门艺术,施与受的人都有福气。①'

"'好极啦!'我喜出望外地说,'我承认你这次干得真高明。'

"'我们搭早车走吧,你赶快收拾你的硬领、硬袖和剪报。'

"'好极啦!'我又说,'我不会误事的。但是,安岱,在离开之前,我很想见见詹姆斯·达恩利·麦科克尔教授。我觉得好奇,想跟这位教授认识认识。'

"'那很容易。'安岱说着向那个法罗庄家转过身去。

"'杰姆,这位是彼得斯先生,跟他握握手吧。'"

① 比较《新约·使徒行传》第20章第36节:"又当纪念主耶稣的话说,施比受更为有福。"

奁缘奇遇

“有许多大人物，”我泛泛而指地说，“声称他们的成就应该归功于某些杰出的女人的帮助与鼓励。”

“这一点我也知道。”杰甫·彼得斯说，“我在历史和神话书上看到过有关圣女贞德、耶鲁夫人、考德尔太太①、夏娃和古代别的女强人的事迹。可是，依我看来，如今的女人无论在政治界或者在商业界都不顶用。说起来，女人有什么特别高明的地方呢？——第一流的厨师、时装设计师、护士、管家、速记员、秘书、理发师和洗衣匠都是男的。女人能胜过男人的工作恐怕只有一件，那就是歌舞剧里的女角。”

“我却认为，”我说，“有时候，你毕竟会发现女人的机灵和直觉对你的——呃，生意经是有帮助的。”

“嗯，”杰甫郑重其事地点点头说，“你是这样想的吗？不过在任何干净的骗局里，女人总是靠不住的搭档。在你最需要她们帮助的时候，她们却诚实起来，拆你的台。我就领教过。

① 圣女贞德(1412—1431)，英法百年战争中的法国女英雄。耶鲁夫人似指东印度公司的美国官员、耶鲁大学赞助人耶鲁(1649—1721)之妻。考德尔太太是美国杂志上连载幽默小品中的人物，是个喋喋不休、训斥丈夫的女人。

"比尔·亨伯尔,我在准州地区的一个老朋友,有一次异想天开,要当联邦法院的执行官。当时,我和安岱正在做一种规矩合法的生意——兜售手杖。你只要把那种手杖的柄拧开,凑在嘴边一倒,就有半品脱上好的黑麦威士忌流到你的喉咙里,酬劳你的聪明才智。警官们时常找我和安岱的麻烦。当比尔把他这种勇于挑重担的志愿告诉我时,我便想到执行官的职位对彼得斯-塔克公司的业务是有帮助的。

"'杰甫,'比尔对我说,'你是有学问、有教养的人,而且你的学问不限于一些基本知识,你还有经验,有见解。'

"'不错,'我说,'我从来没有因此而后悔。我不是那种主张免费教育而贬低教育的人。你说说,究竟是什么对人类有价值,文学呢还是赛马?'

"'哎——呃——,最受欢迎的当然是赛——当然啦,我说的是诗人和伟大作家。'比尔说。

"'对啦,'我说,'既然如此,那些伟大的金融家和慈善家为什么在赛马场要收两块钱的入场券,在图书馆却又让我们免费呢?'我说,'那种做法岂不是要向群众灌输一种思想,让他们对这两种自修和不合手续的方法的相对价值做出正确的估计吗?'

"'你的论点已经超出我的理解和争辩的能力了,'比尔说,'我要你做的事只是到华盛顿去一次,替我钻营这个职位。我在修养和阴谋策划方面没有什么突出的地方。我只不过是个普通公民,并且我需要这个工作。我杀过七个人,'比尔说,'我有九个小孩;从今年五月一日以来,我就是一个好共和党员;我不识字,也不会写;可是我看不出我担任执行官有什么不合适。我觉得你的搭档塔克先生,'比尔接着说,

‘也是一个讨人喜欢、头脑精明的人，他一定能帮你弄到这个差使的。我先付你一千元，’比尔说，‘供你在华盛顿喝酒、行贿和乘车的花费。如果你弄到了那个差使，我再付你一千元现钞，并且保证在十二个月内不干涉你贩卖私酒。你对西部是不是有足够的忠诚，帮我在宾夕法尼亚铁路东端终点站老爸爸的白房子里疏通疏通？①’比尔说道。

“我同安岱商量了一下，他对这件事极感兴趣。安岱的个性很复杂。他不像我，永远不满足于辛辛苦苦地干活，向乡下人推销那种既能捣肉排，又能当鞋拔、烫发器、扳头、指甲锉、土豆捣碎器和音叉的小而全的万能工具。安岱有艺术家的气质，不能把他当做牧师或是道学家那样的人，纯粹从商业的角度来衡量。于是，我们接受了比尔的委托，动身前去华盛顿。

“我们在华盛顿南达科他一家旅馆里安顿下来之后，我对安岱说：‘安岱，我们生平第一次不得不干一件真正不诚实的事。拉关系、走门路，是我们从来没干过的；但是为了比尔·亨伯尔的缘故，我们不得不出此下策。在正当合法的买卖中，我们不妨行施一点狡诈欺骗，可是在这种无法无天、穷凶极恶的不法勾当里，我却认为最好采用直截了当、光明正大的办法。我建议，’我说，‘我们从这笔钱当中取五百元交给全国竞选运动委员会主席，要一张收据，把收据放在总统的桌子上，再同他谈谈比尔的事。总统一定喜欢候选人用这种方式来谋差使，而不喜欢用幕后操纵的方式。’

① 宾夕法尼亚铁路东面的终点站是美国首都华盛顿，老爸爸指总统，白房子指总统所住的白宫。

“安岱赞成我的意见，但我们把自己的打算同旅馆办事员研究之后，就放弃了这个计划。他对我们说，要在华盛顿钻营一官半职只有一条路，那就是通过一个女议会说客。他把他所推荐的人——艾弗里太太的地址告诉了我们。据他说，这位太太在社交界和外交界的地位不同一般。

“第二天早上十点钟，我和安岱到了她下榻的旅馆，给引进了接待室。

“这位艾弗里太太真叫人看了眼目清凉。她那头发同二十元金券背面的颜色一样，眼睛是蓝的。她的美，会使七月份出的杂志的封面女郎显得像是孟农加希拉[1]煤船上的厨娘。

“她穿着一件领口很低，料子上缀着银光闪闪的小亮片的衣服，戴着金刚钻戒指和耳坠。她光着胳臂，一手拿着电话，另一手端着杯子喝茶。

“‘喂，伙计们，’她过了一会儿说，‘有什么事呀？’

“我尽可能简短地把我们要替比尔办的事告诉了她，并且开了我们所能出的价钱。

“‘西部的官职很容易。’她说，‘让我看看，谁能替我们办这件事。找准州的代表是不管用的。我想，’她说道，‘斯奈伯议员比较合适。他是西部来的。让我看看我私人资料中他的档案。’她从书桌上标有‘斯’字的一格中取出一些卡片。

“‘是啊，’她说，‘他的卡片上标有一个星号；那是说他“乐于效劳”。再让我们看看。“年龄五十五；结过两次婚；长老会教徒；喜欢金发女人、托尔斯泰的小说、扑克和清炖甲鱼；只有三瓶的酒量。”唔，’她继续说，‘我有把握让你的朋友布

① 孟农加希拉，西弗吉尼亚州的河流。

默先生被委任为巴西公使。'

"'亨伯尔,'我纠正她说,'他要的差使是联邦法院的执行官。'

"'哦,不错。'艾弗里太太说,'这类事情我处理得太多啦,有时候不免纠缠不清。把这件事摘一个详细的备忘录给我,彼得斯先生,四天以后再来。我想那时候该办妥了。'

"我和安岱便回旅馆去等着。安岱在房间里踱来踱去,咬着左面的胡子。

"'既有高度的智力,又长得十分漂亮的女人是少有的,杰甫。'他说。

"'少得像是神话中那种叫做埃比台米斯①的鸟蛋煎的蛋卷。'我说。

"'一个那样的女人,'安岱说,'可以使男人得到最高的名利和地位。'

"'我怀疑,'我说,'女人除了替男人赶快把饭准备好,或者散布流言蜚语,说另一个竞争对手的妻子做过扒手之外,还能在什么地方帮助男人找到工作?她们是不适应生意和政治的,正如阿尔杰农·查尔斯·史文朋②在查克·康纳斯每年一次的舞会上不适于担任司仪一样。我也知道,'我对安岱说,'有时候,女人仿佛是在以她男人的政治事务代办的身份出现。可是结果如何呢?举个例子说,一个男人原本有一个很好的职业,在阿富汗驻外领事馆工作,或者在特拉华-拉里坦运河当看闸人。有一天,这个男人看见他太太穿上套鞋,把

① 埃比台米斯并不是神话中的一种鸟,而是生理学名词,意谓"表皮"。
② 阿尔杰农·查尔斯·史文朋(1837—1909),英国诗人。

三个月的鸟食放在芙蓉鸟笼里。"到苏福尔斯去吗?"他带着期望的神情问道。"不,亚瑟。"她说,"到华盛顿去。我们在这里被埋没了。"她说,"你应当在圣布里奇特①宫廷里做特派跟班,或者在波多黎各岛上当总门房。这件事让我来安排。"

"'于是这位太太,'我对安岱说,'就带着她的行李和本钱到华盛顿去对付当权人物了。她的行李和本钱包括一位内阁阁员在她十五岁时写给她的五打乱七八糟的信;利奥波德国王写给斯密森学院②的一封介绍信,一套桃色的绸衣服和黄色的鞋罩。

"'呃,之后怎么样呢?'我继续说,'她把那些信件在同她衣服和鞋罩颜色相仿的晚报上发表了,在巴尔的摩-俄亥俄铁路车站的餐室里发表了谈话,然后去找总统。商业劳工部的九等助理秘书和蓝室的第一副官以及一个身份不明的有色人却等在那里,抓住她的手——和脚。他们把她带到西南皮街,扔在一个地下室的门口。结果就是这样。我们下次再听到有关她的消息时,只知道她在写明信片给中国公使,请求公使替亚瑟在茶叶店里安插一个职位。'

"'那么说来,'安岱说,'你以为艾弗里太太不会替比尔弄到那个职位吗?'

"'我以为是这样。'我说,'我不希望自己做一个怀疑论者,不过我认为你我做不到的事,她也不一定做得到。'

"'我不同意你的说法。'安岱说,'我可以跟你打赌,她一

---

① 圣布里奇特(1303? —1373),瑞典天主教修女,瑞典的守护神,布里奇丁教派创始人。

② 斯密森学院,英国化学家、矿物学家斯密森(1765—1829)捐赠十万英镑在华盛顿建立的学院。利奥波德是比利时国王。

定做得到。我对女人协商的才能比你估价得要高,这一点我很引以为自豪。'

"我们在约定的那天又到了艾弗里太太的旅馆。她的外表还是那么妍丽美好,以她的漂亮而论,任何人都愿意答应由她来指派国内的任何官职。但是我对外貌的信心一向不大,因此,当她拿出一张委任状时,我确实非常诧异。那张委任状盖有美国政府的大公章,背后写着'威廉·亨利·亨伯尔'几个花哨的大字。

"'其实你们第二天就可以拿去了,伙计们。'艾弗里太太微笑着说,'我一点不费事就弄到了。'她说,'我只不过开一下口罢了。嗯,我很愿意同你们多聊一会儿,'她接着说,'但是我忙得很,我知道你们一定会原谅我的。我还得处理一个大使、两个领事和十来个别的小官职的申请问题。我简直连睡觉的时间都挤不出来了。你们回家以后,请代我向亨伯尔先生致意。'

"我把五百块钱给了她,她数都不数,往写字桌的抽屉里一扔。我把比尔的委任状揣在口袋里,和安岱一起告辞。

"当天我们动身回准州地区。我们先给比尔打了个电报:'事成;备酒庆祝。'我们情绪高昂。

"一路上,安岱老是揶揄我,说我太不了解女人了。

"'好吧。'我说,'我承认她确实出乎我意外。不过据我的经验,女人及时办完一件事而不出任何差错,这还是第一次呢。'我说。

"到了阿肯色州边界时,我掏出比尔的委任状,仔细看看,然后交给安岱。安岱看过之后,也同我一样,哑口无言。

"这份文件确实是给比尔的,并且不是假货,不过它委任比尔的职位是佛罗里达州达德镇的邮政局长。

“我和安岱赶快在小石城下车，把委任状邮寄给比尔。然后我们就向东北方向的苏必利尔湖去了。

“打那之后，我再也没有同比尔·亨伯尔见过面。”

精确的婚姻学

“我以前对你讲过，”杰甫·彼得斯说，“我对于女人的欺骗手段从来就没有很大的信心。即使在问心无愧的骗局里，要她们搭伙同谋也是靠不住的。”

“这句话说得对。”我说，“我认为她们有资格被称做诚实的人。”

“干吗不呢？”杰甫说，“她们自有男人来替她们营私舞弊，或是卖命干活。她们办事本来也不算差，但是一旦感情冲动，或者虚荣心抬了头，就不行了。那时候，你就得找一个男人来接替她们的工作。那男人多半是扁平足，蓄着沙黄色的胡子，有五个孩子和一幢抵押掉的房子。拿那个寡妇太太做例子吧，有一次我和安岱在凯罗略施小计，搞了一个婚姻介绍所，就是找那个寡妇帮的忙。

“假如你有了够登广告的资本——就说像辕杆细头那么粗的一卷钞票吧——办一个婚姻介绍所倒很有出息。当时我们约莫有六千元，指望在两个月内翻它一番。我们既然没有领到新泽西州的执照，我们的生意至多也只能做两个月。

“我们拟了一则广告，内容是这样的：

> 美貌妩媚寡妇有意再醮。现年三十二岁，恋栈家庭生活，有现款三千元和乡间值钱产业。应征者贫富不论，

然性情必须温良,因微贱之人多具美德。若有忠实可靠,善于管理产业,并能审慎投资者,年龄较大或相貌一般均不计较。来信详尽为要。

寂寞人启

通讯处:伊利诺斯州,凯罗市

彼得斯-塔克事务所转

"'这样已经够意思了,'我们拼凑出这篇文学作品之后,我说,'可是那位太太在哪儿呢?'

"安岱不耐烦地、冷冷地瞟了我一眼。

"'杰甫,'他说,'我以为你早就把你那门行业里的现实主义观念抛到脑后了呢。为什么要一位太太?华尔街出售大量掺水的股票,难道你指望在里面找到一条人鱼吗?征婚广告跟一位太太有什么相干?'

"'听我讲,'我说,'安岱,你知道我的规矩,在我所有违反法律条文的买卖中,出售的货色必须实有其物,看得见,拿得出。根据这个原则,再把市政法令和火车时刻表仔细研究一番,我就避免了不是一张五元钞票或是一支雪茄所能了结的同警察之间的麻烦。要实现这个计划,我们必须拿出一个货真价实的妩媚的寡妇,或者相当的人,至于美貌不美貌,有没有清单和附件上开列的不动产和附属品,那倒没有多大关系,否则治安官恐怕要跟你过不去。'

"'好吧,'安岱重新考虑过后说道,'万一邮局或者治安机关要调查我们的介绍所,那样做也许比较保险。可是你打算去哪儿弄一个愿意浪费时间的寡妇,来搞这种没有婚姻的婚姻介绍的把戏呢?'

"我告诉安岱,我心目中倒有一个非常合适的人。我有一个老朋友,齐克·特罗特,原先在杂耍场卖苏打水和拔牙齿,去年喝了一个老医生的消化药,而没有喝那种老是使他酩酊大醉的万应药,结果害得老婆当了寡妇。以前我时常在他们家里歇脚,我想我们不妨找她来帮忙。

"到她居住的小镇只有六十英里,于是我搭上火车赶到那里,发现她仍旧住在那幢小房子里,洗衣盆上仍旧栽着向日葵,站着公鸡。特罗特太太非常适合我们广告上的条件,只不过在美貌、年龄和财产方面也许有点出入。她看来还有可取之处,对付得过去,并且让她担任那件工作,也算是对得起已故的齐克。

"我说明了来意之后,她问道:'彼得斯先生,你们做的生意规矩吗?'

"'特罗特太太,'我说,'安岱·塔克和我早就合计过啦,在我们这个毫无公道的广阔的国家里,至少有三千人看了我们的广告,想博得你的青睐和你那有名无实的金钱财产。在那批人中间,假如他们侥幸赢得了你的心,约莫就有三千人准备给你一个游手好闲、惟利是图的臭皮囊,一个生活中的失意人,一个骗子手和可鄙的淘金者作为交换。'

"'我和安岱,'我说,'准备教训教训那批社会的蟊贼。我和安岱真想组织一个名叫"大德万福幸灾乐祸婚姻介绍所",好不容易才没有这么做。这一来,你该明白了吧?'

"'明白啦,彼得斯先生。'她说,'我早知道你不至于做出什么卑鄙的事。可是你要我干些什么呢?你说的这三千个无赖汉,要我一个个地回绝呢,还是把他们成批成批地撵出去?'

"'特罗特太太,'我说,'你的工作其实是个挂名美差。

你只消住在一家清静的旅馆里，什么事都不用干。来往信件和业务方面的事都由安岱和我一手包办。'

"'当然啦，'我又说，'有几个比较热切的求婚者和急性子，如果凑得齐火车票钱，可能亲自赶到凯罗，嬉皮涎脸地来求婚。在那种情况下，你或许要费些手脚，当面打发他们。我们每星期给你二十五元，旅馆费用在外。'

"'等我五分钟，'特罗特太太说，'让我拿了粉扑，把大门钥匙托付给邻居，你就可以开始计算我的薪水了。'

"于是我把特罗特太太带到凯罗，把她安置在一个公寓里，公寓的地址跟我和安岱下榻的地方既不近得引人起疑，也不远得呼应不灵。然后我把经过情况告诉了安岱。

"'好极啦。'安岱说，'现在手头有了真的鱼饵，你也安心了。闲话少说，我们动手钓鱼吧。'

"我们在全国各地的报上刊登了广告。我们只登一次。事实上也不能多登，不然就得雇用许多办事员和女秘书，而她们嚼口香糖的声音可能会惊动邮政总长。

"我们用特罗特太太的名义在银行里存了两千元，把存折交给了她，如果有谁对这个婚姻介绍所的可靠性和诚意产生怀疑时，可以拿出来给他看看。我知道特罗特太太诚实可靠，把钱存在她名下绝对没有问题。

"即使只登了一则广告，安岱和我每天还得花上十二个小时来回复信件。

"每天收到的应征信件总有百来封。我以前从不知道这个国家里竟有这许多好心肠的穷困的人，愿意娶一位妩媚的寡妇，并且背上代为投资的包袱。

"应征的人多半承认自己上了年纪、失了业，怀才不遇，不为世人所赏识，但他们都保证自己有一肚子深情柔意，还有许多男子汉的品质，如果寡妇委身于他们，管保她一辈子受用不尽。

“彼得斯-塔克事务所给每一个应征者去了一封回信，告诉他说，寡妇对他的坦率而有趣的信大为感动，请他再来信详细谈谈，如果方便的话，请附照片一张。彼得斯-塔克同时通知应征者，把第二封信转交给女当事人的费用是两元，要随信附来。

“这个计划的简单美妙之处就在于此。各地的老少爷们中间，约莫有百分之九十想办法筹了钱寄来。就是这么一个把戏。只是我和安岱为了拆开信封和把钱取出来的麻烦，发了不少牢骚。

“有少数主顾亲自出马。我们把他们送到特罗特太太那里去，由她来善后；只有三四个人回来，问我们要一些回程的车钱。在乡村便邮的信件开始涌到后，安岱和我每天大概可以收入两百元。

“一天下午，我们正忙得不可开交；我把两元一元的钞票要往雪茄烟盒里塞，安岱吹着《她才不举行婚礼呢》的曲子。这时候，一个灵活的小个子溜了进来，一双眼睛骨碌碌地往墙上扫，好像在追寻一两幅遗失的盖恩斯巴勒①的油画似的。我看见他，心中得意非凡，因为我们的生意做得合法合理，无懈可击。

“‘你们今天的邮件可不少啊。’那个人说。

“我伸手去拿帽子。

① 盖恩斯巴勒(1727—1788)，著名英国画家。

“‘来吧，’我说，‘我们料想你会来的。我带你去看货。你离开华盛顿时，特迪①可好？’

“我带他到江景公寓，让他同特罗特太太见了面。我又把存在她名下的两千元银行存折亮给那个人看看。

“‘看来没有什么毛病。’那个侦探说。

“‘当然。’我说，‘如果你是个单身汉，我可以让你同这位太太单独聊一会儿。那两块钱可以不计较。’

“‘多谢。’他说，‘如果我是单身汉，我也许愿意领教。再见啦，彼得斯先生。’

“快满三个月的时候，我们收入五千多元，认为可以收场了。已经有许多人对我们表示不满；再则特罗特太太对这件事好像有些厌倦。许多求婚的人一直去找她，她似乎不大高兴。

“我们决定歇业。我到特罗特太太的公寓里去，把最后一星期的薪水付给她，向她告别，同时取回那两千元的存折。

“我到那里时，发现她哭得像是一个不愿意上学的孩子。

“‘呀，呀，你怎么啦？是有人欺侮了你，还是想家啦？’

“‘都不是，彼得斯先生。’她说，‘我不妨告诉你。你一向是齐克的老朋友，我也顾不得了。彼得斯先生，我恋爱上啦。我深深地爱上了一个人，没有他，我简直活不下去了。他正是我心目中最理想的人哪。’

“‘那你就嫁给他好啦。’我说，‘那是说，只要你们两厢情愿。他是不是像你这样难分难舍地爱着你呢？’

① 指美国第二十六任（1901—1909）总统西奥多·罗斯福，特迪是西奥多的昵称。

“‘他也是的。’她说，‘他是见到广告之后来找我的，他要我把那两千块钱给了他，才肯同我结婚。他叫威廉·威尔金森。’说罢，她又动情地痛哭起来。

“‘特罗特太太，’我说，‘世界上没有人比我更同情一个女人的感情了。何况你的前夫是我最好的朋友之一。如果这件事可以由我一个人做主，我一定说，把那两千元拿去，跟你心爱的人结婚，祝你幸福。

“‘我们送你两千元也是办得到的，因为我们从那些向你求婚的冤大头身上捞了五千多元。可是，’我接着说，‘我得跟安岱·塔克商量一下。

“‘他也是个好人，可是对于生意买卖很精明。他是我的合伙股东。我去找安岱谈谈，看看有什么办法可想。’

“我回到旅馆，把这件事向安岱和盘托出。

“‘我一直预料会发生这一类的事。’安岱说，‘在任何牵涉到女人的感情和喜爱的事情里，你不能指望她始终如一。’

“‘安岱，’我说，‘让一个女人因为我们的缘故而伤心，可不是愉快的事。’

“‘是啊，’安岱说，‘我把我的打算告诉你，杰甫。你一向心软慷慨。也许我心肠太硬，世故太深，疑虑太重了。这次我迁就你一下。到特罗特太太那儿去，叫她把银行里的两千元提出来，交给她的心上人，快快活活地过日子好啦。’

“我跳了起来，同安岱足足握了五分钟手，再去特罗特太太那儿通知她，她高兴得又哭了起来，哭得同伤心时一般厉害。

“两天后，我和安岱收拾好行李，准备上路了。

“‘在我们动身之前，你愿不愿意去特罗特太太那儿，同

她见见面?'我问安岱,'她很想见见你,当面向你道谢。'

"'啊,我想不必啦。'安岱说,'我们还是快点赶那班火车吧。'

"我正把我们的资本像往常那样,装进贴身的褡裢时,安岱从口袋里掏出一卷大额钞票,让我收在一起。

"'这是什么钱?'我问道。

"'就是特罗特太太的那两千块钱。'安岱说。

"'怎么会到你手里来的?'我问。

"'她自己给我的。'安岱说,'这一个多月来,我每星期有三个晚上要去她那儿。'

"'那个威廉·威尔金森就是你吗?'我说。

"'正是。'安岱回答道。"

虎口拔牙

杰甫·彼得斯每谈到他的行业的道德问题时，就滔滔不绝，口若悬河。

他说："只要我们在欺骗事业的道德问题上有了意见分歧，我和安岱·塔克的友好关系就出现了裂痕。安岱有他的标准，我有我的标准。我并不完全同意安岱向大众敲诈勒索的做法，他却认为我的良心过于妨碍我们合作事业的经济利益。有时候，我们争论得面红耳赤。还有一次，两人越争越厉害，他竟然拿我同洛克菲勒相比。

"'我明白你的意思，安岱，'我说，'但是我们交了这么多年的朋友，你用这种话来侮辱我，我并不生你的气。等你冷静下来之后，你自己会后悔的。我至今还没有同法院的传票送达吏照过面呢①。'

"有一年夏天，我和安岱决定在肯塔基州一个名叫青草谷的山峦环抱、风景秀丽的小镇休息一阵子。我们自称是马贩子，善良正派，是到那里去消夏的。青草谷的居民很喜欢我们，我和安岱决定不采取任何敌对行动，既不在那里散发橡胶

① 美国石油大王洛克菲勒由于非法经济活动，常被控告，受到法院传讯；但靠行贿，又屡次逃脱处分。

种植园的计划书,也不兜售巴西金刚钻。

“有一天,青草谷的五金业巨商来到我和安岱下榻的旅馆,客客气气地同我们一起在边廊上抽烟。我们有时下午一起在县政府院子里玩掷绳环游戏,已经跟他混得很熟了。他是一个多嘴多舌,面色红润,呼吸急促的人,同时又出奇地肥胖和体面。

“我们把当天的大事都谈过之后,这位默基森——这是他的尊姓——小心而又满不在乎地从衣袋里掏出一封信,递给我们看。

“‘呃,你们有什么看法?’他笑着说——‘居然把这样一封信寄给我!’

“我和安岱一看就明白是怎么回事了;但我们还是装模作样地把它读了一遍。那是一种已经不时髦的,卖假钞票的打字信件,上面告诉你怎样花一千元就可以换到五千元连专家也难辨真伪的钞票;又告诉你,那些钞票是华盛顿财政部的一个雇员把原版偷出来印成的。

“‘他们竟会把这种信寄给我,真是笑话!’默基森又说。

“‘有许多好人都收到过这种信。’安岱说,‘如果你收到第一封信后置之不理,他们也就算了。如果你回了信,他们就会再来信,请你带了钱去做交易。’

“‘想不到他们竟会寄信给我!’默基森说。

“过了几天,他又光临了。

“‘朋友们,’他说,‘我知道你们都是规矩人,不然我也不告诉你们了。我给那些流氓去了一封回信,开开玩笑。他们又来了信,请我去芝加哥。他们请我动身前先给杰·史密斯去个电报。到了那里,要我在某一个街角上等着,自会有一个

穿灰衣服的人走过来，在我面前掉落一份报纸。我就可以问他：油水怎么样？于是我们彼此心照不宣，就接上了头。'

"'啊，一点不错，'安岱打了个哈欠说，'还是那套老花样。我在报上时常看到。后来他把你领到一家旅馆已布置好圈套的房间里，那里早有一位琼斯先生在恭候了。他们取出许多崭新的真钞票，按五作一的价钱卖给你，你要多少就卖多少。你眼看他们替你把钞票放进一个小包，以为是在那里面了。可你出去以后再看时，里面只是些牛皮纸。'

"'哦，他们想在我面前玩瞒天过海的把戏可不成。'默基森说，'我如果不精明，怎么能在青草谷创办了最有出息的事业呢？你说他们给你看的是真钞票吗，塔克先生？'

"'我自己始终用——不，我在报上看到总是用真的。'安岱回答说。

"'朋友们，'默基森又说，'我有把握，那些家伙可骗不了我。我打算带上两千块钱，到那里去捉弄他们一下。如果我比尔·默基森看到他们拿出钞票，我就一直盯着它。他们既然说是五块换一块，我就咬住不放，他们休想反悔。比尔·默基森就是这样的生意人。是啊，我确实打算到芝加哥去一趟，试试杰·史密斯的五换一的把戏。我想油水是够好的。'

"我和安岱竭力想打消默基森脑袋里那种妄想发横财的念头，但是怎么也不成，仿佛在劝一个无所不赌的混小子别就布赖恩竞选的结果同人家打赌似的①。不成，先生；他一定要去执行一件对公众有益的事情，让那些卖钞票的骗子搬起石

① 布赖恩（1860—1925），美国律师，一八九六、一九〇〇、一九〇八年三度竞选总统，均失败。

头砸自己的脚。那样或许可以给他们一个教训。

“默基森走后，我和安岱坐了会儿，默默地思考着理性的异端邪说。我们闲散的时候，总喜欢用思考和推断来提高自己。

“‘杰甫，’过了很久，安岱开口说，‘当你同我谈你做买卖的正大光明时，我很少不同你抬杠的。我可能常常是错误的。但在这件事情上，我想我们不至于有分歧吧。我认为我们不应该让默基森先生独自去芝加哥找那些卖假钞票的人。那只会有一种结果。我们想办法干预一下，免得出事。你认为这样我们心里是不是舒畅些呢？’

“我站起来，使劲同塔克握了好长时间手。

“‘安岱，’我说，‘以前我看你做事毫不留情，总有点不以为然。如今我认错了。说到头，人不可貌相，你毕竟有一副好心肠。真叫我钦佩之至。你说的话正是我刚才想的。如果我们听任默基森去实现他的计划，’我说，‘我们未免丢人，不值得佩服了。如果他坚决要去，那么我们就跟他一起去，防止骗局得逞吧。’

“安岱同意我的话；他一心想破坏假钞票的骗局，真叫我觉得高兴。

“‘我不以虔诚的人自居，’我说，‘也不认为自己是拘泥于道德的狂热分子；但是，当我眼看一个自己开动脑筋，艰苦奋斗，在困难中创业的人将受到一个妨害公众利益的不法骗子的欺诈时，我决心不能袖手旁观。’

“‘对的，杰甫。’安岱说，‘如果默基森坚持要去，我们就跟着他，防止这件荒唐的事情。跟你一样，我最不愿意别人蒙受这种钱财损失。’

“说罢，我们就去找默基森。

“‘不，朋友们，’他说，‘我不能把这个芝加哥害人的歌声①当做耳边风。我一不做，二不休，非要在这鬼把戏里挤出一点油水不可。有你们和我同去，我太高兴啦。在那五换一的交易兑现的时候，你们或许可以帮些忙。好得很，你们两位愿意一起去，再好没有了，我真把它当做一件消遣逗乐的事了。’

“默基森先生在青草谷传出消息，说他要出一次门，同彼得斯先生和塔克先生一起去西弗吉尼亚踏勘铁矿。他给杰·史密斯去了一封电报，通知对方他准备某天启程前去领教；于是，我们三人就向芝加哥进发了。

“路上，默基森自得其乐地作了种种揣测，预先设想许多愉快的回忆。

“‘一个穿灰衣服的人，’他说，‘等在沃巴什大道和莱克街的西南角上。他掉下报纸，我就问油水怎么样。呵呵，哈哈！’接着他捧着肚子大笑了五分钟。

“有时候，默基森正经起来，不知他怀着什么鬼胎，总想用胡说八道来排遣它。

“‘朋友们，’他说，‘即使给我一万块钱，我也不愿意这件事在青草谷宣扬开来。不然我就给毁啦。我知道你们两位是正人君子。我认为惩罚那些社会的蟊贼是每个公民应尽的责任。我要给他们看看，油水到底好不好。五块换一块——那是杰·史密斯自己提出来的，他跟比尔·默基森做买卖，就得

① 原文 Siren，是希腊神话中半人半鸟的海妖，常用美妙的歌声引诱路过的船员，使他们徘徊在岛上不忍离去，卒致饿死。

遵守他的诺言。'

"下午七点左右,我们抵达芝加哥。默基森约定九点半同那个穿灰衣服的人碰头。我们在旅馆里吃了晚饭,上楼到默基森的房间里去等候。

"'朋友们,'默基森说,'现在我们一起合计合计,想出一个打垮对手的方法。比如说,我同那个灰衣服的骗子正聊上劲儿的时候,你们两位碰巧闯了进来,招呼道:"喂,默基!"带着他乡遇故知的神情来跟我握手。我就把骗子叫过一边,告诉他,你们是青草谷来的杂货食品商詹金斯和布朗,都是好人,或许愿意在外乡冒冒险。'

"'他当然会说:"如果他们愿意投资,带他们来好啦。"两位认为这个办法怎么样?'

"'你以为怎么样,杰甫?'安岱瞅着我说。

"'喔,我不妨把我的意见告诉你。'我说,'我说我们当场了结这件事吧。不必再浪费时间了。'我从口袋里掏出一支镀镍的三八口径的左轮手枪,把弹筒转动了几下。

"'你这个不老实、造孽的、阴险的肥猪,'我对默基森说,'乖乖地把那两千块钱掏出来,放在桌上。赶快照办,否则我要对你不客气了。我生性是个和平的人,不过有时候也会走极端。有了你这种人,'我等他把钱掏出来之后继续说,'法院和监狱才有必要存在。你来这儿想夺那些人的钱。你以为他们想剥你一层皮,你就有了借口吗?不,先生;你只不过是以暴易暴罢了。其实你比那个卖假钞票的人坏十倍。'我说。'你在家乡上教堂,做礼拜,挺像一个正派公民,但是你到芝加哥来,想剥夺别人的钱,那些人同你今天想充当的这类卑鄙小人做交易,才创立了稳妥有利的行业。你可知道,那个卖假钞票的人也是上有老，下有小，要靠他养家糊口。正因为你们这批假仁假义的公民专想不劳而获，才助长了这个国家里的彩票、空头矿山、股票买卖和投机倒把。如果没有你们，他们早就没事可干了。你打算抢劫的那个卖假钞票的人，为了研究那门行业，可能花了好几年工夫。每做一笔买卖，他就承担一次丧失自由、钱财，甚至性命的风险。你打着神圣不可侵犯的幌子，凭着体面的掩护和响亮的通讯地址到这儿来骗他的钱。假如他弄到了你的钱，你可以去报告警察局。假如你弄到了他的钱，他只好一声不吭，典当掉他那套灰衣服去换晚饭吃。塔克先生和我看透了你，所以我们同来给你应得的教训。钱递过来，你这个吃草长大的伪君子。'

"我把两千块钱——全是二十元一张的票子——放进内衣口袋。

"'现在你把表掏出来。'我对默基森说，'不，我并不要表。把它搁在桌子上，你坐在那把椅子上，过一小时才能离开。要是你嚷嚷，或者不到一小时就离开，我们就在青草谷到处张贴揭发你。我想你在那里的名声地位对你来说总不止值两千块钱吧。'

"于是我和安岱离开了他。

"在火车上，安岱好久不开腔。最后他说：'杰甫，我想问你一句话行吗？'

"'问两句也不要紧，'我说，'问四十句都行。'

"'我们同默基森一起动身的时候，'他说，'你就有了那种打算吗？'

"'嗯，可不是吗。'我回答说，'还能有什么别的办法？你不是也有那种打算吗？'

“约莫过了半小时，安岱才开口。我认为安岱有时并不彻底理解我的伦理和道德的思想体系。

“‘杰甫，’他开口说，‘以后你有空的时候，我希望你把你的良心画出一张图解，加上注释说明。有时候我想参考参考。’”

艺术良心

“我始终没能使我的搭档安岱·塔克就范，让他遵守纯诈骗的职业道德。”杰甫·彼得斯有一天对我说。

“安岱太富于想像力了，以致不可能诚实。他老是想出许多不正当而又巧妙的敛钱的办法，那些办法甚至在铁路运费回佣制的章程里都不便列入。

“至于我自己呢，我一向不愿意拿了人家的钱而不给人家一点东西——比如说包金的首饰、花籽、腰痛药水、股票证券、擦炉粉，或者砸破人家的脑袋；人家花了钱，总得收回一些代价。我想我的祖先中间准有几个新英格兰人，他们对警察的畏惧和戒心多少遗传了一些给我。

“但是安岱的家谱不同。我认为他和股份有限公司一样，没有什么祖先可供追溯。

“一年夏天，我们在中西部俄亥俄河流域做家庭相册、头痛粉和灭蟑螂药片的买卖，安岱灵机一动，想到了一个巧妙而可受到控诉的生财之道。

“‘杰甫，’他说，‘我一直在琢磨，我们应当抛开这些泥腿子，把注意力转移到更有油水、更有出息的事情上去。假如我们继续在农民身上刮小钱，人家就要把我们列入初级骗子一类了。我们不妨进入高楼林立的地带，在大牡鹿的胸脯上咬

一口,你看怎么样?'

"'哎,'我说,'你了解我的古怪脾气。我宁愿干我们目前所干的规矩合法的买卖。我得人钱财,总要留一点实实在在的东西给人家,让他看得见、摸得着,即使那东西是一只握手时会咬手的机关戒指,或者是会喷人满脸香水的香水瓶。你有什么新鲜主意,安岱,'我说,'也不妨说出来听听。我不拘泥于小骗局,如果有好的外快可赚,我也不拒绝。'

"'我想的是,'安岱说,'不用号角、猎狗和照相机,在那一大群美国的迈达斯①,或者通称为匹茨堡百万富翁的人中间打一次猎。'

"'在纽约吗?'我问道。

"'不,老兄,'安岱说,'在匹茨堡。那才是他们的栖息地。他们不喜欢纽约。他们只因为人家指望他们去纽约,才偶尔去玩玩。'

"'匹茨堡的百万富翁到了纽约,就像落进滚烫的咖啡里的苍蝇——他成了人们注意和议论的目标,自己却不好受。纽约嘲笑他在那个满是鬼鬼祟祟的势利小人的城市里花了那么多冤枉钱。他在那里的实际开销并不多。我见过一个身价一千五百万元的匹茨堡人在纽约待了十天的费用账。账目是这样的:

往返火车票 …………………………	21.00 元
去旅馆来回车力 …………………………	2.00 元
旅馆费(每天 5 元) …………………………	50.00 元
小账 …………………………	5750.00 元

① 迈达斯,希腊神话中爱金如命的弗里吉亚国王。

合计 ………………………………… 5823.00 元

"'那就是纽约的声音。'安岱接着说,'纽约市无非像是一个侍者领班。你给小账多得出了格,他就会跑到门口,和衣帽间的小厮取笑你。因此,当匹茨堡人想花钱找快活时,总是呆在家里。我们去那儿找他。'

"闲话少说,我和安岱把我们的巴黎绿、安替比林粉①和相片册寄存在一个朋友家的地下室里,便动身去匹茨堡了。安岱并没有拟订出使用狡诈或暴力的计划书,但他一向很自信,在任何情况下,他的缺德天性都能应付裕如。

"为了对我明哲保身和堂堂正正的观点作些让步,他提出,只要我积极参加我们可能采取的任何非法买卖,他就保证受害者花了钱能得到触觉、视觉、味觉和嗅觉所能感知的真实的东西,让我良心上也说得过去。他作过这种保证之后,我情绪好了些,便轻松愉快地参加了骗局。

"当我们在烟雾弥漫,他们叫做史密斯菲尔德大街的煤渣路上溜达时,我说:'安岱,你有没有想过,我们怎样去结识那些焦炭大王和生铁小气鬼呢?我并不是瞧不起自己,瞧不起自己的客厅风度和餐桌礼仪,'我说,'但是,我们要进入那些抽细长雪茄的人的沙龙,恐怕会比你想象的要困难一些吧?'

"'如果有什么困难的话,'安岱说,'那只在于我们自己的修养和文化要高出一截。匹茨堡的百万富翁们是一批普通的、诚恳的、没有架子、很讲民主的人。'

① 巴黎绿是乙酰亚砷酸铜的俗名,可作杀虫剂和颜料;安替比林是解热镇痛药物。

“‘他们的态度粗鲁,表面上好像兴高采烈、大大咧咧的,实际上却是很不讲礼貌,很不客气。他们的出身多半微贱暧昧,’安岱说,‘并且还将生活在暧昧之中,除非这个城市采用完全燃烧装置,消灭烟雾。如果我们随和一些,不要装腔作势,不要离沙龙太远,经常像钢轨进口税那样引人注意,我们同那些百万富翁交际交际是没有困难的。’

“于是安岱和我在城里逛了三四天,摸摸情况。我们已经知道了几个百万富翁的模样。

“有一个富翁老是把他的汽车停在我们下榻的旅馆门口,让人拿一夸脱香槟酒给他。侍者拔掉瓶塞之后,他就凑着瓶口喝。那说明他发迹以前大概是个吹玻璃的工人。

“一晚,安岱没有回旅馆吃饭。十一点钟光景,他来到我的房间。

“‘找到一个啦,杰甫。’他说,‘身价一千二百万。拥有油田、轧钢厂、房地产和天然煤气。他人不坏;没有一点架子。最近五年发了财。如今他聘请了好几位教授,替他补习文学、艺术、服饰打扮之类的玩意儿。’

“‘我见到他的时候,他刚同一个钢铁公司的老板打赌,说是阿勒格尼轧钢厂今天准有四人自杀,结果赢了一万元。在场的人都跟着他去酒吧,由他请客喝酒。他对我特别有好感,请我吃饭。我们在钻石胡同的一家饭馆,坐在高凳上,喝了起泡的摩泽尔葡萄酒,吃了蛤蜊杂烩和油炸苹果馅饼。

“‘接着,他带我去看看他在自由街的单身公寓。他那套公寓有十间屋子,在鱼市场楼上,三楼还有洗澡的地方。他对我说公寓布置花了一万八千元,我相信这是实话。

“‘一间屋子里收藏着价值四万元的油画,另一间收藏着

两万元的古董古玩。他姓斯卡德，四十五岁，正在学钢琴。他的油井每天出一万五千桶原油。’

“‘好吧，’我说，‘试跑很令人满意。可有什么用呢？艺术品收藏同我们有什么关系？原油又有什么关系？’

“‘呃，那个人，’安岱坐在床上沉思地说，‘并不是那种普通的附庸风雅的人。当他带我去看屋子里的艺术品时，他的脸像炼焦炉门那样发光。他说，只要他的几笔大买卖做成，他就能使约·皮·摩根①收藏的苦役船上的挂毯和缅因州奥古斯塔的念珠相形见绌，像是幻灯机放映出来的牡蛎嘴巴。

“‘然后他给我看一件小雕刻，’安岱接着说，‘谁都看得出那是件珍品。他说那是大约两千年前的文物。是从整块象牙雕刻出来的一朵莲花，莲花中间有一个女人的脸。

“‘斯卡德查阅了目录，考证一番。那是纪元前埃及一位名叫卡夫拉的雕刻匠做了两个献给拉姆泽斯二世②的。另一个找不到了。旧货和古玩商在欧洲各地都找遍了，但是缺货。现在这件是斯卡德花了两千块钱买来的。’

“‘哦，够啦，’我说，‘在我听来，这些话简直像小河流水一般毫无意义。我原以为我们来这儿是让那些百万富翁开开眼界，不是向他们领教艺术知识的。’

“‘忍耐些。’安岱和气地说，‘要不了多久，我们也许能钻到空子。’

“第二天，安岱在外面待了一上午，中午才回来。他刚回

① 约·皮·摩根（1837—1913），美国财阀，美国钢铁公司的创办人，喜欢收藏艺术品和孤本书籍。

② 拉姆泽斯二世，公元前一二九二年至公元前一二二五年在位的埃及法老。

旅馆便把我叫进他的房间,从口袋里掏出一个鹅蛋一般大小,圆圆的包裹,解了开来。里面是一件象牙雕刻,同他讲给我听的百万富翁的那件收藏品一模一样。

"'我刚才在一家旧货典当铺里,'安岱说,'看见这东西压在一大堆古剑和旧货下面。当铺老板说,这东西在他店里已有好几年了,大概是住在河下游的阿拉伯人、土耳其人,或者什么外国人押当后到期未赎,成了死当。'

"'我出两块钱向他买,准是露出了急于弄到手的神情,他便说如果价钱谈不到三百三十五元,就等于夺他儿女嘴里的面包。结果我们以二十五元成交。'

"'杰甫,'安岱接着说,'这同斯卡德的雕刻正是一对,一模一样。他准会把它收买下来,像吃饭时围上餐巾一般快。说不定这正是那个老吉卜赛刻的另一个真货呢!'

"'确实如此。'我说,'现在我们怎么挤他一下,让他自觉自愿地来买呢?'

"安岱早就拟好了计划,我来谈谈我们是怎样执行的。

"我戴上一副蓝眼镜,穿上黑色大礼服,把头发揉得乱蓬蓬的,就成了皮克尔曼教授。我到另一家旅馆租了房间,发一个电报给斯卡德,请他立即来面谈有关艺术的事。不出一小时,他赶到旅馆,乘上电梯,来到我的房间。他是个懵懵懂懂的人,嗓门响亮,身上散发着康涅狄克州雪茄烟和石脑油的气味。

"'嗨,教授!'他嚷道,'生意可好?'

"我把头发揉得更蓬乱一些,从蓝镜片后面瞪他一眼。

"'先生,'我说,'你是宾夕法尼亚州匹茨堡的科尼利厄斯·蒂·斯卡德吗?'

“‘是的。’他说，‘出去喝杯酒吧。’

“‘我既没有时间，也没有胃口，’我说，‘我可不做这种有害有毒的消遣。我从纽约来同你谈谈有关生——有关艺术的事情。’

“‘我听说你有一个拉姆泽斯二世时代的埃及象牙雕刻，那是一朵莲花里的伊西斯皇后的头像。这样的雕刻全世界只有两件。其中一件已失踪多年。最近我在维也纳一家当——一家不著名的博物馆里发现了它，买了下来。我想买你收藏的那件。开个价吧。’

“‘嗨，老天爷，教授！’斯卡德说，‘你发现了另一件吗？你要买我的？不。我想科尼利厄斯·斯卡德收藏的东西是不会出卖的。你那件雕刻带来了没有，教授？’

“我拿出来给斯卡德。他翻来覆去看了几遍。

“‘正是这玩意儿。’他说，‘和我那件一模一样，每一根线条都丝毫不差。我把我的打算告诉你。’他说，‘我不会卖的，但是我要买。我出两千五百块钱买你的。’

“‘你不卖，我卖。’我说，‘请给大票子。我不喜欢多啰唆。我今晚就得回纽约。明天我还要在水族馆讲课。’

“斯卡德开了张支票，由旅馆付了现款。他带着那件古董走了，我根据约定，赶紧回到安岱的旅馆。

“安岱在屋子里走来走去，不时看看表。

“‘怎么样？’他问道。

“‘两千五百块。’我说，‘现款。’

“‘还有十一分钟，’安岱说，‘我们得赶巴尔的摩-俄亥俄线的西行火车。快去拿你的行李。’

“‘何必这么急？’我说，‘这桩买卖很规矩。即使是赝品，

他也要过一段时候才会发现。何况他好像认为那是真东西。'

"'是真的。'安岱说,'就是他自己家里的那件。昨天我在他家里看古董时,他到外面去了一会儿,我顺手牵羊地拿了回来。喂,你赶快去拿手提箱吧。'

"'可是,'我说,'你不是说在当铺里另外找到一个——'

"'噢,'安岱说,'那是为了尊重你的艺术良心。快走吧。'"

黄雀在后

在普罗文萨诺饭店的一个角落里，我们一面吃意大利面条，杰甫·彼得斯一面向我解释三种不同类型的骗局。

每年冬天，杰甫总要到纽约来吃面条，他裹着厚厚的灰鼠皮大衣在东河看卸货，把一批芝加哥制的衣服囤积在富尔顿街的铺子里。其余三季，他在纽约以西——他的活动范围是从斯波坎到坦帕[①]。他时常夸耀自己的行业，并用一种严肃而独特的伦理哲学加以支持和卫护。他的行业并不新奇。他本人就是一个没有资本的股份无限公司，专门收容他同胞们的不安分守己的愚蠢的金钱。

杰甫每年到这个高楼大厦的蛮荒中来度他那寂寞的假期，这时候，他喜欢吹吹他那丰富的阅历，正如孩子喜欢在日落时分的树林里吹口哨一样。因此，我在日历上标出他来纽约的日期，并且同普罗文萨诺饭店接洽好，在花哨的橡皮盆景和墙上那幅什么宫廷画之间的角落里为我们安排一张酒迹斑斑的桌子。

“有两种骗局，”杰甫说，“应当受到法律的取缔。我指的是华尔街的投机和盗窃。”

① 斯波坎是华盛顿州东部的城市，坦帕是佛罗里达州中西部的城市。

“取缔其中的一项,几乎人人都会同意。”我笑着说。

“嗯,盗窃也应当取缔。”杰甫说;我不禁怀疑我刚才的一笑是否多余。

“约莫三个月前,”杰甫说,“我有幸结识刚才提到的两类非法艺术的代表人物。我同时结交了一个窃贼协会的会员和一个金融界的约翰·台·拿破仑①。”

“那倒是有趣的结合。”我打了个哈欠说,“我有没有告诉过你,上星期我在拉马波斯河岸一枪打到了一只鸭子和一只地松鼠?”我很知道怎么打开杰甫的话匣子。

“让我先告诉你,这些寄生虫怎么用他们的毒眼污染了公正的泉水,妨碍了社会生活的运转。”杰甫说,他自己的眼睛里闪烁着揭发别人丑行时的光芒。

“我刚才说过,三个月以前,我交上了坏朋友。人生在世,只有两种情况才会促使他这样——一种是穷得不名一文的时候,另一种是很有钱的时候。

“最合法的买卖偶尔也有倒运的时候。我在阿肯色州的一个十字路口拐错了弯,闯进了彼文镇。前年春天,仿佛我来过彼文镇,把它糟蹋得不像样子。我在那里推销了六百元的果树苗——其中有李树、樱桃树、桃树和梨树。彼文镇的人经常注意大路上的过往行人,希望我再经过那里。我在大街上驾着马车,一直行驶到水晶宫药房,那时候我才发现我和我那匹白马比尔已经落进了埋伏圈。

“彼文镇的人出乎意外地抓住了我和比尔,开始同我谈起并非和果树完全无关的话题。领头的一些人把马车上的挽

① 约翰·台是美国石油大王洛克菲勒的名字。

绳穿在我坎肩的袖孔里，带我去看他们的花园和果园。

“他们的果树长得不合标签上的规格。大多数变成了柿树和山茱萸，间或有一两丛槲树和白杨。惟一有结果迹象的是一棵茁壮的小白杨，那上面挂着一个黄蜂窝和半件女人的破背心。

“彼文镇的人就这样作了毫无结果的巡视，然后把我带到镇边上。他们抄走我的表和钱作为抵账，又扣下比尔和马车作为抵押。他们说，只要一株山茱萸长出一颗六月早桃，我就可以领回我的物品。然后，他们抽出挽绳，吩咐我向落基山脉那面滚蛋；我便像刘易斯和克拉克①那样，直奔那片河流滔滔，森林茂密的地区。

“等我神志清醒过来时，我发觉自己正走向圣菲铁路②线上的一个不知名的小镇。彼文镇的人把我的口袋完全搜空了，只留下一块嚼烟——他们并不想置我于死地——这救了我的命。我嚼着烟草，坐在铁路旁边的一堆枕木上，以恢复我的思索能力和智慧。

“这当儿，一列货运快车驶来，行近小镇时减慢了速度；车上掉下一团黑黝黝的东西，在尘埃中足足滚了二十码，才爬起来，开始吐出烟煤末和咒骂的话。我定睛一看，发觉那是一个年轻人，阔脸盘，衣着很讲究，仿佛是坐普尔门卧车而不是偷搭货车的人物。尽管浑身弄得像是扫烟囱的人，他脸上仍旧泛着愉快的笑容。

“‘摔下来的吗？’我问道。

① 刘易斯(1774—1809)，克拉克(1770—1838)，美国向法国购买路易斯安那时，杰弗逊总统派他们两人率领一个探险队去踏勘该地区。

② 圣菲铁路，美国东西部之间一铁路干线的简称。

“‘不，’他说，‘自己下来的。我到了目的地啦。这是什么镇？’

“‘我还没有查过地图哪。’我说，‘我大概比你早到五分钟。你觉得这个小镇怎么样？’

“‘硬得很。’他转动着一只胳臂说，‘我觉得这个肩膀——不，没什么。’

“他弯下腰去掸身上的尘土，口袋里掉出一支九英寸长的，精巧的窃贼用的钢撬。他连忙捡起来，仔细打量着我，忽然咧开嘴笑了，并向我伸出手来。

“‘老哥，’他说，‘你好。去年夏天我不是在密苏里南部见过你吗？那时候你在推销五毛钱一茶匙的染色沙子，说是放在灯里，可以防止灯油爆炸。’

“‘灯油是不会爆炸的。’我说，‘爆炸的是灯油形成的气体。’但是我仍旧同他握了手。

“‘我叫比尔·巴西特，’他对我说，‘如果你把这当做职业自豪感，而不是当做自高自大的话，我不妨告诉你，同你见面的是密西西比河一带最高明的窃贼。’

“于是我跟这个比尔·巴西特坐在枕木上，正如两个同行的艺术家一样，开始自吹自擂。他仿佛也不名一文，我们便谈得更为投机。他向我解释说，一个能干的窃贼有时候也会穷得扒火车，因为小石城的一个女用人出卖了他，害得他不得不匆匆逃跑。

“‘当我希望盗窃得手的时候，’比尔·巴西特说，‘我的工作有一部分是向娘儿们献殷勤。爱情能使娘儿们晕头转向。只要告诉我，哪一幢房子里有赃物和一个漂亮的女用人，包管那幢房子里的银器都给熔化了卖掉。我在饭店里大吃大喝，而警察局的人却说那是内贼干的，因为女主人的侄子穷得在教《圣经》班。我先勾引女用人，’比尔说，‘等她让我进了屋子之后，我再勾引锁具。但是小石城的那个娘们儿坑了我。’他说，‘她看见了我跟另一个女的乘电车。当我在约好的那个晚上去她那里时，她没有按说定的那样开着门等我。我本来已经配好了楼上房门的钥匙，可是不行，先生。她从里面锁上了。她真是个大利拉①。’比尔·巴西特说。

“后来比尔不顾一切硬撬门进去，那姑娘便像四轮马车顶座的观光游客那样大叫大嚷起来。比尔不得不从那里一直逃到车站。由于他没有行李，人家不让他上车，他只得扒上一列正要出站的货车。

“‘哎，’我们交换了各人的经历之后，比尔·巴西特说，‘我肚子饿啦。这个小镇不像是用弹子锁锁着的。我们不妨干一些无伤大雅的暴行，弄几个零钱花花。我想你身边不见得带着生发水，或者包金的表链，或者类似的非法假货，可以在十字街口卖给镇上那些懵懵懂懂的悭吝鬼吧？’

“‘没有，’我说，‘我的手提箱里本来有一些精致的巴塔戈尼亚的钻石耳坠和胸针，可是给扣在彼文镇了，一直要等到那些黑橡皮树长出大量黄桃和日本李子的时候。我想我们不能对它们存什么希望，除非我们把卢瑟·伯班克②找来搭伙。’

“‘好吧，’巴西特说，‘那我尽量想些别的办法。也许在天黑之后，我可以向哪位太太借一枚发针，用来打开农牧渔业

① 大利拉，《圣经》中出卖参孙的非利士女人。

② 卢瑟·伯班克（1849—1926），美国园艺学家，改良了一些植物品种。

银行。’

“我们正谈着，一列客车开到了附近的车站。一个戴大礼帽的人从月台那边下了火车，磕磕绊绊地跨过轨道向我们走来。他是个肥胖的矮个子，大鼻子，小眼睛，衣着倒很讲究；他小心翼翼地拿着一个手提包，仿佛里面装的是鸡蛋或是铁路股票似的。他经过我们身边，沿着铁轨继续走去，似乎没有看到小镇。

“‘来。’比尔·巴西特招呼我后，自己立刻跟了上去。

“‘到什么地方去啊？’我问道。

“‘天哪！’比尔说，‘难道你忘了你自己待在荒野里吗？吗哪上校就掉在你面前，难道你没有看到？难道你没有听见乌鸦将军的鼓翼声？你真笨得叫我吃惊，以利亚。’①

“我们在树林子旁边赶上了那个人，那时候太阳已经落山，那地点又很偏僻，没有人看见我们截住他。比尔把那个人头上的帽子摘下来，用袖管拂拭一下，又替他戴上。

“‘这是什么意思，先生？’那人问道。

“‘我自己戴这种帽子觉得不自在的时候，’比尔说，‘总是这样做的。目前我没有大礼帽，只好用用你的。我真不知该怎么开个头同你打打交道，先生，不过我想我们不妨先摸摸你的口袋。’

“比尔·巴西特摸遍了他所有的口袋，露出一副鄙夷的神情。

“‘连表都没有一个。’他说，‘你这个空心石膏像，难道不

① 吗哪，《旧约》中所说的以色列人经过旷野时获得的神赐的食物。以利亚是个先知，干旱时住在约旦河东的基立溪畔，乌鸦早晚给他叼饼和肉来。

觉得害臊？穿戴得倒像侍者领班，口袋里却像伯爵一样空。连车钱都没有，你打算怎么乘火车呀？'

"那人开口声明身边毫无金银财物。巴西特拿过他的手提包，打了开来。里面是一些替换用的领口和袜子，还有半张剪下来的报纸。比尔仔细看了剪报，向那位被拦劫的人伸出手去。

"'老哥，'他说，'你好！请接受朋友的道歉。我是窃贼比尔·巴西特。彼得斯先生，你得认识认识艾尔弗雷德·伊·里克斯先生。握握手吧。里克斯先生，在捣乱和犯法方面来说，彼得斯先生的地位介乎你我之间。他拿人钱财，总是给人家一些代价。我很高兴见到你们，里克斯先生——见到你和彼得斯先生。这是我生平第一次参加的全国贪心汉大会——溜门撬锁，坑蒙拐骗，投机倒把，全都到齐了。请看看里克斯先生的证件，彼得斯先生。'

"巴西特递给我的剪报上刊登着这位里克斯先生的一张照片。那是芝加哥发行的报纸，文章中的每一段都把里克斯骂得狗血喷头。我看完那篇文章后，才知道上述里克斯其人，坐在芝加哥的装潢豪华的办公室里，把佛罗里达州淹在水底的地方全部划成一块块的，卖给一些一无所知的投资者。他收入将近十万元时，那些老是大惊小怪，没事找事的主顾（我本人卖金表时也碰到过这种主顾，居然用镪水来试验）之中有一个，精打细算地去佛罗里达旅游了一次，看看他买的地皮，检查检查周围的篱笆是不是需要打一两根桩子加固，顺便再贩一些柠檬，准备供应圣诞节的市场。他雇了一个测量员替他找这块地皮。他们费了九牛二虎之力，才发现广告上所说的乐园谷那个兴旺的小镇是在奥基乔比湖中心四十杆十六竿以南,二十度以东。那人买的地皮在三十六英尺深的水底下,并且已被鳄鱼和长嘴鱼占据了那么长时间,使他的主权颇有争议。

“那人回到芝加哥,自然闹得艾尔弗雷德·伊·里克斯火烧火燎的,热得像是气象台预报有降雪时的天气。里克斯驳斥了他的陈述,却无法否认鳄鱼的存在。有一天,报上用整整一栏的篇幅来揭发这件事,里克斯走投无路,只得从防火梯上逃出来。当局查到了他存钱的保管库,里克斯只得在手提包里放上几双袜子和十来条十五英寸半的领口,直奔西部。他的皮夹里恰好有几张火车代价券,勉强乘到我和比尔·巴西特所在的那个偏僻小镇,就给赶下火车,做了以利亚第三,可是却看不到叼粮食来的乌鸦。

“接着,这位艾尔弗雷德·伊·里克斯嚷嚷起来,说他也饿了,并且声明说他没有能力支付一餐饭的价值,更不用说价格了。因此我们三个人凑在一起,如果还有雅兴作些演绎推理和绘画说明的话,就可以代表劳动力、贸易和资本。但是贸易没有资本的时候,什么买卖都做不成。而资本没有金钱的时候,洋葱肉排的销路就不景气了。现在只能仰仗那个带钢撬的劳动力。

“‘绿林弟兄们,’比尔·巴西特说,‘到目前为止,我从没有在患难中抛弃过朋友。我见到那个树林子里好像有一些简陋的住房。我们不妨先去那里,等到天黑再说。’

“小树林子里果然有一所没人住的、破旧的小房子,我们三人便占用了它。天黑之后,比尔·巴西特吩咐我们等着,他自己出去了半小时光景。他回来时,捧着一大堆面包、排骨和馅饼。

“‘在瓦西塔路的一个农家那里搞来的。’他说，‘让我们吃、喝、乐一下吧。’

“皎洁的满月升了上来，我们在小屋里席地而坐，借着月光吃起来。这位比尔·巴西特便开始大吹牛皮了。

“‘有时候，’他嘴里满塞着土产品说，‘你们这些自以为行业高我一等的人真叫我不耐烦。遇到目前这种紧急情况，你们两位有什么办法能使我们免于饿死？你办得到吗，里克斯？’

“‘老实说，巴西特先生，’里克斯咬着一块馅饼，讲话的声音几乎听不见，‘在目前这个时候，我也许不可能创办一个企业来改变困难的局面。我所经营的大事业自然需要事先作一些妥善的安排。我——’

“‘我知道，里克斯，’比尔·巴西特插嘴说，‘你不必讲下去啦。你先需要五百元雇用一个金发的女打字员，添置四套讲究的橡木家具。你再需要五百元来刊登广告。你还需要两星期的时间等鱼儿上钩。你的办法是远水救不了近火，好比遇到有人被低劣的煤气熏死的时候，就主张把煤气事业收归公有一样。他的把戏也救不了急，彼得斯老哥。’他结束说。

“‘哦，’我说，‘仙子先生，我还没有看见你用魔杖把什么东西变成金子呢。转转魔法戒指，搞一点剩羹残饭来，几乎人人都能做到。’

“‘那只不过是先准备好南瓜罢了①。’巴西特洋洋自得地说，‘六匹马的马车待会儿就会出乎意外地来到你门口，灰

① 在童话《灰姑娘》中，仙子替灰姑娘把南瓜变成一辆马车，把耗子变成了马，让她去参加了王子的舞会。

姑娘。你也许有什么锦囊妙计,可以帮我们开个头吧。'

"'老弟,'我说,'我比你大十五岁,可是还没有老到要保人寿险的年纪。以前我也有过不名一文的时候。我们现在可以望到那个相去不到半英里的小镇上的灯火。我的师父是蒙塔古·西尔弗,当代最伟大的街头推销员。此时,街上有几百个衣服上沾有油迹的行人。给我一盏汽油灯,一只木箱和两块钱的白橄榄香皂,把它切成小——'

"'你那两块钱打哪儿来呀?'比尔·巴西特吃吃笑着打断了我的话。跟这个窃贼一起,真是话不投机半句多。

"'不,'他往下说,'你们两个都束手无策啦。金融已经关门大吉,贸易也宣告歇业。你们两个只能指望劳动力来活动活动了。好吧。你们该认输了吧。今晚我给你看看比尔·巴西特的能耐。'

"巴西特吩咐我和里克斯呆在小屋子里等他回来,即使天色亮了也不要离开。他自己快活地吹着口哨,动身朝小镇走去。

"艾尔弗雷德·伊·里克斯脱掉鞋子和衣服,在帽子上铺了一方绸手帕当枕头,便躺在地板上。

"'我想我不妨睡一会儿。'他尖声尖气地说,'今天好累啊。明天见,亲爱的彼得斯先生。'

"'代我向睡神问好。'我说,'我想坐一会儿。'

"根据我那只被扣留在彼文镇的表来猜测,在约莫两点钟的时候,我们那位辛苦的人回来了。他踢醒了里克斯,把我们叫到小屋门口有一道月光的地方。接着,他把五个各装一千元的袋子摆在地板上,像刚下了蛋的母鸡似的咯咯叫起来。

"'我告诉你们一些有关小镇的情况。'他说,'那个小镇叫石泉，镇上的人正在盖一座共济会堂，看形势民主党的镇长候选人恐怕要被平民党打垮了，塔克法官的太太本来害着胸膜炎，最近好了些。我在获得所需的情报之前，不得不同居民们谈谈这些无聊的小事情。镇上有家银行，叫做樵农储蓄信托公司。昨天银行停止营业的时候有两万三千元存款。今天开门时还剩一万八千元——全是银币——这就是我为什么不多带一些来的原因。怎么样，贸易和资本，你们还有什么话说？'

"'年轻的朋友，'艾尔弗雷德·伊·里克斯抱着手说道，'你抢了那家银行吗？哎呀，哎呀呀！'

"'你不能那么说。'巴西特说，'"抢"这个字未免不大好听。我所做的事只不过是找找银行在哪条街上。那个小镇非常寂静，我站在街角上都可以听到保险箱上号码盘的转动声——"往右拧到四十五；往左拧两圈到八十；往右拧一圈到六十；再往左拧到十五"——听得一清二楚，正如听耶鲁大学足球队长用暗语发号施令一样。老弟，'巴西特又说，'这个镇上的人起得很早。他们说镇上的居民天没亮就都起来活动了。我问他们为什么不多睡一会儿，他们说因为那时候早饭就做好了。那么快活的罗宾汉①该怎么办呢？只有叮叮当当地赶快开路。我给你们赌本。你要多少？快说，资本。'

"'我亲爱的年轻朋友，'里克斯说，他活像一只用后腿蹲，用前爪摆弄硬果的地松鼠，'我在丹佛有几个朋友，他们可以帮助我。只要有一百块钱，我就可以——'

"巴西特打开一包钱，取出五张二十元的钞票扔给了里

① 罗宾汉，英国中古传说中的绿林好汉。

克斯。

"'贸易,你要多少?'他问我说。

"'把你的钱收起来吧,劳动力。'我说,'我一向不从辛辛苦苦干活的人身上搞他们来之不易的小钱。我搞的都是在傻瓜笨蛋的口袋里烧得慌的多余的钱。当我站在街头,把三块钱一枚的钻石金戒指卖给乡巴佬的时候,只不过赚了两块六。我知道他会把这只戒指送给一个姑娘,来酬答相当于一枚一百二十五元的戒指所产生的利益。他的利润是一百二十二元。我们两人中间哪一个是更大的骗子呢?'

"'可是当你把五毛钱一撮的沙子卖给穷苦女人,说是可以防止油灯爆炸的时候,'巴西特说,'沙子的价钱是四毛钱一吨;那你以为她的净利是多少呢?'

"'听着。'我说,'我叮嘱她要把油灯擦干净,把油加足。她照我的话做了,油灯就不会爆炸。她以为油灯里有了我的沙子就不会炸,也就放心了。这可以说是工业上的基督教科学疗法。她花了五毛钱,洛克菲勒和埃迪夫人①都为她效了劳。不是每个人都能请这对有钱的孪生兄妹来帮忙的。'

"艾尔弗雷德·伊·里克斯对比尔·巴西特感激涕零,差一点儿没去舐他的鞋子。

"'我亲爱的年轻朋友,'他说,'我永远都忘不了你的慷慨。上天会保佑你的。不过我请求你以后不要采用暴力和犯罪的手段。'

"'胆小鬼,你还是躲到壁板里的耗子洞里去吧,'比尔

① 埃迪夫人(1821—1910),基督教科学疗法的创立人,著有《科学与健康》一书。

说，‘在我听来，你的信条和教诲像是自行车打气筒最后的声音。你那种道貌岸然，高高在上的掠夺方式造成了什么结果？不过是贫困穷苦而已。就拿彼得斯老哥来说，他坚持要用商业和贸易的理论来玷污抢劫的艺术，如今也不得不承认他完蛋了。你们两个的做法是行不通的。彼得斯老哥，’比尔说，‘你最好还是在这笔经过防腐处理的钱里取一份吧。’

“我再一次吩咐比尔·巴西特把钱收起来。我不像某些人那样尊重盗窃。我拿了人家的钱总要给人家代价，即使是一些提醒人家下次不要再上当的小小的纪念品。

“接着，艾尔弗雷德·伊·里克斯又卑躬屈节地谢了比尔，便同我们告别了。他说他要向农家借一辆马车，乘到车站，然后搭去丹佛的火车。那个叫人看了伤心的虫豸告辞之后，空气为之一新。他丢了全国不劳而获的行业的脸。他搞了许多庞大的计划和华丽的办公室，到头来还混不上一顿像样的饭，还得仰仗一个素昧平生，也许不够谨慎的窃贼。他离开后，我很高兴；虽然看到他就此一蹶不振，不免有点儿替他伤心。这个人没有大本钱时又能干些什么？嘿，艾尔弗雷德·伊·里克斯同我们分手的时候简直像一只四脚朝天的乌龟那样毫无办法。他甚至想不出计谋来骗小姑娘的石笔呢。

“只剩下我和比尔·巴西特两个人的时候，我开动了一下脑筋，想出一个包含生意秘密的计策。我想，我得让这位窃贼先生看看，贸易同劳力之间究竟有什么差别。他奚落了商业和贸易，伤了我的职业自豪感。

“‘我不愿意接受你送给我的钱，巴西特先生，’我对他说，‘你今晚用不道德的方法害得这个小镇的财政有了亏空。在我们离开这个危险地带之前，如果你能替我支付路上的花

费，我就很领情了。'

“比尔·巴西特同意这样做，于是我们向西出发——到安全地点就搭上火车。

“火车开到亚利桑那州一个叫洛斯佩罗斯的小镇上，我提议我们不妨再在小地方碰碰运气。那是我以前的师父蒙塔古·西尔弗的家乡。如今他已退休了。我知道，只要我把附近营营做声的苍蝇指给蒙塔古看，他就会教我怎么张网捕捉。比尔·巴西特说他主要是在夜间工作的，因此任何城镇对他都没有区别。于是我们在这个产银地区的洛斯佩罗斯小镇下了火车。

“我有一个又巧妙又稳妥的打算，简直等于一根商业的甩石鞭，我准备用它来打中巴西特的要害。我并不想趁他睡熟的时候拿走他的钱，而是想留给他一张代表四千七百五十五元的彩票——据我估计，我们下火车时他的钱还剩下那么多。我旁敲侧击地谈起某种投资，他立刻反对我的意见，说了下面一番话。

“'彼得斯老哥，'他说，'你提议加入某个企业的主意并不坏。我想我会这么做。但是，我要参加的企业必须十分可靠，非要罗伯特·伊·皮尔里和查尔斯·费尔班克斯①之类的人当董事不可。'

“'我原以为你打算拿这笔钱来做买卖呢。'我说。

“'不错，'他说，'我不能整夜抱着钱睡，不翻翻身子。我告诉你，彼得斯老哥，'他说，'我打算开一家赌场。我不喜欢

① 罗伯特·伊·皮尔里（1856—1920），美国探险家，一九〇九年到达北极。查尔斯·费尔班克斯（1852—1918），一九〇五至一九〇九年美国的副总统。

无聊的骗局，例如叫卖搅蛋器，或者在巴纳姆和贝利①的马戏场里推销那种只能当铺地锯末用的麦片。但是从利润观点来看，赌场生意是介乎偷银器和在沃尔多夫-阿斯托里亚旅馆义卖抹笔布之间的很好的折中办法。'

"'那么说，巴西特先生，'我说，'你是不愿意听听我的小计划了？'

"'哎，你要明白，'他说，'你不可能在我落脚地点方圆五十英里以内办任何企业。我是不会上钩的。'

"巴西特租了一家酒店的二楼，采办了一些家具和五彩石印画。当天晚上，我去蒙塔古·西尔弗家，向他借了两百元做本钱。我到洛斯佩罗斯独家经营纸牌的商店，把他们的纸牌全部买了下来。第二天，那家商店开门后，我又把纸牌全都送了回去。我说同我合作的搭档改变了主意；我要把纸牌退给店里。老板以半价收回去了。

"不错，到那时候为止，我反而亏了七十五元。可是我在买纸牌的那天晚上，把每副牌的每一张的背后都做了记号。那是劳动。接着，贸易和商业开动了。我扔在水里当鱼饵的面包开始以酒渍布丁的形式回来了。

"第一批去比尔·巴西特的赌场买筹码的人中当然少不了我。比尔在镇上惟一出售纸牌的店里买了纸牌；我认得每一张纸牌的背面，比理发师用两面镜子照着，让我看自己的后脑勺还要清楚。

"赌局结束时，那五千元和一些零头都进了我的口袋，比尔·巴西特只剩下他的流浪癖和他买来取个吉利的黑猫。我

① 贝利（1847—1906），美国马戏团老板，后与巴纳姆合伙营业。

离去时，比尔同我握握手。

"'彼得斯老哥，'他说，'我没有做生意的才能。我注定是劳碌命。当一个第一流的窃贼想把钢撬换成弹簧秤时，他就闹了大笑话。你玩牌的手法很熟练，很高明。'他说，'祝你鸿运高照。'以后我再也没有见到比尔·巴西特。"

"嗯，杰甫，"当这个奥托里格斯①式的冒险家仿佛要宣布他故事的要旨时，我说道，"我希望你好好保存这笔钱。有朝一日你安顿下来，想做些正经的买卖时，这将是一笔相当正——相当可观的资本。"

"我吗？"杰甫一本正经地说，"我当然很关心这五千块钱。"

他得意非凡地拍拍上衣胸口。

"金矿股票，"他解释说，"每一分钱都投资在这上面。票面每股一元。一年之内至少升值百分之五百。并且是免税的。蓝金花鼠金矿。一个月之前刚发现的。你手头如果有多余的钱最好也投些资。"

"有时候，"我说，"这些矿是靠不——"

"哦，这个矿可保险呢。"杰甫说，"已经发现了价值五万元的矿砂，保证每月有百分之十的盈利。"

他从口袋里掏出一个长信封，往桌上一扔。

"我总是随身带着，"他说，"这样窃贼就休想染指，资本家也无从下手来掺水了。"

① 奥托里格斯，希腊神话中神通广大的小偷。莎士比亚剧本《冬天的故事》中的奥托里古斯是个顺手牵羊，爱占小便宜的人。

我看看那张印刷精美的股票。

“哦,这家公司在科罗拉多。”我说,“喂,杰甫,我顺便问你一句,你和比尔在车站上遇到的,后来去丹佛的那个矮个子叫什么名字来着?”

“那家伙叫艾尔弗雷德·伊·里克斯。”杰甫说。

“哦,”我说,“这家矿业公司的经理署名是艾·尔·弗雷德里克斯。我不明白——”

“让我看看那张股票。”杰甫忙不迭地说,几乎是从我手上把它夺过去的。

为了多少缓和一下这种尴尬的局面,我招呼侍者过来,再要了一瓶巴贝拉酒。我想我也只能这样做。

“醉翁之意”

他从德斯布罗萨斯街的渡口出来时，使我不由得对他发生了兴趣。看他那神气，是个见多识广、四海为家的人；来到纽约的样子，又像是一个睽违多年，重新回到自己领地来的领主。尽管他露出这种神情，我却断定他以前从未踩上过这个满是哈里发的城市的滑溜的圆石子街道。

他穿着一套宽大的、蓝中带褐、颜色古怪的衣服，戴着一顶老式的、圆圆的巴拿马草帽，不像北方的时髦人物那样在帽帮上捏出花哨的凹塘，斜戴成一个角度。此外，他那出奇的丑陋不但使人厌恶，而且使人吃惊——他那副林肯式的愁眉蹙额的模样和不端正的五官，简直会使你诧异和害怕得目瞪口呆。渔夫捞到的瓶子里窜出的一股妖气变的怪物，恐怕也不过如此①。后来他告诉我，他名叫贾德森·塔特；为了方便起见，我们从现在起就用这个名字来称呼他。他的绿色绸领带用黄玉环扣住，手里握着一支鲨鱼脊骨做的手杖。

贾德森·塔特招呼了我，仿佛旧地重游记不清一些无关紧要的细节似的，大大咧咧地向我打听本市街道和旅馆的一般情况。我觉得没有理由来贬低我自己下榻的商业区那家清

① 这里指《天方夜谭》中的故事。

静的旅馆；于是，到了下半夜，我们已经吃了饭，喝了酒（是我付的账），就打算在那家旅馆的休息室里找一个清静的角落坐下来抽烟了。

贾德森·塔特仿佛有什么话要讲给我听。他已经把我当做朋友了；他每说完一句话，便把那只给鼻烟染黄的、像轮船大副的手一般粗大的手在我鼻子前面不到六英寸的地方晃着。我不由得想起，他把陌生人当做敌人时是不是也这么突兀。

我发觉这个人说话时身上散发出一种力量。他的声音像是动人的乐器，被他用华彩出色的手法弹奏着。他并不想让你忘却他的丑陋，反而在你面前炫示，并且使之成为他言语魅力的一部分。如果你闭上眼睛，至少会跟着这个捕鼠人的笛声走到哈默尔恩的城墙边。你不至于稚气得再往前走。不过让他替他的言词谱上音乐吧，如果不够味儿，那该由音乐负责。

“女人，”贾德森·塔特说，“是神秘的。”

我的心一沉。我可不愿意听这种老生常谈——不愿意听这种陈腐浅薄、枯燥乏味、不合逻辑、不能自圆其说、早就给驳倒的诡辩——这是女人自己创造出来的古老、无聊、毫无根据、不着边际、残缺而狡猾的谎言；这是她们为了证明、促进和加强她们自己的魅力和谋算而采取的卑劣、秘密和欺诈的方法，从而暗示、蒙混、灌输、传播和聪明地散布给人们听的。

“哦，原来如此！”我说的是大白话。

“你有没有听说过奥拉塔马？”他问道。

“可能听说过。”我回答说，“我印象中仿佛记得那是一个芭蕾舞演员——或者是一个郊区——或者是一种香水的名字?"

"那是外国海岸上的一个小镇,"贾德森·塔特说,"那个国家的情况,你一点儿不知道,也不可能了解。它由一个独裁者统治着,经常发生革命和叛乱。一出伟大的生活戏剧就是在那里演出的,主角是美国最丑的人贾德森·塔特,还有无论在历史或小说中都算是最英俊的冒险家弗格斯·麦克马汉,以及奥拉塔马镇镇长的美貌女儿安娜贝拉·萨莫拉。还有一件事应该提一提——除了乌拉圭三十三人省①以外,世界上任何别的地方都没有一种叫楚楚拉的植物。我刚才提到的那个国家的产品有贵重木料、染料、黄金、橡胶、象牙和可可。"

"我一向以为南美洲是不生产象牙的呢。"我说。

"那你就错上加错了。"贾德森·塔特说。他那美妙动人的声音抑扬顿挫,至少有八个音度宽。"我并没说我所谈的国家在南美洲呀——我必须谨慎,亲爱的朋友;要知道,我在那里是搞过政治的。虽然如此,我跟那个国家的总统下过棋,棋子是用貘的鼻骨雕刻成的——貘是安第斯山区的一种角蹄类动物——那棋子看起来同上好的象牙一模一样。

"我要告诉你的不是动物,而是浪漫史和冒险,以及女人的气质。

"十五年来,我一直是那个共和国至高无上的独裁者老桑乔·贝纳维德斯背后的统治力量。你在报上见过他的相片——一个窝囊的黑家伙,脸上的胡子像是瑞士音乐盒圆筒上的钢丝,右手握着一卷像是记家谱的《圣经》扉页那样的纸

① 三十三人省,乌拉圭东部省名及省会名。一八二五年,以拉瓦列哈为首的三十三名乌拉圭爱国者在乌拉圭河岸阿格拉西亚达登陆,开始了反巴西统治的武装斗争,后人遂将该地命名为"三十三人"。

头。这个巧克力色的统治者一向是种族分界线和纬线之间最惹人注意的人物。很难预料他的结局是登上群英殿呢，还是身败名裂。当时，如果不是格罗弗·克利夫兰[①]在做总统的话，他一定会被称为南方大陆的罗斯福。他总是当一两任总统，指定了暂时继任人选之后，再退休一个时期。

“但是替‘解放者’贝纳维德斯赢得这些声誉的并不是他自己。不是他，而是贾德森·塔特。贝纳维德斯只不过是个傀儡。我总是指点他，什么时候该宣战，什么时候该提高进口税，什么时候该穿大礼服。但是我要讲给你听的并不是这种事情。我怎么会成为有力人物的呢？我告诉你吧。自从亚当睁开眼睛，推开嗅盐瓶，问道：‘我怎么啦’以来，能发出声音的人中间，要数我最出色。

“你也看到，除了新英格兰早期主张信仰疗法的基督徒的相片以外，我可以算是你生平碰见的最丑的人。因此，我很年轻时便知道必须用口才来弥补相貌的不足。我做到了这一点。我要的东西总能到手。作为在老贝纳维德斯背后出主意的人，我把历史上所有伟大的幕后人物，诸如塔利兰、庞巴杜夫人和洛布[②]，都比得像俄国杜马中少数派的提案了。我用三寸不烂之舌可以说得国家负债或者不负债，使军队在战场上沉睡，用寥寥数语来减少暴动、骚乱、税收、拨款或者盈余，用鸟鸣一般的唿哨唤来战争之犬或者和平之鸽。别人身上的俊美、肩章、拳曲的胡须和希腊式的面相同我是无缘的。人家

① 克利夫兰(1837—1908)，美国第二十二届和第二十四届总统，民主党人。

② 洛布(1866—1937)，美国商人，西奥多·罗斯福任纽约州长与总统时的私人秘书。

一看到我就要打寒战。可是我一开口说话,不出十分钟,听的人就被我迷住了,除非他们害了晚期心绞痛。不论男女,只要碰到我,无不被我迷住。呃,你不见得认为女人会爱上像我这种面相的人吧?”

“哦,不,塔特先生。”我说,“迷住女人的丑男子常常替历史增添光彩,使小说黯然失色。我觉得——”

“对不起,”贾德森·塔特打断了我的话,“你还不明白我的意思。你先请听我的故事。”

“弗格斯·麦克马汉是我在京都的一个朋友。拿俊美来说,我承认他是货真价实的。他五官端正,有着金黄色的鬈发和笑吟吟的蓝眼睛。人们说他活像那个叫做赫耳·墨斯①的塑像,就是摆在罗马博物馆里的语言与口才之神。我想那大概是一个德国的无政府主义者。那种人老是装腔作势,说个没完。

“不过弗格斯没有口才。他从小就形成了一个观念,认为只要长得漂亮,一辈子就受用不尽。听他谈话,就好比你想睡觉时听到了水滴落到床头的一个铁皮碟子上的声音一样。他和我却交上了朋友——也许是因为我们如此不同吧,你不觉得吗?我刮胡子时,弗格斯看看我那张像是在万圣节前夜戴的面具的怪脸,似乎就觉得高兴;当我听到他那称之为谈话的微弱的喉音时,我觉得作为一个银嗓子的丑八怪也心满意足了。

“有一次,我不得不到奥拉塔马这个滨海小镇来解决一

① 赫耳墨斯(Hermes)是希腊神话中商业、演说、竞技之神,作者在这里把原文拆开,成了德文中的“墨斯先生”(Herr Mees),因此下文有“德国无政府主义者”之说。

些政治动乱，在海关和军事部门砍掉几颗脑袋。弗格斯，他掌握着这个共和国的冰和硫磺火柴的专卖权，说是愿意陪我跑一趟。

“在骡帮的铃铛声中，我们长驱直入奥拉塔马，这个小镇便属于我们了；正如西奥多·罗斯福在奥伊斯特湾①时，长岛海峡不属于日本人一样。我说的虽然是‘我们’，事实上是指‘我’。只要是到过四个国家，两个海洋，一个海湾和地峡，以及五个群岛的人，都听到过贾德森·塔特的大名。人们管我叫绅士冒险家。黄色报纸用了五栏，一个月刊用了四万字（包括花边装饰），《纽约时报》用第十二版的全部篇幅来报导我的消息。如果说我们在奥拉塔马受到欢迎的部分原因是由于弗格斯·麦克马汉的俊美，我就可以把我那巴拿马草帽里的标签吃下去。他们张灯结彩是为了我。我不是爱妒忌的人；我说的是事实。镇上的人都是尼布甲尼撒②；他们在我面前拜倒草地；因为这个镇里没有尘埃可以拜倒。他们向贾德森·塔特顶礼膜拜。他们知道我是桑乔·贝纳维德斯背后的主宰。对他们来说，我的一句话比任何人的话更像是东奥罗拉图书馆书架上的全部毛边书籍。居然有人把时间花在美容上——抹冷霜，按摩面部（顺眼睛内角按摩），用安息香酊防止皮肤松弛，用电疗来除黑痣——为了什么目的？要漂亮。哦，真是大错特错！美容师应该注意的是喉咙。起作用的不是赘疣而是言语，不是爽身粉而是谈吐，不是香粉而是聊天，不是花颜玉容而是甘言巧语——不是照片而是留声机。闲话

① 奥伊斯特湾，美国长岛北部的村落，西奥多·罗斯福的家乡。

② 尼布甲尼撒（前605—前562），巴比伦王，《旧约·但以理书》第4章第29—33节有尼布甲尼撒“吃草如牛”之语。

少说,还是谈正经的吧。

"当地头面人物把我和弗格斯安顿在蜈蚣俱乐部里,那是一座建筑在海边桩子上的木头房子。涨潮时海水和房子相距只有九英寸。镇里的大小官员、诸色人等都来致敬。哦,并不是向赫耳·墨斯致敬。他们早听到贾德森·塔特的名声了。

"一天下午,我和弗格斯·麦克马汉坐在蜈蚣旅馆朝海的回廊里,一面喝冰甘蔗酒,一面聊天。

"'贾德森,'弗格斯说道,'奥拉塔马有一个天使。'

"'只要这个天使不是加百列,'我说,'你谈话的神情为什么像是听到了最后审判的号角声那样紧张?'

"'是安娜贝拉·萨莫拉小姐。'弗格斯说,'她——她——她美得——没治!'

"'呵呵!'我哈哈大笑说,'听你形容你情人的口吻倒真像是一个多情种子。你叫我想起了浮士德追求玛格丽特的事——就是说,假如他进了舞台的活板底下之后仍旧追求她的话。'

"'贾德森,'弗格斯说,'你知道你自己像犀牛一般丑。你不可能对女人发生兴趣。我却发疯般地迷上了安娜贝拉小姐。因此我才讲给你听。'

"'哦,当然啦。'我说,'我知道我自己的面孔像是尤卡坦杰斐逊县那个守着根本不存在的窖藏的印第安阿兹特克偶像。不过有补偿的办法。比如说,在这个国家里抬眼望到的地方,以及更远的地方,我都是至高无上的人物。此外,当我和人们用口音、声音、喉音争论的时候,我说的话并不限于那种低劣的留声机式的胡言乱语。'

“‘哦，’弗格斯亲切地说，‘我知道不论闲扯淡或者谈正经，我都不成。因此我才请教你。我要你帮我忙。’

“‘我怎么帮忙呢？’我问道。

“‘我已经买通了安娜贝拉小姐的陪媪，’弗格斯说，‘她名叫弗朗西斯卡。贾德森，你在这个国家里博得了大人物和英雄的名声。’

“‘正是，’我说，‘我是当之无愧的。’

“‘而我呢，’弗格斯说，‘我是北极和南极之间最漂亮的人。’

“‘如果只限于相貌和地理，’我说，‘我完全同意你的说法。’

“‘你我两人，’弗格斯说，‘我们应该能把安娜贝拉·萨莫拉小姐弄到手。你知道，这位小姐出身于一个古老的西班牙家族，除了看她坐着马车在广场周围兜圈子，或者傍晚在栅栏窗外瞥见她一眼之外，她简直像是星星那样高不可攀。’

“‘替我们中间哪一个去弄呀？’我问道。

“‘当然是替我。’弗格斯说，‘你从来没有见过她。我吩咐弗朗西斯卡把我当做你，已经指点给安娜贝拉看过好几次了。她在广场上看见我的时候，以为看到的是全国最伟大的英雄、政治家和浪漫人物堂贾德森·塔特呢。把你的声名和我的面貌合在一个人身上，她是无法抗拒的。她当然听到过你那惊人的经历，又见过我。一个女人还能有什么别的企求？’弗格斯·麦克马汉说。

“‘她的要求不能降低一点吗？’我问道，‘我们怎么各显身手，怎么分摊成果呢？’

“弗格斯把他的计划告诉了我。

"他说,镇长堂路易斯·萨莫拉的房子有一个院子——通向街道的院子。院内一角是他女儿房间的窗口——那地方黑得不能再黑了。你猜他要我怎么办?他知道我口才流利,有魅力,有技巧,让我半夜到院子里去,那时候我这张鬼脸看不清了,然后代他向萨莫拉小姐求爱——代她在广场上照过面的、以为是堂贾德森·塔特的美男子求爱。

"我为什么不替他,替我的朋友弗格斯·麦克马汉效劳呢?他来求我就是看得起我——承认了他自己的弱点。

"'你这个白百合一般的、金头发、精打细磨的、不会开口的小木头,'我说,'我可以帮你忙。你去安排好,晚上带我到她窗外,在月光颤音的伴奏下,我滔滔不绝地谈起来,她就是你的了。'

"'把你的脸遮住,贾德。'弗格斯说,'千万把你的脸遮严实。讲到感情,你我是生死之交,但是这件事非同小可。我自己能说话也不会请你去。如今看到我的面孔,听到你的说话,我想她非给弄到手不可了。'

"'到你的手?'我问道。

"'我的。'弗格斯说。

"嗯,弗格斯和陪媪弗朗西斯卡安排好了细节。一天晚上,他们替我准备好一件高领子的黑色长披风,半夜把我领到那座房子那里。我站在院子里窗口下面,终于听到栅栏那边有一种天使般又柔和又甜蜜的声音。我依稀看到里面有一个穿白衣服的人影;我把披风领子翻了上来,一方面是忠于弗格斯,一方面是因为那时正当七月潮湿的季节,夜晚寒意袭人。我想到结结巴巴的弗格斯,几乎笑出声来,接着我开始说话了。

“嗯，先生，我对安娜贝拉小姐说了一小时话。我说‘对她’，因为根本没有‘同她’说话。她只是偶尔说一句：‘哦，先生’，或者‘呀，你不是骗人吧？’或者‘我知道你不是那个意思’，以及诸如此类的、女人被追求得恰到好处时所说的话。我们两人都懂得英语和西班牙语；于是我运用这两种语言替我的朋友弗格斯去赢得这位小姐的心。如果窗口没有栅栏，我用一种语言就行了。一小时之后，她打发我走，并且给了我一朵大大的红玫瑰花。我回来后把它转交给了弗格斯。

“每隔三四个晚上，我就代我的朋友到安娜贝拉小姐的窗子下面去一次，这样持续了三星期之久。最后，她承认她的心已经属于我了，还说每天下午驾车去广场的时候都看到了我。她见到的当然是弗格斯。但是赢得她心的是我的谈话。试想，如果弗格斯自己跑去呆在黑暗里，他的俊美一点儿也看不见，他一句话也不说，那能有什么成就！

“最后一晚，她答应跟我结婚了——那是说，跟弗格斯。她把手从栅栏里伸出来让我亲吻。我给了她一吻，并且把这消息告诉了弗格斯。

“‘那件事应该留给我来做。’他说。

“‘那将是你以后的工作。’我说，‘一天到晚别说话，光是吻她。以后等她认为已经爱上你时，她也许就辨不出真正的谈话和你发出的嗫嚅之间的区别了。’

“且说，我从来没有清楚地见过安娜贝拉小姐。第二天，弗格斯邀我一起去广场上，看看我不感兴趣的奥拉塔马交际界人物的行列。我去了；小孩和狗一看到我的脸都往香蕉林和红树沼地上逃。

“‘她来啦，’弗格斯捻着胡子说——‘穿白衣服，坐着黑

马拉的敞篷车。’

“我一看，觉得脚底下的地皮都在晃动。因为对贾德森·塔特来说，安娜贝拉·萨莫拉小姐是世界上最美的女人，并且从那一刻起，是惟一最美的女人。我一眼就明白我必须永远属于她，而她也必须永远属于我。我想起自己的脸，几乎晕倒；紧接着我又想起我其他方面的才能，又站稳了脚跟。何况我曾经代替一个男人追求了她有三星期之久呢！

“安娜贝拉小姐缓缓驶过时，她用那乌黑的眼睛温柔地、久久地瞟了弗格斯一下，那个眼色足以使贾德森·塔特魂魄飞扬，仿佛坐着胶轮车似的直上天堂。但是她没有看我。而那个美男子只是在我身边拢拢他的鬈发，像浪子似的嬉笑着昂首阔步。

“‘你看她怎么样，贾德森？’弗格斯得意扬扬地问道。

“‘就是这样。’我说，‘她将成为贾德森·塔特夫人。我一向不做对不起朋友的事。所以言明在先。’

“我觉得弗格斯简直要笑破肚皮。

“‘呵，呵，呵，’他说，‘你这个丑八怪！你也给迷住了，是吗？好极啦！不过你太迟啦。弗朗西斯卡告诉我，安娜贝拉日日夜夜不谈别的，光谈我。当然，你晚上同她谈话，我非常领你的情。不过你要明白，我觉得我自己去的话也会成功的。’

“‘贾德森·塔特夫人。’我说，‘别忘掉这个称呼。你利用我的舌头来配合你的漂亮，老弟。你不可能把你的漂亮借给我；但是今后我的舌头是我自己的了。记住“贾德森·塔特夫人”，这个称呼将印在两英寸阔、三英寸半长的名片上。就是这么一回事。’

“‘好吧。’弗格斯说着又笑了，‘我跟她的镇长爸爸讲过，他表示同意。明天晚上，他要在他的新仓库里举行招待舞会。如果你会跳舞，贾德，我希望你也去见见未来的麦克马汉夫人。’

“第二天傍晚，在萨莫拉镇长举行的舞会上，当音乐奏得最响亮的时候，贾德森·塔特走了进去。他穿着一套新麻布衣服，神情像是全国最伟大的人物，事实上也是如此。

“有几个乐师见到我的脸，演奏的乐曲马上走了调。一两个最胆小的小姐禁不住尖叫起来。但是镇长忙不迭地跑过来，一躬到地，几乎用他的额头擦去了我鞋子上的灰尘。光靠面孔漂亮是不会引起这么惊人的注意的。

“‘萨莫拉先生，’我说，‘我久闻你女儿的美貌。我很希望有幸见见她。’

“约莫有六打粉红色布套的柳条椅靠墙放着。安娜贝拉小姐坐在一张摇椅上，她穿着白棉布衣服和红便鞋，头发上缀着珠子和萤火虫。弗格斯在屋子的另一头，正想摆脱两个咖啡色、一个巧克力色的女郎的纠缠。

“镇长把我领到安娜贝拉面前，做了介绍。她一眼看到我的脸，大吃一惊，手里的扇子掉了下来，摇椅几乎翻了身。我倒是习惯于这种情形的。

“我在她身边坐下，开始谈话。她听到我的声音不禁一怔，眼睛睁得像鳄梨一般大。她简直无法把我的声音和我的面相配合起来。不过我继续不断地用 C 调谈着话，那是对女人用的调子；没多久她便安安静静地坐在椅子上，眼睛里露出一种恍惚的样子。她慢慢地入彀了。她听说过有关贾德森·塔特的事情，听说过他是一个多么伟大的人物，干过许多伟大的事业；那对我是有利的。但是，当她发觉伟大的贾德森并不是人家指点给她看的那个美男子时，自然不免有些震惊。接着，我改说西班牙语，在某种情况下，它比英语好，我把它当做一个有千万根弦的竖琴那样运用自如，从降G调一直到F高半音。我用我的声音来体现诗歌、艺术、传奇、花朵和月光。我还把我晚上在她窗前念给她的诗背了几句；她的眼睛突然闪出柔和的光亮，我知道她已经辨出了半夜里向她求爱的那个神秘人的声音。

“总之，我把弗格斯·麦克马汉挤垮了。啊，口才是货真价实的艺术——那是不容置疑的。言语漂亮，才是漂亮。这句谚语应当改成这样①。

“我和安娜贝拉小姐在柠檬林子里散了一会儿步，弗格斯正愁眉苦脸地同那个巧克力色的姑娘跳华尔兹。我们回去之前，她同意我第二天半夜到院子里去，在她窗下再谈谈话。

“呃，经过非常顺利。不出两星期，安娜贝拉和我订了婚，弗格斯完了。作为一个漂亮的人，他处之泰然，并且对我说他不准备放弃。

“‘口才本身很起作用，贾德森，’他对我说，‘尽管我以前从没有想到要培养它。但是凭你的尊容，指望用一些话语来博得女人的欢心，那简直是画饼充饥了。’

“我还没有讲到故事的正文呢。

“一天，我在火热的阳光底下骑马骑了好久，没等到凉爽下来，就在镇边的礁湖里洗了一个冷水澡。

“天黑之后，我去镇长家看安娜贝拉。那时候，我每天傍

① 英文有“行为漂亮，才是漂亮”一成语。

晚都去看她，我们打算一个月后结婚。她仿佛一只夜莺，一头羚羊，一朵香水月季，她的眼睛又明亮又柔和，活像银河①上撇下来的两夸脱奶油。她看到我那丑陋的相貌时，并没有害怕或厌恶的样子。老实说，我觉得我看到的是无限的柔情蜜意，正像她在广场上望着弗格斯时那样。

“我坐下来，开始讲一些安娜贝拉爱听的话——我说她是一个托拉斯，把全世界的美丽都垄断了。我张开嘴巴，发出来的不是往常那种打动心弦的爱慕和奉承的话语，却是像害喉炎的娃娃发出的微弱的嘶嘶声。我说不出一个字，一个音节，一声清晰的声音。我洗澡不小心，着凉倒了嗓子。

“我坐了两个小时，想给安娜贝拉提供一些消遣。她也说了一些话，不过显得虚与委蛇，淡而无味。我想竭力达到的算是话语的声音，只是退潮时分蛤蜊所唱的那种‘海洋里的生活’。安娜贝拉的眼睛仿佛也不像平时那样频频地望着我了。我没有办法来诱惑她的耳朵。我们看了一些画，她偶尔弹弹吉他，弹得非常坏。我离去时，她的态度很冷漠——至少可以说是心不在焉。

“这种情况持续了五个晚上。

“第六天，她跟弗格斯·麦克马汉跑了。

“据说他们是乘游艇逃到贝利塞去的，他们离开了已有八小时。我乘了税务署的一条小汽艇赶去。

“我上船之前，先到老曼努埃尔·伊基托，一个印第安混血药剂师的药房里去。我说不出话，只好指指喉咙，发出一种管子漏气似的声音。他打起哈欠来。根据当地的习惯，他要

① “银河”的原文是“牛奶路”（Milky Way）。

过一小时才理会我。我隔着柜台探过身去，抓住他的喉咙，再指指我自己的喉咙。他又打了一哈欠，把一个盛着黑色药水的小瓶放在我手里。

"'每隔两小时吃一小匙。'他说。

"我扔下一块钱，赶到汽艇上。

"我在安娜贝拉和弗格斯的游艇后面赶到了贝利塞港口，只比他们迟了十三秒。我船上的舢板放下去时，他们的舢板刚向岸边划去。我想吩咐水手们划得快些，可声音还没有发出就在喉头消失了。我记起了老伊基托的药水，连忙掏出瓶子喝了一口。

"两条舢板同时到岸。我笔直地走到安娜贝拉和弗格斯面前。她的眼光在我身上停留了一会儿；接着便掉过头去，充满感情和自信地望着弗格斯。我知道自己说不出话，但是也顾不得了。我的全部希望都寄托在话语上面。在美貌方面，我是不能站在弗格斯身边同他相比的。我的喉咙和会厌软骨纯粹出于自动，要发出我心里想说的话。

"使我大吃一惊、喜出望外的是，我的话语滔滔不绝地说了出来，非常清晰、响亮、圆润，充满了力量和压抑已久的感情。

"'安娜贝拉小姐，'我说，'我可不可以单独同你谈一会儿？'

"你不见得想听那件事的细节了吧？多谢。我原有的口才又回来了。我带她到一株椰子树下，把以前的言语魅力又加在她身上。

"'贾德森，'她说，'你同我说话的时候，我别的都听不见了——都看不到了——世界上任何事情、任何人都不在我眼

里了。’

“‘嗯，故事到这里差不多完了。安娜贝拉随我乘了汽艇回到奥拉塔马。我再没有听到弗格斯的消息，再也没有见到他。安娜贝拉成了现在的贾德森·塔特夫人。我的故事是不是使你厌烦？’”

“不。”我说，“我一向对心理研究很感兴趣。人的心——尤其是女人的心——真是值得研究的奇妙的东西。”

“不错。”贾德森·塔特说，“人的气管和支气管也是如此。还有喉咙。你有没有研究过气管？”

“从来没有，你的故事使我很感兴趣。我可不可以问候塔特夫人，她目前身体可好，在什么地方？”

“哦，当然。”贾德森·塔特说，“我们住在泽西城伯根路。奥拉塔马的天气对塔特太太并不合适。我想你从来没有解剖过会厌杓状软骨，是吗？”

“没有，”我说，“我不是外科医生。”

“对不起，”贾德森·塔特说，“但是每一个人都应该懂得足够的解剖学和治疗学，以便保护自己的健康。突然着凉可能会引起支气管炎或者肺气泡炎症，从而严重地影响发音器官。”

“也许是这样，”我有点不耐烦地说，“不过这话跟我们刚才谈的毫不相干。说到女人感情的奇特，我——”

“是啊，是啊，”贾德森·塔特插嘴说，“她们的确特别。不过我要告诉你的是：我回到奥拉塔马以后，从老曼努埃尔·伊基托那里打听到了他替我医治失音的药水里有什么成分。我告诉过你，它的效力有多么快。他的药水是用楚楚拉植物做的。嗨，你瞧。”

贾德森·塔特从口袋里掏出一个椭圆形的白色纸盒。

“这是世界第一良药，”他说，“专治咳嗽、感冒、失音或者气管炎症。盒子上印有成分单。每片内含甘草2喱，妥鲁香胶1/10喱，大茴香油1/20量滴，松馏油1/60量滴，荜澄茄油树脂1/60量滴，楚楚拉浸膏1/10量滴。”

“我来纽约，”贾德森·塔特接着说，“是想组织一家公司，经销这种空前伟大的喉症药品。目前我只是小规模地推销。我这里有一盒四打装的喉片，只卖五毛钱。假如你害——”

我站起身，一声不响地走开了。我慢慢逛到旅馆附近的小公园，让贾德森·塔特心安理得地独自呆着。我心里很不痛快。他慢慢地向我灌输了一个我可能利用的故事。那里面有一丝生活的气息，还有一些结构，如果处理得当，是可以出笼的。结果它却证明是一颗包着糖衣的商业药丸。最糟的是我不能抛售它。广告部和会计室会看不起我的。并且它根本够不上文学作品的条件。因此，我同别的失意的人们一起坐在公园的椅子上，眼皮逐渐耷拉下来。

我回到自己的房间，照例看了一小时我喜欢的杂志上的故事。这是为了让我的心思重新回到艺术上去。

我看了一篇故事，就伤心地把杂志一本本地扔在地上。每一位作家毫无例外地都不能安慰我的心灵，只是轻快活泼地写着某种特殊牌子的汽车的故事，仿佛因而抑制了自己的天才的火花塞。

当我扔开最后一本杂志的时候，我打起精神来了。

“如果读者受得了这许多汽车，”我暗忖着，“当然也受得了塔特的奇效楚楚拉气管炎复方含片。”

假如你看到这篇故事发表的话,你明白生意总是生意,如果艺术远远地跑在商业前面,商业是会急起直追的。

为了善始善终起见,我不妨再加一句:楚楚拉这种草药在药房里是买不到的。

双料骗子

乱子出在拉雷多。这件事要怪小利亚诺，因为他应该把杀人的对象仅限于墨西哥人。但是小利亚诺已经二十出头了；在里奥格朗德河边境上，年过二十的人只有杀墨西哥人的纪录未免有点儿寒碜。

事情发生在老胡斯托·瓦尔多斯的赌场里。当时有一场扑克牌戏，玩牌的人大多素昧平生。人们打老远的地方骑马来碰碰运气，互不相识也是常有的事。后来却为了一对皇后这样的小事吵了起来；硝烟消散之后，发现小利亚诺闯了祸，他的对手也犯了大错。那个不幸的家伙并不是墨西哥人，而是一个来自牧牛场的出身很好的青年，年纪同小利亚诺相仿，有一批支持他的朋友。他的过错在于开枪时，子弹擦过小利亚诺右耳十六分之一英寸的地方，没打中；这一失误并没有减少那个更高明的枪手的莽撞。

小利亚诺没有随从，也没有许多钦佩他和支持他的人——因为即使在边境上，他的脾气也算是出名的暴躁——他觉得采取那个“走为上策”的审慎行动，同他那无可争辩的倔强性格并不矛盾。

复仇的人迅速集结起来追踪。有三个人在火车站附近赶上了小利亚诺。他转过身，露出他通常在采取蛮横和暴力手段前的不怀好意的狞笑。追他的人甚至没等他伸手拔枪，便退了回去。

当初，小利亚诺并不像平时那样好勇斗狠，存心找人拼命。那纯粹是一场偶然的口角，由于两人玩牌时某些使人按捺不住的粗话引起的。小利亚诺还相当喜欢那个被他枪杀的瘦长、傲慢、褐色脸膛、刚成年的小伙子。目前他不希望再发生什么流血事件。他想避开，找块牧豆草地，在太阳底下用手帕盖住脸，好好睡一大觉。他有这种情绪的时候，即使墨西哥人碰到他也是安全的。

小利亚诺大模大样地搭上北行的客车，五分钟后便出站了。可是列车行驶了不久，到了韦布，接到讯号，临时停下来让一个旅客上车，小利亚诺便放弃了搭车逃跑的办法。前面还有不少电报局；小利亚诺看到电气和蒸气之类的玩意儿就恼火。马鞍和踢马刺才是安全的保证。

小利亚诺并不认识那个被他枪杀的人，不过知道他是伊达尔戈的科拉里托斯牛队的。那个牧场里的人，如果有一个吃了亏，就比肯塔基的冤冤相报的人更残酷，更爱寻仇。因此，小利亚诺以大勇者的大智决定尽可能远离科拉里托斯那帮人的报复。

车站附近有一家店铺；店铺附近的牧豆树和榆树间有几匹顾客的没卸鞍的马。它们大多提起一条腿，耷拉着头，睡迷迷地等着。但是有一匹长腿弯颈的杂毛马却在喷鼻子，踹草皮。小利亚诺跳上马背，两膝一夹，用马主人的鞭子轻轻打着它。

如果说，枪杀那个莽撞的赌牌人的行为，使小利亚诺正直善良的公民身分有所损害，那么盗马一事就足以使他名誉扫地。在里奥格朗德河边境，你夺去一个人的生命有时倒无所谓，可是你夺去他的坐骑，简直就叫他破产，而你自己也并没有什么好处——如果你被逮住的话。不过小利亚诺现在也顾不得这些了。

他骑着这匹鲜蹦活跳的杂毛马，把忧虑和不安都抛到了脑后。他策马跑了五英里后，就像平原人那样款款而行，驰向东北方的纽西斯河床。他很熟悉这个地方——熟悉它那粗犷的荆棘丛林之间最艰苦、最难走的小路，熟悉人们可以在那里得到款待的营地和孤寂的牧场。他一直向东走去；因为他生平还没有见过海洋，很想抚摸一下那匹淘气的小马——墨西哥湾——的鬃毛。

三天之后，他站在科珀斯克里斯蒂①的岸上，眺望着宁静的海洋上的粼粼微波。

纵帆船"逃亡者号"的布恩船长站在小快艇旁边，一个水手守着小艇。帆船刚要启航的时候，他发觉一件生活必需品——口嚼烟草块——给忘了。他派一个水手去采办那遗忘的货物。与此同时，船长在沙滩上来回踱步，一面滥骂，一面嚼着口袋里的存货。

一个穿高跟马靴、瘦长结实的小伙子来到了海边。他脸上孩子气十足，不过夹杂着一种早熟的严厉神情，说明他阅历很深。他的皮肤本来就黑，加上户外生活的风吹日晒，竟成了深褐色。他的头发同印第安人一般又黑又直；他的脸还没有受过剃刀的翻掘；他那双蓝眼睛又冷酷，又坚定。他的左臂有点往外撇，因为警长们见到珍珠贝柄的四五口径手枪就头痛，

① 科珀斯克里斯蒂，得克萨斯州纽西斯河口上的城市。

他只得把手枪插在坎肩的左腋窝里,那未免大了些。他带着中国皇帝那种漠然无动于衷的尊严,眺望着布恩船长身后的海湾。

“打算把海湾买下来吗,老弟?”船长问道。他差点要作一次没有烟草的航行,心里正没好气。

“呀,不,”小利亚诺和善地说,“我没有这个打算。我生平没有见过海。只是看看而已。你也不打算把它出卖吧?”

“这一次没有这个打算。”船长说,“等我回到布埃纳斯蒂埃拉斯之后,我把它给你运去,货到付款。那个傻瓜水手终于把烟草办来了,他跑得那么慢,不然我一小时前就可以启碇了。”

“那条大船是你的吗?”小利亚诺问道。

“嗯,是的,”船长回答说,“如果你要把一条帆船叫做大船的话,我也不妨吹吹牛。不过说得正确些,船主是米勒和冈萨雷斯,在下只不过是老塞缪尔·凯·布恩,一个没什么了不起的船长。”

“你们去哪儿?”逃亡者问道。

“布埃纳斯蒂埃拉斯,南美海岸——上次我去过那里,不过那个国家叫什么名字我可忘了。船上装的是木材、波纹铁皮和砍刀。”

“那个国家是什么样的?”小利亚诺问道——“是热还是冷?”

“不冷不热,老弟。”船长说,“风景优美,山水秀丽,十足是个失乐园。你一早醒来就听到七条紫尾巴的红鸟在歌唱,微风在奇花异葩中叹息。当地居民从来不干活,他们不用下床,只消伸出手就可以采到一大篮一大篮最好的温室水果。

那里没有礼拜天，没有冰，没有要付的房租，没有烦恼，没有用处，什么都没有。对于那些只想躺在床上等运气找上门的人来说，那个国家是再好没有的了。你吃的香蕉、橘子、飓风和菠萝就是从那里来的。”

“那倒正合我心意！”小利亚诺终于很感兴趣地说道，“我搭你的船去那里要多少船费？”

“二十四块钱，”布恩船长说，“包括伙食和船费。二等舱。我船上没有头等舱。”

“我去。”小利亚诺一面说，一面掏出了一个鹿皮袋子。

他去拉雷多的时候，带着三百块钱，准备像以前那样大玩一场。在瓦尔多斯赌场里的决斗，中断了他的欢乐的季节，但是给他留下了将近两百元；如今由于决斗而不得不逃亡时，这笔钱倒帮了他的忙。

“好吧，老弟。”船长说，“你这次像小孩似的逃出来，我希望你妈不要怪我。”他招呼一个水手说，“让桑切斯背你到小艇上去，免得你踩湿靴子。”

美利坚合众国驻布埃纳斯蒂埃拉斯的领事撒克还没有喝醉。当时只有十一点钟；到下午三四点之前，他不会达到飘飘然的境界——到了那种境界，他就会用哭音唱着小曲，用香蕉皮投掷他那尖叫怪嚷的八哥。因此，当他躺在吊床上听到一声轻咳而抬起头来，看到小利亚诺站在领事馆门口时，仍旧能够保持一个大国代表的风度，表示应有的礼貌和客气。“请便请便。”小利亚诺轻松地说，“我只是顺道路过。他们说，开始在镇上逛逛之前，按规矩应当到你的营地来一次。我刚乘了船从得克萨斯来。”

“见到你很高兴，请问贵姓？”领事说。

小利亚诺笑了。

“斯普拉格·多尔顿。”他说，“这个姓名我自己听了都觉得好笑。在里奥格朗德河一带，人家都管我叫小利亚诺。”

“我姓撒克。”领事说，“请坐在那张竹椅上。假如你来到这儿是想投资，就需要有人帮你出出主意。这些黑家伙，如果你不了解他们的作风，会把你的金牙齿都骗光。抽雪茄吗？”

“多谢，”小利亚诺说，“我不抽雪茄，不过如果我后裤袋里没有烟草和那个小包，我一分钟也活不下去。”他取出卷烟纸和烟草，卷了一支烟。

“这里的人说西班牙语，”领事说，“你需要一个译员。我有什么地方可以效劳，嗯，我一定很高兴。如果你打算买果树地或者想搞什么租借权，你一定需要一个熟悉内幕的人替你出主意。”

“我说西班牙语，”小利亚诺说，“大概比说英语要好九倍。我原先的那个牧场上人人都说西班牙语。我不打算买什么。”

“你会西班牙语？”撒克若有所思地说。他出神地瞅着小利亚诺。

“你的长相也像西班牙人。”他接着说，“你又是从得克萨斯来的。你的年纪不会超出二十或者二十一。我不知道你有没有胆量。”

“你在打什么主意？”小利亚诺问道，他的精明出人意料。

“你有意思插一手吗？”撒克问。

“我不妨对你讲实话。”小利亚诺说，“我在拉雷多玩了一场小小的枪斗，毙了一个白人。当时没有凑手的墨西哥人。

我到你们这个八哥和猴子的牧场上来,只是想闻闻牵牛花和金盏草。现在你明白了吗?"

撒克站起来把门关上。

"让我看看你的手。"他说。

他抓着小利亚诺的左手,把手背端详了好一会儿。

"我办得了。"他兴奋地说,"你的皮肉像木头一般结实,像婴孩儿的一般健康。一星期内就能长好。"

"如果你打算叫我来一场拳头,"小利亚诺说,"那你可别对我存什么希望。换成枪斗,我一定奉陪。我才不喜欢像茶会上的太太们那样赤手空拳地打架。"

"没那么严重。"撒克说,"请过来,好吗?"

他指着窗外一幢两层楼的,有宽回廊的白墙房屋。那幢建筑矗立在海边一个树木葱茏的小山上,在深绿色的热带植物中间显得分外醒目。

"那幢房屋里,"撒克说,"有一位高尚的西班牙老绅士和他的夫人,他们迫不及待地想把你搂在怀里,把钱装满你的口袋。住在那里的是老桑托斯·乌里盖。这个国家里的金矿有一半是他的产业。"

"你没有吃错疯草吧?"小利亚诺说。

"再请坐下来,"撒克说,"我告诉你。十二年前,他们丧失了一个小孩。不,他并没有死——虽然这里有许多人因为喝了淤水,害病死掉了。当时他只有八岁,可是顽皮得出格。大家都知道。有几个勘察金矿的美国人路过这里,同乌里盖先生打了交道,他们非常喜欢这个孩子。他们把许多有关美国的大话灌进了他的脑袋里;他们离开后一个月,这小家伙也失踪了。据人家揣测,他大概是躲在一条水果船的香蕉堆里,偷偷地到了新奥尔良。据说有人在得克萨斯见过他，此后就音讯杳然。老乌里盖花了几千块钱找他。夫人尤其伤心。这小家伙是她的命根子。她目前还穿着丧服。但大家说她从不放弃希望，认为孩子总有一天会回来的。孩子的左手背上刺了一只抓枪的飞鹰。那是老乌里盖家族的纹章，或是他在西班牙继承下来的标记。”

小利亚诺慢慢抬起左手，好奇地瞅着它。

“正是，”撒克说着，伸手去拿藏在办公桌后面的一瓶走私运来的白兰地，“你脑筋不笨。我会刺花。我在山打根①当了一任领事有什么好处？直到今天我才明白。一星期之内我能把那只抓着小尖刀的老鹰刺在你手上，仿佛从小就有刺花似的。我这里备有一套刺花针和墨水，正因为我料到你有一天会来的，多尔顿先生。”

“喔，妈的。”小利亚诺说，“我不是把我的名字早告诉了你吗！”

“好吧，那么就叫你‘小利亚诺’。这个名字也不会长了。换成乌里盖少爷怎么样？”

“从我记事的时候起，我从没有扮演过儿子的角色。”小利亚诺说，“假如我有父母的话，我第一次哇哇大叫时，他们就进了鬼门关。你的计划是怎么样的呀？”

撒克往后靠着墙，把酒杯对着亮光瞧瞧。

“现在的问题是，”他说，“你打算在这件小事里干多久。”

“我已经把我来这里的原因告诉你了。”小利亚诺简单地说。

① 山打根，马来西亚城市。

“回答得好。”领事说，“不过你用不着呆这么久。我的计划是这样的：等我在你手上刺好商标之后，我就通知老乌里盖。刺花期间，我把我收集到的有关那个家族的情况讲给你听，那你谈吐就不会露出破绽了。你的长相像西班牙人，你能说西班牙语，你了解情况，你又能谈谈得克萨斯州的见闻，你有刺花。当我通知他们说，真正的继承人已经回来，想知道他能不能得到收容和宽恕时，那会发生什么事情？他们一准立刻赶到这里，抱住你的脖子，这场戏也就结束，可以到休息室去吃些茶点，舒散舒散了。”

“我准备好了。”小利亚诺说，“我在你营地里歇脚的时间还不长，老兄，以前也不认识你；但如果你的目的只限于父母的祝福，那我可看错人了。”

“多谢。”领事说，“我好久没有遇到像你这样条理分明的人了。以后的事情很简单。只要他们接纳，哪怕是很短一个时期，事情就妥了。别让他们有机会查看你左肩膀上有没有一块红记。老乌里盖家的一个小保险箱里经常藏着五万到十万块钱，那个保险箱，你用一根铜丝都可以捅开。把钱搞来。我的刺花技术值其中的半数。我们把钱平分，搭一条不定期的轮船到里约热内卢去。如果美国政府由于少了我的服务而混不下去的话，那就让它垮台吧。你觉得怎么样，先生？”

“很合我的口味！”小利亚诺说，“我干。”

“那好。”撒克说，“在我替你刺上老鹰之前，你得躲起来。你可以住这里的后房。我是自己做饭的，我一定在吝啬的政府给我的薪俸所许可的范围之内尽量款待你。”

撒克估计的时间是一星期，但是等他不厌其烦地在小利亚诺手上刺好那个花样，觉得满意时，已经过了两个星期。撒克找了一个小厮，把下面的便条送达他准备暗算的人：

白屋

堂桑托斯·乌里盖先生

亲爱的先生：

请允许我奉告，数日前有一位年轻人从美国来到布埃纳斯蒂埃拉斯，目前暂住舍间。我不想引起可能落空的希望，但是我认为这人可能是您失踪多年的儿子。您最好亲自来看看他。如果他确实是您的儿子，据我看，他很想回自己家，可是因不知道将会得到怎样的接待，不敢贸然前去。

汤普森·撒克谨启

半小时以后——这在布埃纳斯蒂埃拉斯还算是快的——乌里盖先生的古色古香的四轮马车，由一个赤脚的马夫鞭打和吆喝着那几匹肥胖笨拙的马，来到了领事住处的门口。

一个白胡须的高个子下了车，然后搀扶着一个穿黑衣服、蒙黑面纱的太太下来。

两人急煎煎地走进来，撒克以最彬彬有礼的外交式的鞠躬迎接了他们。他桌旁站着一个瘦长的年轻人，眉清目秀，皮肤黧黑，乌黑的头发梳得光光的。

乌里盖夫人飞快地把厚面纱一揭。她已过中年，头发开始花白，但她那丰满漂亮的身段和浅橄榄色的皮肤还保存着巴斯克妇女所特有的妍丽。你一见到她的眼睛，发现它们的暗影和失望的表情中透露出极大的哀伤，你就知道这个女人只是依靠某种记忆才能生活。

她带着痛苦万分的询问神情，向那年轻人瞅了好久。她一双乌黑的大眼睛转到了他的左手。接着,她抽噎了一下,声音虽然不大,但仿佛震动了整幢房屋。她嚷道:“我的儿子!”紧接着便把小利亚诺搂在怀里。

过了一个月,小利亚诺接到撒克捎给他的信,来到领事馆。

他完全成了一位年轻的西班牙绅士。他的衣服都是进口货,珠宝商的狡黠并没有在他身上白费力气。他卷纸烟的时候,一枚大得异乎寻常的钻石戒指在他手上闪闪发光。

“怎么样啦?”撒克问道。

“没怎么样。”小利亚诺平静地说,“今天我第一次吃了蜥蜴肉排。就是那种大四脚蛇。你知道吗?我却认为咸肉煮豆子也配我的胃口。你喜欢吃蜥蜴吗,撒克?”

“不,别的爬虫也不吃。”撒克说。

现在是下午三点钟,再过一小时,他就要达到那种飘飘然的境界了。

“你该履行诺言了,老弟,”他接着说,他那张猪肝色的脸上露出一副狰狞相,“你对我太不公平。你已经当了四星期的宝贝儿子,你喜欢的话,每顿饭都可以用金盘子来盛小牛肉。喂,小利亚诺先生,你说应不应该让我老是过粗茶淡饭的日子?毛病在哪里?难道你这双孝顺儿子的眼睛在白屋里面没有见到任何像是现款的东西?别对我说你没有见到。谁都知道老乌里盖藏钱的地方。并且还是美国货币;别的钱他不要。你究竟怎么啦?这次别说‘没有’。”

“哎,当然,”小利亚诺欣赏着他的钻石戒指说,“那里的钱确实很多。至于证券之类的玩意儿我可不懂,但是我可以担保说，在我干爸爸叫做保险箱的铁皮盒子里，我一次就见到过五万元现款。有时候，他把保险箱的钥匙交给我，主要是让我知道他把我当做那个走失多年的真的小弗朗西斯科。”

“哎，那你还等什么呀？”撒克愤愤地问道，“别忘了只要我高兴，我随时随地都可以揭你的老底。如果老乌里盖知道你是骗子，你知道会出什么事？哦，得克萨斯的小利亚诺先生，你才不了解这个国家。这里的法律才叫辣呢。他们会把你绷得像一只被踩扁的蛤蟆，在广场的每一个角上揍你五十棍。棍子都要打断好几根。再把你身上剩下来的皮肉喂鳄鱼。”

“我现在不妨告诉你，伙计，”小利亚诺舒适地坐在帆布椅子里说，“事情就按照目前的样子维持下去。目前很不坏。”

“你这是什么意思？”撒克问道，把酒杯在桌子上碰得格格直响。

“计划吹啦。”小利亚诺说，“以后你同我说话，请称呼我堂弗朗西斯科·乌里盖。我保证答应。我们不去碰乌里盖上校的钱。就你我两人来说，他的小铁皮保险箱同拉雷多第一国民银行的定时保险库一样安全可靠。”

“那你是想出卖我了，是吗？”领事说。

“当然。”小利亚诺快活地说，“出卖你。说得对。现在我把原因告诉你。我到上校家的第一晚，他们领我到一间卧室里。不是在地板上铺一张床垫——而是一间真正的卧室，有床有家具。我入睡前，我那位假母亲走了进来，替我掖好被子。‘小宝贝，’她说，‘我的走失的小宝贝，天主把你送了回来。我永远赞美他的名。’她说了一些诸如此类的废话。接着落了几点雨，滴在我的鼻子上。这情形我永远忘不了，撒克先生。那以后一直是这样，将来也是这样。我说这番话，别以为我为自己的好处打算。你不要以小人之心度君子之腹。我生平没有跟女人多说过话，也没有母亲可谈，但是对于这位太太，我们却不得不继续瞒下去。她已经忍受了一次痛苦；第二次她可受不了。我像是一条卑贱的野狼，送我走上这条路的可能不是上帝，而是魔鬼，但是我要走到头。喂，你以后提起我的名字时，别忘了我是堂弗朗西斯科·乌里盖。"

"我今天就揭发你，你——你这个双料叛徒。"撒克结结巴巴地说。

小利亚诺站起来，并不粗暴地用他有力的手掐住撒克的脖子，慢慢地把他推到一个角落去。接着，他从左腋窝下抽出他那支珍珠贝柄的四五口径手枪，用冰冷的枪口戳着领事的嘴巴。

"我已经告诉过你，我怎么会来到这里的。"他露出以前那种叫人心寒的微笑说，"如果我再离开这里，那将是由于你的缘故。千万别忘记，伙计。喂，我叫什么名字呀？"

"呃——堂弗朗西斯科·乌里盖。"撒克喘着气说。

外面传来车轮声、人的吆喝声和木鞭柄打在肥马背上的响亮的啪啪声。

小利亚诺收起手枪，向门口走去。但他又扭过头，回到哆嗦着的撒克面前，向领事扬起了左手。

"这种情况为什么要维持下去，"他慢慢地说，"还有一个原因。我在拉雷多杀掉的那个人，左手背上也有一个同样的刺花。"

外面，堂桑托斯·乌里盖的古色古香的四轮马车咔嗒咔嗒地驶到门口。马车夫停止了吆喝。乌里盖太太穿着一套缀着许多花边和缎带的漂亮衣服,一双柔和的大眼睛里露出幸福的神情,她向前探着身子。

“你在里面吗,亲爱的儿子?”她用银铃般的西班牙语喊道。

“妈妈,我来啦。”年轻的堂弗朗西斯科·乌里盖回答说。

重新做人

看守来到监狱制鞋工场，吉米·瓦伦汀正在那里勤勤恳恳地缝着鞋帮。看守把他领到前楼办公室。典狱长把当天早晨州长签署的赦免状给了吉米。吉米接过来时有几分厌烦的神气。他被判四年徒刑，蹲了将近十个月。他原以为最多三个月就能恢复自由。像吉米·瓦伦汀这样在外面有许多朋友的人，进了监狱连头发都不必剃光。

"喂，瓦伦汀，"典狱长说，"你明天早晨可以出去啦。振作起来，重新做人。你心眼并不坏。以后别砸保险箱了，老老实实地过日子吧。"

"我吗？"吉米诧异地说，"哎，我生平没有砸过一只保险箱。"

"哦，没有吗，"典狱长笑了，"当然没有。现在让我们来看看。你怎么会由于斯普林菲尔德的那件案子给送进来的？是不是因为你怕牵连某一个社会地位很高的人，故意不提出当时不在出事现场的证据？还是仅仅因为不仗义的陪审团亏待了你？你们这些自称清白的罪犯总是要找借口的。"

"我吗？"吉米还是露出无辜的样子斩钉截铁地说，"哎，典狱长，我生平没有到过斯普林菲尔德！"

"带他回去吧，克罗宁，"典狱长微笑着说，"替他准备好出去的衣服。明天早晨七点钟放他出去，让他先到大房间里来。你最好多考虑考虑我的劝告，瓦伦汀。”

第二天早晨七点一刻，吉米已经站在典狱长的大办公室里。他穿着一套极不称身的现成衣服和一双不舒服的吱吱发响的皮鞋，那身打扮是政府释放强行挽留的客人时免费供给的。

办事员给他一张火车票和一张五元的钞票，法律指望他靠这笔钱来重新做人，成为安分守己的好公民。典狱长请他抽了一支雪茄，同他握手告别。瓦伦汀，九七六二号，档案上注明“州长赦免”。詹姆斯·瓦伦汀先生走进了外面阳光灿烂的世界。

吉米不去理会鸟儿的歌唱，绿树的婆娑和花草的芬芳，径直朝一家饭馆走去。在那里，他尝到了睽违已久的自由的欢乐，吃了一只烤鸡，喝了一瓶白酒——最后再来一支比典狱长给他的要高出一档的雪茄。他从饭馆出来，悠闲地走向车站。他扔了一枚两毛五分的银币给一个坐在门口、捧着帽子行乞的盲人，然后上了火车。三小时后，火车把他带到州境附近的一个小镇上。他到了迈克·多兰的咖啡馆，同迈克握了手。当时只有迈克一个人在酒吧后面。

“真对不起，吉米老弟，我们没有把这件事早些办妥。”迈克说，“我们要对付斯普林菲尔德提出的反对，州长几乎撒手不干了。你好吗？”

“很好。”吉米说，“我的钥匙在吗？”

他拿了钥匙，上楼打开后房的房门。一切都同他离开时一样。当他们用武力逮捕他时，那位著名的侦探本·普赖斯的衬衫上给扯下了一颗钮扣，如今钮扣还在地板上。

吉米把贴墙的折床放下来,推开墙壁上一块暗板,取出一只蒙着灰尘的手提箱。他打开箱子,喜爱地望着那套东部最好的盗窃工具。那是一套样式俱全、用特种硬钢制造的最新式的工具,有钻头、冲孔器、摇钻、螺丝钻、钢撬、钳子和两三件吉米自己设计,并引以自豪的新玩意儿。这是他花了九百多元在一个专门打制这类东西的地方定做的。

过了半小时,吉米下楼来,穿过咖啡馆。他已经换了一套雅致称身的衣服,手里提着那只抹拭干净的箱子。

“有苗头吗?”迈克·多兰亲切地问道。

“我吗?”吉米用困惑的声调说,“我不明白。我现在是纽约饼干麦片联合公司的推销员。”

这句话叫迈克听了非常高兴,以至吉米不得不留下来喝一杯牛奶苏打。他从不碰烈性饮料。

在瓦伦汀——九七六二号释放了一星期之后,印第安纳州里士满发生了一件保险箱盗窃案,案子做得干净利落,毫无线索可循。一共失窃了为数不多的八百元。两星期后,洛根斯波特有一只新式防盗保险箱给轻而易举地打开了,失窃一千五百元现款;证券和银器没有损失。警局开始注意了。接着,杰斐逊城一只老式银行保险箱出了毛病,损失了五千元现款。如今失窃的数字相当高了,本·普赖斯不得不插手干预。经过比较,他发现盗窃的方法惊人地相似。本·普赖斯调查了失窃现场,宣布说:

“那是‘花花公子’吉米·瓦伦汀的手法。他又恢复营业了。瞧那个暗码盘——像潮湿天气拔萝卜那般轻易地拔了出来。只有他的钳子才干得了。再瞧这些发条给钻得多么利落!吉米一向只消钻一个洞就行了。哎,我想我得逮住瓦伦汀先生。下次可不能有什么减刑或者赦免的蠢事，他得蹲满刑期才行。”

本·普赖斯了解吉米的习惯。他经手处理斯普林菲尔德那件案子时就摸熟了吉米的脾气。跑得远，脱身快，不找搭档，喜欢交上流社会的朋友——这些情况替瓦伦汀赢得了难得失风的名声。本·普赖斯已在追踪这个难抓到的开保险箱好手的消息透露了出去，有防盗保险箱的人比较安心一些了。

一天下午，吉米·瓦伦汀带着他的手提箱搭了邮车来到艾尔摩尔。艾尔摩尔是阿肯色州黑槲地带的一个小镇，离铁路线有五英里。吉米活像是一个从学校回家来的结实年轻的大学四年级学生，他在宽阔的人行道上向旅馆走去。

一位年轻姑娘穿过街道，在拐角那里打他身边经过，走进一扇挂着“艾尔摩尔银行”招牌的门。吉米·瓦伦汀直勾勾地瞅着她，忘了自己是谁，仿佛成了另一个人。她垂下眼睛，脸上泛起一阵红晕。有吉米这种气宇和外表的年轻人在艾尔摩尔是不多见的。

银行门口台阶上有个男孩，仿佛是股东老板似的在闲荡，吉米便缠住他，开始打听这个小镇的情况，不时给他几枚银币。没多久，那位姑娘出来了，装着根本没有见到这个提箱子的年轻人，大模大样地自顾自走路。

“那位年轻姑娘是不是波利·辛普森小姐？”吉米装得老实，其实很狡黠地问道。

“不。”小孩说，“她是安娜贝尔·亚当斯。这家银行就是她爸爸开的。你到艾尔摩尔来干吗？那表链是不是金的？我就要有一条叭喇狗了。还有银角子吗？”

吉米到了农场主旅馆，用拉尔夫·迪·斯潘塞的姓名登了记，租了一个房间。他靠在柜台上，把自己的来意告诉了那个旅馆职员。他说他来艾尔摩尔是想找个地方做些买卖。这个小镇的鞋子行业怎么样？他想到了鞋子行业。有没有机会？

旅馆职员被吉米的衣着和风度打动了。他本人也可以算是艾尔摩尔那些还不够格的时髦青年之一，但是现在看到了自己的差距。他一面揣摩吉米的领结是怎么打的，一面恳切地提供了情况。

是啊，鞋子行业应该有很好的机会。当地没有专门的鞋店。绸缎和百货商店兼做鞋子生意。各行各业的买卖都相当好。希望斯潘塞先生能打定主意在艾尔摩尔安顿下来。他将发现住在这个小镇上是很愉快的，居民都很好客。

斯潘塞先生认为不妨在镇上逗留几天，看看情形再说。不，不必叫小厮了。他自己把手提箱带上去；箱子相当沉。

一阵突如其来、脱胎换骨的爱情之火把吉米·瓦伦汀烧成了灰烬，从灰烬中重生的凤凰拉尔夫·斯潘塞先生在艾尔摩尔安顿下来，一帆风顺。他开了一家鞋店，买卖很兴隆。

在社交上，他也获得了成功，交了许多朋友。他的愿望也达到了。他结识了安娜贝尔·亚当斯小姐，越来越为她的魅力所倾倒。

一年后，拉尔夫·斯潘塞先生的情况是这样的：他赢得了当地人士的尊敬，他的鞋店很发达，他和安娜贝尔已经决定在两星期后结婚。亚当斯先生是个典型的、勤恳的乡间银行家，他很器重斯潘塞。安娜贝尔非但爱他，并且为他骄傲。他在亚当斯家和安娜贝尔的已经出嫁的姊姊家里都很受欢迎，仿佛他已是他们家的成员了。

一天，吉米坐在他的房间里写了如下的一封信，寄往他在圣路易斯的一个老朋友的可靠的地址：

亲爱的老朋友：

我希望你在下星期三晚上九点钟到小石城沙利文那里去。我想请你帮我料理一些小事。同时我想把我那套工具送给你。我知道你一定乐于接受的——复制一套的话，花一千元都不够。喂，比利，我已经不干那一行啦——一年前歇手的。我开了一家很好的店铺。如今我老老实实地过活，两星期后，我将同世界上最好的姑娘结婚。这才是生活，比利——正直的生活。现在即使给我一百万，我也不会去碰人家的一块钱了。结婚后，我打算把铺子盘掉，到西部去，那里被翻旧账的危险比较少。我告诉你，比利，她简直是个天使。她相信我；我怎么也不会再干不光明的事了。千万到沙利文那里去，我非见你不可。工具我随身带去。

你的老朋友，

吉米

吉米发出这封信之后的星期一晚上，本·普赖斯乘了一辆租来的马车悄悄到了艾尔摩尔。他不声不响地在镇上闲逛，终于打听到他要知道的事情。他在斯潘塞鞋店对面的药房里看清了拉尔夫·迪·斯潘塞。

“你快同银行老板的女儿结婚了吗，吉米？”本轻轻地自言自语说，“嘿，我还不知道呢！”

第二天早晨，吉米在亚当斯家里吃早饭。他那天要到小石城去订购结婚礼服，再替安娜贝尔买些好东西。那是他到艾尔摩尔后的第一次出门。自从他干了那些专业“工作”以来，已经过去一年多了，他认为出门一次不会有什么问题。

早饭后，家里的人浩浩荡荡地一起到商业区去——亚当斯先生、安娜贝尔、吉米、安娜贝尔已出嫁的姊姊和她的两个女儿，一个五岁，一个九岁。他们路过吉米仍旧寄住的旅馆，吉米上楼到他的房间里去拿手提箱。之后他们便去银行。吉米的马车停在那里，等一会儿由多尔夫·吉布森赶车送他去火车站。

大伙走进银行营业室的雕花橡木的高栅栏里——吉米也进去了，因为亚当斯未来的女婿是到处都受欢迎的。职员们都乐于接近那位将同安娜贝尔小姐结婚的、漂亮可亲的年轻人。吉米放下手提箱。安娜贝尔充满了幸福感和青春活泼，她戴上吉米的帽子，拎起手提箱。“我像不像一个旅行推销员？”安娜贝尔说，“哎呀！拉尔夫，多么沉呀！里面好像装满了金砖。”

“装着许多包镍的鞋楦，”吉米淡淡地说，“我准备还给别人。我自己带着，可以省掉行李费。我近来太节俭了。”

艾尔摩尔银行最近安装了一个保险库。亚当斯先生非常得意，坚持要大家见识见识。保险库不大，但是有一扇新式的门。门上装有一个定时锁和三道用一个把手同时开关的钢闩。亚当斯先生得意扬扬地把它的构造解释给斯潘塞先生听，斯潘塞彬彬有礼地听着，但好像不很感兴趣。那两个小女孩，梅和阿加莎，见了闪闪发亮的金属以及古怪的时钟装置和把手，非常高兴。

这时候，本·普赖斯逛了进来，胳臂肘支在柜台上，有意无意地向栅栏里望去。他对出纳员说他不要什么；只是等一个熟人。

突然间，女人当中发出了一两声尖叫，乱成一团。在大人们没有注意的时候，九岁的梅好奇地把阿加莎关进保险库，学着亚当斯先生的样子，关上了钢闩，扭动了暗码盘。

老银行家跳上前去，扳动着把手。“门打不开了。”他呻唤着说，“定时锁没有上，暗码也没有对准。”

阿加莎的母亲又歇斯底里地尖叫起来。

“嘘！”亚当斯先生举起发抖的手说，“大伙都静一会儿。阿加莎！”他尽量大声地嚷道，“听我说。”静下来的时候，他们隐隐约约可以听到那孩子关在漆黑的保险库里吓得狂叫的声音。

“我的小宝贝！”她母亲哀叫道，“她会吓死的！开门！哦，把它打开！你们这些男人不能想些办法吗？”

“小石城才有人能打开这扇门。”亚当斯先生声音颤抖地说，“老天！斯潘塞，我们该怎么办？那孩子——她在里面待不了多久。里面空气不够，何况她要吓坏的。”

阿加莎的母亲发疯似的用手捶打着保险库的门。有人甚至提议用炸药。安娜贝尔转向吉米，她那双大眼睛里充满了焦急，但并没有绝望的神色。对一个女人来说，她所崇拜的男人仿佛是无所不能的。

“你能想些办法吗，拉尔夫——试试看，好吗？”

他瞅着她，嘴唇上和急切的眼睛里露出一抹古怪的柔和的笑容。

“安娜贝尔，”他说，“把你戴的那朵玫瑰给我，好不好？”

她以为自己听错了他的话，但还是从胸襟上取下那朵玫瑰，交到他手里。吉米把它塞进坎肩口袋，脱去上衣，卷起衬衫袖子。这一来，拉尔夫·迪·斯潘塞消失了，代替他的是吉米·瓦伦汀。

"大家从门口闪开。"他简单地命令说。

他把手提箱往桌子上一放，打了开来。从那一刻开始，他就仿佛没有意识到周围的人了。他敏捷而井井有条地把那些闪亮古怪的工具摆出来，一面照他平时干活的脾气轻轻地吹着口哨。周围的人屏声静息，一动不动地看着他，似乎都着了魔。

不出一分钟，吉米的小钢钻已经顺利地钻进了钢门。十分钟后——这打破了他自己的盗窃记录——他打开钢闩，拉开了门。

阿加莎几乎吓瘫了，但没有任何损伤，给搂在她妈妈怀里。

吉米·瓦伦汀穿好上衣，到栅栏外面，向前门走去。半路上他模模糊糊听到一个耳熟的声音喊了一声"拉尔夫！"但他没有停下脚步。

门口有一个高大的人几乎挡住了他的去路。

"喂，本！"吉米说道，脸上还带着那种古怪的笑容，"你终于来了，是吗？好吧，我们走。我想现在也无所谓了。"

本·普赖斯的举动有些古怪。

"你认错了人吧，斯潘塞先生。"他说，"别以为我认识你。你的马车在等着你呢，不是吗？"

本·普赖斯转过身，朝街上走去。

圣罗萨里奥的朋友们

上午八点二十分,西行的火车准时在圣罗萨里奥停了站。一个挟着鼓鼓的黑公事包的人下了火车,快步走向镇上的大街。在圣罗萨里奥下车的旅客不止他一个,但他们不是懒洋洋地走进铁路食堂,便是到银元酒店,再不然就同车站上一堆堆的闲人混在一起。

这个挟黑公事包的人的举止没有丝毫迟疑。他身材矮小,但是很结实,浅色的头发剪得很短,修得光光的面孔显得非常果断,鼻子上夹着一副叫人望而生畏的金丝边眼镜。他的气派如果不是代表真正的权势,至少也代表着一种安详而自信的潜在力量。

走过三个街口后,他来到镇上的商业中心。在这里,另一条热闹的街道同大街相交,形成了圣罗萨里奥生活和商业的核心。一个角上是邮政局,另一个角上是鲁宾斯基服装公司,其余两个相对的角上则是镇上的两家银行,第一国民银行和国家畜牧银行。新来的人走进圣罗萨里奥第一国民银行。他跨着轻快的脚步,一直走到襄理的窗口。银行要九点钟才开始营业,工作人员却都到了,各自在做他那部门的准备工作。襄理在翻阅信件时,发觉这个陌生人站在他的窗前。

"银行九点开始营业。"襄理爱理不理地草率地说。自从圣罗萨里奥按照城市银行的办公时间营业以来，他经常要对一些早来的顾客说这句话。

“我很清楚。”对方说，声调冷淡而干脆，“请你看看我的名片。”

襄理把那张一尘不染的小小的卡片拿进窗口里，看到的是：

国民银行稽核 杰·弗·西·内特尔威克

“哦——呃——请到里面来，呃——内特尔威克先生。您初次来——当然不知道您的身份。请进来吧。”

稽核很快地进入银行神圣的区域，襄理埃德林格先生——一个谨慎而精明的中年人——唠唠叨叨地把他介绍给银行的每一个职员。

“我原以为这几天萨姆·特纳又会来的。”埃德林格先生说，“萨姆来我们这里检查将近有四个年头了。虽然市面比较紧，我想你会发现我们这里很正常。我们手头的钱并不太多，但是抵得住风浪，先生，抵得住风浪。”

“特纳先生和我奉审计官的指示，交换了稽核区域。”稽核果断地、一本正经地说，“他检查我从前的南伊利诺斯和印第安纳的区域。我先查现金。请。”

出纳员佩里·多尔西已经把现金摆在柜台上等稽核来检查。他明知一分钱也不差，没什么可以害怕的，但还是紧张慌忙。银行里每个人都是这样。这个人是如此冷漠而敏捷，无动于衷而难以通融，以至他的存在仿佛就代表着指责。他似乎是一个永远不会犯错误、也不会放过错误的人。

内特尔威克先生先拿起纸币，用敏捷得几乎像是变戏法的手法，点了扎数。接着，他把海绵盘转到面前，蘸湿了手指，一张张地点数。他那瘦削而雪白的手指像音乐家弹钢琴似的跳动着。他把金币哗啦啦地往柜台上一倒，金币从他灵活的指尖掠过大理石柜台面时叮叮当当响成一片。当他数到五毛和两毛五分的钱币时，空中全是辅币的声响。他连一毛和五分的辅币都数到了。他随身还带着弹簧秤，把保险库里的每一袋银币都过了秤。他询问多尔西每一笔现金账的情况——上一天营业转过来的支票、传票——虽然非常客气，可是呆板的态度似乎极其神秘而了不起，害得那个出纳员满脸通红，结结巴巴地连话也说不上了。

这位新来的稽核和萨姆·特纳大不一样。萨姆走进银行时总是高声招呼，请大家抽雪茄，把他在路上听来的新闻告诉大家。他招呼多尔西时总是这么说："喂，佩里！敢情你还没有卷逃。"特纳检查现金的方式也不同。他只是不耐烦地摸摸一扎扎的钞票，然后到保险库里，踢踢几袋银币，事情就完了。五毛、两毛五和一毛的辅币吗？萨姆·特纳才不去数呢。"别把鸡食拿给我，"他们把辅币搬到他面前时，他会这样说，"我不在农业部干活。"不过特纳是得克萨斯人，是银行总经理的老朋友，从小就认识多尔西。

稽核在数现金的时候，第一国民银行总经理托马斯·皮·金曼少校——大伙都管他叫"汤姆少校"——乘了一匹褐色马拉的轻便马车到了边门口，走了进来。他看到稽核正忙着数钱，便自顾自走到他称之为小"马栏"的围着栅栏的办公桌那儿，开始翻阅信件。

先前，银行里发生了一件小事，即使目光锐利的稽核也没有注意到。当他在现金柜台开始工作时，埃德林格先生朝那个年轻的信差罗伊·威尔森使个眼色，朝前门略微一点头。罗伊心领神会，拿起帽子，把收款簿往腋下一夹，不慌不忙地出去了。一出门口，他转了一圈儿，然后向国家畜牧银行走去。那家银行也准备就绪，开始营业了。不过还没有主顾上门。

"喂，诸位！"罗伊同他们很熟，毫无顾忌地嚷道，"你们赶快准备。第一国民银行里来了一个新稽核，这家伙真了不起。他把佩里的辅币都数遍了，大家被他搞得手忙脚乱。埃德林格招呼我通知你们一声。"

国家畜牧银行总经理巴克利先生——一个结实的、上了年纪的人，活像穿着做礼拜时的好衣服的农场主——在后面的小办公室里听到了罗伊的话，便叫他进去。

"金曼少校有没有去银行？"他问罗伊。

"去了，先生，我出来时他的马车刚到。"罗伊说。

"我请你带一个便条给他。你一回去就交给他本人。"

巴克利先生坐下来写便条。

罗伊回去后把装着便条的信封交给金曼少校。少校看后把便条折好，往坎肩口袋里一塞。他在椅子里往后靠了一会儿，仿佛在苦苦思索，接着站起来，走进保险库。他出来时拿着一只装得鼓鼓囊囊的老式的皮面票据夹，上面烫金的字样是"贴现票据"。这里面藏着银行应收票据和附属抵押品。少校粗手粗脚地把它全倒在桌子上，开始清理。

这时，内特尔威克已经数完了现金。他的铅笔在一张记数的单子上像燕子似的飞掠着。他打开一个仿佛也是秘密记事册的黑皮夹,迅捷地在上面写了几个字,转过身,那副闪闪发光的眼镜对着多尔西,镜片后面的眼色好像在说:“你这次没有出毛病,不过——”

“现金全部符合。”稽核简单地说。说罢,他到个人存户记账员那里,几分钟后,账页索索直响,借贷对照表到处乱飞。

“你多久才结一次存折?”他突然问道。

“呃——一个月一次。”个人存户记账员结结巴巴地说,不知道自己会被判几年刑。

“好。”稽核说,又转过身去找一般存户的记账员,他已经把外地银行的结账单和对账单准备好了。一切都没有问题。接着是存款簿的存根。刷刷地翻了一阵子。好。请把透支清单拿来。多谢。哼——唔。没有签署的票据。好。

之后轮到了襄理,平时悠闲的埃德林格先生在他一连串有关周转、未分的红利、银行房地产和股权的问题之下,急得直搓鼻子,擦眼镜。

内特尔威克忽然发觉一个高大的人站到了身边——一个年过六十,粗犷矍铄的老头儿,长着乱蓬蓬的灰白胡子和头发,一双锐利的蓝眼睛即使在稽核那咄咄逼人的眼镜前也不畏缩。

“呃——这位是金曼少校,我们的总经理——呃——这位是内特尔威克先生。”襄理介绍说。

两个类型截然不同的人握手了。一个是拘泥古板、墨守成规、公事公办的世界的标准产物;另一个却比较自由豪放,更接近自然。汤姆·金曼没有受到习俗的任何影响。他当过骡夫、牧人、牧场主、士兵、警官、淘金者和牛贩子。如今他当上了银行总经理,那些草原上牧牛的老伙伴却发现他并没有变化。得克萨斯牛生意最兴旺的时候,他发了财,在圣罗萨里奥开了第一国民银行。尽管他心胸开阔,有时对老朋友慷慨得不够精明,银行业务仍旧蒸蒸日上,因为汤姆·金曼少校非但了解牛,也了解人。近来牛生意疲软,少校的银行是少数几家损失不大的银行之一。

"嗯,"稽核掏出怀表,精神十足地说,"最后要查的是贷款。我们现在就看吧,对不起。"

他检查第一国民银行的速度几乎可以打破记录——但是像他做任何工作一样,检查得十分彻底。银行的日常工作很有秩序,因而也减轻了他的工作。镇上只剩下另一家银行。他每检查一家银行,便可以向政府领取二十五元。他在半小时内可以解决那些贷款和贴现。那么接下去就可以立刻去检查另一家银行,赶上十一点四十五分的火车到他要去工作的地方,当天只有那一班火车。不然的话,他不得不在这个枯燥的西部小镇过一夜和一个星期天。因此,内特尔威克先生想赶快了事。

"跟我来,先生,"金曼少校说,他那深沉的声音夹杂着南方的拖长的调子和西部的有节奏的鼻音;"我们一起来看吧。银行里谁都不如我更清楚那些票据。有些还没站稳,有些背上还没有烙印,不过兜捕起来时,绝大多数是靠得住的。"

他们两个在总经理的桌子旁边坐下。稽核先以闪电般的速度把那些票据翻了一遍,加了总数,发现完全符合日计表上的贷款数字。然后他挑出几笔数额较大的贷款,仔细询问有关担保人和担保品的情况。新稽核的心思像是一条追踪嗅迹的纯种猎犬,不断地追索搜寻,并且时常出乎意外地扑上去。最后,他把票据推在一边,挑了几张,整整齐齐地放在自己面前,一本正经地说了一番枯燥乏味的话。

“先生,你们州里牛生意虽然疲软衰退,我发现你的银行的情况非常好。账务工作似乎做得很准确及时。过期未收的款项很少,即使坏账,损失也不大。我建议你收回大笔贷款,以后贷款期限最好不超过六十天或九十天,或者做短期拆借,随时可以收回,等到一般市面好转后再说。现在还有一件事,解决后我的检查就结束了。这里有六张票据,总额是四万元。照上面的说明看来,它们有价值七万元的证券、公债、股票等作为担保。这些担保品应该附在票据一起,但是不在。我想你大概把它们存在保险库或者保险箱里了。请允许我检查一下。”

汤姆少校的浅蓝色的眼睛毫不畏惧地转向稽核。

“不,先生,”他说,声调低沉而坚定,“那些担保品不在保险库也不在保险箱里。是我拿的。它们不在,这件事完全由我个人负责。”

内特尔威克不免有点吃惊。他没有料到竟会发生这种事情。打猎将近尾声时,他发现了一个重要线索。

“啊!”稽核说。他顿了一顿又找补一句:“我可不可以请你说得更明确一些?”

“担保品是我拿的。”少校重复说,“并不是我自己用,而是为了解救一个朋友的困难。请到里面来,先生,我们谈谈。”

他把稽核让进营业室后面的小办公室,关上了门。里面有一张写字台、一张桌子和六把皮面椅子。墙上挂着一只剥制的得克萨斯鹿头,两支鹿角的尖端之间有五英尺宽。鹿头对面的墙上挂着少校在夏伊洛和比卢港①用过的马刀。

① 两地均为美国南北战争时的战场。

少校替内特尔威克端了一把椅子，自己坐在窗前，从那里可以望到邮政局和国家畜牧银行的雕花的石灰石前墙。他没有立即开口，内特尔威克觉得也许应该用一个冷冰冰的正式警告来打破这种冷冰冰的僵局。

“你刚才的话，”他说，“既然没有什么补充，你一定了解，这将会引起非常严重的后果。你一定也了解，我的责任将迫使我采取什么措施。我不得不向联邦审计官——”

“我了解，我了解。”汤姆少校挥挥手说，“我经营银行难道不知道国民银行法和它的修正条例吗！履行你的责任好了。我并不向你求情。但是我要谈谈我朋友的事。我希望你听我谈谈鲍勃。”

内特尔威克在椅子上坐定。他当天不能离开圣罗萨里奥了。他得打电报向货币审计员汇报；还得向联邦审计官要求拘捕金曼少校；由于担保品的失踪，他还可能奉命封闭这家银行。稽核以前也查获过违法乱纪的事，这不是头一次。他调查时引起了人们可怕的情绪骚乱。他那公事公办的宁静有一两次几乎受到一丝波动。他见过银行家往往为了一个失误，竟像女人那样跪下来苦苦哀求，求他给他们一个机会，给一小时的宽限。有一个负责人曾经当着他的面在座位上开枪自杀。没有谁能像这个严肃的西部人那样对此泰然自若。内特尔威克至少应该听听他要说的话。稽核把胳臂肘支在椅子扶手上，右手托着他那方下巴，等着听取圣罗萨里奥第一国民银行总经理的坦白交代。

“你同一个人交了四十年朋友，”汤姆少校近乎说教似的开始说，“经过水火风土的考验，当你能给他一些小恩惠时，你自然是乐意的。”

(“为他挪用了七万元的担保品。”稽核想道。)

“鲍勃同我一起当过牧牛人,”少校接着说,他说得很慢,字斟句酌,若有所思,仿佛他关心的不是目前的紧要关头,而是以往的旧事,“我们一起在亚利桑那、新墨西哥和加利福尼亚大部分地区踏勘过金矿银矿。我们一起参加了一八六一年的南北战争,只是在不同的部队里。我们一起打过印第安人和马贼;我们在亚利桑那山区的小屋里,被埋在二十英尺深的雪底下,一起挨过几星期饿;大风天气,连闪电都给刮得打不下来时,我们一起赶过牛群——哎,自从我同鲍勃在锚记牧场的烙印营地认识以来,我们经历了一些磨难。那时候,我们不止一次发现,在患难中必须互相帮助。那时候,交朋友必须忠实,并不是要得到什么好处。也许你第二天就需要他支持你,帮你打退一群土人,或者替你在被响尾蛇咬伤的腿上绑止血器,骑上马去搞威士忌。嗯,说到头,这是有来有往的。如果你对待朋友不真心实意,你需要他的时候,你自己也会惭愧的。鲍勃这个人对待朋友远不止这样呢。他的好心肠是没话说的。

“二十年前,我在这个县里当警长,我请鲍勃做警官。那是在牛生意兴旺之前,我们还没有发财。我既是警长,又是收税员,那时候我觉得很了不起。我结了婚,有了一男一女两个孩子——一个四岁,一个六岁。县政府隔壁有一座很舒适的房子,是县里免费供给我居住的,我逐渐积攒了一些钱。事务工作大多由鲍勃做。我们两人都经历过许多艰难危险,那时候可真快活。晚上窗外大雨倾盆,狂风怒吼,你却待在屋子里又暖和,又安全舒适,知道你明天早晨可以平安无事地起身,刮刮胡子,听人家称呼你‘先生’。我的老婆孩子又是牧场上最了不起的,我同老朋友一起享受兴旺和宁静的生活,我想我是幸福的。是啊,那时候我是幸福的。”

少校叹了一口气,有意无意地朝窗外望了一眼。稽核换了一个姿势,把下巴支在另一只手上。

“一年冬天,”少校接着说,“县里征收的税款大量涌来,一星期里,我没时间去银行存钱。我只是把支票塞在一个雪茄烟盒里,把现钱装进一个袋子,然后往警长办公室的大保险箱里一锁。

“那个星期,我工作过度,快病倒了。我的神经不很正常,晚上睡了也不能得到休息。大夫对这种病有一个科学名称,他给我吃了一些药。这还不算,我心里一直惦记着那些钱,睡觉时都抹不开。其实没有什么可担忧的,因为保险箱很坚固,开锁的暗码只有鲍勃和我两个人知道。星期五晚上,袋子里的现款大约有六千五百元。星期六早晨,我像往常那样去办公。保险箱仍旧锁着,鲍勃在桌子前写东西。我打开保险箱,发觉里面的钱不见了。我立刻召集鲍勃和机关里所有的人,把失窃的事声张开来。使我奇怪的是,这件事对鲍勃、对我的影响都非同小可,而鲍勃却好像无动于衷。

“过了两天,我们仍旧毫无线索。不可能是外贼偷的,因为保险箱是按照暗码正常打开的。别人一定在说闲话了。因为一天下午,艾丽斯——那是我老婆的名字——带了男孩女孩走了进来,她顿着脚,眼睛直冒火,嚷道:‘那些红口白牙的家伙——汤姆,汤姆!’她昏了过去。我抱着她,呼唤着她。她慢慢醒来,垂下头,开始哭了。自从她同汤姆·金曼结婚以来,这是第一次哭呢。那两个孩子,杰克和齐拉,一向像虎崽子那样顽皮,只要让他们到办公室来,他们就扑在鲍勃身上乱爬，这时候也局促不安地站着，像受惊的松鸡似的挤在一起。他们还是初次遇到生活中的阴暗面。鲍勃正在桌上写字，他站起来，一声不响地走了出去。那期间，大陪审团正开庭，鲍勃第二天早晨去他们那儿坦白说钱是他偷的。他说这笔钱被他赌输掉了。十五分钟后，他们裁定他有罪，给我送来一张拘捕证，要我逮捕这个多年来同我一起，比兄弟还要亲的人。

"我照办了。之后我对鲍勃说，'那里是我的家，这里是我的办公室，东面是缅因州，西面是加利福尼亚州，南面是佛罗里达州——在法院开庭之前，你尽管走动。你归我看管，由我负责好了。需要你的时候，你会来的。'

"'多谢，汤姆，'他满不在乎地说，'我原希望你不要把我关押起来。法院下星期一开庭，如果你不反对，在这以前我想待在办公室里。如果不算过分，我还有一个要求。假如你让孩子们时常到院子里来玩玩，我将很高兴。'

"'为什么不可以呢？'我回答说，'他们尽可以来，你也可以来。你还是同平时一样来我家好了。'你明白，内特尔威克先生，你不能认贼作友，也不能突然之间认友作贼。"

稽核并不搭腔。那会儿传来了火车进站的尖厉的汽笛声，那是从南方到圣罗萨里奥来的窄轨火车准点到站了——十点三十五分。少校接下去说：

"鲍勃还是待在办公室里，看看报纸，抽抽烟。我派了另一个警官代替他的职务。这些时候，这件案子引起的最初一阵轰动也逐渐过去了。

"一天，办公室里只有我们两个人，鲍勃走近我坐的地方。他脸色阴沉发青——当他通宵警戒印第安人或者赶牛群时脸色也是这样。

“‘汤姆，’他说，‘这比警戒红种人更难熬；比躺在沙漠里离水源还有四十英里时更难熬；不过我仍旧准备坚持到底。你知道我的脾气就是这样。如果你给我一个小小的暗示——只消说，“鲍勃，我明白，”那就使我轻松多了。’

“我很惊奇。‘我不懂你的意思，鲍勃。’我说，‘当然，你知道只要我办得到，我愿意做任何事情来帮助你。可是我不懂你的意思。’

“‘好吧，汤姆。’他只说了这么一句话，便回到自己的座位上，点了一支雪茄，去看报纸了。

“法院开庭的前一夜，我才弄清楚他的意思。那晚我睡觉时，又有先前那种头昏不安的感觉。午夜左右我才入睡。醒来时，我发现自己站在办公室的走廊里，衣服也没有穿整齐。鲍勃攥住我的一条胳臂，我们的家庭医生攥着另一条，艾丽斯摇撼着我，几乎要哭了。她没有告诉我，便去请医生，医生来时，发现我下了床，不见了，他们便到处寻找。

“‘梦游症。’医生说。

“我们大伙回到家里，医生讲了许多有关梦游病人干怪事的故事给我们听。我出外一次，觉得很冷，这时候我老婆不在屋里，我便打开一个旧衣柜的门，拖出一条我见过的大被子。跟被子一起拖出来的是那袋钱，第二天早上鲍勃就要为偷它的罪名受到审讯判决。

“‘那袋钱怎么会他妈的到这里来的？’我嚷了起来，在场的人一定看到我是多么惊讶。鲍勃恍然大悟了。

“‘你这个老混蛋，’他说，恢复了从前的神气，‘我看见你放在那里面的。我看见你打开保险箱把它取出来，我便跟着你。我从窗子外面看见你把它藏在衣柜里。’

“‘那你这个该死的垂耳朵、绵羊头的山狗，你干吗说是你拿的？’

“‘因为，’鲍勃简单地说，‘我不知道你当时是处在睡眠状态。’

“我看他朝杰克和齐拉待着的屋子瞥了一眼，我便明白，从鲍勃的观点看来，交朋友是什么意思了。”

汤姆少校停住了，又朝窗外瞥了一眼。他看见国家畜牧银行里有人把黄颜色的窗帘拉下来，完全遮住了前面的大玻璃窗，虽然这时候太阳还没有照射到，没有必要拉窗帘来挡住阳光。

内特尔威克在椅子上坐坐端正。他虽然不感兴趣，却还是不厌其烦地听完了少校的故事。他觉得这个故事同当前的情况毫无关系，更不可能对这件事产生什么影响。他想，这些西部人未免太感情用事，没有生意头脑。他们实在应该提防他们的朋友。少校显然已经讲完了。他说的话并不解决问题。

“我可不可以请问，”稽核说，“对于这些失窃的担保品，你还有什么直接有关的话要说？”

“失窃的担保品，先生！”汤姆少校突然在椅子里转过身，他那双蓝眼睛炯炯有神地盯着稽核，“你这是什么意思，先生？”

他从上衣口袋里掏出一捆用橡皮圈箍住的纸张，往内特尔威克手里一扔，站了起来。

“担保品全在这里，先生，每一张证券、公债和股票。你数现金的时候，我从票据里抽出来的。请你检查吧。”

少校又带路回到银行营业室里。稽核跟在他后面，有些吃惊、困惑和恼怒，不知道该怎么办。他觉得自己上了当，虽不能说是受了骗，但仿佛被玩弄，被利用了，之后又被一脚踢开，而他自己却莫名其妙。也许他的职务地位也受到了不够尊敬的愚弄。但是他抓不到把柄。把这件事打个正式报告将会闹笑话的。而且，不知怎的，他觉得现在弄不明白，以后也永远弄不明白。

内特尔威克冷淡地、呆板地检查了担保品，发现它们同票据完全符合。他拿起黑公事包，起身告辞。

“我得说，”他愤愤地盯着金曼少校说，“不论是谈正经或是讲笑话，你的声明——容易使人误会的声明——同事实并不符合，而你又没有加以解释。我不理解你的动机和行为。”

汤姆少校镇静而和善地看着他。

“老弟，”他说，“在西部的丛林、草原和峡谷里，有许多事情是你所不理解的。不过我得感谢你费神听了一个唠叨老头儿的枯燥乏味的故事。我们这些老得克萨斯人向来喜欢谈谈我们的经历和我们的老朋友。家乡的人一听到我们谈起‘从前怎么怎么样’，便立刻想法脱身；因此，我们只能同找上门来的客人闲扯淡了。”

少校笑了笑，稽核只是冷冷地一鞠躬，头也不回地走出了银行。他们看见他穿过马路，到斜对面的国家畜牧银行去了。

汤姆少校在自己的办公桌前坐下，从坎肩口袋里掏出罗伊刚才递给他的便条。他已经看过一遍，不过看得很匆忙。现在他眼睛里闪着光，再看了一遍。便条是这样写的：

亲爱的汤姆：

我听说有一个山姆大叔的猎狗在查你的账目，那意味着一两个小时之后也许要找到我们这里来。我希望你帮我一个忙。我们银行里只有两千两百元现款，而账面上要求有两万元。昨天傍晚，我借给罗斯和费希尔一万八千元，让他们去买吉布森的那批牛。那批牛在一个月之内准能卖四万元，但是在银行稽核看来，我手头的现金情况并不会因之好转。我又不能给他看那些借据，因为那只是普通的白条，没有任何担保品。你知道平克·罗斯和吉姆·费希尔是世界上最好的两个人，他们是靠得住的。你总记得吉姆·费希尔吧——他就是在埃尔帕索枪杀法罗赌场老板的那个人。我已经给萨姆·布雷德肖的银行去了电报，请他们运两万块钱来，十点三十五分可以由窄轨铁路运到。你总不能让稽核来数数两千两百块钱，把我的银行封掉。汤姆，你得绊住那个稽核。绊住他。即使把他捆起来，坐在他脑袋上，也要绊住他。窄轨火车开到后，请注意我们的前窗，我们拿到了钱便拉下窗帘作为信号。在那以前别放他走。我指望着你了，汤姆。

你的老朋友，

国家畜牧银行总经理

鲍勃·巴克利

少校把便条撕成碎片，扔在废纸篓里。他这样做的时候，得意地笑出声来。

“那个该死的、不顾前后的老牧牛人！”他满意地粗声粗气地说，“二十年前他在警长办公室里为我干的事，如今多少报答了他一些。”

第三样配料

瓦兰布罗沙公寓虽然名为公寓,实际上并不是什么公寓房子,只不过是两幢合而为一的老式褐色面墙的住宅。底层一边开了一家女式服装店,花花绿绿的围巾和帽子挂得琳琅满目;另一边是个准保无痛的牙科诊所,张贴着一些似是而非的保证,陈列着一些吓人的标本。在这所公寓里,你可以借到租金每周两元的房间,也可以借到租金每周二十元的房间。瓦兰布罗沙的房客中有速记员、音乐家、经纪人、女店员、卖文为生的作家、美术学生、电话接线员,以及一听到门铃响就扶着栏杆探身张望的诸色人等。

本文只谈瓦兰布罗沙的两位房客——这并不是对别人有什么怠慢。

一天下午六点钟,赫蒂·佩珀回到瓦兰布罗沙公寓三楼她那个租金每周三元五的后房,她那尖削的鼻子和下巴显得比平时更为冷峻。如果你在一家百货公司干了四年,突然被解雇,钱包里又只有十五美分,嘴脸难免会有点悻悻然。

现在,趁她爬上两层楼梯的工夫,我们简单介绍一下她的身世。

四年前的一个早晨,她同七十五个别的姑娘一起走进那家大百货店,应征内衣部售货员的工作。这支靠工资为生的娘子军，摆成一个使人眼花缭乱的美人阵。她们头上的金发足够让一百个戈迪瓦夫人骑马在街上奔驰。①

一个精明强干、目光冷漠、不近人情的秃顶年轻人负责在这批应征者中间挑选六名。他有一种窒息感，仿佛要在这片轻纱如云，散发着鸡蛋花香的海洋里遭受没顶之灾了。正在这时候，一艘船驶入视线。赫蒂·佩珀站到了他面前。她貌不惊人，巧克力色的头发，绿色的小眼睛带着轻蔑，身穿一套朴素的粗麻布衣服，头上一顶实事求是的帽子，不折不扣地显示了她二十九岁的年华。

"你被录取了！"秃顶年轻人嚷道，他自己也免遭没顶之灾。赫蒂就这样受雇于大百货店。至于她的工资怎么提升到每周八块钱，那就是赫剌克勒斯、圣女贞德、尤娜、约伯和小红帽的故事的总和②。我不能告诉你，她刚进去时公司给她多少工资。社会上反对这种现象的情绪正在高涨，我可不希望腰缠万贯的店主们从我所住的廉价公寓的防火梯爬上来，往我的阁楼房间扔炸弹。

赫蒂被这家大百货店辞退的经过，几乎是她受雇经过的重演，所以也够乏味的。

店里的每个部门都有那么一位无所不知、无所不在、无所不馋的人物，他老是带着一个小本子，系着一条红领带，以

---

① 戈迪瓦夫人，11 世纪英国考文垂勋爵利奥弗里克之妻，传说她于一〇四〇年为了替百姓求免苛税，甘愿正午时在考文垂大街上裸身驰马。但她的头发很长，足以蔽体。

② 赫剌克勒斯是希腊神话中主神宙斯之子，力大无穷，曾完成十二项功业；圣女贞德是法国历史上的民族英雄；尤娜是英国诗人斯宾塞所著《仙后》中历尽磨难的人物；约伯是《圣经》人物，经受了上帝加于他的种种苦难考验；小红帽是童话里几乎落入狼口的人物。

"顾客"的面目出现。他那个部门的每周靠若干工资(参看活命统计局①公布的数字)活命的姑娘们的命运全抓在他手里。

我们说的这位顾客是个精明能干、目光冷漠、不近人情的秃顶年轻人。他顺着他那部门的过道走去时,仿佛在轻纱如云,散发着鸡蛋花香的海洋上航行。甜食吃得太多时也会腻得发慌。他把赫蒂·佩珀那平凡的容貌,翡翠色的眼睛和巧克力色的头发看做是腻人的美色沙漠中一块喜人的绿洲。他在柜台旁边一个僻静的角落里,在她胳臂肘上三英寸的地方亲热地掐了一把。她扬起并不白皙而有力的右手,一巴掌把他打出三英尺远。你现在该明白了,赫蒂·佩珀为什么被大百货店辞退,限三十分钟内走人,而钱包里只有十五美分。

今天早报的物价栏说,肋条牛肉的价格是每磅六分钱(肉店使用的磅秤),赫蒂被大百货店"免职"的那天,价格却是七分半。正因为这样,这篇小说才有可能存在,不然那多余的四分半就可以——

不过,世界上所有的好故事的情节都有不能自圆其说的地方;所以你也不能对这个故事求全责备。

赫蒂拿着肋条牛肉,上三楼后面她那每周租金三元五的房间里去。晚饭吃一顿热腾腾、香喷喷的炖牛肉,夜里好好睡一觉,明天早上她又可以振作精神,去找一个赫剌克勒斯、圣女贞德、尤娜、约伯和小红帽加在一起的工作了。

她在房间里那个两英尺高、四英尺宽的瓷器——嗯——陶器柜里取出陶器炖锅,然后在一堆乱七八糟的纸袋中寻找

① 美国有人口统计局(Bureau of Vital Statistics),作者在 vital 一字中加了两个字母,使之成为有"食品供应"意思的 victual。

土豆和洋葱。翻了半天,她的鼻子和下巴显得更尖削了。

原来土豆和洋葱都找不到。炖牛肉么,光有牛肉怎么行?做牡蛎汤可以不用牡蛎,海龟汤可以不用海龟,咖啡蛋糕可以不用咖啡,但是没有土豆洋葱就炖不成牛肉。

话得说回来,遇到紧急情况,光有肋条牛肉也能使一扇普通的松木门板像赌场的熟铁大门那样,足以抵挡饿狼侵入。加点盐和胡椒面,再加一匙子面粉(先用一点凉水调匀),也能凑合——虽然没有纽堡式龙虾那么鲜美,也没有教堂节日的炸面饼圈那么丰盛,但也能凑合着吃。

赫蒂拿着炖锅去到三楼过道后面。根据瓦兰布洛杉公寓的广告,那里应该有自来水。你、我和水表都知道,水来得很不痛快;但那是技术问题,且不去管它。那里还有一个水槽,自己料理家务的房客们时常在那里倒咖啡渣子,互相瞅瞅身上的晨衣。

赫蒂看到一个姑娘在水槽旁边洗两个大土豆,姑娘眼神哀怨,一头浓密的金棕色头发颇有艺术气息。赫蒂像任何人一样,不需别具慧眼就能洞察瓦兰布罗沙公寓的秘密。各人身上的晨衣就是她的百科全书,她的《名人录》,她的有关来往房客的信息交换所。从洗土豆姑娘那件嫩绿色镶边、淡玫瑰红的晨衣上,赫蒂早已知道她是住在屋顶房间——那些人喜欢称它为"画室"——的微型画画家。赫蒂心里并不十分清楚微型画是什么;但她敢肯定绝对不是房屋;因为粉刷房屋的人,尽管穿着斑斑点点的工作服,在街上扛着梯子老是杵到你脸上,谁都知道他们在家里却是海吃海喝,阔气得很。

那姑娘相当瘦小,她摆弄土豆的模样就像是没有结过婚的老光棍在摆弄一个刚出牙齿的小娃娃。她右手抓住一把用钝的鞋匠刀，在削一个土豆的皮。

赫蒂像是那种见面熟的人似的，一本正经地上前同她搭话。

“对不起，”她说，“我不该管闲事，不过土豆削皮，丢得就太多了。这些是百慕大的新土豆。你应当刮。我刮给你看看。”

她拿过土豆和刀，开始示范。

“哦，谢谢你。”艺术家低声说，“我不懂。这么厚的皮扔掉确实可惜；太浪费了。不过我一直认为土豆是要削皮的。在用土豆充饥的时候，连土豆皮也得算计算计。”

“喂，小妹妹，”赫蒂停住手说，“你也很困难，是吗？”

微型画画家面有饥色地笑笑。

“我想可以这么说罢。艺术——或者我所理解的艺术——现如今仿佛不吃香了。今晚我只有两个土豆当晚饭。不过把它煮的热乎乎的，加点黄油和盐也不坏。”

“小妹妹，”赫蒂说，一丝微笑使她冷峻的脸色和缓了一些，“命运把你我联系在一起了。我目前也不顺心；不过我房间里有一块像叭儿狗那么大小的牛肉。我想尽法子找几个土豆，就差没有祷告了。不如把你我两人的供应部门合并，炖它一锅。可以在我的房间里炖。假如能弄到一个洋葱加进去就好啦！喂，小妹妹，你会不会有几枚分币滑进去年冬季穿的海豹皮大衣的夹层里呢？我可以下楼到街角上老朱塞佩的摊子那儿去买一个。没有洋葱的炖牛肉比没有糖果的茶话会更差劲。”

“你叫我塞西莉娅好啦。”艺术家说，“我本来可以问女看门人要一个，但是我还不希望他们知道我目前到处奔波在找工作。但愿我们有个洋葱就好啦。”

她们两人在女店员的房间里开始准备晚饭。塞西莉娅插不上手，只能坐在长沙发上，像小鸽子那样轻声轻气央求让她干些什么。赫蒂整治好肋条牛肉，放在炖锅里，加了凉水和盐，然后搁在只有一眼的煤气灶上。

“但愿我们有一个洋葱。”赫蒂一面削土豆皮，一面说。

长沙发对面的墙上钉着一副色彩鲜艳的广告画，画的是铁路公司的一艘新轮渡，有了它，洛杉矶和纽约之间的行车时间可以缩短八分之一分钟。

赫蒂一个人在自说自话，她偶一回头，只见她的客人正瞅着那幅被理想化了的轮渡乘风破浪图，眼泪簌簌直淌。

“哟，塞西莉娅，小妹妹，”赫蒂握着刀说，“那幅画难道有这么糟？我不是评论家，不过我认为它多少给这个房间添了一点儿生气。当然啦，绣像画家一眼就能看出它的毛病。你看不顺眼，我可以马上摘掉。我真想求求灶神爷给我们找个洋葱。”

但是娇小的微型画画家伏在沙发上哭泣起来，她的鼻子顶着粗硬的沙发套。这分明不是一幅粗劣的石印画触犯了艺术家气质的问题。

赫蒂明白。她早就承担了她的角色。我们试图描写一个人的某一品质时，我们的词汇有多么贫乏！等到描写抽象的事物时，我们简直无所适从。我们叙说的东西越是接近自然，理解就越是深刻。我们不妨说得形象一些，有些人是“心胸”，有些人是“手”，有些人是“肌肉”，有些人是“脚”，有些人则是负重的“背”。

赫蒂是“肩膀”。她的肩膀瘦削而结实；她活到这么大，人们总是把头靠在上面,不论是隐喻比方还是实际如此;他们把自己的烦恼全留在那里,或者留下一半儿。如果用解剖学的眼光来看生活(这种看法并不比任何别的看法差),她注定是要充当肩膀的。像她这么忠诚可靠的锁骨到处都不多见。

赫蒂只有三十三岁,每当年轻美丽的脑袋靠在她肩上寻求安慰时,她都不免感到一丝悲痛。不过她只要朝镜子瞧一眼,悲痛就能立即止住。因此,她朝煤气灶挨着的那面墙上起皱的镜子瞥了一眼,把已经开锅的土豆牛肉炖锅底下的火苗捻低一些,走到长沙发前,捧起塞西莉娅的脑袋,搁在权充忏悔室的肩膀上。

"只管告诉我吧,亲爱的。"她说,"现在我知道让你伤心的不是艺术。你是在轮渡上遇见他的,是吗?说吧,塞西莉娅,小妹妹,告诉你的——你的赫蒂姑姑。"

但是青春和悲哀首先要宣泄过剩的叹息和泪水,才能把浪漫史的扁舟送到欢愉海岛间的港湾。紧接着,忏悔者——是忏悔者还是值得赞美的圣火传播者?——贴着忏悔室栅栏似的筋腱,诉说了她那既没有艺术也没有火光的故事。

"那只是三天前的事情。我从泽西城搭轮渡回来。艺术品商人施伦姆老先生告诉我说,纽瓦克一个富商找人替他的女儿画一幅微型画像。我去他那里接洽,并把我的部分作品带给他看看。当我对他说一幅画的润笔是五十元时,他像鬣狗似的冲着我大笑。他说他买一幅比它大二十倍的蜡笔画也不过八块钱。

"我身边的钱只够买轮渡票回纽约。当时我觉得我连一天都不想活了。我的心思一定流露在脸上,因为我看见他坐在对面的一排椅子上,老是瞅着我,仿佛知道我的心思似的。

他长得很帅气,不过,最重要的是,他看上去很善良。当一个人感到厌倦、不幸,或者绝望时,善良比什么都更重要。

“我十分苦恼,再也忍不住,便站起来,慢慢走出轮渡船舱的后门。周围一个人也没有,我很快地翻过栏杆,跳进水里。哦,赫蒂,我的朋友,水真冷,真冷啊!

“有那么一瞬间,我希望自己仍旧待在瓦兰布罗沙老地方,宁肯饿着肚子,盼望着,后来我浑身麻木,也顾不得那么多了。我觉得另外有个人挨着我,没让我沉下去。原来是他刚才跟着我,也跳进水里来救我。

“有人朝我们抛来一个白色的、大炸面饼圈似的东西,他让我把它套在腋窝下。轮渡打倒车回来,人们把我们拖上甲板。啊,赫蒂,我想跳水自杀实在太可耻了;再说,我的头发全披了下来,湿漉漉的,真丢人。

“几个穿蓝色制服的人跑过来;他把他的名片递给他们,我听到他对他们说,他看见我的手提包掉在栏杆外面的船舷上,我探身想去拣,不小心落了水。这时,我想起报上说过,企图自杀的人要坐牢,同企图杀人的人关在一起,我害怕极了。

“轮渡上有几位太太带我到下面的锅炉房去,替我把衣服大致烘烘干,帮我把头发梳好。船靠岸时,他又过来,替我雇了一辆马车。他自己浑身湿透,但还哈哈大笑,仿佛觉得这件事挺逗趣似的。他央求我把姓名地址告诉他,可是我不干,我觉得太不好意思了。”

“你真傻,孩子。”赫蒂和善地说,“等一等,让我把火捻捻大。我求老天爷给我们弄个洋葱来。”

“然后他掀了掀帽子,”塞西莉娅接着说,“他说:‘好吧,不管怎么样,我会找到你的。那时候我就会要求救难的权利。'他付了一些钱给马车夫，吩咐他把我送到我要去的地方，他自己就走了。赫蒂，'救难'是什么意思？"

"那是衣料的不用包缝的织边。①"女店员说，"在那个小英雄的眼里，你可够狼狈的。"

"已经过了三天，"微型画画家叹息说，"他还没有找到我。"

"宽限一点儿吧。"赫蒂说，"这个城市很大。你想想看，他也许要见过许多在水里浸过、头发披落下来的姑娘，才能辨认出你呢。牛肉炖得不错——可是，唉，有个洋葱该多好！假如我手头有蒜，我甚至愿意搁一瓣蒜进去。"

牛肉和土豆煮得正欢，散发出一股令人垂涎的香味，可是其中还缺些什么，在口味上留下一种饥饿的感觉，和对某种应有而没有的配料的萦绕不去、耿耿于怀的欲望。

"我几乎在那条可怕的河里淹死。"塞西莉娅打了个寒噤说。

"水应当再多一点，"赫蒂说，"我指的是炖牛肉。我去水槽那儿弄一点来。"

"真香。"艺术家说。

"那条肮脏的老北江吗？"赫蒂反对说，"我闻起来觉得像是肥皂厂和湿毛猎狗的气味——哦，你指的是炖牛肉。唉，我真希望能加个洋葱。他看上去像是有钱人吗？"

"他看上去首先是很善良。"塞西莉娅说，"我敢说他一定有钱；但那关系不大。他掏出皮夹付马车钱的时候，不由你不注意到里面有成千上万的钱。我上了马车后，看到他坐私家

① "救难"(salvage)和"织边"(selvage)英文发音相似。

汽车离开轮渡码头;司机把自己的熊皮大衣给他披上,因为他浑身湿透了。那只是三天以前的事。”

“真是傻瓜!”赫蒂简慢地说。

“哦,司机身上不湿。”塞西莉娅轻声说,“他很利索地把车开走了。”

“我是说你,”赫蒂说,“说你不把地址告诉他。”

“我从来不把地址告诉司机的。”塞西莉娅高傲地说。

“但愿我们有一个就好啦。”赫蒂郁郁不乐地说。

“要来干吗?”

“当然是炖肉——哦,我指的是要一个洋葱。”

赫蒂拿起一个水罐,到过道尽头水槽那儿去打水。

她走到楼梯口时,一个年轻人正从楼上下来。他衣着很讲究,但脸色苍白憔悴。由于某种身体或精神上的痛苦,他目光无神。他手里拿着一个洋葱——一个浅红色、光滑、茁壮、发亮的洋葱,足足有九十八美分的闹钟那么大。

赫蒂停住脚步。年轻人也站住了。女店员的神色和姿态带有赫剌克勒斯、圣女贞德和尤娜的意味——她把约伯和小红帽的角色撂在一边。年轻人停在楼梯口,心神不定地咳嗽起来。他觉得自己陷入困境,受到阻拦、攻打、袭击、敲诈、勒索、征收、乞讨和威吓,虽然他说不清楚原因。造成这种感觉的是赫蒂的眼神。他在赫蒂的眼睛里仿佛看到桅杆顶上升起了一面海盗旗,一名水手用牙齿咬住匕首,矫健地爬上绳梯,把旗帜钉在那里。但是到目前为止,他还不知道,正是他携带的货色几乎害他不经过谈判就被轰沉。

“对不起,”赫蒂在她那稀醋酸似的声调所允许的范围内尽量甜言蜜语地说,“你那个洋葱是不是在楼梯上捡到的?

我的纸袋上有个窟窿;我正出来找呢。”

年轻人咳了半分钟。这段时间也许给了他维护自己财产的勇气。他贪婪地抓住他那辛辣的宝贝,抖擞精神,面对那个凶狠的拦路抢劫的人。

“不,”他嘶哑地说,“我不是在楼梯上捡的。是住在顶楼的杰克·贝文斯给我的。你不信,可以去问他。我在这儿等着。”

“我知道贝文斯。”赫蒂乖戾地说,“他写书、写文章专卖给收破烂的。邮递员给他送厚厚的退稿邮件时老是取笑他,整个公寓都听得到。喂——你住在瓦兰布罗沙公寓里吗?”

“我不住这儿。”年轻人说,“有时候我来找贝文斯。他是我的朋友,我住在西头,离这儿有两个街口。”

“你拿那个洋葱打算干什么?——请问?”赫蒂说。

“我打算吃。”

“生吃?”

“不错,到家就吃。”

“你难道没有别的东西搭配在一起吃?”

年轻人考虑了片刻。

“没有,”他坦白说,“我住处没有任何可吃的东西。我想老杰克自己也没有什么吃的。他不愿意放弃,被我磨得没有办法,才给了我。”

“老弟,”赫蒂用她那双洞察世故的眼睛盯着他,一个瘦削而给人深刻印象的手指按着他袖管说,“你也碰到了不顺心的事情,是吗?”

“不顺心的事情可多呢。”洋葱的主人飞快地说,“不过这个洋葱是我的,来路正当。假如你不在意的话,我得走啦。”

"听着,"赫蒂急得脸色发白,"生洋葱当饭吃可不怎么样。没有洋葱的炖牛肉也不怎么样。你既然是杰克·贝文斯的朋友,我想你的为人也错不到哪儿去。过道尽头我的房间里有一位小姐——我的一个朋友。我们两个都不走运;我们只有牛肉和土豆。这会儿正炖着呢。但是它没有灵魂,缺了点什么。生活中有些东西天生要互相搭配,互相依赖的。一样是粉红色粗布和绿玫瑰贴片装饰,一样是火腿煎鸡蛋,还有一样是爱尔兰人和不走运。再有一样是土豆、牛肉和洋葱。再有的话,就是穷光蛋和倒霉鬼。"

年轻人又发作了一阵咳嗽。他一手把洋葱捂在胸前。

"一点不错;一点不错。"他咳嗽停后说,"不过,我刚才说了,我非走不可了,因为——"

赫蒂紧紧拽住他的袖管。

"老弟,别学南欧人的样子,吃生洋葱。你凑份子跟我们一起吃晚饭吧,保你从来没有吃过那么好的炖肉。难道要两位小姐把你打翻了硬拽进去,你才肯赏光同她们一起吃饭?不会出岔子的,老弟,放心进来吧。"

年轻人苍白的脸和缓了一些,咧嘴笑了。

"行,我听你的。"他面露喜色说,"假如我的洋葱可以充当证书的话,我乐意接受邀请。

"作为证书也行,不过作为配料更好。"赫蒂说,"你先在门外等一会儿,让我问问我的女朋友有没有反对意见。你得等我出来,别带了介绍信溜掉。"

赫蒂进了房间,关上门。年轻人等在门外。

"塞西莉娅,小妹妹,"她尽可能把她尖刻的声调放得柔和一些,"外面有个洋葱头。附带一个年轻人。我已经请他来吃饭了。你不至于反对吧?”

“哎呀!”塞西莉娅坐直身子,拍拍她那带艺术气息的头发。她朝墙上那幅有轮渡的招贴画忧郁地瞥了一眼。

“不,”赫蒂说,“不是他。你这会儿面临的是现实生活。我记得你说过你那位英雄朋友有钱、有汽车。现在这个是穷光蛋,除了一个洋葱头之外没有吃的。但是他谈吐大方,一点儿也不冒失。我看他也是好出身,不过现在落魄了。我把他带进来好不好?我保证他规规矩矩。”

“赫蒂,亲爱的,”塞西莉娅叹口气说,“我饿坏了。他是王子也好,窃贼也好,又有什么差别?我顾不了这么多。既然他带着吃的东西,就让他进来吧。”

赫蒂回到过道里。那个有洋葱的人不见了。她的心朝下一沉,她脸上除了鼻子和颧骨之外全笼罩在阴霾里。紧接着她又恢复了生气,因为她看到他在过道另一头,身子正探出窗外。她急忙赶过去。他正朝楼下什么人嚷嚷。街上的噪音盖过了她的脚步声。她从他肩后望下去,看到了同他说话的人,听到了他说的话。他从窗口缩回来时,发现她站在面前。

赫蒂的眼光像两把钢锥似的钻透了他。

“老实告诉我,”她平静地说,“你那个洋葱是干什么用的?”

年轻人忍住咳嗽,坚定地面对着她。他的神情像是被惹急了。

“我打算吃掉它,”他故意一字一顿地说,“刚才已经对你说过了。”

“你家里没有别的可吃吗?”

“什么都没有。”

"你是干什么工作的?"

"这会儿什么都不干。"

"那你为什么探出窗外,吩咐底下那辆绿色汽车的司机?"赫蒂的声音十分尖刻。

年轻人红了脸,无神的眼睛里闪出光芒。

"因为,夫人,"他逐渐加快说,"司机的工资是我付的,汽车是我的——这个葱头也是我的——这个葱头,夫人。"

他把洋葱在赫蒂鼻子底下晃动着。女店员纹丝不动。

"那你为什么只吃洋葱,"她轻蔑地说,"不吃别的?"

"我从没有说过不吃别的。"年轻人激烈地反驳说,"我只说我的住处没有什么可吃的东西。我没有开食品店。"

"那你为什么要吃生洋葱?"赫蒂步步进逼地追问道。

"我妈妈,"年轻人说,"总是让我吃个生洋葱来治感冒。请原谅我提起身体不适,不过你也许已经注意到我感冒很厉害。我打算吃了葱头就上床躺着。我不明白我干吗要在这里向你赔不是。"

年轻人仿佛激动到了极点。他面前只有两种下台阶的方式——要就是大发雷霆,要就是向这种荒唐的局面屈服。他作了明智的抉择,空荡荡的过道里响起他嘶哑的笑声。

"你这人真有意思。"他说,"你谨慎小心,我也不能责怪你。告诉你也无妨。我把身上搞湿,着了凉。前几天我乘轮渡过北江,有个姑娘投江。当然,我就——"

赫蒂伸出手,打断了他的叙说。

"把洋葱给我。"她说。

年轻人咬紧牙。

"把洋葱给我。"她重复了一遍。

他笑了，把洋葱搁在她手里。

赫蒂露出她不常有的、忧郁的苦笑。她拽住年轻人的胳臂，另一只手指指她的房门。

“老弟，”她说，“进去吧。你从江里救起的那个小傻瓜在里面等着你呢。进去吧。我给你三分钟的时间，然后我再进屋。土豆在那里等着。进去吧，洋葱。”

他敲敲门进去了；赫蒂开始在水槽旁边剥洋葱皮，洗洗干净。她灰溜溜地朝窗外灰溜溜的屋顶瞅了一眼，面孔抽搐着，笑容逐渐消失了。

“提供牛肉的是我们，”她忧郁地自言自语说，“是我们。”

觅宝记

傻瓜有多种多样的。喂，大伙儿坐好了，指名叫到谁，谁再站起来，好不好？

我自己就当过各种傻瓜，只差一种。我挥霍了祖传的家产，妄想结婚；我打扑克，玩草地网球，做没有本钱的投机买卖——我的钱财很快就各奔前程，同我分了手。但是有一种头戴系铃帽子的丑角我还没有扮演过。那就是寻觅宝藏的人。很少有人会犯这种愉快的狂热病。然而，在所有追随迈达斯国王的人中间，觅宝人的追求最富于美妙的憧憬。

但是我还要说几句离题的话——拙劣的作者都难免如此——我这个傻瓜属于多情的类型。我见到梅·玛莎·曼格姆后，就是她的人了。她年方十八，皮肤像新钢琴的象牙键那么白皙，她容貌秀丽，仿佛一个天真无邪的天使谪降人间，注定要生活在得克萨斯草原上一个沉闷的小镇里；因此她的姣好端庄更增添了动人爱怜的魅力。凭她的气质和妩媚，她原可以像摘木莓似的摘下比利时或者任何一个花哨的王国的皇冠上的红宝石，但她自己并不知道，我也没有向她点破。

你明白，我要赢得并留住梅·玛莎·曼格姆；我要她同我常相厮守，每天把我的拖鞋和烟斗放到我晚上找不着的地方。

梅·玛莎的父亲留着大胡子，戴着眼镜，胡子和眼镜几乎把他整个人都遮住了。他活着就是为了同甲壳虫、蝴蝶,以及天上飞的、地上爬的、钻进你脖子里的,或者落到黄油上的虫子打交道。他是昆虫学家,或者那一类的人物。他整天在外面用纱网兜捕甲虫目的飞鱼,用大头针把它们钉住,给它们起名字。

他们家只有他和玛莎两个人。他珍视她,把她看成是精美的人类标本;因为她照料他,让他不时能吃上饭,衣服不穿反,让保存标本的玻璃瓶里的酒精经常盛满。据说科学家们多半是心不在焉的。

除了我以外,还有一个人也有意于梅·玛莎·曼格姆,那就是古德洛·班克斯,一个刚念完大学回家来的年轻人。书本上的造诣他都具备:拉丁文、希腊文、哲学,尤其是数学和逻辑学的高等分支。

若不是为了他那逢人就卖弄自己的知识和学问的习惯,我本来会很喜欢他的。即使如此,你光看表面的话,仍会以为我们是好朋友。

我们一有空就在一起厮混,因为每个人都想从对方嘴里打听一点消息,从而探悉梅·玛莎·曼格姆着意的风向——这种比喻未免牛头不对马嘴;古德洛·班克斯才不会犯这种毛病呢。情场角逐的人都是这样的。

你也许会说,古德洛倾向于书本、礼貌、文化、智力和衣着。我会使你更多地想到垒球和周五晚上的辩论会——算它同文化沾些边吧——也许还会想到一个骑马的好手。

但是在我同他的闲聊中,以及我们去拜访梅·玛莎时的谈话中,古德洛·班克斯和我都摸不清她到底喜欢我们中间的哪一个。梅·玛莎生性不爱明确表态,早在摇篮里的时候,就懂得让人们去琢磨猜测。

我已经说过曼格姆老头总是心不在焉。很久以后的一天，他发觉——准是一只小蝴蝶告诉他的——有两个年轻人想网走那个照料他生活的年轻姑娘，或者女儿，或者诸如此类的法律上的附属物。

我从来没有料到科学家们居然也能设法应付这种局面。老曼格姆在口头上把古德洛和我定了性，轻巧地把我们归入脊椎动物中最低级的纲目；他用的还是英语，没有说什么拉丁文，只提了一句 Orgetorix, Rex Helvetii①——我懂得的拉丁文也只有这么一句。他还通知我们，下次再看到我们在他家附近转悠，就要把我们加进他收集的标本。

古德洛·班克斯和我回避了五天，想等这场风波平息。等我们鼓起勇气再登门拜访的时候，梅·玛莎·曼格姆和她父亲已经走了。走了！他们承租的房子空关着，他们不多的几件家具也搬走了。

梅·玛莎没有给我们两人中的任何一个留下告别的话——没有在山楂树上钉一张飘动的白色便条；没有在门柱上画个粉笔记号；也没有在邮局里留一张明信片，给我们一点线索。

整整两个月，古德洛和我分头想方设法追踪这两个逃亡者。我们同火车站的售票员、出租马车行里的人、火车上的乘务员，以及镇上惟一的那个警察套近乎，拉关系，可是毫无结果。

① “奥格托里斯，赫尔维蒂之王”。赫尔维蒂指古瑞士，奥格托里斯曾企图征服包括赫尔维蒂在内的高卢，但未成功。

于是,我和古德洛便成了比以往任何时候都更亲密的朋友和更势不两立的仇人。每天下午工作结束后,我们都在斯奈德酒馆的后屋里碰头,玩玩骨牌,谈话时勾心斗角,互相套对方的口气,想知道有没有什么新的线索。情场角逐的人就是这样的。

古德洛·班克斯老是嘲弄似的卖弄自己的学问,把我列为那类只配念念“简·雷真可怜,她的小鸟死了,她没有什么可玩了”的童谣的人。不过我倒挺喜欢古德洛,我蔑视他那套大学里的学问,而且人们都认为我脾气好,所以我压住火气。再说,我想探听他有没有梅·玛莎的消息,我这才按捺住性子,继续同他来往。

一天下午,我们聊天时,他对我说:

“即使你找到了她,埃德,你又能有什么指望?曼格姆小姐很有头脑。也许她天真未凿,但她注定要享受更高级的东西,那些东西可不是你所能提供的。同我交谈的人中间,惟有她才能欣赏古代诗人作家以及吸收并发展了他们的生活哲学的近代文人的魅力。你不认为你找她是在白白浪费时间吗?”

“我对幸福家庭的概念,”我说,“是得克萨斯草原上一幢八居室的房屋。旁边有一泓池水,四周有橡树环抱。起居室里,”我接着说,“有一架带自动弹奏器的钢琴,牧场上圈三千头牛作为开端,一辆四轮马车和拴在柱子上的小马随时听候太太使唤——梅·玛莎·曼格姆可以随心所欲地花费牧场的收益,同我长相厮守,每天把我的拖鞋和烟斗放到我晚上找不着的地方。情况将是这样,”我说,“你的课程、文化、哲学连一颗无花果都不值——并且还是干瘪的、小贩摊上的无花果。”

“她应该享受更为高级的东西。”古德洛·班克斯又说了一遍。

“不管她应该享受什么，”我回说，“反正她现在不见了。我要尽快找到她，用不着大学帮忙。”

“这副牌打不通了。”古德洛放下一张骨牌说；我们便喝啤酒。

不久，我认识的一个年轻农民来到镇上，给我带来一张折好的蓝色纸。他说他爷爷刚去世。我忍住了眼泪，他接着又说，老人家把这张纸珍藏了二十年。他把它当做遗产的一部分留给家人，其余的只有两头骡子和一块不能耕作的土地。

那是废奴主义者同分离主义者打仗时期①使用的古老的蓝色纸。纸上标的日期是一八六三年六月十四日，记的是价值三十万元的十驮金币和银币的埋藏地点。老朗德尔——也就是孙子山姆的爷爷——从一个西班牙教士那里听到这消息，埋钱的时候教士在场；许多年前——不，许多年后——教士是在老朗德尔家去世的。老朗德尔根据教士的口授记录下来。

“你爸爸干吗不去找藏宝呢？”我问道。

“他还没有去，眼睛就瞎了。”他回答。

“你自己干吗不去呢？”我又问。

“嗯，”他说，“我是十年前才知道有这张纸的。春天要犁地；接着要在玉米地里锄草；然后要替牲口准备饲料；冬天很快又来了。一年年这么下去，给耽误了。”

我觉得这话十分在理，当场就决定同小李·朗德尔一起

① 指一八六一年至一八六五年的美国南北战争。

着手觅宝。

纸上的说明很简单。驮财宝的骡队从多洛雷斯县一个古老的西班牙传教基地出发。他们根据罗盘方向,直奔南方,到了阿拉米托河。涉水过河后,他们把财宝埋在两座大山中间一座驮鞍形的小山顶上。藏宝地点有一堆乱石作为标志。几天后,整个骡队被印第安人杀死,只有那个西班牙教士逃脱性命。这一秘密是独家垄断的。我认为确凿可信。

李·朗德尔建议添置一套野营装备,雇一个测量员测出西班牙传教基地到藏宝地点的路线,然后挖出那三十万元的金币银币,去沃思堡游山玩水。但是,正因为没有受过高深的教育,我倒有个省时省钱的主意。

我们去州土地局,请他们根据老传教基地到阿拉米托河一带的全部测量图绘制一幅实用的所谓工作略图。我在图上对着南方划了通向河岸的直线。略图准确标明每张测量图的线长和地区。我们凭这些资料,找到河岸上的那一点,然后把它同洛斯安尼摩斯五里格的测量图上一个重要的、标志明确的地区——西班牙国王腓力的授地——联系起来。

这一来,我们不需要雇测量员来测定路线,可以省掉许多费用和时间。

李·朗德尔和我套好一辆两匹马拉的大车,装上所有的应用物品,赶了一百四十九英里路,到了奇科,那是离我们要去的地点最近的一个小镇。我们在镇上找到县测量员的代理人。他替我们找到洛斯安尼摩斯测量图上的地区,按照我们略图上的要求,往西赶了五千七百二十巴拉①,在那一点上放

① 西班牙长度单位,1巴拉合0.8359公尺。

一块石头，喝了咖啡，吃了咸肉，然后搭上装运邮件的马车回奇科。

我认为我们很有把握找到那三十万元。李·朗德尔只能分到三分之一，因为我承担了全部勘探费用。有了那二十万元，我知道，只要梅·玛莎·曼格姆在世上，我准能找到她。有了这笔钱，我还能使蝴蝶在曼格姆老头的鸽笼里扑腾。只要我找到那注藏宝就好啦！

李和我扎好帐篷。河对岸有十来座小山，长满了郁郁葱葱的雪松，但是没有一座像是驮鞍。我们并不泄气。情人眼里出美人，驮鞍也是如此。

我和藏宝的孙子仔细搜索了那些长满雪松的小山，就像太太们寻找捣乱的跳蚤那般认真。我们沿着河岸两英里踏勘了每座山的山坡、山顶、周围、平均高度、角度、斜坡和凹处。我们干了整整四天。然后我们套好那两匹花毛马和暗褐色马，把剩下的咖啡和咸肉拉了一百四十九英里路，回到康卓城。

回程路上，李嚼了许多烟草。我急于回去，只顾赶车。

我们空手而回后，古德洛·班克斯和我很快就在斯奈德酒馆的后屋玩骨牌，探听消息。我把寻觅藏宝的远征经过告诉了古德洛。

"假如我找到那三十万元，"我对他说，"我就可以走遍全世界去找梅·玛莎·曼格姆。"

"她注定要享受更高级的东西的，"古德洛说，"我自己去找她。不过你倒说说，你是怎么去寻觅那笔出土的横财被人轻率地埋藏的地点的？"

我详详细细地告诉了他。还给他看了制图员绘制的略图，上面的距离标得清清楚楚。

他大大咧咧地瞥了一眼，在椅子上往后一靠，对我发出一阵讽刺的、高人一等的、大学式的哄笑。

“嘿，吉姆，你是傻瓜。”他笑得喘上气时对我说。

“该你下注啦。”我捏住手里的双六，耐心地说。

“二十。”古德洛说罢，用粉笔在桌子上画了两个叉。

“我傻在哪里？”我问道，“以前许多地方找到过藏宝。”

“因为，”他说，“在计算你那条路线同河岸相交的一点时，你没有考虑到磁差。那里的磁差应该是偏西九度。把你的铅笔给我。”

古德洛·班克斯在一个旧信封背面迅速地做了一些计算。

“从西班牙传教基地自北往南的那条路线的距离，”他说，“恰好是二十二英里。据你所说，这条线是凭袖珍罗盘画的。考虑到磁差因素，你该寻觅宝藏的地点是在阿拉米托河岸上离你实际到达的地点偏西六英里九百四十五巴拉。哎。吉姆，你真傻！”

“你说的磁差是什么玩意儿？”我问道，“我认为数字始终是可信的。”

“磁差，”古德洛说，“是罗盘磁针和真正子午线之间的偏差。”

他目空一切地笑笑；接着，我看到他脸上出现了寻觅藏宝的人特有的那种急切的、贪婪的神情。

“有时候，”他带着预言家的口气说，“这些有关埋藏钱财的古老传说并不是没有根据的。你不妨把那张记述藏宝地点的纸给我看看。也许我们一起——”

结果，古德洛·班克斯和我从情场上的敌人变为探险时的伙伴。我们从铁路线上最近便的亨特斯堡搭驿车去奇科。到了奇科以后，我们雇一辆有弹簧的带篷马车拉运野营装备。我们仍旧请原先的测量员，按照古德洛根据磁差修正的距离重新测定路线，然后打发测量员回去。

到达目的地时，天色已经晚了。我喂了马，在河边生了火做晚饭。古德洛本来可以帮帮忙，但是他的大学教育使他不适于做实际工作。

我干活的时候，他就用古时死人流传下来的伟大思想给我解闷。他大段大段地引用希腊文的译文。

"阿那克里翁①，"他解释说，"曼格姆小姐最喜爱的一段——正如我朗诵的。"

"她注定应该享受更高级的东西。"我引用他的话说。

"还有什么东西，"古德洛问道，"能比整天同古典作品共处，生活在学问与文化的气氛中更为高级呢？你常常诋毁教育。由于你连简单的数学都不懂，你不是白费了许多力气？如果我的知识没有指点出你的错误，你要花多少时间才找得到藏宝？"

"我们先看看河对岸的那些小山吧，"我说，"看我们能找到什么。我对磁针仍表示怀疑。我活到这么大，一直相信磁针是正对北极的。"

当时是六月，第二天早晨阳光明媚。我们一早起来，吃了饭。古德洛被周围的景色迷住了。我在烤咸肉的时候，他在朗诵诗——我想大概是济慈、凯莱或者雪莱的诗吧。前面的河只能算是一条浅浅的小溪。我们准备好渡河，到对岸去勘

① 阿那克里翁（约前570—？），古希腊抒情诗人，作品多歌颂爱情和美酒。

探那些尖顶的、长满雪松的小山。

“我的好奥德修斯①啊，”我在洗吃早饭用的铁皮盘子时，他拍拍我的肩膀说，“让我再看看那张藏宝图。我记得上面说明要爬一座像是驮鞍的小山。我从来没有见过驮鞍。驮鞍是什么形状的，吉姆？”

“这次文化可吃不开了，”我说，“我一看就知道。”

古德洛看着老朗德尔的那份文件，嘴里突然迸出很没有大学风度的骂人的词儿。

“你过来，”他对着阳光举起那张纸说，“你瞧。”他指点给我看。

那张蓝色纸上——以前我从未注意——有几个明显的颜色较浅的字母和数字：“莫尔文②，1898。”

“那又怎么样？”我问道。

“那是水印，”古德洛说，“这张纸是一八九八年制造的。纸上文字的日期是一八六三年。分明是伪造。”

“哦，我可不敢说，”我说，“朗德尔一家都是很可靠，很纯朴，没有受过教育的乡下人。也许是造纸厂设的一个骗局。”

接着，古德洛在他受过的教育所许可的范围内大发脾气。他摘下眼镜，直瞪着我。

“我时常说你是傻瓜，”他说，“我两次在你的计划里发现了严重的毛病，如果你受过普通学校教育的话，你就不至于犯这种毛病。此外，”他接着说，“这场坑人的觅宝把戏害我花冤枉钱，我可玩不起。我不干啦。”

① 奥德修斯，希腊神话中的英雄，勇敢机智，在特洛亚战争中用木马计获胜，回国途中历尽艰险。

② 美国阿肯色州西南部城市。

我站起身，拿着一把从洗盘子水里捞出来的锡镴勺子指着他。

“古德洛·班克斯，”我说，“你的教育在我眼里连颗煮得半生不熟的豆子都不值。别人的教育我勉强可以容忍，你的教育我一向就看不顺眼。你的学问对你有什么好处？它祸害了你自己，招惹你朋友讨厌。去吧，”我说——“去你的水印和磁差。它们对我毫无影响。动摇不了我觅宝的决心。”

我用勺子指着河对岸一座驮鞍形的小山。

“过一会儿我就去那座山上搜寻藏宝，”我接着说，“你现在赶快决定干不干。假如你为了水印和磁差就打退堂鼓，你算不上真正的冒险家。赶快决定吧。”

河边的路上升起一蓬白色的尘土。那是赫斯帕鲁斯去奇科的装运邮件的马车。古德洛招呼它停下。

“我可不再上当受骗了，”他恼怒地说，“现在只有傻瓜才把那张纸当做一回事儿。好吧，吉姆，你一向是傻瓜。你自作自受，我管不着。”

他收拾好个人物品，爬上邮车，气呼呼地扶了扶眼镜，在尘土雾中飞快地离去。

我洗好盘子，把马匹牵到一块新鲜的草地上拴好，然后涉水过河，缓缓穿过雪松林，爬上驮鞍形的山头。

那是一个美妙的六月天。我活到这么大，还没有见过这么多的禽鸟、蝴蝶、蜻蜓、蚱蜢，以及别的天上飞的、地上爬的、长翅膀的、带螯刺的生物。

我从山脚到山顶搜遍了那座驮鞍形的小山。找不到有关藏宝的任何迹象。没有乱石堆，树上没有指示道路的旧刻痕，朗德尔老头的文件上开具的三十万元连影子都没有。

下午凉爽一点的时候，我下了山。我在雪松林中走着走着，突然闯进一个风景如画的翠绿的山谷，那里有一道小溪潺潺注入阿拉米托河。

使我吃惊的是我看到了一个野人模样的生物，披头散发，胡子蓬松，在追捕一只翅膀绚烂的硕大无比的蝴蝶。

“他也许是从疯人院里逃出来的。”我暗忖着；他居然跑到离教育和学问这么远的地方真使我纳闷。

我再走前几步，看到小溪旁边有一幢墙上爬满藤枝的村舍。林间一块小草地上，梅·玛莎·曼格姆正在摘野花。

她站起来，瞅着我。我认识她以来，第一次看到她那像新钢琴的白象牙琴键的脸上泛起了红晕。我一言不发，朝她走去。她摘好的花枝慢慢地从手里掉到了草地上。

“我知道你会来的，吉姆，”她清晰地说，“爸爸不让我写信，但是我知道你会找来的。”

以后的事情你可以猜得到——我的车辆马匹就在河对岸。

我时常纳闷，一个人受的教育太多，如果不能为自己所用，教育又有什么好处。如果所有的好处都归了别人，他受的教育又能起什么作用？

我这么说，是因为梅·玛莎·曼格姆同我厮守在一起。橡树环抱的地方有一幢八居室的房子，有一架带自动弹奏器的钢琴，牧场上的牛群相当可观，已是三千头目标的良好开端。

我晚上骑马回家时，烟斗和拖鞋都给放到我找不着的地方了。

但是谁在乎这一点？谁在乎——谁在乎呢？

并非特写

为了避免多疑的读者把这本书扔到角落里去，我要及时声明这不是一篇新闻报道。你不会遇到只穿衬衫的、无所不晓的本市新闻版编辑，不会遇到初出茅庐、头角峥嵘的采访记者，不会遇到独家新闻，不会遇到——反正什么都不会遇到。

可是如果读者能允许我把第一场的背景放在《灯塔晨报》的记者室里，我一定投桃报李，严格遵守上面的诺言。

那时，我替《灯塔晨报》撰稿，领计件工资，希望有朝一日能当上正式职工。不知是谁拿耙子或铲子替我在一张堆满交换刊物、《国会记录》和旧资料本的长桌上清出一小块空地方来。我就在那里工作。我在街上逛得很勤，市上凡是有什么小声说的、大声嚷的、令人发笑的事情我都写，我的收入却不稳定。

有一天，特里普进来靠在我桌边。特里普在车间干活——我想他同图片有些关系，因为他身上有一股制版化学品的气味，他的手总是带着酸类染污和灼伤的痕迹。他大概二十五岁，可是看上去却有四十。他的脸被拳曲的红色短胡子遮去一半，像一块摆在门口、“欢迎”字样已经蹭掉的棕垫。他脸色苍白，很不健康，显出一副阿谀谄媚的可怜相，一天到晚净向别人借钱，数目是二十五美分到一元。一元是他的最高限额。他了解自己信用的额度,正如国家化工银行对附属担保品稍加分析,就了解它的水分一样。他坐在我桌子上的时候,一只手紧握着另一只手,好让两只手都不发抖。这是喝威士忌的结果。他有一种假装不在乎和冒充好汉的神气,但是骗不了谁,不过这在他借钱时有用,因为那种神气太可怜,装得太明显了。

那天,我死乞白赖地从出纳员那里领了五块亮晃晃的银元。那是星期日版编辑很勉强地采用了我的一篇特写的预支稿费。因此,我虽然并不觉得与世无争,至少已经对世界宣布了休战;我干劲十足地开始写一篇布鲁克林桥的月夜景色的稿件。

"哎,特里普,"我相当不耐烦地抬起头来看看他说,"怎么样?"他今天的模样比以往任何时候都更凄惨,更瑟缩,更憔悴和更潦倒。他可怜到了那种地步,那么强烈地激起你的同情,以致你真想踢他一脚。

"你有一块钱吗?"特里普带着他最阿谀谄媚的神情问道。他那狗一样的眼睛,在长得很高的、纠缠在一起的胡子和长得很低的、纠缠在一起的头发之间的狭窄的空白地带上一眨一眨。

"有,"我说;接着又重复一遍:"我有,"嗓门更高、态度更不客气,"此外还有四块。我可以告诉你,我是好不容易才在阿特金森老头那里硬要来的。我这笔钱,"我接着说,"是要办一件事——一件十万火急的要事,正好要用五块钱。"

我之所以强调这一点,因为我有一种预感,觉得当时就要损失一元钱。

"我不想借,"特里普说,这才使我心中一块石头落了地。

“我想提供一篇好特写的线索给你，你会满意的。”他接着说，“我替你找了一个很精彩的题目，足够一栏的篇幅。如果你写的对路，一定很漂亮。取得这个材料，也需要你破费一两元。我自己不要任何好处。”

我变得和气了一些。这个建议证明特里普对于我过去给他的好处，虽然没有报答，还是知恩的。如果他当时开了窍，问我要二十五分，准能到手。

“什么样的题材?”我摆出编辑的架势，拿着铅笔问他。

“我告诉你，”特里普说，“关于一个姑娘。一个美人。绝顶漂亮。带着露珠的玫瑰花蕾——长满青苔的花坛上的紫罗兰——你可以放手描绘一番。她在长岛住了二十年，从没有到过纽约市。我在第三十四街遇上她。她刚搭东江的轮渡来纽约。我告诉你。她是个让谁见了都会神魂颠倒的美人。她在街上把我叫住了，问我在哪里可以找到乔治·布朗，问我怎么在纽约找乔治·布朗！竟有这等事！

“我同她聊起来，知道她下星期四就要和一个名叫多德——海勒姆·多德——的庄稼小伙子结婚。可是乔治·布朗在她年轻的幻想里还占着第一把交椅。几年前，乔治把他的牛皮靴上了油，到城里来碰碰运气。可是他忘了回格林堡去，海勒姆就入选为第二名。不过到了紧要关头，艾达——那姑娘的名字叫艾达·洛厄里——找了一匹马，骑了八英里地到火车站，搭早上六点四十五分的火车来到纽约。来找乔治，你知道——你了解女人的脾气——乔治不在，所以她就要找他。

“哎，你知道，我不能让她一个人在这个哈得孙河畔满是色狼的城里到处乱跑。我想她以为随便找个人打听，那人就会说：'乔治·布朗？——哦，是啊——我想想看——他是矮个子，蓝眼睛，是不是？哦，对了——乔治在第一百二十五街，杂货铺隔壁。他在一家马具店里当收账员。'她就是那么天真，那么美。你了解格林堡之类的长岛的水边小村——消遣的地方只有一两个养鸭场，收入只靠摸蛤蜊和那么八九个夏季游客的消费。她就是从那种地方来的。不过，喂——你真应该见见她！

"你说我有什么办法？我没有隔宿的钱，钱的模样我都记不清了。她买了火车票把零用钱全花了。只剩下二十五分，也买了口香糖。她捧着一纸袋的糖在吃。我领她去第三十二街我住过的一家寄宿舍，把她押在那里，要一块钱才赎得出来。这是麦金尼斯老大娘一天房租的价钱。我带你去。"

"这是什么话，特里普？"我说，"你不是说有一篇特写材料吗？东江上每条轮渡都有许多来去长岛的姑娘。"

特里普未老先衰的脸上皱纹变得更深了。从他那堆乱蓬蓬的头发里可以看出他心事重重地皱着的眉头。他摊开双手，伸出颤颤巍巍的食指来加重他回答的语气。

"难道你看不出来，"他说，"这材料可以写一篇多么精彩的特写？你可以写得很好。围绕着这段恋爱故事，你知道，描写描写这个姑娘，加些有关真正爱情的那套玩意儿，插进几段笑话——挖苦挖苦没有见过世面的长岛人，唔，还有——反正你知道该怎么写。不管怎么样，你这篇东西换十五块钱不成问题。你只要投进四元左右的成本，可以净赚十一元。"

"怎么要我花四元钱呢？"我满腹狐疑地问他。

"一元给麦金尼斯太太，"特里普马上答道，"两元给这个女孩子做回家的路费。"

“还有一元呢?”我很快地盘算一下问道。

“一元给我,”特里普说,“买威士忌。你干不干?”

我故弄玄虚地笑了笑,摆开两条胳臂,仿佛准备继续写我手头的东西。但是这个不屈不挠、垂头丧气、卑躬屈节、假装老实的牛蒡似的倒霉鬼怎么也摆脱不掉。他的脑门子忽然变得湿里透亮了。

“难道你不明白?”他带着绝望的镇静说,“今天必须把这个姑娘遣送回家!——不是今晚,也不是明天,而是今天。我没法帮她忙,你知道,我是倒霉俱乐部的门房兼通联秘书。我认为你可以根据这个材料写一篇东西,总可以拿到一笔钱。可是,不管怎么说,难道你不明白天黑之前,她就应该回到家里吗?”

这时我开始感到那种沉重的、使人丧气的、一般称作责任的感觉。为什么这种感觉要作为一个累赘和负担落在人们肩上呢?我知道那天我在劫难逃,我辛辛苦苦挣来的钱,一大部分要掏出来救济这位艾达·洛厄里。但是我对自己发誓,特里普休想弄到买威士忌的那一元钱。他可以慷他人之慨,拿我的钱去行侠仗义,可是事后休想痛饮一番来庆祝我的软弱可欺。我带着冷冰冰的愠怒,穿上大衣,戴好帽子。

恭顺、谄媚、想讨好我而又枉费心机的特里普,领我坐上电车,去麦金尼斯大娘的典当铺。坐车是我掏的钱。看来这位浑身都是火棉胶气味的堂吉诃德连一枚最小的小钱都没有。

特里普在一幢发霉的红砖寄宿舍前拉了一下门铃,他听到微弱的铃声,脸色刷地发白,就像兔子听到猎狗的声息似的,弯下腰,准备随时撒腿就逃。我猜到他以前过的是怎样的生活，他被房东太太的脚步声吓破了胆。

“先给我一块钱——快！”他说。

门打开了六英寸宽的一条缝。麦金尼斯太太站在那里，瞪着一双白眼——我没说错，是白的——一张黄脸皮，一手抓住身上肮脏的粉红色法兰绒睡衣的领子免得它散开来。特里普一声不吭，把一元钱塞进门缝，这才为我们买了路进去。

“她在客厅里。”麦金尼斯太太说罢便扭过身，把睡衣后背对着我们。

阴暗的客厅中央，一个姑娘坐在一张有裂纹的大理石桌子旁边，称心如意地哭着，同时嚼着口香糖。她是个毫无瑕疵的美人。哭泣只不过使她那明亮的眼睛更加光彩照人。当她嚼口香糖时，你只联想到这个动作的诗意，同时羡慕那块毫无知觉的糖。夏娃出世五分钟后，想必同现在这位十九岁或二十岁的艾达·洛厄里小姐是一个模样。特里普替我作了介绍，一块口香糖便因此受到冷落。这期间她对我表示了一种天真的兴趣，就像一头（评选得奖的）小狗可能对一只爬行的甲虫或者青蛙表示兴趣一样。

特里普在桌边站定，一手撒开五指，就像一位律师或者司仪。其实他什么“师”“司”都不像。他那件褪色的上衣领子扣得高高的，似乎想掩饰领带和衬衫的欠缺。我看到他那乱蓬蓬的头发和胡子之间的一双游移不定的眼睛，就想起一条苏格兰狗。一刹那间，我觉得当着这样一位落难佳人的面，作为特里普的朋友被介绍给她，实在丢人。不过特里普显然打算主持所有的仪式，不论这些仪式是什么。从他的动作和姿态里，我认为他企图把这个场合当做报纸特写材料强加给我。他还存有一线希望，想从我这儿弄到买威士忌酒的一元钱。

“洛厄里小姐，我的朋友，”（我打了一个寒噤）“查默斯先生，”特里普说，“他的意见会同我刚才讲的一样。他是新闻记者，比我能讲话。所以我把他带来了。”（哦，特里普，难道你需要的是一位能说会道的演讲家吗？）“他懂得许多事情，他会告诉你怎么办最合适。”

我坐在那张摇摇晃晃的椅子上，实际上是用我自己的一条腿支撑着。

“唔——呃——洛厄里小姐，”特里普那套拙劣的开场白使我气得要命，只得这样开口说，“我当然乐于效劳，不过——呃——由于我还不清楚这件事的情况，我——呃——”

“哦，”洛厄里小姐粲然一笑说，“事情没有那么严重——没有什么情况，我五岁的时候来过纽约以后，这还是我自己头一次来，我没想到纽约有这么大。我在街上遇到——斯尼普先生，向他打听我的一个朋友，他就把我领到这儿来，让我等着。”

“洛厄里小姐，”特里普说，“我劝你把所有的事情都告诉查默斯先生，他是我的朋友，”（这时候我已经习惯了）“他会告诉你该怎么办，准没错儿。”

“当然可以，”艾达小姐嚼着口香糖对我说，“其实也没有什么好说的，就是——喏，什么都安排好了，让我下星期四晚上跟海勒姆·多德结婚，他有二百英亩地，水浇地很多；还有一个菜园子，在岛上算是数一数二的。可是今天早晨我备了马——一匹叫做舞蹈家的白马——我骑马到了火车站。我对家里人说我是去苏珊·亚当斯那儿玩一天。我想这是撒谎，不过我管不了这么多。我坐火车到了纽约，在街上遇见了弗里普先生。问他知不知道在哪儿可以找到乔——乔——”

"喂,洛厄里小姐,"在她期期艾艾的时候,特里普大声插嘴说,非常没有礼貌,非常鄙俗,"你喜不喜欢海勒姆·多德这个小伙子？他挺不错,是不是?"

"我当然喜欢他,"洛厄里小姐说,"海很不错,他待我当然很好。谁对我都很好。"

这一点我可以发誓。在艾达·洛厄里小姐一生中,所有的男人都会对她很好的。他们一定会争先恐后替她打伞,替她取行李,捡起她的手绢,请她喝汽水。

"可是,"洛厄里小姐接着说,"昨晚我想起乔——乔治,我——"

她那金发光泽的脑袋倒在紧握着的、搁在桌上的两只胖乎乎的手上。一场多美妙的四月的暴风雨啊！她尽情地呜呜哭了起来。我希望我能够安慰她。可我不是乔治。同时我又为自己不是海勒姆而庆幸——不过我也很难过。

这场骤雨慢慢过去了。她伸直了腰,显得很勇敢,露出了笑容。她一定能成为非常好的妻子,因为哭泣只不过使她的眼睛更明亮、更温柔。她往嘴里放了一块口香糖,开始讲她的经历。

"我想我也许傻得要命,"她一面抽抽噎噎地叹气,一面说:"可是我没有法子。乔——乔治·布朗跟我,从他八岁,我五岁的时候起,我们就爱上了。他十九岁那年离开了格林堡进城来——那是四年以前的事了。他说他要当警察或者铁路总经理之类的人,然后回来找我。但是此后再也没有听到他的消息。可我——我又喜欢他。"

看来第二阵眼泪已经迫在眉睫,可是特里普挺身而出,挡住了缺口。该死的家伙,我看透了他的把戏。他想把这个场合搞成特写材料，达到他卑鄙的目的，从中渔利。

“说吧，查默斯先生，”他说，“告诉这位小姐该怎么办。我就是这样告诉她的——你跟她直话直说。说吧。”

我咳了一声，竭力按捺住我对特里普的怒火。我明白我的责任所在。我被他骗进了狡猾的圈套，如今脱不了身。特里普的第一个论点倒是公平正确的。一定要把这位小姐当天送回格林堡去。一定要同她讲明道理，说服她，让她安心，教她怎么办，替她买好火车票，马上送她回去。我恨海勒姆，我鄙视乔治；但是责任一定要尽到。崇高的责任感同区区五元钱是不很相容的。但有时候也可以把它们调和一下。我的任务就是先当一阵子预言家，然后代付盘缠；因此我装出所罗门兼长岛铁路客票售票员的神气。

“洛厄里小姐，”我尽量把话说得动听，“生活毕竟是相当奇怪的，”说出口后，我自己觉得这些话有点耳熟，我希望洛厄里小姐从没有听到过科汉先生的歌词。“我们很少同初恋的情人结婚。我们早期的恋爱披上了青春的奇异光辉，往往不能实现。”最后一句话有点陈腔滥调的味道。“可是那些珍藏在心中的美好理想，”我接下去说，“不论它们多么不切实际、多么虚渺，往往在我们未来的生活上投下一片绚丽的余晖。然而生活除了梦幻之外，还充满了现实的东西。人们不能靠回忆生活。洛厄里小姐，我想请问一下，假如除了甜蜜的回忆以外，多德先生在其他方面似乎还——呃——还合格的话，你是否认为可以跟他度过幸福的——就是说，满足的、和谐的一生？”

“哦，海是挺好的，”洛厄里小姐回答说，“我可以跟他过得挺好。他答应给我买一辆汽车，一条摩托船，可是不管怎么样,婚期临近的时候,我不由得希望——不由得想起乔治来。他一定是出了什么事,不然总该写信来的。分手的那天,他和我用铁锤和凿子把一枚十分钱的银币凿成两半。我拿一半,他拿另一半,我们许了愿,彼此永不相忘,永远收藏着那两半银币,直到我们再次见面。我那一半现在藏在家里梳妆台抽屉的一个戒指盒里。我想我来这儿找他是犯傻。我没料到城里有这么大。"

这时,特里普刺耳地笑着插了嘴,他还想凑些小插曲、小花絮来博取他渴求的那可怜的一元钱。

"哦,那些乡下小子进了城,见了一点世面就忘乎所以了。我猜乔治大概成了流浪汉,不然就是被别的女人缠住了;再不然就是喝上了威士忌,或者迷上了赛马,把自己毁了。你听查默斯先生的话回家去,包你万事大吉。"

现在到了该行动的时候了,因为时针快指向正午。我皱着眉头瞪了特里普一眼,然后温和地、富有哲理地同洛厄里小姐讲道理,很细致地让她相信立刻回家的重要性。我还着重告诉她一个道理,就是她不必把她来到这个吞噬了不幸的乔治的城市的奇迹或者事实告诉海勒姆,即使她不说,也不会影响她未来的幸福。

她说她把马(倒霉的畜生)拴在火车站附近的一棵树上,特里普和我嘱咐她一到站就骑上那匹有耐性的马,尽快赶回家。到家以后,她要说怎么和苏珊·亚当斯痛痛快快地玩了一天。她可以向苏珊打个招呼——这点我想不成问题——然后什么事也没有了。

这时候,美色当前,我心里动了一下,对这种冒险也热心起来。我们三人赶到轮渡码头,我发现去格林堡的票价不过一元八十分。我买了一张票，又用剩下的二十分买了一束红而又红的玫瑰花送给洛厄里小姐。我们送她上了轮渡，站在码头上望着她向我们挥动手绢，直到变成一个几乎看不清的小白点。然后，特里普同我面面相觑，回到了尘世，干枯冷寂地留在生活的暗淡现实的阴影里。

美和爱创造出来的魅力在逐渐消退。我瞅着特里普，差点要发出冷笑。他比以往任何时候更显得苦恼，可鄙和恶劣。我摆弄着口袋里剩下的两枚银元，轻蔑地半阖着眼皮看看他，他勉强装出能抵挡一阵子的模样。

"你凭这些材料写不出一篇特写吗？"他沙哑地问我，"哪怕你捏造一部分，好歹总算一篇特写吧？"

"一行都写不了，"我说，"如果我拿这样的狗屁交上去，可以想象出格兰姆斯的脸色会变成什么样。不过我们总算帮了这位小姐的忙，恐怕只有这一点才算是我们的报酬了。"

"我很过意不去，"特里普说，声音小得几乎听不见，"害你破费，我很过意不去。我么，以为发现了一个好题目，我是说——一个可以写成相当精彩的特写的素材。"

"我们还是把它忘了吧，"我用值得赞扬的强颜为欢的口气说，"我们坐电车穿过市区回去吧。"

我横下心肠，不容他说出他那显而易见的欲望。不管他软磨硬抗，也休想搞到他渴望的那一元钱。那类冤枉事我已经干够了。

特里普软弱无力地解开他身上那件花纹已经褪色、边缘已经磨破的上衣，探手到一个很难够得着的、深得像窟窿似的口袋里去掏一条曾经是手帕的东西。他正掏着的时候，我看到他坎肩上横挂着一条廉价的镀银表链的闪光，表链上吊着一件东西。我伸出手去,好奇地一把抓住。那是用凿子凿开的半枚十分的银币。

“怎么?”我说,使劲盯着他。

“哦,是的,”他木然说道,“我就是乔治·布朗,又名特里普。有什么用?”

除了基督教妇女禁酒联盟以外,请问有谁不同意我马上掏出给特里普买威士忌的一元钱,并且毫不犹豫地放到他手里呢?

靠不住的规律

我一向认为,并且时常断言,女人并不神秘;男人可以对她作出预言、分析、驯服、了解和诠释。女人神秘一说,是她们自己强加在轻信的人们头上的。我的话对不对,下文自见分晓。《哈珀斯杂志》以前常说:“下面这个有趣的故事讲的是某小姐、某先生、某先生和某先生。”

至于“某主教”和“某牧师”,同我们的故事沾不上边,恐怕只能割爱了。

那年月,帕洛马还是南太平洋铁路线上的一个新兴城镇。新闻记者或许会用“雨后春笋”之类的词儿来形容它的蓬勃发展;可是不行。帕洛马自始至终是属于毒菌类的。

中午,列车在这里靠站,给火车头上水,让乘客们也喝水吃饭。镇上有一座新盖的黄松木板旅店,还有一个羊毛仓库,三十来个住家棚屋。其他只有帐篷,牛仔骑的矮种马,黑蜡似的泥泞和牧豆树,再有就是一望无际的草原了。帕洛马是个略具雏形的城市。房屋代表信心;帐篷代表希望;每天两班的火车值得称颂地充当了慈善的角色,因为你待不下去时可以搭火车离开。

巴黎饭馆坐落在镇上雨天最泥泞,晴天最炎热的地点。饭馆老板、经理兼领班是个姓欣克尔的老头,他老家在印第安纳州，特意来到这个流炼乳和高粱糖浆之地，想发大财。

他们一家住在一幢有四个房间，钉着檐板，未经油漆的木板房子里。厨房旁边用木杆搭出一个凉棚，上面用栎树枝条覆盖。棚子底下摆开一张长桌子和两条各长二十英尺的板凳，那都是帕洛马本地木工的手艺。巴黎饭馆菜单上的烤羊肉、熬苹果、煮豆子、苏打饼干、布丁或者馅儿饼、热咖啡就在这里供应。

欣克尔大妈同一个只闻其名、不见其人的叫"贝蒂"的下手在厨房里掌勺。两根大拇指能耐高温的欣克尔大爷亲自端出滚烫的菜肴。一个墨西哥小伙子在开饭最忙的时候，帮他跑堂，招呼顾客；上菜空闲的时候，就卷烟抽烟。巴黎筵席的习惯最后一道是甜食；我把甜美的东西也放在我的文字菜单的最后。

艾琳·欣克尔！

拼法没有错，因为我见过她本人是这么写的。毫无疑问，给她起名字时是单凭发音；不过再差劲的缀字法用到她身上也照样出色。假如汤姆·莫尔①见到了她的话，也会认可这种表音法的。

艾琳是欣克尔家的女儿；如果自东向西划一条通过加尔维斯顿和德尔里奥的线，艾琳就是第一个进入这条线以南地区的女出纳员。她坐在厨房门口凉棚下一个粗糙的松木大柜台——是柜台还是殿堂？——里面的高脚凳上。她面前还有一张铁丝网保护着，网上开了一个拱形小窗，你付钱时就从那

① 指爱尔兰浪漫主义诗人托马斯·摩尔（1779—1852），摩尔的作品中也有名叫艾琳的人物，但拼法和这里的原文不同。

下面递进去。为什么要铁丝网，只有天知道；在那里吃巴黎式饭菜的人个个都愿意豁出性命为她效劳，绝不会伤害她。她的工作很轻松；每餐饭一元钱，你把钱搁在窗口下面，她只消收钱就行了。

我本想为你把艾琳·欣克尔好好描绘一番，但我必须介绍你看看埃德蒙·伯克[1]的一部书，书名是《我们对崇高与美的概念的哲学探源》。这是一部论述十分详尽的著作，先谈到美的原始概念——我记得伯克说的是圆润和光滑。说得很有道理。圆润具有明显的魅力；至于光滑——女人脸上的皱纹越多，人就变得越滑。

艾琳纯粹是植物性化合物，根据亚当被逐出伊甸园那年颁布的《纯正仙食与基列乳香法案》[2]，保证不掺假。她是鲜果摊式的金发女郎——草莓、桃子、樱桃等等，美不胜收。她两眼分得很开，神态里具有一种暴风雨前的宁静，但是暴风雨永远不会来到。我认为用文字（不论稿费标准高低）来描绘美总是徒劳无益。因为美同幻想一样，"来自眼中"。美女有三种类型——我命中注定爱发议论，说着说着就跑了题。

第一种类型是你喜欢的雀斑脸、塌鼻梁的姑娘。第二种是莫德·亚当斯[3]式的。第三种是布格楼[4]画中的女人。艾琳·欣克尔是第四种。她是纯洁无瑕的女市长。同她相比，

---

① 伯克（1729—1797），生于爱尔兰的英国政治家、作家，以雄辩著称。

② 美国有《纯正食物与药品法案》，禁止制造商掺假，损害人民健康；这里是作者杜撰的法案名称；"基列乳香"典出《旧约·耶利米书》第8章第22节，当时已发现乳香有活血止痛等作用，可用来入药。

③ 莫德·亚当斯（1872—1953），美国女演员。

④ 布格楼（1825—1905），法国装饰画与宗教画家。

特洛伊的海伦只能算是洗衣妇,一千个金苹果都应该判给她①。

巴黎饭馆自成中心,吸引着方圆数英里的顾客。即使在它影响范围之外的地方,也有人骑马赶到帕洛马来博她一笑。他们总能如愿以偿。一顿饭——笑一笑——一元钱。不过,尽管艾琳对她的爱慕者一视同仁,她似乎特别赏识其中的三个。根据礼貌的原则,我最后才提我自己。

第一个是名叫布赖恩·杰克斯的人工产物。这个名字显然碰到过许多钉子②。杰克斯是铺柏油马路的大城市里的产物。他五短身材,像是柔韧的砂岩之类的材料做的。他头发的颜色如同砖砌的贵格会教徒聚会所;他的眼睛好像两颗酸果蔓的果实;他的嘴则像信箱的投信口。

从东北的班戈到西海岸的旧金山,往北到波特兰,再往南偏东四十五度到佛罗里达的特定的一点,这个范围里的每一个城市,他都熟悉。世界上的各种技艺、行当、游戏、事务、职业和运动,他无不精通;从他五岁开始,东西海岸之间发生的每一重大事件,他都亲眼目睹,或者正赶去参加。你可以打开地图册,随便指点一个城市,杰克斯在你合上图册之前就能把那里三个著名人士的小名告诉你。他谈到百老汇路、灯塔山、密执安路、尤克利德路、五马路以及圣路易四大院时,态度大

① 据希腊神话,天后赫拉、智慧女神雅典娜和爱神阿佛洛狄特争夺刻有“属于最美者”字样的金苹果,请特洛亚王子帕里斯公断,分别以荣誉、财富和美女私许帕里斯,帕里斯愿得美女,把金苹果判给阿佛洛狄特,后来得到她的帮助,诱走斯巴达王的妻子美人海伦,引起特洛亚战争。

② 指他的名字与威廉·布赖恩(1860—1925)的姓相同。布赖恩三次竞选总统均失败。

大咧咧，甚至带有轻蔑。如果要同他比见多识广，流浪的犹太人简直像是隐士了。世界能教给他的东西，他都已学会，他还愿意讲给你听听。

我不愿意听人提起波洛克①的《时间的历程》，你也如此；可是我一看到杰克斯，就会想起这位诗人描写另一位诗人拜伦时所说的话，他说拜伦“饮得早，饮得深——他的量超过了芸芸众生，然后渴死了，因为无可再饮”。

这几句话很符合杰克斯的情况，只不过他没有死，却到帕洛马来了，这同死也相差无几。他是铁路报务员兼货运售票员，每月工资七十五元。我不明白，一个什么都懂、什么都会的年轻人，怎么会甘心做这样一份默默无闻的差事；尽管有一次他露了点儿口风说，他之所以这么干，是他个人帮南太平洋铁路公司的董事长和股东们一个忙。

我再形容两句就把杰克斯交给你们了。他穿一套鲜蓝色的衣服，脚登黄色皮鞋，打的领结和衬衫的料子一样。

我的第二号情敌是巴德·坎宁安，他在帕洛马附近的一个牧场上工作，协助把不听话的牛群管得俯首帖耳。在我见过的舞台下的牧人中间，惟有巴德像是舞台上的牧人。他戴着阔边帽，穿着皮套裤，脖子上围着一块手帕，结打在颈后。

巴德每周骑马从绿谷牧场进两次城，来巴黎饭馆就餐。他骑的是一匹飞扬跋扈的肯塔基马，快得吓人；跑到凉棚角上的牧豆树前时，他猛地勒住缰绳，马蹄在肥土上犁出的沟有好几码长。

---

① 波洛克(1798—1827)，苏格兰诗人，《时间的历程》是他的一篇诗体论文。

当然，杰克斯和我是饭馆的常客。

在这个到处都是黑蜡样泥土的地方，欣克尔家的前房可算是很整洁的小客厅了。客厅里的柳条摇椅上垫着手织的罩布，摆着不少照相册和一排海螺壳。角落里还有一台立式小钢琴。

杰克斯、巴德和我——有时碰运气只有我们中间的一个或两个人——等饭馆生意忙过之后，晚上常去那里坐坐，"拜访"欣克尔小姐。

艾琳是个思想有深度的姑娘。她不该整天坐在铁丝网后面收钱，而注定要过高人一等的生活，如果还有什么比目前的工作位置更高的话。她注意阅读、倾听和思索。换一个志趣不高的姑娘，单凭长相就能干出一番事业；但是艾琳超越了单纯的容貌美，她要建立一个文艺沙龙之类的东西——帕洛马独一无二的沙龙。

"你认为莎士比亚是不是伟大的作家？"她扬起弯弯的眉毛问道。她的模样那么俊俏，如果已故的伊格内修斯·唐纳利①本人见到她的话，就很难袒护他的培根了。

艾琳还认为，波士顿的文化修养高于芝加哥；罗莎·邦乌尔②是最伟大的女画家之一；西部人比东部人开朗坦率；伦敦准是一个多雾的城市；春天的加利福尼亚一定很美。她还有许多别的见解，表明她绝不落后于世界上最优秀的思潮。

不过，这些都只是从道听途说和明显的事实中捡来的；艾琳还有她自己的理论。她尤其不厌其烦地向我们传播其中的

① 伊格内修斯·唐纳利(1831—1901)，美国作家，他根据考证认为莎士比亚的作品全部出自英国哲学家培根的笔下。

② 罗莎·邦乌尔(1822—1899)，法国女画家，以画马著名。

一条,那就是她厌恶恭维。她声明,言行的坦率和诚实是男人和女人心灵的主要光辉。假如她喜欢任何人的话,就因为那个人具有这种品质。

“人们老是赞美我的外貌,”有一晚,我们三个牧豆树下的火枪手在小客厅里时,艾琳说道,“真叫我腻味。我知道自己并不美。”

(巴德·坎宁安后来告诉我,她说这话的时候,他好不容易才忍住没有说她言不由衷。)

“我只不过是个中西部的小姑娘,”艾琳接着说,“只求简单朴素的生活,帮衬着爸爸餬口谋生。”

(欣克尔老头每月要运出一千元现大洋的净利,存在圣安东尼奥的一家银行里。)

巴德坐在椅子上不踏实地扭着身子,不停地窝着帽檐;这顶帽子,他无论在什么场合都不肯脱手。他拿不准她要听的究竟是她口头所说她爱听的那种话,还是她心里明知道她应当得到的恭维话。

“唔——呃,艾琳小姐,正如你会说的,美并不是一切。我不是说你长得不美,不过你善待你爹妈的那份温顺厚道,一向使我比对什么都更为钦佩。一个人待父母好,又顾家,不一定要长得太漂亮。”

艾琳给了他一个最甜蜜的微笑。“谢谢你,坎宁安先生,”她说,“我认为这是我长久以来所听到的最好的夸奖之一。我宁愿多听这种话,而不愿听你夸我的眼睛和头发。我说我不喜欢别人恭维我,你信了我的话,真让我高兴。”

我们已经得到了暗示。巴德猜准了。杰克斯当然不会错过机会。他马上凑了上去。

“确实是这样，艾琳小姐，”他说，“漂亮的人并不一定事事都行。当然，你长得并不难看——不过那毫不相干。我在杜布克见过一个姑娘，脸长得像椰子似的，可是她在单杠上可以不换手，连续做两次悬垂穿腿后翻，然后成后悬垂。尽管有的姑娘长得闭月羞花，这一手可不在行。我见过——呃——长相比你难看的人，艾琳小姐；但是我喜欢的是你做事有条有理。冷静和聪明——这是女孩子讨人喜欢的品质。那天欣克尔先生告诉我说，你干这份工作以来从没有收进一块铅大洋或是一块哑板。女孩子就应该这样——那才是让我喜欢的地方。”

杰克斯也博得了一个微笑。

“谢谢你，杰克斯先生，”艾琳说，“你真应该知道我多么欣赏有啥说啥、不爱恭维的人！人们老是说我长得好，真让我厌烦。我认为有几个讲实话的朋友是再好不过的事了。”

这时候，艾琳朝我瞟了一眼，我觉得她脸上有期待的神情。我突然有一种难以遏止的冲动，要向命运挑战，对她说在伟大的造物主所有美妙的产品中，她是最瑰丽的——她是一颗毫无瑕疵的明珠，在黑泥和葱翠草原的背景下散发着纯洁恬静的光芒——她是——她是天生尤物；就我而言，我才不管她是不是像蛇牙那样残忍地对待父母，也不管她是不是能分辨哑板大洋和马笼头上的搭扣，我只要能够歌颂、赞美、膜拜她那无与伦比的美丽，就心满意足了。

但是我忍住没说出来。我害怕遭受奉承者的命运。我亲眼看到她听了巴德和杰克斯那些巧妙而得体的话之后的高兴劲儿。不！欣克尔小姐不是奉承者的花言巧语所能哄骗的。因此我也加入了老实人的队伍。我立即换了虚假的说教口吻。

“古往今来，欣科尔小姐，”我说，“不管每个时代的诗歌和传奇怎么说，女性的智慧始终比她的美貌更能博得人们的倾慕。即使在克里奥帕特拉身上，男人们发现她那女王的智慧比她女人的艳丽具有更大的魅力。”

“是啊，一点不错！”艾琳说，“我见过她的画像，真不怎么样。她的鼻子长的要命。”

“恕我冒昧，”我接着说，“艾琳小姐，你让我想起了克里奥帕特拉。”

“哟，我的鼻子可没有那么长！”她睁大眼睛，举起丰腴的食指指着她秀丽的鼻子。

“哦——呃——我指的是天赋才智。”我说。

“哦！”她说；然后我也像巴德和杰克斯一样领受到我的那一份微笑。

“多谢你们各位，”她非常、非常甜蜜地说，“对我那么坦率，那么真诚。我就是要你们永远这样。你们把心里的想法直言不讳地告诉我，我们就是世界上最亲密的好朋友。现在，为了回报你们对我这样好、这样了解我是多么讨厌一味捧我的人，我要为你们唱唱歌，弹弹琴。”

当然，我们表示感激和喜悦；不过假如艾琳坐在那把矮矮的摇椅里不动窝，让我们面对面地瞧着她，我们一定会更高兴。因为艾琳不是艾德莱纳·帕蒂①，连那位歌剧演员的告别巡回演出的最后一场的水平都够不上。她的嗓音很低，像斑鸠的咕哝，假如把门窗都关好，厨房里的贝蒂又不把炉盖搞得咔咔直响的话，客厅里勉强可以听到。我估计她唱的音域在钢琴键盘上只有八英寸左右；她顺着音阶顺序连唱的声调

① 艾德莱纳·帕蒂（1843—1919），美国女高音歌剧演员。

和颤音，像是你姥姥用铁锅煮衣服的噗噗声。如果我说我们觉得她的唱歌像音乐，你该相信她确实长得漂亮。

艾琳的音乐兴趣相当广泛。她把钢琴架上左边的一摞活页乐谱一份份地唱下去，“宰”掉一份，就放到右边。第二天晚上，她再从右边唱到左边。她最喜欢的是门德尔松，还有穆迪和桑基①。她应我们要求，总是拿《甜蜜的紫罗兰》和《当叶子变黄的时候》两支歌作为结束。

晚上十点钟，我们三个人告辞后，总是到杰克斯的木板小车站去，坐在月台上，晃荡着腿，想方设法互相摸底，了解艾琳小姐属意于谁。情敌就是这样的——他们彼此并不回避，也不怒目而视；而是聚在一起谈论分析——竭力用机智和权术来估计敌方的实力。

一天，帕洛马来了一个实力难测的家伙，一个刚到镇上就大吹大擂、亮出照牌和本人的律师。他名叫西·文森特·维齐。你一眼就可以看出，他是刚从西南部某个法学院毕业的学生。他身上的礼服大衣、浅色条纹裤、宽边黑软帽和窄窄的白细布领结，比任何文凭更能说明他的身份。维齐是丹尼尔·韦伯斯特、切斯特菲尔德勋爵、“花花公子”布鲁梅尔和小杰克·霍纳②的混合物。他的来到使帕洛马顿时兴旺起来。他抵达的第二天，镇上就测量出一片新的拓展地区，并且

① 门德尔松（1809—1847），德国作曲家、乐队指挥和钢琴演奏家。穆迪（1837—1899），美国福音传教士，与桑基一起在英、美各地巡回传教，并谱写了大量赞美诗。

② 丹尼尔·韦伯斯特（1782—1852），美国政治家、演说家；切斯特菲尔德勋爵（1694—1773），英国贵族，曾给儿子写了大量书信，阐述绅士的修养、礼仪与服饰；布鲁梅尔（1778—1840），英国纨绔子，英王乔治四世的朋友；小杰克·霍纳是童谣里的人物，凭机灵得益。

划成一小块一小块的。

当然，维齐为了推动他事业的发展，必须同帕洛马的居民和外人都混熟。他除了在本地正派人中间赢得名望之外，必定还要在浪荡子中打开局面。因此，杰克斯、巴德·坎宁安和我就有幸同他结识了。

假如维齐没有见到艾琳·欣克尔，从而成为第四个角逐者的话，命中注定一说就靠不住了。他不上巴黎饭馆，而是气派十足地在黄松坂旅店用餐；不过他却成了欣克尔家客厅里不可轻视的拜访者。他的竞争使巴德触景生情，嘴里的脏话越来越多；逼得杰克斯满口俚语，俗不可耐，比巴德最恶毒的咒骂更可怕；把我搞得灰溜溜的，一言不发。

因为维齐的口才太好了。语言滔滔不绝地从他嘴里出来，仿佛油井喷出的石油。夸张、恭维、赞美、激赏、甜蜜的奉承、绝妙的辞令、颂扬和不加掩饰的推崇，争先恐后地脱口而出。我们不指望艾琳在他的雄辩和他那身打扮面前能抵挡得住。

可是有那么一天，我们产生了勇气。

那天傍晚，我坐在欣克尔家客厅前的小走廊上，等艾琳出来，突然听到里面有说话声。艾琳和她爸爸进了屋，欣克尔老头开口对她说话。我以前早就注意到他是个精明人，并且有他的人生哲学。

"艾琳，"他说道，"我注意到最近经常有三四个年轻人来找你。他们中间有没有你特别喜欢的？"

"哎，爸爸，"她回答说，"他们几个我都很喜欢。我认为坎宁安先生、杰克斯先生和哈里斯先生都是极好的青年。他们无论对我说什么都是那么坦率，那么诚实。我认识维齐先生的时间不长,不过我认为他是个极好的青年,他无论对我说什么都是那么坦率、那么诚实。”

“是啊,我想说的正是这一点,”欣克尔老头说,“你说你一向喜欢说真话,不拿恭维和假话来诓你的人。你不妨把这几个人考验一下,看谁对你最坦率。”

“我怎么考验呢,爸爸?”

“我告诉你怎么做。你稍稍能唱些歌,艾琳;你在洛根斯波特学了将近两年。时间不算长,不过我们当时的财力也只能做到那样。你的老师说你嗓子条件不行,继续学下去只是浪费金钱。你不妨问问那几个人,对你的歌唱是怎么评价的,听听他们每个人的说法。对你说实话的人肯定很有勇气,是你可以把终身托付给他的人。你觉得这个办法怎么样?”

“行,爸爸,”艾琳说,“我认为这是个好主意。我来试试。”

艾琳和欣克尔先生从里屋的门走出客厅。我趁没人看到,急忙赶到车站。杰克斯坐在电报桌旁等待八点钟到来。那晚巴德也要进城。等他骑马来到时,我把刚才父女两人的对话复述给他们听。我对情敌是忠诚的,所有爱慕像艾琳那样的姑娘的人都应该这样。

我们三个人都被一个振奋人心的想法弄得神魂颠倒。这个试验肯定会把维齐从竞争中淘汰掉。他和他那套甜言蜜语的奉承将会被一笔勾销。我们清楚地记得艾琳喜欢坦率和诚实——她多么厌恶虚假的恭维和讨好。

我们挽着臂,高兴地在月台上乱蹦乱跳,扯开嗓门唱着《马尔登是个老实人》。

那晚,除了那张承受欣克尔小姐苗条身材的幸运的柳条摇椅之外，还有四张椅子上也坐着人。我们三个人按捺着兴奋的心情，等待考验的开始。首先受测试的是巴德。

“坎宁安先生，”艾琳唱完《当叶子变黄的时候》，嫣然一笑说，“你对我的嗓子确实有什么评价？你可得坦率，实话实说，你知道，我要你永远这样对待我。”

巴德事先知道要求于他的是诚恳，现在有机会显示了，他坐在椅子上身子不禁扭动起来。

“说老实话，艾琳小姐，”他诚挚地说，“你的嗓子不比鼬鼠大多少——你知道，只能算吱吱叫。当然，我们都喜欢听你唱歌，因为你唱歌时毕竟还是甜美喜人的；再说，你坐在钢琴凳上同你脸朝我们坐着时姿势一样优美。不过要说唱歌的话——我看你还够不上。”

我密切注视着艾琳，想知道巴德的坦率是不是过了火候；但是她愉快的微笑和可爱的道谢让我放了心，知道我们的路子走对了。

“你觉得怎么样呢，杰克斯先生？”她接着问。

“请你相信我，”杰克斯说，“你算不上歌剧里挂头牌的角色。美国各大城市歌剧明星的演唱我都听过；我可以告诉你，你的嗓子吃不开。不然的话，你早就比垮了那些歌剧大演员，把她们打发到肥皂厂去干活了——我指的是相貌；因为那些尖嗓子一般都长得像是赶集的农村姑娘。不过你唱的实在不行。你的会厌不灵活——没有章法。”

艾琳听了杰克斯的批评，快活地笑出了声，随即带着询问的神情瞅瞅我。

我承认当时我犹豫了一下。坦率不是也有过火的时候吗？我下的断言也许有点躲躲闪闪，不过仍以批评为主。

“艾琳小姐，我对科学性的音乐并不在行，”我说，“但是说老实话，我不能高度赞扬老天赐给你的歌喉。人们老爱用鸟和出色的歌唱家比较。可是鸟和鸟不一样。我要说你的嗓子使我想起鸫鸟——带喉音而不响亮，音域不广，变化不大——不过——呃——它自有它的——呃——韵味——”

“谢谢你啦，哈里斯先生。”欣克尔小姐打断了我的话，“我知道我可以信赖你的坦率和诚实。”

这时候，西·文森特·维齐提一提上衣的袖管，露出了雪白的衬衫袖口，罗多尔瀑布开始奔腾而下。

我的记忆力不好，无法重复他如何赞扬上帝赐予的无价之宝——欣克尔小姐的嗓子。他那些狂热的语言如果说给一起歌唱的晨星听，准会使星星的合唱队自我爆炸，碎成一片发出自满火焰的流星雨。

他伸出白皙的手指，列举了各大洲的歌剧明星，从珍妮·林德说到爱玛·艾博特，无非是贬低她们的才能。他谈到喉音、胸腔共鸣、短句、琶音，以及声乐艺术的其他怪名词。他仿佛爱莫能助地承认，珍妮·林德在高音区里有几个音是欣克尔小姐未能达到的——不过“！！！”——那只是练习和训练的问题。

结尾时，他预言——郑重其事地预言——“西南部将要出现的一颗新星，一颗足以使老大的得克萨斯州自豪的新星”，在声乐艺术方面前途光辉灿烂，在音乐史上无与伦比。

我们十点钟告辞的时候，艾琳同往常一样，带着她那迷人的笑容和我们每个人热情诚恳地握了手，请我们再去玩。我看不出有什么厚此薄彼的迹象——但是我们中间有三个人知道——我们知道。

我们知道坦率和诚实赢得了胜利，情敌的数目已经从四个减到了三个。

在车站上，杰克斯拿出一个装着一品脱好东西的瓶子，我们庆祝那个嚣张的入侵者的没落。

四天平平而过，没有什么值得一提的事情。

第五天，杰克斯和我走进凉棚去吃晚饭，发现铁丝网后面收钱的是那个墨西哥小伙子，那个穿洁白衬衫、藏青色裙子的天仙不见了。

我们冲进厨房，正好碰到欣克尔大爷两手端着两杯热咖啡出来。

“艾琳在哪儿？”我们带着歌剧宣叙调的口气问道。

欣克尔大爷是个厚道人。“哎，两位先生，”他说，“她突然心血来潮，我也没有办法；不过我手头有这笔钱，我就由她去了。她到波士顿一个唱歌——不，一个音乐学院去学四年，培养她的嗓子。哟，两位先生，让我过去吧，咖啡烫得很，我的大拇指受不了啦。”

那晚，坐在火车站月台上晃荡着腿的有四个人，而不是三个。西·文森特·维齐参加了我们的队伍。我们在探讨问题，狗冲着升上树梢的月亮吠叫，月亮有五分硬币那么大，或者有面粉桶那么大。

我们探讨的问题是，对一个女人到底是说谎好，还是说实话好。

当时我们几个都年轻，所以没有得出结论。

女巫的面包

马莎·米查姆小姐是街角上那家小面包店的女老板(那种店铺门口有三级台阶,你推门进去时,门上的小铃就会丁零丁零响起来)。

马莎小姐今年四十岁了,她有两千元的银行存款、两枚假牙和一颗多情的心。结过婚的女人可不少,但同马莎小姐一比,她们的条件可差得远啦。

有一个顾客每星期来两三次,马莎小姐逐渐对他产生了好感。他是个中年人,戴眼镜,棕色的胡子修剪得整整齐齐的。

他说的英语带有很重的德语口音。他的衣服有的地方磨破了,经过织补,有的地方皱得不成样子。但他的外表仍旧很整饬,礼貌又十分周全。

这个顾客老是买两个陈面包。新鲜面包是五分钱一个,陈面包五分钱可以买两个。除了陈面包以外,他从来没有买过别的东西。

有一次,马莎小姐注意到他的手指上有一块红褐色的污迹。她立刻断定这位顾客是艺术家,并且十分穷困。毫无疑问,他准是住阁楼的人物,他在那里画画,啃啃陈面包,呆想着马莎小姐面包店里各式各样好吃的东西。

马莎小姐坐下来吃肉排、面包卷、果酱和红茶的时候，常常会好端端地叹起气来，希望那个斯文的艺术家能够分享她的美味的饭菜，不必待在阁楼里啃硬面包。马莎小姐的心，我早就告诉你们了，是多情的。

为了证实她对这个顾客的职业猜测得是否正确，她把以前拍卖来的一幅绘画从房间里搬到外面，搁在柜台后面的架子上。

那是一幅威尼斯风景。一座壮丽的大理石宫殿（画上这样标明）竖立在画面的前景——或者不如说，前面的水景上。此外，还有几条小平底船（船上有位太太把手伸到水面，带出一道痕迹），有云彩、苍穹和许多明暗烘托的笔触。艺术家是不可能不注意到的。

两天后，那个顾客来了。

“两个陈面包，劳驾。”

“夫人，你这幅画不坏。”她用纸把面包包起来的时候，顾客说道。

“是吗？”马莎小姐说，她看到自己的计谋得逞了，大为高兴。“我最爱好艺术和——”（不，这么早就说“艺术家”是不妥的）“和绘画，”她改口说，“你认为这幅画不坏吗？”

“宫殿，”顾客说，“画得不太好。透视法用得不真实。再见，夫人。”

他拿起面包欠了欠身，匆匆走了。

是啊，他准是一个艺术家。马莎小姐把画搬回房间。

他眼镜后面的目光是多么温柔和善啊！他的前额有多么宽阔！一眼就可以判断透视法——却靠陈面包过活！不过天才在成名之前，往往要经过一番奋斗。

假如天才有两千元银行存款、一家面包店和一颗多情的心作为后盾，艺术和透视法将能达到多么辉煌的成就啊——但这只是白日梦罢了，马莎小姐。

最近一个时期，他来了以后往往隔着货柜聊一会儿。他似乎也渴望同马莎小姐进行愉快的谈话。

他一直买陈面包。从没有买过蛋糕、馅儿饼，或者她店里的可口的甜茶点。

她觉得他仿佛瘦了一点，精神也有点颓唐。她很想在他买的寒酸东西里加上一些好吃的东西，只是鼓不起勇气。她不敢冒失。她了解艺术家高傲的心理。

马莎小姐在店堂里的时候，也穿起那件蓝点子的绸背心来了。她在后房里熬了一种神秘的榅桲和硼砂的混合物。有许多人用这种汁水美容。

一天，那个顾客又像平时那样来了，把五分镍币往柜台上一搁，买他的陈面包。马莎小姐去拿面包的当儿，外面响起一阵嘈杂的喇叭声和警钟声，一辆救火车隆隆驶过。

顾客跑到门口去张望，遇到这种情况，谁都会这样做的。马莎小姐突然灵机一动，抓住了这个机会。

柜台后面最低的一格架子里放着一磅新鲜黄油，送牛奶的人拿来还不到十分钟。马莎小姐用切面包的刀子把两个陈面包都拉了一道深深的口子，各塞进一大片黄油，再把面包按紧。

顾客再进来时，她已经把面包用纸包好了。

他们分外愉快地扯了几句。顾客走了，马莎小姐情不自禁地微笑起来，可是心头不免有点着慌。

她是不是太大胆了呢？他会不高兴吗？绝对不会的。食物并不代表语言。黄油并不象征有失闺秀身份的冒失行为。

那天，她的心思老是在这件事上打转。她揣摩着他发现这场小骗局时的情景。

他会放下画笔和调色板。画架上支着他正在创作的图画，那幅画的透视法肯定是无可指摘的。

他会拿起干面包和清水当午饭。他会切开一个面包——啊！

想到这里，马莎小姐的脸上泛起了红晕。他吃面包的时候，会不会想到那只把黄油塞在里面的手呢？他会不会——

前门上面的铃铛恼人地响了。有人闹闹嚷嚷地走进来。

马莎小姐赶到店堂里去。那儿有两个男人。一个是叼着烟斗的年轻人——她以前从没有见过，另一个就是她的艺术家。

他的脸涨得通红，帽子推到后脑勺上，头发揉得乱蓬蓬的。他攥紧拳头，狠狠地朝马莎小姐摇晃。竟然向马莎小姐摇晃。

“笨蛋！①”他拉开嗓子嚷道；接着又喊了一声“千雷轰顶的！②”或者类似的德国话。

年轻的那个竭力想把他拖开。

“我不走，”他怒气冲冲地说，“我非同她说个明白不可。”

他擂鼓似的敲着马莎小姐的柜台。

“你把我给毁啦，”他嚷道，他的蓝眼睛几乎要在镜片后面闪出火来，“我对你说吧。你是个惹人讨厌的老猫！”

马莎小姐虚弱无力地倚在货架上，一手按着那件蓝点子

①② 原文为德语。

的背心。年轻人抓住同伴的衣领。

“走吧，”他说，“你骂也骂够啦。”他把那个暴跳如雷的人拖到门外，自己又回来。

“夫人，我认为应当把这场吵闹的原因告诉你，”他说，“那个人姓布卢姆伯格。他是建筑图样设计师。我和他在一个事务所里工作。

“他在绘制一份新市政厅的平面图，辛辛苦苦地干了三个月。准备参加有奖竞赛。他昨天刚上完墨。你明白，制图员总是先用铅笔打底稿的。上好墨之后，就用陈面包擦去铅笔印。陈面包比擦字橡皮好得多。

“布卢姆伯格一向在你这里买面包。嗯，今天——嗯——你明白，夫人，里面的黄油可不——嗯，布卢姆伯格的图样成了废纸。只能裁开来包三明治啦。”

马莎小姐走进后房。她脱下蓝点子的绸背心，换上那件穿旧了的棕色哔叽衣服。接着，她把榅桲和硼砂煎汁倒在窗外的垃圾箱里。

就医记

于是，我去找大夫了。

“你初次喝酒以来，到现在有多久了？”他问道。

我侧过面回答说：“哦，有些时候了。”

他是个年轻的大夫，年纪在二十到四十之间。他穿的袜子是浅绿色的，不过人却像拿破仑。我很喜欢他。

“现在，”他说，“我要让你看看酒精对你的血液循环所起的作用。”他说的好像是“循环”；不过也可能是“广告”。

他把我的袖管捋到胳膊肘上面，取出一瓶威士忌，让我喝了一杯。他更像拿破仑了。我开始更喜欢他了。

接着，他用一条压布扎紧我的胳膊，用手指按住我的脉息，捏着一个同温度计相似的仪表连在一起的橡皮圆球。水银柱上下跳动，似乎没有停过；但大夫说表上是二百三十七，或者是一百六十五，或者诸如此类的数字。

“喏，”他说，“你看到酒精对你血压的作用了吧。”

“太棒啦，”我说，“不过你认为一次试验够了吗？我觉得挺有意思。我们再试试另一条胳膊吧。”可是他不干。

随后，他捉住我的手。我以为自己大概是得了不治之症，他要和我告别。然而他只用一枚针在我的指尖上猛扎一下，挤出一滴血，同粘在卡片上的许多半元扑克筹码似的东西加以对比。

“这是血红蛋白试验，”他解释说，“你的血色不对头。”

“是啊，”我说，“我知道应该是蓝色；不过我们这个国家的血统很混杂。我祖先中间有几个是骑士；可是他们同楠塔基特岛上的一些人混熟了，所以——”①

“我指的是，”大夫说，“红色太浅了。”

“哦，那就不是婚姻匹配，而是颜色搭配的问题了。”

接着，大夫使劲捶我的胸部。他这么干的时候，我说不清楚他使我想起的是拿破仑、战役还是纳尔逊②。他脸色阴沉，说了一连串凡夫俗子难免的病痛——大多数都以“炎”为结尾。我马上先付他十五元。

“你说的毛病中有没有哪一种或者哪几种肯定是会致命的？”我问道。作为与此休戚相关的当事人，我觉得应当表示一些兴趣。

“全部都会，”他回答得很轻松，“但是它们的进展可以抑制。只要经过治疗，不断治疗，你可以活到八十五岁或者九十岁。”

我联想到大夫的账单，赶快表态说，“八十五就够啦。”我又取出十元钱，预付给他。

“现在的首要任务，”他大受鼓舞地说，“是替你找个疗养院，让你彻底休息一个时期，改善你的神经状况。我亲自陪你

① 西方语言中“蓝色血液”指贵族及其后裔，起因是西班牙本土贵族皮肤白皙，脉管呈蓝色；殖民扩张后，他们同土著居民杂婚，后代皮肤颜色较深。楠塔基特在美国马萨诸塞州。

② 纳尔逊(1758—1805)，英国海军将领，一八〇五年率领英国舰队在特拉法尔加打败法国和西班牙的联合舰队。

去，挑选一个合适的地方。”

他把我带到卡茨基尔的一家疯人院。疯人院坐落在一个光秃秃的山上，只有为数不多的常客才光临那里。那地方满目荒凉，只有大小石头，几片未融的积雪和稀稀拉拉的松树。年轻的主治医师倒非常和蔼可亲。他没有在我胳膊上扎压布就给了一帖兴奋剂。那时正好开午饭，他请我们一起就餐。餐厅里有二十来个住院病人，分坐在几张小桌旁。年轻的主治医师走到我们桌前说道：“这里有个惯例：我们的客人不把自己当作病人，而只是来休养的疲倦的先生太太。不论他们有什么小毛病，谈话中绝对不提。”

陪伴我的大夫高声吩咐女侍替我准备一些磷酸甘油酸石灰炒肉末、狗面包、溴泡腾盐薄饼和番木鳖茶。这时，餐厅里发出一种声音，仿佛松树林里突然刮起一阵暴风。在场的人嘁嘁喳喳地议论开了：“神经衰弱！”——只有一个鼻子灵敏的人是例外，我清清楚楚地听到他说：“慢性酒精中毒。”我希望同他进一步认识认识。主治医师转身走了。

饭后一小时左右，他陪我们去工场——那里离院部有五十码远。在工场负责照料客人的是主治医师的替角和助手——一个只见两脚和蓝色运动衫的人。他个子太高了，我甚至不敢肯定他有没有长着脸；不过盔甲包装公司一定乐于雇用他。

“我们的客人们，”主治医师说，“在这里从事体力劳动——实际上是娱乐，从而消除他们过去的精神烦恼。”

这里有车床、木工器材、陶工工具、手纺车、织布机、踏车、大鼓、蜡笔人像画放大仪和铁工锻炉，一应俱全；看来能引起第一流疗养院里自费客人们的兴趣。

“在角落里做泥巴馅饼的那位太太，”主治医师悄声说，“是大名鼎鼎的路路·路林顿，那本名叫《爱情为何要爱》的书的作者。她现在做的事只是为了在完成那部作品后让脑子休息休息。”

你们看到了吧，我的病并不像他们想像的那么严重。

“那位往漏斗里灌水的先生，”主治医师往下说，“是华尔街的经纪人，他工作过度，累垮了。”

我扣好上衣的扣子，惟恐丢失钱财。

他指点给我看的另一些人中间有玩挪亚方舟的建筑师，看达尔文《进化论》的牧师，锯木头的律师，向那个穿蓝色运动衫的助手介绍易卜生剧本的十分疲倦的交际花，睡在地板上的、神经过敏的百万富翁，还有一个拖着一辆小红车在屋里打转的著名艺术家。

“你身体看上去很结实，”负责替我治病的大夫说，“我认为使你神经松弛的最好的办法是从山上往下扔小石头，然后再把它们捡回来。”

我撒腿就跑，大夫赶上我时，我已经跑了一百码远。

“怎么回事呀？”他问道。

“是这样的，”我说，“目前没有飞机可乘。因此，我只好溜达到火车站，搭乘第一列不定时的、烧烟煤的快车回城里去。”

“唔，”大夫说，“也许你是对的。这地方看来对你不合适。不过你需要休息——绝对的休息和锻炼。”

当晚，我到城里一家旅馆，对管理员说：“我需要绝对的休息和锻炼。你能不能给我一个有活动床的房间，再派几个服务员，在我休息时轮班把床抬高放下？”

管理员在擦指甲上的一块污迹，侧过脸朝坐在休息室里的一个戴白帽子的高个儿使了个眼色。那个人站起来，客客气气地问我有没有见到西门口的灌木丛。我没有见到，他便领我去，在门口从头到脚把我打量了一番。

“我原以为你喝多了，”他相当和气地说，“不过现在看来不是这么一回事。你最好还是去看大夫吧，老兄。”

一星期后，替我治病的大夫又量了我的血压，但是没有事先给我兴奋剂。他的袜子带些棕黄色，叫我看了不顺眼。

“你需要的，”他下结论说，“是海滨空气和伙伴。”

“找个美人鱼——”我刚开口，他马上摆出专门家的架势。

“我亲自出马，”他说，“带你去长岛海滨的清新旅馆，照料你的健康。那是个安静舒适的休养地，你去了很快就能恢复。”

清新旅馆是近海岛上一家豪华宾馆，有九百个客房。凡是不穿礼服去进餐的人都给轰到靠边的餐厅，只能吃甲鱼和香槟酒的客饭。这个海湾是拥有私人游艇的富翁们的落脚点。我们抵达的当天，“海盗号”正好停泊在岸边。我看见摩根先生站在甲板上，一面吃奶酪三明治，一面羡慕地眺望着旅馆。话虽这么说，这个地方却花不了什么钱。因为谁都付不起他们的账单。你要离开的话，干脆留下行李，偷一条小快艇，在夜里溜回大陆。

有一天，我在那家旅馆的管理员桌上拿了一本旅馆专用的空白电报纸，打电报向我所有的朋友告急，请他们寄钱来，好让我脱身。我的医师和我在高尔夫球场上玩了一盘槌球游戏，然后在草坪上睡觉。

我们回到城里，我的医师仿佛突然想起一件事。"顺便问一句，"他说，"你感觉怎么样？"

"病情好多啦。"我回答说。

会诊大夫的情况不同。他不能肯定是否拿得到诊金，这就决定了你得到的是最精心的还是最马虎的诊治。负责我这个病人的医师带我去看一位会诊大夫。他做了错误的猜测，居然为我精心诊治。我非常喜欢他。他让我做一些共济运动。

"你后脑疼不疼？"他问。我说不疼。

"闭上眼睛，"他吩咐说，"两脚并拢，使劲往后跳。"

我一向善于闭上眼睛往后跳，于是照办了。我的脑袋撞到浴室门沿上，因为浴室的门是开着的，并且只有三英尺远。大夫觉得十分抱歉。他忘了门是开着的。他走过去把它关好。

"现在你用右手食指碰你的鼻子。"他说。

"在哪儿？"我问。

"在你脸上。"他说。

"我说的是我的右手食指。"我解释说。

"哦，对不起，"他说。他重新打开浴室的门，让我从门缝里抽出手指。我出色地完成了指鼻子试验后说：

"大夫，我不愿意对你隐瞒症状；我的后脑勺现在确实有一种近乎疼痛的感觉了。"

他不理会这个症状，却用一个最近流行的投币听音乐器上的耳机似的玩意儿来检查我的心脏。我觉得自己成了民谣。

"现在，"他说，"你在屋子里绕圈子，像马一样快跑五分钟。”

我尽可能模仿一头落选后从麦迪逊广场公园里牵出来的佩尔切隆良种挽马。随后，大夫没有投入硬币，就听我的胸口。

“我家族成员中没有害马鼻疽的，大夫。”我说。

会诊大夫举起手指，离我的鼻子有三英尺远。“看我的手指。”他命令道。

“你有没有试用过皮尔氏的——”我开口说，但他迅速地继续试验。

“现在看海湾外面。看我手指。看海湾外面。看我手指。看我手指。看海湾外面。看海湾外面。看我手指。看海湾外面。”这样持续了将近三分钟。

他解释说，这是大脑活动试验。我觉得轻而易举。我从没有把他的手指错当成海湾。假如他换一种说法，比如说：“你装作无忧无虑的模样朝外面眺望——或者稍偏一点——把目光投向地平线的方向，也就是说，投向港湾水天相接的地方，”然后说，“现在不妨回首——或者说，撤回你的关注，把它加在我屹然耸立的指头上”——如果这么说的话，我敢担保，只有亨利·詹姆斯①才能顺利通过试验。

两位大夫问了我有没有脊柱弯曲的舅公和脚脖子肿大的表兄弟后，退到浴室，坐在澡盆边上进行诊断讨论。我吃了一个苹果，先瞧瞧手指，再瞧瞧海湾外面。

① 亨利·詹姆斯(1843—1916)，美国小说家，著有《一位女士的画像》《鸽翼》《黛西·密勒》《艾斯朋遗稿》《螺丝在拧紧》等长篇及中短篇小说以及许多评论游记。他写的句子长而复杂，大量使用副词，力求细密、准确。

两位大夫神情严肃地出来了。更糟的是，他们像墓碑一样一言不发。他们开了一份饮食清单，我必须严格遵守。凡是我听说过的可以吃的东西，清单上面都有，除了蜗牛。事实上，我从没有吃过蜗牛，除非它赶上我，先咬我一口。

“你必须严格按照清单进食。”两位大夫说。

“假如我能吃到清单上十分之一的东西，再严格我也干。”我回说。

“其次，”两位大夫接着说，“户外空气和运动也很重要。这儿有一张处方，对你会大有帮助。”

于是我们各干各的，他们拿起帽子准备走了，我也告辞。

我到药剂师那儿，递上处方。

“这张方子配起来要二元八十七分一瓶，一英两装的瓶子。”他说。

“你能给我一根包扎绳吗？”我问。

我把处方捅一个窟窿，用绳子穿好，然后往脖子上一套，塞在衣服里面。我们大家都有点儿小迷信，我的毛病在于迷信护身符。

当然，我没有什么问题，不过我病得很厉害。我不能工作、睡觉、吃饭和玩滚木球游戏。我能博得同情的惟一办法是接连四天不刮胡子。即使如此，也有人说：“老兄，你结实得像松树疙瘩。你去缅因州森林里旅游了一次，是吗？”

我突然想起我需要户外空气和锻炼。于是我到住在南方的约翰那里去。约翰根据牧师的裁决，同我沾上亲戚关系。那牧师手里捧着一本小书，站在菊花盛开的凉亭里，周围是成千上万看热闹的人。约翰有一所乡间住宅，离派因维尔七英里。住宅坐落在蓝岭山脉，高高在上，与世无争。约翰像是云母石,比金子更可贵、更晶莹。

他在派因维尔迎接我,我们搭索道吊运车去他家。那是一所宽大的平房,周围山峦重叠,没有别的住家。我们在他家的私人小站下了车,约翰的家人和阿玛丽里斯已在等候我们了。阿玛丽里斯有点担心似的瞅着我。

我们去约翰家的山路上,前面蹦出一只兔子。我扔下手提箱,使劲追赶。我跑了二十码后,兔子不见了。我一屁股坐在草地上,伤心地哭起来。

"我连兔子都追不上了,"我抽噎说,"我成了废物。还不如死了的好。"

"哟,怎么回事——怎么回事呀,约翰哥哥?"我听到阿玛丽里斯说。

"神经有点不对头,"约翰以他固有的镇静态度说,"别担心。起来吧,追兔子的人。接着往回走,不然烤好的软饼要凉了。"那时天快黑了,山岭在暮霭中的气势完全符合默弗里小姐①的描写。

晚饭后,我宣布说我相信我能睡上一两年,包括法定假日在内。他们领我到了一个客房,那地方像花园一般宽敞凉爽,里面有一张像草坪那么大的床。不久,房子里的人都休息了,周围一片宁静。

多年来,我没有体会到什么是宁静了。真是万籁俱寂。我用胳膊肘支起上身侧耳倾听。入睡！我觉得只要能听到星星闪烁或者小草抽长的声音,我就能安心入睡。有一次,我认

① 默弗里(1850—1922),美国女作家,写了不少以田纳西山区为背景的长、短篇小说。

为自己听到了一艘独桅艇在微风中抢风行驶的声息，但我又想到那也许只是地毯钉隆起的动静。我仍旧倾听着。

突然，一只迟归的小鸟停栖在窗台上，它睡迷迷的音调发出了一般用“啁啾”两字来形容的声响。

我猛地蹦了起来。

“嗨！楼下怎么啦！”楼上房间里的约翰嚷道。

“哦，没事，”我回说，“我只是不小心，脑袋磕在天花板上了。”

第二天早晨，我到游廊上，眺望山景。可以看到的山头一共有四十七座。我打了个寒战，回到大起坐室，从书架上挑了一本《潘科斯特家庭医药大全》，开始阅读。约翰也进了屋，从我手里拿掉书，拉我出去。他有一个占地三百英亩的农场，通常的配备一应俱全，有谷仓、骡子、雇工和缺了三个前齿的耙子。我童年时代就见过这种东西，心里开始凉了。

约翰谈起紫苜蓿，我的情绪立刻高涨起来。

“对，对，”我说，“她不是歌舞团里的吗——我想想看——”

“你知道，”约翰说，“又绿又嫩，出了第一茬，就把它翻到地底下。”

“我知道，”我说，“她上面就长出了青草。”

“不错，”约翰说，“你毕竟懂得一点庄稼活儿。”

“我还懂得一些农民的事情，”我说，“长柄大镰刀总有一天要把它们刈掉①。”

进屋时，一个美丽而费解的生物在我们面前走过。我情

① 西方常用一个身披黑袍、手持长柄大镰刀的骷髅代表死神。

不自禁地站住了,出神地瞅着。约翰抽着烟,耐心等待。他是个新型农民,很懂礼貌。十分钟后,他说:“你打算整天站在那里瞅一只鸡吗?早餐快准备好了。”

“一只鸡?”我说。

“一只奥尔平顿白鸡,如果你想知道得具体些。”

“一只奥尔平顿白鸡?”我极感兴趣地重复了一遍。那只家禽仪态万方地慢慢走过去,我像被彩衣魔笛手迷住的小孩那样跟在后面。约翰给了我五分钟时间,然后拉着我的袖管,带我去吃早饭。

我住了一个星期,开始着慌了。我睡得香,吃得下,开始真正感到生活的欢乐。对我这种身患绝症的人来说,这是不可能的。于是,我溜到索道吊车站,到派因维尔去找镇上一个最好的大夫。我需要治疗时,已经知道该怎么办了。

“大夫,我害了心脏硬变、动脉硬结、神经炎、急性消化不良,以及康复病。我应该严格按照规定进食。我应该晚上洗个温水浴,早上洗个冷水浴。我应该心胸开朗,思想集中在愉快的事情上。至于药物,我打算吃磷质药丸,每日三次,最好饭后服用,还有一种用龙胆酊、棕金鸡纳皮酊、黄金鸡纳皮酊和豆蔻酊配制的补剂。每一匙补剂要加番木鳖酊,第一天加一滴,以后每天增加一滴,直到最大容许剂量。我应该用医用滴管,这种滴管各个药房都可以买到,花不了多少钱。再见。”

我拿起帽子,走了出去。刚关上门,想起还忘了说一件事。我再打开门。大夫坐在原来的位置上没有动窝,不过他再见到我时,微微震动了一下。

“我还忘了一件事,”我说,“我还应该绝对休息和锻炼。”

经过这次就诊,我感觉好多了。重新树立了病入膏肓的信念之后,我感到特别满意,几乎又可以郁郁不乐了。对于一个神经衰弱患者来说,再没有比自我感觉良好更可怕的事情了。

约翰悉心照顾我。自从我对他的奥尔平顿白鸡表示兴趣以后,他尽可能转移我的注意,晚上特别小心地把鸡舍门锁好。清新宜人的山地空气、营养丰富的食物以及每天的山间散步,大大减轻了我的疾病,以致我变得万分痛苦绝望。我听说附近山区有位乡村大夫。我去看他,把我的情况全告诉了他。他胡子灰白,眼睛清澈湛蓝,穿一身家制的灰斜纹布衣服。

为了节省时间,我自己进行诊断;我用右手食指触摸鼻子,叩击膝腱,让小腿踢起来,敲敲胸部,吐出舌头,并且询问派因维尔的墓地是什么价格。

他点燃烟斗,瞅了我三分钟左右。"老弟,"他最后说,"你的情况糟透了。你挺过来的希望固然有,但是很渺茫。"

"什么希望呢?"我急切地问道,"我试过砷、磷、运动、番木鳖、水疗、休息、兴奋剂、可待因和阿摩尼亚芳香精。医药学中还有没尝试过的吗?"

"这个山区,"大夫说,"有一种植物——一种开花的植物能治你的病。恐怕也只有它能治好你的病。这种植物像地球一般古老,不过近来越来越少了,不容易找了。你我两人非找到不可。我上了年纪,已经不正式开诊,但是我收下你这个病人。你每天下午来我这儿,帮我去找那种植物,找到方休。城里的大夫也许了解不少科学上的新东西,但是不太懂得大自然揣在马鞍袋里的草药。"

此后，老大夫和我每天在蓝岭的山头山脚寻觅那种治疗百病的植物。我们一起翻山越岭，陡峭的山坡上满是秋天的落叶，脚下打滑，我们要抓住手边的小树和大树枝条，才不至于摔下山去。我们在峡谷中齐胸高的月桂灌木和蕨类植物中间艰苦跋涉，我们沿着山涧一走就是好几英里，像印第安人似的在松树林中迂回——在路边、河边和山边探索，寻找那种神奇的植物。

正如老大夫所说，如今那种植物越来越稀少，不容易找到了。但是我们坚持不懈。我们日复一日地下至谷底，上到山头，踏遍台地，搜寻那种能创造奇迹的植物。在山区待了一辈子的老大夫仿佛永远不会疲倦。我回家时却累得要死，什么都干不了，往床上一倒，一觉睡到第二天早晨。我们这样干了一个月。

一天傍晚，我和老大夫在外面走了六英里才回家，阿玛丽里斯和我到路边树下去散散步。我们望着山岭披上紫色的睡袍，纷纷准备就寝。

"你身体好了，我很高兴，"她说，"你刚来时把我吓了一跳。我以为你真的病了呢。"

"好了？"我几乎嚷了起来，"你可知道，我活命的机会只有千分之一吗？"

阿玛丽里斯惊讶地瞅着我。"哟，"她说，"你结实得像一头耕地的骡子，每晚睡十至十二个小时，胃口好得把我们家都快吃空了。你还要怎么样才算好呢？"

"我告诉你，"我说，"假如不能及时弄到那种仙草——也就是我们目前正在寻找的植物，那就什么都救不了我的命。大夫这么对我说的。"

"哪个大夫?"

"塔特姆大夫——住在黑橡树岭半山腰的那个老大夫。你认识他吗?"

"我从会说话的时候起,就认识他了。你每天出去就是干这件事——是他带你跋山涉水,让你恢复健康和力量的吗?上帝赐福给老大夫吧。"

正在这时候,老大夫赶着那辆破旧的轻便马车缓缓过来了。我朝他挥手,高声招呼说,明天还是那个时候我再去找他。他勒住马,叫阿玛丽里斯过去。他们谈了五分钟话,我在原地等着。然后老大夫驾车走了。

我们回家后,阿玛丽里斯抱出一部百科全书,找一个词条。"大夫说,"她告诉我说,"你不必以病人的身份去找他了,不过他欢迎你作为朋友去看望他。他又吩咐我在百科全书里找我的名字,把词义告诉你。那个词条仿佛是一种开花植物,也是特厄克利托斯和维吉尔①作品里一个农村姑娘的名字。你认为大夫说这话是什么意思?"

"我明白他的意思,"我说,"我现在明白了。"

对于可能被烦躁不安的"神经衰弱"夫人迷住的弟兄们,我有一言奉告。

那张处方很对症。住在高楼林立的城市里的大夫们尽管有时瞎撞瞎碰,也指出了特效药。

因此,为了锻炼而被介绍给黑橡树岭的塔特姆大夫的人——到了松树林的卫理公会教友聚会所后,请走右手那

① 特厄克利托斯(约前310—前245)和维吉尔(前70—前19)分别是古希腊和古罗马诗人。阿玛丽里斯是女子名,也是石蒜科植物孤挺花的名称。

条路。

绝对休息和锻炼！

和阿玛丽里斯一起坐在树荫下，带着第六感觉看那一排金碧交辉的山峦鱼贯进入夜晚的寝室，这一切仿佛是在阅读不用文字表达的特厄克利托斯的田园诗，世上还有什么休息能比这更有益于健康呢？

提线木偶

警察站在第二十四街和一条黑得邪乎的胡同的拐角上，高架铁路正好在上面通过。当时是凌晨两点：黎明前的黑暗浓重潮湿，让人很不舒服。

一个穿长大衣、帽子压得很低、手里提着什么东西的男人轻手轻脚地从黑胡同里匆匆出来。警察迎上前去，态度和蔼，但带着恪尽职守的自信。时间、胡同的恶名、行人的匆忙、携带的重物——这一切自然而然地构成了"可疑情况"，要求警察干预查明。

"可疑者"立即站住，把帽子往后一推，摇曳的街灯照出的面孔镇定自若，鼻子相当长，深色的眼睛毫不躲闪。他没脱手套就把手伸进大衣口袋，摸出一张名片交给警察。警察凑着晃动的灯光看到名片上印的是"医学博士查尔斯·斯宾塞·詹姆斯"。街道和门牌号码在一个殷实正派的地段，不容产生好奇，更不用说怀疑了。警察的眼光朝下扫去，看到医生手里提的东西：一个漂亮的白银扣饰的黑皮医药包；名片得到了进一步的证实。

"请吧，大夫，"警察让开一步，口气和蔼得有点过分，"上面关照要格外小心。最近溜门撬锁、拦路抢劫的案子很多。在这样的夜晚出诊真够呛。不算冷，但是黏黏糊糊的。"

詹姆斯医师彬彬有礼地点点头,说了一两句附和警察对天气评价的话,继续匆匆走去。那晚有三个巡警都认为他的名片和神气的医药包足以证明他是正派人,干的是正派事。假如第二天这些警察中间有谁觉得应当去核实一下名片(只要别去得太早,因为詹姆斯医师没有早睡早起的习惯),他将发现一块漂亮的门牌上确有医师的姓名,摆设精致的诊所确有衣着整饬的医师本人,邻居们都乐意证明两年来医师奉公守法,照顾家庭,业务兴旺。

因此,假如这些热心维护治安的人中有谁能看到那个表面清白的医药包里的东西,准会大吃一惊。包一打开,首先呈现在眼前的是一套最新发明的“保险箱专家”专用的精巧工具,所谓“保险箱专家”是如今撬保险箱的窃贼们自封的称号。那些工具都是专门设计、特别打造的——短而结实的撬棍,一套奇形怪状的钥匙,在冷铸钢上打孔就像耗子啃奶酪那般轻松的高强度的蓝钢钻头和冲头,能像水蛭那样附着在光滑的保险箱门上,像牙医拔牙那么利索地拔出号码锁的夹钳。“医药包”里的小贴袋里有一瓶四英两装的硝化甘油,还剩下一半。工具下面是一堆皱皱巴巴的钞票和几把金币,总数是八百三十元。

詹姆斯医师在他极有限的朋友圈子里被称为“了不起的希腊人”。这个奇特的称呼一半是赞扬他冷静的绅士作风,另一半在帮会黑话里是指头儿和出谋划策的人,凭他的地址、职业的影响和威望,他能搞到信息,供哥儿们制定计划,干非法勾当。

这个精干的小圈子的其他成员是斯基采·摩根、根姆·德克尔和利奥波德·普雷茨费尔德。德克尔是“保险箱专家”，普雷茨费尔德是城里的珠宝商，负责处理三人工作小组搞来的钻石和其他首饰。他们都是讲朋友义气的好人，守口如瓶，忠实不渝。

合伙人认为那晚的收获并不令人满意，只能勉强补偿他们花费的力气。一家资金雄厚的经营呢绒的老字号的双层侧栓的老式保险箱，星期六晚上的存款理应超过两千五百元。但是他们只找到这个数目，三人按照惯例，当场就把钱平分掉。他们本来指望有一万或一万两千元。然而商号股东老板之一办事有点儿过于老派。天黑后，他把大部分现金装在一个衬衫盒里带回家去了。

詹姆斯医师继续沿着杳无行人的第二十四街走去。经常聚集在这一地区的戏剧界票友们也早已上床睡觉了。牛毛细雨在铺路的石子间积成小水洼，被弧光灯一照，反射出千百片闪闪发亮的小光点。水汽凝重的寒风，从房屋之间的空当里劈头盖脑地一阵阵扑来。

医师刚走近一座高大的砖砌建筑的拐角，这座与众不同的住宅前面突然打开了，一个嘴里嘀嘀咕咕、脚下踢踢踏踏的黑种女人从台阶下到人行道。她说着什么，很可能是自言自语——她那个种族的人独自遇到危难时总是采取这种求助的办法。她像是旧时南方的奴仆——多嘴多舌，肆无忌惮，忠心耿耿，却又不服管教，她的外貌说明了这一点：肥胖、整洁、系着围裙、扎着头巾。

詹姆斯医师迎面走去时，这个从沉寂的房屋里突然出现的形象刚走下台阶。她大脑的功能从发音转换到视觉，停止了嘀咕，一对金鱼眼睛死死盯住医师手里的医药包。

“谢天谢地！”她一见到医药包就脱口嚷道，“你是大夫吗，先生？”

“是的，我是大夫。”詹姆斯医师停住脚步说。

“那就请你看在老天分上去瞧瞧钱德勒先生吧。不知他是犯病还是怎么搞的，像死了似的。艾米小姐派我去找大夫。先生，你不来的话，天知道老辛迪上哪儿才能找到大夫。假如老主人知道这里的情形，就有好戏看了，先生——他们准会打枪，在地上数好步子，用手枪决斗。那个羔羊般的、可怜的艾米小姐——”

“你要找大夫，就在前面带路，”詹姆斯医师踩上台阶说，“你要找个听你唠叨的人，我可不奉陪。”

黑女人引他进屋，走上一溜铺着厚地毯的楼梯。他们经过两个光线暗淡的门厅。在第二个门厅里，爬得上气不接下气的引路人拐了弯，在一扇门前站停，打开了门。

“我把大夫请来啦，艾米小姐。”

詹姆斯医师进了屋，朝站在床边的一位年轻太太微微欠身。他把医药包搁在椅子上，脱掉大衣，搭在医药包和椅子背上，镇定自若地向床边走去。

床上躺着一个男人，仍是先前倒下去时的姿势——衣着华丽时髦，鞋子已经脱去，全身松弛，死了似的一动不动。

詹姆斯医师像是散发着宁谧、镇定和力量的光环，对他主顾中的软弱失望的人来说，简直像是久旱后的甘霖。他在病室里的举止风度有某些地方特别使妇女们倾倒。那并不是时髦医师对病人的纵容讨好，而是沉着自信，压倒命运的气魄，对人尊重、保护和献身的态度。他那坚定、明亮的棕色眼睛里有一种清澈的吸引力，和蔼的面相非常适合担任知己和安慰者的角色，冷静而近似牧师的安宁带着潜在的威严。他有时出诊,那些和他初次见面的妇女居然会告诉他,她们为了防止失窃,晚上把钻石藏在什么地方。

詹姆斯医师经验丰富,眼珠不怎么转动,就估出了房间家具摆设的等级和质量,同时也打量了那位年轻太太的外表。她身材娇小,年纪二十出头,容貌有一种迷人的美,但现在蒙上了阴霾。这与其说是意外不幸所引起,还不如说是由来已久的固定的哀怨。她额头一侧有一道青紫色的挫伤,医师根据经验判断,受伤的时间不会超出六小时。

詹姆斯医师伸手去试病人的脉搏。他那双几乎会说话的眼睛在询问年轻女人。

"我是钱德勒太太,"她回答说,带着南方人那种含糊的哭音和腔调,"你来到前十分钟左右,我丈夫突然病了。他以前也犯过心脏病——有几次相当凶险。"病人深更半夜这副打扮促使她做出进一步的解释。"他在外面很晚才回家,我想大概是赴晚宴。"

詹姆斯医师现在把注意力转向病人。不论他从事哪一类"职业"活动时,他总是全神贯注地对待"病例"或者"买卖"。

病人年纪有三十左右。面相大胆放荡,但还算端正,一种乐观幽默的神情补救了缺点。他衣服上有一股泼翻了酒的气味。

医师解开他的上衣,用小刀把衬衫的假前胸从领子割破到腰部。清除了障碍之后,他把耳朵贴在病人心口,仔细听着。

"二尖瓣回流?"他站直时轻声说。句子结尾是没有把握的升调。他又俯身听了好久,这次才用确诊的音调说:"二尖瓣闭锁不全。"

“夫人，”他说话的口气曾多次解除过人们的忧虑，“有可能——”当他缓缓朝那位太太转过头去时，只见她脸色惨白，晕了过去，倒在黑老太婆的怀里。

“可怜的小羊羔！可怜的小羊羔！辛迪大妈的宝贝孩子被他们害苦啦！但愿上帝发怒，惩罚那些把她引入迷途、伤了她那颗天使般的心、害她落到这个地步的人——”

“把她的脚抬高，”詹姆斯医师上前去扶持那个晕倒的人，“她的房间在哪里？必须把她抬到床上去。”

“在这儿，先生，”黑老太婆把扎着头巾的脑袋朝一扇门摆摆，“那是艾米小姐的房间。”

他们把她抬进房间，放在床上。她的脉搏很微弱，但还有规律。她神志没有清醒，从昏迷状态进入了沉睡。

“她体力衰竭，”医师说，“睡眠对她有好处。等她醒来时，给她一杯加热水的酒——再打个鸡蛋在里面，如果她能喝酒的话。她前额的挫伤是怎么搞的？”

“磕了一下，先生。那个可怜的小羊羔摔了一跤——不，先生”——老太婆变化不定的种族性格使她突然发作起来——“老辛迪才不替那个魔鬼撒谎呢。是他干的，先生。但愿上帝让他的手烂掉——哎呀，真该死！辛迪答应过她可爱的小羊羔决不讲出来。先生，艾米小姐头上是磕伤的。”

詹姆斯医师向一个精致的灯架走去，把灯光捻小一点。

“你在这儿守着太太，”他吩咐道，“别做声，让她睡觉。如果她醒来，就给她喝加热水的酒。如果她情况不好，就来告诉我。这事有点怪。”

“这里的怪事还多着呢，”黑女人正要说下去，医师一反常态，像安抚歇斯底里病人似的专断地吩咐她别出声。他回到另一个房间，轻轻关上门。床上的人没有动弹，但是已睁开了眼睛。他的嘴唇抽动着，似乎想说什么。詹姆斯医师低下头，只听到微弱的声音："钱！钱！"

"你听得清我说的话吗？"医师压低嗓门，但十分清晰地说。

病人略微点点头。

"我是医师，是你太太请来的。她们告诉我，你是钱德勒先生。你病得不轻，千万别激动或是慌张。"

病人的眼神仿佛在召唤他。医师弯下腰去听那仍旧十分微弱的声音。

"钱——两万元钱。"

"钱在哪里？——在银行里吗？"

眼神表示了否定。"告诉她"——声音越来越微弱了——"那两万元钱——她的钱"——他的眼光扫视着房间。

"你把钱藏在什么地方了吗？"詹姆斯医师的声音像塞壬女妖一般急切，想从那个神志逐渐不清的人嘴里掏出秘密——"在这个房间里吗？"

他觉得那对暗淡下去的眼睛里有表示同意的闪动。他指尖能触摸到的脉息细得像一根丝线。

詹姆斯医师的另一门职业的本能在他的头脑和心里出现。他做事敏捷，马上决定要打听出这笔钱的下落，即使知道这一来肯定会出人命也在所不惜。

他从口袋里掏出一小本空白的处方笺，根据标准的常规做法，开了一张适合病人需要的处方。他到里屋门口，轻声叫那个黑女人出来，把处方交给她，让她去药房配药。

她嘀嘀咕咕地离开后，医师走到钱德勒太太躺着的床边。

她仍在沉睡,脉象比先前好一些了,额头除了挫伤红肿的地方以外也不烫了,稍稍有些湿润。没人打扰的话,她可以睡几小时。他找到房门钥匙,出来时随手把门锁上。

詹姆斯医师看看表。有半小时可以归他支配,因为那个老太婆去配药,半小时以内回不了家。他找来水罐和平底酒杯,打开医药包,取出一个盛着硝化甘油的小瓶——他的善于摆弄手摇曲柄钻的哥儿们把它简单地称做“油”。

他把淡黄色稠厚的液体倒了一滴在酒杯里,然后取出带银套筒的注射器,安好针头。他根据玻璃管上的刻度细心抽了几次水,把那滴硝化甘油稀释成将近半酒杯的溶液。

那晚两小时前,詹姆斯医师用同一个针筒把未经稀释的液体注射到他在一个保险箱锁上钻出的窟窿里,一声沉闷的爆炸毁坏了控制门闩的机械。现在他打算用同样的方法震撼一个人的主要机械——刺激他的心脏——目的都是为了钱。

同样的方法,但是形式不同。前者是鲁莽粗野、凭借原始动力的巨人;后者是奉承者,但用丝绒和花边掩饰了同样致命的手臂。因为医师用针筒细心从酒杯里抽取的液体已经成了三硝酸甘油脂,这是医学科学中已知的最厉害的强心剂。二英两能毁坏一扇厚实的保险箱铁门,他现在要用一量滴的五十分之一来使一个活人的复杂机理永远静止。

但不是立即静止。这不符合他的要求。首先要迅速增加身体的活力;强有力地促进每一个器官和功能。心脏会勇敢地对致命的鞭策做出反应,静脉里的血液会更快地回到心脏。

詹姆斯医师很清楚,这种心脏病遇到过于强烈的刺激,就像挨了一颗来复枪子弹似的,结果是立刻死亡。当血流量在窃贼“油”的作用下骤然增加,管腔本来不畅的动脉会迅速完全堵塞,生命之泉就停止流动了。

医师解开昏迷的钱德勒前胸的衣服,熟练地把针筒里的液体注射到心前区的肌肉里。他干两门行业都干净利落,注射完毕,仔细擦干针头,把保持针头通畅的细铜丝重新穿好。

三分钟后,钱德勒睁开了眼睛,开始说话了,声音虽然微弱,但还能辨清,他问抢救他的是谁。詹姆斯医师再一次解释他是怎么来这儿的。

“我妻子呢?”病人问道。

“她睡着了——由于过度疲劳和忧虑,”医师说,“我不愿叫醒她,除非——”

“没有——必要,”钱德勒呼吸短促,说话时常间断,“为了我——去打扰她——她不会——领你的情。”

詹姆斯医师把一张椅子拖到床前。时间不容浪费,要抓紧谈话。

“几分钟前,”他以另一门职业的低沉坦率的声音说,“你打算对我说些有关钱的事。我不指望你对我推心置腹,但是我有责任劝告你,焦虑对你的恢复是不利的。假如你心里有什么事——我记得你提到过两万元钱的事——最好说出来,可以减轻你的精神负担。”

钱德勒的脑袋动不了,但他的眼珠转向说话人的方向。

“我说过——这笔钱——在哪里吗?”

“没有,”医师回答说,“我只不过从你模糊不清的话里推测到你十分关心它的安全。如果钱在这个房间里——”

詹姆斯医师住口不说了。他是不是从病人揶揄的脸上看到一丝恍然大悟的神色?他是不是显得有点迫不及待,他是不是说漏了嘴?钱德勒随后说的话使他恢复了自信。

"除了——那个——保险箱以外,"他上气不接下气地说,"还能——藏在哪里呢。"

他用眼光指点房间的一角,医师这才看到窗帘下端半遮着的一个铁制的小保险箱。

他站起身,抓住病人的手腕。病人的脉搏宏大,但有不祥的间歇。

"抬起胳臂。"詹姆斯医师命令说。

"你知道——我动不了,大夫。"

医师快步走到通向过道的门前,打开门,听听外面有什么动静。一片静寂。他不再旁敲侧击,径直走到保险箱前面,打量了一下。那个保险箱式样古老,设计简单,只能防防手脚不干净的仆人。拿他的技术来说,这只能算是一件玩具,等于稻草和硬纸板糊的东西。这笔钱可说是已经到手了。他能用夹钳拔出号码盘,钻透制栓,不到两分钟就打开保险箱的门。用另一种办法,也许只要一分钟。

他跪在地上,耳朵贴着保险箱门,慢慢转动号码盘。不出他所料,锁门时只用了一个组合暗码。号码盘转动时,他敏锐的耳朵听到轻轻的咔嗒一响,他利用暗码组合——门把手松动了。他打开了保险箱。

保险箱里一无所有——空空的铁格子里连一张废纸都看不见。

垂死的人额头汗涔涔的,但嘴角和眼睛露出嘲弄的冷笑。

"我这辈子——从没见过,"他吃力地说,"医药同——盗窃结合!你身兼二职——赚头不坏吧——亲爱的大夫?"

当时的情况十分尴尬,詹姆斯医师的精明强干从没有遇到过比这更严峻的考验。受害者的出了格的幽默感使他陷入既可笑又不安全的处境,但他仍然保持着尊严和清醒的头脑。他掏出表,等那人死去。

“你对——那笔钱——未免——过于猴急了。可是你——亲爱的大夫——根本奈何不了它。它很安全。十分安全。它全部——在赛马——赌注登记人手里。两万元——艾米的钱。我拿去——赛马——输得精光。我是个败家子,贼先生——对不起——大夫,不过我输得光明正大,我可从来没有见过——像你这样——不够格的坏蛋——大夫——对不起——贼先生。给受害者——对不起——给病人喝杯水——是不是违反——你们贼帮的——职业道德?”

詹姆斯医师替钱德勒倒了一杯水。他几乎不能吞咽。药物的反应一阵阵袭来,越来越强烈。但他死到临头还想狠狠地刺痛一下别人。

“赌徒——酒鬼——败家子——我都沾边,可是——医师兼窃贼!”

医师对他刻薄的讽刺只做了一个回答。他俯下身子,盯着钱德勒急剧凝滞的眼光,举手指着那个沉睡的女人的房间,姿势如此严厉而意味深长,以致那个衰竭的人用尽残剩的力量,半抬起头,想看个究竟。他什么也没有看到,但听到了医师冰冷的言语——他临终时听到的最后的声音:

“到目前为止,我可从来没有揍过女人。”

企图研究这种人是徒劳的。没有哪一门学问能对他们进行探讨。人们提到某些人时会说“他这也行,那也行”,他们就是这些人的后裔。我们只知道有这种人存在,只知道我们可以观察他们,议论他们的浅显的表现,正如孩子们观看并议论提线木偶戏一样。

然而，这两个人——一个是谋财害命的强盗和凶手，站在受害人面前；另一个虽然没有严重违法，但行为更其恶劣，令人厌恶，他躺在受他迫害、侮辱和毒打的妻子的房屋里；一个是虎，另一个是狼，他们两人互相憎恨对方的卑劣；尽管大家罪恶昭著，却互相炫耀，说自己的行为准则（即使不谈荣誉准则）是无可指责的。

詹姆斯医师的反驳肯定刺伤了对方残余的羞耻心和男子气概，成了致命的一击。钱德勒脸上泛起一阵潮红——垂死红斑，他停止了呼吸，几乎没有颤动就一命归天了。

他刚咽气，黑老太婆配好药回来了。詹姆斯医师一手轻轻按着死者合上的眼皮，把结果告诉了她。她并不伤心，只带着遗传的、与抽象死亡友好相处的态度，凄凉地抽抽搭搭地抱怨说：

"可不是吗！上帝自有安排。他会惩罚有罪的人，帮助落难的人。他现在该帮助我们了。辛迪买这瓶药，把最后一枚硬币都花了，结果药也没用上。"

"难道钱德勒太太没有钱吗？"詹姆斯医师问道。

"钱？先生，你知道艾米小姐为什么晕倒，为什么这么虚弱？是饿成这样的，先生。家里除了一些破饼干外，三天没有什么吃的了。那个小天使几个月前就变卖了她的戒指和怀表。这座房子里的红地毯和漂亮家具全是租来的，催租的人凶极了。那个魔鬼——饶恕我，上帝——已经在你手里遭到了报应——他把家产全败光了。"

医师的沉默使她越说越来劲。他从辛迪杂乱无章的独白中理出了一个古老的故事，其中交织着幻想、任性、灾难、残酷和傲慢。她喋喋不休的言语组成的模糊概貌中，有几幅比较清晰的画面：遥远南方的一个舒适的家庭，草率的、随即后悔的婚事，充满侮辱和虐待的不幸生活，女方最近得到一笔遗产，带来了重振家业的希望，狼夺去了那笔钱，两个月不照面，在外面挥霍得精光，一天晚上，喝得醉醺醺的又回来了。从一团乱麻似的故事里可以看到一条纯白的线索：黑老太婆的质朴、崇高和始终不渝的爱，不论遇到什么艰难险阻，她都坚定不移地追随着女主人。

她终于住嘴时，医师问她家里有没有威士忌酒或者任何什么别的酒。老婆子说有，餐具柜里还有那条豺狼剩下的半瓶威士忌。

“照我刚才吩咐你的那样，倒些酒，对些热水，打个鸡蛋在里面。把你的女主人叫醒，让她喝下去，然后告诉她家里出的事情。”

十来分钟后，钱德勒太太由老辛迪搀扶着进来了。她睡了一会儿，喝了热酒，看上去不那么虚弱了。詹姆斯医师已经用床单盖好床上的死人。

那位太太哀伤和半含惊恐的眼睛朝床上一瞥，向她的保护人身边挨得更近些。她的眼睛干而发亮。极度的痛苦使她的泪水已经干涸。

詹姆斯医师站在桌边，他已穿好大衣，手里拿着帽子和医药包。他的神情镇定安详——他的职业使他见惯了人类的痛苦。只有他那闪烁的棕色眼睛里流露出审慎的医师的同情。

他体贴而简洁地说，由于时间太晚，请人帮忙肯定有困难，他可以亲自去找合适的人来料理后事。

“最后还有一件事，”医师指着打开的保险箱说，“钱德勒太太，你的丈夫最后知道自己不行了，他把保险箱的组合号码告诉了我，让我打开。如果你要使用，请记住号码是四十一。先朝右拧几圈，再朝左拧一圈，停在四十一这个数字上。他虽然知道自己即将去世，却不让我叫醒你。

“他说，他在保险箱里存了一笔数目不大的钱——也够你用来完成他最后的请求了。他请求你回你的老家去，以后日子好过一些的时候，请你原谅他对你犯下的种种罪愆。”

他指指桌子，桌上是一叠整整齐齐的钞票，钞票上面放着两摞金币。

“钱在那儿——如他所说——一共是八百三十元。请允许我留下我的名片，以后有我可以效劳之处，请尽管吩咐。”

他在最后时刻居然顾念到她——并且想得很周到！来得太迟了！但是这个谎话在她认为已经成为一片灰烬和尘埃的地方扇旺了一个柔情的火花。她脱口喊道：“罗勃！罗勃！”然后转过身扑在忠诚的仆人怀里，用泪水冲淡她的悲哀。在往后的年月里，凶手的假话像一颗小星星，在爱情的坟墓上空闪烁，给她慰藉，争取她的原谅，这本身就是一件好事。

黑老太婆把她搂在胸口，像哄小孩似的低声安慰她，她终于抬起头——但是医师已经走了。

平均海拔问题

一年冬天,新奥尔良的城堡歌剧团在墨西哥、中美洲和南美洲沿海城镇做了一次试探性的巡回演出。这次冒险结果十分成功。爱好音乐的、敏感的、讲西班牙语的美洲人把金钱和喝彩声纷纷投向歌剧团。经理变得心广体胖,和蔼可亲了。假如不是气候条件不许可的话,他早就穿出那件表示兴旺发达的服装——那件华丽的、有镶边和盘花纽扣的皮大衣。他几乎还动了心,打算给他的员工们加些薪水。但终于以极大的努力克制了头脑发热时的不利冲动。

在委内瑞拉海岸的马库托,歌剧团的演出盛况空前。如果把马库托设想为南美洲的康奈岛,你就知道马库托的模样了。每年的旺季是从十一月份到次年三月。度假的人们从拉瓜伊拉、加拉加斯、瓦伦西亚和其他内地城镇蜂拥而来。有海水浴、宴会、斗牛和流言蜚语。人们都酷爱音乐,但是在广场和海滨演出的乐队只能激起他们对音乐的热情,却不能满足他们。城堡歌剧团的莅临,在寻欢作乐的人中间引起了莫大的兴奋和热诚。

委内瑞拉的总统和独裁者,显赫的古斯曼·布兰科,带着官员和扈从也在马库托短暂停留。那个有权有势的统治者——他本人每年拿出四万比索津贴加拉加斯的歌剧团——

下令把一座国营仓库腾出来,改作临时剧院。很快就搭起了舞台,安排了给普通观众坐的粗糙的长条凳,又布置了招待总统和军政要员的包厢。

歌剧团在马库托待了两个星期。每次演出,剧院里总是挤得水泄不通。仓库里挤满之后,如醉如痴的音乐爱好者便争夺门口和窗口的空间,摩肩接踵地簇拥在外面。观众肤色驳杂,各各不同,从纯种西班牙人的浅橄榄色到混血儿的黄褐色,以至加勒比和牙买加黑人的煤炭色。夹杂其中的还有小批印第安人——他们面孔像石雕偶像,身上披着绚丽的纤维织成的毯子——他们是从萨莫拉、安第斯和米兰达山区各州到滨海城镇来出售金沙的。

这些内地荒僻地区居民的痴迷程度真叫人吃惊。他们心醉神迷,纹丝不动,在激动的马库托人中间显得格外突出。马库托人拼命用嘴巴和手势来表达他们的快乐,土著们只有一次才流露出他们含蓄的狂喜。演出《浮士德》时,古斯曼·布兰科非常欣赏《珠宝之歌》,把一袋金币抛到舞台上。有身份的公民们竞相仿效,把身上带着的现钱全扔了上去,有几位高贵的时髦太太不甘人后,把一两只珠宝戒指扔到玛格丽特脚下——节目单上印着扮演玛格丽特的是尼娜·吉劳德小姐。于是仓库里各个角落站起了各式各样的愣头愣脑的山地居民,向台上扔着褐色和焦茶色的小袋子,袋子噗噗地落到台上,也不弹跳。吉劳德小姐在化妆室里解开这些鹿皮小口袋,发现里面全是纯净的金沙时,眼睛不由得一亮。毫无疑问,使她眼睛发亮的当然是由于她的艺术受到赞赏而引起的欢欣。果真如此的话,她也有欢欣的理由,因为她的演唱字正腔圆,高亢有力,充满敏感的艺术家的激情,在赞赏面前她是当之无愧的。

但是城堡歌剧团的成功并不是这篇小说的主题，只是它据以发展的引子。马库托发生了一件悲惨的事情，一个神秘难解的谜，使得欢乐的季节清静了一个时期。

一天傍晚，短暂的黄昏已经过去，照说这时候尼娜·吉劳德小姐应该穿着热情的卡门的红黑两色的服装在舞台上载歌载舞，但她没有在马库托六千对眼睛和六千颗心上出现。随即是一片不可避免的混乱，大家急忙去找她。使者飞快地跑到她下榻的、法国人开的小旅馆去，歌剧团的人分头去寻找，以为她可能逗留在哪一家商店里，或者过分延迟了她的海水浴。搜寻毫无结果。小姐失踪了。

过了半小时，她的下落仍旧不明。独裁者不习惯于名角的任性，等得不耐烦了。他派包厢里的一个副官传话给经理，限他立即开场，否则把歌剧团全体成员马上关进监狱，尽管他被迫出此下策会感到遗憾。马库托的鸟儿在他的命令之下也得歌唱。

经理只得对吉劳德小姐暂时放弃希望。合唱队的一个女演员多年来一直梦想着这种难得的宝贵机会，迅速地装扮成卡门，歌剧继续演出。

之后，失踪的女歌手音讯杳然，剧团便向当局请求协助。总统下令军队、警察和全体市民进行搜寻。但是找不到任何有关吉劳德小姐的线索。城堡歌剧团离开了马库托，到海岸上别的地点去履行演出合同。

轮船回程时在马库托靠岸，经理急切地去打听，仍旧没有发现那位小姐的踪迹。城堡歌剧团无能为力了。小姐的个人衣物给寄存在旅馆里，让她日后万一出现时领取，歌剧团继续回归新奥尔良。

堂约翰尼·阿姆斯特朗先生的两头鞍骡和四头驮骡停在海滩边的公路上,耐心地等候骡夫路易斯的鞭子声。那将是去山区的另一次长途旅行的信号。驮骡背上装载着各式各样的五金器皿。堂约翰尼用这些物品同内地的印第安人交换金沙。他们在安第斯山溪里淘洗金沙,藏在翎管和袋子里,等他来做买卖。这种买卖能赚大钱,阿姆斯特朗先生指望不久就可以买下他向往已久的咖啡种植园了。

阿姆斯特朗站在狭窄的人行道上,同老佩拉尔托讲着任意篡改的西班牙语,同拉克讲着删节的英语。老佩拉尔托是当地的富商,刚才以四倍的高价卖了六打铸铁斧头给阿姆斯特朗;拉克是德国人,五短身材,担任美国领事的职务。

"先生,但愿圣徒保佑你一路平安。"佩拉尔托说。

"最好试试奎宁,"拉克叼着烟斗,粗声粗气地说,"每晚吃两粒。这次别去得太久,约翰尼,因为我们需要你。梅尔维尔那家伙纸牌玩得太糟,又找不到别人替代。再见吧,你骑骡子走在悬崖绝壁上的时候,眼睛要盯着骡子两耳中间。"

路易斯的骡子的铃铛响了起来,骡队便随着铃声鱼贯而去。阿姆斯特朗挥手告别,在骡队末尾殿后。他们拐弯走上狭窄的街道,经过两层楼木头建筑的英国旅馆;埃夫斯、道森、理查兹和其余的伙伴们正闲坐在宽敞的游廊上,看一星期前的旧报纸。他们一齐拥到栏杆前,纷纷亲切地向他告别。喊了许多聪明的和愚蠢的话。穿过广场时,骡队在古斯曼·布兰科的铜像前小步跑过,铜像四周围着从革命党那里缴获的上了刺刀的步枪。骡队从两排挤满了赤身露体的马库托孩子的茅屋中间出了城，进入潮湿阴凉的香蕉林，来到一条波光潋滟的河边。衣不蔽体的棕色女人在石头上捣洗衣服。骡队蹚过河，到了突然陡峭的上坡路，便和海岸所能提供的文明告别了。

阿姆斯特朗由路易斯向导，在他走惯了的山区路线上旅行了几个星期。他收集到二十五六磅贵金属，赚了将近五千元后，减轻了负担的骡子就掉头下山。在瓜里科河源头从山边一个大裂隙涌出的地点，路易斯喝停了骡队。

"从这里走半天的路程，先生，"他说，"就可以到塔库萨马村，我们从没有去过那里。我认为那里可以换到许多金子。值得试试。"

阿姆斯特朗同意了。他们又上山，向塔库萨马进发，陡峭险峻的山路在一片浓密的森林里通过。黑暗阴沉的夜晚降临了，路易斯再次停下来。他们脚下是一道黑魆魆的深渊，把山路齐头切断，一眼望不到前面是什么。

路易斯跨下骡鞍。"这里应该有一座桥。"他说着沿悬崖蹚了一段路。"在这里啦。"他嚷道，又重新上骡带路。没多久，阿姆斯特朗在黑暗里听到一片擂鼓似的声响。原来悬崖上面搭了一条用木棍绷着坚韧皮革的便桥，骡蹄子踩在皮革上便发出了雷鸣似的轰响。再往前走半英里，就到了塔库萨马。这个村子是由一些坐落在隐蔽的树林深处的石屋和泥舍组成的。他们进村时，只听得一种与孤寂的气氛毫不相称的声音。一个珠圆玉润的女声从他们正在接近的一座矮长的泥屋里升起。歌词是英语，调子在阿姆斯特朗的记忆中是熟悉的，虽然凭他的音乐知识，还不能肯定歌曲的名字。

他从骡背上滑下来，悄悄掩到屋子一端的窄窗跟前。他谨慎地朝里面窥探一下，看到一个绝色美人，离他不到三英尺，身上披着一件宽大而华丽的豹皮袍子。屋子里挤满了蹲着的印第安人，只留下她站的一小块地方。

那女人唱完后便挨着小窗坐下，仿佛特别喜爱从窗口飘进来的没有污染的空气。这时，听众中间有几个人站了起来，把落地发出沉闷声息的小口袋扔到她脚边。这批面目可怖的听众发出的一阵嘶哑的喃喃声，显然是化外人的喝彩和赞扬。

阿姆斯特朗一向善于当机立断捕捉机会。他趁嘈杂的时候，用压低然而清晰的声音招呼那个女人说："别回头，但是听着。我是美国人。如果你需要帮助，告诉我该怎么办。尽可能说得简单明了一些。"

那女人没有辜负他的大胆。她苍白的脸一红的当儿就明白了他的意思。她说话了，嘴唇几乎没有动。

"我遭到这些印第安人禁闭。我迫切需要帮助。两小时后，到二十码外山边的那座小屋去。窗里有灯火和红窗帘。门口一直有人把守，你得把他制服。看在老天分上，千万要来。"

这篇小说似乎回避了冒险、拯救和神秘的情节。小说的主题太微妙了，决不是勇敢生动的气氛所能烘托的。但它又像时间那么古老。它被称做"环境"，其实这两个字贫乏得不足以说明人与自然之间的难以言宣的血缘关系，不足以解释那种使木石云海激起我们情感的古怪的眷恋。为什么山区会使我们变得老成持重，严肃超脱；为什么大树参天的森林会使我们变得庄重而沉思；为什么海岸的沙滩又会使我们落到轻率多变的地步？是不是由于原生质——且慢，化学家们正在研究这种物质，用不了多久，他们就会把整个生命用符号公式排列出来。

为了使故事不超出实事求是的范围，我们不妨简单交代一下：约翰·阿姆斯特朗到了小屋那里，闷住了印第安看守的嘴，救出了吉劳德小姐。除了她以外，还带出好几磅金沙，那是她在塔库萨马被迫演出的六个月里收集到的。那些卡拉博博印第安人是赤道和新奥尔良的法兰西歌剧院之间最热衷于音乐的人。其中有几个在马库托看到了城堡歌剧团的演出，认为吉劳德小姐的格调和技巧很令人满意。他们要她，于是一天晚上，不费什么手脚就突然把她劫走了。他们对她相当体贴，只要求她每天表演一场。阿姆斯特朗救了她，使她很快活。关于神秘和冒险已经谈得够多的了。现在再回过头来谈谈原生质的理论。

约翰·阿姆斯特朗和吉劳德小姐在安第斯山岭中行进，沉浸在它们伟大崇高的气氛之中。自然大家庭中最强有力而脱离得最远的成员，重新感到了他们同自然的联系。在那些庞大的史前地壳隆起的地带，在那些严峻肃穆，一望无际的地方，人的渺小自然而然地显露了出来，正如一种化学物质使另一种化学物质产生沉淀一样。他们像是在宇宙里似的敬畏地行动着。他们的灵魂被提升到同壮丽的山地相等的高度。他们在庄严宁谧的地带旅行。

在阿姆斯特朗眼里，这个女人仿佛是神圣的。她仍然带着这段苦难时期造成的苍白和凛然的沉静，以致她的美貌显得超凡脱俗，并且似乎散发着艳丽的光辉；他们相处的最初时刻，他对她的感情一半是人类的爱慕，另一半是对下凡仙女的崇敬。

她被解救出来后，始终没有露过笑容。她衣服外面仍旧披着那件豹皮袍子，因为山地的空气很冷。她的模样像是那些蛮荒的、威严的高地上一位仪态万方的公主。这个地区的氛围同她的情调很合拍。她的眼睛老是望着阴沉的巉岩、蓝色的峡谷和覆雪的山峰，蕴含着它们的雄伟与忧郁。有时候，她在路上唱着动人心弦的感恩赞美诗和亚萨的诗①，同山岭的气氛非常贴切，以致他们像是在大教堂的通道中严肃地行进。被解救的人难得开口，周围大自然的静寂感染了她的情绪。阿姆斯特朗把她看作天使。他怎么也不敢亵渎神圣，像追求别的女人那样去追求她。

第三天，他们抵达气候温和的台地和山麓地带。山岭给抛在后面了，但是依然露出巍峨而令人肃然起敬的峰顶。这里有了人烟。他们见到咖啡种植场的房屋在林中空地远处闪闪发白。他们来到大路上，遇见了旅人和驮骡。牲口在山坡上吃草。他们经过一个小村落，圆眼睛的小孩望到他们便叫嚷起来，招呼他们。

吉劳德小姐脱掉了豹皮袍子。这种皮袍在山区很合适，很自然，现在却有点不合时宜了。假如阿姆斯特朗没有看错的话，她在脱掉皮袍的同时也摆脱了态度中的某些威严。由于人烟渐密，生活条件比较舒适，他很高兴地看到安第斯山的高贵公主和祭司逐渐变成一个女人——一个尘世的女人，但她的魅力并没有减少。她那大理石般的脸颊上有了一点血色。她脱去长袍后，出于对别人的观感的考虑，把里面世俗的衣服整理了一番，对先前不加注意的飘拂的头发也作了梳理。在寒冷艰苦的山区期间隐没已久的对尘世的兴趣，重新在她

① 即《旧约·诗篇》第50篇。

的眼神里出现。

被阿姆斯特朗奉为神明的人的转变，使他的心跳加速了。北极探险者初次发现绿地和融成流体的水时，惊喜的程度也不过如此。现在他们处在世界和生活的海拔较低的地方，正在它奇特而微妙的影响下逐渐屈服。他们呼吸的不再是严肃的山区的稀薄空气了。他们周围是果实、谷物和房屋的芬芳、炊烟和温暖土地的愉快气息，以及人们加在自己和他们所来自的尘土之间的慰藉。在严肃的山区行进时，吉劳德小姐仿佛融合在它们虔诚的缄默中。现在她活泼、热情、急切，洋溢着活力和妩媚，充满着女性的特点——这是不是同一个女人呢？阿姆斯特朗考虑这个问题时，不禁产生了疑惑。他希望能同这个转变中的人留在此地，不再下山了。在这个海拔高度和环境中，她的心情仿佛最是可人。他害怕往下走到人力控制的地方。到了他们所去的背离自然的地方之后，她的心情是否会做出更大的让步呢？

现在他们从一个小高地上望到了绿色低地边缘的闪烁的海水。吉劳德小姐楚楚动人地叹了一口气。

"哎，看哪，阿姆斯特朗先生，那不是海吗？多么可爱啊！山区实在叫我厌倦了。"她厌恶地耸耸可爱的肩膀，"那些可怕的印第安人！想想我经受的苦难！尽管可以说我已经实现了成为头牌演员的希望，我却不愿意再做这类演出了。你救我出来，实在太好啦。告诉我，阿姆斯特朗先生——说老实话——我的模样是不是非常、非常糟糕？你知道，我好几个月没有照过镜子了。"

阿姆斯特朗根据自己改变了的心情做了回答。他甚至用手按着她那只搁在鞍头上的手。路易斯在骡队前头，看不见他们的动作。她让他的手按在那里，眼睛里含着坦率的笑意。

日落时分，他们来到棕榈和柠檬树掩映的海岸地带，置身于暖和区域的鲜艳的绿色、红色和赭色之中。他们进入马库托，看到一群活泼的洗海水浴的人在浪中嬉戏。山岭已经离得很远了。

吉劳德小姐眼里欢乐的光芒在重岭叠嶂的笼罩下是绝对不可能出现的。各种各样的精灵都在向她呼唤——橘树林中的宁芙，喋喋不休的海浪中的妖精，声色犬马所产生的小鬼。她突然想起一件事，爽朗地高声笑了起来。

“那岂不是轰动的新闻？我真希望现在有一个演出合同！新闻记者们可要热闹一番了！‘歌喉迷人，印第安蛮子劫美’——岂不是一条惊人的标题？不过我认为我已经名利双收了——他们要求加演时扔给我的金沙足足要值一两千元，你说呢？”

他在她以前下榻的那家佳憩旅馆门口同她分了手。两小时后，他再回到旅馆，在小客厅兼茶座的敞开的门口朝里面望望。

里面有五六个马库托社交界和官场的头面人物。富有的橡胶种植园主维利亚布兰卡先生，大腹便便地坐在两张椅子上，巧克力色的脸上露出软绵绵的微笑。法国采矿工程师吉尔勃从金光锃亮的夹鼻眼镜后面挤眉弄眼。正规军的门德斯上校穿着绣金饰带的制服，满脸傻笑，正忙着开香槟酒。还有几个马库托的时髦人物也都在装模作样，神气活现。空中香烟雾气弥漫，地上淌着酒水。

吉劳德小姐坐在屋子中央的一张桌子上，摆出高人一等的架子。一件配着樱桃色缎带的白细麻布衣服代替了她旅行时的服装。隐约可见到衬裙的花边和褶边，以及部分露在外面的粉红色的手工绣的袜子。她膝上搁着一把吉他，脸上是复苏的光彩和受苦受难之后达到至乐福地的安逸。她正在活泼的伴奏下唱着一支小调：

滚圆的大月亮
像气球似的升腾，
黑小子跳跳蹦蹦，
跑去问她的情人。

唱歌的人看到了阿姆斯特朗。

“嗨，约翰尼，”她喊道，“我等了你一个小时啦。什么事绊住了你？嘻！不过这些烟熏的家伙性子最慢了。他们根本没有开始呢。来吧，我吩咐这个戴金肩章的咖啡色的家伙为你开一瓶冰镇的香槟。”

“多谢，”阿姆斯特朗说，“我想不必了。我还有一些事要办。”

他走到外面的街上，看到拉克正从领事馆里出来。

“和你打一盘弹子吧，”阿姆斯特朗说，“我要找些消遣，解解嘴里的海水味儿。”

红酋长的赎金

这桩买卖看上去好像是有利可图的:不过听我慢慢道来。我们——比尔·德里斯科尔和我——来到南方的阿拉巴马州,忽然想起了这个绑架的主意。后来比尔把它说成是“一时鬼迷心窍”,但我们当时并没有料到。

那里有个小镇,平坦得像烙饼,小镇的名字当然叫做顶峰。镇里的居民多半务农,并且像所有簇拥在五月柱周围的农民一样,身心健康,自得其乐。

比尔和我一共有六百来元资本,我们恰恰还需要两千元,以便在西部伊利诺斯州做一笔空头地产生意。我们坐在旅馆门前的台阶上讨论了一番。我们说,在半乡村的社会里,对子女的爱很强烈;因此,再加上别的原因,在这种地方实施一个绑架计划,效果肯定比在处于报纸发行范围之内的其他地方好得多,因为报馆会派出记者暗访,把这类事情宣扬得风风雨雨的。我们知道顶峰镇拿不出什么有力的办法来对付我们,最多派几个警察,或者还有几条呆头呆脑的猎犬,并且在《农民周报》上把我们臭骂一通。因此,这桩买卖好像切实可行。

我们选中了本镇有名望的居民埃比尼泽·多塞特的独子做牺牲品。父亲很有地位,但手面很紧,喜欢做抵押借款,遇有募捐,一毛不拔。孩子十岁,满脸长着浅浮雕似的雀斑,头发的颜色同你赶火车时在报摊上买的杂志封面的颜色一样。比尔和我合计,埃比尼泽会乖乖地拿出两千元赎金,一分不少。但是听我慢慢道来。

离顶峰镇两英里光景有一座杉树丛生的小山。山后高处有一个洞。我们把食物和应用物品储藏在那里。

一天傍晚,我们驾了一辆马车经过老多塞特家门口。那孩子在街上,用石子投掷对面篱笆墙上的一只小猫。

"嗨,小孩!"比尔说,"你要不要一袋糖,再乘车兜个圈子?"

小孩扔出一块碎砖,把比尔的眼睛打个正着。

"这下要老头额外破费五百元。"比尔一面说,一面下车。

小孩像重量级的棕熊那样和我们厮打起来;但我们终于制服了他,把他按在车厢底,赶车跑了。我们把他架进山洞,我把马拴在杉树上。天黑之后,我把车子赶到三英里外租车的小镇,然后步行回到山上。

比尔正往脸上被抓破砸伤的地方贴橡皮膏。山洞入口处的一块大岩石后面生着火,孩子守着一壶煮开的咖啡,他的红头发上插着两枝秃鹰的尾羽。我走近时,他用一根树枝指着我说:

"哈!该死的白人,你竟敢走进平原魔王红酋长的营地?"

"现在没有问题了,"比尔说,同时卷起裤腿检查脚胫上的伤痕,"我们刚才在扮印第安人玩儿。我们把'野牛'比尔的电影比得一钱不值,简直像是市政厅里放映的巴勒斯坦风光的幻灯片啦。我是猎人老汉克,红酋长的俘虏,明天一早要被剥掉头皮。天哪!那小子真能踹人。"

是啊,先生,那孩子生平没有这么快活过。在山洞露宿的乐趣使他忘记自己是个俘虏了。他马上替我起个名字，叫作奸细蛇眼，并且宣布说，等他手下出征的战士回来后，要在太阳升起的时候把我绑在柱子上烧死。

后来，我们吃晚饭，他嘴里塞满了熏肉、面包和肉汁，开始说话了。他的席上演说大致是这样的：

"我真喜欢这样。以前我没有露宿过；可是我有一头小袋鼠。我已经过了九岁的生日。我最恨上学。吉米·塔尔博特的姑妈的花斑鸡下的蛋被耗子吃掉了十六个。这些树林里有没有真的印第安人？我再要一点肉汁。是不是树动了才刮风？我家有五只小狗。你的鼻子为什么这样红，汉克？星期六我揍了埃德·沃克两顿。我不喜欢小姑娘。你不用绳子是捉不到蛤蟆的。牛会不会叫？橘子为什么是圆的？这个洞里有没有床可以睡觉？阿莫斯·默里有六个脚趾。八哥会说话，猴子和鱼就不会。几乘几等于十二？"

每隔几分钟，他就想起自己是个凶恶的印第安人，拿起他的树枝来复枪，蹑手蹑脚地走到洞口去看看有没有可恨的白人来窥探。他不时发出一声战斗的呐喊，吓得猎人老汉克直打哆嗦。那孩子一开头就把他吓坏了。

"红酋长，"我对孩子说，"你想回家吗？"

"噢，回家干吗？"他说，"家里真没劲。我最恨上学了。我喜欢露宿。你不会把我再送回家吧，蛇眼，是吗？"

"不马上送，"我说，"我们要在洞里住一阵子。"

"好！"他说，"那太好啦。我生平从没有碰到过这么有趣的事情。"

我们十一点钟光景睡觉了。我们铺开几条阔毯子和被子，把红酋长安排在中间。我们不担心他会逃跑。他害我们过了三个小时还不能睡,他时不时跳起来,抓起来复枪,在我和比尔的耳边叫道:“嘘!伙计。”因为在他稚气的想象中听到了那帮不法之徒偷偷掩来,踩响了树枝或者碰动了树叶。最后,我不踏实地睡着了,梦见自己遭到一个凶恶的红头发的海盗绑架,被捆在树上。

天刚亮,比尔一连串可怕的尖叫声惊醒了我。那不像是从男人发声器官出来的叫、嚷、呼、喊或嚎,而像是女人见到鬼怪或者毛毛虫时发出的粗鄙、可怕而丢脸的尖叫。天蒙蒙亮时听到一个粗壮结实的不法之徒在山洞里这样没命地叫个不停,真是大煞风景。

我跳起来看看究竟出了什么事。只见红酋长骑在比尔的胸口上,一手揪住比尔的头发,一手握着我们切熏肉的快刀,他根据昨天晚上对比尔的判决,起劲而认真地想剥比尔的头皮。

我夺下孩子手里的刀,吩咐他再躺下。从那时候开始,比尔就吓破了胆。他躺在地铺原来的位置上,不过,只要那孩子跟我们在一起,他就再也不敢合眼了。我迷迷糊糊地睡了一会儿,太阳快出来时,我想起红酋长说过要把我绑在柱子上烧死。我倒不是神经过敏或者胆怯,但还是坐了起来,靠着一块岩石,点燃烟斗。

“你这么早起来干吗,山姆?”比尔问我。

“我吗?”我说,“哦,我的肩膀有点痛。我想坐着可能会好一些。”

“你撒谎!”比尔说,“你是害怕。日出时你要被烧死,你怕他真的干得出来。他如果找得到火柴,确实也干得出来。真伤脑筋,是不是,山姆?你认为有谁愿意花钱把这样一个小鬼赎回去吗?”

“当然有,”我说,“这种淘气的孩子正是父母溺爱的。现在你和酋长起来做早饭,我要到山顶上去侦察一下。”

我爬到小山顶,把附近扫视一遍。我以为顶峰镇那面可以看到健壮的庄稼汉握着镰刀和草叉,在各处搜寻绑匪。但是我只看到一片宁静的景象,只有一个人赶着一匹暗褐色的骡子在耕地。没有人在小河里打捞,也没有人来回奔跑,向悲痛的父母报告说还没有任何消息。我看到的阿拉巴马的这一地区,外表上是一派昏昏欲睡的田园风光。我暗忖道:“也许他们还没有发现围栏里的羔羊被狼叼走了。上天保佑狼吧!”我说着下山去吃早饭。

我进山洞时,只见比尔背贴着洞壁,直喘大气。那孩子气势汹汹地拿着一块有半个椰子那么大的石头要砸他。

“他把一个滚烫的熟土豆塞进我的脖领,”比尔解释说,“接着又用脚把它踩烂,我打了他一个耳光。你身边带着枪吗,山姆?”

我把孩子手里的石头拿掉,好歹劝住了他们的争吵。“我会收拾你的,”孩子威胁比尔说,“打了红酋长的人休想逃脱他的报复。你就留神吧!”

早饭后,孩子从口袋里掏出一片绕着绳子的皮革,走出山洞去解开。

“他现在想干什么?”比尔焦急地说,“你说他不会逃跑吧,山姆?”

“那倒不必担心,”我说,“他不像是恋家的孩子。不过我们得制定赎金的计划。他的失踪仿佛并没有在顶峰镇引起不安,可能他们还没有想到他被拐走了。他家的人可能认为他在简姑妈或者邻居家过夜，总之，今天他们会惦记他的。今晚我们得送个信给他爸爸，要他拿两千元钱把他赎回去。”

这时，我们听到一声呼喊，正如大卫打倒歌利亚①时可能发过的呼喊那样。红酋长从口袋里掏出来的是一个投石器，他正在头顶上挥旋。

我赶快闪开，只听见沉重的噗的一声，比尔叹了一口气，活像是马卸鞍后的叹息。一块鹅卵大的黑色石头正好打中比尔的左耳后面。他仿佛浑身散架似的倒在火上一锅准备洗盘子的热水上面。我把他拖出来，往他头上泼凉水，足足折腾了半个小时，才使他苏醒。

过一会儿，比尔坐了起来，摸着耳后说：“山姆，你知道《圣经》人物中我最喜欢的是谁吗？”

“别紧张，”我说，“你的神志马上就会清醒的。”

“我最喜欢的是希律王②，”他说，“你不会走开，把我一个人丢在这儿吧，山姆？”

我出去抓住那孩子直摇晃，摇得他的雀斑都格格发响。

“假如你再不老实，”我说，“我马上送你回家。喂，你还要捣乱吗？”

“我只不过开个玩笑罢了，”他不高兴地说，“我不是存心害老汉克的。可是他干吗要揍我呀？我答应不捣乱了，蛇眼，只要你不把我送回家，并且今天陪我玩‘黑侦察’。”

① 歌利亚是《圣经》里的非利士勇士，身躯高大，但被矮小的大卫用投石器击杀。

② 《新约·马太福音》第2章记载，耶稣诞生时，博士预言耶稣将成为犹太王，当时的犹太王希律惟恐预言应验，下令杀尽伯利恒两岁以下的男孩。

“我不会玩这个游戏,”我说,“你得自己去和比尔先生商量。今天由他陪你玩。我有事要出去一会儿。现在你进来对他说几句好话,打了他要向他赔个不是,不然立刻送你回家。”

我吩咐他同比尔握握手,然后把比尔拉过一边,告诉他我要去离山洞三英里的白杨村,探听绑架的事在顶峰镇引起了什么反响。我还想当天给老多塞特送一封信,斩钉截铁地向他要赎金,并且指示他用什么方式付款。

“你明白,山姆,”比尔说,“不论山崩地陷,赴汤蹈火——打扑克,玩炸药,逃避警察追捕,抢劫火车,抵御飓风,我总是和你同甘苦,共患难,眼睛都不眨一眨。在我们绑架那个流星焰火之前,我从没有泄过气。他却叫我胆战心惊。你不会让我和他一起待很久吧,山姆?”

“我今天下午回来,”我说,“在我回来之前,你要把这孩子哄得又高兴又安静。现在我们给老多塞特写信吧。”

比尔和我找了纸笔,开始写信。红酋长身上裹着一条毯子,昂首阔步地踱来踱去,守卫洞口。比尔声泪俱下地恳求我把赎金数目从两千降到一千五。他说:“我并不想从道德方面来贬低为人父母的感情,但是我们是在和人打交道,要任何一个人拿出两千元来赎回这个四十磅的、满脸雀斑的野猫是不近人情的。我宁愿要一千五,差额在我应得的那份里扣除好了。”

为了使比尔安心,我同意了。我们合作写了下面的信:

埃比尼泽·多塞特先生:

我们把你的孩子藏在某个离顶峰镇很远的地点。你,或是最干练的侦探,要想找到他都是枉费心机的。你若想让他回到你身边,必须履行如下条件:

我们要一千五百元(大额现钞)赎金;这笔钱务必在

今天午夜放到回信的同一地点和同一盒子里——细节下面将有说明。如果你同意我们的条件,今晚八点半,派人送信答复。在去白杨村的路上,走过猫头鹰河以后,右面麦田的篱笆附近有三株相距一百码左右的大树。第三株树对面的篱笆桩子底下有一个小纸盒。

送信人把回信放进盒子后,必须立即回顶峰镇。

假如你玩什么花样,或者不同意我们的要求,你将永远见不到你的孩子。假如你按照我们的条件付了钱,孩子可以在三小时内平安回到府上。这些条件没有磋商余地,如不同意,以后不再联系。

两个亡命徒启

我开了一个给多塞特的信封,揣在口袋里。我正要动身时,孩子跑来说:

"喂,蛇眼,你说你走了后,我可以玩'黑侦察',是吗?"

"当然可以,"我说,"比尔先生陪你玩。这个游戏怎么个玩法?"

"我当黑侦察,"红酋长说,"我要骑马到寨子里去警告居民们说印第安人来犯了。我扮印第安人扮腻了。我要做黑侦察。"

"好吧,"我说,"我看这没有什么害处。比尔先生会帮你打退那些找麻烦的野人的。"

"我做什么?"比尔猜疑地瞅着孩子问。

"你做马,"黑侦察说,"你趴在地下。没有马,我怎么赶到寨子去呢?"

"你还是凑凑他的高兴,"我说,"等我们的计划实现吧。想开一点。"

比尔趴了下去，眼睛里的神情像是掉进陷阱的兔子。

“到寨子有多远，孩子？”他嘶哑地问道。

“九十英里，”黑侦察说，“你得卖点力气，及时赶到那里。嚯，走吧！”

黑侦察跳到比尔背上，用脚踹他的腰。

“看在老天分上，山姆，”比尔说，“尽可能快点回来。早知如此，我们开出的赎金不超出一千元就好了。喂，你别踢我啦，要不我就站起来狠狠揍你一顿。”

我步行到白杨村，在邮局兼杂货铺里坐了一会儿，同进来买东西的庄稼汉聊聊天。一个络腮胡子的人说他听到埃比尼泽·多塞特的儿子走失或者被拐了，顶峰镇闹得沸沸扬扬。那正是我要探听的消息。我买了一些烟草，随便谈谈蚕豆的价钱，偷偷地投了信就走了。邮局局长说过，一小时内邮递员会来取走邮件，送到顶峰镇。

我回到顶峰镇时，比尔和孩子都不见了。我在山洞附近搜寻了一番，还冒险喊了一两声，但是没有人答应。

我只好点燃烟斗，坐在长着苔藓的岸边，等待事态发展。

过了半小时左右，我听到一阵树枝响，比尔摇摇晃晃地走到洞前的一小块空地上。尾随在他身后的是那个孩子，像侦察员那样蹑手蹑脚，眉开眼笑。比尔站停，脱掉帽子，用一方红手帕擦擦脸。孩子停在他背后八英尺远。

“山姆，”比尔说，“我想你也许要说我拆台，但我实在没有办法。我是个顶天立地的男子汉，有男人的脾气和自卫的习惯，但是，自尊和优越也有彻底垮台的时候。孩子走啦。我把他打发回家了。全结束了。古代有些殉道者宁死也不肯放弃他们喜爱的某一件事。可是他们中间谁都没有受过我所经历的非人的折磨。我很想遵守我们掠夺的原则,但总有个限度。”

“出了什么事呀,比尔?”我问他。

“我被骑着,”比尔说,“跑了九十英里去寨子,一寸也不能少。之后,居民们获救了,便给我吃燕麦。沙子可不是好吃的代用品。接着,我又被纠缠了一个小时,向他解释为什么空洞是空的,为什么路上可以来回走,为什么草是绿的。我对你说,山姆,忍耐是有限度的。我揪住他的衣领,把他拖下山去。一路上他把我的小腿踢得紫一块、青一块的,我的大拇指和手掌还被他咬了两三口。

“但是他终究走了,”比尔接着说,“回家了。我把去顶峰镇的路指点给他看,一脚把他朝那方向踢出八尺远。赎金弄不到手了,我很抱歉,不过不这样做的话,比尔·德里斯科尔可要进疯人院了。”

比尔还是气喘吁吁的,但他那红润的脸上却有一种说不出的安逸和越来越得意的神情。

“比尔,”我说,“你亲属中间有没有害心脏病的?”

“没有,”比尔说,“除了疟疾和横死以外,没有慢性病。你干吗问这句话?”

“那你不妨回过头去,”我说,“看看你背后是什么。”

比尔回过头,看到了那孩子,他脸色刷地发白,一屁股坐在地上,开始讪讪地拔着青草和小枝条。我为他的神经足足担心了一小时。之后,我对他说,我的计划立刻可以解决这件事。如果老多塞特答应我们的条件,午夜时我们拿到赎金就远走高飞。比尔总算打起精神,勉强向孩子笑笑,答应等自己觉得好一些后同他玩俄罗斯人和日本人打仗的游戏。

我有一个取到赎金而绝不至于落进圈套的办法，应该公之于世，和专门从事绑架的同行们共享。我通知多塞特放回信——以后还要放钱——的那株树挨着路上的篱笆墙，四面是开阔的田野。如果有一帮警察蹲守，要抓来取信的人，他们打老远就可以看到那人在路上走来，或者看见他穿过田野。但是没那么简单，先生！八点半钟，我爬到树上，像树蛙似的躲得好好的，等待送信人到来。

到了约定时间，一个半大不小的孩子骑着自行车在路上来了，他找到篱笆桩子底下的纸盒，放进一张折好的纸，然后骑上车，朝顶峰镇方向回去。

我等了一个小时，断定不会有什么意外了，便从树上溜下来，取了那张纸，顺着篱笆墙一直跑进树林子，再过半小时便回到了山洞。我打开那张便条，凑近灯光，念给比尔听。便条是用铅笔写的，字迹潦草，内容是这样的：

两个亡命徒先生们：

今天收到你们寄来的有关赎回我儿子的信。我认为你们的要求偏高了一些。因此我在这里提个反建议，相信你们很可能接受。你们把约翰尼送回家来，再付我两百五十元，我可以同意从你们手里接管他。你们来的话最好是在夜里，因为邻居们都以为他走失了。如果他们看见有谁把他送回来，会采取什么手段来对付你们很难预料，我可不能负责。

埃比尼泽·多塞特谨启

"彭赞斯的大海盗，"我说，"真他妈的岂有此理——"

但是我瞟了比尔一眼，迟疑起来。他眼睛里那种苦苦哀求的神情,无论在哑口畜生或者会说话的动物的脸上,都从未见过。

"山姆,"他说,"两百五十元毕竟算得上什么呢?我们手头有这笔钱。再和这孩子待一晚,我准会被送进疯人院。我认为多塞特先生提出这么大方的条件,不但是个百分之百的君子,而且还是仗义疏财的人。你不打算放过这个机会吧,是吗?"

"老实告诉你,比尔,"我说,"这头小公羊叫我也觉得棘手。我们把他送回家,付掉赎金,赶快脱身。"

我们当晚便送他回去。我们对他说,他爸爸已经替他买了一支银把的来复枪和一双鹿皮鞋,并且说明天带他一起去打熊,总算把他骗走。

我们敲埃比尼泽家的前门时,正好是十二点。按照原先的计划,我们本应从树下的盒子里取到一千五百元,现在却由比尔数出二百五十元来给多塞特。

孩子发现我们要把他留在家里,便像火车头似的吼起来,像水蛭似的吸附在比尔的腿上。他爸爸像揭膏药似的慢慢地把他撕了下来。

"你抓着他能支持多久?"比尔问道。

"我身体不如以前那么强壮了,"老多塞特说,"但是我想我可以给你们十分钟的时间。"

"够了,"比尔说,"十分钟内,我可以穿过中部、南部和中南部各州,直奔加拿大边境。"

尽管天色这么黑,尽管比尔这么胖,尽管我跑得算是快的,可等我赶上比尔时,他已经把顶峰镇抛在背后,有一英里半远了。

人生的波澜

治安官①贝纳加·威德普坐在办公室门口，抽着接骨木烟斗。坎伯兰山脉高耸入云，在午后的雾霭中呈现一片灰蒙蒙的蓝色。一只花斑母鸡高视阔步地走在居留地的大街上，愣愣磕磕地叫个不停。

路那头传来了车轴的吱呀声，升腾起一蓬沙尘，接着出现了一辆牛车，车上坐着兰西·比尔布罗和他的老婆。牛车来到治安官的门前停住，两人爬下车来。兰西是个六英尺高的瘦长汉子，有着淡褐色的皮肤和黄色的头发。山区的冷峻气氛像一副甲胄似的罩住他全身。女的穿花布衣服，瘦削的身段，拢起来的头发，现出莫名的不如意的神情。这一切都透露出一丝对枉度青春的抗议。

治安官为了保持尊严，把双脚伸进鞋子，然后挪动一下地方，让他们进屋。

"我们俩，"女人说，声音仿佛寒风扫过松林，"要离婚。"她瞅了兰西一眼，看他是否认为她对他俩的事情所做的陈述有破绽、含糊、规避、不公或者偏袒自己的地方。

① 治安官，英美的地方官员，兼理司法事务，乡村的琐细案件由其判决执行，并有权颁发证书等。

“离婚，”兰西严肃地点点头说，“我们俩怎么也不对劲儿。住在山里，即使夫妻和和美美，也已经够寂寞的了，何况她在家里不是像野猫似的气势汹汹，便是像号枭似的阴阴沉沉，男人凭什么要跟她一起过日子。”

“那是什么话，他自己是个没出息的害人虫，”女人并不十分激动地说，“老是跟那些无赖和私酒贩子鬼混，喝了玉米烧酒就挺尸那样躺着，还养了一群饿狗害人家来喂！”

“说真的，她老是摔锅盖，”兰西反唇相讥说，“把滚开的水泼在坎伯兰最好的浣熊狗身上，不肯做饭给男人吃，深更半夜还骂骂咧咧地唠叨个没完，不让人睡觉。”

“再说，他老是抗缴税款，在山里得了个二流子的名声，晚上有谁还能好好睡觉？”

治安官从容不迫地着手执行任务。他把惟一的椅子和一条木凳让给了诉讼人，然后打开桌上的法令全书，细查索引。没多久，他擦擦眼镜，把墨水瓶挪动了一下。

“法律和法令，”他开口说，“就本庭的权限而言，并没有提到离婚的问题。但是，根据公平合理的原则，根据宪法和金箴①，来而不往不是生意经。如果治安官有权替人证婚，那么很清楚，他也有权办理离婚事宜。本庭可以发给离婚证书，并由最高法院认可它的效力。”

兰西·比尔布罗从裤袋里掏出一只小小的烟草袋。他在桌上抖搂出一张五元的钞票。“这是卖了一张熊皮和两张狐皮换来的，”他声明说，“我们的钱全在这儿了。”

① 金箴指《新约·马太福音》第7章第12节和《路迦福音》第6章第31节的“无论何事，你们愿意人怎样待你们，你们也要这样待人。”

“本庭办理一件离婚案的费用，”治安官说，“是五元钱。”他装出满不在乎的样子，把那张钞票塞进粗呢坎肩的口袋里。他费了很大劲儿，花了不少心思，才把证书写在半张大页纸上，然后在另外半张上照抄一遍。兰西·比尔布罗和他的老婆静听他念那份将给他们带来自由的文件：

为周知事，兰西·比尔布罗及其妻子阿里艾拉·比尔布罗今日亲来本官面前议定，不论将来如何，双方此后不再敬爱服从。成立协议时，当事人神志清晰，身体健全。按照本州治安和法律的尊严，特发给此离婚书为凭。今后各不相涉，上帝鉴诸。

田纳西州，比德蒙特县

治安官贝纳加·威德普

治安官正要把一份证书递给兰西。阿里艾拉忽然出声阻止。两个男人都朝她看看。他们的男性的迟钝碰到了女人突如其来的、出乎意外的变卦。

“法官，你先别给他那张纸。事情并没有完全了结。我先得主张我的权利。我得要求赡养费。男人离掉老婆，老婆的生活费用分文不给可不行。我打算到猪背山我兄弟埃德家去。我需要一双鞋子，一些鼻烟和别的东西。兰西既然有钱离婚，就得给我赡养费。”

兰西·比尔布罗给弄得目瞪口呆。以前从没有提过赡养费。女人总是那样节外生枝，提出意想不到的问题来。

治安官贝纳加·威德普觉得这个问题需要司法裁决。法令全书上没有关于赡养费的明文规定。那女人却是打着赤脚。去猪背山的路径不但峻峭，而且满是石子。

“阿里艾拉·比尔布罗，”他打着官腔问道，“在本案中，你认为要多少赡养费合适？”

“我认为，”她回答说，“买鞋等等，就说是五块钱吧。作为赡养费这不算多，但我合计可以维持我到埃德兄弟那儿去了。”

“数目不能说不合理，”治安官说，“兰西·比尔布罗，在发给离婚判决书之前，本庭着你付给原告五块钱。”

“我再没有钱了，”兰西沉郁地低声说，“我把所有的都付给你了。”

“你如果不付，”治安官从他眼镜上方严肃地望着说，“就犯了藐视法庭罪。”

“我想如果允许我延迟到明天，”丈夫请求说，“我或许能想办法拼凑起来。我从没有料到要什么赡养费。”

“本案暂时休庭，明天继续，”贝纳加·威德普说，“你们两人明天到庭听候宣判。那时再发给离婚判决书。”他在门口坐下来，开始解鞋带。

“我们还是去齐亚大叔那儿过夜。”兰西决定说。他爬上牛车，阿里艾拉从另一边爬了上去。缰绳一抖，那头小红牛慢吞吞转了一个向，牛车在轮底扬起的尘土中爬走了。

治安官贝纳加·威德普继续抽他的接骨木烟斗。将近傍晚时，他收到了订阅的周报，一直看到字迹在暮色中逐渐模糊的时候。于是，他点燃桌上的牛油蜡烛，又看到月亮升起来，算来该是吃晚饭的时候了。他住在山坡上一棵剥皮白杨附近的双开间的木屋里。回家吃晚饭要穿过一条有月桂树丛遮掩的小岔道。一个黑魆魆的人形从月桂村丛中跨出来，用来复枪对着治安官的胸膛。那个人帽子拉得很低，脸上也用什么东西遮住一大半。

“我要你的钱，”那个人说，“少废话。我神经紧张。我的手指在扳机上哆嗦着呢。”

“我只有五——五——五块钱。”治安官一面说，一面把钱从坎肩里掏出来。

“卷起来，”对方发出命令，“把钱塞进枪口。”

票子又新又脆。手指虽然有些颤抖不灵活，把它卷起来并不怎么困难，只是塞进枪口时不太顺当。

“你现在可以走啦。”强盗说。

治安官不敢逗留，赶快跑开。

第二天，那头小红牛拖着车子又来到办公室门口。治安官贝纳加·威德普知道有人要来，早已穿好了鞋子。兰西·比尔布罗当着治安官的面把一张五块钞票交给他的老婆。治安官虎视眈眈地盯着那张票子。它似乎曾经卷过、塞进过枪口，因为还有卷曲的痕迹。但是治安官忍住没有做声。别的钞票很可能也会卷曲的。他把离婚判决书分发给两人。两人都尴尬地默默站着，慢吞吞地折起那张自由的保证书。女人竭力抑制着感情，怯生生地瞥了兰西一眼。

“我想你要赶着牛车回家去了，”她说，“木架上的铁皮盒子里有面包。我把咸肉搁在锅里，免得狗偷吃。今晚别忘了给钟上弦。”

“你要去你的埃德兄弟那儿吗？”兰西装出漫不经心的样子问道。

“我打算在天黑前赶到那里。我不指望他们会忙着欢迎我。可是我没有别的地方可以投靠了。路很长，我想我还是趁早走吧。那么我就说再见了，兰西——要是你也愿意说的话。”

“如果谁连再见都不肯说，那简直成了畜生，”兰西带着十分委屈的声调说，“除非你急着上路，不愿意让我说。”

阿里艾拉默不作声。她把那张五块钞票和她的一份判决书小心折好放进怀里。贝纳加·威德普伤心的眼光从眼镜后面望着那五块钱到别人的怀里去了。

他想说的话（他的思潮翻腾）只有两种，一种使他的地位和一大群富于同情心的世人并列，另一种使他和一小群金融家并列。

“今晚老屋里一定很寂寞，兰西。”她说。

兰西·比尔布罗凝望着坎伯兰山岭，在阳光下，山岭现在成了一片蔚蓝。他没有看阿里艾拉。

“我也知道会寂寞的，”他说，“但是人家怒气冲冲，一定要离婚，你不可能留住人家呀。”

“要离婚的是别人，”阿里艾拉对着木凳子说，“何况人家又没有让我留着不走。”

“没有人说过不让呀。”

“可是也没有人说过让呀。我想我现在还是动身去埃德兄弟那儿吧。”

“没有人会给那只旧钟上弦。”

“要不要我搭车跟你一路回去，替你上弦，兰西？”

那个山民的面容绝不流露任何情感，可是他伸出一只大手抓住了阿里艾拉的褐色小手。她的灵魂在冷淡的脸庞上透露了一下，顿时使它闪出了光辉。

“那些狗再不会给你添麻烦了，”兰西说，“我想以往我确实太没有出息,太不上进啦。那只钟还是由你去上弦吧,阿里艾拉。"

"我的心老是在那座木屋里,兰西,"她悄声说,"老是跟你在一起。我再也不发火了。我们动身吧,兰西,太阳落山前,我们可以赶回家。"

治安官贝纳加·威德普看他们自顾自走向门口,竟忘了他在场,便插嘴发话了。

"以田纳西州的名义,"他说,"我不准你们两人藐视本州的法律和法令。本庭看到两个相亲相爱的人拨开了误会与不和谐的云雾,重归于好,不但非常满意,而且十分高兴。但是本庭有责任维护本州的道德和治安。本庭提醒你们,你们已经没有夫妇关系,你们经过正式判决离了婚,在这种情况下,你们不再享有婚姻状态下的一切权益了。"

阿里艾拉一把抓住兰西的胳膊。难道这些话是说,他们刚接受了生活的教训,她又要失去他吗?

"不过本庭,"治安官接着说,"可以解除离婚判决所造成的障碍。本庭可以立刻执行结婚的庄重仪式,把事情安排妥当,使双方如愿恢复那光明高尚的婚姻状态。执行这种仪式的手续费,就本案而论,一切包括在内,是五块钱。"

阿里艾拉从他的话里听到了一线希望。她的手飞快地伸进怀里。那张钞票像着陆的鸽子似的自在地飘到治安官的桌子上。当她和兰西手挽手站着,倾听那些使他们重新结合的词句时,她那疲黄的脸颊上有了血色。

兰西扶她上了车,自己也爬上去坐在她身旁。那头小红牛又转了一个向,他们紧握着手向山中进发了。

治安官贝纳加·威德普在门口坐下来,脱掉鞋子。他又一次伸手摸摸坎肩口袋里的钞票。他又一次抽起接骨木烟斗。那只花斑母鸡仍旧高视阔步地走在居留地上，愣愣磕磕地叫个不停。

我们选择的道路

“落日快车”在塔克森[1]以西二十英里的一座水塔旁边停下来上水。那列著名快车的车头除了水之外，还加了一些对它不利的东西。

火夫放下输水管的时候，三个人爬上了车头：鲍勃·蒂德博尔、鲨鱼多德森和有四分之一克里克印第安血统的约翰·大狗。他们把带在身边的三件家伙的圆口子对准了司机。司机被这些口子所暗示的可能性吓得举起了双手，仿佛要说：“不至于吧！”

进攻队伍的头儿，鲨鱼多德森，利索地发了一个命令，司机下了车，把机车和煤水车从列车卸开。接着，约翰·大狗蹲在煤车上，开玩笑似的用两支手枪分别对着司机和火夫，吩咐他们把车头开出五十码，在那里听候命令。

鲨鱼多德森和鲍勃·蒂德博尔认为旅客是品位不高的矿石，没有筛选的价值，便直奔特别快车的富矿。他们发现押运员正自得其乐地认为“落日快车”除了清水之外，没有添加危险刺激的东西。鲍勃用六响手枪的枪柄把这个念头从他脑袋里敲了出去，与此同时，鲨鱼多德森已经动手用炸药炸开了邮

① 塔克森，美国阿利桑纳州南部城市。

车的保险柜。

保险柜炸开后，发现里面有三万元之多，全是金币和现钞。旅客们漫不经心地从窗口探头看看哪里有雷雨云。列车员急忙拉铃索，可是事先被割断的绳索一拉就软绵绵地脱落下来。鲨鱼多德森和鲍勃·蒂德博尔把他们的战利品装进一个结实的帆布口袋，跳出邮车，朝车头跑去，高跟的马靴使他们奔跑时有些蹒跚。

司机正生着闷气，人却不傻，他遵照命令，把车头迅速驶离动弹不得的列车。然而在车头开出之前，押运员已经从鲍勃·蒂德博尔使他退居中立的一击下苏醒过来，他抓起一杆温彻斯特连发枪，参加了这场游戏。坐在煤水车上的约翰·大狗先生无意中走错一着棋，成了打靶的目标，被押运员钻了空子。子弹恰恰打进他两片肩胛骨中间，这个克里克的骗子一个倒栽葱跌到地上，让他的伙伴每人多分到六分之一的赃款。

车头开到离水塔两英里时，司机被命令停车。

两个强盗大模大样地挥手告别，然后冲下陡坡，消失在路轨旁边的密林中。他们在矮槲树林里横冲直撞闯了五分钟后，到了稀疏的树林里，那儿有三匹马拴在低垂的树枝上。其中一匹是等候约翰·大狗的，但是无论白天黑夜，他再也骑不成马了。两个强盗卸掉这头牲口的鞍辔，放了它。他们跨上另外两匹马，把帆布袋搁在一匹马的鞍头上，审慎而迅速地穿过树林，驰进一个荒凉的原始峡谷。在这里，鲍勃·蒂德博尔的坐骑在长满苔藓的岩石上打了滑，摔折了前腿。他们立刻朝它脑袋开了一枪，坐下来讨论怎样远走高飞。由于他们所走的路径盘旋曲折，暂时可保安全，时间的问题不像先前那么严重了。追踪而来的搜索队，即使矫健非凡，在时间和空间上同他们还隔着一大段距离。鲨鱼多德森的马已经松开笼头，拖着缰绳，喘着气，在峡谷的溪流边吃青草。鲍勃·蒂德博尔打开帆布袋，双手抓起扎得整整齐齐的现钞和一小袋金币，咧着嘴，像小孩一般高兴。

“嗨，你这个双料强盗，”他快活地招呼多德森，“你说我们准能行——在金融事业上，你的头脑可真行，整个阿利桑纳州找不到你的对手。”

“你没有坐骑怎么办呢，鲍勃？我们不能在这里多耗时间。明早天没亮，他们就会来追缉的。”

“哦，我想你那匹小野马暂时驮得动我们两个人，”乐天派的鲍勃回答说，“路上一见到马，我们就征用一匹。天哪，我们发了一笔财，可不是吗？看钱上的标签，一共三万，每人一万五！”

“比我预料的少。”鲨鱼多德森说，他用靴子尖轻轻踢着钞票捆，接着，沉思地瞅着那匹跑累的马的汗水淋漓的肋腹。

“老博利瓦尔差不多要累垮啦，”他慢吞吞地说，“我真希望你的栗毛马没有摔伤。”

“我也这样希望，”鲍勃无忧无虑地说，“不过那也是没有办法的事。博利瓦尔的脚力很健——它能把我们驮到可以换新坐骑的地方。妈的，鲨鱼，我想起来就纳闷，像你这样的一个东部人来到这里，在这些横行不法的勾当中居然胜过我们西部人。你究竟是东部哪里的人？”

“纽约州，”鲨鱼多德森说着在一块岩石上坐下来，嘴里嚼着一根小树枝，“我出生在厄斯特县的一个农庄，十七岁的时候，从家里逃出来。我到西部完全是偶然的机遇。当时我挎一小包衣服，顺着路走，想去纽约市。我打算到那里去挣大钱。我觉得我能行。一天傍晚，我到了一个三岔路口，不知道该走哪条路。我琢磨了半个小时，终于选择了左面的一条。就在那天晚上，我遇到了一个在乡镇旅行演出的西部戏班子，我跟他们来到了西部。我常想，如果当时我选择了另一条路，会不会成为另一种人。”

“哦，我想你结果还是一样，”鲍勃·蒂德博尔愉快而带有哲理地说，“我们选择的道路关系不大，结果成为哪一种人，完全是由我们的本质决定的。”

鲨鱼多德森站起来，靠在一棵树上。

“我真不愿意你那匹栗毛马摔伤，鲍勃。”他又说了一遍，几乎有点伤感。

“我何尝愿意，”鲍勃附和说，“它确实是匹一流的快马。但是博利瓦尔准能帮我们渡过难关的。我们还是赶紧上路为好，对不对，鲨鱼？我把钱装好，我们上路找个妥当的地方吧。”

鲍勃·蒂德博尔把抢来的钱重新装进帆布袋，用绳索扎紧袋口。他抬起头时看到的最扎眼的东西，是鲨鱼多德森手里握得四平八稳的、对准他的四五口径的枪口。

“别开玩笑，”鲍勃咧着嘴说，“我们还得赶路呢。”

“别动，”鲨鱼说，“你不必赶路了，鲍勃。我不得不告诉你，我们中间只有一个人有机会逃脱。博利瓦尔已经够累的了，驮不动两个人。”

“鲨鱼多德森，你我搭档已有三年，”鲍勃平静地说，“我们一起出生入死，也不止一次了。我一向同你公平交易，满以为你是条汉子。我也曾听到一些古怪的传说，说你不光明地杀过一两个人，但是我从不相信。如果你同我开开小玩笑，鲨鱼，那就收起你的枪，让我们骑上博利瓦尔赶路。如果你存心要枪杀我——那就开枪吧，你这个毒蜘蛛养的黑心小子！”

鲨鱼多德森的神色显得十分悲哀。

“你不了解，鲍勃，”他叹了一口气说，“你那匹栗毛马摔折了腿，叫我多么难过。”

刹那间，多德森换了一副凛冽的凶相，还夹杂着一种冷酷的贪婪。那个人的灵魂显露了一会儿，像一幢外观正派的房屋的窗口出现了一张邪恶的脸庞。

一点不假，鲍勃·蒂德博尔不必再赶路了。那个不仗义的朋友的致命的四五口径手枪砰的一响，在山谷里布满了吼号，石壁激起愤愤不平的回声。博利瓦尔，不自觉的同谋者，驮着抢劫“落日快车”的强盗中最后的一个飞快地驰走，没有被迫“驮两个人”。

鲨鱼多德森疾驰而去时，眼前的树林似乎逐渐消失，右手里的枪柄变成了桃花心木椅子的弯扶手，马鞍奇怪地装上了弹簧，他睁眼一看，发现自己的脚并没有踩在马镫上，而是安详地搁在那张直纹橡木办公桌的边上。

我告诉各位的是这么一回事：华尔街经纪人，多德森－德克尔公司的多德森睁开了眼睛。机要秘书皮博迪站在他的椅子旁边，嗫嗫嚅嚅的正想说话。楼下传来杂乱的车轮声，屋子里是电风扇催人欲眠的营营声。

“嘿唔！皮博迪，”多德森眨着眼睛说，“我准是睡着了。我做了一个非常奇怪的梦。有什么事吗，皮博迪？”

“特雷西－威廉姆斯公司的威廉姆斯先生等在外面。他是来结算那笔埃克斯·淮·齐股票账目的。他抛空失了风，你大概还记得吧,先生。"

"对,我记得。今天埃克斯·淮·齐是什么行情,皮博迪?"

"一块八毛五,先生。"

"就按这个行情结账好啦。"

"对不起,我想说一句,"皮博迪局促不安地说,"我刚才同威廉姆斯谈过。多德森先生,他是你的老朋友,事实上你垄断了埃克斯·淮·齐股票。我想你也许——呃,你也许不记得你卖给他的价位是九毛八。如果要他按市场行情结账,他就得倾家荡产,变卖掉一切才能交割。"

刹那间,多德森换了一副凛冽的凶相,还夹杂着一种冷酷的贪婪。那个人的灵魂显露了一会儿,像一幢外观正派的房屋的窗口出现了一张邪恶的脸庞。

"他得按一块八毛五的行情结账,"多德森说,"博利瓦尔驮不动两个人。"

黑槲的买主

扬西·格里的法律事务所里,最丢人的东西就是趴在那张吱嘎发响的旧扶手椅里的格里本人了。那个红砖砌的、东倒西歪的小事务所,在贝瑟尔镇的大街上也有点自惭形秽。

贝瑟尔镇坐落在蓝岭山麓。上面是高耸入云的山头,下面是混浊的卡托巴河,在阴郁的河谷里泛着黄光。

那是六月份一天中最闷热的时候,贝瑟尔在不很凉爽的阴影下打瞌睡。买卖完全停顿了。周围一片静寂,趴在椅子里的格里清晰地听到筹码的碰击声从大陪审团的屋子里传来,那是“县政府的人”在打扑克。事务所敞开的后门外,一条踩得光秃秃的小径蜿蜒穿过草地,通向县政府。这条路害得格里倾家荡产——先是丧失了几千元的遗产,接着是祖传的老宅,最后连所剩无几的自信心和男子汉气概都搭了进去。他被那帮人撵了出来。潦倒的赌徒成了酒鬼和寄生虫;他终于看到那些赢了他钱的人连翻本的机会都不给他。他的信用也一文不值了。每天的牌局照常进行,他却被指派充当了旁观者的丢脸的角色。县长、书记、一个爱开玩笑的警官和一个乐天的状师,以及一个“山谷里来的”脸色苍白的人,他们仍旧坐在桌子周围,被榨干的人就这样得到暗示,回去长些油水后再来。

不久后，格里觉得这种排斥难以忍受，便回到自己的事务所，他暗自嘀咕着，踉踉跄跄地走过那条倒霉的小径。他拿起桌子底下的长颈酒瓶，喝了一点威士忌，然后往椅子里一倒，悲哀地呆望着溶入夏天雾霭里的山岭。他看到山上黑槲旁边一小块白色的地方就是月桂村，那里是他出生成长的地方，也是格里和科尔特兰两个家族之间世仇的发源地。现在，除了他这个潦倒落魄的倒霉鬼外，格里家族已经没有直系后代了。科尔特兰也只剩下一个男性的后代——艾布纳·科尔特兰少校，少校有钱有势，是州议会的议员，和格里的父亲同辈。他们之间的世仇在当地出了名；它留下一串血淋淋的仇恨、冤屈和杀害。

如今扬西·格里想的并不是世仇。他那醉醺醺的头脑正在无望地思索着，以后怎么维持自己的生活和心爱的嗜好。最近，格里家的老朋友为他解决了吃饭和睡觉的问题，但不能为他买威士忌，而他没有威士忌就活不了。他的律师业务已经完蛋；两年来没有人上门请教。他一直靠借债和吃闲饭混日子，他之所以没有落到更糟糕的地步，只是时候不到罢了。再给他一个机会——他对自己说——再让他赌一次，他觉得有赢钱的把握，但他没有可变卖的东西了，他的信用也早已破产。

他想起六个月前向他买格里家老宅的那个人，即使在这种苦恼的时候，他也不禁微笑起来。那是从山区“那面”来的两个最古怪的家伙：派克·加维夫妇。说到“那面”两个字时，他还用手朝山那面一挥，山地居民一听就知道那是指最偏远的人迹罕至的地方，深不可测的峡谷，亡命徒出没的林薮，狼和熊的巢穴。这对古怪的夫妇在黑槲山巅的小木屋里，在那些最荒僻的地方住了二十年之久。他们既没有狗,也没有小孩来减轻山地沉闷的寂寞。居留地的人很少知道派克·加维,但同他打过交道的人都说他“疯疯癫癫”。除了打松鼠外,他没有什么正当职业;不过偶尔贩贩私盐,作为调剂。有一次,税务缉私员把他从窝里给掏了出来,他像猛犬似的不声不响,拼命争斗了一场,终于被送州监狱,蹲了两年牢。刑满释放后,他又像一只发怒的鼬鼠似的钻进了窝里。

命运之神不理睬许多急切的追求者,却异想天开地飞到了黑槲的矮树丛生的峡谷,对派克和他忠实的老伴大加青睐。

一天,几个戴眼镜、穿灯笼裤、相当可笑的勘探人员侵入了加维家的木屋附近。派克惟恐他们是税务缉私员,摘下挂在墙上的打松鼠的来复枪,从老远朝他们开了一枪。幸好没有打中。那些一无所知的幸运的使者走近后,加维才发现他们同法律和治安毫无关系。后来,他们说明来意,愿意拿一大笔崭新挺括的现款来买加维家的三十英亩开垦地,并且说了一些莫名其妙的废话,提到这片地产下的云母矿藏等等,作为他们疯狂举动的借口。

加维夫妇有了许多钱,多得算都算不过来时,黑槲生活的缺陷就变得明显了。派克开始谈起要买新鞋子,要在角落里放一大桶烟草,在来复枪上装一个新扳机,又领着马特拉到山边某个地点,向她指出,如果架上一门小炮——他们的财力无疑也能办到——把通向木屋的惟一的小径控制住,便可以一劳永逸地赶走税务缉私员和讨厌的陌生人。

但是,亚当考虑问题时,没有想到他的夏娃。在他看来,这些东西代表实用的财富,然而他那肮脏的小木屋里,有一个沉睡的野心翱翔在他那些原始的需要之上。加维太太心头某处还存在着一点女性的东西，没有被二十年的黑槲生活所扼杀。长久以来，她听到的只是中午树林里鳞状树皮剥落的声息和夜晚岩石间的狼嗥，这些足以荡涤她的虚荣心。但是，当条件成熟时，她重新产生了要求女性权利的欲望——吃些茶点，买些无聊的东西，用一些仪式和礼节来掩饰可怕的生活现实。于是，她冷淡地否决了派克关于加强防御的建议，声称他们应该降临人间，在交际场上周旋一番。

这件事终于做出决定，并且付诸实现。加维太太喜欢比较大的山镇，派克则眷恋原始的孤寂，最后选择了月桂村作为折中。月桂村提供了一些同马特拉的野心相适应的、不太经常的社交消遣，对于派克也有它的可取之处，因为它接近山区，万一时髦社会不欢迎他们的话，可以立刻引退。

他们来到月桂村，正碰上扬西·格里急于把房地产变为现钱，便买下格里家的老宅，把四千元钱交到那个败家子的颤抖的手里。

当格里家穷途末路，丢人现眼的末代子孙趴在他那丢人现眼的事务所里，把家产都输给了他的好朋友，然后被他们一脚踢开的时候，陌生人却在他祖宗的厅堂里安了家。

炎热的街道上慢慢升起一蓬尘埃，尘埃中间有什么在行进。一阵微风把尘雾吹向一边，可以看见一匹懒洋洋的灰马拉着一辆崭新的、油漆光鲜的轻便马车。车子驶近格里的事务所时，离开了街心，停在他门口的水沟边。

前座是一个瘦削的高个子，穿着黑色的厚呢衣服，僵硬的手上戴着紧窄的、黄色的羊皮手套。后座是一个把六月的炎热视若等闲的太太。她那结实的躯体上裹着一件绷紧的所谓“变色”的绸衣服，衣服颜色绚丽，变化多端。她笔挺地坐着，挥着一把花里胡哨的扇子,眼睛呆呆地盯着街道尽头。不管马特拉·加维心里对于新的生活感到多么欢乐,黑槲却严重影响了她的外表。黑槲把她的容貌刻画成空虚茫然的模样,顽石的鲁钝和幽谷的冷漠感染了她。不论身处什么环境,她仿佛总是在倾听鳞状树皮剥落和滚下山坡的声息。她总是感到黑槲最宁谧的夜晚里可怕的静寂。

格里漠然看着这辆招摇过市的马车来到他门前。当那瘦长的驾车人把缰绳绕在鞭子上,笨手笨脚地下了车,走进事务所时,格里蹒跚地站起来,迎上前去,发现来人竟是派克·加维,有了改变、新近开化的派克·加维。

山地居民在格里指点给他的椅子上就坐。怀疑加维的神经是否健全的人,在他的容貌上找到了有力的证明。他的脸太长,颜色暗红,像雕塑一般呆滞。不长的睫毛,一霎不霎的灰蓝色的圆眼睛,使他那古怪的面相显得可怕。格里琢磨不出他的来意。

"月桂村那边一切都好吗,加维先生?"他问道。

"一切都好,先生,加维太太和我对房产非常满意。加维太太喜欢你的老宅,也喜欢街坊邻居。她认为她需要的是交际,事实上她也开始交际了。罗杰斯、哈普古德、普拉特、特罗伊家那些人都来看过加维太太,她在他们大多数人家吃过饭。最上流的人请她参加过各种应酬。格里先生,我却不能说这些玩意儿对我也合适——我要的是那边。"加维的戴着黄手套的大手朝山那边一挥,"我是属于那边的,在野蜂和熊中间。但是,格里先生,我来找你并不是为了想说这些话,而是为了我和加维太太想问你买一件东西。"

"买东西!"格里应声说,"问我买?"他粗声粗气大笑起来，“我想你大概搞错了吧。我全都卖给你了，正如你自己说的，瓶瓶罐罐全卖了。火枪通条都不剩一根。”

“这件东西你有，而我们需要。‘把钱带去，’加维太太说，‘公公道道地把它买来。’”

格里摇摇头。“柜子里是空的。”他说。

“我们有许多钱，”山地居民不离本题地紧接着说，“我们从前穷得像袋鼠，现在我们可以每天请人吃饭。加维太太说，我们已经获得最上流社会的承认。但是我们还需要一些我们没有的东西。她说那原应列在售货清单上，可是清单上没有。‘把钱带去，’她说，‘公公道道地把它买回来。’”

“说出来吧。”格里痛苦的神经感到不耐烦了。

加维把帽子扔到桌上，探身向前，那双一霎不霎的眼睛直盯着格里。

“你家和科尔特兰家之间，”他清晰地、缓慢地说，“有一个古老的世仇。”

格里阴沉地皱起眉头。对一个有世仇的人提起他的怨仇，按照山地的习惯，是犯大忌的。“那边”来的人同律师一样，很清楚这种事情。

“别生气，”他接着说，“我完全是从生意买卖考虑。加维太太研究了有关世仇的一切。山地的上流人物多半都有世仇。塞特尔家和戈夫斯家，兰金家和博伊德家，赛勒家和盖洛普家，他们的世仇都有二十年到一百年的历史。最后一次仇杀是你的叔叔佩斯利·格里法官退庭之后，从法官席开枪打死了莱恩·科尔特兰。加维太太和我，我们是穷苦白人出身。谁也不同我们这些没根没底的人结仇。加维太太说，到处的上流人都有世仇。我们不是上流人，不过我们要尽可能买个上流人做做。‘那么把钱带去吧，’加维太太说，‘公公道道地把格里先生的世仇买来。’”

打松鼠的人伸直一条腿，几乎跨出半间屋子，从裤袋里掏出一卷钞票，往桌上一扔。

“这里是两百块钱，格里先生，对于你们家这种历史悠久的世仇来说，这个价钱已经不低了。你们家只剩下你来报仇，而你在杀人方面可不在行。我从你那里接过来，我和加维太太因此可以踏进上流社会。钱在这里。”

桌上那一小卷钞票慢慢地自动展开，翻腾着，扭动着。在加维说完话后的静寂中，可以清晰地听到县政府传来扑克筹码的碰击声。格里知道县长刚赢了一局，因为他赢钱时压低的喝彩声随着热浪飘过院子。格里的额头渗出汗珠。他弯下腰，从桌子底下取出那只有柳条护编的长颈瓶，斟了一大杯。

“喝点玉米威士忌吗，加维先生？你准是在开玩笑吧——你说什么？建了一个崭新的市场，是吗？第一流的世仇，两百五十到三百。次货世仇——两百元，我想是这样吧，加维先生？”

格里笑得很不自然。

山地居民接过格里递给他的酒杯，一饮而尽，那双直瞪瞪的眼睛眨都不眨。律师带着欣羡的神情赞赏这种本领。他自己斟了一杯，像酒鬼那样一口口地吞着，闻到和尝到酒味就产生一阵阵的快感。

“两百块，”加维重复说，“钱在这里。”

格里突然心头火起，一拳擂在桌上。一张钞票弹过来，碰到了他的手。他仿佛被蜇了一下，急忙缩回来。

“你一本正经跑来，”他嚷道，“是不是专门向我提出这样一件荒唐可笑、欺侮人的事情?”

“这很公道。”打松鼠的人说,他伸出手,仿佛想把钱收回似的,这时,格里领悟到他的一阵火气并不是出于自尊或者愤怒,而是出于对自己的憎恨,因为他知道他将落到自己脚下更深的底层。刹那间,他从一个大发雷霆的绅士变成了急于吹嘘自己货色的议价人。

“别忙,加维,”他的面孔涨得通红,舌头也不听使唤了,“我接受你的建议,尽管两百块钱太便宜了。只要买卖双方同意,交易就成了。要我替你包扎起来吗,加维先生?”

加维站起来,抖抖他的厚呢衣服。“加维太太一定很高兴。从今以后,这笔账归科尔特兰和加维两家,没有你的事啦。格里先生,你是律师,请你写一张字据,作为我们这笔交易的凭证。”

“当然要有一张售货单。‘货名、所有权、买卖双方……永无反悔’等等——不,加维,维护权益这一栏我们不写了。”格里大笑着说,“所有权得由你自己来维护。”

山地居民接过律师交给他的那张奇特的字据,使劲地把它折好,然后小心翼翼地放进口袋。

格里站在窗口附近。“过来,”他举起手指说,“我把你新买的仇人指点给你看。他刚走到对街去了。”

山地居民弯下瘦长的身子,朝窗外格里指点的方向望去。艾布纳·科尔特兰少校正在对面的人行道上走过,他身材魁梧笔挺,年纪将近五十,穿着南方议员们不可少的双排纽扣的大礼服,戴着一顶旧的绸礼帽。加维望着那人时,格里朝他的脸瞥了一眼。假如世上有黄狼这种动物的话,加维的脸相就是个模型。加维的没有人味的眼睛跟踪着那个走动的人,露出一口琥珀色的长牙咆哮起来。

“原来是他？嘿，把我送进监狱的就是那个家伙！”

“他以前一直是地方检察官，”格里不在意地说，“顺便提一句，他还是个一流的射手呢。”

“我可以打中一百码外的松鼠的眼睛，”加维说，“原来那是科尔特兰！我做的这笔交易比我料想的还要好。格里先生，这个世仇由我来处理要比你好得多。”

他走向门口，但在那儿流连不去，显得有些为难。

“今天还要别的什么东西吗？”格里略带讽刺地问道，“要不要什么家庭传统、先辈的幽灵，或者柜子里的骨骼骷髅？”

“还有一件事，”那个不动摇的打松鼠的人说，“是加维太太的主意。我没有这个意思，但是加维太太一定要我问问，假如你愿意的话，她说，‘公公道道地把它买下来。’格里先生，你知道，你们老宅后园的杉树底下有片墓地。埋在那里的是你家被科尔特兰家杀死的人。墓碑上有姓名。加维太太说，一个家族有了自己的墓地就是高贵的标志。她说如果我们弄到了世仇，还得有一些附带的东西。墓碑上的姓是‘格里’，但也可以改成我们的——”

“去！去！”格里脸色气得发紫，尖声叫道。他向那个山地居民伸出两手，手指弯曲发抖，“去，混蛋！你居然打起我祖坟的主意来了——去！”

打松鼠的人慢腾腾地出了门，向马车走去。他上车的时候，格里以狂热的速度捡起从手里掉到地上的钞票。车子缓缓拐弯时，那只长出新毛的羊不很体面地急急忙忙向县政府赶去。

凌晨三点钟，他们把他抬回事务所。他不省人事，新长出的毛又给剪得精光。县长、爱开玩笑的警官、书记和乐天的状师抬着他，由那个“山谷里来的”、面色苍白的人护送着。

“抬到桌子上。”其中一个人说。他们把他抬到乱摊着没用的书本和文件的桌子上。

“扬西灌足酒之后，老是把一对小二子看得太重。”县长沉思地叹了一口气说。

“太看重了，”乐天的状师说，“他那样的人根本不应该打扑克。不知道他今晚输了多少。”

“将近两百块。不知道他从哪儿弄来的。据我了解，一个多月来，扬西身边一个钱都没有。”

“也许找到了一个诉讼人。好吧，我们在天亮之前回家吧。他醒来时会好的，除了脑袋里嗡嗡发响。”

那帮人在熹微的晨光中悄悄跑了。之后再瞅着可怜的格里的是白天的太阳。它从没有帷帘的窗子窥探进来，先以一派淡淡的金光淹没了那个睡着的人，又以洞察秋毫的夏季的热光倾泻在他那红斑点点的皮肉上。格里在杂乱的桌子上糊里糊涂地动了一下，想转过脸，背着窗口。这一动碰倒了一本厚厚的法律书，砰的一声掉到地上。他睁开眼睛，看到一顶旧的绸礼帽，帽子下面是艾布纳·科尔特兰少校的和善光润的脸。

少校对于这次见面的结果没有什么把握，便看看对方是否有认识他的表示。二十年来，这两个家族的男性成员从没有迎面相遇而太平无事的。格里眯起模糊的眼睛，想看清楚客人是谁，随后，他沉着地露出了笑意。

“你没有带斯特拉和露西来玩吗？”他平静地问道。

“你认识我吗，扬西？”科尔特兰问道。

“当然认识，你替我买过一根头上有哨子的马鞭。”

那是二十四年前的事了，那时候，扬西的父亲是科尔特兰最好的朋友。

格里的眼睛扫视着屋子。少校明白他要什么。“躺着别动，我去替你弄点水来。”他说。后院有个抽水机，格里合上眼睛，欣喜地听着抽水机柄的咔嗒声和流水的咕噜声。科尔特兰端了一罐冷水来给他喝。格里立刻坐起来——那个叫人看了伤心的可怜虫，麻布夏装又脏又皱，怪丢人的，摇摇晃晃的脑袋上头发蓬乱。他试着向少校摆摆手。

“一切——请原谅，”他说，“昨夜我一定喝得太多了，睡到桌子上来了。”他困惑地皱起眉头。

“和朋友们混了一阵子吗?”科尔特兰和善地问道。

“没有，我哪儿也没去。两个月来，我一块钱也没有。我想大概是和往常一样，酒瓶碰得太多了。”

科尔特兰拍拍他的肩膀。

“刚才，扬西，”他开始说，“你问我有没有带斯特拉和露西来玩。那时候你还没有完全清醒，一定是梦想你自己又成了一个孩子。现在你清醒了，我希望你听着我说的话。我从斯特拉和露西那里来找她们旧时的游伴，来找我老朋友的儿子。她们知道我打算带你一起回家，你将发现她们会像从前那样欢迎你。我要你住到我家里去，直到你完全恢复，你爱住多久就住多久。我们听说你境遇不好，并且处在诱惑之中，我们都认为你应当再到我们家里去做一次客。你愿意去吗？孩子？你是不是愿意抛掉我们家族的旧恶，跟我一起去?”

“旧恶?”格里睁大眼睛说，“拿我来说，我们中间根本没有什么旧恶。我觉得我们一直是极好的朋友。可是老天哪，少校,我这副模样怎么能去你家呢——我是个可怜的酒鬼,没出息的、堕落的败家子和赌棍——”

他从桌子上一歪,倒在扶手椅里,开始抽抽搭搭地哭起来,流下真正悔恨和羞愧的眼泪。科尔特兰坚持晓之以理,让他回忆起他一度十分喜爱的、淳朴的山区生活的乐趣,并且再三表示真诚的邀请。

最后,他说他希望格里帮他一个忙,搞一个设计,把一大批砍伐好的木材从山边运到水道,才使格里答应了。他知道格里从前发明过一种输送木材的办法——一套滑道和斜槽的设计——在这件事上,格里足以自豪。这个可怜的家伙觉得自己居然还有用处,非常高兴,立即把纸铺在桌上,飞快地用颤抖得可怜的手画了一些草图,说明他所能做的和打算做的事情。

这个人已经对醉生梦死的生活感到憎恶,他那颗浪子的心又向往山区了。他的头脑还是十分迟钝,他的思想和记忆像风大浪急的海面上的信鸽似的一个一个地回归。但是科尔特兰对他的进步相当满意。

那天下午,贝瑟尔镇上的人有生以来第一次看到科尔特兰家和格里家的人友好地一同经过镇上,不禁大为惊讶。他们并排骑着马,离开了尘土飞扬的街道和目瞪口呆的居民,穿过小桥,向山区走去。这个浪子已经做了一番梳洗,稍微像样一点了,但在马背上老是摇摇晃晃,并且仿佛在苦苦思索什么伤脑筋的问题。科尔特兰不去打扰他,指望换了环境可以帮助他恢复心理上的平衡。

有一次,格里突然一阵颤抖,几乎摔下马背。他不得不下马,在路边休息休息。少校预料到会出现这种情况,带着一小瓶威士忌准备让他路上喝,但他递给格里时,格里几乎是粗暴地加以拒绝,并且声明今后再也不喝了。过了一会儿,他恢复原状,不声不响地骑马走了一两英里。接着,他突然勒住马说:

“昨晚我打扑克输了两百元,这笔钱是从哪里来的?”

“算了吧,扬西。山地的空气立刻会把它搞清楚的。我们首先到顶峰瀑布去钓鱼。那里的鳟鱼像青蛙似的蹦跳。我们带斯特拉和露西一起去,到鹰岩去野餐。扬西,你有没有忘记,饥饿的渔夫吃到用胡桃木熏的火腿夹面包时是什么滋味?”

少校显然不信他输钱的事;格里又陷入沉思。

从贝瑟尔到月桂村有十二英里路,将近黄昏时,他们已经走了十英里。离月桂村不到半英里的地方是格里家的老宅,再往前一两英里是科尔特兰家。现在路很陡,走起来很费劲,但是有许多使人得到补偿的东西。森林里像是搭了天篷,枝叶蔓披,鸟语花香。沁人心脾的空气使医药相形见绌。林中空地明暗交映,暗的是苔藓地衣,明的是在羊齿植物和月桂间闪烁流过的小溪。他们从叶簇中望出去,可以看到远处乳白色雾霭中若隐若现的山谷的绝妙景色。

科尔特兰很高兴看到他的伙伴被山林的魅力迷住了。现在他们只要绕过画家岩,渡过接骨木溪,爬上那边的小山,格里就可以看到他卖掉的祖宅。他经过的每一块岩石,每一株树木和每一尺路,对他都是熟悉的。尽管他忘了山林,山林却像《甜蜜家庭》那支歌的调子一样使他心醉。

他们绕过岩石,到了接骨木溪畔,停留片刻,让马匹在湍急的溪里喝些水。右边是一道栅栏,在那里拐了弯,顺着路和溪水伸展下去。栅栏里面是一溜高高的浓密的商陆树、接骨木、黄栌和黄樟。树林里一阵窸窣声，格里和科尔特兰都抬起头来，只见栅栏上面有一张蜡黄的、像狼一样的长脸，一双一霎不霎的灰眼睛正盯着他们。这张脸很快就消失了，树丛剧烈地晃动一下，一个丑陋的人影穿过苹果园，曲曲折折地向树木中的房子跑去。

"那是加维，"科尔特兰说，"你把家产卖给他的那个人。他的头脑准有毛病。几年前，我不得不让他坐一次牢，罪名是贩运私酒，尽管我相信他不能负全部责任。哎，怎么啦，扬西？"

格里在擦额头，脸上没有一点血色。"我样子很奇怪，是吗？"他勉强笑笑问道，"我刚想起一件事，"他脑袋里的酒精蒸发掉了一点，"我想起那二百元是怎么来的。"

"别想啦，"科尔特兰快活地说，"待会儿我们一起来解决。"

他们上马渡过小溪到山脚下时，格里又停下来。

"你是不是知道我这个人虚荣心很强，少校？"他问道，"对外表讲究得有些过分？"

少校不忍看他那肮脏的、窝窝囊囊的麻布衣服和褪色的垂边帽子。

"我似乎记得，"他虽然莫名其妙，仍然凑趣说，"一个二十来岁的花花公子，在蓝岭一带数他的衣服最合身，头发最光溜，坐骑最矫健。"

"一点不错，"格里急切地说，"虽然外表看不出来了，我内心里仍旧是爱虚荣的。哦，我像火鸡那般虚荣，像撒旦那般傲慢。我请求你在一件小事上成全我这个弱点。"

“说吧，扬西。你喜欢的话，我们可以拥戴你当月桂村的公爵和蓝岭的男爵，还可以从斯特拉的孔雀尾巴上拔一根羽毛让你插在帽子上。”

“我不是说着玩的。再过几分钟，我们就要经过山上那幢房子了，我在那里出生，我的亲属在那里住了将近一个世纪。现在住在里面的是陌生人——可是瞧我这副模样！我这样潦倒落魄、像流浪汉和乞丐似的出现在他们面前。科尔特兰少校，我没有脸这样做。我请求你让我穿戴你的衣帽，直到他们看不见的地方。我知道你会把这看成是愚蠢的虚荣，但是我经过老宅时，总希望尽可能出出风头。”

“哎，这是什么意思呀？”科尔特兰觉得他伙伴的奇怪请求同他目前清醒的神情和镇静的举止并不相称，有点纳闷。但他很快就同意了，随即解开上衣的纽扣，似乎认为这种想法并不奇怪。

衣帽很适合格里。他满意而神气活现地扣好上衣。他的身材和科尔特兰差不多——他相当高大、魁梧、挺直。他们年纪相差二十五岁，可是外表却像兄弟。格里显老，他的脸浮肿而有皱纹，少校心情平和，因此皮肤润泽，容光焕发。他换上了格里的不体面的旧麻布上衣和褪色的垂边帽子。

“现在，”格里抓起缰绳说，“我很体面啦。我们经过那里时，我希望你离我身后十英尺，少校，让他们好好看看我。他们将发现我还不是背时的人，绝对不是。我想不管怎么样，我要在他们面前好好再出一次风头。我们走吧。”

他策马向小山款款而去，少校按照他的意愿跟在后面。

格里笔挺地坐在马上，昂起头，但是眼睛瞟着右面，仔细观察老宅的每一处树丛、篱笆和可以藏人的地方。他自言自语说:“那个疯疯癫癫的傻瓜会不会真的下手,或者这只是我自己的胡思乱想?”

到了小墓地对面的时候,他看到了他所寻找的东西——角落里浓密的杉树丛中腾起一缕白烟。他慢慢地朝左面倒下去,少校赶快策马追上,用胳膊抱住了他。

打松鼠的人并没有过分吹嘘他的眼力。他的枪弹打中了他想打的、也是格里预料的地方——艾布纳·科尔特兰少校的黑呢上衣的前胸。

格里沉重地靠在科尔特兰身上,但是没有倒下去。两匹马并排齐步,少校用胳臂扶着他。半英里外月桂村一簇白色的小房子在树木中间闪闪发亮。格里伸手摸索着,终于把手搁在科尔特兰替他抓住缰绳的手上。

“好朋友。”他只说了这么一句话。

扬西·格里经过祖宅的时候,在他力所能及的范围内出了最了不起的风头。

牧场上的波皮普夫人

“艾伦姑妈，”奥克塔维亚把她的黑色的小山羊皮手套轻轻地扔向窗台上那只端庄的波斯猫，快活地说，“我成了叫花子啦。”

“你说得未免太夸张了，亲爱的奥克塔维亚，”正在看报的艾伦姑妈抬起眼睛，温和地说，“假如你暂时需要一点买糖果的零钱，我的钱袋在写字桌的抽屉里，你可以自己去取。”

奥克塔维亚·波普雷脱掉帽子，坐在她姑妈椅子旁边的脚凳上，双手抱住膝头。她那苗条柔软的身体穿着时髦的丧服，从容优雅地适应这种不舒服的姿势。她的青春焕发的面孔和一双充满活力的眼睛，竭力装出同当前形势相适应的严肃表情。

“好姑妈，这不是糖果问题，而是咄咄逼人、情况不妙的赤贫，等着你的是廉价的现成服装、用汽油除污的旧手套、马虎的伙食和传说中守在门口的饿狼。我刚从我的律师那里回来，姑妈，‘太太，行个好吧，我什么都没有。买点花好吗，夫人？买枝花插在纽扣孔里吧，先生？帮帮一个可怜的寡妇，买些铅笔吧，老爷，五分钱三支。’我能行吗，姑妈，拿挣面包的本领来说，我以前的演讲课程没有完全白学吧？”

“正经一点，亲爱的，”艾伦姑妈说，让手里的报纸落到地上,“先告诉我你究竟是什么意思。波普雷上校的产业——”

“波普雷上校的产业,”奥克塔维亚打断了姑妈的话,她一面说,一面用戏剧性的手势来加重语气,“是空中楼阁。波普雷上校的财力是捕风捉影。波普雷上校的股票是镜花水月。波普雷上校的收入——是无稽之谈。我这些话里没有我刚才听了一小时之久的法律术语,不过用大实话来说,就是这个意思。”

“奥克塔维亚!”艾伦姑妈这时才显出惊慌,“我简直不能相信。以前大家都认为他的财产有一百万呢。并且还是德佩斯特家介绍的!”

奥克塔维亚格格笑起来,随即又变得相当严肃。

“死者没有遗留什么,姑妈——甚至连下半句话都用不上①。亲爱的老上校——说到头,他徒有其表!我这方面却是公平交易——我全在这儿了,可不是吗?合同上开具的项目一应俱全:眼睛、手指、脚趾、青春、古老的家系、无可置疑的社会地位——我这儿没有欺诈。”奥克塔维亚捡起地上的报纸,“但是我不打算怨天尤人——当你吃了大亏,大骂命运的时候,人们是不是用这句话来形容你?”她平静地翻着报纸。“‘股票市场栏’——没有用了。‘社交活动栏’——无缘了。这一版才适合我的情况——招聘栏。作为范德雷塞家的成员,我当然不能说是‘求职’。使女、厨娘、推销员、速记员——”

“亲爱的,”艾伦姑妈声音发颤地说,“请你别说那种话。即使你的经济情况真糟到那种地步,我还有三千——”

① 拉丁文成语有“死者没有遗留什么,只留下美好的”。

奥克塔维亚轻快地站起来，在那拘谨古板的小老太太柔弱的脸上伶俐地吻了一下。

“好姑妈，你的三千块钱只够你自己喝不掺柳叶的熙春茶，让那只波斯猫吃消毒牛奶。我知道人们愿意帮助我，但是我宁愿像撒旦那样沉沦，也不愿意像佩里①那样徘徊在边门口听音乐。我要自谋生活。没有别的办法。我成了一个——哦，哦，哦！我忘啦。沉船里捞出一件东西。那是一个畜栏——不，一个牧场，在什么地方来着——让我想想看——在得克萨斯州，亲爱的老班尼斯特管它叫做一笔财产。他终究发现一些没有抵押掉的东西，他告诉我的时候是多么高兴！在他硬要我从他的事务所带回来的那些无聊的文件中，有一份牧场的情况介绍。我来找找。”

奥克塔维亚把她的购物袋拿来，取出一个装满了打字文件的长信封。

“得克萨斯州的牧场，”艾伦姑妈叹了一口气，“依我看，它不像是资产，倒像是负债。那种地方只有蜈蚣、牛仔和方丹戈舞②。”

“‘树荫牧场，’”奥克塔维亚照着一张紫色的打字稿念道，“‘在圣安东尼奥东南一百一十英里，离最近的火车站，埃其纳铁路上的诺帕尔站，三十八英里。牧场上七千六百八十英亩是领有州政府地契的、灌溉条件良好的土地；其余二十二块地，或者一万四千零八十英亩，一部分按年续租，另一部分是根据州土地二十年出售法案购置的。牧场上有八千头良种

① 佩里，爱尔兰浪漫主义诗人穆尔（1779—1852）笔下的人物，她被逐出天堂后，带了忏悔的泪水才得重列仙班。

② 一种西班牙舞蹈，由一对男女表演，用吉他和响板伴奏。

美利奴绵羊,以及必要的马匹、车辆和一般配备。牧场正宅是砖结构,有六个房间,按照当地的气候要求布置得相当舒适。整个牧场围有一道坚固的铁丝网。

“‘目前的牧场经理似乎很称职可靠,以前由别人掌管时,牧场遭到忽视,经营不善,现在却迅速地转变为有利的事业。

“‘这注产业是波普雷上校向西部一个灌溉辛迪加洽购的,产权似乎绝无问题。经过精心管理,加上土地的自然增值,它应该成为业主一笔稳妥财产的基础。’”

奥克塔维亚念完后,艾伦姑妈在她教养许可的范围内嗤了一下鼻子。

“这份介绍,”她带着城里人难以妥协的怀疑说,“并没有提到蜈蚣或印第安人。此外,你一向不喜欢吃羊肉。我看不出你从这片——这片沙漠中能得到什么好处。”

奥克塔维亚却若有所思。她的眼睛凝视着视野以外的地方。她张着嘴,脸上闪现着开拓者的兴奋狂热和冒险家的激动不安。她突然兴高采烈地合抱着手。

“问题解决了,姑妈,”她嚷道,“我决定去那个牧场。我决定靠它生活。我要培养对羊肉的爱好,甚至发掘蜈蚣的优点——当然是隔着相当距离。那正是我所需要的。那是我的旧生活刚结束时到来的新生活。那不是绝路,而是解放。试想在那广阔的草原上纵马驰骋,让风拂动你的头发,接近大自然,重温那些生机盎然的青草和不知名的小野花的故事,该有多么美妙。我该打扮成头戴瓦杜①式帽子、手握弯柄杖、不容恶狼祸害羔羊的牧羊姑娘呢,还是打扮成星期日报纸副刊上

① 瓦杜(1684—1721),法国画家,以田园风景画著名。

那种短头发的典型西部牧场姑娘？我想后面这种打扮好。他们会把我的照片登出来，照片上还有我独自杀死的、挂在鞍头上的猞猁。‘从纽约上层社会到牧场’，他们一定会用这样的标题。他们一定还会刊登范德雷塞家的老宅和我举行婚礼的教堂的照片。他们搞不到我本人的照片，不过可以请画家画。画像一定带有西部情调，很狂放，我自己也要成为狂放的牧羊女啦。”

“奥克塔维亚！”艾伦姑妈把她无法表达的不满全部压缩在这一声呼喊中。

“一句话也别说，姑妈。我决定去了。我要看夜晚的天空像大碗那样盖在世界上，我要再同星星交朋友，从我稍微长大一点以后，我没有同它们聊天了。我真想去，这一切都叫我厌倦了。我不名一文，倒也轻松。为了那个牧场，我可以祝福波普雷上校，原谅他徒有虚名。牧场生活的艰苦孤寂算得上什么呢！我——我是活该。除了那个可怜的希望以外，我已是心如死灰了。我——哦，我但愿离开，把这一切统统忘掉——忘掉！”

奥克塔维亚突然一转身跪了下去，把她泛红的脸埋在姑妈的膝头，激动地抽噎起来。

艾伦姑妈弯下身，抚摸着她黄褐色的头发。

“我还不知道呢，”她柔和地说，“我还不知道有那件事。是谁呀，亲爱的？”

娘家姓范德雷塞的奥克塔维亚·波普雷夫人在诺帕尔下火车时，她一向从容安详的举止暂时有点逊色。这里是一个新建的小镇，仿佛是用粗糙的木料和飘拂的篷布仓促搭起来的。聚集在车站附近的人,虽然并不令人讨厌地感情外露,但显然是习惯于突然事件,并且随时准备应付。

奥克塔维亚背对着电报局,站在月台上。她想凭直觉在那群散乱的、大摇大摆的闲人中间寻找树荫牧场的经理。班尼斯特先生事先吩咐经理来车站接她。她以为那个穿蓝法兰绒衬衫、打白领带的、上了年纪、一本正经的高个子肯定是经理。然而不是,他走过去了。当这位太太瞅着他时,他却按南方的规矩掉过目光。她想牧场经理一定等得不耐烦了,其实要找她不应该有什么困难。穿着最时髦的灰色旅行装的年轻女人在诺帕尔是不多见的。

奥克塔维亚正这样揣摩着等候可能是经理的人时,突然倒抽了一口气,吃惊地看到特迪·韦斯特莱克在月台上朝列车赶来——特迪·韦斯特莱克,或者一个身穿舍维呢衣服、脚蹬长筒靴、头戴皮箍帽子的、皮肤晒得黧黑的、极像是特迪的人——西奥多·韦斯特莱克原是业余马球运动员(几乎是锦标选手),全能的花花公子和不务正业的浪荡子,可是比一年前她最后一次看见他时,特迪显得豁达、稳重、果断、坚定。

他几乎在同一时间看到了奥克塔维亚,便转过身,像以往那样笔直朝她走来,当她在近处注意到他变得陌生时,不禁产生了一种近似敬畏的感觉,他淡黄色的胡子和钢灰色的眼睛把晒成红褐色的皮肤衬托得分外显著。但他一开口,旧时的稚气的特迪又回来了。他们从小就认识。

"嗨,塔维亚!"他嚷道,困惑得有点前言不搭后语,"怎么——为什么——几时——哪里?"

"火车,"奥克塔维亚说,"不得不来,十分钟前,从家里来的。你的肤色变了,特迪。嗯,怎么——为什么——几时——

哪里?"

"我在这里干活。"特迪说。他像那些想把礼貌和责任结合起来的人那样,斜着眼打量车站周围。

"你乘火车来,"他问道,"有没有看到一位有着灰色鬈发、带着一头狮子狗的老太太?她带了不少大包小包,占了两个座位,老是跟乘务员拌嘴。"

"我想没有,"奥克塔维亚思索着说,"你有没有碰巧见到一个灰胡子的大个儿,穿着蓝衬衫,佩着六响手枪,头发上沾着一撮撮的美利奴羊毛?"

"这样的人多得很,"特迪说。由于紧张,他显得心绪不定,"你是不是认识一个这样的人?"

"不,我这番描述完全出于想象。你是不是认识你所形容的那位老太太?"

"我生平没有同她见过面。她的模样完全是我想象出来的。我混饭吃的那个小地方,树荫牧场,就是她的产业。我按照她律师的吩咐,赶了车来接她。"

奥克塔维亚往电报局的墙上一靠。有这么巧的事?难道他不知道吗?

"你是不是那个牧场的经理?"她有气无力地问道。

"正是。"特迪得意地回答。

"我就是波普雷夫人,"奥克塔维亚虚弱地说,"但是我的头发并不拳曲,我对乘务员也很客气。"

那种陌生老成的神情暂时又回来了,把特迪同她隔得远远的。

"希望你原谅,"他相当尴尬地说,"你明白,我已经在这个栎树地带待了一年。我没听说。请把行李票给我,我替你把行李装上大车。让何塞押行李回去。我们乘马车先走。”

奥克塔维亚和特迪并排坐在一对烈性的、奶油色的西班牙小马拉的轻便马车上，她兴高采烈，什么念头都抛在脑后。他们飞也似的驶出小镇，朝南方平坦的路上跑去。没多久，道路逐渐变窄消失了，他们进入一片无边无际的铺着拳曲的牧豆草的世界。车轮悄没声息。不知疲倦的小马稳步向前奔跑。夹杂着千万亩蓝色黄色野花芳香的和风在他们耳边呼呼作响。他们仿佛御风而行，心醉神移，产生了一种无休止的兴奋感。特迪似乎煞费心思地在考虑问题。

“我以后称呼你夫人，”他考虑后得出结果说，“墨西哥人都会这样称呼你——你明白，牧场上几乎全是墨西哥人。我认为这样比较合适。”

“很好，韦斯特莱克先生。”奥克塔维亚一本正经地说。

“哎，”特迪有点惊慌地说，“那未免太过分啦，是不是？”

“别拿你那该死的礼貌来麻烦我啦。我刚要开始新的生活。别让我想起任何不自然的事情。这种空气如果能储存起来就好啦。单单为了空气跑来也是值得的。哦，看哪！一头鹿！”

“长耳兔。”特迪头也没回就说。

“我能——我可以驾车吗？”奥克塔维亚喘着大气提议说，她脸颊绯红，眼光像小孩那么急切。

“只有一个条件。我能——我可以抽烟吗？”

“永远可以！”奥克塔维亚快活地接过缰绳嚷道，“我朝什么方向赶车呢？”

“南偏东南，全帆行驶。你看到天边那片最低的卷云下面的黑点吗？那是一簇栎树，也是界标。朝那个黑点子和左边的小山中间驶去就行啦。我不妨把得克萨斯州草原上驾车的全部规则告诉你：别让缰绳落在马脚底下，经常向马吆喝。”

“我高兴得不会吆喝了，特迪。哦，人们为什么要买游艇，乘豪华列车旅行呢？其实有一辆马车、一对老马和这样的一个春天的早晨，就能满足所有的欲望了。”

“我请求你别把这对飞禽叫做老马，”特迪抗议说，他一根接一根地在马车挡泥板上划火柴，但总是划不着，“它们一天能跑一百英里呢。”他终于划燃了一根火柴，窝在掌心里点着了雪茄。

“空间！”奥克塔维亚热烈地说，“那才是造成气氛的因素。如今我知道我需要的是什么了——视界——广度——空间！”

“吸烟间，”特迪并不感情用事地说，“我爱在马车上吸烟。风把烟吹进你肺里又吹出来。省得你自己花费气力。”

他们两个很自然地恢复了旧时的亲睦，只是逐渐感到他们之间的新关系的别扭。

“夫人，”特迪迟疑地说，“你怎么会想起到这里来居住？难道最近上层社会的风气不是去新港，而是往牧场上跑？”

“我破产啦，特迪，”奥克塔维亚亲切地说，这时她正全神贯注、小心谨慎地驾车从一株仙人掌和一丛栎树中间穿过去，“除了这个牧场之外，我一无所有了——甚至没有一个家。”

“瞧你说的，”特迪急切而不相信地说，“哪有这样的事？”

“三个月前，当我丈夫去世的时候，”奥克塔维亚说，她不好意思地把“丈夫”二字含混带过，“我还以为我有一笔相当可观的财产。他的律师在六十分钟有充分例证的谈话中推翻了那个理论。我把牧羊场当做最后的退步。你是不是碰巧知道曼哈顿的公子哥儿们中间有一种时髦的风气,促使他们放弃马球和俱乐部,来到牧羊场上当经理?”

“我的情况是容易解释的,”特迪立即回答说,“我得找个工作。我在纽约挣不到衣食,于是我跟老桑福德混了一阵子,在这个牧场上找到一个位置。牧场在波普雷上校买下以前是一个辛迪加的产业,老桑福德就是辛迪加里面的。开始我并不是经理。我骑着马到处跑,仔细研究这门行业,最后都搞清楚了。我发现缺点在哪里,有什么补救方法,桑福德便让我管理牧场。我每月工资一百元,确实是花力气挣的。”

“可怜的特迪!”奥克塔维亚微微一笑说。

“用不着可怜。我喜欢这个工作。我积蓄了一半工资,身体又像消防龙头那么结实。它比马球强多了。”

“它能不能提供面包、茶和果酱给另一个文明社会的流放者呢?”

“春季剪毛的收益,”经理说,“刚弥补了去年的亏损。以前疏于管理,浪费情况十分严重,秋季剪毛刨掉一切开支以后,还可以有一些盈余。明年就有果酱了。”

下午四点钟光景,两匹小马绕过一座坡度缓和、灌木丛生的山岗,然后像两股奶油色的旋风似的扑向树荫牧场。这时候,奥克塔维亚快活地嚷了起来。一簇气象万千的橡树洒下一大片凉爽喜人的阴影,“树荫牧场”的名称就是这样得来的。红砖砌的平房在树底下显得又矮又宽。一条有拱顶的宽过道从正当中把六个房间一分为二,过道里摆着开花的仙人掌,悬着红陶水瓮,别有情趣。一溜低阔的游廊围绕着整个建筑。游廊上攀满了藤蔓,邻近的空地上移植了草皮和小树。

房屋后面一个窄长的小湖在阳光下闪烁发光。再过去就是墨西哥工人的棚屋、羊栏、羊毛仓库和剪毛栏。右面是点缀着一丛暗色栎树的矮山,左面是同蓝天融成一片的无边无际的绿色草原。

“真是个住家的好地方,特迪,”奥克塔维亚气喘吁吁地说,“一点不错,真是个住家的好地方。”

“以牧羊场来说,确实不坏,”特迪带着可以原谅的骄傲承认说,“我经常修修补补的。”

一个墨西哥小伙子从草地里冒了出来,带过奶油色小马。女主人和经理走进屋里。

“这是麦金太尔太太,”一个宁静、整洁、上了年纪的妇人到游廊上迎接他们时,特迪介绍说,“麦克太太,女主人来啦。她刚乘了车,很可能想吃一大块咸肉和一盘豆子。”

管家麦金太尔太太,正如小湖或橡树似的,几乎成了这个地方的固定物,听了这句诽谤牧场伙食的话,不免有点不痛快。她刚要发作时,奥克塔维亚开口了。

“哦,麦金太尔太太,用不着替特迪道歉。是的,我管他叫特迪。凡是没受他骗、不把他当做一回事的人都这么称呼他。你知道,很久以前,我们老是在一起剪纸娃娃,玩抽杆游戏。他说什么话,谁都不在乎。”

“对,”特迪说,“正因为谁都不在乎他说什么话,他再也不开口了。”

奥克塔维亚垂下眼帘,微妙地向他斜瞟了一眼——特迪一向把这种眼色叫做“上钩拳”。但他那真挚、黧黑的脸上并没有什么表示,使人怀疑他另有所指——一点都没有。毫无疑问,奥克塔维亚想道,他已经忘啦。

“韦斯特莱克先生爱开玩笑，”麦金太尔太太带领奥克塔维亚去她的房间时说，“但是，”她又忠心地补充说，“当他认真的时候，这里的人都很尊重他。没有他的话，我真不知道这地方会变成什么样子。”

东头的两个房间已经收拾好，供牧场的女主人居住。她进去时，发现里面家具很少，空荡荡的，不禁有点失望，但随即想到这里是亚热带气候，他们煞费苦心把房间布置得适合于气候的特点，又产生了感激的心情。大窗户的框格已经卸掉，阔百叶窗口吹来柔和的海湾风，白窗帘飘拂个不停。白木地板上铺了许多凉席，深深的舒适的柳条椅仿佛在邀请，墙纸是愉快的浅橄榄色。她的起居室一壁是光滑的白松木书架，摆满了书。她立刻跑过去。面前是一批精选的藏书。她浏览一下，发现有些小说和游记还是出版不久的新书。

她随即想到，如今自己落到一个只有羊肉、蜈蚣和贫困的荒野里，这些不相称的享受使她诧异，她怀着女人直觉的猜疑，开始翻看书的扉页。每本书上都有西奥多·韦斯特莱克的字迹流利的签名。

由于长途旅行的劳累，奥克塔维亚那晚很早就上了床。她躺在雪白凉爽的床上，惬意地休息，但迟迟不能入睡。她倾听着微弱的、使她的感官保持警觉的奇特的声音——郊狼的嗥叫、风的无休无止的低沉的交响乐、远处小湖里的蛙鸣，以及墨西哥人棚屋里如怨如诉的手风琴声。她心里涌起纷纭复杂的矛盾思绪——感激与不满、宁静与不安、孤寂感与得到庇护和照顾的安慰，快乐和徘徊不去的旧时的痛苦。

她做了任何别的女人都会做的事——毫无理由地尽情地哭了一场，才松快了一些。她入睡前喃喃自语地说：“他忘啦。”这句无可奈何的话一直悄悄地在她心头萦绕。

树荫牧场的经理并不是外行。他是个精力充沛的实干家。每天清晨，屋子里其余的人还没醒时，他多半已经起身，骑马出去巡视羊群和营地了。这原是那个气派威严的墨西哥老总管的职责，但是特迪仿佛事必躬亲才放心。除了忙季之外，他一般在八点钟回到牧场，带着一种充满了草原气息的健康而轻松的欢快，同奥克塔维亚和麦金太尔太太一起在中央过道里的小桌上吃早餐。

奥克塔维亚来后过了几天，特迪要她取出一条骑马裙子，按照栎树地带的要求改短一些。

她不无疑虑地穿上裙子，又按照特迪的吩咐绑上一副鹿皮护腿，跨上一匹跳跳蹦蹦的小马，跟他一起去巡视她的产业了。他把所有的东西都指点给她看：一群群的母羊、公羊和吃草的羔羊，浸洗槽、剪毛栏、小牧场上粗野的美利奴种羊、预防夏季干旱的水箱，他像孩子似的兴致勃勃地汇报工作。

她如此熟悉的旧时的特迪在哪里呢？他性格的这一方面，也正是讨她喜欢的一方面，仍然和以前一样，但她现在看到的只限于此。他的热情到哪里去了呢？——他那不顾一切的求爱，富于幻想的、堂吉诃德式的忠诚、使人心碎的忧郁、可爱的温柔、傲慢的自尊、往时那些多变的情绪到哪里去了呢？他的性格很敏感，他的气质非常接近艺术。她知道特迪除了追逐时尚的爱好和运动以外，还培养了格调比较高的兴趣。他写过文章，搞过绘画，对某些艺术可以说是有些研究，他一度曾把自己的希望和思想向她倾吐。但是现在——她无法回避这个结论——特迪把自己性格的各方面都向她关了门，只留下一个方面，那就是作为树荫牧场的经理和一个已经宽恕和忘怀的愉快的朋友。奇怪得很，她想起了班尼斯特先生介绍她产业状况时用的字句——“整个牧场围着一道坚固的铁丝网”。

“特迪也围着铁丝网。”奥克塔维亚自言自语地说。

他这种拒人于千里之外的态度在她是不难理解的。根子是在哈默史密斯家举行的舞会上。那时候，她刚决定接受波普雷上校和他的百万家财（这同她的容貌和社会地位比较起来，也许算不了什么）。特迪满腔热情、不顾一切地向她求婚，她直勾勾地瞅着他，冷冷地、斩钉截铁地说：“再也别让我听到你这种无聊的废话了。”“你再也不会听到了。”特迪嘴角上露出一种奇特的表情说。现在，特迪周围竖起了一道坚固的铁丝网。

在这次巡视中，特迪忽然想起古斯姥姥童谣①里的波皮普的名字，他立刻把它加在奥克塔维亚身上。由于名字相仿，职业相同，这个诨名使他非常得意，他便一直挂在嘴上。牧场上的墨西哥人也用这个名字称呼她。他们发不好“普”字的音，便加了一个音节，一本正经地管她叫做“波皮贝夫人”。这个名字终于流传开来，“波皮普夫人的牧场”和“树荫牧场”两个名字简直等同起来了。

五月到九月这一漫长而炎热的季节来到了，牧场上的活很少。奥克塔维亚浑浑噩噩地过着日子。书籍、吊床、同少数几个好朋友通通信、对水彩颜料和画架重感兴趣——这些东西排遣了闷热的白天。傍晚倒一直是很快活的。尤其令人感

① 美国波斯出版商弗里特一七一九年发行了一本名叫《古斯姥姥童谣集》的儿童读物，传说是根据他岳母常给外孙们听的儿歌童谣编辑而成。

到欢畅的是和特迪在一起，由盘旋的夜鹰和受惊的猫头鹰陪伴着，在那月光照耀的、当风的旷野上策马驰骋。墨西哥人时常带着吉他从棚屋里跑来，唱着最古怪的伤心的歌曲。还有在微风吹拂的游廊里的娓娓长谈，特迪和麦金太尔太太之间的没完没了的斗智。麦金太尔太太的左右逢源的苏格兰人的机灵，往往弥补了她所缺乏的轻松的幽默，使她吃不了亏。

继之而来的是一个又一个温和、沉闷、芬芳的夜晚，这些夜晚随着星期和月份的流逝，照说应该驱使斯特雷方翻过任何铁丝网去找克洛伊①，或者引得丘比特亲自拿起套索在那些含情脉脉的牧场上捕捉猎物，但是特迪的铁丝网仍旧围得严严的。

七月的一个晚上，波皮普太太和她的牧场经理坐在东头游廊上。特迪翻来覆去地预测秋季剪毛是不是有二十四分一磅的可能，把话都谈光了，终于不声不响地沉没在一片哈瓦那雪茄的麻醉人的烟雾里。只有女人这样的拙劣的判断者，才没有发现他的工资中至少有三分之一变成了那些进口的雪茄烟雾。

“特迪，”奥克塔维亚突然相当尖锐地问道，“你在这里牧场上干活为的是什么？”

“每月一百元钱，”特迪对答如流地说，“外加膳宿。”

“我真想辞退你。”

“办不到。”特迪咧着嘴说。

“契约规定。生意买卖要尊重一切没有过期的契约。我

① 斯特雷方和克洛伊是英国诗人锡德尼（1554—1586）散文体小说《阿卡迪亚》中的男女主人公。

的契约订到十二月三十一日晚上十二点钟为止。到了那天，你可以在半夜里起来辞退我。如果不到时候要辞退，我就有权要求法律解决。”

奥克塔维亚似乎在考虑打官司的前景。

“不过，”特迪快活地接着说，“不管怎么样，我本来也打算辞职了。”

奥克塔维亚的摇椅不动了。她肯定这个地方是有蜈蚣的，还有印第安人，有广袤、孤寂、荒凉、空虚的旷野，全部围在坚固的铁丝网里。她有范德雷塞家族的自尊，也有范德雷塞家族的心肠。她一定要弄清楚他是不是真的忘了。

“哦，好吧，特迪，”她装得很有礼貌地说，“这里冷清得很，你当然渴望回到旧时的生活——回到马球、龙虾、剧院和舞会中去。”

“我一向不喜欢舞会。”特迪规规矩矩地说。

“你上了年纪啦，特迪。你的记性不行了。谁都知道你从来没有错过一次舞会，除非它同你参加的另一个舞会冲突，你分不开身。此外，你和同一个舞伴跳得太多，很不得体。让我想想看，福布斯家的那个姑娘——白星眼的那个——她叫什么来着，梅布尔，是吗？”

“不，阿黛尔。梅布尔是瘦胳臂的那个。阿黛尔的眼睛也没有白星。有的是灵魂。我们时常在一起谈十四行诗，还谈论魏尔兰[①]。那时候，我正想从灵感之泉铺设一条水管呢。”

“在哈默史密斯家的舞会上，”奥克塔维亚不让他岔开话

① 魏尔兰(1844—1896)，法国象征派诗人。

题，接着说，“你同她跳了五支舞。”

“哈默史密斯家的什么呀？”特迪茫然问道。

“舞会——舞会，”奥克塔维亚狠狠地说，“我们刚才谈的还有什么？”

“我以为谈的是眼睛和胳臂呢。”特迪思索了一会儿后说。

奥克塔维亚真想一把揪住那个惬意地靠在帆布椅上的脑袋上久经日晒的黄头发，好不容易才压住了这种想法。她以最可人的交际口吻接着说：“哈默史密斯家的那些人钱实在太多了。开矿的，是吗？那门行业可赚钱呢。他们家里甚至找不到一杯白开水。那次舞会上一切都过火得叫人害怕。”

“不错。”特迪说。

“那次的人真多啊！”她知道自己像是一个女学生在叙说初次参加的舞会似的，有点不知所云了，“阳台上都像屋里那样闷热。我在那次舞会上——丢了——丢了一件东西。”最后一句话的声调存心要拆除任何铁丝网。

“我也是的。”特迪放低声音说。

“一只手套。”奥克塔维亚说。敌人逼近她的战壕时，她却退却了。

“我丢失的是身份，”特迪不损一兵一卒的停了火，“我同哈默史密斯家一个开矿的成员聊了半晚，那家伙一直把手揣在口袋里，像天使长似的谈着矿石粉碎厂、小平巷、主平巷和洗矿槽。”

“一只珠灰色的手套，几乎是新的。”奥克塔维亚伤心地说。

“一个了不起的家伙，那个麦卡德尔，”特迪赞许地说，

“他不喜欢都市文明，他把大山当作炸肉饼，把隧道架在空中，他生平没有说过一句无聊的废话。你有没有填好那些申请租地展期的表格，夫人？三十一号之前要交给土地局的。”

特迪懒洋洋地扭过头。奥克塔维亚的椅子已经空了。

一条沿着命运划出的路线爬行的蜈蚣澄清了这个局面。一天清晨，奥克塔维亚和麦金太尔太太在西头游廊修剪忍冬草。特迪天没亮就匆匆忙忙起身走了，因为有人来报告，前一晚的雷雨把基地上的一群母羊驱散了。

为命运所驱的蜈蚣出现在游廊的地板上，两个女人的尖叫提醒了它的注意，它便撒开所有的黄腿一溜烟跑进最西头特迪房间开着的房门。奥克塔维亚和麦金太尔太太抄起两件长的家庭用具作为武器，撩起裙子，在谁做进攻部队的后卫的问题上争论了一番，然后跟了进去。

蜈蚣一进屋仿佛就失踪了，两个要它性命的女人开始彻底而小心地搜索。

即使在这样危险而要求全神贯注的活动中，奥克塔维亚发现自己置身于特迪的私室时，仍然产生了一种敬畏的好奇心理。在这个房间里，他平时独自坐着，默默地转着如今不让别人分享的念头，怀着不让别人知道的想望。

这个房间似乎是斯巴达人或军人居住的。一个角落里摆着大帆布床，另一个角落里摆着小书架，第三个角落里架着几支可怕的温切斯特枪和滑膛枪。一面是一张极大的桌子，上面摊着信件、纸张和文件，还有一个分类架。

蜈蚣在这样空荡荡的房间里隐藏得这样巧妙，确实是有天才的。麦金太尔太太用扫帚柄捅书架背后。奥克塔维亚朝特迪的帆布床走去。房间里的样子同经理匆匆离去时完全一样。墨西哥使女还没有来收拾。他的大枕头中央还有睡过的迹象。奥克塔维亚认为那条令人厌恶的虫子可能爬到床上躲起来,打算咬特迪。蜈蚣对经理们总是这样残忍狠毒的。

她小心翼翼的把枕头翻开,看到一个又长又细的暗色的东西躺在那里,正要发出求援的信号。但是她立即遏制住呼喊,抓起一只手套——一只珠灰色的手套——压在那个忘了哈默史密斯家舞会的人的枕头底下,显然经过了许多夜晚,已经压得扁扁的。这天早晨,特迪一定走得非常匆忙,以致忘了把它藏到白天安放的地方。即使狡猾调皮得出名的经理们,有时候也有漏洞被人抓住。

奥克塔维亚把这只灰色手套塞进她夏季晨装的怀里。这是她的。把自己围在坚固的铁丝网里,只记得哈默史密斯家舞会上矿工谈的洗矿槽的男人是不应该有这种东西的。

说到头,草原上的这个地方多么可爱!当你发现你认为早已丢失的东西时,这地方简直像是盛开的玫瑰!窗口吹进来的夹杂着黄金雀花的清新而甜美的晨风是多么可人!你能不多站一会儿,睁着明亮的眼睛眺望远方,幻想着误会可能得到谅解吗?

麦金太尔太太干吗这样可笑地用扫帚在乱捅?

“我找到啦。”麦金太尔太太砰地把门关上说。

“你丢了什么东西吗?”奥克塔维亚非常客气,然而不感兴趣地问道。

“那个小恶鬼!”麦金太尔太太狠狠地说,“你已经忘了吗?”

她们两人合力弄死了那条蜈蚣。由于它,在哈默史密斯家舞会上丢失的东西才重新找到,它却得到了这种回报。

特迪似乎也想起了这只手套,他下午回家后,不声不响翻箱倒柜地寻找了一番。直到晚上,他在月光照耀的东头游廊上才发现。它给戴在他原以为再也不会属于他的那只手上,他不禁又说出了先前吩咐他再也不要说的废话。特迪的铁丝网垮下来了。

这次没有虚荣心从中作梗,求爱的事情很自然,很顺利,正像热情的牧羊人和温柔的牧羊姑娘之间应有的情况一样。

草原变成了花园。树荫牧场变成了光明牧场。

几天后,奥克塔维亚接到班尼斯特先生答复她询问的有关事务的回信。信中有一段是这样的:

> 关于牧羊场的问题,我真不知道该怎么向你报告。你移居牧场两个月后,我们才获悉波普雷上校的产权是没有价值的。我们发现了一个文件,得知他去世前就已变卖了这注产业。这件事通知了你的经理韦斯特莱克先生,他立即赎回了牧场。我简直无法想象你怎么会始终一无所知。我希望你马上同那位先生商谈一下,他至少可以证实我的话。

奥克塔维亚带着挑衅的眼光去找特迪。

"你在这个牧场上干活为的是什么?"她又一次问道。

"一百——"他正要重复,但从她的神情中看出她都明白了。她手里还拿着班尼斯特先生的信。他知道再也瞒不下去了。

"这个牧场是我的,"特迪说,像干了坏事被抓住的小学生似的,"一个经理干了一段时间而不能吸收他老板的企业的话，这个经理未免太无能了。”

“你为什么要在这里干活？”奥克塔维亚仍旧想打破特迪的谜，追问道。

“老实告诉你，塔维，”特迪安详而真挚地说，“我并不是为了工资。这点钱只够我买雪茄和防晒油。医生嘱咐我到南方来。由于打马球和运动过度，我的右肺要出毛病了。我需要好的气候，新鲜空气，休息和诸如此类的条件。”

奥克塔维亚立刻向那个有毛病的部位靠去。班尼斯特先生的信飘落到地上。

“现在——现在是不是好了，特迪？”

“像一段牧豆树干那么结实。我有一件事骗了你。当我知道牧场的产权不属于你的时候，我花了五万元把它买了下来。在这里牧羊期间，我在银行里积攒下来的收入差不多有这个数目，因此这笔交易几乎像是买便宜货。银行里还有一笔小小的不花力气的增益，塔维，我打算乘游艇做一次结婚旅行，船桅杆上扎着白缎带，我们经地中海，穿过赫布里底群岛，然后到挪威和须德海。”

“我想的是，”奥克塔维亚温柔地说，“同我的经理一起在羊群中间做一次结婚骑行。然后回来和麦金太尔太太在游廊上吃婚礼早餐，悬在餐桌上方的红陶瓮也许扎着一只橘树花。”

特迪笑了，开始唱道：

小小的波皮普丢失了她的羊群，
不知道去哪儿找寻。
随它们去吧，它们自会回家，
于是——

奥克塔维亚勾住他的脖子，让他低下头，悄悄地在他耳边说了些什么。

不过那是以后的事了。

春天的先兆

早在乡巴佬迟钝的心里感到春天来临之前,城里人就知道翠绿女神已经登基了。城里人坐在四堵石墙中间,吃着早餐的鸡蛋和烤面包,翻开晨报,看到新闻远远地跑在季节前面。

如果说春天的信使曾为我们敏锐的感觉所证实,那么现在是由美联社代劳了。

哈肯萨克知更鸟的第一声啭鸣,本宁顿枫树叶枝的萌动,锡拉丘兹的大街两旁杨柳的新绿,蓝鸟最初的啁啾,蓝角的天鹅绝唱,圣路易斯的一年一度的旋风,新泽西州庞普顿估计桃子歉收的牢骚,比尔奇沃特车站附近的池塘里又出现了那头每年必来的、瘸了一条腿的野鹅,众议员金克斯在议院挫败了药品托拉斯哄抬奎宁价格的卑劣企图,遭到雷击的第一株高白杨树和在树下躲雨、被震昏的野餐者,阿勒根尼河的解冻,派驻朗德角的记者在苔藓地上发现了一朵紫罗兰——这些报道都是新绿季节的先兆,通过电讯传到了智慧的城市,但是农民除了田野上一片死寂的冬天景色之外,什么也没有见到①。

然而这些只是表面现象罢了。真正的先兆在人们心里,

① 本段中的哈肯萨克、本宁顿等都是美国地名。奎宁是治疗疟疾的特效药,而疟疾在美国有"春天的热病"之称,因此作者联想到哄抬奎宁价格。

当斯特雷方要找他的克洛伊,迈克要找他的麦琪[1]时,春天才算真的来到,报上关于佩蒂格鲁法官的牧场上打死一条五英尺长的响尾蛇的新闻才得到证实。

在第一朵紫罗兰开放之前,彼得斯先生、拉格斯代尔先生和基德先生坐在联合广场的一条长椅上,正在阴谋策划。彼得斯先生是那三个二流子里的达太安[2]。在公园里任何一条椅子的绿色背景里,他是最邋遢、最懒惰、最可悲的褐色污点。但是,此时此刻,他却是三人中间最重要的。

因为彼得斯太太有一块钱,一张完整的一元钞票,合法的货币,全国通用,可以用来支付各项捐税和公用事业费用。怎么把那一块钱弄到手,就是那三个发霉的剑客正在探讨的题目。

"你怎么知道是一块钱呢?"拉格斯代尔问道,钱数之大使他产生了怀疑。

"送煤工看到她手里的钱,"彼得斯先生说,"她昨天出去帮人家洗了些衣服。你们知道她早饭给我吃什么——一个面包和一杯咖啡,她自己身边却有一块钱!"

"岂有此理。"拉格斯代尔说。

"咱们跑上去,把她打翻,用毛巾堵住她的嘴,把那块钱抢来,怎么样?"基德恶狠狠地建议说,"你总不见得怕一个女人吧?"

"她会大声嚷嚷,害得我们脱不了身,"拉格斯代尔表示异议说,"我不主张在人多嘴杂的地方揍一个女人。"

---

① 斯特雷方和克洛伊,参看第三卷《陀螺》中的《牧场上的波皮普夫人》的注解,迈克和麦琪是美国普通男女的名字。

② 达太安是法国作家大仲马小说《三个火枪手》里的主角。

“诸位先生，”彼得斯先生透过他黄褐色的胡子茬严厉地说，“请记住，你们谈论的是我的妻子。男人不能对一位太太动粗——除非是——”

“麦圭尔，”拉格斯代尔直截了当地说，“已经挂出了卖啤酒的招牌。只要有一块钱，我们就可以——”

“别说啦！”彼得斯先生舐舐嘴唇说，“咱们总得想点法子把那张钞票弄到手，哥儿们。难道一个男子汉的老婆不由他做主？这件事由我来办好啦。我回家去把它弄来。你们在这儿等着。”

“你只要踢她们的肋骨，她们马上就屈服，告诉你钱藏在什么地方，我亲眼见过。”基德说。

“男子汉是不踢妇女的，”彼得斯道貌岸然地说，“稍稍掐住喉咙——只要在气管上来那么一下——马上就见效——并且不露痕迹。你们等着。我准把那块钱弄来，哥儿们。”

彼得斯夫妇住在二马路和河滨之间的一座经济公寓里。他们住的是一间后房，光线那样暗，以致房东收房租时都有点不好意思。彼得斯太太到处找些擦地板、洗衣服的杂活。彼得斯先生五年来没有挣过一文钱，保持着从未打破的纪录。但是作为习惯的动物，他们一直相依为命，分担着彼此的憎恨和怜悯。习惯势力毕竟维持着地球的内聚力，没有让它散成碎片，尽管有人提出一些愚蠢的地心吸力的学说。

体重二百磅的彼得斯太太坐在家里两把破椅子中比较结实的一把上，呆呆地从惟一的那扇窗口望着对面的砖墙。她的眼睛又红又湿润。屋子里的家具早该让收破烂的人运走了，但是白送都没有人要。

门打开后，彼得斯先生进来了。他那双小猎狗似的眼睛流露出一种愿望。妻子的判断确定了愿望来自身体的哪一部分,但是把馋渴错当成了饥饿。

“在天黑之前,你休想再找吃的啦,”她说罢又朝窗外望去,“你趁早带着那张猎狗脸到外面去吧。”

彼得斯先生打量了他们两人之间的距离。假如趁她不备,也许有可能扑到她身上,打翻她,施展他在那两个等待着的伙伴面前夸下海口的掐脖子战术。不错,那只是夸口而已,到目前为止,他始终不敢对她使用粗暴的手段,但是一想到可口爽人的黑啤酒,他便六神不安,几乎要推翻自己那套关于绅士该怎么对待女士的理论了。作为喜欢多用计谋、少动筋骨的懒汉,他先采用了外交手段,打出了一张王牌——装出胜券在握的样子。

“你有一块钱。”他用满不在乎而意味深长的口气说,正如钱财已经唾手可得,点燃一支雪茄时所说的话一样。

“是啊。”彼得斯太太从胸口掏出那张钞票,逗惹似的弄得哗哗直响。

“有人请我到一家——一家茶叶店去干活,”彼得斯先生说,“明天就上工。但是我必须买一双——”

“你撒谎,”彼得斯太太收好钞票说,“没有哪一家茶叶店、旧货铺、废品回收站会要你的。我洗工作服,工装裤,两手的皮都磨破了,好不容易才挣到那一块钱。难道你以为从肥皂泡沫里挣来的钱可以让你去买灌进你肚子的啤酒泡沫吗?去你的!别打那块钱的主意啦。”

显而易见,即使塔列朗①的装腔作势也换不到那块钱了。

① 塔列朗(1754—1838),法国政治家,以纵横捭阖、善使手腕著称,曾任外交部长,代表法国参加一八一五年维也纳会议。

但是外交手段是巧妙的。彼得斯先生足智多谋的气质拉住了他的半统靴的皮带把他抬到一个新的立足点上。他眼睛里装出百般无奈的伤心神情。

“克拉拉，”他假惺惺地说，“继续挣扎也没用。你一直对我很不理解。老天知道我使尽气力，拼命挣扎，想在不幸的波涛中冒出头来，可是——”

“别说啦，什么希望的彩虹啦，克服困难走向幸福之岛啦，”彼得斯太太叹了一口气说，“我已经听烦了。壁架上那个空咖啡罐后面有一小瓶石炭酸，去喝个痛快吧。”

彼得斯先生考虑了一会儿。下一步该怎么走呢？老办法已经行不通了。那两个发霉的剑客正在破败的邸宅里苦苦等他——所谓邸宅，就是公园里一张铁腿摇晃的长椅。他的荣誉难以保全了。他答应单枪匹马攻打城堡，带回宝藏来供他们欢饮，给他们慰藉。挡在他和令人垂涎的那块钱之间的只是他的妻子，她以前是个百依百顺的小女人——啊哈！——干吗不再试试呢？以前只要用几句甜言蜜语，就可以像人们所说的那样，把她玩弄于股掌之上。干吗不再试试呢？他有好多年没有试过了。悲惨的穷困和相互的憎恨早就使那些东西消失殆尽。但是拉格斯代尔和基德在等他把那块钱带回去呢！

彼得斯先生朝妻子偷偷地瞥了一眼。她那身没有模样的肥肉溢出了椅子。她神情恍惚而奇特地望着窗外。眼睛红红的，说明她刚哭过。

“不知道什么原因。”彼得斯先生暗忖道。

敞开的窗户外面只见到砖墙和单调光秃的后院。假如吹进来的风不带一丝和煦的意思的话，城里仍是一片仲冬景色，对围攻的春天摆出一副凛然不可侵犯的面孔。但是春天的来到并没有隆隆炮声伴随。她是坑道兵,是地雷手,不容你不投降。

"我得试试。"彼得斯先生扮了一个苦脸,自言自语地说。

他走到妻子身边,伸手搂住她的肩膀。

"克拉拉,亲爱的,"他的声调连一只小海豹都骗不过,"咱们干吗要拌嘴呢?难道你不是我的小亲亲吗?"

彼得斯先生,爱神圣洁的总账上已经有了你不光彩的记录。你的罪名是企图蒙骗、伪造并使用爱神的最圣洁的称呼。

然而,春天的奇迹出现了。春天的先兆从黑墙之间的小胡同里溜进了后屋。看来仿佛可笑,可是——哎,那本来就是一个捕鼠夹,你们,太太和先生,还有我们大家都给夹住了。

又红又胖的彼得斯太太,像尼俄柏或者尼亚加拉①那样涕泗滂沱,伸出双臂一把抱住她的丈夫,软瘫在他身上。彼得斯先生原可以设法把那张钞票从它的存放处掏出来,但是他的胳臂被箍得紧紧的,动弹不得。

"你爱我吗,詹姆斯?"彼得斯太太问道。

"爱极啦,"彼得斯先生说,"不过——"

"你不舒服啦!"彼得斯太太嚷道,"你脸色怎么这样苍白,样子这样乏力?"

"我觉得虚弱,"彼得斯先生说,"我——"

"哎,等一会儿,我知道是什么道理。等一会儿,詹姆斯。我马上就来。"

① 尼俄柏,希腊神话中人物,尼俄柏有七子七女,嘲笑只有一子一女的拉东娜,拉东娜的子女把尼俄柏的子女全部杀死,尼俄柏悲恸而绝,化为一块终年滴水的岩石。尼亚加拉是美国东北部的大瀑布。

临去之前，彼得斯先生的妻子又搂了他一下，劲道之大使他想起了可怕的土耳其人。她随即匆匆跑出房间，下了楼。

彼得斯先生把两手的大拇指勾住背带。

“行啦，”他向天花板吐露说，“我把她骗上手啦。没想到我老婆心肠居然这么软。嘿，先生，我岂不是下西区的克劳德·梅尔诺特[1]？我现在十拿九稳，准能把那块钱弄到手。不知道她出去干什么。大概是去告诉二楼的马尔登太太，说我们又和好如初了。我得记住。没用的东西！基德还说要揍她呢！”

彼得斯太太拿着一瓶菝葜水[2]回来了。

“幸好我有那一块钱，”她说，“你身子全垮啦，宝贝。”

他一动不动地坐着，被他的有血有肉的春天女神镇住了。

春天来了。

拉格斯代尔先生和基德先生口干唇焦，坐立不安地待在联合广场的长椅上，等着达太安和他的那块钱。

“我一开始就该掐她的脖子。”彼得斯先生暗忖道。

---

① 克劳德·梅尔诺特，英国作家利顿所著《利昂夫人》中的人物，他是园丁的儿子，伪装成科莫亲王，赢得了女主角的欢心。

② 菝葜是一种藤本植物，根茎入药，有祛风湿、解毒等作用，有些汽水中含有此成分。

汽车等待的时候

黄昏刚降临,穿灰色衣服的姑娘又来到那个安静的小公园的安静的角落里。她坐在长椅上看书,白天还有半小时的余晖,可以看清书本上的字。

再说一遍,她的衣服是灰色的,并且朴素得足以掩盖式样和剪裁的完美。一张大网眼的面纱罩住了她的头巾帽和散发着安详恬静的美的眼睛。昨天同一个时候,她也来到这里,前天也是这样;有个人了解这个情况。

了解这个情况的年轻人逡巡走近,把希望寄托在幸运之神身上。他的虔诚得到了回报,因为她翻书页的时候,书从她手里滑下来,在椅子上一磕,落到足足有一码远的地方。

年轻人迫不及待地扑到书上,带着公园里和公共场所司空见惯的神情把它还给它的主人,那种神情既殷勤又充满希望,还掺杂一些对附近那个值勤警察的忌惮。他用悦耳的声调冒险说了一句没头没脑的关于天气的话——那种造成世间多少不幸的开场白——静静地站了一会儿,等待着他的运气。

姑娘从容不迫地打量了他一下,瞅着他那整洁而平凡的衣服和他那没有什么特殊表情的容貌。

"你高兴的话不妨坐下,"她不慌不忙地说,声调低沉爽朗,"说真的,我倒希望你坐下来。光线太坏了,看书不合适。

我宁愿聊聊天。”

“你可知道，”他把公园里的主席们宣布开会时的老一套搬出来说，“我很久没有看到像你这样了不起的姑娘啦。昨天我就注意到了你。你可知道，有人被你那双美丽的眼睛迷住了，小妞儿？”

“不论你是谁，”姑娘冷冰冰地说，“你必须记住我是个上等女人。我可以原谅你刚才说的话，因为这类误会在你的圈子里，毫无疑问，是并不稀罕的。我请你坐下来，如果这一请却招来了你的‘小妞儿’，那就算我没请过。”

“我衷心请你原谅，”年轻人央求说。他的得意神色马上让位于悔罪和卑屈，“是我不对，你明白——我是说，公园里有些姑娘，你明白——那是说，当然啦，你不明白，不过——”

“别谈这种事啦，对不起。我当然明白。现在谈谈在这条小路上来来往往，推推搡搡的人吧。他们去向何方？他们为什么这样匆忙？他们幸福吗？”

年轻人立刻抛开他刚才的调情的神情。现在他只有干等的份儿，他捉摸不透自己应该扮演什么角色。

“看看他们确实很有意思，”他顺着她的话说，“这是生活的美妙的戏剧。有的去吃晚饭，有的——呃——到别的地方去。真猜不透他们的身世是怎么样的。”

“我不去猜，”姑娘说，“我没有那样好奇。我坐在这儿，是因为只有在这儿我才能接近人类伟大的、共同的、搏动的心脏。我在生活中的地位使我永远感不到这种搏动。你猜得出我为什么跟你聊天吗——贵姓？”

“帕肯斯塔格。”年轻人回答说。接着，他急切而期待地盼望她自报姓氏。

"我不能告诉你,"姑娘举起一只纤细的手指,微微一笑说,"一说出来,你就知道我的身份了。不让自己的姓名在报刊上出现简直不可能。连照片也是这样。这张面纱和我女仆的帽子掩盖了我的真面目。你应该注意到,我的司机总是在他以为我不留神的时候朝我看。老实说,有五六个显赫的名门望族,我由于出生的关系就属于其中之一。我之所以要跟你说话,斯塔肯帕特先生——"

"帕肯斯塔格。"年轻人谦虚地更正说。

"——帕肯斯塔格先生,是因为我想跟一个普普通通的人谈话,即使一次也好,跟一个没有被可鄙的财富和虚伪的社会地位所玷污的人谈话。哦!你不会知道我是多么厌倦——金钱、金钱、金钱!我还厌倦那些在我周围装模作样的男人,他们活像是一个模子里刻出来的傀儡。欢乐、珠宝、旅行、交际、各式各样的奢华都叫我腻味透顶。"

"我始终有一个想法,"年轻人吞吞吐吐地试探说,"金钱准是一样很好的东西。"

"金钱只要够你过充裕的生活就行啦。可是当你有了几百万、几百万的时候——"她做了一个表示无奈的手势,结束了这句话。"叫人生厌的是那种单调,"她接下去说,"乘车兜风、午宴、看戏、舞会、晚宴,以及这一切像镀金似的蒙在外面的过剩的财富。有时候,我的香槟酒杯里冰块的叮当声几乎要使我发疯。"

帕肯斯塔格先生坦率地显出很感兴趣的样子。

"我有这么一种脾气,"他说,"就是喜欢看书报上写的,或者听人家讲关于富有的时髦人物的生活方式。我想我有点儿虚荣。不过我喜欢了解得彻底一些。我一向有一个概念,认为香槟酒是连瓶冰镇,而不是把冰块放在酒杯里的。”

姑娘发出一连串银铃般的、觉得有趣的笑声。

“你应当知道,”她带着原谅的口吻说,“我们这种饱食终日无所事事的人就靠标新立异来找消遣。目前流行的花样是把冰块放在香槟酒里。这个办法是一位鞑靼王子在沃尔多夫大饭店吃饭时发明的。过不了多久,就会让位给别的怪念头。正如本星期麦迪逊大街的一次宴会上,每位客人的盘子旁边放了一只绿色羊皮手套,以便吃橄榄的时候戴用。”

“我明白啦,”年轻人谦虚地承认说,“小圈子里的这些特殊的花样,普通人是不熟悉的。”

“有时候,”姑娘略微欠身,接受了他的认错,“我是这样想的,假如我有一天爱上一个人的话,那个人一定是地位很低的。一个劳动的人,而不是不干活的懒汉。不过,毫无疑问,对于阶级和财富的考虑可能压倒我原来的意图。目前就有两个人在追求我。一个是某个日耳曼公国的大公爵。我猜想他现在有,或者以前有过一个妻子,被他的放纵和残忍逼得发了疯。另一个是英国侯爵,他是那样的冷酷和惟利是图,相比之下,我宁愿选择那个魔鬼似的公爵了。我怎么会把这些都告诉你的啊,派肯斯塔格先生?”

“是帕肯斯塔格,”年轻人倒抽了一口气说,“说真的,你想象不出你这般推心置腹使我感到有多么荣幸。”

姑娘无动于衷地看看他,那种漠然的眼色正适合他们之间地位悬殊的情况。

“你是干哪一行的,帕肯斯塔格先生?”她问道。

“很低微,但是我希望在社会上混出一个模样来。你刚才说,你可能爱上一个地位卑贱的人,这话可当真?”

“自然当真。不过我刚才说的是‘有可能’。还有大公爵和侯爵在呢,你明白。是啊,假如一个男人合我的心意,职业低微也不是太大的障碍。”

“我是,”帕肯斯塔格宣布说,“在饭馆里干活的。”

姑娘稍稍一震。

“不是侍者吧?”姑娘略微带着央求的口气说,“劳动是高尚的,不过——服侍别人,你明白——仆从和——”

“我不是侍者。我是出纳员,就在——”他们面前正对着公园的街上有一块耀眼的“饭店”灯光招牌——“你看到那家饭馆吗,我就在里面当出纳员。”

姑娘看看左腕一只镶在式样华丽的手镯上的小表,急忙站起来。她把书塞进一个吊在腰际的闪闪发亮的手提袋里,可是书比手提袋大多了。

“你怎么不上班呢?”她问道。

“我值夜班,”年轻人说,“再过一小时我才上班。我可不可以跟你再会面?”

“很难说。也许——不过我可能不再发这种奇想了。现在我得赶快走啦。还有一个宴会,之后上剧院——再之后,哦!总是老一套。你来的时候也许注意到公园前面的拐角上有一辆汽车。一辆白色车身的。”

“红轮子的那辆吗?”年轻人皱着眉头沉思地说。

“是的。我总是乘那辆车子。皮埃尔在那里等我。他以为我在广场对面的百货公司里买东西。想想看,这种生活该有多么狭隘,甚至对自己的司机都要隐瞒。再见。”

“现在天黑啦,”帕肯斯塔格先生说,“公园里都是一些粗鲁的人。我可不可以陪你——”

“假如你尊重我的愿望,”姑娘坚决地说,“我希望你等我离开之后,在椅子上坐十分钟再走。我并不是说你有什么企图,不过你也许知道汽车上一般都有主人姓氏的字母装饰。再见吧。”

她在薄暮中迅疾而端庄地走开了。年轻人看着她那优美的身形走到公园边上的人行道,然后在人行道上朝汽车停着的拐角走去。接着,他不怀好意、毫不犹豫地借着公园里树木的掩护,沿着与她平行的路线,一直牢牢地盯着她。

她走到拐角处,扭过头来朝汽车瞥了一眼,然后经过汽车旁边,继续向对街走去。年轻人躲在一辆停着的马车背后,密切注意她的行动。她走上公园对面马路的人行道,进了那家有耀眼的灯光招牌的饭馆。那家饭馆全是由白漆和玻璃装修的,一览无遗,人们可以没遮没拦地在那里吃价钱便宜的饭菜。姑娘走进饭馆后部一个比较隐蔽的地方,再出来时,帽子和面纱已经取下来了。

出纳员的柜台在前面。凳子上一个红头发的姑娘爬了下来,露骨地瞅瞅挂钟。穿灰色衣服的姑娘登上了她的座位。

年轻人两手往口袋里一插,在人行道上慢慢往回走。在拐角上,他脚下碰到一本小小的、纸面的书,把它踢到了草皮边上。那张花花绿绿的封面使他认出就是那姑娘刚才看的书。他漫不经心地捡起来,看到书名是《新天方夜谭》,作者是斯蒂文森①。他仍旧把它扔在草地上,迟疑地逗留了片刻。然后,他跨进那辆等着的汽车,舒服地往座垫上一靠,简单地对司机说:

“俱乐部,昂里。”

---

① 斯蒂文森(1850—1894),英国作家,《新天方夜谭》是一部带有异国情调的惊险浪漫故事集,其中刻意追求新奇和刺激,脱离了现实。

使圆成方

我甘冒使读者腻烦的风险，在叙说这个冤冤相报的故事之前，先讲几句有关几何学的题外话。

自然界的事物是循圆周运动的；人为的事物则沿直线行进。自然的事物是圆形的；人为的事物则有棱有角。在雪地迷路的人，总是不由自主地转着圆圈[①]；城里人的脚被矩形的街道和房间地板限制得本性泯灭，总是带着人笔直地行走。

孩子的圆眼睛象征天真；女人卖弄风情时眯缝成一条线的眼睛说明矫揉造作。抿紧的嘴巴一定代表狡黠；谁没有在真挚地嘟起来接吻的嘴巴上看到自然界最动人的抒情诗？

美是完善无缺的自然；圆形是它的主要属性。请看一轮满月，迷人的金球，瑰丽庙宇的圆屋顶，越桔馅饼，结婚戒指，马戏表演场地，召唤侍者的铃，以及敬酒时的"一巡"。

另一方面，直线表示自然界的事物受到了歪曲。试想，如果维纳斯塑像的腰部换成直撅撅的罩衫，那还成什么样子！

当我们沿着直线行走，顺着直角拐弯的时候，我们的天性就开始起变化。自然事物比人为的事物随和，往往委曲求全，

① 这种现象的解释是人两腿跨的步子有细微的大小区别，时候一长形成弧线。

力图适应人为事物的比较严峻的规律。结果是相当奇怪的——例如:菊花展览会上的获奖展品,甲醇威士忌,投共和党选票的密苏里州,奶酪焗花椰菜和纽约人。

在大城市里,本性丧失得最快。原因在几何学,而不在道德方面。大城市的街道和建筑的直线,法律和社会风俗的拘泥古板,人行道的循规蹈矩,城市生活方式——甚至包括娱乐和运动——的严格、冷酷、沉默、毫不通融的规则——这一切都对自然界的弧线表示冷漠的鄙夷。

因此,我们可以说,大城市证明了使圆成方的命题。我们还可以补充说,这个数学味十足的引子揭示了肯塔基州两个家族的世仇的前因后果,他们的世仇被带进城市,在城市习俗的影响下适应了它的角度。

这个世仇是坎伯兰山岭的福维尔和哈克尼斯两个家族之间形成的。怨仇的第一个牺牲品是比尔·哈克尼斯的猎狗。哈克尼斯家遭到了悲惨的损失,立刻杀掉福维尔族的头儿作为补偿。福维尔的亲属急于报复。他们给打松鼠的枪上了油,使比尔·哈克尼斯追随他的猎狗到了另一个去处,那里打猎不费吹灰之力,猎物自会落到你手里。

四十年来,这两个家族冤冤相报,没完没了。哈克尼斯家的人一个个地被枪杀,丧命的情况各各不同:有的在耕田,有的晚上在自家窗前灯下,有的从野外集会归来,有的在睡熟的时候,有的在决斗的当口,还有清醒的和喝醉的,落单的和同家属一起的,有所准备和出乎意外的。福维尔家族的成员在当地风俗规定和许可的条件下,一枝一枝地也被砍掉,遇害的方式大同小异。

两个家族的枝柯经过这样修剪后,不久都只剩下一个成员。那时候，卡尔·哈克尼斯也许领悟到，继续纠缠下去难免要替他们的世仇添上过于显著的个人色彩，便突然离开了坎伯兰山岭，避开了福维尔家族最末一个后裔，山姆，的复仇。坎伯兰山岭终于如释重负。

一年后，山姆·福维尔听说那个尚未伏命的冤家住在纽约市。山姆把后院的大铁锅翻过来，刮下一点煤灰，拌了猪油，用这种混合物擦亮了靴子。他穿上那套买来时是灰胡桃色，现在染成黑色的衣服，换了一件白衬衫和白硬领，在毡提包里塞了几件结实的亚麻布内衣。他摘下挂在钩子上的打松鼠枪，可是叹了一口气又把它放回原处。尽管这种习惯在坎伯兰山岭是多么合情合理，纽约也许不会同意他在百老汇路的摩天大楼中间打松鼠。他从梳妆台抽屉里找出一把老式而可靠的科尔特左轮手枪，在城市里干冒险和复仇的勾当，手枪似乎是最好的武器了。山姆把它同一把套在皮鞘里的猎刀一起放在毡提包里。福维尔家最后一个子孙骑上骡子，向低地的火车站进发。行前，他在鞍上回头，严峻地看看杉树林中一小簇白松木板，那就是福维尔家墓地的标志。

山姆·福维尔到纽约时天色已晚。他的行动和生活仍旧遵循着自然界自由的圆周运动，看不到大城市的隐藏在黑暗里的可怕、无情、好动、凶恶的手段，准备向他圆形的心脏和头颅包围过来，按照千万个受害者的改变过的形状把他改造一番。一辆马车把他从人流的漩涡中拣出来，正如山姆自己常常从一堆随风摆布的秋叶中拣出一颗硬果一样，然后飞快地把他送到一家与他的靴子和毡提包相称的旅馆。

第二天早晨，福维尔家硕果仅存的后代向那个掩护哈克尼斯家最后一个子弟的城市发起了突袭。他用一条窄皮带系好那把科尔特手枪，藏在上衣里面；把猎刀挂在肩胛骨中间，刀柄离上衣领子只有半英寸。他只掌握两个情况：卡尔·哈克尼斯在这个城市里驾驶运货马车，而他自己，山姆·福维尔，要来杀他。山姆踏上人行道时，眼珠红了，心头升起一股世袭的仇恨。

市中心几条马路上的喧嚣把他吸引了过去。他几乎准备见到卡尔在街上迎面走来，只穿着衬衫，手里拿着酒壶和马鞭，正如他可能在法兰克福或者劳雷尔[①]遇上卡尔一般。但是一小时过去了，卡尔没有出现。也许他埋伏在一扇门或者窗子后面，准备朝山姆开枪。山姆机警地注意着有门窗的地方。

中午时分，城市像猫戏弄耗子似的玩得腻味了，突然用它的直线向他挤过来。

山姆·福维尔站在城市里两条笔直的大动脉互相交叉的地点。他向四周看看，发现地球被抛出了轨道，被酒精水平仪和皮尺逼成一个有边有角的平面。生活中的一切都沿着轨道和凹槽运行，都按照一定的制度和程序，都有一定的界限。生命之根是立方根，生存的尺度是平方积。人们形成直排，熙来攘往，可怕的喧嚷和轰响把他吓蒙了。

山姆靠在一幢石头建筑的尖角上。在他身边经过的人何止千万，可是没有一个转过脸来向他看看。他突然起了一种没来由的恐惧，仿佛觉得自己死了，成了一个鬼魂，人们因此才对他视而不见。接着，城市以孤寂之感袭击了他。

① 法兰克福和劳雷尔分别是印第安纳州中部和密西西比州东南部的城市。

一个胖子从人流中滑出来,站着等汽车,离他只有几步远。山姆挨到他身边,在嘈杂声中对他嚷着说:

"兰金斯家喂的猪比我们家的肥多啦,不过他们那边的猪草也比我们这边的好——"

胖子神气活现的模样有所收敛,他走开去买炒栗子,以便掩饰自己的惊惶。

山姆觉得需要喝点山涧露水①。对街的人们在弹簧门里进进出出。隐约可以看到门里一个金光锃亮的酒吧和酒吧上面的装饰。这个复仇者穿过街道,打算进去。人为的事物又在这里挤掉了熟悉的圆形。山姆找不到门的把手——他伸出手去,只摸到一块长方形的铜牌和抛光的橡木,连大头针那样小的捏手的东西都找不到。

他手足无措,羞红着脸,伤心地从这扇没用的门前走开,坐到石阶上。一根警棍戳戳他的肋骨。

"另找个地方去遛遛吧,"警察说,"你在这里闲荡得太久啦。"

在下一个拐角上,一声锐利的口哨直刺山姆的耳朵。他赶快转过身,只见一个满面怒容的家伙,在热气腾腾的堆着花生的机器后面朝他恶狠狠地瞪眼。他穿过街。一辆庞大的、不用骡子拉的车子,发着牛吼似的声音和冒烟的煤油灯似的气味,刷地擦过他的膝盖。一个马车夫用车毂撞了他一下,还训他说,这种情况下用不上礼貌语言。一个电车司机使劲踩铃,让他闪开,并且生平第一次同马车夫取得合作。一个穿着走样的绸坎肩的太太用胳膊肘撞他背脊,一个报童不慌不忙

① 指酒类饮料。

地朝他扔香蕉皮,“我不愿意这样干——可是看到我的人得让路!”

卡尔·哈克尼斯干完了一天的工作,存放好运货马车,从一幢房屋后面拐出来。那幢房屋的形成锐角的边缘是建筑师忽发奇想,按照安全剃刀的式样设计的。他在三码开外的地方,在一群匆匆忙忙的行人中间发现了那个仍旧存活的、不共戴天的、世世代代的仇人。

他猛地站住,犹豫了片刻,因为他身边没有武器,情况又发生得那样突然。山姆·福维尔锐利的山地居民的眼睛也在人群中发现了他。

来往的人流中突然跳动一下,起了一个旋涡,山姆的声音响了起来。

“好啊,卡尔!我见到你真高兴!”

在百老汇路、五马路和第二十三街的交叉口,坎伯兰山岭的世仇握手言欢了。

餐馆和玫瑰

波希·卡林顿小姐获得了成功。她出生在那个叫做酸果蔓角的小镇,一开头就背上了姓"博格斯"的不利条件①。十八岁的时候,她改用"卡林顿"为姓,在纽约一个滑稽戏班子的合唱队里找到了位置。此后,她一帆风顺,在"歌舞女郎"的正当而愉快的梯阶上步步高升,参加了著名的"小鸟"八重合唱队,演出了成功的喜歌剧《十八扯》,在"福德罗"土豆甲虫舞里领舞,最后在《国王的浴衣》那出戏里担任侍女"端蒂特"的角色。《国王的浴衣》赢得了评论界的好评,也给了她成名的机会。我们叙说卡林顿小姐的故事时,她正声誉鹊起,红得发紫,那个精明的经理蒂莫西·戈尔斯坦和她签订了合同,答应下一个季度由她主演戴德·里奇的新剧本《华灯初上》。

随即有一个姓海史密斯的年轻能干的、时髦的性格演员来找蒂莫西先生,申请担任"索尔·海托塞"一角,也就是《华灯初上》里主要的喜剧男演员。

"老弟,"戈尔斯坦说,"只要你搞得到这个角色,尽管担任。卡林顿小姐不接受我的任何建议。她已经回绝了本市五

① "博格斯"原文 Boggs,和英国口语中的"厕所"(bogs)读音相同。

六个最好的演乡巴佬的演员。她声明,如果物色不到最好的'海托塞'一角,她就不登台。你知道,她是在乡村里长大的,百老汇的兰花在头上插根稻草,就想把自己说成是苜蓿,可诓不了她。我曾经有点挖苦地问她,在她看来,邓曼·汤普逊[①]扮演这个角色是否合适。'哦,不行。'她说,'我不要他。也不要约翰·德鲁或者吉姆·科贝特[②],这些连韭菜和麦苗都分不清的大演员都不成。我要货真价实的东西。'唉,老弟,你想扮演'索尔·海托塞',首先要打通卡林顿小姐这一关,看你的运气吧。"

第二天,海史密斯乘了火车去酸果蔓角。他在那个死气沉沉的偏僻小镇待了三天。他找到博格斯家,刨根问底地把他们的家世一直打听到祖父和曾祖辈。他收集了酸果蔓角的事实的地方色彩。这个小镇的发展不及卡林顿小姐迅速。根据海史密斯的判断,自从镇上惟一的特斯庇斯[③]的门徒离去之后,小镇依然故我,正像舞台上"一晃过了四年",而实际上并没有什么变化一样。他吸收了酸果蔓角的一切,然后回到那个千变万化、日新月异的城市。

海史密斯在餐馆里达到了他演员生涯中最辉煌的成就。我们不必提那家餐馆的名字了;波希·卡林顿小姐演出一场《国王的浴衣》后,只有在一家餐馆里才找得到她。

他们几个人占了一张引人注目的桌子,有说有笑,十分热

---

① 邓曼·汤普逊(1833—1911),美国演员、剧作家,他写的《老宅》一剧于1886年在波士顿首演,极为成功。

② 约翰·德鲁(父1827—1862,子1853—1927),著名父子演员;吉姆·科贝特(1866—1933),美国职业拳击家,后改行当演员。

③ 特斯庇斯,公元前六世纪的希腊诗人,有"悲剧之父"之称。

闹。首先应该提起的就是卡林顿小姐,她身材娇小,美丽迷人,充满活力,神采飞扬。其次是戈尔斯坦先生,他是个大块头,嗓门洪亮,头发拳曲,神情像是抓住了一只蝴蝶不知如何是好的狗熊。第三人是个郁郁不得志的报馆记者,显得经常受人奉承而戒备森严的样子,一面自以为了不起的、一声不响地在吃他的纽伯格式①大菜,一面分析向他倾注下来的每一句话,以便在报上胡扯一通。最后一个是梳分头的年轻人,他的姓名在小报和餐馆的账单上都等于是现金。这几个人占了一张桌子,餐馆里的乐师在演奏,侍者穿梭似的来往侍候,可是需要他们侍候的顾客却只看到他们的背影;餐馆里所有的人都有一种奇异和高兴的感觉,因为他们待在离人行道地面九英尺深的地下室里②。

十一点三刻,一个人进了餐馆。第一小提琴手把应该是C本位音的地方明显地拉低了半个音;吹单簧管的在应该吹装饰音的时候吹了一个水泡音;卡林顿小姐噗哧一笑;梳分头的年轻人把一颗橄榄核囫囵吞进了肚子里。

刚进来的人带着一股地地道道、十十足足的乡下气。他是个瘦长、仓皇、犹豫的年轻人,一头淡黄色的头发,傻乎乎地张着嘴,被餐馆里的灯光和人们吓得手足无措,狼狈不堪。他穿着一套白核桃色的衣服,打了一条鲜蓝色的领带,衣服很不合身,瘦棱棱的手腕和穿白袜子的脚踝露在外面有四英寸之多。他带翻了一张椅子,又在另一张上坐下,把脚钩住桌子的一条腿。看见侍者走来,他立即显出畏畏葸葸的样子。

① 食品中加奶油、蛋黄、黄油和葡萄酒的烹饪法。

② 本篇提到的餐馆(rathskeller)是一种设在地下室的场所。

“劳驾给我来杯淡啤酒吧。”侍者周到地问他时，他回答说。

餐馆里的眼光都集中到他身上。他像萝卜那样泥土气十足，像干草那样质朴。他睁大眼睛，打量着周围，正如见到猪闯进了自家土豆地的人一样。他终于看到了卡林顿小姐，咧开嘴笑了，又高兴、又窘迫地红着脸站起来，朝她坐的桌子那儿走去。

“你好吗，波希小姐？”他带着无可置疑的乡土音说，“你还记得我吗？——我是比尔·萨默斯——住在铁匠铺后面的萨默斯家的。我想自从你离开酸果蔓角以后，我长大了一些。

“莉莎·佩里对我说过，我进城的时候可以找你。你知道，莉莎跟本尼·斯坦菲尔德结了婚，她说——”

“嘿，什么！”卡林顿小姐兴致勃勃地插嘴说，“莉莎·佩里不可能结婚的——哟，她一脸雀斑哪！”

“六月份结的婚，”那个碎嘴子笑着说，“现在住在塔特姆老宅。哈姆·赖利信了教；布利塞斯老太太把她的房子卖给了斯普纳船长；沃特斯家最小的女儿跟一个音乐教师逃跑了；县政府办公楼三月里起火烧掉了；你的威利叔叔给选作了警长；马蒂尔达·霍斯金斯的手被针扎了一下，后来死了；汤姆·比德尔在追萨利·莱斯罗普——他们说他每晚都坐在萨利家的门廊上。”

“那个白星眼的东西！”卡林顿小姐刻薄地说，“哎，汤姆·比德尔以前不是在追——喂，诸位，我要失陪一会儿——这是我的一位老朋友——我来介绍一下——你姓什么来着？对了，萨默斯先生——这位是戈尔斯坦先生，里基茨先生，呃——哦，你姓什么来着？就称呼你‘约翰尼’吧——到那边去，再讲点家乡的事给我听听。”

她把他拖到角落里一张单独的桌子那儿。戈尔斯坦先生耸耸肥胖的肩膀，招呼侍者过来。报馆的那个人兴致好了一点，要了苦艾酒。梳分头的年轻人突然阴郁起来。餐馆里的顾客们笑着碰杯；波希·卡林顿正式演出之后，再招待他们看一场小小的喜剧，真叫他们高兴。少数几个爱讥讽的人悄悄说这是“炒作”，并且自作聪明地微笑着。

波希·卡林顿用手支着她那带酒窝的、可爱的下巴颏儿，忘掉了她的观众——替她带来声誉的正是这份能耐。

于是，海史密斯打出了他的王牌。“索尔·海托塞”除了能够表演喜剧之外，还需要煽情。应该让卡林顿小姐看看他在这方面也胜任愉快。

“波希小姐，”“比尔·萨默斯”说，“两三天前，我还去过你家。呃，没有什么特别的变化。厨房窗下的那丛紫丁香有一尺多高了，前院的那棵榆树枯死了，不得不砍掉。虽说没有什么变化，和以前总有点不同。”

“妈好不好？”卡林顿小姐问。

“我最近一次见到她时，她坐在前门口，用钩针编织灯座的花边垫子。”“比尔”说，“她老了一点，波希小姐。可是屋子里一切还是原样。你母亲请我坐下。‘别碰那张柳条椅，威廉。’她说，‘波希走后始终没有挪动过；搭在扶手上的那条围裙，她还没有镶好边。我一直希望，’她接着说，‘总有一天波希会把它镶好的。’”

卡林顿小姐断然招呼一个侍者过来。

“来一品脱上好的威士忌，”她简短地吩咐说，“账单给戈尔斯坦先生。”

“阳光射到门口,”酸果蔓角来的编年史家往下说,“你妈正坐在阳光下面。我问她为什么不往后挪一点。‘威廉,’她说,‘我一坐下来,望着那条路的时候,就不愿意动了。每天,’她说,‘我一有空就坐在这儿,望着那条路,等着波希,直到天黑。她是晚上走那条路离家的,因为我们第二天早晨在泥地上发现了她的小小的脚印。我老是觉得,当她厌倦了外面的世界,想起她的老妈妈时,仍旧会从那条路上回来的。’”

“我出来的时候,”“比尔”最后说,“我在前门台阶那儿把这摘了下来。我想到了城里也许能见到你,我知道你一定喜欢老家带来的东西。”

他从上衣口袋里取出一朵玫瑰——一朵丝绒一般柔美、芳香四溢的黄玫瑰,它在餐馆恶浊的气氛中耷拉着脑袋,正像一个少女在古罗马竞技场上群狮热辣辣的呼吸下垂着头一样。

卡林顿小姐尖锐而悦耳的笑声在乐队演奏的《风信子》的旋律中响起来。

“啊呀!”她快活地嚷道,“还有比那更死气沉沉的地方吗?如今让我在酸果蔓角待两个钟头,我都受不了,嗯,萨默斯先生,我见到你非常愉快。我想我现在要赶回旅馆去睡我的美容觉了。”

她把那朵黄玫瑰塞在她绮丽精致的绸衣服的前襟里,站起身,傲慢地朝戈尔斯坦先生点点头。

她的三个陪伴和“比尔·萨默斯”送她上了马车。等到她身上的饰带和裙边都给妥善地塞进车厢之后,她连连向他们道别,她的明眸皓齿叫他们看得眼花缭乱。

“你离城之前,比尔,要到旅馆来看看我呀。”那辆金碧辉煌的马车驶去时，她招呼道。

海史密斯仍旧这身打扮，同戈尔斯坦进了一家小咖啡馆。

“主意不坏吧?”这个演员笑吟吟地问道，“‘索尔·海托塞’的角色总该派给我了吧，你以为怎么样？这位小姐始终没有起疑。”

“我没有听到你们的谈话，”戈尔斯坦说，“可是你的化妆和表演是没有问题的。敬你一杯，祝你成功。你最好明天一早就去找卡林顿小姐，把这个角色敲敲定。我看不出她对你的表演才能有什么不满意的地方。”

第二天上午十一点三刻，海史密斯打扮得漂漂亮亮，穿着最时髦的衣服，翻领纽扣孔里插了一朵倒挂金钟，到了卡林顿小姐下榻的豪华旅馆，满怀信心地递进了他的名片。

他给请了进去，接待他的是女演员的法国侍女。

“对不起，”霍顿丝小姐说，“我对谁都得这样说。非常抱歉。卡林顿小姐已经取消了所有的演出合同，回到那个——那个什么小镇——哦，那个酸果蔓角小镇去了!”

嘹亮的号角

这篇故事的一半可以在警察局的档案里找到;另一半存在一家报馆的营业室里。

百万富翁诺克罗斯家中被劫、他本人遭到杀害后两星期的一个下午,凶手在百老汇路上悠闲地逛着,迎面遇上了侦探巴尼·伍兹。

“是你吗,约翰尼·克南?”伍兹问道,五年来,他在公开场合总是有点近视。

“是我,”克南高兴地嚷道,“那不是老圣乔的赫赫有名的巴尼·伍兹吗!我几乎认不出来啦!你在东部干什么?难道你的买卖做到这里来了吗?”

“我在纽约已经好几年了,”伍兹说,“现在我在市侦缉队供职。”

“好,好!”克南说,他高兴得咧开了嘴,拍拍侦探的胳臂。

“到马勒咖啡馆去,”伍兹说,“我们找个清静的座位。我想同你聊聊。”

那时还不到四点钟。生意的高峰还未来到,他们在咖啡馆里找了一个安静的角落。衣冠楚楚、充满自信、略带狂妄的克南在伍兹对面坐下,伍兹身材瘦小,留着沙黄色的胡子,老是斜眼看人,穿的是一套现成的舍维呢衣服。

“你目前在干什么?”伍兹问道,“你先我一年离开了圣乔。”

“我在推销一处铜矿的股票,”克南说,“我打算在这里设一个办事处。好,好! 老巴尼现在成了纽约的侦探了。你一向偏爱这一行。我离开圣乔后,你不是在那里的警察局工作吗?”

“干了六个月,”伍兹说,“我有一件事想问你,约翰尼。你在萨拉托加旅馆作案后,我一直密切注意你的行踪,以前我可没有发现你持枪行凶。你干吗要杀诺克罗斯?”

克南全神贯注地朝他的威士忌酒杯里的柠檬凝视了一会儿,突然狡黠地笑着看看侦探。

“你怎么会猜到的,巴尼?”他钦佩地问道,“我以为那件事做得像剥光皮的葱头一样干净利落。难道我有什么破绽?”

伍兹把一支挂在表链上做装饰的小金铅笔放在桌上。

“这是我们在圣乔过最后一个圣诞节时,我给你的礼物。你送给我的刮胡子杯子我还在用着。这支铅笔是我在诺克罗斯房间里地毯一角下面找到的。我提醒你说话要注意。我可以用你的话作为定你罪的证据,约翰尼。我们以前是老朋友,但是我得履行我的职责。你为了诺克罗斯一案要坐电椅的。”

克南大声笑了。

“我运气不坏,”他说,“谁会想到追踪我的竟是老巴尼呢!”他一手伸进上衣。伍兹的手枪立即顶在他的腰上。

“把枪拿开,”克南皱着鼻子说,“我只不过是摸摸口袋。啊哈! 常言说,九个裁缝才抵得上一条汉子,可是一个裁缝就能毁掉一个人。我这件坎肩口袋里有个窟窿。我把铅笔从表链上卸下来,塞在口袋里,准备写写画画的。把枪收起来吧,巴尼,我告诉你我为什么不得不开枪打诺克罗斯。那个老混蛋从门厅里赶出来追我,用一把不像样的二二口径小手枪朝我后背乱开一气。那个老太太倒真够意思。她躺在床上,看我拿走她的价值一万二千元的钻石项链时一声不吭,却像叫花婆似的求我把一枚只值三块钱的石榴石金戒指还给她。我想她嫁给老诺克罗斯准是为了他的钱财。那种女人总是恋恋不舍地保存着旧情人的一些小玩意当作纪念。此外,还有六枚戒指、两个胸针、一个小饰表。估计共值一万五千元。"

"我劝你别说出来。"伍兹说。

"哦,没问题,"克南说,"东西在我旅馆里的手提箱里。我不妨告诉你我为什么毫无顾忌。因为说出来也很保险。我了解同我说话的人。你欠我一千元,巴尼·伍兹,即使你打算逮捕我,你也下不了手。"

"这件事我并没有忘记,"伍兹说,"你二话没说,就数给我二十张五十元面额的钞票。我总有一天要归还那笔钱。那一千元帮了我大忙——我那天回家时,他们把我的家具都堆在人行道上了。"

"是啊,"克南接着说,"你巴尼·伍兹生性刚直,为人仗义,决不会逮捕有恩于你的人。哦,我干这一行,除了研究弹子锁和窗门插销之外,还要研究人。现在我叫侍者过来,先别说话。最近一两年来,我喝上了酒,自己也有点担心。如果我失风的话,抓住我的那个走运的侦探应该和酒分享荣誉。不过我营业时间滴酒不沾。工作结束之后,我心里踏实,可以同老朋友巴尼干几杯。你喝什么?"

侍者端来长颈酒瓶和苏打水瓶，搁在桌上又走了，不打扰他们两人。

“你已经定了调子，”伍兹沉思地用手指滚动那支小金铅笔说，“我非放你一马不可。我不能做对不起你的事。假如我早还清了那笔债——可是我没有还，事情只能这么办。这种做法不对头，约翰尼，但是我别无他法。你帮过我忙，我应当报答。”

“我早就料到啦，”克南举起酒杯，自鸣得意地笑着说，“我能判断人。为巴尼干杯，因为他是个大好人。”

“假如你我之间的前账已清，”伍兹仿佛自言自语，平静地接着说，“即使纽约所有银行里的钱都堆在我面前，今晚也休想买通我，让我放你逃出我的手心。”

“我也是这么看的，”克南说，“因此我知道同你打交道是安全的。”

“多数人瞧不起我这一行，”侦探接着说，“他们不把侦探当作高尚的职业。但是我有一股子傻劲，一向为我这一行感到自豪。这回我栽了。我想大概我首先是人，其次才是侦探。我得放你走，然后我只好辞职。我想我可以去赶运货马车。还你那一千元的日期更要往后推了。”

“不用提了，”克南气派十足地说，“我很愿意一笔勾销，只是我知道你不会同意。你向我借钱，是我的运气。我们不谈这个了。明天一早我就乘火车去西部。那里有我一个安身之处，可以避避风头，等诺克罗斯一案平息下来。喝吧，巴尼，抛开烦恼。我们痛痛快快喝，让警察局的那些人去为这件案子伤脑筋吧。今晚我又觉得像是撒哈拉沙漠那样干渴。不过我是在我老朋友巴尼的手里——不办公务的手里，我根本不愁警察来找我的麻烦。”

克南频频按铃，侍者来往侍候，这时克南的弱点——极端虚荣和自我膨胀——开始暴露出来了。他滔滔不绝地叙说他得意的盗窃、巧妙的计谋和不光彩的非法行为，尽管伍兹经常同歹徒恶棍打交道，心里却对这个有恩于他的邪恶透顶的人产生了鄙夷和厌恶。

“当然，我现在不便干预，”伍兹终于说，“但是我劝你暂时不要抛头露面。报界也许会抓住诺克罗斯一案做文章。今年夏天抢劫和杀人的案子多得像流行病。”

这几句话使克南阴沉狠毒的愠怒勃然发作。

“报界见鬼去吧，”他咆哮说，“他们除了用大号铅字夸夸其谈、自吹自擂以外，还会干什么？即使他们插手调查一件案子——又能起什么作用？警察局里都是一些窝囊废；他们又能干出什么名堂来？他们只会派一批白痴记者去现场采访；记者一头扎进附近的酒店，一面喝啤酒，一面替酒店侍者的穿晚礼服的大女儿拍照，然后把她说成是提供第十手材料的那个年轻人的未婚妻，发生杀人案的那晚，那个年轻人仿佛听到楼下有些动静。报界发现的窃贼的线索无非就是这些。”

“唔，我说不准，”伍兹沉思地说，“有几家报馆在这方面干得相当出色。比如说，《火星早报》就是这样。警察局方面已经冷了下来，是早报提出两三条新的线索，结果案犯落了网。”

“我让你看看，”克南挺起胸膛，站起来说，“我让你看看，一般报馆我根本不放在眼里，你说的那家《火星早报》更不在话下。”

离他们桌子三英尺外的地方有个电话间。克南走进去，在电话机旁一坐,让门敞开着。他在电话簿上找到一个号码,取下耳机,向电话局要了号。他那张嘲笑的、冷酷而又警惕的面孔凑近话筒,刻毒的薄嘴唇抿成轻蔑的微笑。伍兹坐着不动,只听见克南说道:

"是《火星早报》吗?……我找总编辑说话……喂,对他说有人要同他谈谈诺克罗斯谋杀案的情况。

"你是总编辑吗?……好吧……老诺克罗斯是我杀的……等一等!别挂电话,我可不是捣乱……哦,这里毫无危险。我刚才还同我的一位当侦探的朋友谈这件事呢。我是那天凌晨两点半枪杀那个老头的,到明天就是整整两星期了……和你一起喝杯酒?得啦,你这种话还是留给演滑稽戏的人听吧。难道你分辨不出人家是在耍你,还是让你得到你们这份破报纸从未有过的独家新闻?……是啊,一点不错,准能引起轰动的独家新闻——不过你可不能指望我在电话里把姓名地址告诉你……什么原因!哦,那是因为我听说你们善于侦破连警察局也觉得棘手的神秘案件……不,还没有说完。我要说的是,你们那份吹牛造谣的破报纸在追踪聪明的凶手或者强盗方面并不比一条瞎了眼的长卷毛狗高明多少……什么?哦,不是的,我可不是同你们竞争的报馆;我告诉你的是第一手材料。诺克罗斯那件案子是我干的,珠宝首饰在我目前住的旅馆的手提箱里——'旅馆的名字尚未获悉'——这句话你很耳熟吧?我早就料到了。你们用得太多啦。一个神秘的恶棍给你们这个了不起的、公正清明政治的喉舌打电话,骂你们是胡扯淡的窝囊废,使你们有点恼火吧,是吗?……得啦,你不至于傻到那个地步——不,我从你的声音里听得出来……喂,听我说,我再告诉你一个细节,可以证明我的话可靠。你们当然已经派了报馆里出色的年轻傻瓜去调查这件凶杀案。诺克罗斯老太太睡衣上第二颗纽扣是碎掉一半的。我从她手上捋下石榴石戒指时注意到了。我原以为是红宝石呢……别来那一套！行不通的。”

克南狞笑着转向伍兹。

“我说动了他。他现在相信了。他没有把话筒遮严就吩咐别人用另一个电话查我们的号码。我再捅他一下，我们就走人。”

“哈啰！……对，我还在这儿。你总不至于认为你们这家领津贴的、出卖别人的小报馆能把我吓跑吧……要在四十八小时内把我抓获？喂，你别打哈哈了。我劝你少管大爷们的事，还是去采访一些离婚案件和交通事故，靠你们的谣言和黄色新闻吃饭吧。再见，老弟——我没有时间登门拜访，很抱歉。我到你们的蠢驴窝去倒不会有安全问题。哈哈！”

“他像抓不到耗子的猫那样恼火，”克南挂上电话出来说，“巴尼老弟，现在睡觉还早，我们去看一场戏，消遣消遣。我只要睡四个小时，然后直奔西部。”

两人在百老汇路一家饭馆吃了饭。克南洋洋得意。他像小说里的亲王那样大把大把地花钱。接着，他们去看了一场新颖华丽的音乐喜剧。之后又去烤肉店吃夜宵，喝香槟酒，克南的兴致好得不能再好了。

凌晨三点半钟，他们坐在一家通宵营业的咖啡馆里，克南没完没了地自吹自擂，伍兹闷闷不乐地在考虑。作为法律的维护者，他已经断送了前程。

他想着想着，眼睛里露出一线希望的亮光。

“我不知道有没有可能，”他自言自语地说，“我不知道有没有可能!”

这时候,隐隐约约的叫喊声打破了咖啡馆外面清晨相对的寂静;那些叫喊仿佛是声音的萤火虫,有的越来越响,有的逐渐减弱,在送牛奶车和稀稀落落的街车声中此起彼伏,叫声来近时相当刺耳——这些熟悉的声音给大城市数百万从沉睡中苏醒的人带来了多种意义。这些叫喊声的微小然而意义深远的音量包含着世界上的悲哀和欢笑、喜悦与苦恼。对某些畏缩在一夜短暂的庇护下的人,它们带来了无可回避的可怕的白天消息;对另一些酣睡在梦乡中的人,它们宣告了一个比黑夜更阴暗的黎明的来到。对不少有钱的人来说,它们带来的是一把扫帚,把星光照耀时仍属于他们的东西一扫而光;对穷人们来说,它们带来的只是新的一天而已。

叫喊声开始在全市升起,尖厉响亮,预告时间机器里一个齿轮嵌入就位后提供的机会;它们把日历上的新数字带给听从命运摆布的睡眠者的报复、利益、悲伤、酬劳和厄运分配给相应的人。叫喊声哀怨刺耳,仿佛那些年轻的声音在悲叹他们难以负责的手里给人们带来的好处是那么少,而坏事又是那么多。在这无能为力的城市街道上空回响的声音,传达了神道的最新法令,它们是报童的叫喊,是新闻界嘹亮的号角。

伍兹扔了一枚硬币给侍者说:

“替我买一份《火星早报》。”

报纸拿来后,他把第一版扫了一眼,然后从记事本上撕下一页,用那支小金铅笔写字。

“有什么新闻吗?”克南打着哈欠问道。

伍兹把他写的字条扔给克南:

纽约《火星早报》:

因约翰尼·克南被捕归案，请将我名下应得的一千元赏金付与克南本人。

巴纳德·伍兹

“你肆无忌惮地戏弄他们时，”伍兹说，“我就想到他们可能来这一招。现在，约翰尼，你跟我去警察局走一趟吧。”

剪亮的灯盏

当然,这个问题有两方面。我们看看问题的另一方面吧。我们时常听人说起"商店女郎"。事实上这种人是不存在的。只有在商店里售货的女郎。那是她们赖以餬口的职业。为什么要把她们的职业作为形容词呢?我们应当讲点公道。我们可没有把五马路的姑娘们说成是"结婚女郎"呀。

卢和南希是好朋友。她们来这个大城市里找工作是因为家乡不够吃的。南希十九岁,卢二十岁。两人都是漂亮的、好动的农村姑娘,都没有登上舞台的野心。

高高在上的小天使指点她们找到了便宜而体面的寄宿所。两人都找到了工作成了雇佣劳动者。她们仍旧是好朋友。一晃过了六个月,我才请你们上前一步,给你们介绍介绍。爱管闲事的读者啊,这两位是我的女朋友,南希小姐和卢小姐。你同她们握手的时候,请注意她们的装束——不过别露痕迹。是的,别露痕迹,因为她们和赛马场包厢里的贵妇人一样,遇到别人瞪着眼睛看她们的时候,也会不高兴的。

卢在一家手工洗衣店当熨衣工,拿计件工资。她穿着一件不称身的紫色衣服,帽子上的羽饰比应有的长出了四英寸;她的貂皮手筒和围脖值二十五元,但是在季节过去之前,它的同类产品在橱窗里的标价为七元九角八分。她面颊红润,淡蓝色的眼睛晶莹明亮。她浑身散发着心满意足的气息。

至于南希呢,你会管她叫商店女郎的——因为你已经养成了习惯。商店女郎是根本不存在的;但是一些顽固的人总是要寻找典型,那么就算南希是个典型吧。她把头发梳成蓬松高耸的庞巴杜式,脸上显出一副矫枉过正的严肃神情。她的裙子的质料相当差,式样却很合时。她没有皮大衣来抵御料峭的春寒,但穿着一件绒毛呢的短大衣,趾高气扬的样子仿佛那是波斯羔羊皮做的。无情的寻找典型的人啊,她脸上和眼睛里流露出来的就是典型的商店女郎的神情。那是对虚度芳华的沉默而高傲的反抗,抑郁地预言着即将到来的报复。即使在她开怀畅笑的时候,那种神情依然存在。同样的神情可以在俄罗斯农民的眼睛里看到,等到加百列吹响最后审判的号角时,我们中间还活着的人在加百列脸上也可以看到。那种神情原应该使男人们自惭形秽,但他们老是嬉皮涎脸,别有用心地奉献鲜花。

现在你可以掀掀帽子,走你的路了。你已经接受了卢的愉快的道别和南希的讥讽而又甜蜜的微笑。不知怎么搞的,那种微笑仿佛从你身边擦过,像白蛾子似的扑翼飞过屋顶,直上云霄。

她们俩在街角上等丹恩。丹恩是卢的好朋友。你问他忠实吗?嗯,如果玛丽需要招用十来个传票送达员去寻找她的羔羊时,丹恩总是在场帮忙的。

“你冷吗,南希?”卢说,“你在那家老铺子里干活,每星期只有八块钱工资,真是个傻瓜!我上星期挣了十八块五。当然,熨衣服的活儿不如在柜台后面卖花边那么气派,但是能挣钱。我们熨衣工每星期至少挣得到十块钱。并且我认为那也不是不光彩的工作。""你干你的好啦,"南希翘起鼻子说,"我甘愿一星期拿八块钱,住过道间。我喜欢待在有好东西和阔人来往的地方。何况我的机会有多好啊!我们手套部的一个姑娘嫁给了一个匹茨堡来的——炼钢的人,或者铁匠——或者别的什么——身价足足有一百万呐。总有一天,我自己也会找到一个阔佬。我倒不是在夸耀我的长相或者别的长处,可是既然有大好机会,我总得碰碰运气。待在洗衣作里有什么出息呢?"

"不见得吧,我就是在洗衣作里碰到丹恩的,"卢得意洋洋地说,"他那次来取他星期日穿的衬衫和领子,看见我在第一张台子上熨衣服。我们洗衣作里的姑娘都希望在第一张台子上干活。那天艾拉·马金尼斯病了,我顶了她的位置。丹恩说他一眼就注意到我的胳膊是多么丰满,多么白皙。我是把袖管卷起来干活的。来洗衣作的也有上等人。你从他们把衣服藏在手提箱里突然溜进来的样子,就可以认出他们。"

"你怎么能穿那样的坎肩呢,卢?"南希说,她眯缝着眼睛,关心而又责备地盯着那件惹厌的衣服,"它说明你的审美力太差啦。"

"这件坎肩吗?"卢睁大眼睛愤愤地说,"嘿,这件坎肩花了我十六块钱呢。事实上要值二十五块。一个女人送来洗熨,再也没有来取。老板把它卖给了我。上面的手工刺绣有好几码呢。你还是评评你自己身上那件又难看又素淡的东西吧。"

"这件难看素淡的东西,"南希不动声色地说,"是按照范·阿尔斯丁·费希尔太太身上一套衣服的式样缝制的。店里的女同事们说,去年她在我们店里买了一万两千块钱的东西。我这件是自己做的，花了一块五。你在十步以外简直看不出我这件同她那件有什么区别。”

“哦，好吧，”卢温和地说，“假如你愿意饿着肚子摆阔，尽管请便。我还是干我的活儿，拿我的好工资，干完活以后，在我经济条件许可的情况下替自己添置一些花哨好看的衣服。”

这当儿，丹恩来了，他是电工，周薪三十元，戴着活扣领带，显得少年老成的样子，丝毫没有城市的轻浮习气。他以罗密欧般的悲切眼色瞅着卢，并且认为她那件绣花坎肩是一张任何苍蝇都愿意黏上去的蜘蛛网。

“这位是我的朋友，欧文斯先生——跟丹佛斯小姐握握手吧。”卢说。

“认识你十分高兴，丹佛斯小姐，”丹恩伸出手说，“我时常听到卢提起你。”

“多谢，”南希冷冰冰地用指尖碰碰丹恩的手指说，“我也听到她提起你——有那么几次。”

卢吃吃地笑了。

“你那种握手的方式也是从范·阿尔斯丁·费希尔太太那儿学来的吗，南希？”她问道。

“如果我是学来的，你更可以放心大胆地照搬。”南希说。

“哟，我根本不配。那种方式对我来说太花哨了。那种把手抬得高高的架势是为了炫耀钻石戒指。等我弄到几枚之后，我再开始学。”

“你不如先学着，”南希精明地说，“那你就更有希望弄到戒指。”

“为了解决你们的争论，”丹恩愉快地微笑着说，“我来提个建议吧。我既然不能陪你们两位到蒂法尼①那儿去尽我的本分,你们可愿意去游乐场逛逛?我有入场券。我们没有机会同真正戴钻石戒指的人握手,那就去看看舞台上的钻石,怎么样?"

这个忠实的侍从走在人行道上靠马路的一边;卢挨着他,穿着鲜艳美丽的衣服,有点像孔雀;南希走在最里面,窈窕纤弱,打扮得像麻雀那般朴素,可是走路的姿态却是地道的范·阿尔斯丁·费希尔式——他们三人就这样出发,去寻找他们花费不多的晚间消遣了。

我想,把一家大百货商店当做教育机构的人并不多。但是南希工作的那一家对她来说倒有点像。她周围尽是带有高雅精致气息的漂亮东西。假如你处在奢华的气氛里,无论花钱的人是你还是别人,那种奢华就属于你了。

南希接待的主顾大多是妇女,她们的衣着、风度和社交界的地位都被她引为典范来议论。南希开始从她们身上取长补短——根据自己的意见从每一个人那儿撷取最好的地方。

她模仿了一个人的某种手势,加以练习;从另一个人那儿学会了一种意味深长的眉毛一扬的样子;又从其余的人那儿吸收了走路、提钱包、微笑、招呼朋友和答理"身份低"的人的姿态。从她最钦佩的模特儿范·阿尔斯丁·费希尔太太那儿,她征用了那个美妙的特点:一种轻柔低沉的嗓音,像银铃一般清晰,像鸫鸟的啭鸣那么圆润。她沉浸在这种雍容华贵的氛围中,不可能不受到深刻的影响。据说好习惯能胜过好原则,那么好风度也许能胜过好习惯了。父母的教诲不一定

① 美国商人查尔斯·蒂法尼(1812—1902)在纽约开设的高级首饰店。

能使你保持新英格兰①的良知;但是,如果你坐在一把笔直的靠背椅上,把"棱柱和香客"这几个字念上四十遍,魔鬼就不敢侵犯你了。当南希用范·阿尔斯丁·费希尔太太的声调说话时,她从骨子里感到"贵人不负众望"的舒坦。

大百货学校里还有一个学问的源泉。每当你看到三四个商店女郎一起交头接耳,在手镯丁零作响的伴奏下,仿佛谈着无关紧要的话题时,你可别以为她们在议论埃瑟尔的发式。这种碰头会也许没有男人的审议会那么隆重,可是它的重要性并不亚于夏娃同她的大女儿的第一次会议。在那次会议上,她们使亚当明白了他在家庭中应有的地位。那是对抗世界和男人的共同防御和交流攻守战略的妇女大会。世界是个舞台,男人则是使劲往台上扔花束的看客。女人是所有小动物中最荏弱无助的——她们有小鹿的优雅,却没有它的敏捷;有小鸟的美丽,却没有它的飞遁能力;有蜜蜂的甘酿,却没有它的——哦,我们放弃那个比喻吧——有人也许会被蜇着呢。

在这种军事会议上,她们互相提供武器,交换她们在人生战术中创造和制订的战略。

"我对他讲,"萨迪说,"你太放肆啦!你把我当成什么人啦,竟敢对我说这种话?你们猜猜看,他用什么话来回答我?"

各色头发的脑袋,褐色的、黑色的、亚麻色的、红色的、黄色的,凑在一起,找到了答复,决定了针锋相对的言语,准备以后大伙向共同的敌人——男人——展开论战时采用。

① 新英格兰是美国东北部缅因、佛蒙特、新罕布什尔、马萨诸塞、罗得岛和康涅狄格六州的统称,在美洲殖民史上有"清教徒之地"之称。

因此，南希学会了防御的艺术，对女人来说，成功的防御意味着胜利。

百货商店里的课程包罗万象。恐怕再也没有别的大学堂能够更好地培养她，让她达到她生平的愿望，抽中婚姻的彩头了。

她在店里的位置是有利的。音乐部离她工作的部门不远，使她有机会熟悉一流作曲家的作品——至少让她达到耳熟能详的程度，在她试图插足的社交界里假充具有音乐鉴赏能力。她还从艺术品、贵重精美的衣料，以及几乎可以代替女人修养的装饰品中得到陶冶。

没多久，其余的女店员都发觉了南希的野心。“你的百万富翁来啦，南希。”只要有一个像是富翁的男人走近南希的柜台，她们就这样招呼南希。男人们陪女眷出来买东西的时候，在一旁等得无聊，总是逛到手帕柜台那儿，看看麻纱手帕。南希的模仿出身高贵的神态和真正的秀丽对他们很有吸引力。因此有很多男人到她面前来卖弄他们的气派。有几个也许是地道的百万富翁，其余的只不过是依样画葫芦的假货。南希学会了识别人的窍门。手帕柜台的尽头有一扇窗，她从上面可以望见街上一排排汽车，在等主人买了东西从店里出来。她看得多了，知道汽车同他们的主人一样，也是有区别的。

有一次，一位风度不凡的先生买了四打手帕，带着科斐图亚王①的气派隔着柜台向她调情。他走后，一个女店员说：

“怎么啦，南希，刚才你对那个人一点也不亲热。依我

① 传说中一个豪富的非洲国王。

看,他倒是个货真价实的阔佬呢。”

“他吗?”南希带着那种最冷漠、妩媚、超脱的范·阿尔斯丁·费希尔太太式的笑容说,“我才看不上眼呢。我看见他坐车来的。一辆十二匹马力的汽车,一个爱尔兰司机!你知道他买了什么样的手帕吗?——绸的!而且他还有手指发炎的毛病。对不起,要就要地道的阔佬,否则宁愿不要。”

店里有两个最高级的女人——一个是领班,另一个是出纳——她们有几个“阔气的男朋友”,时常一起下馆子。有一次,他们邀了南希同去。那顿饭是在一家富丽堂皇的餐馆里吃的,那里除夕晚餐的座位要提前一年预订。在座的有两个“男朋友”,一个是秃头(我们可以证明,奢华的生活害他的头发脱得精光),另一个是年轻人,他用两种有说服力的方式来使你领教他的身价和老练:一种是他佩戴的钻石袖扣,另一种是他老是咒骂任什么酒都有软木塞的气味。这个年轻人在南希身上发现了不同一般的优点。他的爱好本来就倾向于商店女郎,而他面前的这位,除了她本阶层的比较率真的妩媚之外,还具有他所属的上流社会的谈吐与风度。于是,第二天他就来到百货商店,一边买了用土法漂白的爱尔兰麻纱手帕,一边郑重其事地向她求婚。南希一口回绝了。十步开外,一个褐色头发梳成庞巴杜式的同事一直在旁观倾听。等那个碰了一鼻子灰的求婚者离去之后,她狠狠地一五一十把南希数落了一通。

“你真是个不可救药的小傻瓜!那家伙是个百万富翁——他是范·斯基特尔斯老头的侄子呀。并且他是一片真心。你疯了吗,南希?”

“我吗?”南希说,“我没有答应他,是吗?其实他并不是什么百万富翁,这一点不难看出来。他家里每年只给他两万块钱。那天吃晚饭的时候,那个秃头的家伙还拿这件事取笑他来着。”

褐色头发梳成庞巴杜式的女郎眯缝着眼睛,走近了一些。

“你到底要什么呀?”她说,由于没嚼口香糖,声音也比较沙哑了,“那还不够你受用吗?莫非你想当摩门教徒①,同时和洛克菲勒、格拉德斯通·道威以及西班牙国王一起结婚?一年两万块钱还不够你满意的?”

在那对浅薄的黑眼睛的逼视下,南希脸上泛起了红晕。

“并不是完全为了钱,卡丽,”她解释说,“那天吃晚饭的时候,他睁着眼睛说瞎话,被他的朋友戳穿了。他说他没有陪某个女的去看戏,其实去了。我就是看不惯说假话的人。种种因素加起来——我不喜欢他,因此吹了。我待价而沽,决不挑一个大拍卖的日子。总而言之,我非得找一个坐在椅子上像是男子汉的人。不错,我是在找对象,但是这个对象总得有点儿出息,不能像小孩的扑满那样只会丁当发响。”

“精神病院就是为你这种人开的!”褐色头发梳成庞巴杜式的姑娘说着走开了。

南希继续靠每星期八元的工资来培养这些崇高的思想——如果不能算是理想的话。她日复一日地啃着干面包,束紧腰带,披星戴月地追踪那个不可知的大“猎物”。她脸上老是挂着那种注定要以男人为猎物的淡漠而又坚定,甜蜜而又冷酷的微笑。百货商店是她的猎场。有好几次,她发现了

① 约瑟弗·史密斯(1805—1844)于一八三〇年在美国创立的一个教派,初期的教徒实行一夫多妻制。

仿佛是珍奇的大猎物，就举枪瞄准，但是某种深刻而正确的本能——那也许是猎户的本能，也许是女人的本能——总是阻止了她，使她重新追踪。

卢在洗衣作里很得意。她从每周十八元五的工资中提出六元钱来支付房租和伙食。其余的大多花在衣着上。和南希相比，她要提高鉴赏力和风度的机会少得多。在蒸汽弥漫的洗衣作里，只有工作、工作，和对未来的晚间娱乐的遐想。各种各样值钱而漂亮的衣服在她的熨斗底下经过，她对衣着的有增无减的喜爱也许正是从那个导热金属传到她身上去的。

一天的工作结束后，丹恩在洗衣作外面等她，不论她站在哪种亮光下面，丹恩总是她忠实的影子。

有时候，他老实而惶恐地朝卢的衣服瞥一眼，那些衣服与其说是式样上有了进步，不如说是越来越刺眼，不过这不能算是变心，他不赞成的只是这些衣服在街上给她招来的注意。

卢对她的好朋友仍旧像以前那样忠实。她和丹恩到什么地方去玩，总是邀了南希一起去，这已经成了惯例。丹恩高高兴兴、毫无怨言地接受了额外的负担。可以这么说，在这个寻找消遣的三人小组中，卢提供了色彩，南希提供了情调，丹恩担负着重量。这个护卫穿着整洁但显然是买现成的衣服，系着活扣领带，带着可靠、真诚而现成的机智，从来没有因为这种重担而大惊小怪或者垮下去。有些善良的人，当他们在你眼前的时候，你往往不放在眼里，可是等他们离开之后，你却清晰地想起他们来，丹恩就是这种人。

对南希高雅的兴趣来说，这些现成的娱乐有时带些苦涩，但她年轻，青春不能做挑肥拣瘦的美食家时，只能将就一点，做个随和的吃客了。

“丹恩老是催我赶快同他结婚，”卢有一次对南希说，“可是我干吗要这样呢？我不依赖别人。现在我自己挣钱，高兴怎么花就怎么花；结婚以后，他肯定不会让我继续干活。顺便提起，南希，你为什么还要待在那家商店，吃又吃不饱，穿又穿不好？假如你愿意，我马上可以在洗衣作里替你找一个位置。我始终有这么一种想法，假如你能多挣一些钱，你就不至于那么高傲了。”

“我并不认为自己高傲，卢，”南希说，“不过我宁愿待在老地方，半饥半饱也不在乎。我想大概是养成习惯了。我要的是那儿的机会。我并不打算站一辈子柜台。我每天可以学到新的东西，从早到晚接触的都是高尚富有的人——即使我只是在侍候他们，我得风气之先，见多识广。”

“你的百万富翁到手了没有？”卢揶揄似的笑着问道。

“我还没有选中，”南希回说，“我正在挑选呢。”

“哎呀！你居然还想抓一把挑挑吗！有那种人的话千万别轻易放过，南希——即使他的身价只差几块钱而不够格的话。话得说回来，你说的不见得是真心话吧——百万富翁们才瞧不起我们这种职业妇女呢。”

“他们还是瞧得起的好，”南希冷静而明智地说，“我们这种人能教他们怎样照料他们的钱财。”

“假如有一个百万富翁跟我说话，”卢笑着说，“我准会吓得手足无措。”

“那是因为你不认识他们。阔佬同一般人之间的区别只在于你对阔佬更要管得严一些。卢，你那件外衣的红缎子衬里仿佛太鲜艳了一点，你说是吗？”

卢却朝她朋友的朴素的淡绿色短上衣瞥了一眼。

“唔,我倒没有这种看法——但是同你身上那件仿佛褪了色的东西比起来,也许是鲜艳了一点。”

“这件短上衣,”南希得意地说,“跟上次范·阿尔斯丁·费希尔太太穿的式样一模一样。我这件的料子只花了三块九角八分。我猜想她那件比我要多花一百块。”

“好吧,”卢淡淡地说,“依我看,这种衣服不见得会让百万富翁上钩。说不定我会比你先找到一个呢。”

老实说,这两个朋友各有一套理论,恐怕要请哲学家来,才能评判它们的价值。有些姑娘由于爱面子,喜欢挑剔,甘心待在商店和写字间里工作,勉强餬口,卢却没有这种脾气,她在喧闹闷人的洗衣作里高高兴兴地摆弄她的熨斗。她的工资足够她维持舒适的生活而绰绰有余,因此她的衣服也沾了光,以致她有时候会不耐烦地瞟瞟那个穿得整整齐齐、然而不够讲究的丹恩——那个忠贞不渝、始终如一的丹恩。

至于南希,她的情况和千千万万的人一样。温文尔雅的上层社会所必需的绸缎、珠宝、花边、饰品、香水和音乐等等——这些东西都是为女人而设的,也是理应属于她的。如果她认为这些东西是生活的一部分,如果她心甘情愿的话,就让她接近接近它们吧。她不会像《圣经》里的以扫那样出卖自己的利益,她挣得的红豆汤尽管往往十分有限,却保持着她的继承权。

南希待在这种气氛中怡然自得。她坚定不移地吃她节俭的饭食,筹划她便宜的服饰。她了解女人,现在正从习性和入选条件两方面来研究作为猎物的男人。总有一天,她会捕获她看中的猎物,但她早就对自己许下诺言,不下手则已,一下手就非得打中她认为是最大最好的猎物不可,小一点的都在摈弃之列。

因此，她剪亮了灯盏，一直在等待那个到时候会到来的新郎。

但她另外学到了一个教训，说不定是在不知不觉中学到的。她的价值标准开始转变。有时候，金元的符号在她心目中变得模糊起来，形成了“真理”“荣誉”等等字样，有时候干脆就成了“善良”两个字。我们拿一个在大森林里猎取麋鹿的人打比方吧。他看到了一个小幽壑，苔藓斑驳，绿阴掩映，还有一道细流慢咽的溪水，潺潺向他诉说着休憩和舒适。遇到这种情况，就连宁录的长矛也会变得迟钝的①。

有时候，南希想知道穿着波斯羔羊皮大衣的人，心里对于波斯羔羊皮的评价是不是始终像市价那么高。

一个星期四的傍晚，南希从商店里出来，穿过六马路，往西到洗衣作去。卢和丹恩上次约了她一起去看音乐喜剧。

她走到的时候，丹恩正好从洗衣作里出来。他脸上有一种古怪而紧张的神色。

“我想来这里打听打听她的消息。”他说。

“打听谁？”南希问道，“卢不在洗衣作吗？”

“我以为你早知道了呢，”丹恩说，“从星期一起，她就没有来过这里，也不在她的住处。她把所有的衣物都搬走了。她对洗衣作的一个同事说，她也许要到欧洲去。”

“有人见过她没有？”南希问道。

丹恩坚定的灰眼睛里闪出钢铁般的光芒，阴沉地咬着牙，瞅着南希。

① 《旧约·创世记》第10章第9节说宁录在耶和华面前是个英勇的猎户。

“洗衣作里的人告诉我，”他嘶哑地说，“昨天他们看见她经过这儿——坐在汽车里，我想大概是和一个百万富翁一起吧，就是你和卢念念不忘的那种百万富翁。”

南希破题儿头一遭在男人面前畏缩起来。她微微颤抖的手按在丹恩的袖管上。

“你可不能对我说这种话，丹恩——我跟这件事毫无关系！”

“我不是那个意思。”丹恩说，态度和缓了一些。他在坎肩口袋里摸索了一会儿。

“我有今晚的戏票，”他装作轻松的样子说，“假如你——”

南希见到男子气概总是钦佩的。

“我和你一起去，丹恩。”她说。

过了三个月，南希才见到卢。

一天黄昏，这个商店女郎顺着一个幽暗的小公园的边道匆匆回家。她听见有人叫她的名字，一转身，正好抱住那个奔过来的卢。

她们拥抱了一下后，像蛇那样，往后扬起头，仿佛准备进攻或者镇住对方，她们迅捷的舌头上颤动着千百句问话。接着，南希发现卢的境况大有好转，身上都是高贵的裘皮、闪烁的珠宝和裁缝艺术的成就。

“你这个小傻瓜！”卢亲热地大声说，“我看你还是在那家店里干活，还是穿得那么寒酸。你打算猎取的对象怎么样啦——我猜想还没有眉目吧？”

接着，卢把南希打量了一下，发现有一种比好境况更好的东西降临到了南希身上——那种东西在她眼睛里闪烁得比宝石更明亮，在她脸颊上显现得比玫瑰更鲜艳，并且像电子一般跳跃着，随时想从她的舌头上释放出来。

“是啊，目前我还在店里干活，”南希说，“可是下个星期就要离开那儿了。我已经找到了我的猎物——世上最好的猎物。卢，你现在不会在意了，是吗？——我要和丹恩结婚了——和丹恩结婚！现在丹恩是我的了——怎么啦，卢！”

公园的拐角那儿慢慢走来一个新参加工作、光脸盘的年轻警察，这些年轻警察装点着警察的队伍，让人觉得好受些——至少在感观上如此。他看见一个穿着华丽的裘皮大衣、戴着钻石戒指的女人伏在公园的铁栏杆上，伤心地哭着，一个苗条朴素的职业妇女在她身旁竭力安慰她。这个新派的吉布森①式的警察装作没看见，自顾自地踱了过去，他的智慧也足以使他明白，以他所代表的权力而言，对于这类事情他是无能为力的，尽管他把巡夜的警棍在人行道上敲得响彻云霄。

① 吉布森(1867—1944)，美国插图画家，他笔下的人物形象是十九世纪九十年代美国时髦社会的代表。

钟摆

“第八十一街到啦——劳驾，让他们下车。”穿蓝制服的牧羊人嚷道。

一群市民绵羊般推推搡搡地挤了下去，另一群推推搡搡地挤了上来。丁——丁！曼哈顿高架电车公司的牲口车咔嗒咔嗒地开走了。约翰·帕金斯混在下车的羊群中间慢慢走下车站的梯级。

约翰慢吞吞地朝他的公寓走去。慢吞吞地，因为在他日常生活的词典里，“也许”之类的词汇是没有的。对于一个结婚已经两年，住在公寓里的人来说，家里是不会有什么意外事在等着他的。他一面走，一面带着郁郁不乐的玩世心情，琢磨着当天一成不变的单调的情况。

凯蒂会在门口迎候，给他一个带有润肤霜和黄油硬糖气味的亲吻。然后，他脱掉上衣，坐在一张发硬的长椅上看晚报，报纸的排印真够呛，杀伤了不少俄罗斯人和日本佬①。晚饭准是一锅炖肉、一盘调料“保证不伤皮革”②的凉拌菜，煨大黄和草莓果酱，面对果酱瓶子商标纸上保证用料纯净的说明，

① 指一九〇四至一九〇五年的日俄战争。

② 原文是鞋油广告上的字句。

觉得好不害臊。饭后,凯蒂会把她用各色碎布拼缝起来的被套上的新补丁指点给他看,补丁料子是送冰人从自己的活扣领结上剪下来送给凯蒂的。七点半,他们把报纸铺在家具上,承接天花板上掉下来的灰泥片屑,因为住在楼上的胖子开始体操锻炼了。八点整,住在过道对面的希盖和穆尼,那两个没人请教的歌舞杂耍班子的搭档,有了几分酒意,不免胡言乱语,幻想哈默斯坦①拿着周薪五百元的演出合同在追逐他们,开始在屋子里胡闹,把椅子都翻了个儿。然后,天井对面的那位先生取出长笛,在窗前吹弄,每晚要漏出来的煤气会溜到街上去闲荡,送菜升降机会滑脱,看门人再度把柴诺维茨基太太的五个孩子赶过鸭绿江②,那位穿淡黄色鞋子,养着一条长毛短腿狗的太太会轻盈地走下楼来,把她星期四用的姓名贴在她的电铃和信箱上——这一来,弗洛格摩尔公寓晚间的常规活动就开始了。

约翰·帕金斯知道这些事准会发生的。他也知道,到了八点一刻的时候,他会鼓起勇气去拿帽子,他太太则会没好气地说出下面一番话:

"约翰·帕金斯,我倒要知道知道,你这会儿想到哪里去?"

"我打算去麦克洛斯基那儿,"他总是这样回答,"跟朋友打一两盘弹子。"

最近,约翰·帕金斯养成了打落袋弹子的习惯。每晚要

① 指叔侄同名的奥斯卡·哈默斯坦,他们原籍德国,叔于一八六三年移居纽约,创办曼哈顿歌剧院,侄系作曲家。

② 日俄战争期间,鸭绿江畔曾有激烈战斗。柴诺维茨基是俄罗斯人的姓,"看门人"原文字首和"日本人"相同。

玩到十点、十一点才回家。有时候，凯蒂已经睡了，有时候却在等候，准备把镀金的婚姻钢链在她怒火的坩埚里再熔下一点金衣来。将来爱神丘比特和弗洛格摩尔公寓的受害者在法庭上对质时，他总得为这件事负责的。

今晚，约翰·帕金斯到家时，遇到了他的刻板生活中从未有过的大变化。凯蒂和她那热情而带有糖果味的亲吻都不在。三间屋子乱得一团糟。兆头仿佛不妙。她的衣物胡乱地摊得到处都是。皮鞋扔在地板当中，卷发钳子、头发结、睡衣、粉盒堆在梳妆台和椅子上——凯蒂的脾气一向不是这样的。约翰看到梳子齿上钩着她的一团褐色头发，心中不禁一沉。她准是遇到了什么特别紧急的事故，才会这么慌乱，因为她总是仔仔细细地把散落的头发收藏在火炉架上那个蓝色的小瓶子里，准备凑多了以后做女人特别喜爱的假发卷。

煤气灯的喷嘴上触目地用绳子挂着一张折好的纸。约翰赶忙抓过来。那是他妻子留给他的字条，上面写道：

亲爱的约翰：

我刚接到电报，说我母亲病重。我准备乘四点三十分的火车。山姆弟在那边的火车站等我。冰箱里有冷羊肉。我希望母亲这次的病不是扁桃腺脓肿复发。付五角钱给送牛奶的人。去年春天她这个病发得很凶。煤气表的事，别忘了给煤气公司去信。你的好袜子放在最上面的抽屉里。我明天再写信。匆此。

凯蒂

约翰和凯蒂结婚两年来，从没有分离过一个晚上。他目瞪口呆地把字条看了又看。一成不变的日常生活起了波折，竟然使他不知所措了。

椅子背上搭着她做饭时必定披在身上的那件红底黑点子的晨衣,显出一副空虚而不成形的凄凉样子。她匆忙中把平日穿的衣服扔得东一件、西一件的。一小袋她爱吃的黄油硬糖连绳子都没有解开。一份日报趴在地板上,剪去火车时刻表的地方张开了一个长方形的口子。屋子里每一样东西都表明一种缺损,一种消逝的要素,表明灵魂和生命的离去。约翰·帕金斯站在没有生气的遗物中间,心头涌起一阵莫名的哀愁。

他着手收拾屋子,尽力搞得整齐些。当他触摸到凯蒂的衣服时,浑身起了一种近乎恐怖的感觉。他从没有考虑过,假如没有凯蒂,生活会变成什么样子。她已经彻头彻尾地融入他的生活,仿佛成了他呼吸的空气——须臾不可缺少,但他始终没有注意到。如今,事先毫不知晓,她走了,不见了,毫无踪影,好像从来就没有她这个人似的。当然啦,那只是几天的事,至多一两个星期,可是对他来说,仿佛死神已经对他平安无事的家庭伸出了一根手指。

约翰从冰箱里取出冷羊肉,煮了一些咖啡,面对着草莓果酱瓶上保证用料纯净的商标纸,孤零零地坐下来吃饭。炖肉和那调料像皮鞋油的凉拌菜,如今仿佛也成了已经消逝的幸福里值得留恋的东西。他的家给拆散了。一个扁桃腺化脓的丈母娘把他的家神轰到了九霄云外。约翰吃了这顿冷冷清清的晚饭,坐在临街的窗口。

他不想抽烟。窗外的市声在召唤他,邀他去参加它那放荡欢乐的舞蹈。夜晚是属于他的。他可以不受盘问地出去,像任何一个逍遥自在的单身汉那样,无拘无束地寻欢作乐。只要他高兴,他可以痛饮、游荡、尽情地玩到天亮;不会有怒气冲冲的凯蒂在等着他,扫他的兴。只要他高兴,他可以在麦克洛斯基那儿同一班嘻嘻哈哈的朋友打落袋弹子,直到黎明的光辉盖过电灯光。以往当弗洛格摩尔公寓的生活使他厌烦的时候,他总是苦于婚姻的羁绊。现在羁绊解除了。凯蒂不在了。

约翰·帕金斯不习惯于分析自己的感情。但是当他坐在那间没有凯蒂、十英尺宽十二英尺长的客厅里时,他确切地猜中了烦恼的主要原因。他现在领悟到,凯蒂是他幸福生活的必要条件。他对凯蒂的感情,以往被单调枯燥的家庭琐事搞得麻木了,如今却因为凯蒂不在面前而猛然觉醒。歌喉美妙的鸟儿飞走之后,我们才体会到它的歌声的可贵——这一类词藻华丽而意义真实的格言、说教和寓言不是早就谆谆教导过我们了吗?

“我一直这么亏待凯蒂,”约翰·帕金斯暗忖道,“我真是个双料混蛋。每天晚上出去打弹子,同朋友鬼混,不待在家里陪陪凯蒂。这个可怜的姑娘孤零零的,没有什么消遣,而我又是那样对待她!约翰·帕金斯,你真是个最坏的坏蛋。我要弥补过去对不住那个姑娘的地方。我要带她出去,让她也有点娱乐。从现在起,我要同麦克洛斯基那帮人一刀两断,不再来往。”

不错,城市在外面喧嚷,召唤约翰·帕金斯出去,跟着莫摩斯跳舞。在麦克洛斯基那儿,朋友们正在悠闲地消磨时光,玩着每晚的游戏,把弹子打落到网袋里去。但是花花世界也好,嗒嗒作响的弹子棒也好,都提不起那个因为妻子不在而心情懊丧的帕金斯的兴致了。他本来有的东西被剥夺了,以往他不加珍惜,甚至有点轻视,现在却需要它了。以前有一个叫亚当的人被天使们从果园里赶了出来,懊丧的帕金斯大概就是他的后裔。

约翰·帕金斯右边有一把椅子。椅子背上搭着凯蒂的蓝色衬衫。它多少还保持着凯蒂身形的轮廓。袖子上有几条细微的皱纹,那是凯蒂为了他的舒适和安乐而挥臂操作时留下的。衬衫散发出一丝微妙而又逼人的野风信子的香气。约翰把它拿起来,认真地朝这件无动于衷的薄纱衣服看了又看。凯蒂从来没有无动于衷。泪水——是啊,泪水——涌上了约翰·帕金斯的眼睛。她回来之后,局面非改观不可。他一定要弥补自己所有对不起她的地方。没有了她,生活又有什么意义呢?

门打开了。凯蒂拎着一个小提包走了进来。约翰呆呆地瞅着她。

“啊呀!我回来了真高兴。”凯蒂说,“妈妈病得不厉害。山姆在车站上等着我,他说妈妈的病只不过稍微发作了一下,电报发出后就没事了。于是我搭了下一班火车回来了。我现在真想喝杯咖啡。”

弗洛格摩尔公寓三楼前房的生活机器又营营作响,恢复了常态,可惜没有人听到它的齿轮的咔嗒声和嘎嘎声。传动皮带滑进了槽,弹簧触发了,齿轮对准了牙,轮子又循着旧有的轨道转动了。

约翰·帕金斯看了看钟。八点一刻。他伸手拿起帽子,朝门口走去。

“约翰·帕金斯,我倒要知道知道,你这会儿想到哪里去?”

“我打算去麦克洛斯基那儿,”约翰说,“跟朋友打一两盘弹子。”

两位感恩节的绅士

有一天是属于我们的。到了那一天，只要不是从石头里蹦出来的美国人都回到自己的老家，吃梳打饼干，看着门口的旧抽水机，觉得它仿佛比以前更靠近门廊，不禁暗自纳闷。祝福那一天吧。罗斯福总统把它给了我们。我们听到过一些有关清教徒的传说①，可是记不清他们是什么样的人了。不用说，假如他们再想登陆的话，我们准能把他们揍得屁滚尿流。普利茅斯岩石②吗？唔，这个名称听来倒有些耳熟。自从火鸡托拉斯垄断了市场之后，我们有许多人不得不降格以求，改吃母鸡了。不过华盛顿方面又有人走漏消息，把感恩节公告预先通知了他们。

越橘沼泽地东面的那个大城市③使感恩节成为法定节日。一年之中，惟有在十一月的最后一个星期四，那个大城市

① 一六二〇年，英国清教徒不堪宗教压迫，首批乘坐“五月花号”船来到美洲普利茅斯，船上有英格兰、苏格兰和荷兰移民一百零二人。移民定居后的次年，为庆祝第一次收获，感谢上帝的恩惠，制定了感恩节，后成为美国法定节日，由联邦总统或各州州长发表公告，一般在每年十一月的最后一个星期四。这里的罗斯福总统指西奥多·罗斯福（1858—1919），在任期为一九〇一至一九〇九年。

② 普利茅斯岩石在马萨诸塞州普利茅斯港口，相传为首批清教徒登陆之地，其实登陆地点是普罗文斯顿的科德角。

③ 指纽约市。

才承认渡口以外的美国。惟有这一天才纯粹是美国的。是的,它是独一无二的美国的庆祝日。

现在有一个故事可以向你们证明:在大洋此岸的我们,也有一些日趋古老的传统,并且由于我们的奋发和进取精神,这些传统趋向古老的速度比在英国快得多。

斯塔夫·皮特坐在联邦广场喷水池对面人行道旁边东入口右面的第三条长凳上。九年来,每逢感恩节,他总是不早不迟,在一点钟的时候坐在老地方。他每次这样一坐,总有一些意外的遭遇——查尔斯·狄更斯式的遭遇,使他的坎肩胀过心口,后背也是如此。

但是,斯塔夫·皮特今天来到一年一度的约会地点,似乎是出于习惯,而不是出于一年一度的饥饿。据慈善家们的看法,穷苦人仿佛要隔那么长的时间才遭到饥饿的折磨。

当然啦,皮特一点儿也不饿。他来这儿之前刚刚大吃了一顿,如今只剩下呼吸和挪动的气力了。他的眼睛活像两颗淡色的醋栗,牢牢地嵌在一张浮肿的、油水淋漓的油灰面具上。他短促地、呼哧呼哧地喘着气;脖子上一圈参议员似的脂肪组织,使他翻上来的衣领失去了时髦的派头。一星期前,救世军修女的仁慈的手指替他缝在衣服上的纽扣,像玉米花似的爆开来,在他身边撒了一地。他的衣服固然褴褛,衬衫一直豁到心口,可是夹着雪花的十一月的微风只给他带来一些可喜的凉爽。因为那顿特别丰富的饭菜产生的热量,使得斯塔夫·皮特不胜负担。那顿饭以牡蛎开始,以葡萄干布丁结束,包括了他所认为的全世界的烤火鸡、煮土豆、鸡肉色拉、南瓜馅饼和冰淇淋。因此,他肚子塞得饱饱的坐着,带着撑得慌的神情看着周围的一切。

那顿饭完全出乎他意料之外。他路过五马路起点附近的一幢红砖住宅,那里面住有两位家系古老、尊重传统的老太太。她们甚至不承认纽约的存在,并且认为感恩节只是为了华盛顿广场才制定的。她们的传统习惯之一,是派一个用人等在侧门口,吩咐他在正午后把第一个饥饿的过路人请进来,让他大吃大喝,饱餐一顿。斯塔夫·皮特去公园时,碰巧路过那里,被管家们请了进去,成全了城堡里的传统。

斯塔夫·皮特朝前面直瞪瞪地望了十分钟之后,觉得很想换换眼界。他费了好大的劲,才把头慢慢扭向左面。这当儿,他的眼球惊恐地鼓了出来,他的呼吸停止了,他那穿着破皮鞋的短脚在沙砾地上簌簌地扭动着。

因为那位老先生正穿过四马路,朝他坐着的长凳方向走来。

九年来,每逢感恩节的时候,这位老先生总是来这儿寻找坐在长凳上的斯塔夫·皮特。老先生想把这件事搞成一个传统。九年来的每一个感恩节,他总是在这儿找到了斯塔夫,总是带他到一家饭馆去,看他美餐一顿。这类事在英国是做得很自然的。但美国是个年轻的国家,坚持九年已经算是不容易了。那位老先生是忠实的美国爱国者,并且自认为是创立美国传统的先驱之一。为了引起人们注意,我们必须长期坚持一件事情,一步也不放松。比如收集每周几毛钱的工人保险费啦,打扫街道啦,等等。

老先生庄严地朝着他所培植的制度笔直走去。不错,斯塔夫·皮特一年一度的感觉并不像英国的大宪章,或者早餐的果酱那样具有国家性。不过它至少是向前迈了一步。它几乎有点封建意味。它至少证明了要在纽——唔!——在美国树立一种习俗不是不可能的。

老先生年过花甲，又高又瘦。他穿着一身黑衣服，鼻子上架着一副不稳当的老式眼镜。他的头发比去年白了一点，稀了一点，而且好像比去年更借重那根粗而多结的曲柄拐杖。

斯塔夫·皮特眼看他的老恩人走近，不禁呼吸短促，直打哆嗦，正如某位太太的过于肥胖的狮子狗看到一条野狗对它龇牙竖毛时那样。他很想跳起来逃跑，可是即使桑托斯-杜蒙①施展出全副本领，也无法使他同长凳分开。那两位老太太的忠心的家仆办事可着实彻底。

"你好，"老先生说，"我很高兴看到，又一年的变迁对你并没有什么影响，你仍旧很健旺地在这个美好的世界上逍遥自在。仅仅为了这一点幸福，今天这个感恩节对我们两人都有很大的意义。假如你愿意跟我一起来，朋友，我准备请你吃顿饭，让你的身心取得协调。"

老先生每次都说这番同样的话。九年来的每一个感恩节都是这样。这些话本身几乎成了一个制度。除了《独立宣言》以外，没有什么可以同它相比了。以前在斯塔夫听来，它们像音乐一样美妙。今天他却愁眉苦脸，眼泪汪汪地抬头看着老先生的脸。细雪落到斯塔夫的汗水淋漓的额头上，几乎嘶嘶发响。但是老先生却在微微打战，他转过身去，背朝着风。

斯塔夫一向纳闷，老先生说这番话时的神情为什么相当悲哀。他不明白，因为老先生每次都在希望有一个儿子来继

① 桑托斯-杜蒙(1873—1932)，巴西气球驾驶员，一九〇一年乘气球从法国的圣克卢至埃菲尔铁塔往返飞行一次，一九〇六和一九〇九年又试飞过风筝式飞机和单翼飞机。

承他的事业。他希望自己去世后有一个儿子能来到这个地方——一个壮实自豪的儿子,站在以后的斯塔夫一类的人面前说:“为了纪念家父。”那一来就成为一个制度了。

然而老先生没有亲属。他在公园东面一条冷僻街道的一座败落的褐式住宅里租了几间屋子。冬天,他在一个不比衣箱大多少的温室里种些倒挂金钟。春天,他参加复活节的游行。夏天,他在新泽西州山间农舍里寄宿,坐在柳条扶手椅上,谈着他希望总有一天能找到的某种扑翼蝴蝶。秋天,他请斯塔夫吃顿饭。老先生干的事就是这些。

斯塔夫抬着头,瞅了他一会儿,自怨自艾,好不烦恼,可是又束手无策。老先生的眼睛里闪出为善最乐的光亮。他脸上的皱纹一年比一年深,但他那小小的黑领结依然非常神气,他的衬衫又白又漂亮,他那两撇灰胡髭典雅地翘着。斯塔夫发出一种像是锅里煮豌豆的声音。他原想说些什么,这种声音老先生已经听过九次了,他理所当然地把它当成斯塔夫表示接受的老一套话。

“谢谢你,先生。非常感谢,我跟你一起去。我饿极啦,先生。”

饱胀引起的昏昏沉沉的感觉,并没有动摇斯塔夫脑子里的信念:他是某种制度的基石。他的感恩节的胃口并不属于他自己,而是属于这位占有优先权的慈祥的老先生,因为即使不根据实际的起诉期限法①,也得考虑到既定习俗的全部神圣权利,不错,美国是个自由的国家,可是为了建立传统,总得

① 起诉期限法,英美法律规定,不动产遭受侵害的起诉期限为二十年,动产为六年,违法行为为二年,超过上述期限后,原告无权提出诉讼。

有人充当循环小数呀。英雄们不一定非得使用钢铁和黄金不可。瞧,这儿就有一位英雄,只是挥动着马马虎虎地镀了银的铁器和锡器①。

老先生带着他的一年一度的受惠者,朝南去到那家饭馆和那张年年举行盛宴的桌子。他们给认出来了。

“老家伙来啦,”一个侍者说,“他每年感恩节都请那个穷汉吃上一顿。”

老先生坐在桌子对面,朝着他的将要成为古老传统的基石,脸上发出像熏黑的珠子的光芒,侍者在桌子上摆满了节日的食品——斯塔夫叹了一口气(别人还以为这是饥饿的表示呢)举起了刀叉,替自己刻了一顶不朽的桂冠。

在敌军人马中杀开一条血路的英雄都不及他这样勇敢。火鸡、肉排、汤、蔬菜、馅饼,一端到他面前就不见了。他跨进饭馆的时候,肚子里已经塞得实实足足,食物的气味几乎使他丧失绅士的荣誉,但他却像一个真正的骑士,强打精神,坚持到底。他看到老先生脸上的行善的欣慰——倒挂金钟和扑翼蝴蝶带来的快乐都不能与之相比——他实在不忍心扫他老人家的兴。

一小时后,斯塔夫往后一靠,这一仗已经打赢了。

“多谢你,先生,”他像一根漏气的蒸汽管子那样呼哧呼哧地说,“多谢你赏了一顿称心的中饭。”

接着,他两眼发直,费劲地站起来,向厨房走去。一个侍者把他像陀螺似的打了一个转,推他走到门口。老先生仔细地数出一元三角钱的小银币,另外给了侍者三枚镍币作为

① 指吃饭用的刀叉盘碟。

小费。

他们像往年那样，在门口分了手，老先生往南，斯塔夫往北。

在第一个拐角上，斯塔夫转过身，站了一会儿。接着，他的破旧衣服像猫头鹰的羽毛似的鼓了起来，他自己则像一匹中暑的马那样，倒在人行道上。

救护车开到，年轻的随车医生和司机低声咒骂他的笨重。既然没有威士忌的气息，也就没有理由把他移交给警察局的巡逻车，于是，斯塔夫和他肚子里的双份大餐就给带到医院里去了。他们把他抬到医院的床上，开始检查他是不是得了某些怪病，希望有机会用尸体解剖来发现一些问题。

瞧呀！过了一小时，另一辆救护车把老先生送来了。他们把他放在另一张床上，谈论着阑尾炎，因为从外表看来，他是付得起钱的。

但是不多久，一个年轻的医师碰到一个眼睛讨他喜欢的年轻护士，便停住脚步，跟她谈谈病人的情况。

"那个体面的老先生，"他说，"你怎么都猜不到，他几乎要饿死了。从前大概是名门世家，如今落魄了。他告诉我说，他已经三天没有吃东西了。"

虚荣心和貂皮

小布雷迪被莫利·麦基弗的蓝黑色的眼睛逼得走投无路，便退出了烟囱帮。一个爱尔兰姑娘的甜言蜜语和忠贞不渝的真情实意，有多大力量啊。假如这篇故事的读者是男人，但愿你在明天两点钟之前也受到感化；假如是女人，那么希望你的小狗今天早晨用它的冷鼻子亲亲你，表示它的健康和你的幸福。

烟囱帮的名称是因近郊一个名叫“烟囱”的地区而来的，“烟囱”是那个众所周知的、号称“地狱厨房”①地区的狭长的天然延伸部分。狭长的烟囱先同河畔的第十一、十二街平行，然后沿着冷僻荒凉的德怀特·克林顿小公园拐了一个僵直漆黑的弯。只要想一想，烟囱在任何厨房里占有多么重要的地位，情况就不说自明了。“地狱厨房”里的厨师固然很多，烟囱帮却是其中的佼佼者。

这个没有执照、然而遐迩闻名的帮会，成员们打扮得像是暖房里的百合花，他们专注地用指甲锉和小刀修饰指甲，似乎在街角上消磨时光。他们装出保证善意的样子，用两百个字的词汇进行着不痛不痒的谈话，即使有人无意中听到他们，也

① “地狱厨房”在纽约西南部，曾是盗贼出没的地区。

觉得他们的谈话同往东七个街口那一带的俱乐部①里的谈话一样无害,一样无关紧要。

但是,在佯装的外表下面,烟囱帮并不是一些摆摆姿势、修剪指甲的街头装饰品。他们正式的职业是使市民同他们的金银财物分手。为了达到这个目的,最好使用一些奇妙独特的策略,不必大动干戈,伤筋动骨;然而如果有的市民碰上他们赏脸,却不肯痛痛快快地破财时,他的反对意见最后不是出现在警察局的事故登记簿上,便是记录在医院的病历卡上了。

警察对烟囱帮一贯怀有畏惧,敬而远之。夜莺流丽的啭鸣要在林荫深处才能听到,召唤支援的警笛声也只有在"烟囱"的黑暗狭隘的区域才划破夜晚的岑寂。只要"烟囱"一冒烟,穿蓝制服的人就知道"地狱厨房"里生火了。

小布雷迪向莫利保证改邪归正。小布雷迪是帮里最爱虚荣、最坚强、最谨慎、最有成就的阴谋家。因此,伙伴们都为他的退出而惋惜。

他们眼看他落到奉公守法的下场,却没有表示异议。因为听从女朋友劝告的人,在"厨房"里并不算没有男子汉气概,也不算丢脸。

为了使她爱你,你可以把她的眼睛打青;但是当她要求你做什么事的时候,你却非做不可。

"把水龙头关上吧,"一晚,当莫利眼泪汪汪地请求小布雷迪改过自新的时候,布雷迪说,"我决定退出那个帮啦。除了你以外,我什么都不要了。我们过粗茶淡饭的生活。告诉你,莫儿——我去找份工作,一年后,我们就结婚。为了你,我

① 指纽约五马路上的一些豪华的俱乐部。

决计这么做。我们租一层公寓，搞一支笛子、一台缝纫机、一个橡皮盆景，自食其力，老老实实过日子。”

“啊，小布，”莫利叹了一口气，用手帕擦去沾在他肩头的香粉，“我听你说这种话，比拥有全纽约都更高兴。我们要不了多少钱，也能快快活活地过日子！”

小布雷迪低头看看他那一尘不染的袖管和锃亮的漆皮鞋，神情有点忧郁。

“遭受打击最重的恐怕还是服装店，”他说，“只要条件许可，我一向喜欢打扮。莫儿，你知道我多么讨厌便宜货。这套衣服就花了六十五元。拿我来说，衣着方面一点也不能马虎，否则宁肯扔掉。我干活以后，就没有那么多钱给那些手操裁缝大剪刀的瘦小的人了。”

“没关系，小布。不管你穿蓝工作服还是坐红汽车，我总是同样爱你的。”

小布雷迪在没有成人、力气还不足以打翻他父亲之前，曾经被迫学过水暖工手艺。于是，他重操这门光荣而有用的行业。不过他只当了一名助手，要知道，戴着冰雹那般大的钻石，不把克拉克参议员私邸的大理石柱廊放在眼里的，是水暖业的老板，不是助手。

八个月顺顺溜溜、稳稳当当过去了，正如戏院说明书上写的那样，“一晃而过”。小布雷迪整天同铅管焊药打交道，并没有倒退的迹象。烟囱帮继续在大街上干抢劫的勾当，砸破警察的脑壳，拦劫深夜的行人，发明和平掠夺的新办法，模仿五马路的时装式样的领带花色，一举一动都按照它自己的不法的法则进行。但是小布雷迪仍旧信守他对莫利做的保证，尽管他的指甲失去了光泽，尽管他要花上十五分钟才能把那条紫色的丝领带打得看不出磨损的地方。

有一晚,他带着一个神秘的包裹,来到莫利家。

“把它打开,莫儿!”他像往常那样大大咧咧而又平静地说,“送给你的。”

莫利急切地扯掉了包皮纸,尖叫了一声,引得三三五五的小麦基弗和麦基弗大妈都跑了过来。麦基弗大妈正在洗盘子,弄得湿漉漉的,但无疑也是已故的夏娃夫人的后裔。

莫利又叫了一声,一条又黑又长、蜿蜒拳曲的东西像蟒蛇似的蹿上来,绕住她的脖子。

“俄罗斯貂皮,”小布雷迪得意洋洋地说,他看到莫利丰满的脸颊衬在柔顺依人的裘皮上,心里乐开了,“货真价实的东西。即使是俄罗斯最华贵的东西配你也合适,莫儿。”

莫利把手伸进皮手筒里,飞也似的跑到镜子前面,带翻了家里的一排小孩。报纸的美容广告栏有了一个好题材:若要眼睛明亮,脸颊红润,笑容迷人,请购俄罗斯貂皮围脖带手筒。不妨一试。

他们两人单独在一起的时候,莫利觉察到她幸福的满潮中漂浮着一小块常识的冰。

“你真是个大好人,小布,”她感激地承认说,“我一辈子没有用过皮货。可是俄罗斯貂皮不是贵得要命的吗?我好像听人说过。”

“我几时拿过廉价品来糊弄你,莫儿?”小布雷迪镇静而自尊地说,“你几时见我靠近过处理品柜台,或者在五分一角的便宜货橱窗前张望过?把围脖估作二百五十元,手筒一百七十五元,你对俄罗斯貂皮的价钱才算是懂行了。不是第一流的货色我不买。啊,它们配在你身上真美,莫儿。”

莫利狂喜地把貂皮搂在胸口。接着,她的笑容逐渐消退,她悲哀地、直勾勾地盯着小布雷迪的眼睛。

他明白莫利每一个眼色的意义;他脸皮有点红,笑了起来。

"别往那上面想,"他说,口气里带着疼爱的粗鲁,"我对你说过,我早就不干那一行啦。我是花钱买的,用我自己挣的钱买的。"

"用你干活挣来的钱吗,小布?用你每月挣的七十五元钱?"

"当然啦,我一直在攒钱。"

"我们算算看——难道八个月里能攒四百二十五元,小布?"

"啊,别刨根问底了,"小布雷迪有点冒火地说,"我开始工作之前手里还有一些钱。你以为我又在拦路抢劫吗?我告诉过你,我早就洗手不干了。貂皮是老老实实花钱买来的。把它们戴上,出去散散步吧。"

莫利压下了疑虑。貂皮可以消愁。她骄傲得像皇后似的,和小布雷迪一起上街了。在那个地势低洼的区域里,谁也没有见过俄罗斯貂皮。消息飞快地传开了,门口、窗口人头攒动,都想见识见识小布雷迪送给他女朋友的了不起的皮货。满街尽是"哦""啊"的赞叹声。貂皮的价格经过口口相传后,直线飙升。小布雷迪带着王孙公子的神气大摇大摆地在她右边走着。工作并没有改变他对派头和体面的喜爱,也没有降低他对货真价实的贵重物品的热情。在一个拐角上,他们看见一群衣冠楚楚的烟囱帮成员。这帮人向小布雷迪的女朋友脱帽致敬,然后继续平静地、懒洋洋地闲聊。

总局的探员兰森，在这对受人啧啧称赞的男女背后逛着，相隔三个街口。警察局的探员中间，只有兰森一个人能在烟囱区公开行走而不会遭到危险。他一向公平交易，无私无畏。他去那里时，认为那里的居民也是通情达理的。不少人喜欢他，甚至有人会向他提供一些办案的线索。

"街那头为什么这么热闹?"兰森问一个脸色苍白、穿红运动衫的小伙子。

"人们都想看看小布雷迪送给他女朋友的一套水牛皮袍。"小伙子回答说，"有人说他花了九百块钱呐。货色确实漂亮。"

"我听说布雷迪在干他的老营生，几乎有一年啦。"探员说，"他已经不同那帮人厮混了，是吗?"

"不错，他是在干活，"穿红运动衫的说，"可是——喂，朋友，你是不是在找裘皮方面的线索？水暖行业的工作同小布女朋友身上的皮货总不大相称吧。"

兰森在河岸附近一条冷落的街上追上了那对散步的情侣。他从背后碰碰小布雷迪的胳臂。

"我和你谈几句话，布雷迪。"他轻声说。他的眼光在那条甩在莫利左肩后面的漂亮的裘皮围脖上停了片刻。小布雷迪脸上又露出了旧时憎恨警察的怒容，随着那个探员向街边走了一两码。

"昨天你有没有去西区七马路赫斯科特太太家里修过水管?"兰森问道。

"去过，"小布雷迪说，"有什么事?"

"那位太太的价值一千元的俄罗斯貂皮不见了，失窃的时间同你离开她家的时间差不多。失单上的物品同这位小姐身上用的完全符合。”

“去你——见你的鬼，”小布雷迪愤怒地嚷道，“你知道我已经不干那类事了，兰森。这些貂皮是我昨天买的——在那家——”

小布雷迪突然住口了。

“我知道你最近老老实实地在干活，”兰森说，“我尽可能给你机会。你说貂皮是你买的，我可以陪你去那家商店证实一下。这位小姐可以戴着貂皮跟我们一起走，不会有人知道。那很公平合理，布雷迪。”

“好吧。”小布雷迪愤愤地同意说。可是他突然停住脚步，带着蹊跷的笑容瞅着莫利苦恼而焦急的脸。

“不成，”他阴沉地说，“这是赫斯科特家的貂皮，一点不错。莫儿，你得交出来。不过即使它们值一百万元，配你也还是合适的。”

莫利的神情非常痛苦，攀住小布雷迪的胳臂。

“哦，小布，你伤透了我的心。”她说，“我本来多么器重你——现在你落到他们手里——我们的幸福不是完蛋了吗？”

“你回家去吧，”小布雷迪粗鲁地说，“来，兰森——把裘皮带上。我们赶快离开这里。等一会儿——我真想——不，我不能那么做，否则真成了混蛋——去吧，莫儿——兰森，我准备好啦。”

警员科恩去河边巡逻，从木材厂的拐角那儿走了过来。探员招呼他来帮忙。科恩过来了。兰森解释了一番。

“不错，”科恩说，“我听说了貂皮失窃的案子。你说你追查到了吗？”

警员科恩把那条前不久还属于莫利的貂皮围脖的尾巴握在手里,仔细察看一下。

"有一段时候,"他说,"我在六马路卖裘皮。不错,这也是貂皮。不过是阿拉斯加产的。围脖值十二块钱,手筒值——"

"啪!"小布雷迪有力的手掌打在警员的嘴上。科恩踉跄后退了一两步,又站稳了。莫利尖叫起来。探员向布雷迪扑过去,靠着科恩帮忙铐住了他的手。

"围脖值十二块钱,手筒值九块,"警员坚持说,"怎么会扯到价值一千块的貂皮上去?"

小布雷迪往木料堆上一坐,脸红得像猪肝一样。

"对啦,所罗门斯基①!"他恶狠狠地说,"我花了二十一块五角买了这套东西。我宁肯蹲六个月班房也不愿意讲出来。我是一向不把便宜货放在眼里的阔佬!我全是吹牛。莫儿——我挣的工资买不起俄罗斯貂皮。"

莫利勾住了他的脖子。

"全世界的貂皮和金钱,我都不放在眼里,"她嚷道,"我要的只是我的小布。哦,你这个可爱的、要阔气的、疯头疯脑的傻瓜!"

"你不妨把手铐解掉,"科恩对探员说,"我从局里出来时,有报告说那位太太的貂皮已经找到了——一直挂在她的衣柜里。小伙子,你兜脸打我一拳的事我也不计较啦——饶你这一次。"

① 所罗门斯基,所罗门国王的谑称,这里牵涉到俄罗斯貂皮,所以布雷迪加了一个俄罗斯姓氏的后缀。

兰森把裘皮还给莫利。她眉开眼笑地看看小布雷迪。她带着公爵夫人的气派围上围脖，把貂尾往左肩后面一甩。

“一对小傻瓜。”警员科恩对兰森说，“我们走吧。”

最后的常春藤叶

华盛顿广场西面的一个小区，街道仿佛发了狂似的，分成了许多叫做“巷子”的小胡同。这些“巷子”形成许多奇特的角度和曲线。一条街本身往往交叉一两回。有一次，一个画家发现这条街有它可贵之处。如果商人去收颜料、纸张和画布的账款，在这条街上转弯抹角、大兜圈子的时候，突然碰上一文钱也没收到，空手而回的他自己，那才有意思呢！

因此，搞艺术的人不久都到这个古香古色的格林威治村[①]来了。他们逛来逛去，寻找朝北的窗户、十八世纪的三角墙、荷兰式的阁楼以及低廉的房租。接着，他们又从六马路买来一些锡镴杯子和一两只烘锅，组成了一个“艺术区”。

苏艾和琼珊在一座矮墩墩的三层砖砌房屋的顶楼设立了她们的画室。“琼珊”是琼娜的昵称。两人一个是从缅因州来的，另一个的家乡是加利福尼亚州。她们是在八马路上一家名叫德尔蒙尼戈饭馆里吃客饭时碰到的，彼此一谈，发现她们对于艺术、饮食、衣着的口味十分相投，结果便联合租下了那个画室。

那是五月间的事。到了十一月，一个冷酷无情、肉眼看不

① 格林威治村，美国纽约西区的地名，住在这里的多半是作家、画家等。

见、医生管他叫做“肺炎”的不速之客，在艺术区里蹑手蹑脚，用他的冰冷的手指这儿碰碰那儿摸摸。在广场的东面，这个坏家伙明目张胆地走动，每闯一次祸，受害的人总有几十个。但是，在这些错综复杂、苔藓遍地、狭窄的“巷子”里，他的脚步却放慢了。

“肺炎先生”并不是你们所谓的扶弱济困的老绅士。一个弱小的女人，已经被加利福尼亚的西风吹得没有什么血色了，当然经不起那个有着红拳头、气吁吁的老家伙的赏识。但他竟然打击了琼珊；她躺在一张油漆过的旧铁床上，一动不动，望着荷兰式小窗外对面砖屋的墙壁。

一天早晨，那位忙忙碌碌的医生扬扬他蓬松的灰色眉毛，招呼苏艾到过道上去。

“依我看，她的病只有一成希望，”他说，一面把体温表里的水银柱甩下去，“那一成希望在于她自己要不要活下去。人们不想活，情愿照顾殡仪馆的买卖，这种精神状态使医药一筹莫展。你的这位小姐满肚子以为自己不会好了。她有什么心事吗？”

“她——她希望有一天能去画那不勒斯海湾。”苏艾说。

“画画？——别扯淡了！她心里有没有值得想两次的事情——比如说，男人？”

“男人？”苏艾像吹小口琴似的哼了一声说，“难道男人值得——别说啦，不，大夫，根本没有那种事。”

“那么，一定是身体虚弱的关系。”医生说，“我一定尽我所知，用科学所能达到的一切方法来治疗她。可是每逢我的病人开始盘算有多少辆马车送他出殡的时候，我就得把医药的治疗力量减去百分之五十。要是你能使她对冬季大衣的袖子式样发生兴趣，提出一个问题，我就可以保证，她恢复的机会准能从十分之一提高到五分之一。”

医生走后，苏艾到工作室里哭了一场，把一张日本纸餐巾擦得一团糟。然后，她拿起画板，吹着拉格泰姆曲调，昂首阔步走进琼珊的房间。

琼珊躺在被窝里，脸朝窗口，一点动静都没有。苏艾以为她睡着了，赶紧不吹口哨。

她架好画板，开始替杂志社画一幅短篇小说的钢笔画插图。青年画家不得不以杂志小说的插图来铺平通向艺术的道路，而这些小说则是青年作家为了铺平文学道路而创作的。

苏艾正为小说里的主人公，一个爱达荷州的牛仔，画上一条在马匹展览会上穿的漂亮的马裤和一片单眼镜，忽然听到一个微弱的声音重复了好几遍。她赶快走到床前。

琼珊的眼睛睁得大大的。她望着窗外，在计数——倒数上来。

“十二，”她说，过了一会儿又说“十一”，接着是“十”“九”，再接着是几乎连在一起的“八”和“七”。

苏艾关切地向窗外望去。有什么可数的呢？外面可以看到的只是一个空荡荡、阴沉沉的院子，和二十英尺外的一幢砖砌房屋的墙壁。一株极老极老的常春藤上的叶子差不多全吹落了，只剩下几根几乎是光秃秃的藤枝，依附在那堵松动残缺的砖墙上。

“怎么回事，亲爱的？”苏艾问道。

“六，”琼珊说，声音低得像是耳语，“它们现在掉得快些了。三天前差不多有一百片。数得我头昏眼花。现在可容易了。喏，又掉了一片。只剩下五片了。”

“五片什么，亲爱的？告诉你的苏艾。”

“叶子。常春藤上的叶子。等最后一片掉落下来，我也得去了。三天前我就知道了。难道大夫没有告诉你吗？”

“哟，我从没听到过这么荒唐的话。”苏艾装出满不在乎的样子数落她说，“老藤叶同你的病有什么相干？你一向很喜欢那株常春藤，得啦，你这淘气的姑娘。别发傻啦。我倒忘了，大夫今天早晨告诉我，你很快康复的机会是——让我想想，他是怎么说的——他说你好的希望是十比一！哟，那几乎同我们在纽约搭电车或者走过一幢新房子的工地一样，遇到意外的时候很少。现在喝一点汤吧。让苏艾继续画画，好卖给编辑先生，换了钱给她的病孩子买点红葡萄酒，也买些猪排填填她自己的馋嘴。”

“你用不着买什么酒啦。”琼珊说，仍然凝视着窗外，“又掉了一片。不，我不要喝汤。只剩四片了。我希望在天黑之前看到最后的藤叶飘落下来。那时候我也该走了。”

“琼珊，亲爱的，”苏艾弯下腰对她说，“你能不能答应我，在我画完之前别睁开眼睛，别瞧窗外？我明天要交那些图画。我需要光线，不然我早就把窗帘拉下来了。”

“你不能到另一间屋子里去画吗？”琼珊冷冷地问道。

“我要待在这儿，和你在一起。”苏艾说，“而且我不喜欢你老盯着那些莫名其妙的藤叶。”

“你一画完就告诉我，”琼珊闭上眼睛说，她面色惨白，静静的躺着，活像一尊倒下来的塑像，“因为我要看那最后的藤叶掉下来。我等得不耐烦了。也想得不耐烦了。我想摆脱一切，像一片可怜的、厌倦的藤叶，悠悠地往下飘，往下飘。”

“你争取睡一会儿，”苏艾说，“我要去叫贝尔曼上来，替我做那个隐居的老矿工的模特儿。我去不了一分钟。在我回来之前,千万别动。”

老贝尔曼是住在楼下底层的一个画家,年纪六十开外,有一把像是米开朗琪罗的摩西雕像①的胡子,从萨蒂尔②似的脑袋上顺着小鬼般的身体鬈垂下来。贝尔曼在艺术界是个失意的人。他耍了四十年画笔,仍同艺术女神隔有相当距离,连她的长袍的边缘都没有摸到。他老是说要画一幅杰作,可是始终没有动手。除了偶尔涂抹一些商业画或广告画以外,几年来没有什么创作。他替“艺术区”一些雇不起职业模特儿的青年艺术家充当模特儿,挣几个小钱。他喝杜松子酒总是过量,老是唠唠叨叨地谈着他未来的杰作。此外,他还是个暴躁的小老头儿,极端瞧不起别人的温情,却认为自己是保护楼上两个青年艺术家的看家恶狗。

苏艾在楼下那间灯光暗淡的小屋子里找到了酒气扑人的贝尔曼。角落里的画架上绷着一幅空白的画布,它在那儿静候杰作的落笔,已经有了二十五年。她把琼珊的想法告诉了他,又说她多么担心,惟恐那个虚弱的像是枯叶一般的琼珊抓不住她同世界的微弱联系,真会撒手去世。

老贝尔曼的充血的眼睛老是迎风流泪,他对这种白痴般的想法大不以为然,讽刺地咆哮了一阵子。

“什么话!”他嚷道,“难道世界上竟有这种傻子,因为可恶的藤叶落掉而想死?我活了一辈子也没有听到过这种怪事。不,我没有心思替你当那无聊的隐士模特儿。你怎么能

① 米开朗琪罗(1475—1564),意大利著名画家、雕塑家、建筑师。他在罗马教皇朱利二世的墓上雕刻了摩西像。

② 萨蒂尔,希腊神话中半人半兽的森林之神,长着马耳马尾或羊角羊尾。

让她脑袋里有这种傻念头呢？唉，可怜的琼珊小姐。”

“她病得很重，很虚弱，”苏艾说，“高烧烧得她疑神疑鬼，满脑袋都是稀奇古怪的念头。好吧，贝尔曼先生，既然你不愿意替我当模特儿，我也不勉强了。我认得你这个可恶的老——老贫嘴。”

“你真女人气！”贝尔曼嚷道，“谁说我不愿意来着？走吧。我跟你一起去。我已经说了半天，愿意为你效劳。天哪！像琼珊小姐那样的好人实在不应该在这种地方害病。总有一天，我要画一幅杰作，那么我们都可以离开这里啦。天哪！是啊。”

他们上楼时，琼珊已经睡着了。苏艾把窗帘拉到窗槛上，打手势让贝尔曼到另一间屋子里去。他们在那儿担心地瞥着窗外的常春藤。接着，他们默默无言地对瞅了一会儿。寒雨夹着雪花下个不停。贝尔曼穿着一件蓝色的旧衬衫，坐在一口翻转过来权充岩石的铁锅上，扮作隐居的矿工。

第二天早晨，苏艾睡了一个小时醒来的时候，看见琼珊睁着无神的眼睛，凝视着放下来的绿窗帘。

“把窗帘拉上去，我要看。”她用微弱的声音命令说。

苏艾困倦地照办了。

可是，看哪！经过了漫漫长夜的风吹雨打，仍旧有一片常春藤的叶子贴在墙上。它是藤上最后的一叶了。靠近叶柄的颜色还是深绿的，但是锯齿形的边缘已染上了枯败的黄色，它傲然挂在离地面二十来英尺的一根藤枝上面。

“那是最后的一片叶子，”琼珊说，“我以为昨夜它一定会掉落的。我听到刮风的声音。它今天会脱落的，同时我也要死了。”

“哎呀，哎呀！”苏艾把她困倦的脸凑到枕边说，“即使你不为自己着想，也得替我想想呀。我可怎么办呢？”

但是琼珊没有回答。一个准备走上神秘遥远的死亡道路的心灵，是全世界最寂寞、最悲凉的了。当她与尘世和友情之间的联系一片片地脱离时，那个玄想似乎更有力地掌握了她。

那一天总算熬了过去。黄昏时，她们看到墙上那片孤零零的藤叶仍旧依附在茎上。随着夜晚同来的是北风的怒号，雨点不住地打在窗上，从荷兰式的屋檐上倾泻下来。

天色刚明的时候，狠心的琼珊又吩咐把窗帘拉上去。

那片常春藤叶仍在墙上。

琼珊躺着对它看了很久。然后她喊苏艾，苏艾正在煤气炉上搅动给琼珊喝的鸡汤。

“我真是个坏姑娘，苏艾，”琼珊说，“冥冥中似乎有什么使那片叶子不掉下来，启示了我过去是多么邪恶。不想活下去是个罪恶。现在请你拿些汤来，再弄一点掺葡萄酒的牛奶，再——等一下，先拿一面小镜子给我，用枕头替我垫垫高，我要坐起来看你煮东西。”

一小时后，她说：

“苏艾，我希望有朝一日能去那不勒斯海湾写生。”

下午，医生来了，他离去时，苏艾找了一个借口，跑到过道上。

“好的希望有了五成，”医生抓住苏艾瘦小的、颤抖的手说，“只要好好护理，你会胜利的。现在我得去楼下看看另一个病人。他姓贝尔曼——据我所知，也是搞艺术的。也是肺炎。他上了年纪，身体虚弱，病势来得凶猛。他可没有希望了，不过今天还是要把他送进医院，好让他舒服一些。”

第二天,医生对苏艾说:“她现在脱离危险了。你赢啦。现在只要营养和调理就行啦。”

那天下午,苏艾跑到床边,琼珊靠在那儿,心满意足地在织一条毫无用处的深蓝色肩巾,苏艾连枕头把她一把抱住。

“我有些话要告诉你,小东西。”她说,“贝尔曼先生今天在医院去世了。他害肺炎,只病了两天。头天早上,看门人在楼下的房间里发现他痛苦得要命。他的鞋子和衣服都湿透了,冰凉冰凉的。他们想不出,在那种凄风苦雨的夜里,他究竟是到什么地方去的。后来,他们找到了一个还燃着的灯笼,一把从原来的地方挪动过的梯子,还有几支散落的画笔,一块调色板,上面剩有绿色和黄色的颜料,末了——看看窗外,亲爱的,看看墙上最后的一片叶子。你不是觉得纳闷,它为什么在风中不飘不动吗?啊,亲爱的,那是贝尔曼的杰作——那晚最后的一片叶子掉落时,他画在墙上的。”

丛林中的孩子*

蒙塔古·西尔弗是西部一流的街头推销员和贩卖赝品的骗子,有一次在小石城时,他对我说:"比利,如果你上了年纪,脑子不灵活,不能在成人中间做规矩的骗局,那就去纽约吧。西部每分钟产生一个冤大头①;但是纽约的冤大头却像鱼卵一般多——数都数不清!"

两年后,我发觉自己记不清那些俄罗斯海军上将的姓名了,又发觉左耳上方长了几茎白发,我认为应该是采纳西尔弗的劝告的时候了。

某天中午,我到了纽约,便去百老汇路逛逛,竟然遇到了西尔弗。他衣着华丽,靠在一家旅馆门口,用绸手帕在擦指甲上的半月痕。

"是得了麻痹性痴呆症,还是告老退休了?"我问他说。

"喂,比利,"西尔弗说,"见到你真高兴。是啊,我觉得西部的人逐渐聪明起来,聪明得有点过分了。我一直留着纽约,

---

* 英国古代民谣和儿歌中有《丛林中的孩子》的故事,叙说一个恶叔为篡夺财产,将一对侄儿女骗至森林害死,后来这一词用来指天真轻信、容易受骗的人。

① 这句话是十九世纪美国著名的马戏团老板巴南说的,意谓世人容易上当受骗。

把它当做最后的一道点心。我认为在纽约人身上捞油水有点缺德。他们熙来攘往,懵懵懂懂,更是少用脑筋。我真不愿意让我老妈知道,我在剥这些低能儿的皮。她万万料不到我这么没出息。”

“那么说,做植皮手术的老医生的候诊室里已经挤满了人吗?”我问道。

“哎,也不尽然,”西尔弗说,“剥皮的勾当暂且不考虑。我来这里才一个月。不过我随时都可以开始;纽约主日学校的学员们,每人自愿捐助了一块皮,帮我置办了我身上的这套行头,他们很可以把照片寄到《每日晚报》上去扬扬名。

“我正在研究这个城市,”西尔弗说,“我每天读报。我了解这个城市,正像市政厅里的猫了解爱尔兰籍的值班警察一样。你从这里的人身上刮钱刮得稍微慢一点,他们就烧得发慌,赖在地上乱叫乱嚷。到我的房间里去坐坐,我详细告诉你。为了旧日的交情,我们一起来整治这个城市吧。”

西尔弗领我进了一家旅馆。他房间里四下放着许多不相干的东西。

“从大城市的这些乡巴佬身上搞钱的方法,”西尔弗说,“比南卡罗来纳州查尔斯顿煮玉米的花样还要多。不论下什么饵,他们都会上钩。大部分人的智商没有什么差别。他们的智商越高,理解力就越低。哎,不久前,不是有人把小洛克菲勒的油画像当做安德烈亚·德尔·萨尔托画的著名的圣约翰像卖给约·皮·摩根吗①?

① 萨尔托(1486—1531),意大利画家,他画的圣约翰生平事迹壁画陈列在佛罗伦萨。洛克菲勒和摩根都是美国财阀。

“你看到墙角里那捆印刷品吗，比利？那是金矿股票。有一天我上街去推销，不出两小时就不得不住手了。为什么呢？因为妨碍交通，被警察抓了去。大家争先恐后抢着买，挤得水泄不通。在去警察局的路上，我卖了一些股票给警察，后来我就停止出售了。我不愿意人家轻易给我钱。为了保持自尊心，我做买卖时总要给一点回报。在他们给我一分钱之前，我要他们猜猜芝—哥这个地名中间缺了哪个字；在用纸牌赌博时，我让他们手里先拿到一对九。

“还有一个小计谋，由于太容易得手，我不得不放弃。你看到桌上那瓶蓝墨水吗？我在手背上画一个船锚，权充刺青，然后去银行，说我是杜威①上将的侄子。我开了一千元的支票，支取他账里的钱，银行愿意兑付。可是我只知道我叔叔的姓，不知道他的名字叫什么。这件事虽然没有成功，但说明纽约是个多么容易搞钱的城市。至于窃贼，如今他们也不去人们家里了，除非先替他们预备好热的晚餐，再有几个大学生伺候他们。强盗在住宅区里杀了人，可是走遍全市只算是人身攻击罪。”

“蒙塔，”等西尔弗停下时，我开口说，“你的高论准确地贬低了纽约，可我还有些怀疑。我来这里不过两小时，但我认为它不会这么轻易地落到我们手里。这里没有合我口味的乡村气氛。如果居民头发上沾着稻草，穿着假天鹅绒坎肩，佩着七叶树果做的表坠，我就放心啦。依我看，他们并不容易上钩。”

① 杜威（1837—1917），美国海军将领，一八九八年美西战争中指挥了马尼拉湾战役。

“你说得不错，比利，”西尔弗说，“初来乍到的人都有这种感觉。纽约比小石城或者欧洲大得多，它让外来的人看了害怕。你不久就会宽心的。老实告诉你，这里的人没有把钱喷了消毒剂，放在洗衣篮里，痛痛快快地送来给我，我真想揍他们。我讨厌去外面搞钱。这里戴钻石首饰的是谁？哟，是骗子的老婆温妮，恶棍的新娘贝拉。要纽约人的钱实在太容易啦。我担心的只有一件事：等我身上装满了面额二十元的钞票的时候，恐怕会压断我坎肩口袋里的雪茄烟。”

“我希望你说得对，蒙塔，”我说，“不过我还是后悔没有安心在小石城做些小买卖。那里永远不会缺少农场主。你总可以找几个，让他们在要求增设邮局的申请书上签个名，然后拿到银行里去贷款两百元。这里的人似乎生来就明哲保身，吝啬得很。我怕凭我们这些本领在这里是吃不开的。”

“别担心，”西尔弗说，“我已经把这个冥顽不灵的城市估计得非常准确，就好像北河是哈得孙河而东江根本不是一条江一样。住在百老汇四个街口以内的人，一辈子除了摩天大楼以外没有见过别的房屋。一个出色能干的西部人在这里待上三个月，不论软哄硬骗，好歹要露几手。”

“吹牛归吹牛，”我说，“你现在老实说，除了向救世军求助，或者在海伦·古尔德小姐①门前装病告帮之外，你有没有具体的计划，可以立刻弄一两块钱来花花呢？”

“计划多的是，”西尔弗说，“你有多少资本，比利？”

“一千元。”我告诉他。

① 海伦·古尔德（1863—1938），美国资本家杰·古尔德的长女，曾捐款给纽约大学。

“我有一千二百元，”他说，“我们合伙大干一场。要挣大钱的办法实在太多啦，简直不知道该从哪儿着手。”

第二天早晨，西尔弗到我下榻的旅馆里来看我，他容光焕发，看上去有什么大喜事。

“我们今天下午去见见约·皮·摩根，”他说，“我在旅馆里认识的一个人要替我们介绍介绍。他是摩根的朋友。他说摩根喜欢见见西部的人。”

“这倒不坏，”我说，“我很愿意认识摩根先生。”

“结识几个金融大王，”西尔弗说，“对我们有益无害。我开始有点喜欢纽约对待外地人的社交方式了。”

西尔弗认识的人姓克莱因。三点钟光景，克莱因带了他那位华尔街的朋友到西尔弗的房间来拜访我们。“摩根先生”同他照片上的模样差不多，左脚裹了一条土耳其毛巾，走路时拄着一根手杖。

“这两位是西尔弗先生和佩斯克德先生，”克莱因介绍说，“我似乎不必提这位金融界最伟大的人物的名字——”

“废话少说，克莱因，”摩根先生说，“同两位先生见面，我很高兴；我对西部很感兴趣。克莱因告诉我，你们是从小石城来的。我想我在那边什么地方有一两条铁路。如果你们两位喜欢玩玩沙哈①，我——”

“唉，皮尔庞特，”克莱因赶紧插嘴说，“你忘啦！”

“对不起，哥儿们！”摩根说，“自从我害了痛风病以来，在家无聊，偶尔玩玩纸牌。你们在小石城时，认不认识独眼彼得

① 一种多人参加的纸牌赌博，每人先后发牌五张，四明一暗，逐张下注，最后互比大小，统赢赌注。

斯？他住在新墨西哥城的西雅图①。”

我们还来不及回答，摩根先生已经用手杖拄着地板，来回走动，嘴里不干不净地高声咒骂。

“难道华尔街今天有人抛售你的股票吗，皮尔庞特？”克莱因赔笑问道。

“股票？不是的！”摩根先生吼了起来，“是我派人去欧洲收购的那幅画。我刚想起来。他今天打电报来说，找遍意大利也没有弄到。明天我愿意出五万元买那幅画——七万五千元也成。我授权委派的人可以相机办理。我真不明白，为什么所有的陈列馆会让一幅达·芬奇——”

“哎，摩根先生，”克莱因说，“我以为你已经把达·芬奇的全部作品都买下来了。”

“那幅画是什么样子的，摩根先生？”西尔弗问道，“它一定大得像是熨斗大楼的门面吧。”

“我怕你的艺术素质太差啦，西尔弗先生，”摩根说，“那幅画只有二十七英寸高，四十二英寸宽；名称是‘爱的闲暇’。有许多穿衣服的模特儿在紫色的河岸上跳舞。电报说那幅画可能已经运到美国来了。缺了那幅画，我的收藏就不齐全。好吧，哥儿们，再见吧，我们当金融家的晚上非早睡不可。”

摩根先生和克莱因一起坐车走了。我和西尔弗谈起大人物的头脑真简单，对别人一点都不怀疑；西尔弗说，在摩根那样的人身上找钱，真叫人惭愧；我说我也认为确实说不过去。晚饭后，克莱因建议出去散散步，我们三人便去七马路观光。

① 西雅图在美国西北部的华盛顿州，新墨西哥州在西南部，作者故意混淆，说明“摩根”的无知。

克莱因在一家当铺橱窗里看到一对衬衫袖扣很中意，他进去买，我们也跟了进去。

我们回到旅馆，克莱因走后，西尔弗挥舞着手向我蹦跳过来。

“你看到了吗？”他问道，“你看到了吗，比利？”

“看到了什么？”我问。

“哎，摩根要的那幅画。挂在当铺里，写字台后面。我没有声张，因为克莱因在场。千真万确，就是那幅画。上面的那些女孩子画得再自然没有啦，身材窈窕，如果穿衣服的话，一定都合乎胸围三十六、腰围二十五、臀围四十二英寸的标准，她们在河边跳慢四步。摩根先生说他愿意出多少钱来着？噢，不用我告诉你啦。当铺里的人决不会知道那幅画是值大价钱的。”

第二天早晨，当铺还没有开门，我和西尔弗早就等在门口，仿佛急于典当我们的衣服去换酒喝似的。我们进去，先看看表链。

“上面挂的那幅彩色石印画太粗糙了。”西尔弗装出随便的样子对当铺老板说，“可是我很中意那个袒肩膀、红头发的姑娘。我给你两元二角五分，我想你立刻就会脱手了吧。”

当铺老板笑笑，继续拿出表链给我们看。

“那幅画，”他说，“是去年一个意大利人质押给我们的。我借给他五百元。画名叫‘爱的闲暇’，是莱奥纳多·达·芬奇画的。两天前过了法定的质押期限，不能再赎取了。这儿有一种表链现在很时兴。”

过了半小时，我和西尔弗付了当铺老板两千元，捧着那幅画出来。西尔弗雇了一辆车去摩根的办公室。我回旅馆去等他的好消息。两小时后,西尔弗回来了。

“你见到了摩根先生吗?”我问道,“他付了你多少钱?”

西尔弗颓然坐下来,抚弄着台布的流苏。

“我根本没有见到摩根先生,”他说,“因为摩根先生一个月之前就去欧洲了。但是有一件事叫我弄不明白,比利,百货公司里都有同样的画出售,配好镜框,每幅只卖三元四角八分,但是单买镜框却要三元五角——真把我搞糊涂啦。”

市政报告

城市得意洋洋，
这一个依山而站，
那一个背临海洋，
正在相互挑战。

——拉·吉卜林

试想一部写芝加哥或者布法罗的小说，或者是写田纳西州的纳什维尔！合众国里只有三个大城市称得上“故事城”——纽约当然在内，还有新奥尔良，最重要的是旧金山。

——弗·诺里斯①

按照加利福尼亚人的说法，东方是东方，西方却是旧金山。加利福尼亚人不仅仅是一个州的居民，还自成一个种族。他们是西部的南方人。芝加哥人为自己的城市感到的自豪并不逊色，但是当你请他们说说理由的时候，他们却期期艾艾地提到湖鱼和共济会大楼。而加利福尼亚人谈起来就有条有理了。

① 吉卜林(1865—1936)，英国小说家、诗人。诺里斯(1870—1902)，美国作家、新闻记者。

在气候方面，他们可以滔滔不绝地谈上半个小时，与此同时，你却在考虑煤炭支出和厚内衣。当他们把你的缄默误会为信服的表示时，竟然忘乎所以，把金门城①说成是新世界的巴格达。这只是意见分歧的问题，没有必要辩论。但是亲爱的兄弟姐妹们（我们都是亚当和夏娃的后代），如果有谁能用指头点着地图说，“这个城市里不可能有传奇——这里能有过什么事？”那他就未免太轻率了。是啊，用一句话来否定历史、传奇以及兰德·麦克纳利②，未免太放肆、太轻率了。

纳什维尔——城市名，田纳西州首府，输出港，在坎伯兰河滨，有芝-圣铁路和路-纳铁路经过，被认为是南方最重要的教育中心。

晚上八点钟，我下了火车。由于辞典上找不到适当的形容词，我不得不用配方来做比喻。

伦敦雾三成，疟疾一成，煤气管道跑漏的气味二成，黎明时在砖地上收集的露珠二成半，忍冬草香一成半，加以混合。

这种混合物可以提供一个近乎纳什维尔的毛毛雨的概念。它没有樟脑丸那么香，也没有豌豆汤那么稠，但是已经够了——你不妨试一下。

我乘了一辆老式的马车去旅馆。我费了好大的劲才抑制住自己，没有像西德尼·卡顿③那样爬到马车顶上。拉车的

① 即旧金山。

② 兰德·麦克纳利，十九世纪美国旅行指南和画片出版商。

③ 西德尼·卡顿，英国作家狄更斯小说《双城记》中的人物，他顶替容貌同他酷似的达尼上了断头台。上文的马车（tumbril）指一七八九年法国大革命时押送死刑犯上断头台时用的马车。

畜生是过了时的，赶车的是个解放了的黑家伙。

我觉得很困倦，一到旅馆，赶紧把赶车人要的半元钱给了他（你放心，当然给了相当数目的小费）。我了解他们的脾气，我不愿意听他们唠唠叨叨地谈他们的旧主人或者战前的事情。

旅馆是那种经过“翻新”的建筑之一。也就是说花了两万元，添置了新的大理石柱、瓷砖和电灯，休息室里摆了铜痰盂，楼上的大房间里都贴上一张路-纳铁路的新时刻表和一张观山图的石印画。旅馆的管理员是无可指摘的，招待也带有细致的南方的殷勤，只不过像蜗牛爬行那么慢，像瑞普·凡·温克尔①那么乐天。饭菜值得跑一千英里路来尝尝。世上任何别的旅馆都找不到这样好的烤鸡肝串。

晚饭时，我问一个黑人侍者，城里有什么消遣。他一本正经地沉思了片刻，然后回答说：“哎，老板，我实在想不出太阳落山后还有什么消遣。”

太阳已经落山了；它早就沉没在牛毛细雨中了。我已经无缘见到那个景象。但我仍旧冒着细雨上街，看看可能有些什么。

该城坐落在起伏的土地上，街道有电灯照明，每年花费三万二千四百七十元。

我走出旅馆，碰到了一场种族暴乱。一群自由的黑人，或

① 瑞普·凡·温克尔，美国作家华盛顿·欧文《见闻札记》中性格温和一睡二十年的人物。

者阿拉伯人,或者祖鲁人,向我扑来。他们都配备着——还好,使我安心的是我看到的不是来复枪,而是马鞭。我还隐隐约约看到了一队黑黝黝的、笨重的车辆;听到了使我更为安心的叫喊:"老板,送你到城里随便什么地方,只要半元钱。"这时我领会到,我不是受害者,而只是一个"乘客"。

我在长街上走着,街道都是上坡的。我不明白它们怎么再通下来,也许根本不下来了,除非把它们筑平。在少数几条"大街"上,我偶尔看到店铺里有灯火,看到电车载着可敬的市民开来开去,看到交谈的人走过,还听到一家卖苏打水和冰淇淋的铺子里传出近乎活泼的哄笑。不能算"大"的街道仿佛把和平安详的房子引诱到它们两旁来。许多房子的谨慎地拉好的窗帘里透出了亮光,少数几座房子里传出整齐而无可非难的钢琴声。确实没有什么"消遣"。我希望我在太阳落山之前来到就好了。于是我回到了旅馆。

一八六四年十一月,南部联邦的胡德将军向纳什维尔进军,围住了托马斯将军率领的一支北部联邦同盟的军队。托马斯将军发起进攻,在一场激烈的战斗中击败了南部联邦的军队。

南方嚼烟草的人在和平时期的射击技术,我闻名已久,衷心钦佩,并且亲眼目睹过。我下榻的旅馆里却有一件出乎意外的事在等着我。宽敞的休息室里有十二只崭新锃亮、堂皇庞大的铜痰盂,高得可以称做瓮,口子又那么大,连女子垒球队的最佳投手在五步以外都能把球扔进去。但是,尽管经历了可怕的战役,并且还在进行战斗,敌方并没有损失,它们仍旧铿亮堂皇，大模大样地摆着。但是，倒霉的杰斐逊·布里克[1]啊！那瓷砖地——美丽的瓷砖地！我不由自主地想起了纳什维尔战役，按我愚蠢的习惯，希望得出有关遗传的射击技术的推论。

我在这里初次见到了温特沃斯·卡斯韦尔少校（这个头衔对他实在太客气了）。我一见到他就觉得不自在，知道他是何等样人。耗子到处都有。我的老朋友艾·丁尼生讲的话一向精辟，他说过：

先知啊，诅咒那搬弄是非的耗子，
诅咒不列颠的害物——耗子。

“不列颠”这个地名，我们不妨随意调换。耗子总归是耗子。

这个人在旅馆里的休息室里探头探脑，活像一条忘了自己把骨头埋在什么地方的饿狗。他那张大脸又红又臃肿，带着菩萨般的迷糊而定心的神情。他只有一点长处——胡子刮得非常光洁。人身上的兽性特征是可以消除的，除非他胡子拉碴，没刮干净便跑到外面来。我想，如果那天他没有用过剃刀，跑来同我搭讪，我一定不予理睬，那么世界犯罪记录上也许会少掉一件谋杀案。

卡斯韦尔向一个痰盂开火时，我站的地方凑巧离痰盂不到五步。我相当机警，看到进攻者使用的不是打松鼠的来复枪，而是格林机关枪，我便飞快地往旁边一闪。少校却抓住这

① 杰斐逊·布里克，英国作家狄更斯小说《马丁·朱述尔维特》中脸色苍白、体弱多病的年轻战地记者。“布里克”一词在英语中有“砖头”的意思。

个机会向一个非战斗人员道歉。他是个碎嘴子。不出四分钟，他同我交上了朋友，把我拖到酒吧那儿。

我想在这里插一句，说明我是南方人。我之所以是南方人，并不是由于职业关系。我不喜欢用窄领带、戴垂边帽、穿大礼服，不喜欢嚼烟草，也避而不谈谢尔曼将军毁了我多少件棉花包。乐队演奏《狄克西》①的时候，我并不喝彩。我在皮面椅子上坐低一些，再要了一杯啤酒，希望朗斯特里特②曾经——可是有什么用呢？

卡斯韦尔用拳头擂一下酒吧，响起了萨姆普特堡第一炮的回音。当他开了阿波马托克斯的最后一炮时③，我开始满怀希望。他却开始扯起他的家谱来，说明亚当只不过是卡斯韦尔家族一支旁系的远房兄弟。搬完家谱后，叫我讨厌的是他又谈起个人的家庭琐事。他谈着他的妻子，把她的上代一直追溯到夏娃，还出口不逊地否认她可能同该隐沾些亲戚的谣传。

这时，我开始怀疑，他是不是想利用唠叨的话语来蒙混他已经要了酒的事实，希望我糊里糊涂地付账。然而酒端来时，他把一枚银币啪地放在酒吧上。那一来，再要一巡酒是免不了的。我付了第二巡的酒账，很不礼貌地离开了他，因为我实在不愿意同他在一起了。我脱身之前，他还喋喋不休地高声谈着他妻子的收入，拿出一把银币给人看。

我在旅馆服务台取房间钥匙时，职员很客气地对我说：

① 《狄克西》，美国南北战争时期，歌颂南方的流行歌曲。

② 朗斯特里特(1821—1904)，美国南北战争时，南部邦联的将军。

③ 美国南北战争以南部邦联军队攻陷萨姆普特堡开始，以南部邦联军队司令李将军在阿波马托克斯投降告终。

“假如卡斯韦尔那家伙招惹了你，假如你打算申诉，我们可以把他撵出去。他是个讨厌的人，是个混混，不务正业，虽然他身边经常有一些钱。我们似乎找不到合法的理由把他轰出去。”

“哎，是啊，”我思索了一下说，“我也没有申诉的理由。不过我愿意正式声明，我不希望同他结交。你们的城市，”我接着说，“看来很安静。你们有什么消遣以及新奇和兴奋的事情可以款待陌生的客人？”

“嗯，先生，”职员说，“下星期四有一个戏班子来。那是——我等会儿查一下，把海报同冰水一起送到你的房间里去。晚安。”

我上楼进了自己的房间，向窗外望去，那时只有一点钟光景，然而我看到的城市已经一片静寂。毛毛雨还在下，暗淡的街灯闪烁着。街灯稀稀落落，像是妇女义卖市场出售的蛋糕里的葡萄干。

“安静的地方，”我脱下的第一只鞋落到楼下房间的天花板上时，我暗忖道，“这里的生活不像东部和西部城市那样丰富多彩。只是一个不坏的、平凡的、沉闷的商业城市。”

纳什维尔是全国重要的制造业中心之一。它的皮鞋皮靴产量占美国第五位，是南方最大的生产糖果饼干的城市，呢绒、食品和药品的贸易数额也相当大。

我得告诉你，我怎么来到纳什维尔；这些离题的话肯定会使你厌烦，正如我自己觉得厌烦一样。我为了一些私事要去别处，但是北方的一家杂志社委托我在这里逗留一下，替社里和一个撰稿人，阿扎里亚·阿戴尔，建立联系。

阿戴尔(除了笔迹之外，其余的情况一无所知)寄来过几篇随笔(失传的艺术！)和几首诗，编辑们一点钟吃午饭时，谈起来赞不绝口。因此，他们委托我来找这位阿戴尔，在别的出版社提出每字十分或二十分的稿酬之前，同他或她以每字两分的稿酬订一个合同，收买他或她的作品。

第二天上午九点钟，我吃了烤鸡肝串之后(假如你找得到那家旅馆，不妨一试)，走进外面一片无休无止的茫茫细雨。在第一个拐角上，我就碰到了凯撒大叔。他是个健壮的黑人，年龄比金字塔还要老，头发灰白拳曲，面相先叫我想起布鲁特斯，转念之间又觉得像是已故的塞蒂瓦约皇帝。他穿的大衣非常奇特，是我从未看到或想到的。它长得拖到脚踝，以前是南部邦联军队的灰大衣。但是由于雨打日晒，年深月久，颜色已经斑驳不堪。约瑟的彩衣同它相比，也会像单色画那样黯然失色。我必须在这件大衣上啰嗦两句，因为它同故事情节有关。故事发展得很慢，你本来就不能指望纳什维尔这个地方有什么新鲜事。

以前，那一定是军官的大衣。大衣的护肩已经不见了，原先缀在前襟的漂亮的盘花横条和流苏也不见了。代替它们的是用普通麻线巧妙地捻成新的盘花横条，然后细心缝上去的(我猜想大概是哪一位年老的“黑妈妈”缝的)。这些麻线也磨损得乱蓬蓬的。它们顺着早就消失的盘花横条的痕迹，不厌其烦、煞费苦心地给缀在大衣上，旨在代替往昔的气派。此外，使大衣的滑稽与悲哀达到顶点的是，所有的纽扣全掉了，只剩下顺数下来第二颗。大衣是另外用一些麻线穿过原来的纽扣孔和在对襟上粗糙地戳通的洞孔系起来的。像这样装饰得古里古怪，颜色又是这么斑驳的奇特衣服确实少见。惟一的那颗纽扣有半元银币那么大，是牛角制的，也用粗麻线缝着。

那个黑人站在一辆非常旧的马车旁边，马车很可能是含[①]离开方舟以后，套了两匹牲口，用来做出租车生意的。他见我走近，便打开门，取出一把鸡毛掸子虚晃几下，用深沉的、隆隆的声音说：

"请上车，先生，一颗灰尘也没有——刚刚出丧回来，先生。"

我推测遇到出丧这样的隆重场合，马车大概要特别做一番清洁工作。我朝街上打量一下，发现排在人行道旁边的出租马车也没有选择的余地。我掏出记事本，看看阿扎里亚·阿戴尔的地址。

"我要去杰萨明街八百六十一号。"说罢，我便想跨进马车。但那个黑人伸出又粗又长、像猩猩一般的胳臂拦住了我。他那张阴沉的大脸上突然闪出一种猜疑和敌视的神情。接着，他很快安下心，讨好地问道："你去那里干吗，老板？"

"你管得着吗？"我有点冒火地问道。

"没什么，先生，没什么。只不过那地方很偏僻，很少有人去。请上车吧。座位干净得很——刚刚出丧回来，先生。"

到达旅程终点至少有一英里半路。除了那辆古老的马车在高低不平的砖地上颠簸得发出可怕的咔嗒声外，我听不到别的声音；除了毛毛雨的气息外，我闻不到别的气味。现在毛毛雨里又夹杂着煤烟以及像是柏油和夹竹桃混合起来的气

① 含，《旧约》中诺亚之子，据说含的后代在非洲繁衍，常作为黑人的代称。

味。从滴着雨水的车窗里，我只见到两排黑黝黝的房屋。

该城面积为十平方英里；街道总长一百八十一英里，其中一百三十七英里是经过铺设的；水道系统造价两百万元，总水管长七十七英里。

杰萨明街八百六十一号是一幢朽败的邸宅。它离街道三十码，被围绕在一丛苍翠的树木和未经修剪的灌木中间。一排枝叶披蔓的黄杨几乎遮没了围篱。大门是用系在门柱上的绳圈同第一根篱笆桩子扣起来的。你一进去，便发现八百六十一号只是一个空壳、一个影子，是往昔豪华和显赫的幽灵。不过照故事情节的发展来说，我还没有走进那幢房屋。

在马车的咔嗒声停止、疲惫的牲口也得到休息时，我把半元钱给了车夫，并且自以为相当大方地加了二十五分的小费。他却不接受。

"两块钱，先生。"他说。

"怎么啦？"我问道，"我清清楚楚听到你在旅馆门口喊的是'送你到城里随便什么地方，只要半元钱。'"

"两块钱，先生，"他固执地重复说，"离旅馆有好长一段路呢。"

"这地方还在城里，你怎么也不能说它出了城呀，"我争论说，"你可别以为你碰到了一个傻瓜北方佬。你看到那面的小山吗？"我指着东面说（由于细雨迷蒙，我自己也看不见那些小山），"嗯，我是在那边出生长大的。你这个又老又笨的黑家伙，你长了眼睛连人都分不清了吗？"

塞蒂瓦约皇帝的阴沉的脸色和霁了。"你是南方人吗，先生？我想大概是你那双鞋子使我误会了。南方先生穿的鞋子,头没有这么尖。”

“现在车费该是半元钱了吗?”我毫不妥协地说。

他又恢复了原先那种贪婪而怀有敌意的神情,可是只持续了十秒钟就消失了。

“老板,”他说,“本来是半元,但是我需要两块钱,先生,我非得有两元钱不可。我知道你是本地人之后,先生,我不再强要了。不过我只是告诉你,今晚我非得有两元钱不可,生意又很清淡。”

他那张浓眉大眼的面孔显得安详而自信。他的运气比他想象的要好。他遇到的不是一个不了解车费标准的傻瓜,而是一个施主。

“你这个该死的流氓,”我一面把手伸进口袋,一面说,“应该把你扭交警察。”

我第一次见到他露出笑容。他料到了;他料到了;他早就料到了。

我给他两张一元面额的钞票。我递给他时,注意到其中一张饱经沧桑:钞票缺了右上角,中间是破了以后又粘起来的。一条蓝色的纱纸粘住破的地方,维持了它的流通性。

关于这个非洲强徒的描写,暂时到此为止;我满足了他的要求,同他分了手。我拉起绳圈,打开了那扇吱嘎发响的门。

我刚才已经说过,这幢房屋只是一个空壳。它准有二十年没有碰到过油漆刷子了。我不明白,大风怎么没有把它像一座纸牌搭的房子那样掀翻。等我向簇拥在它周围的树木看了一会儿之后,才明白其中道理——那些目击过纳什维尔战役的树木依然伸展着枝柯,呵护着它,挡住了风暴、敌人和寒冷。

阿扎里亚·阿戴尔接待了我。她出身名门，年纪五十左右，一头银发，身体像她居住的房屋一般脆弱单薄。她穿着我生平少见的最便宜、最干净的衣服，气度像皇后一样质朴。

客厅空荡荡的，仿佛有一英里见方，只有摆在白松木板架上的几排书，一张有裂纹的大理石面的桌子，一条破地毯，一只光秃秃的马鬃沙发和两三把椅子。墙上倒有一幅画，一束三色堇的彩色蜡笔画。我四下扫了一眼，看看有没有安德鲁·杰克逊①的画像和松果篮子，可是没有看到。

阿扎里亚·阿戴尔和我谈了话，其中一部分将转述给你们听。她是古老的南方的产物，在荫庇下细心培植起来的。她的学识并不广博，涉猎范围相当狭窄，但却有它的深邃和独到之处。她是在家里受的教育，她对于世界的知识是从推论和灵感中获得的。这就是造成那一小批可贵的随笔作家的条件。她同我谈话时，我不住地拂拭手指，仿佛不自觉地想抹去从兰姆、乔叟、赫兹利特、马格斯·奥雷利乌斯、蒙田和胡德著作的小牛皮书脊上揩来的、其实不存在的灰尘。她真了不起，是个可贵的发现。如今几乎每个人对于现实生活都了解得太多了——哦，实在太多了。

我可以清楚地看出阿扎里亚·阿戴尔非常穷。我想她只有一幢房子、一套衣服，此外就没有什么了。我一方面要对杂志社负责，一方面又要忠于那些在坎伯兰河谷与托马斯②一起战斗的诗人与随笔作家，我带着这种矛盾的心情倾听她那

① 安德鲁·杰克逊(1767—1845)，美国第七任总统。

② 托马斯(1816—1870)，美国南北战争时，忠于南部邦联的将领。

琴声似的话语,不好意思提起合同的事。在九位缪斯女神和三位格雷斯女神①面前,你很难把话题转到每字两分钱的稿费上。恐怕要经过第二次谈话,我才能恢复我的商业习惯。然而我还是把我的使命讲了出来。同她约定第二天下午三点钟再见面,讨论稿酬方面的问题。

"你们的城市,"我准备告辞时说(这时候可以说一些轻松的一般性的话了),"似乎是个安宁静谧的地方。我该说是个适于住家的城市,没有特殊的事情发生。"

它和西部南部进行大批的火炉与器皿的贸易,它的面粉厂有日产两千桶的能力。

阿扎里亚·阿戴尔似乎在沉思。

"我从没有那样想过,"她带着一种仿佛是她特有的诚挚专注的神情说,"安宁静谧的地方难道就没有特殊的事情了吗?我揣想,当上帝在第一个星期一的早晨动手创造世界时,你可以探出窗外,听到他堆砌永恒的山丘时泥刀溅起泥块的声音。世界上最喧闹的工程——我指的是建造通天塔——结果产生了什么呢?《北美评论》上一页篇幅的世界语罢了。"

"当然,"我平淡地说,"各到各处人的天性都是一样的;但是某些城市比别的城市更富于色彩——呃——更富于戏剧和行动,以及——呃——浪漫史。"

"表面上是这样的,"阿扎里亚·阿戴尔说,"我乘着展开

① 缪斯是希腊神话中司文艺、美术、音乐的九女神;格雷斯是赐人以美丽、温雅与欢乐的三女神。

双翼（书籍和幻想）的金色飞船，多次周游了世界。在一次幻想的旅行中，我看到土耳其苏丹亲手绞死了他的一个妻子，因为她在大庭广众之中没有蒙住脸。我也看到纳什维尔的一个男人撕毁了戏票，因为他的妻子打扮好出去时扑了粉，蒙住了脸。在旧金山的唐人街，我看到婢女辛宜被慢慢地、一点一点地浸在滚烫的杏仁油里，逼她发誓再也不同她的美国情人见面。当滚烫的油淹到膝上三英寸的地方时，她屈服了。另一晚，在东纳什维尔的一个纸牌会上，我看到基蒂·摩根的七个同学和好友假装不认识她，因为她同一个油漆匠结了婚。她端在胸前的滚烫的油吱吱发响，但是我希望你能见到她从一张桌子走到另一张桌子边时脸上显出的美妙的微笑。哦，是啊，这是一个单调的城市。只有几英里长的红砖房屋、泥泞、商店和木料场。”

后面有人敲门，发出了空洞的回响。阿扎里亚·阿戴尔轻声道了歉，出去看看有什么事。三分钟后，她回来了，眼睛闪闪发亮，脸上泛起淡淡的红晕，仿佛年轻了十年。

“你得在这里喝一杯茶，吃些点心再走。”她说。

她拿起一个小铁铃，摇了几下。一个十二岁左右、打着赤脚、不很整洁的黑人小姑娘踢踢踏踏地进来了。她含着大拇指，鼓起眼睛，直盯着我。

阿扎里亚·阿戴尔打开一个破旧的小钱袋，取出一张一元的钞票，那张钞票缺了右上角，中间是破了以后又用一条蓝纱纸粘住的。正是我给那个海盗般的黑人的钞票——准没错。

“到拐角上贝克先生的铺子去一次，英比，”她把钞票交给那个姑娘说，“买三两茶叶——他平时替我送来的那种——和一毛钱的糖糕。赶快去吧。家里的茶叶正好用光了，”她向我解释。

英比从后面出去了。她赤脚的踢踢声还没有在后廊里消失，空洞的房子里突然响起一声狂叫——我肯定是英比的声音。接着是一个男人发怒的深沉模糊的嗓音以及那个姑娘连续不断的尖叫和分辨不清的话语。

阿扎里亚·阿戴尔既不惊讶也不激动地站起来，出去了。我听到那男人粗野的吵闹声持续了两分钟，接着仿佛是咒骂和轻微的扭打，然后她若无其事地回来坐下。

“这幢房子很宽敞，”她说，“我出租一部分给房客。很抱歉，我得收回请吃茶点的邀请了。店里买不到我平时用的那种茶叶。明天贝克先生或许可能供应我。”

我确定英比根本没有离开过这幢房子。我打听了电车路线后便告辞了。走出好远时，才想起我还没有问阿扎里亚·阿戴尔的姓氏。明天再问吧。

那天，我就开始了这个城市强加在我头上的邪恶行为。我在这里只待了两天，可是这两天里我已经在电报上可耻地撒了谎，并且在一件谋杀案中当了事后的同谋——如果“事后”是正确的法律术语。

当我拐到旅馆附近的街角时，那个穿着五颜六色、无与伦比的大衣的非洲马车夫拖住了我，打开他那活动棺材的牢门，晃着鸡毛掸子，搬出了老一套话：“请上车，老板。马车很干净——刚刚出丧回来。你出半元钱就把你——”

接着，他认出了我，咧开嘴笑了。“对不起，老板；你就是今天早晨同我分手的那位先生。多谢你啦，先生。”

“明天下午三点钟，我还要去八百六十一号，”我说，“假如你在这里，我可以乘你的车子。你本来就认识阿戴尔小姐吗？”我想起了那张一元的钞票，结尾又问了一句。

“我以前是她爸爸阿戴尔法官家里的，先生。”他回答道。

“据我判断，她相当穷困，”我说，“她没有什么钱，是吗？”

片刻之间，我又看到了塞蒂瓦约皇帝的凶相，随后他变成了那个敲竹杠的老黑种马车夫。

“她不会饿死的，先生，”他慢慢地说，“她有接济，先生；她有接济。”

“下一趟我付你半元钱。”我说。

“完全对，先生，”他谦恭地说，“今早晨我非有那两元钱不可，老板。”

我回到旅馆，在电报里撒了谎。我打电报给杂志社说：“阿·阿戴尔坚持每字八分。”

回电是：“立即同意，笨蛋。”

晚饭前，温特沃斯·卡斯韦尔“少校”像是多日不见的老朋友似的冲过来向我招呼。我难得遇到这种一看就叫我讨厌、却又不易摆脱的人。他找上来的时候，我正站在酒吧前面，因此不能对他说我不喝酒。我很愿意付酒账，只要免掉再喝一巡；但他是那种可鄙的、吵闹的、大吹大擂的酒鬼，每次荒唐地花掉一文钱都要铜管乐队和鞭炮来伴奏。

他像炫示千百万元钱似的掏出了两张一元的钞票。把其中一张扔在酒吧上。我又看到了那张缺掉右角、中间破后用蓝色纱纸粘起来的钞票。又是我的那一元钱。不可能是别的。

我上楼到我的房间里。这个枯燥宁静的南方城市的细雨和单调，使我倦乏而无精打采。我记得上床前迷迷糊糊地对自己说:“这里有不少人似乎都是出租马车托拉斯的股东。股息也付得快,我不明白——”这下才把那张神秘的一元钞票从脑海里排除出去(那张钞票很可以成为一篇绝好的旧金山侦探故事中的线索)。我睡着了。

第二天,塞蒂瓦约皇帝在老地方等我,把我的骨头在石子路上颠到八百六十一号。他在那里等我办完事后再送我回来。

阿扎里亚·阿戴尔看来比前一天更苍白,更脆弱。

签了每字八分钱的合同后,她脸色更苍白了,开始从椅子上往下滑。我不费什么劲就把她抬上那张马鬃沙发,然后跑到外面人行道上,吩咐那个咖啡色的海盗去请一位医师来。我对他的智力本来就不怀疑,他知道争取时间的重要性,聪明地丢下马车不乘,徒步走去。十分钟后,他领了一位头发灰白,严肃干练的医师回来了。我简简单单用几句话(远不值八分钱一个字)向他说明我来到这幢神秘空洞的房屋的缘由。他严肃地点点头,然后转向那个老黑人。

“凯撒大叔,”他镇静地说,“到我家去,问露西小姐要满满一罐新鲜牛奶和半杯葡萄酒。赶快回来。别赶车去啦——跑路去。这星期你有空的时候再来一次。”

我想梅里曼医师也不太信任那个陆上海盗的马匹的速度。凯撒大叔笨拙而迅速地向街上跑去后,医师非常客气而又极其仔细地打量了我一番,觉得我这个人还可以信任。

“只不过是营养不良,”他说,“换句话说,是贫穷、自尊和饥饿的结果。卡斯韦尔太太有许多热心的朋友,都乐于帮助她,但是她除了那个从前属于他们家的老黑人之外,不接受任何人的帮助。”

“卡斯韦尔太太!”我吃惊地说。接着,我看看合同,发现她的签名是“阿扎里亚·阿戴尔·卡斯韦尔”。

“我以为她姓阿戴尔呢。”我说。

“她嫁了一个没出息的、游手好闲的酒鬼,先生,”医师说,“据说连那老用人送来接济她的小钱,都被他夺去。”

牛奶和葡萄酒取回来了,医师很快就使阿扎里亚·阿戴尔苏醒过来。她坐起身,谈着那正当时令、色彩浓艳的秋叶的美。她轻描淡写把她昏倒的原因说成心悸的老毛病。她躺在沙发上,英比替她打扇子。医师还要去别的地方,我送他到门口。我对他说,我有权并且准备代杂志社酌量预支一笔稿酬给阿扎里亚·阿戴尔,他好像很高兴。

“我顺便告诉你,”他说,“你也许愿意知道,那个马车夫有皇族血统呢。老凯撒的祖父是刚果的一个皇帝。凯撒本人也有皇家的气派,你或许早就注意到了。”

医师走后,我听到屋子里面凯撒大叔的声音:“他把你那两块钱都拿走了吧,阿扎里亚小姐?”

“是啊,凯撒。”我听到阿扎里亚软弱地回答道。于是我回到屋子里,同我的撰稿人结束了业务上的商洽。我自作主张,预支了五十元给她,作为巩固合同的必要的形式。然后由凯撒大叔赶车送我回旅馆。

我作为目击者见到的事情到此全部结束。其余的只是单纯的事实叙述。

六点钟光景,我出去散步。凯撒大叔在街角的老地方。他打开车门,晃着鸡毛掸子,开始搬出那套沉闷的老话:“请上车,先生。只要半元钱,送你到城里随便什么地方——马车非常干净,先生——刚刚出丧回来——”

接着,他认出了我。我想他的眼神大概不济了。他的大衣又添上了几块退色的地方,麻线更蓬松零乱,剩下的惟一一颗纽扣——黄牛角纽扣——也不见了。凯撒大叔还是皇族的后裔呢!

约莫两小时后,我看到一群人闹闹嚷嚷地挤在药房门前。在一个平静无事的沙漠里,这等于是天赐的灵食;我挤了进去。温特沃斯·卡斯韦尔少校的皮囊躺在一张用空箱子和椅子凑合搭起来的卧榻上。医师在检查他有没有生命迹象。他的诊断是少校显然完了。

有人发现这位往昔的少校死在一条黑暗的街上,好奇而无聊的市民们把他抬到药房。这个已故的人生前狠狠打过一架——从种种细节上可以看出来。他虽然身为无赖恶棍,打架倒也顽强。但是他打败了。他的手攥得紧紧的,掰都掰不开。站在周围同他相识的善良的市民们尽可能搜索枯肠,想说他一两句好话。一个面貌和善的人想了好久后说:"卡斯韦尔十四岁的时候,在学校里拼法学得最好。"

我站在那里时,死人垂在白松板箱旁边的右手松开了,一件东西掉在我脚边。我悄悄用脚踩住,过了一会儿才把它捡起来,放进口袋。照我的揣测,他在临终的挣扎中无心抓住了那件东西,死死捏住不放。

当天晚上,旅馆里的人除了谈谈政治和禁酒之外,主要是谈论卡斯韦尔少校的去世。我听到一个人对大家说:

"照我的看法,诸位,卡斯韦尔是被那些混蛋黑鬼谋财害死的。今天下午他身边有五十块钱,给旅馆里好几个人看过。发现他的尸体时,这笔钱不在了。"

第二天上午九点钟,我离开了这个城市。当火车驶过坎伯兰河上的桥梁时,我从口袋里掏出一个黄牛角的大衣纽扣,约莫有半元银币那样大小,上面还连着蓬散的粗麻线。我把它扔到窗外,让它落进迟缓泥泞的河水里。

我不知道布法罗有些什么事情!

新天方夜谭

地下铁道上的巴格达是个充斥着哈里发的大城市。它的宫殿、集市、商栈和旁街小路都挤满了乔装成三教九流的拉希德，他们漫无节制地行善，从中寻找消遣和作弄的对象。穷苦的乞丐不经过屈辱性的救济，就休想分享他们的不义之财；潦倒落魄的人从他们手里得到一点好处，就会遭到劈头盖面的新的不幸。饿饭的人都有机会在他们捐助的图书馆里束紧裤带，清贫的饱学鸿儒逢年过节时也可以红着脸接受慈善机构大吹大擂送上门的火鸡。

因此，独眼托钵僧、小驼背和理发匠的六弟走在哈伦①们出没的街上时，总是提心吊胆，一心只想避开那群徘徊着的哈里发苏丹的救济。

从那些逃避了忠诚臣民之王的赏赐的人那里，可以听到许多饶有兴趣的故事。你可以在魔毯上一直坐到天明，倾听这样的故事：神通广大的妖怪洛克菲勒派了四十大盗榨干了阿里巴巴的炼油厂；善心的哈里发卡内基捐赠了宫殿；罪人塞巴德七次乘了木制汽轮去海岛游览；渔夫和瓶子；巴米塞德斯

① 独眼僧、小驼背和理发匠都是《天方夜谭》中的人物；哈伦·拉希德是阿拉伯的第五个哈里发，《天方夜谭》里常提到他。

的寄宿所；以及阿拉丁靠了神奇的煤气表发大财的故事。

如今苏丹的数目大大超过山鲁佐德，她身价百倍，再也不怕被绞死的危险了。因此，讲故事的艺术也每况愈下。那些芝麻绿豆的哈里发到处寻找知足的穷苦人和认命的不幸者，以便把意外的恩惠和神秘的好处加在他们头上，以致天方总部日益频繁地汇报说，俘虏们拒绝“招供”。

在这个慈善成灾的世界上演出悲喜剧的演员们，他们的沉默多少可以说明这个惨淡经营的故事的缺点，我们这个故事可以叫做——

哈里发赎愆的故事

老雅各布·斯普拉金斯在他的价值一千两百元的橡木餐具柜旁兑了一杯威士忌和锂矿盐水。喝下去后一定产生了灵感，因为他立刻把拳头砰的一声擂在橡木柜上，朝着没有人的餐室嚷道：

“凭地狱里的炼焦炉起誓，准是因为那一万块钱！假如我了结了那件事，也就了结了一桩心事。”

我们用最普通的小说技巧已经引起了你的兴趣，现在不妨卖一下关子，让你先不痛快地看看一段十五年前的小传。

当老雅各布还是小雅各布的时候，他是宾夕法尼亚州一个煤矿的管碎石机的小厮。我不知道管碎石机的小厮是干什么的，不过他的工作似乎是带着饭盒，愁眉苦脸地站在堆煤场旁边，让人家拍了照片在杂志上刊出。总之，雅各布就是一个这样的小厮。但是他并没有因为过度劳累在九岁时夭折，留下他孤苦无告的父母兄弟靠罢工工人联合会的储备基金救济,他拉拉背带,不时攒一两块钱,到四十五岁时已有了两千万元的财产。

哎!故事完了。连打哈欠的时间都没有,对不对?我看到某些传记——算啦,我们还是假装不知道吧。

我希望你们见见已经经历了一生中七个阶段的雅各布·斯普拉金斯老爷。那七个阶段是:一、出身微贱,二、能干提升,三、股东投资,四、资本家,五、托拉斯大王,六、为富不仁,七、哈里发,八、?第八阶段要用高等数学来计算。

五十五岁时,雅各布退休了。相当于沙皇的收益源源不断地从煤矿、铁矿、地产、油田、铁路、工厂、公司流进他的口袋,但是没有一文钱是以本来面目到他手中的。全是消过毒的增值量,经过细心清洁、拂拭熏蒸,来到时终于成了他私人秘书的白皙手指里的一尘不染的支票。雅各布在新巴格达城沿富翁街的一块地皮上盖了一座价值三百万元的宫殿,开始感到已故的哈伦·拉希德的斗篷落到他肩上。雅各布终于把它在领口一围,打了一个整整齐齐的蝴蝶结,成了领有许可证的抢劫我们美索不达米亚无产阶级的人。

当一个人的进款变得那么多,以致肉店送来的确实是他指定的那种肉排时,他便开始考虑灵魂的解救了。我们可别忘记富人的各个阶段或阶层。资本家能够一元不差地说出他财产的数字。托拉斯大王只讲一个"估计"数。为富不仁的人递给你一支雪茄,否认他买下了一条铁路。哈里发只是笑笑,把话题转到海默斯坦和歌舞女郎上。在一家著名的旅馆里,一个托拉斯大王和他的妻子早餐时大闹了一场,起因是妻子对他们财产的估计比她未来的离婚丈夫高出三百万元。哦,我本人也听到过一次夫妻吵架,原因是丈夫发现口袋里的钱比他想的少了半元。说到头，我们都是凡夫俗子——托尔斯泰伯爵、罗·菲茨西蒙斯和彼得·潘①以及我们所有的人都是如此。

在聪明的读者看来，这篇故事仿佛变质为某种说教的论文了，但是别灰心。

当雅各布开始把针眼同动物园里的骆驼做对比时，他决定资助有组织的慈善事业。他吩咐秘书寄一张一百万元的支票给寰球慈善协会。你可能张望一座破仓库前面的阴沟盖，寻找你滑落进去的一枚辅币。不过那与正文无关。协会收到了他上月二十四日的尊函及所附支票。雅各布·斯普拉金斯先生在晚报上看到这样一段文字："有名为雅斯布·斯帕金尤斯者"，捐赠"寰球慈善协会十万元"，这条消息虽然用双线隔开，但和标着"今日怪事"的那一栏还是十分靠近的。据说骆驼有七个胃，储藏一星期的食物，可是为了免遭华盛顿方面的不快，我不敢说它有胡子，如果有胡子的话，想进天堂的富人一定没有用它的一根胡子来穿针眼。这项权利是任何人不得染指的，天堂的秘书兼守门人彼得签署说。

之后，雅各布挑了一所他所能找到的基金最雄厚的大学，捐赠了二十万元作为修建实验室之用。这所大学没有设置自然科学系，但还是接受了捐款，盖了一个豪华的厕所②，雅各布也没有发觉这不是专款专用。

教职员开了会，决定请雅各布来，授予他初学士学位。在发请柬之前，他们笑了，把初学士改成了文学士，于是皆大

① 菲茨西蒙斯（1862—1917），新西兰拳击家。彼得·潘是苏格兰剧作家、小说家巴里（1860—1937）的儿童剧里的人物。

② 原文中"实验室"（laboratory）同"厕所"（lavatory）字形相似。

欢喜。

举行学位授予仪式前，雅各布在校园里随便逛逛，看到两个教授在附近走过。由于讲课习惯，他们的声音清越，无意之中传到了雅各布耳里。

“那就是新近发迹的骗子，”其中一个说，“他向我们买一剂安眠药。他明天可以得到学位了。”

“从良心上讲①，”另一个说，“去他妈的。”

雅各布不懂那句拉丁文，但后面那句骂人的话他很清楚。他买的那剂名誉学问药里面并没有茄参②。当时《纯洁食物和药品法》还没有通过。

雅各布厌倦了大规模的慈善事业。

“假如我能看到人们幸福，”他暗忖道，“假如我能亲自看到并且听到受过我好处的人表示感谢，那末我心里就会更踏实。像现在这样捐款给一些机构和协会，简直等于把钱扔进坏掉的吃角子老虎。”

于是雅各布凭着本能，走过肮脏的街道，一路找到最穷苦的人家。

“有啦，”雅各布说，“我要租两条汽轮，装足这些不幸的儿童，再装——比如说一万个布娃娃，外加一千桶冰激凌，让他们痛痛快快地去海峡玩一次。这次旅游的海风总该吹掉那些争先恐后涌进来、害得我不得安宁的金钱的臭味。”

雅各布一定泄露了他的慈善企图，因为一个身材魁梧，一脸横肉，嘴上仿佛应该挂一个“信件请投此处”的牌子的人，

① 原文为拉丁文。

② 茄参，又称曼德拉草根，有麻醉作用。

揪住了他，把他推到理发店招牌杆和垃圾箱中间的地方。这个信箱口发了话——柔和沙哑的声调绵里藏针，随时都可以翻脸不认人。

“喂，哥儿们，你知道你在什么地方吗？嘿，你闯进了迈克·奥格雷迪的地盘——懂吗？在这一带，只有迈克才有权让孩子们闹肚子痛——懂吗？在这里举办野餐或者红气球这类玩意儿，要由迈克出钱——懂吗？你别插手，不然对你不起。你们这些该死的赞助人、改革家、社会学家和百万富翁已经把这里搞得乌烟瘴气，你们的大学生和教授们在冷饮店打闹吵嚷，游览车挤满了街道，吓得这里的人都不敢出门。你把他们交给迈克吧。他们归迈克管。现在明白了吗，大叔，还想不想同迈克·奥格雷迪在这个地盘争当圣诞老人？”

道德葡萄园里的这个地盘显然已经有人捷足先登。斯普拉金斯哈里发不再麻烦东区市场里的人了。为了减少他的日益增加的剩余价值，他把捐赠慈善事业的款项加了一倍，还给他家乡的基督教青年会送去价值一万元的蝴蝶标本。但是这些善举并不能使哈里发安心。他给侍者小费，一出手就是十元、二十元，想替他的乐善好施增添一点个人色彩。侍者拿到同他们的服务相称的小费时是表示尊敬感谢的，对他却背后嘲笑挖苦。他发掘了一个有雄心、有天才，但是很穷的年轻姑娘，出了钱，设法让她在一出新的喜剧里担任主角。假如他不是忘了给她写信的话，为了这一善举，他也许还可以多破费五万块累赘钱。由于证据不足，她的官司打输了，而他的资本仍旧日积月累，他的骆驼穿针眼——或者富人的毛病——仍旧没有治好。

在斯普拉金斯哈里发的价值三百万元的邸宅里，住着他的姐姐亨利埃塔。她以前在宾夕法尼亚州焦炭镇一家卖两毛五分钱客饭的馆子里替煤矿工人做饭,如今同约翰·米切尔[1]握手时只伸出两个指头。邸宅里还住着他的女儿西莉亚,她今年十九岁,刚从一个由私人教师教导社交言语和礼仪之类玩意儿的寄宿学校回来。

西莉亚是这篇故事的主角。在这一页上,画家的描绘可能歪曲她的妩媚,还是由我来叙述吧。她相当好看而笨拙,爱说爱笑而有点害羞,褐色的头发,白皙的皮肤,眼睛明亮,脸上老是挂着笑容。她秉承了斯普拉金斯的脾性,爱好简单的食物、朴素的衣着,喜欢同下层人物打交道。她充满了青春的活力和健康,以至不感到财富的负担。她嘴巴很阔,随时随地都啪嗒啪嗒地嚼着薄荷消化素口香糖,就像吃角子老虎机的声音。她还会吹口哨,声音像号笛那么响亮。请把这番叙述记在心里,让拙劣的画家去描绘吧。

有一天,西莉亚从窗口望出去,立刻把她的心给了食品杂货店的那个小伙子。得到她青睐的人却没有注意到,因为他那时忙于怀疑那匹马为什么老而不死,正用恶有恶报的话在咒骂它。当你从马车里抬出一筐十分新鲜的鸡蛋时,马是应该安安静静站着不动的。

年轻的女读者啊,你自己也可能喜欢那个食品店的小伙子。但是你不会把你的心给他,因为你想把它留给一个马术教练,或者一个忧郁的鞋厂老板,或者一个在棕榈滩遇到的穿花呢衣服的、安详而富有的人。哦,我全知道。因此,食品店的小伙子幸好是为西莉亚,而不是为你安排的。

① 约翰·米切尔(1870—1919),美国劳工领袖,曾任矿工联合会主席。

食品店的小伙子身材颀长笔挺，举止从容活泼，好像杂志封底广告上那个用新式滑动背带的人。一顶灰色的便帽推在后脑勺上，露出了拳曲的草黄色头发。他那张晒得黑黑的脸，在他不向货车马匹宣讲万劫不复的教义时，总是显得笑眯眯的。他随便摆弄着进口的上好食品，仿佛它们是送到寄宿所去的货色，当他举起鞭子的时候，你立刻会想起塔克特先生和他击剑的姿态。

商店送货时从房子后面一扇边门进出。食品店的马车夫每天早晨十点左右来到。西莉亚一连等了他三天，看他把最好的果品、谷类和罐头扔来扔去的那种满不在乎、甚至轻蔑的神气。她每次总发现一些新的值得爱慕的地方。于是她去找安妮特商量了。

说得清楚些，安妮特就是使女安妮特·麦科克尔，她本人就值得用一段文字来介绍。安妮特细读了从免费公共图书馆借来的大批浪漫小说（图书馆是一个干慈善事业的大哈里发捐赠的）。她是西莉亚的朋友和帮手，不过你尽管放心，亨利埃塔姑妈并不知道。

"哟，我的小姐！"安妮特嚷道，"那可真妙！你是富家小姐，居然对他一见钟情！他确实可爱，并且不像干他那一行的人。他和普通食品店里的伙计不一般。他从来不注意我。"

"他会注意我的。"西莉亚说。

"财富——"安妮特不无道理地漏出了女人的刻薄话。

"哦，你长得不太漂亮，"西莉亚咧开一张大嘴，动人地笑着说，"我也不漂亮，但是我不会让他知道我的相貌同金钱有什么牵连。那才叫公平。喂，我要借用你的帽子和围裙，安妮特。"

"哟,真有你的!"安妮特嚷道,"我明白啦。那太有意思啦!岂不是像小说里的情节?我敢打赌,结果准会发现他是个伯爵。"

房子背后有一条装着格子栏栅的过道(南方人叫做"走廊")。食品店的小伙子送货时就从这里进去。一天早晨,他在过道上碰到一个穿戴着使女围裙和帽子的姑娘,她眼睛明亮,皮肤白皙,一张阔嘴上挂着笑容。他正捧着一篮时鲜的莴笋和特级西红柿,三捆芦笋和六瓶最昂贵的橄榄,因此没有在意,只当她是普通使女。

他出来时,她又在前面,嘴里吹着《渔夫号笛舞曲》,吹得又响亮又清晰,全世界所有的高音笛都应该自愧不如,赶快拆卸开来,躲进盒子里。

食品店的小伙子站停了,把便帽往后一推,挂在领子后面的纽扣上。

"好极啦,小妞儿。"他说。

"对不起,我的名字是西莉亚。"吹口哨的人说,露出一个三英寸长的微笑,叫他看得眼花缭乱。

"没事。我叫托马斯·麦克利奥德。你在公馆哪一部分干活?"

"我——我是客厅里的使女。"

"你知道'瀑布'吗?"

"不,"西莉亚说,"我们什么人都不知道。我们发财发得太快了——我是说斯普拉金斯先生。"

"我来给你介绍,"托马斯·麦克利奥德说,"那是一支斯特拉斯贝舞曲——号笛舞曲的表兄弟。"

如果说西莉亚的口哨能使高音短笛羞愧得无地自容,那么托马斯·麦克利奥德的口哨准能使最大的长笛找个地洞钻进去。他事实上能吹低音。

他吹完后,西莉亚简直愿意跳上他的送货马车,跟他去码头搭上冥河线的渡船。

“我明天上午十点一刻再来,”托马斯说,“送些菠菜和一箱汽水。”

“我一定练习你说的那支曲子,”西莉亚说,“我配音吹得很好。”

追求的过程是个人隐私,不属于一般文学的范围。只有在含铁补药的广告和《妇女捕鼠辅导秘笈》里才加以详细记载。高雅的文字只可以包含过程的某几个阶段,不宜侵入X射线或公园巡警的领域。

有一天,托马斯·麦克利奥德和西莉亚逗留在格子栏栅过道的末端。

“周薪十六元并不多。”托马斯说,让他的便帽搭在肩胛上。

西莉亚瞅着格子栏栅外面,吹着一支哭丧调。前天她同亨利埃塔姑妈上街,买一打手帕就花了这么多钱。

“下个月我也许可以加薪,”托马斯说,“明天我还是老时候来,送一袋面粉和洗衣肥皂。”

“好,”西莉亚说,“安妮特的表姐结了婚,在布朗克斯租了一套房间,每月只花二十块钱。”

她从来也没有指望斯普拉金斯的财产。她很了解亨利埃塔姑妈的不可克服的阶级自豪感和爸爸的巨富的权力。她知道,如果她选中了托马斯,她同那食品店的小伙子只好靠吹口哨过日子了。

另一天，托马斯全然不顾富翁街的尊严，尖厉地吹着《魔鬼的梦》。

“昨天加了工资，每星期十八块钱，”他说，“我去晨光街打听过房子。你可以准备解掉那条围裙，脱掉那顶帽子了，小妞儿。”

“哦，汤米！”西莉亚咧开嘴笑着说，“那不是够了吗？我请贝蒂教我做乡下布丁。我们管它叫做公寓布丁也不妨。”

“太棒啦。”托马斯说。

“我会扫地、擦家具、掸灰尘——客厅的使女当然会干这些活。晚上我们还可以吹二重奏。”

“老头说，到了圣诞节，他再把我的工资加到二十元，如果布莱恩想不出比‘拖拉’更坏的词来形容共和党人的话。”食品店的小伙子说。

“我会做针线活，”西莉亚说，“我知道煤气公司的人来抄表时，先得让他出示证章；我还知道怎么做榅桲果酱，挂窗帘。”

“哎，你真了不起，西莉亚。我想我们一星期十八元钱也混得过去了。”

他跳上马车时，客厅使女冒着被人发现的危险，飞快地跑到门口。

“哦，汤米，我忘了一件事，”她轻声喊道，“我相信我会替你打领带。”

“算了吧。”托马斯果断地说。

“还有一件事，”她接着说，“晚上放了黄瓜片可以驱赶蟑螂。”

“还可以驱赶睡意呢，”麦克利奥德先生说，“今天下午如果送货去西区,我打算到我认识的一个家具店去看看。”

正当马车驶去时,老雅各布·斯普拉金斯用拳头擂了一下餐具柜,说了你或许还记得的那句没头没脑的、关于一万元的话。这件事可以证明某些故事、生活以及掉进井里的小狗都是沿着圆圈打转的。我们必须费力而简单地说明雅各布这句话的来龙去脉。

他发财的基础是二十岁时打下的。一个穷苦的矿工(谁听说矿工有钱来着?)一元两元的攒下了一点钱,在山边买了一块地,打算种玉米。可是种不出。雅各布的鼻子等于是探矿杖,知道那底下有煤。他花了一百二十五元从穷矿工手里买下那块地,一个月后转手卖了一万元。穷矿工听到这个消息时,卖地剩下的钱幸好还够他大喝一通,请一个领子朝后开的黑衣服的人替他送终。

因此,四十年后,我们看到雅各布突然心血来潮:如果他能把这笔钱偿还给那个不幸的矿工的继承人或受让人,他才可以安心太平。

故事情节现在必须加快展开,因为到这里为止已经写了七八千字,还没有流过一滴眼泪,开过一响手枪,说过一个笑话,砸破一个保险箱或酒瓶。

老雅各布雇了十来个私家侦探寻找老矿工休·麦克利奥德的后代,如果他有后代的话。

明白了吗?我当然像你一样清楚,托马斯就是老矿工的后代。我认为还是在一篇故事中间说明为好。假如人们不愿意看下去,可以就此打住。

侦探们根据错误的线索追踪了三千元——我是说三千英里——之后,终于在食品店找到了托马斯,并且从他嘴里探听到休·麦克利奥德是他的祖父,除他以外没有别的后代。他们安排好一个上午,让他在他们的事务所里同老雅各布见面。

雅各布非常喜欢这个年轻人。他喜欢这个年轻人说话时正视着他的样子,以及把便帽往桌上一个玫瑰色花瓶上一扔的神气。

雅各布偿还的方式还有一个小小的缺点。他认为这一行动没有必要把坦白也包括在内,才算十全十美。因此,他自称是那个买地皮的人的代表,受人之托归还卖地的钱,以便得到良心上的安慰。

"哎,先生,"托马斯说,"这好像是南波士顿寄来的一张图画,上面写着:'我们在这里非常快活。'我不懂这种把戏。这一万元是现款呢,还是要我攒足同等数目的赠券才可以拿到?"

老雅各布数了二十张五百元的钞票给他。

他认为那比签一张支票好。托马斯沉思地把钱放进口袋。

"我代爷爷谢谢送钱来的人。"他说。

雅各布同他随便聊聊,问他做什么工作,空闲时有什么消遣,有什么志向。他越是瞅着托马斯,听他说话,就越是喜欢他。雅各布在巴格达很少碰到这般坦率淳朴的年轻人。

"我欢迎你来我家坐坐,"他说,"我可以帮助你投资或者安排你的钱。我很富。我有一个快成年的女儿,我希望你们认识认识。年轻人要拜访我女儿,我同意的不多。"

"多谢,"托马斯说。"我也难得拜访人家。我走的多半是边门。此外我已经同一个把特拉华的桃花都比下去的姑娘订了婚。她是我送货的一户人家的使女。不过她不会在那里干多久了。喂,别忘了替我爷爷向你那位朋友致意。现在我要告辞了,我的马车还在外面,有许多蔬菜要送。再见啦,先生。"

十一点钟,托马斯送了一些芹菜和莴笋到斯普拉金斯邸宅。托马斯只有二十二岁,沉不住气,因此,他出来时,掏出那把五百元面额的钞票,满不在乎地晃着。安妮特的眼睛睁得像奶油洋葱一般,跑去找厨师。

"我早就说过他是伯爵,"她把见到的事情一五一十地告诉了厨师后说,"他从来不理睬我。"

"你说他拿出钱来吗?"厨师说。

"好几十万,"安妮特说,"随随便便的搁在口袋里。他从来没有正眼看过我。"

"这是今天人家给我的,"托马斯在外面向西莉亚解释,"是我爷爷的产业的钱。喂,西莉亚,何必再等呢?我今晚就不干食品店的活了。我们干吗不在下星期结婚?"

"汤米,"西莉亚说,"我不是使女。我一直瞒着你。我是斯普拉金斯小姐——西莉亚·斯普拉金斯。报纸上说我将来可以继承四千万家产。"

托马斯把帽子拉了下来,我们自从认识他以来,还是第一次看到他把帽子戴得端端正正的。

"我想,"他说,"我想这一来,你下星期不会同我结婚啦。可是你口哨吹得真棒。"

"不,"西莉亚说,"下星期不同你结婚。我爸爸怎么也不会让我同一个食品店的伙计结婚的。不过我今晚可以同你结婚,汤米,只要你开口。"

老雅各布·斯普拉金斯晚上九点半坐着汽车回家。汽车的牌子只好由你们自己去猜测，我写小说是不拿津贴的，换了市内电车，我倒可以告诉你它的电压是多少伏，有几个歪歪扭扭的轮子。雅各布一到家就叫他女儿，他替她买了一串红宝石项链，希望听到她说他是多么亲切、体贴、可爱的爸爸。

大伙在家里找了一阵，接着安妮特来了，怀着满腔忠诚老实，还夹杂着不少妒忌和做作。

"哦，老爷，"她说着，不知道应不应该跪下来，"西莉亚小姐刚跟一个小伙子从边门逃跑啦，他们准备去结婚。我阻拦不住，老爷。他们是乘马车走的。"

"什么小伙子？"老雅各布吼道。

"一个百万富翁，对不起，老爷——一个乔装打扮的有钱的贵族。他身边有许多钱，那些红辣椒和洋葱只是迷惑我们的东西罢了，老爷，他从来都看不上我。"

雅各布立刻冲出去叫住他的汽车。司机想在风头里点燃一支香烟，因此耽搁了一会儿。

"喂，加斯顿，或者迈克，或者不管你叫什么名字，你拼命拐过街角，看看有没有一辆马车，有的话把它撞翻。"

一个街口之外果真有辆马车。那个加斯顿或者迈克，眯起眼睛，心想着他那支香烟，赶了上去，利索地把马车挤到人行道旁，逼它停了下来。

"你干什么？"马车夫嚷道。

"爸！"西莉亚尖叫起来。

"爷爷的内疚朋友的代理人！"托马斯说，"不知道他的良心又有什么花样。"

"千雷轰顶！"加斯顿或者迈克说，"我的火柴用光啦！"

"年轻人，"老雅各布严厉地说，"同你订婚的那个使女怎么啦?”

两年后,老雅各布走进他私人秘书的办公室。

“联合传道协会请求捐助三万元,作为朝鲜人改宗之用。”秘书说。

“别理它。”雅各布说。

“普拉姆维尔大学来信说,你每年定期捐赠的五万元已经过期了。”

“通知他们已经停付。”

“长岛蛤湾的科学学会请求捐款一万元,购置保存标本用的酒精。”

“废纸篓。”

“职业妇女文娱活动协会要求你捐两万元修建高尔夫球场。”

“见她们的鬼。”

“一概停止,”雅各布接着说,“我已经不做老好人啦。能搜刮克扣的每一元钱,我都需要。我要你去信给我手下每一个公司的董事,说我建议减薪百分之十。还有——我进来时看到客厅角落里有半块肥皂。我要你吩咐勤杂女工杜绝浪费。我可不能把钱白白扔掉。还有——醋价现在能由我们控制,是不是?”

“寰球调味品公司,”秘书说,“目前控制着市场。”

“醋价每加仑提高两分钱。通知我们所有的公司。”

雅各布·斯普拉金斯红润的胖脸突然软绵绵地笑了。他走到秘书桌边,把粗大的食指上一小块红印子给秘书看。

“他咬的,”他说,“千真万确是他咬的,他牙齿才出了三个星期——杰基·麦克利奥德，我的西莉亚的儿子。只要我能替他攒些钱，他二十一岁时可以有一亿财产。”

老雅各布出去时，在门口转过身又说：

“醋价不要提两分，还是提三分吧。一小时后，我再来在信上签字。”

哈伦·拉希德哈里发真实的记载是：他在位的晚期对慈善事业产生了厌倦，把他的“天方之夜”漫游时的宠臣和伙伴都砍了头。我们处在这种文明时代还是幸福的，因为哈里发们能加在我们头上的死刑判决，只是商人的账单而已。

姑娘和习惯

习惯——通过惯例和经常重复而获得的倾向性或适应性。

批评家们把所有灵感的源泉都攻击遍了，只剩下一个没有攻击。我们不得不在那个源泉寻找说教的题材。当我们从古代作家汲取灵感时，他们沾沾自喜地找出我们作品中同别人相似的地方。当我们试图反映现实生活时，他们又指责我们模仿亨利·乔治、乔治·华盛顿、华盛顿·欧文、欧文·巴切勒①。我们写西部和东部，他们又指责我们模仿杰西·詹姆斯和亨利·詹姆斯②。我们写出了心里话——他们却说我们大概得了肝病。我们想引用《马太福音》，或者——呃，对，或者《申命记》里的话，但我们的灵感还没有形成，就被牧师们大敲打擂吓跑了。因此，我们被逼得无路可走，要找题材，只能乞灵于那部古老可靠、道貌岸然、无懈可击的参考书——详解字典了。

① 亨利·乔治（1839—1897），美国政治经济学教授及作家；乔治·华盛顿（1732—1799），美国第一任总统；华盛顿·欧文（1783—1859），美国作家；欧文·巴切勒（1859—1950），美国通俗小说家。

② 杰西·詹姆斯（1847—1882），美国南北战争后出没于西部的著名强盗；亨利·詹姆斯（1843—1916），美国小说家，出生于美国东海岸的纽约，不少作品以东部为背景。

梅里亚姆小姐是欣克尔的出纳员。欣克尔是市中心的一家大饭馆。它坐落的地方就是报上所说的“金融区”。每天从十点到两点，欣克尔那里挤满了饥饿的主顾——信差、速记员、经纪人、矿山股票持有人、发起人、专利权尚未确定的发明人——以及有钱的人。

欣克尔那里的出纳并不是清闲差使。欣克尔提供鸡蛋、吐司、烤饼和咖啡给许多主顾，并且供应中饭（这个名称同“大菜”差不多）给更多的主顾。我们可以说，在欣克尔那里用早点的人好比是小分队，吃中饭的则是大队人马了。

梅里亚姆小姐坐在一张凳子上，她桌子的三面有一道高高的、结实的铜丝网围着。铜丝网底部有一个拱形洞，你把钱和侍者给你的账单从这个洞里递进去，同时你的心会扑通扑通直跳。

因为梅里亚姆小姐既可爱又能干。她在你失去机会之前——下一位！请不要挤——就能从一张两元的钞票中收你四十五分钱，把找头给你，同时拒绝了你的求婚。她能够冷静沉着地收你的钱，给你找头，赢得你的心，指点放牙签的地方，对你的身价做出正确的估计（如果说布雷兹特里特①的估计上下相差一千元的话，她的估计不会相差二厘五毫）；她做这一切所用的时间，比你用欣克尔的五味瓶往煎蛋上撒胡椒的时间还要短。

有一句古老的成语提到“觊觎宝座的炯炯眼光”。投射到这位年轻女出纳员座位上的也是炯炯眼光。想出这个比喻

① 布雷兹特里特，美国律师、商人，曾创办一个专门提供金融界统计资料的公司。

的是别人,不是我。

欣克尔的每一个男主顾,从电报局的小厮到场外经纪人,都爱慕梅里亚姆小姐。他们付账的时候,使尽了丘比特的一切计谋来追求她。向铜丝网里投去的有微笑、眼色、奉承、深情的誓言、下馆子的邀请、叹息、憔悴的容貌,这一切立刻遭到聪颖的梅里亚姆小姐针锋相对的愉快的调侃。

那位年轻女出纳员的地位是再有利不过的了。她在那里一坐,轻而易举地成了商业之宫的女王;她是银元和问候的女公爵,奉承和辅币的女伯爵,爱情和午餐的头牌演员。你从她那里领到一个微笑,即使找头里有一枚加拿大银币①也会毫无怨言地走开。你像守财奴似的盘算着她向你说的一两句高兴的话;你用五元钱付账,找头数也不数就往口袋里一揣。也许那道鸿沟似的铜丝网增添了她的魅力——总之,她是一个穿衬衫的天使,完美、整洁、吸引人、眼睛明亮、应对敏捷、谨慎警惕——她是普赛克、喀耳刻和阿特②三者的混合体,既使你心神不定,又叫你同钞票分家。

在一顿中午饭的繁忙时刻,梅里亚姆小姐一面收钱,一面说话,说的话大致是这样的:

“你好,哈斯金斯先生——什么?——生来就是这样的,多谢——别这样冒失……喂,约翰尼——十分,十五分,二十分——赶紧走吧,不然他们要炒你鱿鱼啦……对不起,请你再数一遍——哦,没关系……歌舞剧吗?多谢;我不看那玩意

① 加拿大元与美元的比值约为100比75。

② 普赛克,希腊神话中人类灵魂的化身,以少女形象出现,与爱神厄洛斯相恋;喀耳刻,希腊神话中的女怪,住在地中海的小岛上,旅人受她蛊惑就变成牲畜;阿特,希腊神话中报复与恶作剧的女神。

儿——星期三晚上我同西蒙斯先生去看《梅达·加布勒》里的卡特①……请原谅，我以为那是一枚二十五分的银币呢……二十五分加七十五分不是一元吗？——你仍旧爱吃火腿熬白菜。我明白啦，比来……你在跟谁说话？——喂——你要的菜马上就来……哦，胡扯！巴希特先生——你老是骗人——可不是吗？——嗯，也许有一天我会跟你结婚的——三元、四元、六十五分，你给的是五元……请你把这种话留给自己听吧……十分吗？——对不起，账单上写的是七十分——嗯，也许这不是'七'字，而是'一'字……哦，你喜欢这种发式吗，桑德斯先生？——有的人喜欢往上拢，不过他们说秀气的人梳这种发式挺好看……十枚是五十分……走吧，朋友；别把这里当做康奈游乐场的售票处……呃？——在梅西百货公司买的——合身吗？哦，不，并不太凉爽——这一季流行这种薄料子……下次请再光临——你已经是第三次啦——什么？——没关系——那枚假角子我已经看熟了……六十五分——你一定是加了工资，威尔逊先生……星期二下午我在六马路上见到你，德弗雷斯特先生——好吗？哎呀！她是谁呀？……怎么啦？——嘿，这钱根本不能用——什么？哥伦比亚半开？——这儿又不是南美洲……嗯，我最喜欢什锦巧克力——星期五吗？真对不起，星期五我要去上柔道课——那么就是星期四吧……多谢——今天早晨这句话我听了有十六遍——我想我准是漂亮吧……请别说那种话——你把我当做谁？哎，韦斯特布鲁克先生——你真是那么想的吗？——

① 《海达·加布勒》是挪威剧作家易卜生于一八九〇年发表的剧本，着重分析人物心理的发展；卡特(1862—1937)，美国女演员。

简直是乱想！——一元——八十分加二十分正好是一元——太谢谢你啦；不过我从不跟男人坐汽车兜风——你的姑妈？——嗯，那就是两码子事啦——也许可以……请你别胡来——我想你的账单是十五分——请靠边，让别人……哈啰，班——星期四晚上再来？有位先生要送一盒巧克力来……四十分加六十分不是一元吗，再加一元就是两元……”

一天下午，一位年老、有钱而又古怪的银行家走过欣克尔饭馆门口，正要去搭电车，突然被眩晕女神——她的另一个名字是幸运女神——打倒在地。搭电车的有钱而又古怪的银行家总是——请让开，还有别人呢。

当场有一个撒玛利亚人、一个法利赛人①、一个男人和一个警察抬起了银行家麦克拉姆齐，把他弄到欣克尔饭馆里面。这位上了年纪，但是打不垮的银行家睁开眼睛时，看到一个美人俯在他面前，带着怜惜而温柔的微笑，正用牛肉茶敷他的额头。用盛在暖锅里的冰冷的东西替他擦手。麦克拉姆齐先生叹了一口气，绷掉了坎肩上的一颗纽扣，感激不尽地瞅着他的救命女恩人，恢复了知觉。

指望看到浪漫故事的人都到海滨图书馆去吧！银行家麦克拉姆齐有一位上了年纪、受人尊敬的妻子，他对梅里亚姆小姐的感情只像是父亲对女儿那样。他很感兴趣地同她谈了半小时——和他在办公室里的谈话完全不同。第二天，他带了麦克拉姆齐太太一起来看她。这对老夫妻没有儿子——一个出嫁的女儿住在布鲁克林。

我们不妨把这个短篇小说写得更短一些，那个美丽的出

① 《圣经》上说撒玛利亚人乐善好施，法利赛人伪善。

纳员赢得了善良的老夫妻的欢心。他们一再到欣克尔饭馆来，还请她到他们东区第七十几街的老式然而华丽的住宅去做客。梅里亚姆小姐的确讨人欢喜，她率直可爱，热情洋溢，使他们神魂颠倒。他们反反复复地说，梅里亚姆小姐多么像他们的不在身边的女儿。已经出嫁的、住在布鲁克林的女儿，身段像菩萨似的，面貌则是艺术摄影师的理想。梅里亚姆小姐是曲线、微笑、玫瑰叶、珍珠和生发油广告的混合体。父母的糊涂也不必多谈了。

这对高贵的老夫妻认识梅里亚姆一个月后的一天下午，梅里亚姆站到欣克尔面前，辞去出纳员的工作。

"他们要收养我做女儿啦，"她对那个被剥夺的饭馆老板说，"这对老夫妻很可笑，但也着实可爱。他们的家里才讲究呢！喂，欣克尔，多说也没用，我现在的菜单是穿着褐色的衣服，戴着风镜坐在飞快的汽车里，同我结婚的至少是公爵。虽然如此，我离开我的老位置真有点不愿意。我当了这么久的出纳，再做别的事情总觉得不自在。我一定会怀念主顾们排队付账、我同他们打趣的情景。但是我不能错过这个机会。他们又是这么好，欣克尔，我知道我有好日子过的。你还欠我九元二十六分和半天的工资。如果你不乐意，就把半天的工资扣掉吧，欣克尔。"

就这样，梅里亚姆小姐成了罗莎·麦克拉姆齐小姐。她出色地应付了这个变化。美貌只是皮相，不过神经离皮肤非常近。神经——说到这里还是请你再仔细看看这篇故事开头的一句引文吧。

麦克拉姆齐老夫妇像斟国产香槟酒那样毫不吝惜地花钱培养他们的养女。得到那些钱的是服装商、舞蹈教师和家庭教师。梅——呃——麦克拉姆齐小姐很领情，很孝顺，尽量忘却欣克尔饭馆。美国姑娘的适应性是可以信任的，在极大部分时间里，欣克尔饭馆也确实从她的记忆和言语中消褪了。

少数人或许还记得海特斯伯里伯爵到美国东区第七十几街的新闻。他只是个不大不小的伯爵，也不欠债，因此他的来到并没有引起轰动。不过你一定记得慈善妇女会在沃尔多夫·阿斯托利亚饭店举办义卖市场的那个晚上。因为你当时在场，还用饭店的信笺写了一个便条给范妮，为的是让她看看——你没有去吗？很好，那晚上一定是因为孩子病了。

在义卖市场上，麦克拉姆齐一家很引人注目。梅——呃——麦克拉姆齐小姐打扮得非常漂亮。海特斯伯里伯爵自从来美国观光的时候起，就一直很注意她。在义卖市场上，他们的事情可以明朗化了。伯爵同公爵差不多，甚至还要好些。他的地位或许低一点，不过他欠的债务数字也低一点。

我们以前的那位年轻女出纳员分配到一个摊位。她的任务是把一些不值钱的小玩意儿以惊人的高价卖给那些上流人物和势利人物。义卖的收益将用来给贫民窟的小孩们吃一顿丰盛的圣诞晚餐——喂！你有没有想过其余的三百六十四天他们该怎么办？

麦克拉姆齐小姐——美丽动人、兴奋紧张、容光焕发——在她的摊位上忙着。一张开了拱形小窗口的假的铜丝网把她围在里面。

伯爵来了，安详、优雅、大方，带着爱慕——非常爱慕的神情来到窗洞前。

“你真可爱，你明白——你确实可爱——亲爱的。”他甜言蜜语地说。

麦克拉姆齐小姐霍地转过身。

“别来那一套，”她冷淡而干脆地说，“你以为你是在跟谁说话？请把账单递过来。哦，天哪！——”

义卖市场上的主顾们一阵混乱，纷纷向一个摊位挤去。海特斯伯里伯爵站在附近，大惑不解地捋着他那浅黄色的小胡子。

“麦克拉姆齐小姐晕倒啦。”有人解释说。

“人各有志”

夜晚降临到那个叫做“地铁上的巴格达”的美丽的大城市。与夜晚同来的迷人的魅力，并不是阿拉伯半岛独有的。这个充满了传奇色彩的西方城市的街道、市集和房屋，外貌虽然不同，内里却还是同一类人。他们曾使我们的老朋友——已故的哈·亚·拉希德极感兴趣。他们的衣着比拉希德在老巴格达见到的要时髦一千一百年，但衣服里面的人还是大同小异。诚则灵。你带着诚心的眼光就不难看到小驼背、水手辛巴德、裁缝菲巴德、波斯美人、独眼托钵僧、各个地盘上的阿里巴巴和四十大盗、理发师和他的六兄弟，以及《天方夜谭》里所有的人物。

我们还是言归正传吧。

老汤姆·克劳里是个哈里发。他拥有四千二百万元的优先股票和稳妥可靠的证券。如今能够被人称做哈里发的先决条件是要有钱。拉希德充当的老式哈里发的事业是不保险的。现今你在市集、土耳其浴室或者小街上拦住一个人，盘问他个人的隐私是行不通的，违警罪法庭会找你的麻烦。

老汤姆已经厌倦了俱乐部、剧院、宴会、朋友、音乐、金钱和一切。那正是造就哈里发的条件——你必须蔑视金钱所能买到的一切，然后出去寻找金钱所买不到的东西。

“我要独自上街去溜达溜达,”老汤姆想道,“看看能不能搞出一些新花样——我仿佛在书上看到古代一个皇帝或者哈里发之类的人,他老是戴着假胡子在外面转悠,同他素不相识的人进行波斯式的约会。那个主意挺新鲜。我熟悉的一些玩意儿已经使我感到厌倦。那个老哈里发微服出巡时总是找些穷困的人,给他们钱——我想给的是古金币吧——让他们结婚,或者委派他们当大官。我也可以做些类似的事情。我的钱同他的一样光明正大,尽管杂志上每个月都质问我的钱是怎么搞来的。对,我今晚不妨当一回哈里发,见识见识。”

老汤姆·克劳里换上朴素的衣服,离开他的坐落在麦迪逊路上的宫殿,先朝西,然后折向南面。他走上人行道时,在所有中了魔法的城市里掌握全局的命运之神拉动了一根牵线,二十个街口以外的一个年轻人看了看墙上的挂钟,穿上了外衣。

詹姆斯·特纳在六马路一家小洗帽店干活。你推门走进那种店铺时,门铃便像报火警似的响起来。他们洗帽子是立等——两天——可取。詹姆斯整天站在一台电动机器旁边,机器把帽子转得晕头转向,效力比最醇的香槟酒还大。你对于陌生人的相貌感到好奇,有些失礼的地方是可以原谅的。我不妨把他大致描绘一下。体重,一百一十八磅;特征,头发浅色,头脑浅薄;身高,五英尺六;年龄,二十三岁左右;身穿价值十元的青蓝色哔叽衣服;口袋里有两把钥匙和六十三分零钱。

这番描述有点像是警察局发布的有关詹姆斯失踪或者死亡的公告,可是你别胡思乱想。

詹姆斯整天站着干活。他的脚很荏弱,对于加在它们上面或者下面的负担十分敏感。它们整天热辣辣的发胀,使他觉得痛苦不便。但是他每星期挣十二块钱,不管他的脚愿不愿意支持他,他总是需要这笔钱来支持他的脚。

正如你我一样,詹姆斯·特纳有他自己的幸福观。你喜欢乘游艇和汽车去世界各地观光,用金币扔野鸭。我喜欢在黄昏时分抽一斗烟,看一头獾、一条响尾蛇和一只猫头鹰相继回到草原上它们共同的宿地。

詹姆斯·特纳对幸福的概念却不同,他有独特的见解。他干了一天后,立刻回到寄宿所。晚饭是小排骨、炸焦的土豆、煮苹果(不是炖的)和泡菊苣①。饭后,他爬到五楼的后穿堂间,脱掉鞋袜,把热辣辣的脚底板搁在铁床冰凉的横档上,开始看克拉克·拉瑟尔②的海洋小说。冰凉的金属给他脚板的愉快的慰藉是每晚的乐事。他喜爱的小说也从来没有扫他的兴;海洋和航海冒险是他惟一的精神寄托。詹姆斯·特纳休息时的乐趣是任何百万富翁不能企求的。

詹姆斯离开了洗帽店,拐到离他住处有三个街口的一个旧书摊去浏览。在那些街头书摊上,他不止一次地找到一本纸面平装的克拉克·拉瑟尔的小说,售价只有原定价的一半。

当他带着学者的风度弯着腰在挑选那些五花八门的削价旧书时,哈里发老汤姆恰好经过附近。他那双由于制造了二十年洗衣肥皂(洗衣肥皂节约了包装成本!)而变得精明的眼睛立刻看到了这个穷困而精明的学者,认为正是他发泄哈里发情结的合适对象。他跨下人行道边的两级石阶,毫不犹豫地同他企图行善的对象攀谈起来。开头只属于招呼和试探性质。

① 菊苣的根可作咖啡的代用品。

② 克拉克·拉瑟尔(1844—1911),英国小说家,曾在商船上工作多年,写了许多海洋小说。

詹姆斯·特纳一手拿着《成衣匠的改制》①,另一手拿着《疯狂的婚姻》,冷冷地抬起眼睛。

“走开,”他说,“我不想买什么衣架或者新泽西州汉基坡的地皮。去玩你的绒毛熊吧。”

“小伙子啊,”哈里发并不计较洗帽店伙计的轻率,自顾自说,“我注意到你很好学。学习是世界上最有益的事情之一。我自己的学问不值一提,但我佩服别的有学问的人。我是从西部来的,西部人除了事实以外不考虑别的。也许我不懂你正在挑选的那些书本里的诗句和隐喻,但是我喜欢看到有人懂得它们的意思。现在我有一个建议。我的财产有四千万左右,并且一天比一天更多。我是制造‘帕蒂姑妈银光皂’发家的。我发明了这种肥皂的配方。我试验了三年,发现该把多少分量的氯化钠溶液和苛性钾混合起来才能凝成肥皂。我在肥皂生意上赚了九百多万,其余的钱是从玉米和小麦期货交易里赚来的。你似乎爱好文学,有研究学问的气质,我把我的打算告诉你。我要资助你上全世界最好的大学。我出钱让你游历欧洲,参观所有的美术陈列馆,最后扶持你办一个大企业。你如果有反对意见,完全可以不做肥皂生意。从你的衣着和破旧的领带来看,你穷得很;你不至于拒绝这个建议的。嘿,你打算什么时候开始?”

洗帽店的小伙子用大城市的眼光瞅着老汤姆,这种眼光既含着冷漠而无可非议的怀疑,也含着像哈曼②那样挂得老

① 《成衣匠的改制》,英国散文家托马斯·卡莱尔(1795—1881)的自传体作品。

② 《旧约·以斯帖记》记载,哈曼是犹太人的仇敌,设计杀害犹太人,被末底改和以斯帖挫败,挂在五丈高的木架上处死。

高的、悬而未决的判断，还含着自卫、挑衅、好奇、反抗和猜疑；奇怪的是，居然还含着一种对友谊和交情的孩子气的渴望，人们同陌生人相处时，这种渴望总是藏而不露的。人们要在新巴格达活下去，必须怀疑他们附近的椅子、屋子、桌子、座位、道路或者房间里坐着、住着、喝着、乘车、行走或者睡觉的人。

"喂，迈克，"詹姆斯·特纳说，"你到底是干什么的——推销鞋带吗？我可不打算买。你最好脚底抹些油，赶快跑开，免得自找没趣。你休想在我面前兜售你说是从路上捡来钢笔和金丝边眼镜，或者信托公司的证券。喂，难道我像是从疯人院虚幻的防火梯上爬下来的人？你究竟有什么毛病？"

"老弟，"老汤姆用十足的哈里发式的语气说，"刚才我已经讲过，我的财产有四千万。我不打算死后把钱带进棺材。我想用它来做些好事。我注意到你在这里翻阅文学书籍，便决定成全你。我捐赠了两百万元给传教团体，可是换来了什么？只不过是一张由秘书签署的收据。你正是我要找的那种年轻人，我想看看金钱能有什么作为。"

那晚，旧书摊上很难找到克拉克·拉瑟尔的小说。詹姆斯·特纳那双胀痛的脚更不能改善他的心情。尽管他只是一个微贱的洗帽店伙计，他的气质却同任何一个哈里发一样。

"喂，老骗子，"他怒冲冲地说，"走开些。我不知道你在要什么花招，总之无非是想兑换一张四千元的假钞票。我身边可没有带这许多钱。不过我带着很好的左长拳，你再不走开，就要领教它的滋味了。"

"你真是个不识好歹的野小子。"哈里发说。

这一来，詹姆斯使出了他颇为自负的长拳，老汤姆揪住他的领子，踢了他三脚，洗帽店的伙计鼓起劲头扭打，两个书摊给掀翻了，旧书散落了一地。警察赶来，揪住一人一条胳臂，把他们带到最近的警察局。“斗殴和扰乱治安。”警察对值班警官说。

“每人三百元保释金。”警官不容分辩地立即宣布。

“身边只有六十三分。”詹姆斯·特纳干笑一声说。

哈里发摸遍了口袋，只凑出四元钱的小票子和辅币。

“我的身价，”他说，“值四千万，不过——”

“把他们押起来。”警官命令说。

詹姆斯·特纳躺在监禁室里的床上寻思。“他也许有钱，也许没有。不管有没有钱，他干吗跑来干涉别人的事？一个人知道自己需要什么，并且能满足他的需要，就等于有了四千万元。”

他想出一个主意，脸上泛起愉快的笑容。

他脱掉袜子，把小床拖到门前，惬意地再躺下去，把一双胀痛的脚搁在冰凉的铁栅门上。小床的褥子底下有什么鼓鼓的硬东西，硌得他的肩膀怪不舒服。他伸手去摸摸，拿出来的是一本平装的克拉克·拉瑟尔的小说，书名是《水手的情人》。他心满意足地叹了一口气。

没过多久，看守过来对他说：

“喂，小伙子，同你打架一起给抓进来的那个老家伙好像很有办法。他给朋友打了电话。现在他在办公室，拿着和火车卧铺枕头一般大的一捆钞票。他要保你出去，让你去看他。”

“对他说我不会客。”詹姆斯·特纳说。

幽默家自白

一个毫无痛苦的潜伏期在我身上持续了二十五年,接着突然发作了,人们说我得了这种病。

但是,他们不称它为麻疹,而称它为幽默。

公司里的职员凑份子买了一个银墨水台,祝贺经理的五十寿辰。我们拥到他的私人办公室里去送给他。

我被推选为发言人,说了一段准备了一星期之久的短短的贺词。

这番话非常成功,全是警句、双关语和可笑的牵强附会,笑声几乎震倒了这家公司——在五金批发行业中,它算是相当有实力的。老马洛本人居然咧开了嘴,职员们马上顺水推舟,哄堂大笑。

我作为幽默家的名声就是那天早晨九点半开始的。

之后好几个星期,同事们一直煽动我自满的火焰。他们一个个跑来对我说,我那番话是多么俏皮,老兄,并且向我解释讲话中每一处诙谐的地方。

我逐渐发觉他们指望我继续下去。别人可以正经地谈论生意买卖和当天的大事。对我却要求说一些滑稽和轻松的话语。

人们指望我拿陶器也开开玩笑,把搪瓷铁器挖苦得轻巧些。我是簿记员，假如我拿出一份资产负债表而没有对总额发表一些逗乐的评论，或者在一张犁具的发票上找不到一些令人发噱的东西，别的职员们便会感到失望。

我的声望逐渐传开，我成了当地的“名人”。我们的镇子很小，因而才有这种可能。当地的日报经常引用我的言论。社交集会上，我是不可或缺的人。

我相信自己确实也有点儿小聪明和随机应变的本领。我有意培养这种天赋，并且通过实践加以发展。我的笑话的性质是善意亲切的，绝不流于讽刺，惹别人生气。人们老远见到我便露出笑容，等到走近时，我多半已经想好了使他的笑容变为哈哈大笑的妙语。

我结婚比较早。我们有一个可爱的三岁男孩和一个五岁的女孩。当然，我们住在一幢墙上攀满蔓藤的小房子里，过着幸福的生活。我在五金公司担任簿记员的薪水不很优厚，但可以摒绝那些追逐多余财富的恶仆。

我偶尔写些笑话和我认为特别有趣的随感，寄给登载这类作品的刊物。它们马上全被采用了。有几个编辑还来信鼓励我继续投稿。

一天，一家著名周刊的编辑给我来了信。他建议我写篇幽默文章，填补一栏地位，还暗示说假如效果令人满意，他准备每期都刊登一个专栏。我照办了。两星期后，他提出和我签订一个合同，报酬比五金公司给我的薪水高得多。

我非常高兴。我妻子已经在她心目中替我加上了一顶不朽的文学成就的桂冠。那天晚饭，我们吃了炸虾饼和一瓶黑莓酒。这是我摆脱单调工作的机会。我非常认真地同路易莎把这件事研究了一番。我们一致认为应当辞去公司里的职位，专门从事幽默。

我辞职了。同事们设宴为我送别。我在宴会上的讲话非常精彩。报纸发表了全文。第二天早晨，我一觉醒来，看看钟。

“啊呀，晚啦！”我嚷着去抓衣服。路易莎提醒我，如今我已经不是五金和建筑材料的奴隶，而是专业的幽默家了。

早饭后，她得意地把我带到厨房旁边的小房间里。可爱的女人！我的桌子、椅子、稿纸、墨水、烟灰缸全都摆好了。还有作家的全套配备——插满新鲜玫瑰和忍冬的花瓶，墙上去年的旧日历，词典，以及在灵感空档时嚼嚼的一小袋巧克力。可爱的女人！

我坐下来工作。墙纸的图案是阿拉伯花叶，或者苏丹的宫女，或者——也许是四边形。我的眼睛盯住其中的一个图案。我想到了幽默。

一个声音惊醒了我——路易莎的声音。

“假如你不太忙，亲爱的，”那个声音说，“来吃饭吧。”

我看看表。哎，时间老人已经收回了五个小时。我便去吃饭。

“开头的时候，你不应该太辛苦，”路易莎说，“歌德——还是拿破仑？——曾经说过，脑力劳动每天五小时已经够了。今天下午你能不能带我和孩子们去树林子里玩玩？”

“我确实有点累。”我承认说，于是我们去树林子了。

不久以后，我进行得很顺利。不出一个月，我的产品就像五金那么源源不断。

我相当成功。我在周刊上的专栏引起了重视，批评家们私下议论说我是幽默界的新秀。我向别的刊物投稿，大大增加了收入。

我找到了这一行的诀窍。我可以抓住一个有趣的念头，写成两行笑话，挣一块钱。稍稍改头换面，完全可以抻成四行，使产值增加一倍。假如翻翻行头，加一点韵脚装饰和一幅漂亮的插图，便成了一首诙谐的讽刺诗，根本无从辨认它的本来面目。

我开始有富余的钱了，我们添置了新地毯和风琴。镇上的人也对我另眼相看，把我当做有点地位的人，不像以前在我做五金公司职员时，只把我当做一个没有什么了不起的滑稽角色。

五六个月后，我的幽默仿佛渐渐枯涸了。双关妙语和隽永辞句不再脱口而出。有时候我的素材告急。我开始留意朋友们的谈话，希望从中汲取一些可用的东西。有时候我咬着铅笔，一连好几个小时瞪着墙纸，想搜索一些不经雕琢、愉快诙谐的泡沫。

对于我的朋友们，我成了一个贪婪的人，一个莫洛克、约拿①和吸血鬼。我心力交瘁，贪得无厌地待在他们中间，确实扫他们的兴。只要他们嘴里漏出一句机警的话，一个风趣的比喻，或者一些俏皮的言语，我就像狗抢骨头似的扑上去。我不敢信任自己的记忆力，只得偷偷转过身去，可耻地把它记在那个须臾不离的小本子上，或者写在上过浆的衬衫硬袖管上，准备来日之用。

我的朋友们都以怜悯和惊讶的眼光看我。我已经判若两

① 莫洛克是古代腓尼基人信奉的火神，以儿童为祭品。约拿是带来厄运的希伯来预言者。

人。以前我给他们提供了消遣和欢乐，而今我却在剥削他们。我再也没有笑话供他们逗乐了。笑话太宝贵，我可不能免费奉送我的谋生之道。

我成了寓言中可悲的狐狸，老是夸奖我的朋友们——乌鸦——的歌唱，指望他们嘴里能掉下我觊觎的诙谐的碎屑。

几乎所有的人都开始回避我。我甚至忘了怎么微笑，即使听到了我要窃为己有的话，也不报之以笑脸。

我搜集材料时，没有一个人、一个地点、一段时间或者一个题目能够逃脱。甚至在教堂里，我那堕落的想象也在庄严的过道和廊柱之间搜寻猎物。

牧师念长韵诗的时候，我立刻想道：

"颂诗——讼师——包打官司——长韵——长赢——少输多赢。"

说教通过我思想的筛子，只要我能发现一句妙语或者俏皮话，牧师的告诫就全不在意地漏了过去。合唱团的庄严的赞美诗也成了我思绪的伴奏，因为我念念不忘的只是怎么把古老的滑稽加以新的变奏，正如把高音变为低音，低音变为中音一样。

我自己的家庭也成了我的狩猎场。我妻子非常温柔、率真、富于同情心、容易激动。她的谈话曾是我的乐趣，她的思想是永不枯涸的愉快的源泉。现在我利用了她。她蕴藏着女人特有的可笑而又可爱的矛盾想法。

这些浑朴和幽默的珍宝本来只应该用来丰富神圣的家庭生活，我却把它公开出售了。我极其狡猾地怂恿她说话，她毫不起疑，把心底话全掏了出来。我把它放在无情的、平庸的、暴露无遗的印刷物中公之于世。

我一面吻她，一面又出卖了她，简直成了文学界的犹大。为了几枚银元，我给她可爱的坦率套上无聊的裙裤，让它们在市场上跳舞。

亲爱的路易莎！晚上我像残忍的狼窥视荏弱的羔羊那样，倾听着她喃喃的梦话，希望替我明天的苦工活找些启发。不过更糟的事还在后面。

老天哪！下一步，我的长牙咬进了我孩子的稚气语言的脖子。

盖伊和维奥拉是两个可爱的思想和语言的源泉。我发现这一类的幽默销路很好，便向一家杂志社提供一栏“儿时记趣”。我像印第安人偷袭羚羊似的偷偷接近他们。我躲在沙发或门背后，或者趴在园子里的树丛中间，窃听他们玩耍嬉笑。我成了一个彻头彻尾的无情贪汉。

有一次，我已经山穷水尽，而我的稿件必须在下一班邮件中发出，我便躲在园子里一堆落叶底下，我知道他们会去那儿玩耍。我不相信盖伊会发觉我躲藏的地点，即使发觉了，我也不愿意责怪他们在那堆枯叶上放了一把火，毁了我一套新衣服，并且几乎送掉我一条老命。

我自己的孩子开始像躲避瘟神似的躲着我。当我像可怕的食尸鬼那样向他们掩去时，我总是听到他们说：“爸爸来啦。”他们马上收起玩具，躲到比较安全的地方去。我成了多么可悲的角色！

我经济上搞得不坏。不到一年，我攒了一千元钱，我们生活得很舒服。

可是这付出了多么大的代价！我不清楚印度的贱民是怎么样的，但我仿佛同贱民没有区别。我没有朋友，没有消遣，没有人生的乐趣。我的家庭幸福也给断送了。我像是一只蜜蜂，贪婪地吮吸着生命最美好的花朵，而生命之花却畏惧和回避我的螫刺。

一天，有人愉快而友好地笑着向我打招呼。我已经好几个月没有遇到这类事情了。那天我打彼得·赫弗尔鲍尔殡仪馆走过。彼得站在门里，向我招呼。我感到一阵异常的难过，停了下来。他请我进去。

那天阴冷多雨。屋子里一个小炉子生着火，我们进了屋。有顾客来了，彼得让我独自待一会儿。我立刻产生了一种新的感觉——一种宁谧与满足的美妙感觉。我打量一下四周一排排闪闪发亮的黑黄檀木棺材、黑棺衣、棺材架、灵车的掸子、灵幡，以及这门庄重行业的一切配备。这里的气氛是和平、整饬、沉寂的，蕴含着庄严肃穆的思想。这里处于生命的边缘，是一个笼罩在永恒的安静下的隐蔽场所。

我一走进这里，尘世的愚蠢便在门口和我分了手。在这个阴沉严肃的环境里，我没有兴趣去思索幽默的东西。我的心灵仿佛舒服地躺在一张铺着幽思的卧榻上。

一刻钟前，我是个众叛亲离的幽默家。现在我是个怡然自得的哲学家。我找到了避难所，可以逃避幽默，不必绞尽脑汁去搜寻嘲弄的笑话，不必斯文扫地博人一粲，也不必费尽周折去思索惊人妙语了。

以前我和赫弗尔鲍尔不是很熟。他回来时，我让他先说话，惟恐他的谈吐同这个地方的挽歌般美妙的和谐不相称。

可是，不。他绝没有破坏这种和谐。我宽慰地长叹一口气。我生平从不知道有谁的谈吐能像彼得那样平淡无奇了。同他相比，死海都可以算是喷泉了。没有一丁点风趣的火花和闪光来损害他的语言。他嘴里吐出的字句像空气那般平凡,像黑莓那般丰富,像股票行情自动收录器吐出的、一星期前的行情纸条那样不引人注意。我激动得微微颤抖,抛出我最得意的笑话试了他一下。它无声无息地反弹了回来,锋芒全失。从那时起,我就喜欢上了这个人。

每星期我总有两三个晚上遛到赫弗尔鲍尔那里去,沉湎在他的后屋里。那成了我惟一的乐趣。我开始早些起身,快快赶完工作,以便在我的安息所里多消磨一些时间。在任何别的地方,我无法抛弃向周围勒索幽默的习惯。彼得的谈话却不同,任凭我拼命围攻,他也不打开一个缺口。

在这种影响下,我的精神开始好转。每个人都需要一点消遣来解除工作的疲劳。如今我在街上遇见以前的朋友时,竟然对他们笑笑,或者说一句愉快的话,使他们大为惊讶,有时我竟然心情舒畅地同我家里人开开玩笑,使他们目瞪口呆。

我被幽默的恶魔折磨得太久了,以致现在像小学生似的迷恋休息日的时间。

我的工作却受到了影响。对我来说,工作已不是从前那种痛苦和沉重的负担。我常常在工作时间吹吹口哨,思绪比以前酣畅多了。原因是我想早早结束工作,像酒鬼去酒店那样,急于去到那个对我有益的隐蔽所。

我的妻子心事重重,猜不透我下午去哪儿消磨时光。我认为最好不要告诉她真相,女人不理解这一类事情。可怜的女人!——有一次她确实受到了惊吓。

一天,我把一个银的棺材把手和一个蓬松的灵车掸子带回家,打算当做镇纸和鸡毛掸子。

我很喜欢把它们放在桌上,联想到赫弗尔鲍尔铺子里可爱的后屋。但是被路易莎看到了。她怕得尖叫起来。我不得不胡乱找些借口安慰她。但是我从她眼神里看出,她并没有消除成见。我只得赶快撤了这两件东西。

有一次,彼得·赫弗尔鲍尔向我提出一个建议,使我喜出望外。他以一贯的踏实平易的态度把他的账册拿给我看,向我解释说,他的收益和事业发展得很快。他打算找一个愿意投资的股东。在他认识的人中间,他觉得我最合乎条件。那天下午我和彼得分手时,他已经拿到了我存款银行的一千元支票,我成了他的殡仪馆的股东。

我得意忘形地回到家里,同时也有一点顾虑。我不敢把这件事告诉我妻子。但是心里有说不出的高兴,因为我可以放弃幽默创作,再度享受生活的苹果,不必把它榨得稀烂,从中挤出几滴博人一笑的苹果汁——那将是何等的快慰!

晚饭时,路易莎把我不在家时收到的几封信交给我。好几封是退稿信。自从我经常去赫弗尔鲍尔那里以后,我的退稿信多得简直吓人。最近我写笑话和文章的速度非常快,文思也非常敏捷。以前我却像砌砖那样迟钝而痛苦地慢慢拼凑。

其中一封是和我订有长期合同的周刊的编辑寄来的,目前我们家的主要收入还是那家周刊的稿酬。我先拆开那封信,内容是这样的:

敬启者:

我社与您签订的年度合同已于本月期满。我们深为抱歉地奉告,明年不再准备与您续签。您以前的幽默风格颇使我们满意,而且受到广大读者欢迎。但最近两个月来,我们认为尊稿质量有显著下降。

您以前的作品显示了左右逢源、挥洒自如的诙谐与风趣，最近却显得苦苦构思，穷于应付，并有捉襟见肘、难以卒读之感。

我们在此表示歉意，并通知您今后不拟接受尊稿，敬希鉴谅。

编者谨启

我把这封信递给我的妻子。她看了后，脸拉得特别长，眼里含着泪水。

“卑鄙的家伙！”她愤愤地嚷道，“我敢说你写的东西同过去一般好。而且你花的时间连过去的一半都不到。”那一刻，我猜测路易莎想到了以后不再寄来的支票。“哦，约翰，”她带着哭音说，“现在你打算怎么办呢？”

我没有回答，却站了起来，绕着饭桌跳起波尔卡舞步。我肯定路易莎认为这个不幸的消息使我急疯了，我觉得孩子们却希望我发疯，因为他们拉拉扯扯地跟在我背后，学着我的步子。如今我又像是他们往日的游伴了。

于是我说明高兴的原因，宣布我已经是一家殷实的殡仪馆的合伙股东，笑话和幽默去他妈的。

我妻子手里还拿着那封编辑的信，当然不能说我干得不对，也提不出反对的理由，除了表示女人没有能力欣赏彼得·赫弗——不，现在是赫弗尔鲍尔股份公司啦——殡仪馆后面那个小房间是多么美妙的地方。

作为结尾，我再补充一点。今天在我们的镇子里，你再也找不到比我更受欢迎、更快活、说笑话更多的人了。我的笑话再度到处传播，被人广泛引用，我再度津津有味地听着我妻子推心置腹的絮絮细语而不存图利之心，盖伊和维奥拉在我膝前戏耍，散播着稚气幽默的珍宝，再也不怕我拿着一个小本子，像恶鬼似的盯在他们背后了。

我们的生意非常发达。我记账，照看店务，彼得负责外勤。我说我的轻松活泼足以使任何葬礼变成一个爱尔兰式的追悼宴会。

“外国文学名著丛书”书目

第 一 辑

书　名	作　者	译　者
伊索寓言	〔古希腊〕伊索	周作人
源氏物语	〔日〕紫式部	丰子恺
堂吉诃德	〔西班牙〕塞万提斯	杨　绛
泰戈尔诗选	〔印度〕泰戈尔	冰　心　石　真
坎特伯雷故事	〔英〕杰弗雷·乔叟	方　重
失乐园	〔英〕约翰·弥尔顿	朱维之
格列佛游记	〔英〕斯威夫特	张　健
傲慢与偏见	〔英〕简·奥斯丁	王科一
雪莱抒情诗选	〔英〕雪莱	查良铮
瓦尔登湖	〔美〕亨利·戴维·梭罗	徐　迟
欧·亨利短篇小说选	〔美〕欧·亨利	王永年
特利斯当与伊瑟	〔法〕贝迪耶	罗新璋
巨人传	〔法〕拉伯雷	鲍文蔚
忏悔录	〔法〕卢梭	范希衡 等
欧也妮·葛朗台　高老头	〔法〕巴尔扎克	傅　雷
雨果诗选	〔法〕雨果	程曾厚
巴黎圣母院	〔法〕雨果	陈敬容
包法利夫人	〔法〕福楼拜	李健吾
叶甫盖尼·奥涅金	〔俄〕普希金	智　量
死魂灵	〔俄〕果戈理	满　涛　许庆道

书　名	作　者	译　者
当代英雄	〔俄〕莱蒙托夫	草　婴
猎人笔记	〔俄〕屠格涅夫	丰子恺
白痴	〔俄〕陀思妥耶夫斯基	南　江
列夫·托尔斯泰中短篇小说选	〔俄〕列夫·托尔斯泰	草　婴
怎么办?	〔俄〕车尔尼雪夫斯基	蒋　路
高尔基短篇小说选	〔苏联〕高尔基	巴　金 等
浮士德	〔德〕歌德	绿　原
易卜生戏剧四种	〔挪〕易卜生	潘家洵
鲵鱼之乱	〔捷〕卡·恰佩克	贝　京
金人	〔匈〕约卡伊·莫尔	柯　青

第二辑

荷马史诗·伊利亚特	〔古希腊〕荷马	罗念生　王焕生
荷马史诗·奥德赛	〔古希腊〕荷马	王焕生
十日谈	〔意大利〕薄伽丘	王永年
莎士比亚悲剧五种	〔英〕威廉·莎士比亚	朱生豪
多情客游记	〔英〕劳伦斯·斯特恩	石永礼
唐璜	〔英〕拜伦	查良铮
大卫·科波菲尔	〔英〕查尔斯·狄更斯	庄绎传
简·爱	〔英〕夏洛蒂·勃朗特	吴钧燮
呼啸山庄	〔英〕爱米丽·勃朗特	张　玲　张　扬
德伯家的苔丝	〔英〕托马斯·哈代	张谷若
海浪　达洛维太太	〔英〕弗吉尼亚·吴尔夫	吴钧燮　谷启楠
哈克贝利·费恩历险记	〔美〕马克·吐温	张友松
一位女士的画像	〔美〕亨利·詹姆斯	项星耀
喧哗与骚动	〔美〕威廉·福克纳	李文俊
永别了武器	〔美〕欧内斯特·海明威	于晓红

书　名	作　者	译　者
波斯人信札	〔法〕孟德斯鸠	罗大冈
伏尔泰小说选	〔法〕伏尔泰	傅　雷
红与黑	〔法〕司汤达	张冠尧
幻灭	〔法〕巴尔扎克	傅　雷
莫泊桑中短篇小说选	〔法〕莫泊桑	张英伦
文字生涯	〔法〕让-保尔·萨特	沈志明
局外人　鼠疫	〔法〕加缪	徐和瑾
契诃夫小说选	〔俄〕契诃夫	汝　龙
布宁中短篇小说选	〔俄〕布宁	陈　馥
一个人的遭遇	〔苏联〕肖洛霍夫	草　婴
少年维特的烦恼	〔德〕歌德	杨武能
德国，一个冬天的童话	〔德〕海涅	冯　至
绿衣亨利	〔瑞士〕戈特弗里德·凯勒	田德望
斯特林堡小说戏剧选	〔瑞典〕斯特林堡	李之义
城堡	〔奥地利〕卡夫卡	高年生

第三辑

埃斯库罗斯悲剧二种	〔古希腊〕埃斯库罗斯	罗念生
索福克勒斯悲剧二种	〔古希腊〕索福克勒斯	罗念生
欧里庇得斯悲剧二种	〔古希腊〕欧里庇得斯	罗念生
神曲	〔意大利〕但丁	田德望
西班牙流浪汉小说选	〔西班牙〕克维多 等	杨　绛 等
阿拉伯古代诗选	〔阿拉伯〕乌姆鲁勒·盖斯 等	仲跻昆
列王纪选	〔波斯〕菲尔多西	张鸿年
蕾莉与马杰农	〔波斯〕内扎米	卢　永
莎士比亚喜剧五种	〔英〕威廉·莎士比亚	方　平
鲁滨孙飘流记	〔英〕笛福	徐霞村

书　名	作　者	译　者
彭斯诗选	〔英〕彭斯	王佐良
艾凡赫	〔英〕沃尔特·司各特	项星耀
名利场	〔英〕萨克雷	杨　必
人性的枷锁	〔英〕威廉·萨默塞特·毛姆	叶　尊
儿子与情人	〔英〕D. H. 劳伦斯	陈良廷　刘文澜
杰克·伦敦小说选	〔美〕杰克·伦敦	万　紫 等
了不起的盖茨比	〔美〕菲茨杰拉德	姚乃强
木工小史	〔法〕乔治·桑	齐　香
恶之花　巴黎的忧郁	〔法〕波德莱尔	钱春绮
萌芽	〔法〕左拉	黎　柯
前夜　父与子	〔俄〕屠格涅夫	丽　尼　巴　金
卡拉马佐夫兄弟	〔俄〕陀思妥耶夫斯基	耿济之
安娜·卡列宁娜	〔俄〕列夫·托尔斯泰	周　扬　谢素台
茨维塔耶娃诗选	〔俄〕茨维塔耶娃	刘文飞
德国诗选	〔德〕歌德 等	钱春绮
安徒生童话选	〔丹麦〕安徒生	叶君健
外祖母	〔捷〕鲍·聂姆佐娃	吴　琦
好兵帅克历险记	〔捷〕雅·哈谢克	星　灿
我是猫	〔日〕夏目漱石	阎小妹
罗生门	〔日〕芥川龙之介	文洁若

第四辑

一千零一夜		纳　训
培根随笔集	〔英〕培根	曹明伦
拜伦诗选	〔英〕拜伦	查良铮
黑暗的心　吉姆爷	〔英〕约瑟夫·康拉德	黄雨石　熊　蕾
福尔赛世家	〔英〕高尔斯华绥	周煦良

书　名	作　者	译　者
月亮与六便士	〔英〕威廉·萨默塞特·毛姆	谷启楠
萧伯纳戏剧三种	〔爱尔兰〕萧伯纳	潘家洵 等
红字　七个尖角顶的宅第	〔美〕纳撒尼尔·霍桑	胡允桓
汤姆叔叔的小屋	〔美〕斯陀夫人	王家湘
白鲸	〔美〕赫尔曼·梅尔维尔	成　时
马克·吐温中短篇小说选	〔美〕马克·吐温	叶冬心
老人与海	〔美〕欧内斯特·海明威	陈良廷 等
愤怒的葡萄	〔美〕斯坦贝克	胡仲持
蒙田随笔集	〔法〕蒙田	梁宗岱　黄建华
悲惨世界	〔法〕雨果	李　丹　方　于
九三年	〔法〕雨果	郑永慧
梅里美中短篇小说选	〔法〕梅里美	张冠尧
情感教育	〔法〕福楼拜	王文融
茶花女	〔法〕小仲马	王振孙
都德小说选	〔法〕都德	刘　方　陆秉慧
一生	〔法〕莫泊桑	盛澄华
普希金诗选	〔俄〕普希金	高　莽 等
莱蒙托夫诗选	〔俄〕莱蒙托夫	余　振　顾蕴璞
罗亭　贵族之家	〔俄〕屠格涅夫	陆　蠡　丽　尼
日瓦戈医生	〔苏联〕帕斯捷尔纳克	张秉衡
大师和玛格丽特	〔苏联〕布尔加科夫	钱　诚
茨威格中短篇小说选	〔奥地利〕斯·茨威格	张玉书 等
玩偶	〔波兰〕普鲁斯	张振辉
万叶集精选	〔日〕大伴家持	钱稻孙
人间失格	〔日〕太宰治	魏大海

第五辑

书名	作者	译者
泪与笑　先知	〔黎巴嫩〕纪伯伦	冰　心 等
华兹华斯 柯尔律治 诗选	〔英〕华兹华斯 柯尔律治	杨德豫
济慈诗选	〔英〕约翰·济慈	屠　岸
汤姆·索亚历险记	〔美〕马克·吐温	张友松
大街	〔美〕辛克莱·路易斯	潘庆舲
田园三部曲	〔法〕乔治·桑	罗　旭 等
金钱	〔法〕左拉	金满成
果戈理小说戏剧选	〔俄〕果戈理	满　涛
奥勃洛莫夫	〔俄〕冈察洛夫	陈　馥
谁在俄罗斯能过好日子	〔俄〕涅克拉索夫	飞　白
亚·奥斯特洛夫斯基戏剧六种	〔俄〕亚·奥斯特洛夫斯基	姜椿芳 等
复活	〔俄〕列夫·托尔斯泰	草　婴
静静的顿河	〔苏联〕肖洛霍夫	金　人
谢甫琴科诗选	〔乌克兰〕谢甫琴科	戈宝权　任溶溶
维廉·麦斯特的学习时代	〔德〕歌德	冯　至　姚可崑
叔本华随笔集	〔德〕叔本华	绿　原
艾菲·布里斯特	〔德〕台奥多尔·冯塔纳	韩世钟
豪普特曼戏剧三种	〔德〕豪普特曼	章鹏高 等
铁皮鼓	〔德〕君特·格拉斯	胡其鼎
加西亚·洛尔卡诗选	〔西班牙〕加西亚·洛尔卡	赵振江
你往何处去	〔波兰〕亨利克·显克维奇	张振辉
显克维奇中短篇小说选	〔波兰〕亨利克·显克维奇	林洪亮
裴多菲诗选	〔匈〕裴多菲	孙　用
轭下	〔保〕伐佐夫	施蛰存

书　名	作　者	译　者
卡勒瓦拉(上下)	〔芬兰〕埃利亚斯·隆洛德	孙　用
破戒	〔日〕岛崎藤村	陈德文
戈拉	〔印度〕泰戈尔	刘寿康